人生是一场美妙的旅行

发财 彼此 好运常在

KUWEI
酷威文化
图书 影视

柏

花神录

终章

（上）

柏夏　著

江苏凤凰文艺出版社
JIANGSU PHOENIX LITERATURE AND
ART PUBLISHING

第一卷

菡萏・芙蓉

第二卷

紫薇·遗芳

一

菡萏·芙蓉

六月开菡萏，七月开芙蓉。

来生越山水，相伴永不离。

第一章
摆渡人

二人送亲这几月来，已经习惯了与几千士兵一同踏马挥鞭，这一会儿突然到了人迹罕至的境地，倒有些不大习惯了。

"掌柜的，云梦泽在哪里呀？"问药问。

"云梦泽在泷江的尽头，宣武国的腹地。"狄姜弯起眼睛，带着些许憧憬，"那里是千江汇流之地，碧波万顷。湖面上更有星罗棋布的岛屿，有'水乡泽国''人间小蓬莱'之称，风景说不尽的瑰丽。"

"真有那么美？"问药眼放金光，突然打起了十二分的精神。

狄姜笑着点头："只会比我说的更美。"

"您去过那里吗？"

狄姜摇了摇头："没有。"

"那您如何而知？"

"从一位旅人口中得知。"

"这样啊……真想快些去到云梦泽啊！"问药被狄姜三两句话勾得玩心大起，"云梦泽"三个字深深地烙在了她的脑海里，成了她继续前行的动力。这会儿不管是什么王爷啊公主啊，还是留守太平府看店的书香，都统统被她抛在了脑后。

可是任凭再大的动力，如果远在天边，那么也无济于事。二人又行了半日，傍晚时分，问药实在累极，便连连抱怨道："再这样走下去，我就算不饿死，也得无聊死。"

"真有那么累？"狄姜诧异。

"您不累吗？您的鞋都磨破了！"问药指着狄姜的鞋面，蹙眉道，"平时您比我更懒散娇贵，可这会儿怎么连脚都磨出血了还浑然不觉？"

狄姜停下步子，这才发现自己的鞋底已经磨破。若在平时，她早就坚持不住了，可如今，因为心中想着钟旭，便忘了身体上的不适。她知道不能再这样走下去，便随手捡起地上一枚枯叶，扔进滚滚河水之中。本是一片不起眼的巴掌大的枯叶，落在河面却激起了千层细浪，浪花翻腾过后，江岸便出现了一艘装饰华丽的画舫。画舫之上不仅装饰豪华，就连生活用品也一应俱全，冬日所着的衣物亦在船舱内摆放得齐整。

"哇！"问药揉了揉眼睛，确定自己没有看错之后，忍不住欢呼雀跃道，"掌柜的您也太厉害了，这是如何办到的？"

"你想学吗？"

"想啊！"

"回去问书香吧。"

"为什么？"

"他可是百科全书呀。"

"书香远在太平府，咱们都不知道什么时候能回去了……"问药埋怨了一声，却也不打算继续纠缠这个问题，她一步作三步，率先登上了画舫。狄姜也紧随其后走上了船。画舫四角皆挂着粉红色的大灯笼，在暮光中散发着诡异暧昧的光晕，看上去虽然华美，她们却总觉得气氛有些不对，这船与普通的船只很是不同。

问药疑惑："掌柜的，这船是不是太花哨了？"

狄姜点头："是有一些。"

问药又问："从哪儿得来的样式？"

狄姜想了想，有些失神："从前武王爷喜欢领着姑娘在太平府的瑞湖上泛舟，远远瞧见过几次，便记下了。"

"唔，原来如此……武王爷坐的船，也难怪它这般……缤纷了。"问药在她为数不多的形容词里寻了一个，也勉强可以用来形容这艘船的特质，的确是绚丽缤纷。问药在船舱里走了一圈，发现船里空无一人，便嚷道："掌柜的，还差一个撑船人。"

"你呀。"

"我？"问药一惊。

"不然是我吗？"狄姜冲她眨眨眼，然后自顾自地在船头坐下，似乎根本没有考虑过由谁来摇船这个问题。问药本以为可以乘船休息了，却不料还要一路做个撑船人，顿时有些泄气。她耷拉着脑袋去了船尾，却发现船尾处的撑船位置左右各有四支宽大的船桨，就算左右手共用，也只能撑得住两支，而这根本控制不了船身。

"掌柜的，咱能不能换一艘小点儿的船？"问药坐在船尾，扯着嗓子问。

"为什么？"狄姜则坐在船头，一边感受着耳畔徐徐吹过的秋风，一边看着暮色下波光粼粼的江面，显得惬意又舒心，与铆足了劲儿摇桨的问药形成鲜明的对比。但任凭问药怎么努力，这艘船对她而言还是太大了，除非动用法术，否则根本无法摇动这艘船分毫。

问药泄气道："它太大了，我摇不动！"

"这样啊……"狄姜在船头坐了许久，发现画舫似乎确实没有挪动过几许，便趴在船舷上，对着远处平静的江水，画出了一个"一"字。很快，随着她抬手的瞬间，河面被划出了一道缺口，河水像是被切开般，下一刻便从缺口里头生出了一叶扁舟。

扁舟不大，只能坐下十余人，船尾上挂着一盏泛着幽幽绿光的灯笼，灯笼边站着一撑船的老者。老者身形佝偻，满脸皱纹，显得老态龙钟，而他见了狄姜却朝她深深地鞠了一礼，躬身幅度之大，额头险些要磕到脚趾。

"我的船缺了一位掌舵人，麻烦您了。"随着狄姜微微一笑，老者的扁舟便突然消失在了江面，而他本人却骤然出现在了问药身边。

"你……你是何人！从哪儿冒出来的？"问药被吓了一跳，跳开了三步远。老者身上死气沉沉，整个人似乎都笼罩在阴影之中；面皮上的褶皱层层叠叠，仿若活了千百岁的死尸。

狄姜来到问药身边，拍着她的肩，安慰道："别紧张，给你找了一个撑船人而已。"

老者闻言抬头，咧嘴给了问药一个微笑。

"他？撑船？"问药见他老得连牙齿都掉光了，不禁狐疑，"我都撑不动的船，他如何能撑得动？"

"撑船不一定要用蛮力，从这岸到彼岸，行船只需要靠明灯。"狄姜说着，从老者手上接过绿灯，将之挂在画舫的尾部。幽幽的绿光萦绕在船尾，画舫便如得到了无限的动力，缓缓地向前行驶起来。问药瞪得溜圆的双眸里写满了不可思议，她刚想要说话，却听岸上传来一阵急切的马蹄声。

马蹄踏在枯草堆上，扬起一阵沙尘，伴随着"哒哒哒"的马蹄声的还有一声连着一声在空气里呼啸的马鞭声，可见骑马之人心中之急切，似乎是不要命一般向前疾驰而来。

"狄掌柜——问药——等等我！"随着马蹄声由远及近，一声声呼喊声也随之出现，狄姜心一沉，有一种不太好的预感。

狄姜："你听见了吗？"

问药："听见了。"

狄姜："难道是……"

不等狄姜说完，问药便点了点头，抓着她的双臂，兴奋地大喊道："是王爷！是武王爷呀！他来找咱们了！"

此时正逢夕阳西下，残阳在河面洒下一层光晕，薄雾笼罩在江面，天地变得妩媚又朦胧。武瑞安就这样骑着脖间系着红璎珞的白马，突然从林子里冲出来，稳稳地停在了河边。

武瑞安骑在马上，与画舫上的狄姜四目相对，这一刻，仿佛天地间便没有了别人。对武瑞安来说是再看不见旁人，可对狄姜来说，却似在看一个大麻烦。

"王爷怎么来了？"狄姜努力挤出一个微笑，笑得却比哭还难看。

"当然是来找你们了！你们不辞而别，倒还质问起本王来了！"武瑞安从重逢的喜悦里抽身而出，佯怒道，"若不是我发现及时，你们现在怕是已经乘船离开了？"

狄姜一时失语，不知如何作答。

"为什么不辞而别？"武瑞安接着问道。

"我……"狄姜蹙眉，在他目光灼灼的拷问之下，竟发现自己有些心虚。

可自己有什么好心虚的？

自己既不偷也不抢，要去哪里，与他何干？

狄姜想明白了便要回敬他，可还没张嘴，却又听武瑞安说："算了，本王原谅你了。"

"欸？"狄姜一愣。

"本王心胸广博，不与你计较了。"武瑞安说完便翻身下了马，自顾自牵着马上了画舫，然后找一处拴好，做完这一切后才笑道，"不管你去哪里，本王都要陪你去。"

"王爷此话当真？真太好了！"问药喜上眉梢，却被狄姜狠狠瞪了一眼，不得已只能噤声。狄姜嫣然一笑，淡淡说着："王爷不需要回太平府向陛下复命？如今龙茗大将军辞了官，您又离开了军营，将士们岂不是群龙无首？"

"本王已经将他们妥善安置，母皇那边也已经修书一封，你就放心吧。"武瑞安说完，就像是到了自己家里一般笑道，"从哪儿找来的画舫？工艺水平之精良，竟不输于太平府，真是让人倍感亲切。"

可不是亲切吗？

根本就是按照他的画舫复制而来的。

狄姜心不在焉，勉强点头称"是"，心中却叫苦不迭。

这武瑞安怎么就像一块牛皮糖，怎么甩都甩不掉？

"你不用觉得有压力，本王知道你要去哪儿。"武瑞安将身子靠在船舷上，侧头看向狄姜，眼角带着十分的笑意，"你不就是去青云山寻钟旭吗？本王不是小气的人，你且放宽心吧。本王让你去，但是有个要求，必须让本王陪你一起去。"

武瑞安满脸堆笑，可狄姜怎么看都觉得他在说反话。

不是小气的人？

那跟着来做什么？

狄姜叹气，知道自己是甩不掉他了，只能认命。她对撑船人点了点头。此时，就连撑船的老者亘古不变的冰山脸上也出现了些许笑意，与狄姜对视的片刻眼睛里似乎在说："您似乎红鸾星动了。"

狄姜翻了个白眼，只觉得自己此番怕是要名誉扫地了……

她不想再与他们纠缠，索性一人钻进了船舱，闭目养神。

画舫缓缓地向前行驶，河面渐渐变得宽广起来，江水深远浩渺，向前望去，天地亦变得开阔。虽然泷江的波涛没有大海那般波澜壮阔，但是也称得上波涛滚滚，这也是狄姜要画一艘大船的原因。如若不然，凭一叶扁舟在这滔滔江水之中，就算有摆渡人撑船，怕是撑不了多久也会倾覆，她可不想什么时候在睡梦中变成落汤鸡。

"你们从哪儿弄来这么大一艘船？看着还挺眼熟。"

"当然是……向这位船家租来的呀！"

船舱外传来武瑞安与问药的对话，狄姜起先心中一紧，生怕问药说出"是掌柜的变出来的"这种话来，但是事实证明她还不算太笨，狄姜这才舒了一口气，放下了心。

画舫的船舱里一共有四间房，左右各两间，中间有一条可供两人并排通行的走道。武瑞安安抚好白马之后也回了船舱，挑了狄姜对面的房间住下。他发现，房间里的红木雕花大床十分眼熟，不仅床上有刺绣精美的被褥和床单，就连枕头都与太平府百花楼画舫的一般模样。武瑞安深感震惊，但一想狄姜平时没少赚银子，租了这一艘豪华画舫也不足为奇。他随即脱下铠甲，换上寻常的衣物，又重新将发冠梳理整齐，随后走出船舱。这时夜幕已经悄然降临，船外一片漆黑，江面一丝渔火都没有，两岸亦没有人烟。苍穹之上，就连圆月都深藏在了云层之后，一切安静得有些诡异。

"这天有些不大对劲哪。"武瑞安这一声自语恰好被问药听见了。

"哪里不对劲了？天黑了不都这样吗？"问药问。

"江河之上，竟然没有一丝风声，就连水浪声都没有，你不觉得很奇怪？"

"是有点儿怪……"问药嘴上附和，心里却不觉得有多奇怪。毕竟船是掌柜的变来的，撑船人也是掌柜的不知道从哪儿找来的，这些都不是凡人可以理解的范畴，那么平静的江面在这一切之前就显得微不足道了。

问药没当回事，可狄姜却放在了心上。狄姜披上外衣走出船舱，去船尾寻摆渡人。

"今夜江面可有事？"狄姜在摆渡人身边坐下，问道。

"无事。"摆渡人摇了摇头，黝黑的眸子犹如漆黑的夜，没有一丝光亮，整个人看上去就像一具行尸走肉。在他苍老的躯壳里，没有灵魂，没有喜怒，只有一颗跳动的心。这样的摆渡人还有很多，发散幽碧光芒的便是他们的心灯。

在三途河边，往来的渡船多达上万艘，每一艘船上都有一个摆渡人，每一艘船的船尾都有一盏心灯。他们负责将这些人接引进入忘川，接受百名判官的审判。他们日日夜夜周而复始，从而锻造了处变不惊的心，能化解世上所有的波澜。

可就因为他的气定神闲和波澜不惊的外表，让狄姜更加觉得不对劲，因为不论事小事大，在他们看来都是无事。

对他们来说什么是大事？

山河倾覆、江河倒流，到了那时，他们的眉头或许才会皱一皱吧。

狄姜叹气，问摆渡人等于是白问，现在只能兵来将挡水来土掩了。狄姜看着漆黑宁静的水面，此时就连自己船上烛火的倒影都瞧不见了，她知道这回应该是遇到大麻烦了。

"你们在聊什么呢？气氛这样压抑？"这时，武瑞安和问药也从前舱来到了船尾。他靠近了狄姜，双手在她的面前晃悠："狄大夫？"

许久之后，狄姜才回过神："王爷快些回船舱吧，今晚天色有异，还是不要在船舱外走动的好。"

"怎么了？"武瑞安蹙眉。

"出什么事了？"问药大惊失色，显得很是激动。狄姜就怕问药添乱，所以没有多说，相比之下，倒是凡人武瑞安更加沉稳。

狄姜摇头道："我也不知道，只是与你们提个醒，以防万一罢了。"她话音刚落，一道闪电划过天幕，劈开了帘幕重重的靛青色的天空，紧接着耳边传来滚滚闷雷声。

"嘶"的一声，凄厉的马鸣声响彻画舫，将几人着实吓了一跳。不过他们没有时间惊诧，几乎是与此同时，天上突然降下雷霆，伴随着大雨倾盆而下。霎时间，天地间风起云涌，滔天大浪滚滚而来，船身开始剧烈地摇晃起来，问药下意识抓住了船身护栏才避免跌倒，而她身边的狄姜却因一时大意，一个趔趄，跌在了船舱与船尾之间的空地上。狄姜手肘撞在木板上，便觉一阵麻痹，右手再使不上劲。

"掌柜的！"问药大急，可她自身难保，只能紧紧抓住船舷保持些许平衡。船上的人皆是满脸大惊，只有摆渡人岿然不动，就像长在了船上一般。

狄姜从短暂的失神之后清醒过来，她刚想要站起身，又一个大浪打来，船身一动，将她掀到了船的另一侧。这次她却没有再落在坚硬的木板上，而是落了一个人的怀里。武瑞安飞扑过来，将她稳稳地抱在了怀中。下一刻，又是一声巨响，二人一齐重重地跌在船身的左侧，声音被淹没在了滔天巨浪以及滚滚炸雷声之中，他们都在瓢泼大雨的浇灌下浑身湿透了，显得狼狈至极。

"你没事吧？"武瑞安一脸关切。

狄姜摇摇头："没事。"她晕乎乎地抬起头，这才发现武瑞安的额头似乎有鲜血流下，但很快又被雨水冲刷掉了。

"你流血了。"狄姜关心地说。

"小伤而已，你没事就好。"武瑞安目光坚毅，没有流露出半点痛苦。画舫还在波浪中起伏，前头是昏暗不明的江面，让人根本看不清画舫正在往什么地方行驶。

"抓稳了！"这时，面无表情的摆渡人难得地睁大了双眼，疾言厉色地对其余三人发出了警告。问药下意识抱紧了船舷，武瑞安用右手用力抱紧了狄姜，另一只手则抓紧了船上的缰绳，在二人周身捆绑了好几圈。就在此时，一阵失重感传来，天旋地转，船身随着暴风雨在剧烈颤动。但更可怕的是，前方已经没有水路，一道巨大的瀑布从山顶飞流直下，他们即将从山巅冲向深渊。

问药惊得花容失色。狄姜却仍保持着清醒，她的头埋在武瑞安的怀里，双眼却睁大了，一眨不眨地看着眼前的世界。下一刻，伴随着问药凄厉的尖叫，画舫从那山顶直挺挺地坠落下来。高山低谷足有几十丈的差距。画舫似一个自由下落的木盒子，从高处跌落，好一会儿才重落在了水面之上，激起千层浪花。

问药被浇了一脸水，武瑞安浑身湿透了，狄姜被他护在怀里，倒是没溅到多少水。画舫在暴风雨中乘风破浪，迎着风雨疾行在波涛之上。摆渡人平静无波的面上没有半分惊惶。画舫上的烛火悉数熄灭，只剩下摆渡人的右手提着的那盏碧灯，只见他的左手护在碧灯之旁，青碧幽暗的光芒是这滔滔江河之上唯一的光亮。他们不知道自己在风雨中行了多久，直到天光渐渐泛起鱼肚白，雷霆才将将歇息。绛紫的晨光在河面浮现，熏染着暴风雨后的天地，寒风吹过，船上几人都是好一阵哆嗦。

"没事了没事了，有本王在，你不必害怕。"武瑞安抱紧了狄姜，只是他没有发现，自己说话的时候声音都在发抖。而狄姜自始至终在他怀里，皱着眉头，瞪大了眼睛看着他。

她从来不害怕生死，只害怕旁人的深情。

武瑞安为什么就这么笃定自己需要他的照拂呢？

这是狄姜百思不得其解的地方。

渐渐地，天地愈见明亮，直到最后一道金芒破出厚厚的云层，阳光洒向大地，倾盆大雨也变成了小雨点，到最后风和日丽，再见不到半分落过大雨的影子。摆渡人扬起嘴角，重新将碧灯挂在船尾，自己也寻了一处坐下。

问药见风雨停歇，立刻跑到狄姜身边，替他们解开了身上的绳子，一脸关切地问道："掌柜的，您没事吧？"

"没事……"狄姜的声音有些虚弱，但是并没有受伤。问药见她被武瑞安护得极好，这才放下了心。而武瑞安和狄姜抱在一起整晚，双手已经没有了知觉。他勉强勾起一抹笑意，跌跌撞撞地扶着狄姜站了起来。

"没事了就都回船舱休息去吧，这里有我看着，不会有事。"摆渡人朗声道。经历一整晚的风雨，几人都疲累至极，听了这话便各自回房了。

狄姜换了衣服往床上一躺，沾了枕头便陷入了沉睡；问药与她差不多，不多时便陷入了沉眠；武瑞安则显得小心翼翼得多，换好衣服又出来，在船舱内外仔细检查过没有破损之后，又给白马喂了些粮食。做完这一切，他仍不打算去睡，而是走到摆渡人身边坐下："老船家一看就是经历过大风大浪的，经历起风浪来脸色都不曾变过几分，在下佩服，多谢船家救命之恩。"说完，他躬起身子，拱手作揖。

摆渡人没有说话，而是扬起嘴角，给了武瑞安一个大大的微笑。然而他的笑容像是刻进了苍老褶皱的面上，比哭还难看。

武瑞安被吓了一跳，总觉得他浑身上下都充满了诡异，明明是个活人，却比死人更吓人。

武瑞安坐不下去了，落荒而逃。

武瑞安回到船舱时，发现狄姜的房门没有关紧，从门缝向里望去，恰好能看见她熟睡的面庞。一道晨光打在狄姜铺满了锦缎丝被的柔软的大床上，她长长的睫毛就这样漾在光晕里，没有昨晚那般惹人怜爱的眼波，却也还是让他醉在了她恬淡祥静的面容里。武瑞安强忍住想要抱一抱她的心思，回到自己的房间躺在床上，却发现自己怎么也睡不着了。

他张开双手，发现自己脑海里回想的全是狄姜消瘦羸弱的身体，那么柔软，那么纤细，那么香甜……直到现在，他似乎还觉得自己拥着她纤弱无骨的肩膀，正让她的头埋在自己的胸膛，她的双手紧紧环住自己的腰。这一幕在武瑞安的脑海里挥之不去，辗转难眠之后，他决定去外头吹吹风，清醒清醒。

武瑞安走出船舱，却瞥见浩渺的江面上升起了一层浓浓的雾霭，不远处的江面上，在浓重的迷雾里隐隐约约有人影在攒动。

江面上怎么会有人？

"把船摇近些。"武瑞安走到船尾，指着远处那叠人影对摆渡人道。

摆渡人的眼睛如两颗绿豆，隐在层层皱纹之中，他没有忤逆武瑞安的话，将船向那处行驶过去。待船靠近了武瑞安才看清楚，迷雾下有几艘渔船倾覆在了河面，船底露在河水上，其上站着十余人，男女老少皆有。他们面无表情，没有哭闹，没有呼叫，亦没有露出惊惧害怕，只是一脸淡漠地看着画舫接近自己，眼睛从始至终没有离开过船尾的绿灯。

武瑞安细细打量了一番，见他们都没有受伤，不禁长舒了一口气："该是昨晚的暴风雨引来的大浪导致的，好在他们精神还不错，只是有些疲惫，看样子应当没有伤亡。"

摆渡人侧头看他，咧嘴一笑，笑容高深莫测，十分诡异。武瑞安被他的笑惊得汗毛倒立，可这时却没有闲暇时间去害怕，他的全部心思都放在了因风暴遇到困难的人们身上。

武瑞安找来绳索，对着下面倾覆的船上的人抛去，同时呼喝道："相遇即是有缘，到我的船上来歇息吧，我送你们去岸边。"他说这话时，丝毫也没意识到这船是狄姜租来的，自己也不过是船上的一个渡客而已。他毫不犹豫地将船据为己有，没有看到摆渡人在他身后一脸莫测的笑意。摆渡人气定神闲，右手手指随着碧灯发出的幽波有节奏地张合，那倾覆船只上立着的人便一个接一个地随着他的牵引攀附上了船来。

武瑞安道："你们就在船头和船尾歇息吧，动作轻一些，内子正在船舱内歇息，小心不要扰了她的安眠。"他不断地对来人轻声叮嘱，仿佛要将狄姜护到心坎上去。遇难的人木讷地点头，按照武瑞安的指示，在船尾与船头坐下。他们的穿着与常人无异，武瑞安便丝毫没觉得他们有何不妥。

"给他们喝点水吧，在风浪里漂了一夜，怕是已经虚脱无力了。"武瑞安当他们是被风浪吓傻了才这副模样，忙前忙后地张罗着。摆渡人看不下去了，才嘶哑着声音开口："公子还是去歇息吧，老夫自会看护他们。"

经此一遭，武瑞安已经疲累至极，他见这群人都木木讷讷的，好像也没有什么需求，也就不推脱了。"那就劳烦老伯了。"武瑞安拱手作揖，这才转身回了自己的房间，这会儿他倒与狄姜一般，沾了枕头便陷入了沉眠……

正午的阳光与早晨相比并没有亮堂多少，反而因为愈来愈多的雾霭更显得朦胧和昏暗。画舫在看不清前方十丈开外的状况里缓缓向南驶去，一路上偶尔能瞥见江边有诸多枯萎的柳树，烟斜雾横里，这一切将气氛渲染得更加苍凉。

冬日的天气愈加寒冷，摆渡人始终穿着单薄的麻质衣物，褴褛又肮脏，可他连眉头都没有皱过一下，他的眼睛始终盯着船上的乘客。他早已失去了凡尘五识，接引这些人到彼岸去才是他唯一的职责。

狄姜在傍晚时分才醒来，一打开房门，便觉一股深重的死气扑面而来，"余波未平"四个字在她的心头猛然震颤。狄姜走出房间，左右一看，便见船头船尾坐着十多个落汤鸡一样的"人"。

"这是怎么回事？"狄姜蹙眉，小心翼翼地躲过这些人，走到船尾问摆渡人。摆渡人躬身行礼，显得有些紧张，片刻后才抬头解释："是公子将他们救了上来。"

"公子？"

摆渡人点头。

狄姜这才明白，他嘴里的公子应当就是武瑞安了。一般人看不见这些人，这会儿因撑船人是摆渡人，武瑞安便也能看见凡人看不见的东西了。

"我知道了。"狄姜沉下脸，语调冷淡，"以后若再遇到这样的，不要再多管闲事，若没有你的帮助，他们上不了船。"

"是……"摆渡人苍老嘶哑的声音微微有些颤抖，显得很是害怕。少顷，见狄姜无意怪罪自己后，才暗自舒了口气："那他们……"

"寻个岸边将他们放下便是，切记，不要惊到武瑞安。"

摆渡人颔首，寻着不远处的灯火阑珊处，将船缓缓驶向了岸边。黄昏时分，洮江边一处村落里正升起袅袅炊烟，挨家挨户正在饭点，空气里传来饭菜的香味，引得睡梦中的武瑞安和问药都一个鲤鱼打挺翻身而起，循着菜香来到了甲板上。此时，被救的人一个个正顺着船板往下走。

"他们……"问药瞪大了眼睛，愣愣地看着狄姜。狄姜悄无声息地做了一个"嘘"的动作，问药才闭上了嘴。狄姜转头对武瑞安解释："他们便是这个村子里的渔民，到了家便让他们下船了。"

武瑞安点头，满意地说："如此甚好，我救他们上船来也正是这个意思。"

"王爷好心，民女替他们谢谢您了。"狄姜低头，面上做出恭敬的模样，其实却恨得牙痒痒。根本不需要他多管闲事，若等得一日两日后他们仍在船上，到那时变了模样，又或者被阳光照了去，导致灰飞烟灭，那才是犯了杀孽大戒了。好在今日阳光躲在云层雾霭之后，好在自己醒得早……

待最后一个人离了船，摆渡人便收起横板，再次坐回了船尾，驾着画舫向江心驶去。岸上的人们在摆渡人的示意下，齐刷刷地举起右手，向武瑞安挥手告别，面上浮现出木讷的笑意，似乎在道谢。

"不必客气！所谓路见不平拔刀相助，救人一命胜造七级浮屠嘛，这是我该做的！"武瑞安同样高举右手，向他们挥手道别。问药在一旁看得牙关打战，许久才干笑着低声道："王爷心眼好，但愿他永远不要发现真相。"

"谁说不是呢。"狄姜摇头失笑，觉得这王爷可真是好玩得紧。

画舫荡出涟漪，缓缓远离了村落，这时再看岸边，依稀便只可瞥见几缕幽幽的火光。于武瑞安来说只看到几枚铜铃，狄姜却明白，那是锁链。

"王爷，您相信有妖魔鬼怪吗？"狄姜走到武瑞安身边，轻声道。

武瑞安一愣，随即爽朗一笑，摊手道："我相信它们的存在，但是我没见过。"

"您也不怕这些东西吗？"狄姜问他。

武瑞安温柔一笑，凑近了狄姜，将她禁锢在船壁与自己的身体之间，柔声道："比起天黑和鬼，我更怕你的心酸和皱眉。"摆渡人闻言，身躯陡然一震，看向武瑞安的眸子里浮出奇怪的笑意。问药则支起双手，一脸的浪漫和陶醉。

"是吗，不怕就好。"狄姜当作没听见，掩嘴一笑，便悄然绕过他，转身进了船舱。进屋之前，狄姜对摆渡人投去了一个晦暗不明的眼神，与此同时，摆渡人的脑海里便清晰的浮现出了一句话："忘川之水可以忘情，给他来一杯。"

"是……"

半个时辰之后，摆渡人布下了一桌酒席，邀狄姜、问药与武瑞安三人入席。夜色下，明月缀在半空中，月色笼在薄雾里，带着几分愁婉与哀怨。狄姜主仆二人与武瑞安对坐在船头，赏着月色，同桌对饮。狄姜端起莹润的白玉酒杯，在酒壶中倒了大半杯晶莹剔透的酒水，递给武瑞安道："这酒名叫'忘情'，是刚才在岸边向村寨里的人买来的，您尝尝看？"

"好！"武瑞安大手一挥，看也不看便尽数饮下，罢了还一抹嘴，朗声笑道，"好酒！好……"他话还没有说完，便脸色一绿，眉头紧蹙，不多时，他的额上便淌下了豆大的汗珠，显得很是痛苦。接下来，他想说的话便全然留在了肚子里，再过了稍许，他便摆了摆手，连一个字都来不及说，捂着肚子快步去了茅厕。

"王爷怎么了？"问药疑惑。

"没事，可能是吃坏肚子了。"狄姜笑了笑，转身将忘川水全数倾倒在了滔滔江水之中。

"倒了多可惜呀！我还没喝过呢！"问药扯着嗓子哀号。

"你不能喝。"狄姜摇头。

"为什么我不能喝？"

"那是忘川的河水，喝了会使人忘情，你没有心上人，喝了也没有什么用，反而白白地闹肚子。"

"那您为什么要给王爷喝？"问药心中升起不好的预感，果然，下一刻便听狄姜说："武瑞安对我的感情不容于世间，我不能再让他继续沉溺下去。"

"为什么？"问药急道，"为什么您不能喜欢他？"

"因为我不是凡人啊……除此之外，更重要的是，在我的心里，亦有一个谁也不能代替之人，这样的我，怎么能白白耽误了这世上无双的公子？那是造业吧……"狄姜淡然说完，她清亮的声音，混着清洌寒凉的冷风，似乎穿过了重重雾霭，飘到了三途河边。

问药想象着王爷喝完忘川水之后，从此便将掌柜的遗忘，不再对她满目殷勤之后的样子——那一定会是世上最高不可攀，如明月一般遗世独立的公子。他又会变成那个被世人所赞颂喜爱，对自己这样的平头百姓无所垂怜的铁血王爷了。

问药不置可否地长长叹了口气。想来想去，她都觉得，自己还是比较喜欢王爷万般疼惜掌柜的模样……

夜晚的江面上寒风凛凛，狄姜与问药坐在船头，乘着风浪，等待武瑞安回来。狄姜的下巴隐在狐裘围脖之中，长长的睫毛搭在双眸上，和着时不时飘散而过的江雾，端的是一副美人烟波怜的模样。她挽起红袖，在桌上生起了一炉炭火，用来烫酒。此时酒壶里的酒已经被她换成了普通的佳酿，微微的酒香飘散在空气中，为江面孤清的气氛装点了些许人情味，倒是抵消了些许孤独。狄姜沉静时有一种与生俱来的张扬，让人无法忽视，但是当她嘴角带着浅笑，一笑而过后，眼睛里又似乎有一种岁月悄然流淌，握不住又抓不着的苍凉意味，便是叫人看不明白，这会儿她究竟是在笑，还是想哭……

"你们怎么都不吃啊？"武瑞安回来之后，神色便恢复如常了，他坐在狄姜对面张罗着，"这些菜都是岸上高价买来的吧？凉了可怎么好？多浪费啊！快吃快吃……"说着夹了一筷子鸡肉放在狄姜碗里。

狄姜和问药都觉得有些惊讶。问药一脸疑惑地看着狄姜，而狄姜却瞪大了眼睛看着武瑞安，显得有些不可思议。

"看着我做什么？没胃口？多少也垫垫，你都已经一整天没吃过东西了。"武瑞安说完，自己啃了一只鸡腿，随后又给三人斟满了酒盏。

问药看向狄姜，眸子里写道："掌柜的，他怎么没事儿啊？"

"我也想知道……"狄姜一脸狐疑，心不在焉地吃完了这桌酒席，武瑞安和问药收拾的时候，她便悄然转身去了船尾。

狄姜走近摆渡人，问："你给我的忘川之水，可是真的？"

"是。"摆渡人颔首，绿豆大的眸子里透露出十分的肯定与恭敬。

狄姜却更加疑惑了。

忘川之水可以忘情，武瑞安喝了却跟没事人一般，对自己仍是关心不已，这似乎有些说不过去啊……这究竟是怎么一回事？

"出什么事了？你怎么一直恍恍惚惚的？"武瑞安悄然出现在狄姜身后，说话的同时给狄姜披上了一件披风，"江上风大，若是生病可怎么好？还是早点回房休息去吧。"武瑞安的声音温柔沉稳，听上去十分悦耳，可越是温柔狄姜越是狐疑，此时就连摆渡人都是一脸疑惑，似乎在说："忘川之水为什么对他没有用？"

狄姜转过身，抬起头定定地看着武瑞安，武瑞安见狄姜正眼看着自己，反而喜上心头，更是开心："狄掌柜似乎有话要说？"

"你……还喜欢我吗？"狄姜懒得跟他绕弯子，索性开门见山。

"你怎么突然问起这个了？"武瑞安面色一怔。

"回答我，喜欢还是不喜欢？"

狄姜郑重其事的模样让武瑞安错以为她是要接受自己，武瑞安急道："当然是喜欢的！"

"与过去相比如何？"狄姜脸一沉，眉头紧蹙。

"更加喜欢了！"武瑞安坦坦荡荡，说着双手便搂住了狄姜的双肩，将她环在自己怀里。狄姜并不反抗，她索性将头枕在武瑞安的肩膀，双眼紧紧地盯着摆渡人。摆渡人一脸错愕，随即摊开双手，似乎在说："我也不知道这其中出了什么差错……"

此时已近子时，江面风大，但再冷的风吹拂也不及狄姜心中的寒冷，她的思绪在这一刻突然变得清明无比。假如忘川之水对武瑞安没有用，那么只有一个可能了——武瑞安根本不喜欢自己，他所做的一切都只是表面功夫，他有着不可告人的另一层目的。虽然狄姜不知道他究竟想做什么，但是她可以肯定的是，武瑞安对自己的感情绝对不是表面上这般的宠溺包容、怜爱有加。

一切都是他刻意伪装出来的。

狄姜明白这点之后，并不觉得生气，反而松了一口气。只要武瑞安不是真心待自己，那么她就不必感到有包袱，就算与他虚与委蛇一阵，也无伤大雅了……

狄姜面露轻松的笑意，轻轻回抱住了武瑞安的身子，柔声道："狄姜多谢王爷垂怜。"

武瑞安闻言，通身一震，更加紧紧地回抱住了狄姜，似乎恨不得将她的身体揉碎到自己的身子里来："狄掌柜，你……"

"还叫狄掌柜？"

"狄……姜？"

狄姜眉眼含羞，微一颔首，被他抱得有些痛，便随意寻了理由回了自己的房间。临走前，还用从不曾有过的温柔语调说："明儿见。"

"明儿见！"

狄姜走后，武瑞安激动了一整晚，拉着摆渡人喋喋不休了大半个时辰，诉说着自己这些年来是如何苦苦追求狄姜未果，如今总算是有些眉目，看见希望的曙光了……

"果然在幽闭的环境中独处，才是增进感情的最好时机！狄姜这样难搞的女人到最后还不是会被本王给征服？本王的魅力还是所向披靡的！"

武瑞安说话的时候眉飞色舞，丝毫也没看见摆渡人的笑意越来越浅。到最后，摆渡人已经像是在看待一个死人一般看着武瑞安，他几次都差点忍不住，恨不得对他说："王爷，或许我们很快就能在黄泉重逢了，届时……老朽一定会再来送您一程。"

往后的日子，船上便多了许多欢声笑语，武瑞安和狄姜的相处模式发生了翻天覆地的变化。狄姜不再拒人于千里之外，反而是武瑞安说什么便附和什么，整个人温柔如水，将他捧到了天上去。她在他面前，从高高在上的当空皓月变成了他的床前明月光，温婉恬淡，宛若小女儿家。问药看得一愣一愣的，却由衷地觉得开心。她素来支持掌柜的享受凡尘爱恋，这并不与他们的行事准则相违背，不是吗？古来多少才子配妖女，谱写出来的都是一出出倾世绝恋，现在掌柜的成了女主角，她也能捞一个女配当当了吧？

问药心情大好，说的笑话也比平日里多了许多，这一路来便是无论寒风多呼啸凛冽，船上始终是欢声笑语接连不断，就连摆渡人的笑容都越来越多了。

当一行人到达云梦泽时，蜀州下了今年的第一场雪，白雪纷纷扬扬飘下，江面湖泊被白雪一点一点地覆盖。云梦泽的岛屿千姿百态，错落有致，宛如一颗颗珍珠洒落在湖面。而岛上的山坡平缓，林木四季葱茏，团团云气萦绕在千山洞穴之中，又从洞中逸出，飘浮飞散，水乡泽国由此得名。

狄姜三人便在这万千岛屿之中寻了最大的一处岛屿落船。临到下船时，武瑞安怕狄姜冻着，便将自己的衣物脱下，给狄姜做了披风。那一副怜爱心疼的模样，叫摆渡人和问药都不自觉地起了鸡皮疙瘩。摆渡人实在忍不住，便轻声对武瑞安"提点"道："公子，后会有期……"

"多谢老伯这半月来的照拂，"武瑞安说着，递给摆渡人一锭白银，"这些银子够你吃半年了，回去好好歇息一阵子，多在家陪陪老婆孩子！冬日就不要行船了！"

摆渡人拒绝："狄姑姑已经给过老朽船费了。"

武瑞安强行将银子塞到船家怀里："银子不嫌多，还是拿着吧！"

摆渡人仍是摇头："不妥不妥……"

狄姜见二人浪费时间，便忍不住开了口："你就拿着吧。"

摆渡人看了眼狄姜，这才不得已将银子收在怀中，笑着颔首："那……老朽恭敬不如从命，多谢公子了。"

"对了。"武瑞安突然神神秘秘地凑近摆渡人，压低了声音说，"你以后见到漂亮姑娘，还是叫人姑娘吧，别'姑姑，姑姑'地叫，都这么大把年纪了，不太合适。"

"老朽知道了。"摆渡人闻言，心头想要大笑，双肩便止不住地颤抖。他努力地压制心头的笑意，等好不容易忍住了，便不再跟武瑞安打趣，而是将白马连同行礼一起送下船。之后，摆渡人很怕自己再跟这个不学无术的王爷待在一起，会忍不住告诉他事情的可怕真相，便飞快地独自驾着画舫离开了。

摆渡人离开后，江面上便起了大雾，大雾混着纷纷扬扬的大雪，更显得云梦泽的风景如梦如幻，如画如醉。画舫很快就消失在了江雪雾霭之中，到最后就连一星半点的影子也瞧不见了……

"下了这么大的雪，他还要继续行船吗？会不会有危险？"武瑞安在岸上眺望，心中很是为他担心。

狄姜摇了摇头："旅人在旅途中最期待的便是踏上归途，江的那头或许有他急切想要见到的人呢？他往来江河之中，自然心中有着十成的把握，你就不要担心了。"

"也是……"武瑞安点点头，随即凑在狄姜耳畔浅笑，"好在你在我身边，有你的地方，就是我旅途的终点。"

"数你嘴甜！"狄姜一摇手绢，帕子便带着她的体香拂在武瑞安的面上，他心中更加心痒难耐，伸手一抓，想要将她揽进怀里。但狄姜此时却又如往常一般悄然转身，与问药凑在了一处往前行，武瑞安想跟她甜腻的想法便又只能落了空。

第二章

云梦泽

　　三人一马，行走在覆了一层白雪的江边。雾气氤氲中，天地渐渐被大雪所覆盖，变成了白茫茫的一片。冷冽的寒风在耳畔呼啸，三人都不禁瑟缩着身子，在雪地里行了约莫半个时辰，才终于到了镇上。

　　这里说是镇子，其实也算不上。岛上大多是供往旅人行经落脚的客栈。武瑞安随意选了一处客栈下榻，进去之后才发现，原来这座客栈是依山而建的。这座山是中空的，中间有一个巨大的深坑，可说是一个天然的圆形天井，客栈主人便围着深坑凿了一圈房间来作为客栈。这些客栈虽然建在洞穴之中，但因为天井，却也并不会让人感到压抑。

　　深坑作为客栈唯一的采光井，石壁上开满了漫山遍野的爬山虎。到了深秋的时候，爬山虎叶子会变红，然后慢慢地开始凋零。到了现在这个季节，叶子掉光了，种子却跟着成熟起来。一串串果实吊在枝干上，看起来不起眼，却是鸟儿们大好的过冬食物。鸟儿们索性在石壁上搭了窝，于是客栈里头成天都有很多种鸟儿飞来飞去，叽叽喳喳吵闹不休，声音清脆欢快，也不算扰人，在这满目萧条的深冬里，便算是一道喜庆的风景了。

　　三人毗邻而住，到达各自的房间之后，便见房间呈圆拱形，宽敞舒适。狄姜一进房间，便发觉这里的气温比外头高了许多，她迫不及待地脱下狐裘披风，然后在几间房里打量了一圈，又发现这里每一间房间的大小都不一样，且各自有着不同的风格与特点，小到水壶茶盘，大到桌椅床铺，都找不到两件重样的东西，但每一间的装饰都极具格调，不落俗套。

"这个掌柜真有趣。"狄姜笑道。

"可不是嘛！我看这客栈里头没有旁人，他一人打理这样大一间客栈真是不容易呢！"问药满眼新奇，看她的架势应当是已经将整个客栈十余间房间都瞧过一遍了。云梦泽岛屿众多，山峦起伏，沟壑纵横。在这样的地方，素来人迹罕至，至多只有旅人会路过此处游玩，累了歇息个一两日，又或者做一个世外高人，在此住上三月半年，修身养性，陶冶情操。但无论如何，寻常过日子的平民百姓不会在这里多作逗留，于是在这场大雪的衬托下，云梦泽便更显荒凉和神秘。

翌日，三人起床后，只见天地间一片雪白，白茫茫的再看不见旁的颜色。大雪封山后，狄姜三人就被困在了客栈，每日只得与王掌柜一起，挤在最大的一个洞穴里，一起生火取暖。四人围坐的柴火堆之下的灰烬里还埋了八只烤红薯，一人两只，便是他们这一整日的口粮了。

问药一口接一口地吃着烤红薯，虽然香味四溢，可再好吃的东西接连吃了两天也不会觉得好吃了。她耷拉着脸，似有些生无可恋；狄姜也是如此，她的心早就飞去了白云观，若不是因为武瑞安在这里，怕他肉体凡胎受不住外头的天寒地冻，她早就拉着问药出去查访了；而武瑞安却在暗自庆幸自己跟着她俩来了，否则在这人迹罕至的地方，两个如花似玉的小姑娘被人掳走了都不会有人知道。

三人心中各有所想，比起狄姜和问药的百无聊赖，武瑞安则显得兴致十足。他闲来无事便与掌柜聊天，问道："这附近可有什么值得赏玩的景点吗？"

王掌柜同他讲着："来云梦泽看的就是湖面千岛林立，日出日落时湖面上的耀目金光就如一颗颗珍珠落在玉碟之上，但若要说出具体的景点，那还真没有。"

"王掌柜，您来这里十年可曾听闻过附近有个白云观？"狄姜没有抱什么希望，随口道。

"听过啊！"王掌柜点头，"白云观可是圣地，咱这一带甚少听说奇异怪事，可多亏白云观的庇佑了！"

"白云观在哪儿呢？"狄姜急道。

"白云观早就已经破败了，听说几年前被玉灵真人改建成了一座月老祠。"

"什么？！"狄姜与武瑞安大惊。问药更是夸张，直接捂着肚子大笑，"白云观变成了月老祠？！哈哈哈哈哈——钟旭这掌教真人当得也真够窝囊的哈哈哈哈——"

王掌柜见状，一脸莫名，狄姜推了问药好几次，可她仍是止不住笑意。就在问药笑得前仰后合之际，客栈大门外突然传来一阵急切的敲门声——

"店家在吗？可还有空房间？"门外传来一公子的呼唤声。王掌柜一听来了生意，立刻打起十二分的精神，笑着打开门，将风雪中的一行人迎了进来。狄姜和武瑞安循声望去，便见一行来人十余人，皆穿着不俗，尤其是为首的公子和两位小姐，举手投足都尽显贵气，一看便是富贵人家的少爷和千金。

董连城、董叶贞和董碧灵，几人便是距此千里开外遍梁城中首富董家的大少爷、二小姐和三小姐了。狄姜和武瑞安没料到在这样的风雪天里，能在荒郊野外看见这样的富贵游人，皆有些惊讶。董家三兄妹亦是这样觉得。

董连城看着武瑞安微微皱眉，而他身边的两位小姐自从进门后，眼睛就没有从武瑞安的身上离开过。这一屋子人都是容貌极佳的美人，武瑞安更是其中的佼佼者，连狄姜也要自叹不如。再看董家的三位少主，大少爷董连城眉目普通，但在身上华贵的狐裘衬托之下，也显得气场十足；二小姐董叶贞穿着一袭轻薄的绢白纱衣，发髻上只簪了一支莹白的发簪，行走起来白练轻轻，步步金莲。她的面颊略微有肉感，双眸清澈明亮，煞是灵动；而董碧灵的衣着则显得年轻许多，她的衣裙上俭下丰，千褶百叠，配以白狐小袄，看上去摇曳生姿，亦不乏贵气。两位小姐瞧来都是豆蔻梢头的年纪，宛如两朵含苞待放的芙蓉花。

"小荷才露尖尖角，正是女子最好的年华。"狄姜面露欣羡。武瑞安听了，以为狄姜是在感叹自己青春年华不再，二十岁，已然是个世人眼中的老姑娘了，便立即安慰她："女子最好的年华是在遇见了心爱的男人时才真正到来，与爱人相处的时光才是最好的年华，你有我相伴，便是拥有这世上最好的男儿，哪里还需要羡慕旁人？"

狄姜回头看着武瑞安，只见他正灼灼地看着自己，眼神炽烈而火热，一副恨不得为自己掏心掏肺的模样。董家的两个女子已经看呆了，就连董家少爷都面色微怔，可见武瑞安的魅力足以感染周边所有人。这若是放在普通女子身上，只怕早就已经因他的目光而开心幸福得晕过去，但她是狄姜，又怎会如普通女子一般呢？何况她还知道武瑞安不安好心，便是如何也不能随了他的意。

"所以……你爱上我之后便迎来了最好的年华？"狄姜笑问。

"没错。"武瑞安大方地点头，双眸仍未从狄姜的面上移开半分。

狄姜盈盈一笑，掩嘴道："怪不得我总觉得自己不开怀，原来是没有遇到令我开怀的人。"

"这不是遇见我了？"武瑞安一愣。

"是你爱上了我，又不是我爱上了你。"狄姜更正，"我点亮了你的生活，可是我的日子却还没有遇到对的人来点亮呢。"

武瑞安垮下脸，面上有些挂不住。此时董家女子都有些惊讶，似乎不能理解狄姜为什么不喜欢这样貌美的公子。而同为男儿的董连城却是没忍住，"噗嗤"一声笑出来。很显然，他很有些幸灾乐祸。

"几位客官想要几间房？"这时，王掌柜出来打圆场，打破了这一室的微妙氛围。

"来十间上房！"董连城道。

"哎呀！这可怎么好！你们晚了一天，昨儿个这三位客人要了三间房，如今客栈里只剩下九间空房了。"

"那就让她们俩挤一挤，腾出一间来给我们，我帮她们出了房费便是！"董连城大手一挥，比武瑞安还潇洒地掏出两锭银子，放在了王掌柜手里。

"这……"王掌柜迟疑。

"不够？"董连城说着，又拿了一锭银子出来，放在他手中，"够了吗？"

王掌柜一脸无奈，转头看向武瑞安："公子您看……"

武瑞安这下可不干了，想他从小到大最不缺的就是银子，什么时候在钱这方面跟人比输过了？狄姜知道他肯定怒上心头，连忙去拉，可拉不住他，只见武瑞安豁然起身，然后一头冲上前，紧紧盯着董连城，皮笑肉不笑道："这位公子，你钱很多啊？你怎么不干脆把这家客栈买下来，将我们都赶出去不是更好？何必还来询问我的意见？”

“你！”董连城被他这样一吼，心头自然也是怒火中烧，可他却不似武瑞安这般鲁莽，而是强压住心头的怒气，好声好气地说，“这位公子，我也是想与你们商量罢了，您何须这样生气？”

“我不生气，我只是这辈子还没被别人拿钱砸过，你倒是砸我一次，让我开开眼界呗？”武瑞安冷哼一声，似乎打算跟他杠到底。

“你这人怎么说不通呢？”董连城被武瑞安气得脸色发白，刚要与他争吵，却听身后的董叶贞开了口：“你们不要吵了。”

董叶贞嘴角带笑，柔声道：“碧灵妹妹说了，她与我同住一间就好，既然还有九间房，就不必麻烦这位公子和两位姐姐了。”说着，她向狄姜点了点头，表示歉意。

“这……”董连城有些迟疑。

“哥哥不必多说了，我们到底是后来的。”董叶贞说完，便拉着董碧灵的手走了进去。

“这样就好，这样就好！”王掌柜立刻眉开眼笑，领着一行人进了房去。董连城见状也不再理会武瑞安，随即帮着小厮一起，将行李都搬了进来，去了各自的房间。

“山野村夫，竟敢在我面前班门弄斧，真是不知好歹！”武瑞安翻了个白眼，冷哼一声，骂骂咧咧地坐回了狄姜身边。

“王爷也不必跟他们计较不是？”狄姜笑了笑，亲自剥了半个烤红薯喂到武瑞安嘴边。武瑞安见有此福利，才不再跟他们计较，暂且忘了这段不愉快。而一旁的问药显然还沉浸在白云观变成了月老祠这件事上，并没有注意到这件小插曲，她的双肩仍止不住地微微颤抖，似乎费了许多功夫，仍是不能憋住笑意。狄姜内心叹息，想着等到天光一放晴，还是得去月老祠看看才是，那里多少都应该会有一点线索吧……

大雪在下了三天之后终于停歇，第二天天光大亮。狄姜走出房间，便见天井的树枝上挂满了晶莹的水珠，不知是初融的积雪，还是未干的晨露。几只鸟儿叽叽喳喳地围着天井里打转，时不时飞扑而下叼颗果子吃，一切看上去美好又祥和。这时武瑞安已经起床多时，正在山洞大厅里跟问药用早膳，两个馒头加一碟热乎的小米粥，眼看就要见底。

"今天终于不用吃番薯了。"狄姜笑了笑，刚要坐下，便见身后传来许多人的脚步声，随之而来的还有董连城自负的大笑声——

"只要将你们平安带回去了，想他们也不会诸多责骂，若是爹娘真生气了，碧灵妹妹尽管将责任都推到我身上，我脸皮厚，不怕挨骂！"

"多谢连城哥哥。"董碧灵长舒一口气，似是放下了心。

闻言，狄姜与武瑞安对视一眼，却觉得有些奇怪——这兄妹之间似乎有些太见外了。

一行人很快便走到了厅中，董连城与王掌柜告辞之后便与仆从们一起走了出去，抬行李的抬行李，牵马车的牵马车，只剩下两位小姐在厅中等待车驾置办妥帖。

"这是什么？"就在这时，问药在地上捡起一个三角形的物件，递给狄姜道，"这是您的吗？"

狄姜接过来，看了一眼便摇了摇头："不是。"那物件通体成红色，半个巴掌大小，外形看上去像是一个腰坠，但仔细一摸索便又会发现那枚坠子是纸做的，像是一个护身符。

"这可是你们落下的？"狄姜扬起手中的坠子，朝着董家两位小姐问道。

董叶贞和董碧灵立刻摸了摸自己的袖子，董碧灵摸出一个同样的护身符，便舒了一口气："不是我的，叶贞姐姐，看看是不是你的丢了？"

"哎呀！这么重要的东西弄丢了都浑然不觉，若是回去发现没有了，我这一遭可算是白来了！"董叶贞在袖口里摸了好几下，发现自己的那枚确实不见了，便立刻上前来接过那枚护身符，对狄姜笑道，"多谢姑娘。"

"这是什么东西？"问药忍不住好奇。

"这个呀，是青云山上的月老祠里求来的祈愿灵符，只要将自己的生辰八字还有心上人的生辰八字都写上去，他们就一定会开花结果，结为夫妻！"董碧灵笑着推了推董叶贞，挤眉弄眼，"叶贞姐姐，你说是不是呀？"

董叶贞面色一红，啐道："少说几句，无人当你是哑巴！"

狄姜和问药这下听出来了，这一行人冒着风雨上山，只是为了求这么一道祈愿灵符，看来这董叶贞对心上人还真是情深义重……

"对了，"董碧灵走过来，对着武瑞安掩嘴笑道，"这位公子，听我一句劝，您也去那山巅上的月老祠求上一求吧，指不定神灵听了你的祷告，便让这位姑娘爱上你了呢？"虽然她说话之时用的是劝说的语气，可在武瑞安听来却很是刺耳。

"多谢姑娘好意，不过本……我还需要求人吗？"武瑞安忍不住翻了个白眼，冷笑，"我有这张脸，还有这通身的武艺，追求女人还需要求神仙？真是荒天下之大谬！"说完，他懒得再跟这一群人待在一个厅里，便转身回了自己的房间。

"脾气真怪！"董碧灵努努嘴，朝着他埋怨，"难怪你长得这样好看，人家姑娘还不喜欢你！"武瑞安权当没听见，并不与她计较，但倘若现在说话的是董连城，只怕是已经被他打得满地找牙了……

董家一行人离开后，客栈里就恢复了往日的安静，待到下午，路上的积雪融了个四五成，狄姜便向王掌柜仔细询问了月老祠的去路，带着武瑞安和问药向青云山走去。

青云山是云梦泽里最高的一座山，乳白色的流云在它的四周浮动，抬眼望去，便见它的上半部分在阳光里，下半部以流云为界，笼罩在层层雾霭之中，但这更加让人觉得山高巍峨，耸入云端。它就像是一座海市蜃楼，平白地飘在了半空之中。

三人到了青云山脚，便见千级石阶从山脚笔直而上，高耸的石柱矗立在两旁，石阶上杂草丛生，石柱上字迹斑驳。这里荒芜凄凉，再也不似曾经的辉煌，昔日的荣耀已经离他远去，一切显得那般庄严肃穆，又是那般引人唏嘘。众人顺着石阶向上走去，好不容易上了山顶，终于在正中的位置看见了一座道观，道观正中的牌匾上却写着三个歪歪斜斜的大字：月老祠。

"白云观变成了月老祠，王掌柜诚不欺我！哈哈哈哈哈——"问药难忍心中笑意，在寒风和白雪之中笑得花枝乱颤。狄姜深感难受，武瑞安感知到狄姜的难过，也不好意思笑出声。心中只奇怪这钟旭究竟遇上了什么麻烦，如何也不该落魄至此。

就在这时，月老祠的大门突然从里大开，门里走出了一名仙风道骨的老人。那道长看上去约莫花甲之年，眼眶凹陷，瘦骨嶙峋，穿着一件打了许多道补丁的长袍。狄姜几人见了他都是一愣，那人则更是惊奇，但惊奇在转瞬便变成满脸堆笑，他眉开眼笑道："在下玉灵真人，是这月老祠的主事人，几位可是来此进香求姻缘的？"

三人面面相觑，摇头。

"来算命的？"

三人又是摇头。

"求子嗣？"

三人仍旧是摇头。

"那是？"玉灵真人迷惑了，实在猜不透这一群容貌俊逸、穿着显贵的人跑到这深山老林里来要干什么。狄姜虽然觉得眼前这满身铜臭的老头跟钟旭应该扯不上什么关系，但她仍不死心，上前两步问道："我想问问这里从前可是白云观之所在？"

玉灵真人一听她说起白云观，不由脸色一变。狄姜见他面色有异，知道自己是问对了人，于是乘胜追击："您可认识一位姓钟的道长？他身边还跟着一个童子，大概这么高。"说完，比了比自己的肋骨处。

"不认识！"不等狄姜说完，玉灵真人立刻斩钉截铁地摇头，"我不知道什么白云观，也不认识钟旭！你们赶快走吧！"说完，他大力地将狄姜推了出去，然后"砰"的一声关上了月老祠的大门。

"道长！道长！"狄姜接连唤了两声，对方却并不打算开门。

问药拉住狄姜："掌柜的，咱们还是走吧，钟旭不在这里。"

"为何要走？"狄姜笑了笑，道，"他刚刚已经不打自招，承认自己认识钟旭了。"

"欸？"问药瞪大了眼睛，"可他明明说不认识钟旭呀！"

这时武瑞安也笑了，朗声道："将才狄姜只是问他认不认识姓钟的道长，根本没有提到钟旭的名字，那牛鼻子可不是不打自招了？"

"没错。"狄姜点了点头，她被他无理地推搡在外，却并不生气，只因他刚刚那句话里已经坦白承认了：他一定认识钟旭。连月来的寻找有了眉目，可不是值得高兴的事吗？她们不需要再像无头苍蝇似的在云梦泽寻找，接下来，只需要想办法让那老头将钟旭的行踪和盘托出便是了。可直到太阳落山，夜幕降临，任三人喊破了喉咙，对方仍是不开门。

武瑞安几次想要翻墙而入，却都被里头人用烂菜叶和鸡蛋打了出来。这若是在平时也就罢了，可这里是寒风冷冽的山间，武瑞安的衣服被水一浸，没过多久，他就被冻得瑟瑟发抖。狄姜看着武瑞安一身污渍，不忍他继续受委屈："我们明天再来吧。"

"不行！我今天非要把他揪出来不可！"武瑞安说着又是要飞身上墙，狄姜和问药连忙拦住他，也不管他咽不咽得下这口气，直接强行挽着他往山下走去。一路上，武瑞安都愤愤不已："我明天就去找这里的县官，让他带一队人，把这月老祠给一锅端了，看他招是不招！"

狄姜道："王爷消气，或许明天他们就能想通了呢？何况若是惊动了县官，您以后怕就没有逍遥日子了，他们一定会禀报辰曌，然后将你送回太平府，您舍得与我分开吗？"

武瑞安无奈："我带你一起回去便是！"

狄姜摇头："我好不容易能与王爷游山玩水，这出来才一个多月的工夫，就这样回去实在是太可惜了！您说对吗？"

武瑞安想了想，发现确实如此，便只得点了点头："好吧……那我们明天再来。"

"王爷英明！"狄姜晓之以理，动之以情，总算将他的情绪稍稍安抚平息。狄姜暗自叹气，与凡人待在一起，实在是不方便。

当晚，待武瑞安熟睡之后，狄姜才掐了个隐身法诀，带着问药闪身飞上了月老祠。此时的月老祠里，众人已经熟睡。狄姜在休息房里粗粗看了一圈，便发现整座道观统共只有四个人，一个是月老祠的主事人，也就是今日他们见过的玉灵真人，但他已经不见了踪影。另外三个都是道童的扮相，正在熟睡。狄姜没有见过他们，但看他们的面孔便可知道，他们似是许久没有吃过一顿饱饭一般，饥寒交迫，面黄肌瘦。

问药忍不住嘟囔："钟旭这个掌教真人当得也太不称职了，看这些小童子都饿成什么样了？"

狄姜叹息:"谁说不是呢?"

问药:"那老头去哪儿了?"

狄姜头疼:"许是跑了吧……"

正在狄姜一筹莫展、准备下山之际,她突然发现在道观的大门边散落了许多鸡毛和枣核,枣核说得过去,可是鸡毛就说不过去了,这与清心寡欲戒五荤的宗旨大相径庭。

难道……

"掌柜的你在看什么?"问药见狄姜停下步子,不由问道。

"我觉得这里有古怪。"狄姜道。

"有什么古怪?除了童子太瘦之外,似乎没有什么地方值得奇怪的……要不要我把他们都抓起来,来个严刑拷打?"问药道。

"此事还需智取,我心中已经有了主意,我们明日再来。"狄姜摇了摇头,说完,便带着问药下了山去。

第二天天一亮,狄姜便找王掌柜要了一些雄黄。雄黄是山中行人必备之品,在夏日用来驱除蛇虫鼠蚁最是管用,到了冬日也能用来酿酒,可说是家家户户必备之品。王掌柜长期都有储备,于是大方地给她盛了满满当当的一碗。

"多谢王掌柜。"狄姜笑着告辞,然后回房将雄黄递给了问药,并对她说道,"把这些撒在月老祠的大门口,过半个时辰再进去看看,回来之后,告诉我里头的情形。"

"我这就去!"问药满口应下,很快便带着雄黄上了山。她按照狄姜的吩咐,将雄黄撒在月老祠的大门门缝之中,不一会儿,便听里面传出几声惨叫,紧接着一阵窸窸窣窣的声音传来,似乎里头正在经历一场酣畅淋漓的打斗一般。她耐着性子,等了半个时辰之后,才尝试推开大门,此时却发现之前的阻力都消失了,她不需要用什么力气便能打开门。

问药进门之后,便闻见道观里弥漫着一股臭不可闻的味道,就像一只千年老狐狸身上散发出的臊气。

"怎么这么臭?"问药皱着眉头,一脸嫌弃地捏着鼻子,开始在道观里巡视起来。只见白云观前后总共有三个大殿，最前头的大殿已经被彻底改成了月老庙，庙里供有一白发银须老人坐像，慈颜善目，笑容可掬，他一手执姻缘簿，一手牵红绳，祠门两旁更有联道："愿天下有情人，都成了眷属；是前身注定事，莫错过姻缘。"一副煞有其事的模样，还真叫人看不出这里从前是个道观。

第二个大殿里供有三茅祖师真君，分别是太元妙道冲虚圣佑真应真君、定录右禁至道冲静德佑真君、三官保命微妙冲慧仁佑真君；第三个殿堂里则什么都没有供奉，空落落的只有一个蒲团，问药仔细地四下查看了一番，最后便确定了——这道观里现在一个人都没有了，就连昨晚那些小童子也都不见了踪影。能证明这里曾经有人的证据，只剩下月老祠中的桌子上摆放着几只冒着烟的土碗，土碗里盛着小半碗面条，看上去清汤寡水，里头怕是只搁了少许盐。除此之外，围着桌子还散落着几件衣袍，就像是人在袍子里消失了一般。道观里人去楼空，再没有半个人踪影，不，就连鬼影都瞧不见一个。

"想是他们吃到中途被我的雄黄味打断了才会如此，否则在穷成这样的道观里，他们是断不会舍得浪费粮食的……"问药想着，便回了客栈，将她的所见所闻回报狄姜。狄姜的嘴角便浮现出一抹笑，眼睛里更透着一副"果然如此"的意味。

"掌柜的，他们为什么怕雄黄？"

狄姜笑道："他们不是怕雄黄，只是闻不得那个味道，雄黄对于他们，就如丹若花引之于你。"问药闻言，一股莫名的惧意便涌上心头，她想起丹若花引那独特的腐烂鸭毛味道，只觉隔年饭也要吐出来，她是再不想闻到第二次了……

问药撇撇嘴："那我们接下来该怎么办？"

"还能怎么办？当然是想办法，把玉灵真人找出来了……"狄姜嘴角带笑，似成竹在胸一般，伏在问药耳边低声说了几句。问药起先有些发愣，而后便猛地点头："我知道了，我马上就去！"

问药走后已是午时，狄姜见武瑞安还没有起床，便忍不住去房里唤他。待她敲了几声房门，却发现始终无人应门。她情急之下便掐了个法诀，趁着四下无人闪进了武瑞安的房中。

"王爷？"狄姜走近床边，才发现此时的武瑞安双颊绯红，身子滚烫，怎么唤都唤不醒。再一探他额头，便发现他发起高烧，浑身滚烫。狄姜立刻向王掌柜求了退烧的草药，再和着自己从太平府带来的药材一起煎水给武瑞安服下，他的身子才稍稍降了温。

武瑞安昏昏沉沉地在床上睡了一整日，狄姜便衣不解带在一旁照顾了一整日，直到半夜，问药拎着一个大麻袋回来时，狄姜才神神秘秘地拉着问药回了自己的房中。

"掌柜的您可真是神了！我还真抓着不少！"问药献宝似的打开麻袋，便见麻袋里躺着许多毛茸茸的小动物，它们被绑住双脚关在一起，都在拼命地挣扎。

"您看看，这是不是就是您所说的'貉'？"问药随手抓起一只，将它递到狄姜面前，道，"我按照您说的，拿活鸡做引，做了一个捕捉笼，它们可贪吃了！几乎是一拥而上，我的笼子险些罩不住它们！"

"是了是了，可不就是它们了！"狄姜拍手叫好，"貉，体型短而肥，喜欢吃鸡和水果，与月老祠中的人是同一个品种。"

"什么！月老祠的人都是貉？"问药闻言一惊。

狄姜点了点头："那老道士怕是修炼了百年的老貉，我若不仔细去看，都没看出。"

"那掌柜的抓这些小的来做什么？"问药疑惑。

"一丘之貉自然是貉貉相护，我抓了那老貉的子孙，他还不得来与我拼命？"狄姜弯起眉眼笑道，"去，找一个空地，生起明火，将它们的毛剃光了放在火上烤，让它们的骚气飘散十里，我就不信那老东西不出来。"

"好！"问药一口答应，又去柴房里找来柴刀，对着这群小东西，不一会儿，这些貉的体毛便都被剃了下来，只剩下四肢和头上的毛发。问药将几只貉扛在肩上，又抱起地上的一大摊毛，再次走出客栈，这一次，狄姜跟在她的身后，打算与她一齐会会那玉灵老貉。

二人带着几只小貉，寻了一处高地，然后升起一堆明火，问药按照狄姜的指示，时不时便扔一些毛发进入火里。火堆里的木材燃烧时，发出噼里啪啦的声响，毛发烧焦的味道熏得二人眼睛疼，她们忍受了许久，仍不见草丛中有什么动静。

"掌柜的，就快要烧完了，怎么办？"问药道。

"唔……看来我们还不够狠。"狄姜说着，想了想，便笑盈盈地走到那几只貉面前，道："快，叫、惨叫、大声地惨叫。"几只貉瞪大了眼睛看着狄姜，很显然它们听懂了狄姜的话，却因被她吓得不轻，半晌都叫不出声来。

"叫不叫？不叫我可把你们扔进火里去烤了啊？"狄姜拎起其中一只的后腿，作势要扔进火里，此时它们终于反应过来，开始此起彼伏地哭号。

"叽叽叽 —— 唧唧唧唧 ——"一声声凄厉的惨号声划破了宁静的夜空，几乎在下一刻，草丛里便窜出一个庞大的黑影，它隐在黑幕里，就像是一只全身长满了长毛的野猪。那黑影朝着狄姜扑去，动作笨拙又生硬，狄姜几乎是毫不费力地闪身一躲，只听"砰"的一声闷响，它便自己撞在了石头上，撞得头昏眼花不省人事。狄姜和问药围上去定睛一看，才发现这是一头通体白毛的貉，嘴唇上的两撇小胡子和月老祠里的玉灵真人一模一样。

"把它绑起来。"狄姜说完，问药立刻着手去做。等将老貉五花大绑成粽子之后，狄姜才抬脚踹了踹他干瘪的肚子，威胁道："你再装死，我可就把你也扔火堆里了……"

狄姜说完，玉灵"哼叽"一声翻了个身，虚弱地睁开了双眼，一见狄姜的手里正攥着自己的曾曾曾孙子，立即瞳孔紧缩，哭号道："姑奶奶饶命啊！它们还是孩子！什么都不懂！冤有头债有主，您要打要杀冲我来！"

"去，我吃饱了撑的犯杀孽？"狄姜冷哼，"当然，我也不是怕犯杀孽，为了钟旭，我可不惜犯杀戒呀……说！你把钟旭弄哪儿去了？你是不是把他害死了！"

玉灵被吓得肝胆俱裂，立即趴在地上求爷爷告奶奶地哭喊道："冤枉啊！我没有杀钟旭！我什么坏事都没做过呀！"问药和狄姜面面相觑，她们现在算是明白了，这玉灵老貉只是一只活了上百年的老貉，法力低微至极，可说是微不足道。

狄姜清了清嗓子，道："钟旭现在人在哪儿？你为什么装作不认识他？"

"因为……因为我怕你们是来讨债的，所以不敢承认呀！"

"讨债？"狄姜蹙眉，疑惑道："讨什么债？"

"半年之前，白云观出了一个顽劣的道童，喜欢去镇上赌博，欠下一大笔钱然后跑了，可那赌场的人就认准咱们白云观了，整日来骚扰不说，还时不时将道观里的人拉出去一通好打，长此以往，不出半年时间，白云观便人走楼空了！"

"那钟旭呢？"

"我……我不知道……"

狄姜眯起眼："真不知道？"

"真不知道！"玉灵咬紧牙关，似乎铁了心不愿意说实话。

"哎……"狄姜叹了口气，"那就没办法了。"狄姜说完，拎着小貉便往火堆走去。

"且慢！"玉灵老貉眼看自己的曾曾曾孙子就要被扔进火里，终于还是开了口，"我说！我说还不成吗？"

"那就快说！"问药怒目相向。

"钟旭……在化灵池。"

"化灵池？"狄姜内心一紧，感觉光听名字就不像是什么好地方。果然，下一刻便听他又道："那是白云观千年来的剑冢所在地，他在里头似乎……"

"似乎什么？你别吞吞吐吐的，不想它被掐死就赶紧说！"狄姜手上一用力，被她扼住喉管的小貉便"唧"地惨叫了一声。

"不要不要，我一定知无不言言无不尽！"玉灵心疼不已，立即连气都不敢喘地急道，"钟旭不希望长生侍剑，于是自己去化灵台与剑神沟通，我已经许久没有他的消息了，他只怕是性命垂危或者已经命丧黄泉了！"狄姜脑子里绷紧的弦轰然断裂，她听不清他之前说了什么，唯一听到的几个字便是：钟旭已经命丧黄泉了……

第三章

剑冢

钟旭已经死了。

这一句话始终在狄姜的脑海里盘桓不去。凄冷的冬夜里，她的耳畔听不到一丝风声和虫鸣，时间仿佛也在这一刻停滞不前。

"你……没事吧？"玉灵老貉贼眉鼠眼，眼睛里充满了不解，他不能理解这个凶神恶煞的女人现在怎么跟吃了定身丹似的一动不动。

"你说……钟旭死了？"狄姜双目写满了不可置信，一再求证追问，多希望玉灵老貉告诉自己他是在开玩笑。

可是并没有。

玉灵老貉始终点头，再三确定道："钟旭确实是死透透了！"

"这怎么可能！我分明还能感受到他的气泽！"狄姜身形踉跄，久久说不出话来。

"掌柜的别着急，或许是他胡说八道呢？我们把它扒皮拆骨，看他说不说实话！"问药撸起袖子，作势上前。

玉灵老貉连连告饶："姑奶奶明察！钟旭真的死了呀！您二位法力无边，自可去查一查他在哪儿，你们定是查不到他的所在，才会来白云观找他不是？你们发现不了他的踪迹，便是他已经死去的铁证啊！"问药想了想，发现他说的有道理，便扶着狄姜："掌柜的，您是不是好久都感觉不到钟旭了。"

狄姜面色微怔，良久才点了点头："不错。"

问药长舒一口气，知道掌柜的心里难受，但她比狄姜心急，很快便又拎起玉灵老貉的脖子，逼问道："化灵池在哪里？快带我们去看看！钟旭生要见人，死要见尸！"

"这……"玉灵老貉缩着脖子，双眸直溜溜地转悠，似乎心里头有千百个想法闪过。

"去不去！别想出阴招！"问药恶狠狠地瞪大了眸子，吓得他又是一激灵。可任问药如何逼迫，玉灵老貉这会儿却斩钉截铁地摇了摇头："就算我知道也不会带你们去！"

"信不信我一拳打爆你的头？！"问药高抬右手，可这玉灵老貉就像突然充满了勇气一般，横心道："你们这两个来历不明的女魔头！既然不是城里赌坊派来讨债的，就一定是想毁我龙脉的妖女！我不会让你们得逞的！我死不足惜，但是我做鬼也不会放过你们！等我死后，我一定会化作恶灵回来，为我的徒子徒孙报仇！你们杀了我吧！"玉灵老貉闭上眼，静静等待死亡的来临。

而狄姜和问药却是一愣，龙脉？

什么龙脉？

这会儿玉灵老貉突然似做好了必死的准备一般，无论怎么逼问都不再开口。狄姜无奈，觉得自己拳头已经给得够多了，便决定换个软路子来。

狄姜放了几只小貉，然后偷偷从袖子里拿出不知道什么时候塞进去的洋葱，掰开塞了一半给问药，然后捏在袖子里一抹眼睛，号啕大哭道："我们二人原是山中苦修的……蛇精，三年前自受了钟旭的恩惠后，便与他一见钟情，情投意合，然后相爱相知……他分明与我说好了，待他辞了白云观的掌教之位就回去娶我。可谁曾想，他这一去三年都没有消息，我在大江南北寻了他整整两年才寻到此处，您却跟我说他已经命丧黄泉！可让我怎么独活于世？我不活了！"

问药立时明白了狄姜的意思，立刻也偷偷抹了洋葱，泪眼婆娑道："夫人我陪您一起去！到了地府见到姑爷，我还伺候你们！"二人说着，相互扶持推搡，作势要去撞石头，但两厢互动之下，二人愣是谁也没有往前迈动一步。这一来一去，倒是将玉灵老貉感动得一塌糊涂，他双目通红，全然忘了此前受过的侮辱，面露怜悯："二位果真是钟旭的红颜知己？"

"千真万确！不然我怎么会不怕您？因为都是钟旭告诉我的呀！"狄姜连连点头，说得跟真的似的。玉灵老貉面露迟疑，似乎有些纠结。

问药接着说："就连长生也是知道我们的关系的！不信你去寻了长生来问！"一提起长生，玉灵老貉面色就变了变，长生就像是一个佐证，侧面证明了狄姜和问药的话是真的。

"好吧！我带你们去找他。"玉灵老貉终于点了点头，"此番能有人为钟旭送终，也是我乐意看到的事。"

狄姜喜上眉梢，立即招呼问药："竟不想大水冲了龙王庙，自家人打了自家人，快松绑！"

玉灵老貉被放开之后，便"砰"的一声恢复了原形，他捋着花白的胡子，清了清嗓子，道："既然你们是钟旭的女人，以后也要规规矩矩叫我一声太师叔，以前的事情我既往不咎，以后要记得，以礼待人！"

"太师叔教训得是，狄姜知错了。"狄姜连连颔首，并带着问药一起作揖。

玉灵真人此前受的屈辱得到了一个说法，他也不是记仇的人，便拍了拍身上的灰尘，带着二人向青云山走去。一路上，他都在与狄姜主仆二人解释："知道为何我法力低微吗？"

"道长好本事，哪里低微了？"狄姜笑对。

玉灵真人很满意，便开始滔滔不绝讲起来："我本是白云观的开山祖师爷座下的一名入室弟子，他怜我有善心，将我收在身边，我便将一身法力都献给了白云观，为了保护这百年基业不毁于我辈之手，真可算是煞费苦心呐！"

"道长可真不容易，白云观可真亏了有你在呢。"狄姜一脸诚意，对他一通猛夸，夸到最后，素来面子厚的玉灵真人都有些不好意思了。三人一路往山上走，这时天边泛起白光，初晨的朝霞很快便飞上了云霄，将这云梦泽染成了红澄澄的一片，走在山间向下看，便是千百个岛屿落在橙红色的水中，千娇百媚，无限瑰丽。

"漂亮吧？"玉灵真人问道。

"漂亮。"问药和狄姜附和。

"可这百里山川、千里水乡之下，镇压的是这世上最凶猛的恶灵。"玉灵真人一脸凝重。

"什么？"狄姜和问药都是一凛。

"这也是钟旭身亡的原因，等到了地方，我便将知道的事情都告诉你们。"玉灵真人叹了口气，继续向山上走去。狄姜和问药跟在他身后，皆是一脸迷惑，尤其是狄姜，她的手心飞速地在盘算着，感知也荡开了去，却并没有发现这云梦泽中有任何的不妥。它就如外表所呈现的那般美丽多姿，引人入胜。

三人从白云观的三殿穿过，入了后山，后山有一山洞，洞有小口，口上垂着许多枯萎的爬山虎，若不仔细去寻，难以辨认。

"这里是白云观的后山，麒麟崖。"玉灵真人说着，将枯枝拂开，洞里隐约有流水的声音从里面透出来。他又捡起洞口的一支火把，在石壁上划过，火把便开始燃烧起来。狄姜与问药对视一眼，便跟着他从小口进入。

麒麟崖里巷路幽深，四周的石壁在火光的映射下显得绚丽多姿，十分神秘。山洞两侧的石壁一开始很狭窄，头顶也不过四尺有余，三人需要躬身才能前行。复行数百步后，山洞豁然开朗，就如同客栈里头的光景一般，这座青云山的山顶也呈现圆弧形，洞顶可以看见白云款款，洞底是一汪碧绿幽静的泉水。泉水被石壁环抱，在天幕的映衬下，色泽晶莹澄碧，这一刻，泉水叮咛，周围氤氲缭绕，宛若人间仙境。便是在这样一汪泉水的中心，有一座白玉所铸的平台，直径不过丈余，却显得那般庄严肃穆，神圣不可侵犯。

"那就是化灵台，也叫青溪龙砚，"玉灵真人手指那一方白玉台，"钟旭就在那里。"

"在哪儿？为什么我没看见？"问药连忙跑过去，围着泉水看了一圈，都没发现砚台上有人。狄姜知道水面上没有人，那么水底定有乾坤，她几乎没有多想，便深吸了一口气，眼睛一闭，"扑通"一声转身跳下了泉池。

"掌柜的！"问药的惊呼淹没在泉水之外。狄姜入水之后，发现泉水没有想象中的冰凉刺骨，反而略带着些许温暖。她心下便知晓，原来这是一汪温泉水，这也便是泉池之上氤氲环绕的原因。

短暂的眩晕过后，狄姜在龙砚的正下方看见了两座石像，石像半个身子泡在泉水中，半个身子没在池底的泥沙之中，活像是池底有一扇门，将它们半个身子浸在水中，半个身子关在门里。狄姜游过去，仔细一看，便发现这二人的眉目与钟旭和长生有些许相似，不，简直是一模一样。狄姜扒开池底的淤泥，便发现事实与她想的一般，他们的下半身被困在一道刻有符文的门里。此时，她的憋气已经到了极限，便足尖一点，翻身上岸。

岸上，问药正掐着玉灵真人的脖子，恶狠狠道："你快下去救人！"

"我……可不会……水。"玉灵真人面色通红，显得十分痛苦。

"问药！"狄姜高喝一声，"不得无礼！"

"掌柜的！您没事吧？"问药喜不自胜，连忙跑过来，将自己的衣服脱下，盖在狄姜身上，道，"掌柜的……我生来怕水……我怕这老头坑你，这不……实在是太着急了！"问药语无伦次，还想继续说，狄姜却摆了摆手，显然并不在意她的说辞。她转过身，着急地对玉灵道："他们为什么会变成石头？"

"钟旭变成石头了？！"问药又是一惊

"哎……此事说来话长……"玉灵真人长叹一口气，"严格来说，我算是钟旭的太太太师叔，他是我看着长大的。"他一边说一边抚摸着胡须，端出了一副长辈的架子来。

"少吹牛吧你！"问药龇牙咧嘴，冲他做了一个鬼脸。

"你……爱信不信。"玉灵见状，又是吓得一哆嗦，清了清嗓子，转而看向了别处。

"我这丫头不会说话，您有话只管对我说，我信。"狄姜道。

"还是你懂事。"玉灵真人点了点头，"这里曾是太霄帝君的管辖范围……"

"太霄帝君？"狄姜连道，"可是掌管十方鬼域将士的鬼域元帅？"

玉灵真人点头："当年太霄帝君在此羽化，他的宝剑便化作了青云山，镇住了这十万山川湖泊中的戾气，可是近些年，这些秽物有些妄想破阵而出，白云观的先祖为了守护这一方太霄剑阵，便想出了一个侍剑的法子。每十年，在人海中挑选出一名童子，在他满十岁时，将他沉入化灵池中，以他的精气和身体来安抚这十方戾气，修补连年破损的太霄剑阵。"

问药在一旁听得一愣一愣的，可狄姜却是听明白了，她急道："所以，长生就是那个要被祭剑的童子？"

玉灵真人点头:"不错。"

"真是荒唐!"狄姜双手握拳,右手一拳砸在石壁上,怒道,"十方戾气岂是一个童子的牺牲就能弥补的?"

"虽然我不知道祖宗留下的规矩是为何,但是事实便是如此,"玉灵真人摊手,"一到了十年的光景,这泉水便开始冒泡,大地也跟着颤抖,但只要有人祭了剑灵,这些现象就会跟着消失。钟旭曾经祭过一个孩童了,那个童子叫叶归,与他同吃同住一起长大,但叶归已经在十年前入了剑门,生死不论。而长生,亦是他根据天命亲自挑选出来的童子,可不知三年前是出了什么缘故,他这次却不愿意再让他祭剑了……"

"所以他去救长生,导致两个人一起化作石像,被关了在了剑门里。"狄姜接道。

玉灵真人点点头,长舒了一口气,眉目中尽是可惜。气氛在这一刻凝结,玉灵和狄姜皆忧心忡忡,只有问药似乎还不明白这件事情的严重性。

"没有救他的法子吗?"问药疑惑道。

"当然有啊!"玉灵真人道,"这太霄剑冢每十年需一个侍童,只要有人愿意代替长生入剑门侍剑,可不就能救他们了?"

"当真?"狄姜道。

"比什么都真。"玉灵真人颔首。

"那你怎么不去?"问药狐疑。

"我……是貉啊,而且,你见过这么老的童子吗?"玉灵真人缩着脖子,垂下满头白发对问药道,说话间,他满脸是无奈与叹息,别提有多黯然心伤了。

从化灵池出来时,天光已经大亮,正午的阳光高挂在头顶,却仍不觉得温暖。白云观中万籁俱寂,唯闻钟磬音。狄姜站在青云山之巅的钟楼下向山下望去,她发现,自己从未真正观赏过这里千岛林立的雪雾奇景。

云梦泽古老而永恒,神秘又充满了风情,在这个世界里没有绚丽的色彩,却让人的身心都跟着平静。北风带着山林里独有的青松翠柏的香气扑面而来,带着丝丝哀伤和肃穆,侵蚀着身心。狄姜闭上眼睛,张开双手,感受着风的声音。

她喜欢这里。

她也终于知道，为什么太霄帝君会选择在这里羽化。

云梦泽是鬼域与凡间的交界处，镇压着无数想要往来两界的秽物，是方圆千里戾气最重之地，太霄帝君便是用自己的骨血化作了这十里山川、千万湖泊。他的身下埋葬的便是这世上最凶戾的灵，一旦太霄剑不得安宁，那么这十里山川的秽物必将为祸世间。

太霄……到死也守护着自己的职责。

这对狄姜来说无疑是个大好的消息。她不自觉地便扬起嘴角，踮起了脚尖。

"掌柜的！"

"狄姜！"

两声暴喝从身后响起，紧接着，狄姜便见一白一黄两道影子朝自己飞扑而来，随后自己便落在了白衣公子的怀里，被他紧紧拥在了怀中。

"你为什么要想不开！"男子的声音在头顶炸响，太阳从他身后透出，她看不清来人的面目，但却认得出他的声音。狄姜有一瞬间的眩晕，待眩晕过后，才发现自己正躺在武瑞安的怀里。

"王爷？您怎么来了？"狄姜看清了来人，立即想要从他身上挣脱开来。可武瑞安却不依不饶，将她紧紧环在怀中，急道："你为什么要跳崖？"他的语气里带着十分的焦急，可在狄姜听来却有些莫名其妙。

"谁说我要跳崖？"狄姜蹙眉，回头去看问药，便见问药也是一脸焦急。

"掌柜的，咱有话好好说，你不能因为钟旭的死而想不开啊！"问药道。

"我没有想不开。"狄姜见二人是真的被自己吓着了，才咳嗽了一声，摇头道，"我只是想再听听风的声音。"

"风会说话？"武瑞安一脸疑惑。

"我不信。"问药摇了摇头，一副"我肯定掌柜的就是在寻死"的模样。

狄姜懒得跟他们再解释，她累了一个通宵，索性就躺在武瑞安的怀里懒得动弹了。她打了个哈欠，懒懒道："王爷怎么来了？"

"我起床之后见你们不在，怕你们又不告而别，便四处寻找，最终在这里找到了你。"

"这样啊……"狄姜打着哈哈笑道,"我们的行李还在客栈,又怎么会不告而别呢?"

"是吗,那就好,只要你不是想不辞而别,我便放心了。"武瑞安眯起眼,直盯着狄姜看,她也大方地回以微笑。

"王爷可不要听掌柜的胡言乱语,"问药在一旁乐道,"她分明是担心王爷高烧不退,要不然她哪能被困在一个小客栈里?"

"真担心我,刚才还要跳崖?"武瑞安佯装愠怒,抱着狄姜的双手又紧了两分。

"疼……"狄姜轻声唤道,随即蹙眉,白了问药一眼。

"对不起。"武瑞安忙放开了少许,却仍是席地跪抱住狄姜,不肯放开。地上满是积雪,融雪的天气里更是寒冷刺骨,武瑞安就这样跪在雪地里,连个眉头都没有皱过。

"王爷,您要不要先起来?"连问药都看不下去了,忙伸手去扶。

武瑞安摇了摇头:"无碍。"

"当真无碍?"武瑞安刚一说完,狄姜便单手覆上了他的额头,手心传来火热的触感,高烧比之昨日更甚。"这还叫无碍?"她陡然提高了音调,武瑞安被她吓得一松手,她便趁势从他怀里挣脱开来,又站起身将他扶了起来。

武瑞安双颊绯红,浑身颤颤悠悠的,显得精神很差,狄姜知道他大病未愈,连忙招呼问药:"快把王爷扶到白云观里去。"

"是。"

三人回到白云观里,便见玉灵真人正在安抚一群惊魂未定的小童子,他们见了问药,都是一副见了鬼的神情,瑟缩在角落里,牙关止不住地发抖。

"不要害怕,这是我们的道友,是掌教真人的朋友。"玉灵真人说完,问药配合地给了一个自以为很友好的微笑。小童子们一脸狐疑,却也没有刚才那般害怕了。

"玉灵老……咳,"问药话到嘴边,才意识到自己对他称呼地不妥,立即改口道:"玉灵真人,有没有空的房间,让我家公子歇息歇息?"

"当然有,快跟我来吧。"玉灵真人见了武瑞安,立刻点头哈腰地向后院走去。

武瑞安在外形上比狄姜和问药更加贵气得多，旁人见了大抵都要问上一句：是京城来的贵公子吧？仿佛他的脑门上就刻着"我身份不俗"几个大字。就算他现在病了，也是一个病弱的贵公子，让人难以忽视。

白云观的后院，是两组并列的四合院落，两个院子大小相近，由两个拱门相连接。正院坐南朝北，有一排房用以放置各类经卷书籍，是藏经阁之所在。再往西穿过庭院，便是玉灵真人的寝室，寝室两边各有一道小门，用来连接另一个空置的院子。西院坐北朝南，由于白云观中人烟稀少，所以一直被空置。庭院占地不小，四周种着几棵参天翠柏，在这白雪皑皑的世界里，倒显得十分养眼，像来到了夏季也是遮阴避暑的好地方。

"这个院子一直是掌教居住之所，你们是他的朋友，掌教若是知道了，应该也不会有异议。"玉灵真人说着，语气里多少带着几分叹息。狄姜知道，那是因为他对白云观的未来堪忧。钟旭作为掌教，亲手打破了百年来先辈所立下的规矩，导致白云观前途未卜，一众人群龙无首，只得化作月老祠掩人耳目，着实是令人唏嘘。

玉灵真人指着靠里边的一排院落道："这一排屋子都是空置的，你们随便挑吧。"

"多谢道长。"狄姜与问药搀扶着武瑞安走进了最近的一间，走进去才发现这里比前院里的陈设还要好上不止一个档次。

房间里布置整洁，右边是一张单人木床，左边窗户下是一张书桌，桌子上的红烛燃到一半，已经落了许多灰，显然已经很久没有人在此居住过了。玉灵真人派人送来了褥子和棉被，又将整个房间打扫了一遍，狄姜这才扶武瑞安躺在了床上，又悉心替他掖好了被子。此刻，武瑞安的神智已经陷入迷离，怕是连这里是哪儿都分不清了。

狄姜管玉灵真人要了些草药，嘱咐问药用六碗水将之熬成一碗送来。待半个时辰之后，问药端着药回来，见狄姜仍坐在武瑞安的床边，她立刻眉开眼笑道："掌柜的，您终于开始心疼王爷了。"

狄姜睨了她一眼，没好气道："快把药拿来。"

"哎！"问药应了一声，将药递到了狄姜手里，"小心烫。"

狄姜接过汤药之后就不再理她，拿着勺子搅动了几圈，将烫口的药稍稍吹凉了几分，随后又一勺一勺慢慢地喂到了武瑞安的嘴里。

问药在一旁愣愣地看着，内心惊讶不已。

"掌柜的，您转性啦？"问药疑惑道。

"此话怎解？"狄姜淡淡道。

问药："从前您对王爷可没有这般上心，您这会儿突然良心发现了？"

"去，我这是在与他做最后道别。"狄姜说着，又舀了一小勺，轻轻喂进了武瑞安的嘴里，汤药顺着他的嘴角流下，她便用自己的手帕替他擦拭干净。

"道别？"问药疑惑，"您要去哪里？"

"你猜？"狄姜弯起眉眼一笑。

问药心一沉，道："你莫不是想去化灵池给钟旭陪葬吧？"问药话音刚落，便见躺在床上的武瑞安通身一颤，刚喂进去的一口药也被他悉数吐了出来。

"瞧你乱说，把王爷吓得在梦中都一哆嗦。"狄姜翻了个白眼，忙将武瑞安脸上和嘴角的药给擦拭干净。

喂完药，狄姜又陪武瑞安坐了一会儿，便道："你在这儿照顾王爷，我去别处瞧瞧。"

"嗯。"问药轻轻颔首，却有些犹豫。不是因为武瑞安的病，而是因为狄姜的神色。

不知道为什么，她总觉得掌柜的从化灵池出来后，整个人都变得有些不一样了。她面上的表情始终淡淡，透着几分与世无争的柔和，与过去没有什么大的变化，却似乎更加不像一个"人"了，没有人的七情六欲，端的是一副四大皆空的样子。就好像刚刚在悬崖边，她的神色分明是无所眷恋，要与世长辞一般……

问药隐隐有些担心，但还是摇了摇头，否定了这个想法。毕竟掌柜的身家财产还在太平府，她不信那样爱财的女人会舍得去死。

念及此，问药才算是稍稍放下了心。

狄姜在化灵池待了一下午，直到日薄西山才回去。她回去的时候，武瑞安已经醒了。院子里充斥着一股牛油的香味，就连迎面而来的北风都带着一股香辣的味道。

"多放点红，看着喜庆！"

"我不吃辣！"

"可我家掌柜喜欢！"

……

屋里传来玉灵真人和问药的争执声，狄姜走到门口，便听见武瑞安在打圆场："辣椒吃吃也就习惯了。一开始我也不吃，跟着狄姑娘住了两月，这不也爱得不可自拔了。"

"爱得不可自拔的是辣椒呀还是人哪？"问药在一旁挤眉弄眼。

"你家掌柜不是钟掌教的夫人吗？怎么千里寻夫还带着一个拖油瓶呢？"玉灵真人好生奇怪，此言一出，必然遭到武瑞安一记暴打，果不其然，屋里传来乒乒乓乓的声音，好一阵鸡飞狗跳。

"咳咳——"狄姜咳嗽了几声，推开门走进了屋。屋里挤满了人，正围在桌旁煮火锅。本不大的木桌上架起了一口大铁锅，铁锅下烧着炭火，锅里的油水红灿灿的，正突突地往外沸腾。狄姜瞪大了眸子，显得有些不可置信："你们竟在吃火锅？"

问药骄傲地一昂头："这几天吃得太没味了，给大家改善改善伙食，掌柜的，您看我这手艺还不赖吧？"狄姜走过去，仔细地看了眼，便发现锅里盛满了鲜辣椒、豆瓣、豆豉、牛油、花椒、姜片、大葱等物，做得倒是色香味俱全，锅边上也一字排开了十几样菜式，荤素不忌，瞧上去倒是与在太平府时吃的一般模样。

"快尝尝？"问药递来一双碗筷，她却没有急着接过。狄姜的眸子最终落在与玉灵真人扭打在一起的武瑞安身上，她面色一沉，淡淡问道："你身子大好了？"

"好了！不信你看……"武瑞安说着，又一把扯住了玉灵真人的胡子。

"哎哟喂，您可轻点！"玉灵真人被他扯得哇哇叫，狄姜却充耳不闻。

"就算这会儿病好了也不许吃，你这几天忌辛辣油腻。"狄姜说完，接过碗筷，肆意地夹了一块肉放进嘴里，吃得一脸满足。武瑞安放开玉灵真人，走到狄姜身边，可怜巴巴地看着她，道："一口都不行吗？"

"不行。"狄姜斩钉截铁，丝毫不给他任何转圜的余地。

武瑞安不得已，只得听话地坐在一旁看着他们吃。玉灵真人显然是第一次吃这样的食物，和他的徒子徒孙们吃得十分开怀。一顿饭下来，几人都吃得汗流浃背，酣畅淋漓，独剩武瑞安在一旁馋得直流口水。直到亥时吃完火锅，白云观众人和问药一起留下来收拾残羹，武瑞安一人饿着肚子在院子里散步，正巧看见狄姜从另一边的小道走了过来，手里还拎着一只破旧的食盒。

"狄掌柜，您去哪儿了？"武瑞安奇怪。

狄姜拉住他，将他摁在石凳上坐下，问道："你不是肚子饿了吗？"不提这个还好，一提起这个，武瑞安便觉得自己浑身都没劲。他哼了两声，算是默认了。

"刚给你熬的小排粥，以后可别说我不管你了。"狄姜笑着从食盒里拿出一碗撒着葱花的粥，放在了武瑞安的面前，空气里隐隐约约飘起肉香，引得武瑞安食指大动。

"快吃吧。"狄姜将勺子递给他。

武瑞安接过了，却不急着吃。

"你的手怎么了？"他直直地盯着狄姜的双手，发现她的手上红彤彤的，破了好几块皮。

"这个啊，小事。"狄姜举起手，满不在乎地笑了笑，"想是前两天忘了关窗，柴房的柴都有些受潮了，我便将它们重新收拾了一番，好不容易才点着了火。这个呀，应该就是那会儿弄的吧。"

"这种事以后交给问药做就好了，你这样，我会心疼的。"武瑞安握住狄姜的手，将她牵住，在自己身边坐下。狄姜破天荒地没有任何反应，任他握着。

武瑞安心中狂喜，恨不得立刻抱住她。狄姜忍不住提点道："王爷，您别光顾着看我，快喝粥吧，不然我可就白白受伤了。"

"哦，好。"武瑞安闻言，立即开始大快朵颐，不消片刻的工夫，那碗粥便见了底。

"好像不够吃啊……我再去给你盛一碗。"狄姜说完，拎着食盒飞快地消失在了小径尽头。武瑞安看着她鞍前马后又温柔如水的模样，好一阵恍惚，只觉得自己今日是不是在做梦？她怎么突然……变得这样体贴了？

狄姜回来后，武瑞安没有立刻吃饭，而是与她对坐着，郑重道："狄姜，你到底怎么了？你是不是有事瞒着我？"

"没有呀。"狄姜眨眨眼，有些不明所以。

武瑞安叹了一口气，道："我都知道了。"

"知道什么了？"狄姜一愣。

"关于钟旭的事情，我知道他的死对你打击很大，但是逝者已矣，你不用……"

"他没有死。"狄姜打断他，"钟旭还活着。"

"是，他变成石头了，那也叫活着吗？"武瑞安蹙眉，激动道，"我知道你不想承认，可是他已经死了！不可能再活过来了！"

"谁说不可能？"狄姜咧嘴一笑，"我一定会让他活过来。"

"你想怎么做？"武瑞安瞪大了眼睛，虽然不敢相信，但是狄姜的话语里却并没有开玩笑的意味，反而充满了笃定。

狄姜道："只要我进入剑冢，就能一命换一命。"

"一命换一命？！"武瑞安大惊，"这如何使得？我不许你去！"

"为何使不得？"狄姜不解道，"钟旭是我唯一的朋友，如果我不救他，没有人会救他。"

"那我呢？钟旭是你唯一的朋友，那你置我于何地？"武瑞安满眼深沉的愠怒，恨不得将狄姜的脑子掰开来，看看里头装的到底是什么！

"可你对我并不是友情，"狄姜想了想，耸肩笑道，"而我，也不需要爱情。"

"你怎知你不需要？"

狄姜沉默地不说话，不想反驳，只是微笑。武瑞安见她这副模样，更加窝火，急道："我爱你是我的事，你不爱我也没有关系，我也不会因为这个就不喜欢你。我知道你唯一爱的人是你的亡夫，我不知道他是谁，我也不会想取代他，但是我知道，我一定会比他对你更好！你为什么不给我一次机会？我不敢说自己能比他对你好上一千倍一万倍，但是至少我绝对不会像他那样抛弃你，独留你一人在世间。"

"说完了？"狄姜低着头，轻笑道，"说完了就早点睡吧。"

"你怎么就听不懂我的话呢？"武瑞安急道，"三年前我为了你从军，回朝之后，又在你面前低声下气了大半年，我什么事情都依着你，这月余来，在你面前更是再不自称本王，我拿你当心上人，而你却总想着别人！"

"你什么都不知道，你也不需要知道。"狄姜沉下脸，眼神冰冷，"我跟你是不可能的。"

"怎么不可能？我哪点比他差？"

狄姜深深地叹了一口气，摇了摇头："你不懂。"

"我是不懂，可是我喜欢你，光凭这一点还不够吗？亡夫对你再好也是过去，你应该接受新的感情新的人生，我不希望你再为了他而孤独下去，你再这样……我很怕有一天你会想不开，真的为了钟旭跳进那个什么化灵池。"

狄姜没有反驳，她淡淡一笑，随即低下头，有一搭没一搭地开始拨弄树枝上的露水，武瑞安就这样静静地看着她，二人陷入了沉默。许久之后，狄姜才道："对于过去，我没办法原谅我自己，如果可以原谅，我早就接受你了，也不用等到现在。"

"你也是爱我的，是不是？"武瑞安眼神中瞬间充满了希冀，他努力在狄姜面上寻找自己想要的反应，可是他又失望了。

狄姜摇头叹息，只沉默地微笑，面上挂着的始终是他看不懂的疏离与决绝。他实在搞不懂，他究竟比钟旭差在哪里了？凭什么她这样在乎钟旭，却对自己不屑一顾？

武瑞安又道："看得出你很难受，你虽然成天带着笑，可你的笑容里没有心，我心疼你，很心疼，非常心疼！"

"可是那又如何？我喜欢的人并不是你啊……"狄姜眨巴着大眼睛，一脸无辜地看着他。

武瑞安的面上充满了怒气，似乎正在发作的边缘挣扎。

狄姜看着他这副模样，心中却在疑惑：真是演技一流啊……我看你能装到什么时候。

良久，武瑞安终究没有爆发，他浅浅一笑，耸肩道："你不是就喜欢道士吗？我会让你知道，钟旭能做的我也可以！"武瑞安说完，头也不回地转身走了，空留狄姜坐在院子里，突然有些无所适从。

这是武瑞安第一次生气地离开，看样子还不像是在做戏。

狄姜很是奇怪，若说他对自己有情，那么喝了忘川之水就该忘情才是。

若说他对自己无情，看这模样实在又不像……

他心里头到底在想些什么？

狄姜想了许久，仍是想不出头绪来。

翌日，狄姜起了个大早，洗漱之后，便在藏经阁中翻阅古籍，一待就是一整日。这期间问药和武瑞安一齐去此前下榻的客栈里将行李都拿了来，等安顿好之后，几次来叫狄姜吃饭，她都充耳不闻。

武瑞安自昨日与狄姜长谈一番过后，整个人都显得有些魂不守舍，等到了晚饭时，他见狄姜与玉灵真人仍在偏殿里议事，便知道狄姜是铁了心要救钟旭了。而救钟旭的法子，始终只有一个……

当晚，武瑞安在狄姜房门前等到半夜，直到月上柳梢，才等到狄姜回来。

狄姜见了他，很是惊讶："王爷？这都快三更天了，您怎么还不睡？"

"等你啊。"武瑞安满不在意地笑了笑，"我有重要的事情要跟你说。"说完，他便牵起狄姜的手走向了后花园。

后花园里说好听是花园，说难听些就是个长满了杂草的破落院子。白云观里许久没有人悉心打理，花草已经枯萎的枯萎、疯长的疯长，加之雪天积雪，便全然瞧不出原本的样子来。

"王爷带我来这里做什么？"狄姜四下一看，满目萧索，不禁觉得他真是吃饱了撑的找罪受。武瑞安没有立刻回答她的话，反而突然整个人靠近她，将她环在身前，栏在廊柱前。

武瑞安："你已经决定了？"

狄姜不解："决定什么？"

"钟旭。"武瑞安道，"你想跳下化灵池，救钟旭。"

狄姜微微一愣，笑道："是呀。"

"如此荒谬的办法你也信！"

"我信啊。我本就身在玄门之中，为何不信？"狄姜看着他，毫不相让。

武瑞安却没有再往下说，他就这样静静地看着狄姜，仿佛要将她的容颜印到自己心底最深处去。

"你怎么这样看我？"许久，狄姜从一开始的坦然变得有些无所适从，她刚想挣扎开来，便见武瑞安低下头的同时，右手勾起了她的下巴，快速地在她的唇上印下了一吻。

武瑞安趁着狄姜怔住的片刻，在她唇上反复地流连。

皓月当空，明月皎洁，在这寂静的夜里，除了二人之间的呼吸声，再听不到旁的声音。

虫鸣和水流嘤咛，都似乎在这一刻停止。

狄姜睁大了眼睛，看着眼前武瑞安闭着眼睛，他长长的睫毛在微微颤动，似是十分享受。她这时才反应过来，开始拼命地挣扎。而武瑞安的胸膛就像浩瀚无际的大海，她只是一条小鱼，怎么游都游不出他的怀抱。狄姜情急之下，一狠心，大力地咬住他的舌头。武瑞安吃痛，却仍是不放开。鲜血从二人的嘴角淌下，血腥味充斥着鼻腔，狄姜这时也不敢再动了。她知道自己再咬一口的话，或许他以后就没有舌头了……

二人就这样抱在一起，也不知过了多久，武瑞安才终于放开了她。他舔了舔嘴唇，道："本王陪你游山玩水这么久，取点利息而已，你用得着这样大动肝火吗？"他一脸满不在意的模样，活像是街边恬不知耻的流氓。

"你！"狄姜气结，恨不得将眼前人大卸八块。

"狄掌柜不是已经嫁过人了吗？"武瑞安舔了舔后槽牙，淡笑道，"一个吻而已，对你来说应该是驾轻就熟呀？怎么还跟个黄花大闺女似的扭扭捏捏？"

狄姜努力压抑着心头的怒火，平息着自己的愤怒。

可这时，武瑞安又接连说着："来吧，不要装纯洁了，投入本王的怀抱，本王让你在死之前，尝一尝欲仙欲死的滋味，一定比你死去的夫君强上百倍……"武瑞安闭上眼噘起嘴，再次向狄姜张开了双臂。

"你……放肆！"狄姜双手握拳，气得浑身颤抖，反手就抬起手边破旧的桌子，朝着他的面门砸下。"啪"的一声，桌子散了架，武瑞安的额头被砸出一个血窟窿，霎时间鲜血四溅。

狄姜也不管他，看也不看便转身跑开了去。

武瑞安没有跟上去，他就这样呆呆地站在那儿，看着一地的狼藉，还有额上滴落的鲜血，右手轻轻摩挲着自己的嘴唇。

他似乎还沉浸在那个吻里。

甚至偷偷乐了好久……

当晚，武瑞安没有再回自己的房间。他脱下的外套，随意地捂住头上的伤口，便不再去管它。他见白云观中有一棵参天古树，高耸入云，便心血来潮爬了上去，想要看一看云梦泽的太阳升起时是什么模样。

他爬上树干，坐在面朝开阔地带的树枝上。

这里少有树木遮挡视线，他就这么一个人静静地坐着，等待着清晨第一道曙光的来临。

不知道过了多久，天空渐渐泛起了鱼肚白，原本只是一条浅浅的一道光线，到后来，便是万丈金光从云海之中透出，霎时间天空被金芒所取代。

冉冉升起的太阳，是他此生最难忘的美景。

这是他唯一一次有心情观赏日出，也将是他此生的最后一次。

……

第二日，便是狄姜与玉灵约定好的时日。狄姜醒来后，便换上了一身紫袍，手托金钵，整个人看上去与平日里格外不同，很是生人勿近，气场十足。

狄姜刚一走出房门，玉灵真人见了她，便一脸惊愕道："狄姑娘，你怎么这身打扮？"

"我不只要代长生祭剑，更要去会一会这百里山川的枯骨冤魂。"狄姜面色淡然，可这话落在玉灵的耳朵里，却觉得是十成的自负与不自量力。

玉灵真人蹙眉摇头："你这不像是要去祭剑，倒像是要下去抓……"

狄姜一挑眉毛，微微一笑，并不否认。

"天色尚早，我们再等一会儿。"玉灵捻着胡须，呵呵一笑。

"你昨日说辰时是最好的时辰，为何还要再等？"狄姜蹙眉道。

"因为……你还没吃早饭吧？先吃点东西再去，做一个饱死鬼也不那么凄凉不是？"玉灵真人说着，就要开溜。

狄姜总觉得他神色闪躲，似乎有什么不可告人的秘密。

"你站住！"狄姜高声一喝。

玉灵瑟缩着脖子，久久不愿回头。

狄姜走到他面前，看着他的眼睛，问道："你究竟有什么事情瞒着我？"

"没有！"玉灵一个劲地摇头，可豆大的冷汗却从他的额头流下，这会儿，他手心手背都是汗，完全是一副噤若寒蝉的模样。

"是不是化灵池出事了？"狄姜眯起眼，提步欲走。玉灵见状，立即抱住她的双腿，哀求道："姑娘，我知道您不是一般人，不过我答应了武公子，一定要拦住您，您……就别过去了吧！"

"武公子？"狄姜蹙眉，惊道，"武瑞安？"

"是……"

"他又做什么了？"狄姜怒气冲冲，一脚踢开玉灵，随即足尖点地飞身而起，便向化灵池的方向飞去。玉灵直愣愣地看着她，虽然知道她身份特殊，但是没想到青天白日她竟然能腾云驾雾，这不仅仅是身份不一般了，或许……她比自己这只修炼了百年的老貉更加有来头。

……

当狄姜赶到化灵池时，池子里的水已不再平静，它们就像是被煮熟了一般开始沸腾，浑浊又肮脏。狄姜想也没想，纵身跳下了池水。池底的水不像在岸边看到的那样浑浊，反而非常干净，所有的池水蒸腾向上，将池底的淤泥激了起来，升上了湖面。而池底，武瑞安半个身子已经钻进了剑门，他见到狄姜的那一刻，内心有些许冲动，他很想冲过去抱着她，但是这也只是一瞬间的想法。下一刻，他仍是坚定地游了进去，将被卡住了下半身的长生的石像抛了出来。长生和钟旭的石像被扔在一处，武瑞安却不见了踪影。

狄姜飞快地游了过去，便见地底的剑门重新长出了精铁，原本一个大洞上写满了银色的发光符文，狄姜没有心思去研究这些文字，她此时全部心思都放在了武瑞安身上。

武瑞安在门的那一边，一动不动地看着狄姜。

"武瑞安——你出来！你会死的！"狄姜不顾池水进入到自己的鼻腔，急得大喊，随后，她似乎是铆足了全身的力气，却也只能将右手伸进了剑门之中。

她朝武瑞安伸出了手，可武瑞安仍是一动不动，微笑地摇头。

周身只有水的咕噜声，而她的脑海里却响起武瑞安的声音，那似乎是来自地狱的铃音。他站在世界的那一头，浅浅地对自己笑道："孔子说过，朝闻道，夕死可矣。我武瑞安今日便代你侍剑，我不悔，不怨。"

狄姜大急，不顾池水漫入自己的鼻腔，怒道："你还有亲朋挚友，你舍他们而去，让他们饱受相思苦楚，这就是你闻的道吗？你要致我于何地！你出来！"她说话的时候，武瑞安的面上始终带着微笑。她不确定他有没有听见自己说话，但她的耳朵里，再次传来了他温柔的声音——

他说："我武瑞安没有慧根，不知因果，却心存善心。"他嫣然一笑，眼底带着几分祈求，"这一刻，请你能爱我，哪怕只是一刹那，我也愿意为了你而沉睡，永不再醒来。"武瑞安笑着说完，很快又自言自语道，"当然了，哪怕你从来没有爱过我，我也会为了你去侍奉剑灵，哪怕粉身碎骨，哪怕这世上再无我。"

"你疯了吗！我不值得你这样做！你出来！你听我说——"狄姜急得发疯，她的大喊大叫引得池水都涌进了她的鼻腔，充斥了她的喉咙，她被呛得眼泪直流，却因她身在水中，他只能看见她红红的眼睛。

狄姜没有发现自己哭了，但是武瑞安看出来了。

武瑞安："你不要难过，你知道吗，现在是我这几月来最开心的时候……"武瑞安一脸柔情，隔着结界做出轻抚狄姜面庞的动作，笑道，"有时候我觉得你太冷静了，冷静得都不像一个人，你现在这样失态，可让我怎么放心离开？"

"你出来！你快出来！"狄姜奋力敲打着结界，可结界愈来愈坚韧，若不动用她的神力，根本无法动摇其分毫。她的声音也丝毫传不进去。

武瑞安在里头一脸安详，又是浅浅一笑，一副不悔不怨的模样："你知道吗，这段时间，我心神俱裂过两次。第一次是婧仪和亲那日，当我牵着她的手将她从大明宫送出，想着她从此以后要与黄沙大漠相伴，心里难受得不能再难受了。当时她对我说：'为什么你不是皇帝？如果你当上皇帝，那该多好。'可那是我无能为力的事情。至少那时的我无能为力。

"而第二次感到绝望就在前日，你笑着与我和问药把酒谈笑，你关心我照顾我，可是我知道，你字里行间表露出的都是告别和决绝，那时候我就知道，你想代他祭剑。我一生中最重要的两个女人，我怎么舍得你再离开？我不能保护婧仪，最少也让我保护你啊……

"这是我现在唯一能做到的事……也是我本没有什么目标的人生里，唯一清晰的想法。"武瑞安的声音渐行渐远，剑冢里的剑气将他淹没，他的身影变得越来越模糊，一片一片的骨肉从他的身体上剥落，然后，她再也看不见他。

武瑞安死了，代替狄姜进入剑冢，骨肉化作灰飞，祭祀太霄剑灵。

狄姜拖着疲惫的身子，一脸颓丧地回到了白云观中。

"掌柜的！您怎么了？怎么弄成这副模样？"问药远远便见到狄姜浑身湿透地在园子里行走，她慌慌张张地跑过去，才发现狄姜不仅浑身湿了个彻底，右手上更是布满了血迹。整个人就如同行尸走肉。

"掌柜的？您不要吓我，您说句话呀！"问药急得方寸大乱，但无论她怎么问，狄姜都不说话。她这副模样一直持续到见到玉灵真人的那一刻。

"你给我从实招来！武瑞安他怎么会去祭剑？"狄姜在院子墙角里，揪出了缩成一团的玉灵真人，她一拳打在了他身后的墙壁上，墙壁立刻裂开了数道裂缝，紧接着轰然倒塌。玉灵真人万万没想到她力气有这么大，连墙都能粉碎，可想而知刚刚要是打在自己身上，那他一把老骨头只怕就要交代了。如此，他在砖块下抖得更厉害了。

问药也大为疑惑："祭剑？是什么意思？"她横眉冷对，看着玉灵真人。

玉灵真人瑟瑟发抖："不关我的事啊姑奶奶，是武公子自己求着我要去的，他言之凿凿，说要代心爱的女人去死，简直是闻者流泪，听者伤心，我没有理由不答应啊！而且……若我不答应，他、他他他……他会打死我的呀！"

"你就不怕我会打死你？"狄姜铁青着脸，和着她满臂的鲜血，看上去既诡异又骇人。

"怕呀！我怎么能不怕呀！可可可……可他实在是太真诚了，软硬兼施，我实在是没法子！"玉灵止不住地颤抖道，"你的手伸进剑门了对不对？你竟然还能活着出来！你们都不是普通人！彼时钟掌教不过是拉了长生一把，整个人都变成了石头，而你……竟然能完好无损地站在这里，你……你究竟是什么人？"

"我是何人你管不着。你现在派几个人去把钟旭和长生捞起来，剩下的账，我慢慢跟你算。"狄姜冷冷地说完，便转过身子向卧房方向走去。她浑身上下散发着肃杀之气，凝重、沉着，透露着十分的危险，这是问药从未在她面上见过的模样。

问药不敢多话，跟着狄姜离开了。

回屋后，狄姜脱下了衣服，问药这才看清楚，她的右臂上布满了细密的伤痕，似刀伤，又似被爪子抓破的痕迹。伤痕很小，但是很深，每一刀都还在往外渗血。

"掌柜的，您这是怎么弄的？"问药连忙拿出伤药，为她悉心治疗起来。

"剑冢里的戾气，能将肉体凡胎损得体无完肤。"狄姜就好像现在受伤的人不是自己一般。问药关心武瑞安，但是更加心疼狄姜，毕竟武瑞安如何她没有亲眼见到，狄姜的伤却是赤裸裸地展现在眼前。

问药取来药物为狄姜清洗伤口，整个疗伤的过程中狄姜没有喊过一声疼，也没有再和问药说过半个字，她似乎整个人都不在状态，神魂已经不知道飞往了何处。问药处理完伤口后，狄姜仍然一副若有所思的模样。问药惊惧交加，生怕狄姜会在这个时候做傻事。

许久之后，狄姜才叹息道："问药，你说，人生在世，什么才是真实，才是我们最该珍惜的东西？"

问药想了想，刚要开口，狄姜便打断她："想好了再说，我不想听废话。"

问药闻言，不敢胡言乱语，细思了许久，才道："我想，应该是记忆吧。"

"记忆？"

"嗯。也是情感。还记得您曾对我们说过：人间空有，世事虚幻，功名利禄如过眼云烟，世间唯有'情'之一字，才是在我们离世时唯一可以带走的东西，是我们存在的根本意义。那些与人产生的交集，与心爱之人渐生的情愫，不论是友情、亲情还是爱情，当拥有共同美好的回忆发生、酝酿。那些东西，才是我们这一生最珍贵的宝物。"

"是吗……是啊。'情'之一字，才是我们存在的意义。"狄姜喃喃自语，而后，不管问药问什么她都不肯再多说了。当天，她把自己一直关在房里，任谁敲门都不应，也不许任何人打搅。

武瑞安的离开太突然了。他就像是一场绝无可能发生的意外，落在狄姜古井无波的生命中，炸出如烟花般的效果。短暂、美丽、一闪即逝，让狄姜很是无措。她做再大的决定，都无比快速，唯独接下来如何对待武瑞安，让她犯了难。她枯坐在房间一整日，也没有头绪。

傍晚，狄姜的房门外响起了三声敲门声。"笃笃笃"的声音，缓慢又均匀，从敲门声就能听出，来人心性沉稳。那人还没开口，狄姜就已经猜到了门外是谁。

果然，门外很快响起钟旭内敛镇定的声音："狄大夫？你还好吗？"三年不见，钟旭的声音还是那样的简洁、自负，带着几分禁欲的意味。狄姜认识他多年，他始终都是这副模样，淡定而又从容不迫，唯——次变了脸色，还是在许久以前，她即将大婚那日……

"你不回答，我就自己进来了。"门外的钟旭催促着，将狄姜的思绪拉回了现实。她这才不得不收起回忆。

狄姜打开门，看到站在门外的钟旭。三年不见，他穿着一身破败不堪的衣服，看样子就是许久都未曾洗过，衣服领口袖口都泛起了白浆。原本就是很旧的一件衣裳，这会儿变成石像大半年，就显得更加灰头土脸了，他的脸上还布满了胡须。但是再脏污的外表，也掩饰不了他那双闪亮的眼睛，依然那般清澈、透亮、熠熠生辉。

"狄大夫，你……"钟旭半张着嘴，有些吃惊。

"我怎么了？"狄姜疑惑。

钟旭没有回答，而是伸出手，抹了一把她的眼角，而后递到她眼前。

他的手指尖，是一滴泪。

狄姜有些吃惊。

这不应该啊……

自己已经好好多年没有流过眼泪了。

为了武瑞安，她能流泪？不，这不可能。

狄姜念及此，随手拿帕子拭去了钟旭指尖的泪，而后绽放了一个大大的微笑，对钟旭笑道："三年不见，你该刮胡子了。"

"是……好久不见了。"钟旭一愣，显然没想到狄姜会是这般表情。他醒来之后，便听玉灵真人说了整件事情的始末，知道武瑞安的死对狄姜打击很大，他第一时间便赶来安慰她，却不想，她似乎并没有那么伤感。她只是像没睡醒般打了个哈欠，眼角流了一滴泪。

"你没事吧？"钟旭还是忍不住关切道。

"除了手还有点不灵活，其他的没有大碍。"狄姜故作轻松的模样落在钟旭眼里，便成了精神还不错，他的榆木脑袋并没有能察觉出她眼底里的疲惫和苦涩。

"你没事就好，武瑞安的事情我听说了，我……"钟旭长舒了一口气，"对不起，是我无能为力。"

"没关系，这都是他的命数，他的生死劫一个连着一个，迟早也是会消亡的。"狄姜一字一句，说着说着，心也跟着揪疼起来。若说从前她还有些怀疑武瑞安，那么现在所有的怀疑都已经荡然无存。一个男人，为了她就连死都不怕了，那还有什么是不能相信的呢？这些年觊觎过她的人不少，可她从未给过任何人近身的机会。在她心中留下些许印象的独他一人。到如今，他终于证明了自己的心意，可是也已经晚了。

狄姜原以为见到钟旭会很开心，却发现被武瑞安这样一闹，如何也开心不起来了……

"玉灵做了一桌子菜，大伙儿都等着你，去吃点东西？"钟旭小心翼翼地询问，生怕狄姜会拒绝。狄姜本也是想拒绝的，这个时候，她真的吃不下任何东西。但是当她看见万年冰山脸的钟旭露出了些许期盼的眼神，又不忍心拒绝他。

狄姜点了点头："我换件衣裳就来。"她说完，便关上了门。待狄姜整理仪容着装，再打开门时，发现钟旭仍一动不动地站在门外。

"你不必等我的。"狄姜淡淡道，"我识得路。"

"等一等而已，无碍。"钟旭摇了摇头，收起了眼底的关切。这一神色虽是一闪而过，却也被狄姜捕捉到了，她掩嘴一笑，舒了口气："多谢。"

"不客气。"

虽然有些许客气，可二人之间的距离显然并没有因为三年的分离而疏远，相反更近了。钟旭不是不知感恩之人，就如同武瑞安用自己的死证明了对狄姜的感情，狄姜也用千里跋涉、将要一命相抵而证明了自己没有恶意。

二人信步走在山间，山里四处银装素裹，北风在耳旁呼啸，道路两旁满是没来得及融化的积雪，树枝上挂着一道道冰锥子，看上去森冷至极。钟旭见狄姜一直抄着手不说话，嘴唇发白，面上的表情阴晴不定，以为她是被冻的，于是解下了自己的外衣轻轻披在了她身上。感觉到突如其来的温暖，狄姜低头，便见钟旭的衣服已经披在了自己身上。

"啊，多谢。"狄姜抬头，看见钟旭一脸红晕，又接连调笑，"三年不见，你倒会关心人了。"钟旭闻言更加窘迫，给人的感觉就是，他似乎从前从未做过这类似的事情。

他确实从来没有对旁人做过。

旁人或许不知道，但是狄姜太了解他的为人了。她从认识他的那一天起，就知道他是一个铁面无私、大义凛然，心中没有儿女情长的人。他从不知道关心他人为何物，他所在意的，是十方鬼域将士的调遣用度，人、灵的往生，以及所有不该存在于世上的山精鬼魅。从前让他脱了自己的衣服给旁人，那还不如问问他愿不愿意把自己的头颅割下，给你泡酒喝。

他啊……是一个在一起几千年都没见他笑过一次的男人。

"这样不好吗？"钟旭面带疑惑，似乎有些想不明白，也不知道是他不明白自己为什么会这样，还是疑惑这样有什么不好。

狄姜摇了摇头："我很高兴你的变化，非常高兴。"

"为什么？我……我的软弱终究给你们带来麻烦了，也让白云观在我手中毁于一旦。"

"这怎么能叫毁于一旦呢？"狄姜郑重道，"我真的很高兴啊，按照你以前的性子，只会说'长生既然生而为奴，便要完成他的使命，哪怕粉身碎骨，亦不足惜'，对不对？可是现在，你的心里有了'人情味'呀，这是多难得的事情，愿意牺牲自己成全旁人，这样的心善，我高兴还来不及，怎么会说你傻呢？"

钟旭愣愣点头，似乎被说服了。

狄姜接着说："你要相信，现在的你比从前的你更让人喜欢，至少在我这里是如此。"狄姜说完，又是嫣然一笑，随即转身。钟旭在她身后久久不能迈动步子，仿佛在她微笑的那一瞬间，他便中了定身咒一般。

这个笑容……他好像见过。

不是在狄姜的脸上，好像是在他的梦里。

"你在发什么呆呢？快来呀！"狄姜在前头呼唤，钟旭这才回过神，快步跟了上去。

膳房里，玉灵真人烧了一大桌素菜，有小白菜炒大白菜、冬菇炒冬笋、小葱煎老豆腐、嫩豆腐青菜汤……此前的火锅啊鸡汤啊烤鸭什么的统统都不见了踪影，似乎钟旭一回来，白云观就恢复了从前戒五荤六欲的时光。倒不是说素菜不好，只是这个做法，让人着实不敢恭维……

"你平时就给钟旭吃这个？"狄姜震惊。

玉灵真人咳嗽了一声："平时只有一菜一汤。"

狄姜更加震惊，再抬眼一看，见小童子们端着碗蹲在角落里咂巴嘴，吃得一脸满足的模样，她突然相信，这确实是庆祝钟旭回归而做的一桌"大餐"了。

玉灵真人让狄姜坐在了上宾席，紧挨着钟旭而坐，狄姜本和玉灵真人还有怨气未了，这会儿却为了给钟旭面子，没有与他脸色看。玉灵真人立即奉上碗筷，极尽谄媚道："狄姑娘，快用些吧，你都一整天没吃东西了，这些都是山里最好的新鲜蔬菜，由我亲自下厨，保证味道鲜美，尝尝看？"

狄姜心中略微出现几分感谢，但更加没胃口了。

钟旭见狄姜有些面色不善，以为是她不好意思夹菜，便夹了一块冬笋、一片青菜到狄姜碗里："三年不见，你瘦了许多，该多吃些。"

狄姜见钟旭一脸坦然，对于布菜一事显得自然而然，心中更加惊奇："你这是回炉重造了？你还是我认识的钟旭吗？"

钟旭好一阵奇怪，停下筷子，侧头看她："从前我是如何的？"

狄姜哈哈一笑："比太霄帝君还要冷血。"

钟旭一愣，突然嘴角轻扬，淡淡一笑道："说得你好像认识太霄帝君一般。"

钟旭难得露出笑脸，狄姜惊得无以复加。

"你居然笑了！"狄姜连连咋舌，对玉灵真人说，"你见过钟旭笑吗？我还是头一次见到他笑！"

"好像……真是如此。"玉灵真人想了想，连连点头。一屋子人因狄姜的话而齐刷刷地看向钟旭，钟旭却垮下了脸，皱着眉头，一个劲地吃自己的饭。

钟旭虽然会关心人了，但是依然面皮薄。狄姜见状，不再打趣他，转而四下看了看，奇道："怎么不见问药？饭点见不着人，可是头一回。"

"一下午没见着人了，许是在化灵池吧。"玉灵真人随口一说，这话落在狄姜耳朵里，却如同一颗大石头被扔进了水里，激起了千层浪。

"什么！她去了化灵池？"狄姜大惊，连忙放下碗，向着后山奔去。问药的情绪不稳定，受不得刺激。这一年来，问药见到的人和事都比较凄惨，前几个月牡丹公子被辰嬰赐死，如今武瑞安又死去。武瑞安的死对自己造成的冲击都可谓巨大，问药那么喜欢武王爷，对她而言怕是更加难以接受。她若是想不通，只怕会把整座青云山都给掀了。

狄姜风急火燎地赶去化灵池时，发现问药并不在池边，青溪龙砚上一个人影都没有。狄姜四下寻找了一圈，发现化灵池的池水已经恢复了清澈，碧蓝色的湖水波如平镜，只在池中心有一道黑色的影子盘桓在池底，影影绰绰，在岸上看不清是什么物件。

狄姜心中一紧，随即跳进了化灵池中。化灵池底，在剑门的位置，盘踞着一条通体漆黑的小蛇。蛇身上带有鳞片，有四爪，头顶上还有两枚指甲盖大的犄角。它闭着眼睛，全身蜷缩成一团，似乎已经没有了意识。狄姜见状，心中突然似是漏了一拍。她最害怕的，就是问药化作原形。但庆幸的是，这只不过是问药原形万分之一的大小，她还未觉醒。这样的模样，怕只是她无意识之下做出来保护自己的举动。

狄姜将问药抱起来，游到了岸边，又将她放在龙砚之上，随即指尖一指，助她恢复了人身。"醒醒，"狄姜拍了拍问药的脸，"快醒醒。"

恰在这时，担心狄姜的钟旭和玉灵真人也赶来了化灵池，见二人都是一身水渍，立即大惊道："问药怎么了？"

"她或许是想下水救武王爷吧。"狄姜呼唤着，问药半晌才睁开眼睛。

"咳咳咳咳——"问药吐出好几口池水，随后一直咳嗽个不停，咳了良久才恢复了血色，一脸迷离地问，"掌柜的……您……怎么在这里？"

"你还好意思问我？"狄姜蹙眉，没好气道，"你明明不会游泳，还敢下水？若不是我来得及时，你现在已经淹死了！"

"什么！我竟然下水了？"问药听罢，险些晕厥，连连道歉，"对不起掌柜的！我下次再也不敢了，我我我……我也不知道自己是怎么了！可能是太着急了……"

"你这毛毛躁躁的毛病什么时候才能改？在我身边这么多年，还是一副莽莽撞撞的模样，你叫我如何放心留你一个人？"狄姜不知自己是怎么了，平常万事不思量的自己仿佛在这几天变了个模样，也变得跟问药一样：冲动、急躁、不知所措。

问药一脸内疚，许久不敢说话。狄姜见状，又觉得她有些可怜，便缓下了眉目，叹了口气，道："以后心中有事，先来与我商量，不要再一个人冲动行事了。"

"是！我一定不会再这样了……"问药吸了吸鼻子，一面觉得内疚，一面又觉得奇怪。她只记得自己跳下池子，想把池底的门打开，她一直挠着门，挠着挠着，就没了意识。

等等，自己为什么要用"挠"这个字眼？

难倒不是"拍"？或者"挖"？

"挠"这个字眼，不禁让她想起了猫……或者有爪子的一类生物。问药不解地看着自己的双手，只觉得十指尖都有一种指甲想要破体而出的冲动，就似从前，她曾经有一双伸缩自如的尖利爪子一般，可最近，这双爪子却再也没出现过了……

狄姜见问药面色不善，立即岔开话题："你怎么会跳下去？"

"我只是觉得，武王爷命大，不该就这样死了的，他不会就这样消失了，我想下去看看，看看能不能救救他……"问药说着说着，眼有氤氲，神色却坚定无比。

"剑冢消耗的是他的精魄，他从此之后便是一个没有来生的人。"

"什么意思？"问药愣愣道。

狄姜叹了口气，解释道："三界之中，有一菩提树，树下结魂果，果子里生出的，便是这一缕一缕的精魄，有了这些精魄，才能在投胎世间。天、地、人三界之中，依托菩提树而生生不息，周而复始。"

"菩提树在哪里？"问药急道。

"没有人知道。"狄姜摇了摇头，嘴角牵起丝丝笑意，"所有人都想找到这棵树，找到便是掌握了三界的命运，却从来没听说过有人真正到过那里。"一旁的钟旭和玉灵真人听了这话，都觉得有些奇怪，面上的表情明暗不定。钟旭和玉灵真人从未听说过类似的言论，尤其是玉灵真人，他活了几百年，算是凡间的人精了，听了此话便是心中莞尔，只当狄姜是在诓人。而钟旭却一脸凝重，他知道，狄姜虽然行事诡谲，但素来不打诳语。

钟旭道："剑童进入剑冢，会变成石像侍奉剑神，若不是剑童，进入剑冢之后，怕是凶多吉少。里头的戾气会将人削得体无完肤，断不会有生还的可能，如今能救武王爷的唯一办法，便是为他重塑一个肉体。"钟旭说完，身边的人都陷入了沉默。

问药冷笑："你说得倒是轻巧，肉体怎么重塑？你若真有法子，也不会把自己变成了石像，连累我家王爷去救你了！"问药怒从心来，对着钟旭没有任何好脸色。

"问药，不得无礼。"狄姜低声一喝。

"可是……我又没说错。"问药嘟囔着，翻了个白眼，不再理钟旭。

狄姜又道："钟旭说的法子没有错，但是，这并非是唯一的方法，也不是最好的方法。"

"掌柜的有办法？"问药眼中燃起希望之火，目光灼灼地看着她。

狄姜一脸凝重地说："办法我还没有想到，但是我能肯定，事情远远没有结束，我一定会把他救出来。"

"哈！说了这么多，全是废话！"玉灵真人听闻，一个没忍住便笑出了声。但很快，他就被问药和钟旭投之以杀人的目光，随即马上捂住了嘴，满脸歉意。但他这句话也不失为一句实话。一时间，大家都没了语言，空气里的气氛很是尴尬，玉灵真人以为是自己的错，便找了个话题，道："剑冢一开，直到下一个十年才会再打开，届时王爷怕是已经只剩一堆枯骨了……"他说完，几人的脸色更加难看了，问药的眼睛简直可以喷出火来。

狄姜亦是如此。要知道，如果一开始进入剑冢的人就是她，那么这一系列的问题都不会成为问题。剑冢的戾气她会想办法解决，她也不怕自己会被戾气所伤。可是，武瑞安进入剑冢后，一切就都不一样了。首先，她不能硬闯，这会引来旁人的怀疑，尤其是钟旭。其次，剑冢大开，被太霄镇压在青云山下的戾气便会扰乱凡间次序，为祸人间。无论是哪一点，都是她不能承受的后果。而她也不能抛下武瑞安不管，哪怕他只剩下一堆枯骨，她也不能随他在这荒山老林中就此湮灭。

"哎……"钟旭、玉灵真人、问药三人同时叹了口气。只有狄姜较为镇定。

"有情有义的人终会回来。"狄姜敛下眉目，幽幽开口。也不管旁人信不信，她的目光十分笃定。她的身后是一脸沉凝的钟旭和满脸叹息的玉灵真人。他们都不希望事情发展成这样，可是他们无能为力。那一句"有情有义的人终会回来"，在玉灵真人看来，便成了一句不折不扣的笑话。

晚膳时分，白云观上上下下集中在膳房之时，一干小童子也如问药一般，一个劲地盯着钟旭的脸看，只有玉灵真人一个劲地唉声叹气，止不住哀号："天要亡我白云观，此话真心不假。"钟旭被这一屋子人莫名其妙的眼光弄得魂不守舍，好几次都快吃不下去。他咳嗽了一声，转移话题道："一会儿你去给长生送些吃的，他身体未大好，吹不得风。"

"是。"被指到的小童子应了一声，眼睛仍是不打算挪开。

问药听闻长生已经醒了，便连连好奇："掌柜的，入剑冢侍奉剑灵，一定要童男之身吗？"

问药话说到这，屋里一干人等的表情都变了。

"这……"狄姜语塞，不知如何作答。随后，却见钟旭面无表情，一脸公事公办的模样，点了点头道："正是如此。"

"那武王爷……"问药顿了顿，又问，"他这算是献身成功吗？"

"长生醒了，自然就是成功了。"

"那是不是说明……"

"不错，王爷仍是童男之身。"钟旭说完，屋子里又陷入了一阵沉默。玉灵真人咳嗽了两声："你们慢慢吃，我先走了。"说完，他招呼着一干小童子快步离开了。他们走后，钟旭才发现自己跟两个女子讨论这个问题似乎很有些尴尬，便清了清嗓子，自请告退，去后院倒腾花花草草了。膳房里便只剩下没心没肺的问药和一脸莫名的狄姜。

问药连连咂嘴："没想到武王爷自幼流连花丛，竟还是个童男，真是稀奇呀……"

狄姜："……"

问药见狄姜不说话，又顾自嘿嘿一笑："掌柜的您可一定要把王爷救出来，这样洁身自好的男儿，世间可再找不出第二个了！"

狄姜听完，觉得她说的不无道理。

当晚，狄姜做了一个梦。

她梦见，在一个温暖的午后，阳光照在人身上暖洋洋的，武瑞安正和书香在对弈，见自己从楼梯上下来，对着自己微微一笑。

他的笑容里带着这世上最惬意的阳光，让人如沐春风。他笑道："你可真贪睡，我们这都已经下了四盘棋了。"他的身边是一脸郁闷的书香。书香脑子灵活，是难得的少年天才，在下棋方面更是从未输给过谁，可是他在武瑞安手里就是一次好都没讨过。他不止一次地埋怨："武王爷每次都是赢个一子半子，就像是提前洞悉了战局一般，深不可测。"

而武瑞安却总是笑笑："你让你家掌柜的亲我一下，我就全力以赴地跟你博弈一局，让你知道我到底有多厉害？"每每说到此，都能惹来一屋子的人白眼。

这是狄姜不知道第几次梦到武瑞安了，这样类似的场景还有许多，都是过去她不太记得的小细节，这会儿却似乎集体沸腾，玩命似的往自己脑子里冲。

自己莫不是真的放不下他了？

否则，这思念怎么就像野草一样，连春风都不需要，便一个劲地疯长起来了？

往后的日子，狄姜一直住在白云观里，白日坐在道观里，看玉灵真人经营月老祠，或者在后院里看钟旭练剑。到了晚上用过晚饭，就一个人坐在化灵池边上发呆。问药好几次问她："掌柜的，我们什么时候回去？"狄姜都摇了摇头："我们来的时候带着武王爷，回去的时候也一定要与他一道。"

问药知道，狄姜一定会想办法救武瑞安，可时日拖得越久，她就越没有信心。她潜意识里也觉得，武瑞安已经死了，从这个世上永远地消失了。问药劝说过好几次，但是狄姜并不打算改变主意，她只能每天百无聊赖地待在白云观里，比在太平府时更加无聊。到后来，问药实在憋得没法子，便开始捉弄几个小童子，长生被她欺负得全身青一块紫一块，跟钟旭告状的时候，直言："问药非要我陪她玩跳崖的游戏，她心理素质过硬，跳过去攀着树枝便能存活，可我哪里有她那样的身手？摔得七零八落不说，她走累了还得让我将她从山底背上来，再这样下去，不消俩月，我也得下去陪武王爷了！"

长生说到此处，又被问药一顿好打。

"什么叫下去陪武王爷？王爷他还活着！掌柜的说一定能把他救活的！"

长此以往，白云观里上上下下都被问药弄得哭笑不得，一个个眼巴巴地盼着这对主仆赶紧离开。玉灵真人找钟旭游说了几次，钟旭打算带着长生回到太平府继续开棺材铺，与狄姜商量了几次，她都摇头拒绝了，笃定道："武瑞安归来之日，才是我们回京之时。"

有情有义的人终会回来。

她说到做到。

第四章

人心

两年后。

四月末的天气，荷花已经亭亭玉立，一朵朵菡萏缀在莲叶上，好看又有趣，芦苇随风摇曳，菱叶铺满了荷塘。狄姜百无聊赖地坐在山间，看着山下一汪碧湖，不无泄气地叹息道："哎，我等的人怎么还没出现……"

"掌柜的，您究竟在等什么？"问药疑惑，这两年来她无数次地问过狄姜这个问题，但是对方一直讳莫如深，最多高深莫测地说句："我在等一个可以救武王爷的人。"

又是这番搪塞的说辞。问药刚想劝她认清现实，可就在这时，她突然看见东方天幕上燃起了异样的光芒——那是碧绿碧绿的火光，仔细一看，才发现那不是天火，而是萤火虫。漫天遍野的萤火虫集中在一起，在天幕上盘旋，经久不散，就像一簇簇极光，妖艳又神秘。

"掌柜的您快看！那是什么？"问药好奇，止不住地大叫。狄姜眯起眼，看了半晌，才扬起嘴角，幽幽道："宫翎月，我终于等到他了。"时隔两年之后，狄姜终于在森林里见到了萤火祭祀。那是匠人在施法，匠人之法，可生肌铸骨，起死回生。

"掌柜的，宫翎月是谁？"问药道。

"就是我要找的可以救武王爷的人。"狄姜站起来，拍了拍身上的尘土，笑道，"找到他，我就有三成的把握救回武瑞安。"

"为什么只有三成？"

"因为他们一族人脾气都比较古怪，想要说动他们救人，也不是那么容易的事情。"

"他在哪儿！我这就去把他抓了来，他不救也得救！"问药撩起袖子，十足的悍妇模样。

狄姜掩嘴一笑："若真那般简单，我也不会再次等候两年才寻得一点儿蛛丝马迹。走吧，我们去森光之祭的地方看看。"

狄姜叫上钟旭和长生，几人跟着狄姜径直往森光之祭的地方行去。那是百里以外的遄梁城。城外是一大片松树林，树林里有一条小溪，溪水两旁是倒毙的枯树，针叶落了一地。沿着溪水往上游走，便能看见林木越发葱郁，隐约有参天蔽日之象。遄梁城，便是隐藏在大山深处的一座城镇。

在宣武国开国前，遄梁城这一片都属于土司王国，有着自己的经济，自成一国。后来宣武国日益壮大，土司国主自愿俯首称臣，几座主要的城镇便划进了宫州境，往来多盐商，虽然在深山老林中，但是也有富可敌国的大商贾。

傍晚时分，山中飘起了小雨，狄姜、钟旭、问药、长生四人，就着树叶的遮挡下了山。此时，山里就着烟雨飘起一层薄雾，或许是前方有希望在等待，两年后的今日，行走在苍山翠绿之间，步伐都为之轻松。迅速下山之后，几人便从城门进入。一进城门，便见遄梁城的小巷中挨家挨户都"张灯结彩"，却不是一般的灯火。大街小巷洒满了纸，家家户户挂着漆黑的灯笼，挽联从山下一直连绵到山上，一眼望不见头。

"掌柜的，这里似乎……在办丧事？"问药牙关打战，显得有些害怕。如此大规模的丧事布置，着实让人不舒服。

长生皱眉道："平时办丧事也就是一户人家，全城都在办丧事的话，那得死多少人呀！"

"未必。"狄姜走到对面的一户人家，捧起挽联，"你看这里，这挽联上写的名讳都是一个人。"

"当真？"问药急冲冲地跑过去，接连看了好几户，发现狄姜所说的没错，所有的挽联花篮上写的都只有一个人的名讳："董叶贞？"

"不错。"狄姜点了点头。

"唔……这个名字有些耳熟，似乎在哪里听过。"问药做出一副努力回想的模样，可她想了许久都没有想起来。

"或许是巧合吧。"狄姜叹了口气，"我们找人问问。"几人继续前行，发现大街小巷里一个人影都没有，除了房子都还算簇新之外，与凉州城的情况差不多。

问药："难道这里也闹瘟疫了？"

狄姜摇了摇头："这里的小摊贩上有些还冒着热气，该是遇到了什么事情，所以全城的人都被集中在了某处吧。"

"不错，亭子里的对弈也只进行了一半。"钟旭道，"茶还是热的。"

"究竟出了什么事情，能让全城的人都放下手头的事？"问药疑惑。

"去看看不就知道了吗？"狄姜素手一指，便见暹梁城中最高的塔楼上冒出了滚滚浓烟。"他们应当就在那里。"狄姜话音刚落，便传来一阵爆竹声，声声刺耳，此起彼伏。爆竹的味道顺着风被带到了各处，呛得问药直流眼泪。只见暹梁城的中心有一祠堂，祠堂边上有一古戏台，原本露天的戏台上放满了黑色的绸幕，下方搭着一灵堂。灵堂正中放置着一口漆黑的棺椁，棺椁上刻满了赤色的铭文，十六根巨大的铜钉钉在棺材的四周，就好像有人害怕棺材里面的东西会跑出来一般。古戏台四周站满了围观人群，他们尽着黑衣。

长生道："一般四根钉子足矣，且不过手指粗细，他们竟放了手腕大小的十六枚铜钉，这棺材里躺着的人怕是比老虎还凶猛呀！他们一定很害怕棺材里的人。"

问药点头："我也看出来了。"

钟旭凝重地说："我们去祠堂看看。"狄姜没有反驳，跟着钟旭往祠堂走。

祠堂里如今只剩几片斑驳的砖块，早已失去了原来的形状。祠堂里的人显然比古戏台的要少，只有十余人跪坐在祠堂里，他们的身前都放置了烧纸的铜盆，他们都红着眼睛，却不像是伤心，倒更像是害怕。一种深深的恐惧萦绕在空气里，让四人极为不舒服。

祠堂高处的香火供奉处放着一个小瓶子。狄姜看不出来瓶子里是何物，但是闻到了空气里飘来的血腥味。钟旭眉头一皱："好大的戾气。"

"是，我也闻到了。"狄姜也一脸凝重，"跟去看看。"

几人的出现没有引起很大的轰动，几千人围在戏台前，等待着吉时送葬。正午时分，祠堂里的人出来了，宣布起棺。送葬的队伍，一直从山下的祠堂延绵到了城外的山巅。

山巅种了一棵巨大的老槐树，树下站着上百位村民，每一个都穿着黑衣，举着一把黑伞。抬棺材的四人还戴着眼罩，他们的右手搭着头戴黑纱的男子，以此引路，他们似乎非常害怕送葬的路上会看见什么诡异的事情。

"他们为什么要戴眼罩？"问药道。

"为了不看见脏东西。"长生道，"民间术士有这个说法，但是我师父一般都不用这些法子。"

"为什么？"问药好奇。

"因为……还没有什么能吓住师父，他总能将它们斩于剑下。"

"你对钟旭真是有一种迷之信心哪。"

"当然，你对狄掌柜不也是如此吗？"

问药点头，觉得他说的有理。

这时，棺椁旁扶棺的人大喝了一声，同时撒了一把纸钱在空中，朗声道："下棺。"场面随着他嘶哑的声音和漫天飞舞的纸钱而显得更加诡谲。

狄姜皱着眉头，冷眼旁观，看看他们究竟要玩什么把戏。只见几个抬棺的人将棺材放进了坟墓，随即，此前在祠堂里烧纸钱的一位少爷模样的人怀抱着那个罐子走到了人前。

"此等妖邪，就是我遏梁城怪异之事的始作俑者！董叶贞小姐与妖物珠胎暗结，导致我遏梁城民不聊生，现在，贫道就要在此焚烧不洁之物，以保我遏梁城世代安宁！"说完，此人一把从瓷罐里掏出了一个通体紫红的婴孩。婴孩已经死去多时，但看得出来，那已经是一个足月的婴儿。他将婴儿身上浇满桐油，随即一把火点燃了孩子的尸体，将其扔在董叶贞的坟前，朗声道："因果循环，报应不爽，冤亲孽债，来去无踪，哆！

"愿我遏梁城再无血腥，愿我子民世代昌盛繁荣！"说完，他又一脚踩在婴孩的残骸上。他面上毫无怜悯之心，端足了一副救世主的模样。

"那只是个正常的凡人婴孩，根本不是什么不洁之物。"狄姜远远地看着，一脸阴郁，脸黑得几乎要滴出墨来。她似乎非常生气，素来不好管闲事的她也忍不住开口斥责。

问药被狄姜一本正经的模样给惊着了。她已经很久没在她脸上见过这样的神情。上一次，还是在两年半以前武瑞安去世时的那一日。问药颤声问："掌柜的，您怎么了？"

狄姜阴沉着一张脸，冷冷道："这一遭，我不只为了寻匠人，更想留在此处，看看这个畜生究竟是谁。"

"什么畜生？谁是畜生？"问药摸不着头脑。

"刚刚那人嘴里和人结胎的'鬼'。"狄姜一脸森然，模样叫人退避三舍。钟旭在一旁一句话也不说，但是眼中的愤怒却也不输狄姜分毫。

钟旭突然开口："他就是一个骗子，有几套唬人的行头罢了。"

狄姜点头，刚想说话，却听身旁突然传来一幽幽的女声："好眼力。"几人闻言回头，便见一清丽佳人正站在自己身后。

她也是一袭黑衣，执黑伞。黑袍之下还有一袭白衣，白衣之上缀着火红妖冶的曼陀罗。她整个人给人的感觉亦恰似一朵曼陀罗，纤细、冷艳又腹黑，让人不自觉便感到背脊发凉。

"姑娘貌美，我们是否曾经在哪里见过？"狄姜蹙眉，总觉得眼前人有几分熟悉。问药听了"噗嗤"一笑，揶揄道："掌柜的，只有男人才这样搭讪，你怎么也这般老土？"

狄姜睨了她一眼，没有说话，随即又紧盯着那黑衣女子看。

此时，女子也勾起嘴角，浅浅一笑，道："我叫董叶贞。"女子的话把诡异的气氛渲染到了极致，和着漫山遍野的香烛，黑纱黑伞，更显得惊异骇人。

"董叶贞？！"问药闻言，看了眼人群围观的下葬的土坑，又指着她的鼻子，颤悠悠道："你你你……你是人是鬼？"

女子不说话，只是看着问药笑，几人就这样融化在她的笑容里，等回过神时，身边哪还有女子的身影？她就像是一个来无影去无踪的美貌鬼魅，惊鸿一瞥，然后消失不见。

"人呢？"问药来回找了好几圈，但由于身边都是黑衣人，也分不清究竟谁是谁，要想在这几千人里找出一个不一样的，还真是有些难。

"别找了,她不是告诉我们名字了吗?"狄姜道。

"董叶贞?可她不是在坟墓里!"问药怪叫道,"她如果真是董叶贞,能亲眼看着自己的孩子被烧死吗?何况她若真是,现在也该是一孤魂野鬼呀!"

"她是不是董叶贞不得而知,但是她一定不是鬼。"狄姜说完,钟旭也点头,"鬼魅逃不过我的眼睛,她是一个活生生的人,与我们一样。"

"走吧,我们去问问,在这董叶贞身上究竟发生了什么。"狄姜说完,率先走了出去。她非常迅速地凑近了一堆看上去就特别话多的三姑六婆,并且很快便打入了内部。

狄姜貌美心慈,看上去显得天真且不谙世事,给人的感觉就是一个普通的过路旅人。三姑六婆见了狄姜并不排斥,反而立即向她诉说这遏梁城连日来所发生的怪事。

"咱们董家堡的二小姐可真是害人哟!"

"她以前温婉懂事,熟读诗书,可是我们这有名的才女兼美女哟!可谁知竟干出了这样没脸没皮的事情哟!"

"可不是,害了自己不说,还害了城里这么多人哟!"

狄姜听着三姑六婆絮叨了半晌,可似乎还是没有人说到重点,于是打断道:"不知这二小姐究竟犯了什么过错?竟让全城的人为她送葬?"

"这可真是千古奇闻哪!说起来吓死你!"三姑道。

"那婶儿您慢慢说。"狄姜呵呵一笑,做出洗耳恭听的模样,半点害怕都没有。

"董叶贞曾是远近驰名的大美人,可不想有一日,她竟然怀上了鬼魅的孩子!她的肚子一日日地变大,与此同时,遏梁城里丢了好多的婴孩,大家以为是人贩子给拐了卖了,却不想啊,竟然在这大小姐的闺房里搜到了人骨,还有一具尸骨!我还听说啊,那晚上发现叶贞小姐的人正是大少爷连城。连城少爷见着她的时候,她正蹲在墙角旁若无人地啃着什么,连城少爷连续叫了她好几声,她都没听见哪!大少爷觉得奇怪,就上前去一探究竟,可谁知她竟然在啃小孩的手指头!她的嘴角还流着孩子的血呢!"

"对对对,然后董叶贞就被人抓起来了,但是一直嚷嚷着要吃人肉喝人血,旁的东西是一点儿都不吃!她的肚子也比别人要大许多,不足三个月就似要临盆了一般，我们都猜测是因为她吸食了小孩的精血，才能长得这样快！于是董家老爷请来大师，大师一看就知道，她怀了不洁之物，不日即将临盆。"

"竟还有这等事？"狄姜佯装惊讶，内心却笑开了花。

和鬼魅生孩子？

呵，若真能生，不早乱套了。

三姑又接道："后来呀，马大师想出了一个好法子。那就是开膛破肚！将不洁之物提前剜出来，就地焚烧，这样才能避免一场生灵涂炭的浩劫！"

"什么！"狄姜大惊，吓得几乎从凳子上摔下去。她不是没见过世面的人，只是她这一吼，将扁担另一头的六婆给吓着了，她一起身，狄姜也就跟着摔在了地上。几人将狄姜扶起来，见她如此害怕，面上也露出了担忧的神色："我们一开始也不想这样做，可是后来她的肚子越来越大，力气也越来越大，有一次竟然挣脱了牢笼跑到街上去找小孩吃，还好马大师及时赶到，不然又有一个小孩要命丧当场了。"

"呐，就是她——"三姑随手一指，就见到不远处有一颤颤悠悠的小女孩，正抓着她母亲的大腿。她躲在母亲的身后，看着董叶贞下葬，面上还带着几分解气的笑意。三姑一声叹息："要不是马大师，她现在已经被吃掉了。"

狄姜听罢，许久回不过神。她怔了许久，才接着问："后来呢？"

"后来在马大师的带领下，不洁之物被封印在瓷瓶里，直到刚刚被焚烧成了灰烬。"三姑说完，松了一口气，笑道，"不要害怕，暹梁城的阴霾已经过去，这里平日还是民风淳朴，很安全的。"

狄姜觉得内心发堵，有些头昏脑涨，她只觉胸口堵着一块大石头，连带着脑子也有些不太清醒。她缓缓道："这……是什么时候发生的事？"

"就是昨日呀！"

狄姜无言，只懊恼自己若能早一日赶到，或许就能阻止这一场悲剧的发生。

这时，问药、钟旭、长生三人见狄姜迟迟不归，便来寻她。等问药一见到狄姜，立即便搀扶着她，关切道："掌柜的，究竟发生了什么事？您的脸色怎么这样难看？"

狄姜摆了摆手，歇息了一会儿，才对三人缓缓讲述："我打听到，在这遇梁城中，地位最显赫、家中最有钱的便是住在董家堡的董齐山一家。董齐山靠贩卖私盐起家，宣武开国后，便做起了正当生意，如今经营着一家银号，全宣武每一个州府都有分号，可算是富可敌国。"

"然后呢？"钟旭凝眉道。他见狄姜如此失神，很是不解，若说有钱人，那董齐山再有钱，大抵也比不过阳春山人孟子昌。从前就连孟子昌从坟墓里活了过来狄姜也不惊讶，这会儿又怎会这般失态？这让钟旭更加担忧，只觉此次的事情应该颇不一般。

狄姜咽了一口口水，才接着说："董老爷育有两女一子，死去的便是二小姐董叶贞。民众传言，董叶贞腹中怀有不洁之物，惹得民怨四起，遂找来马大师将之开膛破肚，剜掉了不洁之物。"

"什么！"三人闻言，面色皆是一变。

"可笑吗？"狄姜自嘲道，"他们因这样的无稽之谈，要了一个妙龄女子的性命，还是这样凄惨地剥夺了她生的权利。"

"简直太可恶了！"问药拍案而起，"我这就去拆了那老骗子的骨头！"狄姜这次没有打算拦着她，而是笑着站起身："我跟你一起去。"钟旭与长生面面相觑，脑海中都在想：这还是头一次见到狄姜如此恼火。往常她即便是要去祭剑，都是云淡风轻、不疾不徐的模样。

此时送葬的人潮已经散去，几人一路往城中走，便见城里的挽联、黑纱都被尽数除去，并且集中在城中的一处空地就地焚烧。焚烧黑纱时升腾起的浓烟遮天蔽日，满城都飞舞着灰烬。狄姜四人正是在这样的情况下来到了董家堡。

董家堡面积四十顷，里面有清泉茂林、水礁鱼池，建得豪华奢靡，瓦砾通体皆由铜铸，远远瞧去金黄一片，十分夺目。这会儿工夫，送葬回来的董家三小姐董碧灵正在房中用鲜奶洗手，洗手的水盆亦是鎏金的。在她的身下铺着一块雪白的貂皮，貂皮素来有软黄金之称，具有"风吹皮毛毛更暖，雪落皮毛雪自消，雨落皮毛毛不湿"三大特点，千金难求。可是她浑然不在意，踩在脚底，全然当作地毯来用。而她的身后，被褥和帘子也皆是云锦所制。

云锦质地柔软细腻，光泽度好，大提花面料的图案幅度大且精美，经纱和纬纱相互交织沉浮，形成不同的图案，比之皇宫大内所用的还要气派奢华。

她洗完手后就坐在床边，在这雕梁画栋之间悠然地修着指甲。她的脸上满是连日来紧绷之后突然放松下来的神色，倒不是她对姐姐的死不伤心，而是害怕已经多过了伤心。她对姐姐吃人这件事毫无疑问，因为那日她是亲眼见着姐姐发狂，甚至还差点被她杀死。再后来，姐姐就因那一晚从此变了一个人。

董碧灵伤心过，难过过，但是那都没有用，因为只有董叶贞死了，整个暹梁城才能恢复以往的平静。她到底还是因姐姐的死而松了一口气。就在董碧灵修完指甲，刚吃了一口下人送来的鲜蜜芙蓉糕时，院子里突然传来一阵打斗声，伴随着打斗声而来的还有一男子的求饶声——"姑奶奶饶命——贫道跟您无冤无仇，您何苦为难贫道！"

董碧灵凝眉，懒懒道："外头出什么事了？竟这样吵闹？"

婢女出去看了一圈，才来回禀："外头来了一个道士和一个大夫，正在跟马大师吵架。"

"吵架？为何？"董碧灵一蹙眉，又问，"爹爹可回来了？"

"老爷还在料理后事，怕是要晚上才能回来。"

"大少爷呢？"

"少爷和老爷一起，也没有回来。"

"我知道了，扶我去瞧瞧吧。"董碧灵叹了口气，支起了身子。最近她也有些乏，闲来就喜欢吃酸辣之物，每日睡着的时辰比醒着的还要多。若不是因家中无掌事之人，她也不会去管这些鸡毛蒜皮的小事。董碧灵换了一身衣裳便推开门，穿过花园，走去了前院。

狄姜一行人刚一到董家堡，便与马大师迎面撞了个满怀。马大师的头发被一根木质簪子固定在脑后，梳得油光发亮、一丝不苟，加上他的贼睛鼠目，看着有些不入流。只看一眼，钟旭几人便知悉，这个人是个彻头彻尾的神棍。

"哪里来的山野村妇，竟这般莽撞？！"马大师面色不善，下意识出言不逊，惹得问药火冒三丈。她二话不说便揪着他的两撮小胡子，将他好好打了一顿。马大师根本没想到，一个小丫头居然有这么大的力气，他费尽了心力也没能将她从自己背上拉下来，只能任由她骑在自己头上，左一拳头又一拳头地暴打。

"你你你！你知道我是谁吗！你赶紧下来！哎哟喂！我的骨头都要散架啦……你再不下来我就不客气了！看我不弄死你！"马大师疼得龇牙咧嘴，但狄姜和钟旭丝毫没有要阻止的意思，长生亦在一旁笑得乐不可支，就差没有加油呐喊了。

"哎哟喂，姑奶奶，我认输了，您不要打了！再打我就要散架了呀……"马大师满脸泪水，显得可怜不堪。但是狄姜和问药一想到他竟然让人活生生地剖开了董叶贞的肚子，这简直是可忍孰不可忍！问药打得越来越狠，马大师很快变得鼻青脸肿。

"都给我住手！"这时，廊柱之下传来一声厉喝。几人抬眼一看，便见一华服女子穿着一件百鸟羽毛织成的裙子，翩翩行来。

"那竟是百鸟裙？"狄姜见了来人，立即双眼放光。

"什么是百鸟裙？"钟旭道。

"百鸟裙便是用一百种鸟儿的羽毛织就的裙子，世上难得一见，从前也就是太宗皇帝的皇后祭天时穿过一次，没想到，在这里居然能见到这样的宝贝！"百鸟裙在风中摇曳，正视为一色，旁视为一色，日中为一色，影中为一色，而百鸟之状皆见，是为世间不可多得的千金难求之物。来人此时看上去就像九重天上的仙子，娉婷无双。但显然，裙子的主人董碧灵并没有觉得这样的裙子有多珍贵和难得，这对她而言，不过是万千裙子中的一条，不足挂齿。

"小姐您来得正好！您快给贫道做主啊！"马大师哀号道，"这不知道哪里来的山野村妇，竟然毫无礼教章法，上来就对我拳打脚踢，我可是你府上的贵客，您得救救我呀！"

董碧灵眉头一皱："马大师一身武艺，怎会被个小女子给制住了？您一定是在与我开玩笑。"

马大师脸上好一阵红一阵白，随即哭诉："贫道一身武艺不错，可这死丫头力气真是大呀！贫道……贫道确实不是她的对手！"

董碧灵闻言，十分诧异，仔细地看了几人一眼，才道："我见过你们。"

"嗯？"狄姜疑惑地看着她。

董碧灵这才又素手一指，指着狄姜和问药道："我见过你们，两年多以前，在云梦泽的客栈里，我们曾有过两面之缘。"

如此一说，狄姜才恍然大悟，怪不得她看黑衣女子有几分眼熟。

"问药，下来！"狄姜低声一喝，问药便听话地跳了下来。马大师唉声叹气地长舒一口气，这会儿就连骂人的力气都没有了。

狄姜回望董碧灵，便觉时间如白驹过隙。彼时初见，董碧灵还是个不谙世事的小丫头，这不过两年多的时间，她已经完全变了一副模样。她的面上不再稚嫩，而是充满了疲惫，这或许是因为董叶贞的死，但是从她身上散发出来的，却也不是不谙世事的小姐的气质，而是一种带着威严和压迫的气势，现在的她甚至已经有了几分当家主母的意味。

董碧灵浅浅一笑，看了钟旭和长生几眼，才道："姑娘貌美，婢子也容颜惊人，碧灵见之不忘，从前时常与哥哥姐姐谈论起你们，怎么不见那位华服公子？"

狄姜愣了片刻，才明白她嘴里的那位华服公子应当就是武瑞安，于是脸色又些许一沉。问药哼了一声，道："你哪是想起我们呀，明明是想念那位公子吧？"

"问药，不得无礼。"狄姜睨了她一眼，她才又是不满地嘟着嘴，恶狠狠地瞪着董碧灵。

董碧灵却也不生气，微笑道："翩翩公子世无双，惹人相思也是正常，不过今日我只是随口一问，姑娘不必放在心上。"她说完，好奇地打量了问药好几眼，又道，"我记得两年前姑娘似乎就是这个模样，怎么如今两年过去，你的容貌……似乎全无变化？"说着，她伸出手在自己的胸前比画了一下，潜台词就是："我都长了你快两个头了，你发育得还真是有些慢呀……"

"你！"问药鼓着腮帮子，不想跟她吵架，若不是狄姜在这里拦着，她现在就把董碧灵的嘴撕下来下酒吃！

"妹妹不要生气，我与你开个玩笑罢了。"董碧灵掩嘴一笑，"入门即是客，大家既然都来了我董家堡，便是一家人，你们与马大师有何仇怨都看在我的面上，暂且放一放吧。"

"我哪里跟他有仇怨？！跟他有仇怨的是你董家！"问药脱口而出，又惹来狄姜一记杀人的目光。随后，狄姜笑着打圆场："我这婢子嘴碎，平日里就喜欢胡言乱语，她的话请小姐不必放在心上。"

"姑娘客气了。"董碧灵点头，又对一旁唉声叹气的马大师道，"马大师，您说呢？"

"罢了罢了，我不跟小孩子计较！"马大师翻了个白眼，继续呜呼哀哉地揉着身上被问药打出来的淤青。

董碧灵微微一笑，又对狄姜道："不知几位来我董家堡，有何事赐教？"

"我与师兄路过贵宝地，见董家堡气派非凡，便想来参观参观，顺道求个住处，能歇息一二。"狄姜低眉敛目，显得十分恭敬。她原先只是想出口气，但见着董碧灵就改了主意。

董碧灵从前见过狄姜，知道她一行人定然都出身不俗，不会是有歹心之人。果然，她这会儿自然也不会反对几人留宿："今晚族中有宴会，你们若是不嫌弃，便一起喝上一杯，也算是送叶贞姐姐最后一程。"

狄姜颔首微笑："多谢董家二小姐，望小姐节哀。"

"嗯。"

二人寒暄了一番，马大师也恢复了些许力气，他趁着狄姜与董碧灵聊天的工夫，将这四个外人从里到外地打量了一番。只见钟旭五官端正、剑眉星目，显得十分英俊和精神，虽然始终面无表情，不苟言笑，但也不失为天生傲骨，一看就是道家中人，带着几分出尘脱俗的仙气，于是上前套近乎："这位朋友，在下马文山，师从江北飞星观，敢问你师承何人？平日在何处修行？"马文山端着架子，言谈之间多有骄傲，似乎对自己的门派十分有信心。

而钟旭闻言却面无表情，三缄其口，淡淡回道："闭门即是深山，修道随处净土，我在哪里都可以修道。"钟旭说完，就连问药都忍不住给他拍手叫好："钟道长一看就不是一个普通的道士！跟你这种江湖术士真是一个天一个地！"

"你！"马文山气得吹胡子瞪眼，就差没有上前来扇问药两巴掌了。眼看着马文山和问药又要打起来，董碧灵连忙唤来婢女："带马大师回去休息，再给这四位尊贵的客人准备四间上好的客房，好好招待，断不可委屈了分毫。"

"是。"

狄姜四人被安排在西厢房，连着的四间房中，问药紧挨着狄姜住在第二间房中。狄姜赶了一天的路，很是疲惫，又被这董叶贞的事情气得火冒三丈，精神头早已经用尽，这会儿就想洗个澡好好休息片刻，岂料她刚脱了外套，便见问药捧着个通体鎏金的七彩盆子闯了进来。

"掌柜的！我房间里有宝贝呀！"问药一脸兴奋地凑近狄姜，献宝似的将手里的物体递到狄姜眼前。狄姜粗粗一看，只见罐子上镶嵌着砗磲、蓝砂石、绿松石、黄玛瑙、青金石、南红玛瑙、红珊瑚。

"七宝溺器，你捡到宝了。"狄姜淡淡地说。

"什么是溺器？"问药一听这玩意儿是宝贝，更加爱不释手，正一脸新奇地捧着一个镶满了宝石的罐子，抱在怀里又是亲又是啃的，想看看这究竟是不是纯金所铸造。狄姜在一旁愣愣地看着，想要阻止她，可又不忍心告知真相。岂料她犹豫的瞬间，便眼睁睁地看着问药将之来回咬了好几遍，两眼放光，止不住地欢呼道："这真是纯金的！"

狄姜扶额，缓缓道："再贵也就是个溺器。"

"究竟什么是溺器？"问药疑惑。

"溺器……就是夜壶，通俗地说就是董老爷平日里用来撒尿的尿罐子。"

"什么？！"问药闻言，立即将那溺器扔了老远。"啪"的一声，溺器落在地上，碎了一地。

"呸呸呸，掌柜的您怎么不早说！"问药一脸晦气，一个劲地干呕，仿佛要将几日前的晚饭都给吐出来。

"我刚想说，你就已经下口了……"狄姜一怔，看着散落一地的七宝溺器，难过道，"这个，在你薪水里扣。"

"什么？"问药一脸愕然。

狄姜："你损坏了人家的东西，不得赔偿吗？我看这溺器也就是你三十年的薪资而已，时间过得很快的，放宽心。"她说着，拍了拍问药的肩，一脸慈爱。

问药已经一脸菜色，良久都说不出话来。

"咚咚咚——"这时，门外传来三声叩门声，紧接着，只听"吱呀"一声，门便向里打开来。董碧灵娉娉袅袅地走了进来，疑惑道："出什么事情了？我在外头听见屋里有打斗，可是进了贼人？"

"没有没有，我就是看这东西好看，结果不小心给打坏了……"问药嗫嚅着，生怕她会说出个惊天的价目来。到时候，掌柜的非扒了自己一层皮。哪知董碧灵却是眉毛都没有皱一下，唤来下人："把这里清扫干净，再拿一个新的过来。"

"是。"婢女们鱼贯而入，很快便收拾好了一地碎片。

"我不用赔偿吗？"问药瞪大了双目道。

董碧灵笑着摇了摇头："这样的东西我家多得是，打碎了一个我再派人给你拿一个就是，不必放在心上。"

"董小姐宽宏大量，叫人佩服！"问药笑逐颜开，差点就跪下磕头叫奶奶了。等董碧灵走后，问药便直拉着狄姜的手，激动道，"这家人真是财大气粗！太粗了！"

狄姜一脸无奈，一种深深的羞耻感浸润了她的身心。她有时候又会很想念，曾经那个高高在上、不可一世的龙女，到底去哪儿了？

傍晚，董家堡里人头攒动。狄姜尚在午睡，便被前院里传来的吵闹声扰醒。门外恭候许久的婢女见狄姜午睡醒了，立刻围了上来："姑娘，我家小姐吩咐，等您睡醒了，便请您去前厅饮宴。"

"我的朋友们呢？"狄姜问。

"他们已经过去了。"

"原来如此，劳烦带路。"狄姜欠身一笑，便跟着婢女往外走。一路行来，便见窗棂上雕着精美的莲花，无论前厅还是后院，皆是装修豪华精致。从窗户往外看去，便见前厅有一方戏台子，戏台子上正唱着平民们百听不厌的《踏谣娘》。

"掌柜的您居然醒来了，我还以为您要睡到明儿中午，所以就没叫您。"问药见了狄姜，立刻招呼她在自己身边坐下。狄姜入席之后，便发现董家堡的前厅里摆满了赤色的酒桌，容纳了上百人。宴会里所有的一切都是赤红的，大到桌椅板凳，小到每一双筷子，就连端上桌的每一道膳食也都是红灿灿的。

狄姜好奇道："他们都喜欢统一色调吗？下午送殡的时候，统一着装黑色，这会儿竟全换成了红色？"

问药："据说董老爷听了那假骗子的话，说是这样做可以冲喜挡煞。照我说呀，根本是那骗子在装神弄鬼！"

"可不是。"狄姜点了点头，便开始动筷子。她这才发现，筷子十分沉重，似是里头足金，外表漆了一层朱漆来掩盖原本的光华。狄姜心中还没来得及惊讶，又见酒席的正中间摆放着一道江南名菜，名叫鱼脍。鱼脍切得薄如蝉翼，蘸点调料便入口即化。

"他们居然会做鱼脍！"狄姜大惊。

"鱼脍怎么了？"

"这可是人间美味呀！"狄姜兴奋道，"这是一道江南名菜，从前江南人士张翰到洛阳做官，时时怀念家乡鱼脍的美味，经过一番思想斗争，决定辞官回乡。只怪鱼脍太美味，否则怎能令一个官场中人做出如此率性的选择？鱼脍深得贵族的厚爱，不过那时尚叫'水晶脍'，大概因为晶莹剔透如水晶而得名。"

"真有那么好吃？"问药蹙眉。

"当然。"狄姜点头，夹了一块，放进嘴里，便是一脸满足。一场豪门盛宴讲究的是每一个细节，吃食美味与否有时候并不重要，享受奢华本身带来的乐趣才是盛宴的内在精神。

狄姜用完晚膳时，全席只剩下她一人。下人们收拾碗筷时，她恰好见着下人们捧着数双朱漆的筷子，正要扔进垃圾桶，她连忙叫住他们，道："这筷子可是金的？"

"是金的。"伙计点头。

"金的就这样扔了？这怕是万世过后，仍能享用吧？"

伙计摇了摇头，道："马大师说了，这筷子不吉利，吃完就得全部集中，然后他再拿去做法掩埋。"

"又是马大师？"问药狐疑。

狄姜也连连摇头："真是可惜，这一顿饭得吃掉多少钱？"

"嗨，这算什么？"伙计像是在看两个乡下人，"我家老爷的餐具，光筷子就有两万多双，材质高档，应有尽有，象牙筷、玳瑁筷、乌木筷、棋南沉香筷应有尽有数不胜数，哪里会在意区区几百双金筷子？咱家董老爷的生活很讲究，可不是你们这些人能明白的。"

"哦？有多讲究？"狄姜来了兴趣。

伙计清了清嗓子，一脸骄傲："我家老爷每天早晚都要抹香脂，他经过的地方都会香气缭绕，衣服每天都要换一套，他曾经在接待一个客人的时间段里换过四套衣服。但最令人神往的是他的出行工具，他的轿子是由三十二人抬的，前有会客室，后有卧室，中间还有回廊，里面能侍立两个小童焚香挥扇。"伙计此言一出，惹来狄姜主仆二人连连咂舌。就连狄姜也恨不得拍手鼓掌，心中暗道一句："这董府真是财大气粗！太粗了！"

"那这筷子扔在乡野，就不怕被人偷了去？"狄姜又是一疑。

"谁敢偷叶贞小姐大葬的用品？"伙计翻了个白眼，"这都是带着怨气的！"

"又是马大师告诉你们的？"

"不错。"

狄姜咽了口口水，悄悄对问药道："一会儿你去把筷子都收了，他们不敢要，我要。"

"我马上就去！"问药点头如捣蒜，显然她也觉得钱比命重要，且重要得多。

当天夜里，宴席结束之后，狄姜和问药便伙同钟旭和长生，捏了个隐身诀，偷偷潜入了董家堡的后山。她们没有对钟旭说是要去做什么，只道是带他挣些盘缠，也好等来日回了太平府，能再置办一处房产。钟旭没有多问，但也觉得此事并不简单，一路跟在三人身后，时刻都保持着警惕。因为他的直觉告诉他，今夜之事，定有蹊跷。

后山里有一汪碧湖，湖中假山怪石林立其中，其上多缀有金玉，在月色的照射下熠熠生辉，宛若天幕上璀璨的繁星。掌灯丫鬟在回廊廊柱之上，每三步便设了一盏水晶灯，虽是夜晚，但灯火通明。四人来时内心都各有所想，但在这天价建造的园林中走了一会儿，内心就都开始惊奇了。几人被这一派奢华惊得连连摇头，问药不解："这董齐山究竟是什么人？园子竟比皇宫内院还要气派，不知道的还以为这就是皇城呢！"

"我还是头一回见着这样的百姓人家。"长生虽为剑奴，但除了生辰八字是被太霄剑冢选中之外，生长环境皆与常人无异，他亦是头一次见到这样奢靡的人家。

"你们用膳时可见着董齐山了？面目如何？"狄姜对三人道。

问药摇了摇头："董家老爷和夫人都没有出现，只有大公子连城和三位管家一齐在招呼里里外外的宾客，碧灵小姐也未曾露面，似乎……"

"似乎什么？"

"我说不清楚，感觉他们并不想再提及叶贞小姐，或许是还未接受她去世的事实吧……"问药说着，又疑惑道，"掌柜的，您说董家这样家大业大，想保住一个女儿难道很难吗？董齐山怎么忍心让自己的闺女被人开膛剖肚？还将这骗子当菩萨似的供起来？"

"怕是董齐山授意的也未可知……"狄姜沉吟了一声，随口说，"毕竟在这暹梁城里，董齐山的地位怕是比太守还要高，说他是这里的土皇帝亦不为过，没有他的首肯，谁敢动董家的女儿？"

"这就更让人奇怪了！"问药蹙眉，"哪有人舍得让自己的女儿受这等苦！"

"真相总会浮出水面，我们且等且看戏。"狄姜微微一笑，做了个"嘘"的手势，"不要说话，有人来了。"问药点了点头，适时闭上了嘴，随即瞪大了眼睛，直勾勾地看着狄姜所望的前方。只见回廊里走来一个身穿道袍的中年男子，正是马文山。

马文山贼眉鼠眼，一脸疾色，一溜烟地从后门走了出去。一路上，护院、丫鬟、小厮见了他都会朝他躬身行礼，可见他在这董家堡里颇受人尊敬。

狄姜与钟旭相视一眼，带着问药和长生从同一个门走了出去。

董家堡的围墙外表都被朱漆漆成了赤色，在门下两盏灯笼的映衬下，墙外显得有些阴森诡谲。几个小厮按照马文山的嘱托，将金筷子埋在了墙外七丈远的一棵柳树下，深约三尺三，但是其上不能盖土，只能撒上朱砂。于是马文山到了柳树下，几乎不需费什么力气，便将一袋子金筷子捞了起来。这中间什么咒语都没有念，说要做的法事也全然没有完成。

问药大急："掌柜的！他要拿咱们的筷子！"

"可不能让他得手。"狄姜和问药撩起袖子就要上前，钟旭连忙拦在二人身前："为什么是你们的筷子？"

"那小厮说这筷子扔了也就扔了，旁人不敢要，我要，可不就是我的了？"问药一脸怒气，恶狠狠地盯着马文山，"这人又抢先了咱一步，可不能再让他得了便宜！"

"谁在那里！"这时，马文山突然站起身子，向狄姜几人的方向看去。狄姜几人立刻闭上嘴，屏住呼吸，盯着马文山看了半晌，却发现他丝毫没有放松警惕，仍是一脸惊惧地看着几人。狄姜与问药面面相觑，心道："隐身诀还在，难道他的道行竟能破了我们的隐身诀不成？"但很快，他们便知晓，马文山看的根本不是他们，而是他们身后的东西。

一丝丝雾气从溪边升起，渐渐在空气里弥漫成了一层，就是在这薄雾环绕之中，一身穿黑衣的女子执了一柄黑色的油纸伞，渐渐从迷雾中走出来。她黑发如瀑，面色苍白如纸，嘴唇殷红似血，带着微笑，眼底却浮现着浓浓的杀气，整个人看上去如鬼似魅，说不出有多恐怖。她缓缓行来，步履之轻，就连狄姜和钟旭也未能第一时间发现她的存在。

"你……你是何人！"马文山手指着狄姜。狄姜转头，才发现身后不知何时竟多出了一个人影。此人正是白日里见过的自称董叶贞的女子。

狄姜面露玩味，连忙闪开身子，给黑衣女子让出了道路。女子就似没看见狄姜他们似的，一双眼紧紧地盯着马文山。

"你是谁！大半夜鬼鬼祟祟，有……有什么目的！"马文山汗如雨下，冷汗沁透了他的衣衫，鬓角的碎发粘在脸颊上，显得狼狈不堪。而女子不疾不徐缓缓收起黑伞，露出她倾国倾城的面庞，对马文山浅浅一笑："马大师，你说我与鬼魅珠胎暗结，怎么这才不过几日的工夫，竟认不出我来了？"

是董叶贞。

马文山大骇："你……你是董叶贞？！"

董叶贞微笑："你害了我与我尚未出生的孩儿的性命，这笔账，我该怎么跟你算呢？"董叶贞扬起嘴角，但眼眸中的杀意只增无减，淡笑的模样让钟旭都不禁皱起了眉头。

董叶贞一步步走向马文山，马文山愣了半晌，才从怔忪中缓过神，大喊："鬼……鬼啊——！"同时，清冽的空气里很快便弥漫出一股尿骚味，让狄姜几人都不禁露出了疑惑的表情。再一看，趴在地上的马文山已经失禁。他随即扔下装满金筷子的包袱，一路连滚带爬地跑回了董府。那模样就像是一条丧家之犬，让人避之不及，惹来众人好一阵嫌弃。

马文山的身影很快消失在门里，可他哪里跑得了。董叶贞如一阵青烟一般，眨眼便消失在了狄姜几人眼前。

"快跟上去！"狄姜意识到不妙，立即跟着跑进了董府。此时，后花园里，马文山已经被女子凌空拎起，扔在了太湖假山石的峰顶之上。

董叶贞飞身而起，翩然落在马文山的眼前，目露凶光，恶狠狠地说："你毁我人身，打散我的精魄！更让我儿求生不得、求死不能！我现在便要让你血债血偿，亲自尝尝看那剜心蚀骨究竟是何种的滋味！"董叶贞说着，突然张开了血盆大口，口中露出一颗颗尖细的獠牙，就要朝着马文山的后心咬去。

马文山被困在假山之巅，前有饿灵如狼似虎，后是一汪湖水深不可测，千钧一发之际，钟旭一张纸符扔了出去，正中董叶贞的面门。

"谁！"董叶贞眼中精光一闪，向纸符飞来的方向看去，却发现空气里一个人影都没有。

马文山瞅准机会，趁董叶贞走神之际，一掌推开她，随后转身从假山上跳了下去。紧接着便传来"咔哒"一声，马文山的腿摔在了最近的一块石头上，骨头呈现出一种不可思议的弯曲。他顾不得疼痛，连滚带爬地往下跑，整个人落在了湖水里，冒了两个泡便再没有声响。

"他死了吗？"问药幸灾乐祸，就差没有拍手叫好了。狄姜却摇了摇头："只是摔断了腿，他在闭气，想要以此保命，水性倒是不错。"

"谁在那里！"董叶贞听见了二人的对话，但是她看不见她们的身体，她身上气定神闲的模样被打乱，整个人，不，整个鬼看上去都变得焦躁不安。

"你不必紧张，我们没有恶意。"问药忍不住答了她一句，但很快就被狄姜狠狠剜了一眼，眼神里便是在说："不可多言。"

问药不得已，只能闭上了嘴。随后，不管董叶贞如何咆哮嘶鸣，他们都不再回答。董叶贞知道自己遇上了真正道行高深之人，便明白此地不宜久留。

"事情还没有结束，远没有结束！我还会回来的！到时，我要让整个董家堡血债血偿！"董叶贞说完，她的身形便消失在了夜空中。

周围的空气恢复了清明，初夏的时节里，偶尔有萤火虫飞在草丛里，看上去甚是和谐美观。但在经历过刚刚那一幕的人心里，却觉得怎么都宽心不起来。

"马大师！您怎么掉下水里去了！您这腿怎么了？"这时，院子里被董叶贞屏蔽了视觉的下人们纷纷恢复，发现马大师竟半死不活地趴在湖边喊救命，立即便围了上来，并请来了大夫为他诊治。马文山深夜摔断了一条腿，被人里三层外三层地簇拥着，就连董齐山夫妇亦被惊醒，连夜更衣，来到了他的房中。

"这是发生了何事？"董齐山急道，"可是因晚间处置秽物而沾了邪气？"

"大凶……大凶啊！"马文山惊魂未定，"董叶贞，她……她……"

"她怎么了？"董齐山心中一紧，"可是有怨气未平？"

"何止是有怨气未平！她、她扬言要整个董家堡陪葬呀！"

"什么！"董齐山拍案而起，一旁的董夫人直接被马大师这句话吓得两眼一翻，不省人事。

"快扶夫人下去休息。"董齐山不耐烦地摆手，又将一干不相干的人都赶了出去。等屋子里只剩下他二人了，他才阴着脸，冷冷地说，"可有挽救的法子？"

马文山犹豫："这……"

董齐山拉着马大师的手，一脸郑重："若有难处，尽管直言，我董齐山能做到的，必不会含糊，只求能让我董家堡安然度过此劫。"

"董老爷客气，只不过此事耗费的人力物力巨大，怕是……"马文山叹了口气，直言，"怕是因董老爷今生福报太大而招来的业障，需要散尽家财，才可保住家人性命！"

"散尽家财？这……"

"钱财乃身外之物,切不可贪恋而丢了性命呀!"马文山声泪俱下,动之以情晓之以理。

最终,董齐山还是点了点头:"一切但听大师吩咐。"

一场灵异事件最终随着马文山断腿落下帷幕。翌日大早,天光还未大亮,问药便来到狄姜的房里,把昏睡的狄姜从床上拖了起来,说是要去看看马文山的惨状,好好嘲笑他一番。狄姜被她烦得不行,只得起了个大早,连早饭都顾不得吃,就随她去了马文山所居住的厢房。

厢房外有一队重兵把守,几人皆穿铠甲,手执长枪腰带匕首,且都是大敌当前心事重重的模样。问药见了便"噗嗤"一笑,乐得直不起身子:"掌柜的,这马文山许是被吓破了胆呀!不是说自己是法术高深嘛,竟然还需要这些虾兵蟹将的保护,真是笑死人了!"

"谁说不是呢。"狄姜来了兴致,总算从早起里恢复了精神。主仆二人装作毫不知情的模样,来到马文山的房门外,狄姜对守门的下人道,"马大师这是怎么了?怎么今日董家堡里的气氛颇为紧张?"

下人们目不斜视,连看都不看狄姜一眼,更别提回答她的话了。

"问你们话呢,怎么这般没礼貌?"问药疾言厉色,眼看着又想动武。就在这时,马文山的房门突然"吱呀"一声从里打开了,便见董碧灵与董连城先后从房间里走了出来,二人一见狄姜与问药,皆是一怔。在他们的身后,还有一提着药箱的老者,看来与狄姜是同行。

"狄姑娘?你们这是……"董碧灵面色不华,神色间多有闪躲,似乎怕狄姜问起似的。

狄姜微微一笑,道:"我就是觉得今日府中气氛有些不对,又听闻昨儿夜里马大师摔折了腿,所以特来慰问一下。"

"哦,没什么大事,马大师因天黑路滑,不小心摔伤了左腿,这会儿刚睡下,他需要静养,你们就不要去打扰他了。"

狄姜:"小姐说得极是,那我们就告辞了。"

"好走,不送。"董碧灵说完看了董连城和大夫一眼,二人便跟着董碧灵一起离开了。

从始至终，董连城都没有将狄姜二人放在眼里，甚至连看一眼都觉得多余。问药自然能感觉出他的不友好，狄姜也看出来了，但二人到底只是客人，且默默无名，人家董家堡的大少爷不理你，还真是天经地义的事情。

问药看着三人离去的背影，奇道："我不能理解，为什么对于董叶贞的死，他们能做到全然无动于衷？而且董叶贞既然是董府小姐，为什么扬言要整个董家堡陪葬？莫非这其中有什么隐情不成？"

"有什么隐情，咱们跟去看看便知。"狄姜说完，拉着问药的手，走到一处廊柱之下，隐了身形便大方地跟了上去。董碧灵和董连城一起回到了她的小院里，随后屏退了众人，只留下大夫来。

"你可确定没有诊错？"董连城蹙眉道。

大夫颔首："小的行医多年，从未出过错。"

"好，你且下去，切记管好自己的嘴，此事万不可被第四人知晓。"

"小人明白。"

大夫下去后，董碧灵便是立即垮下脸，对着董连城就是一巴掌："都是你做的好事！"董碧灵喜酸呕吐已有几日，这日大夫来给马文山医治腿伤，便顺便给董碧灵请了平安脉，岂料竟然把出了喜脉来。她先是惊讶，而后便是惴惴难安。

"碧灵妹妹，你听我说……"

"你不要叫我！我说过不可以，你却一定要……要……"董碧灵说到这，突然面色一红，没有再继续说下去。躲在树后的狄姜和问药却是心中一激灵，似乎是听到了不得了的大事。二人相视一眼，问药刚想说话，便被狄姜捂住了嘴，示意她注意听，不要分了心神。

"你说，我现在该怎么办？以后我该怎么做人？"董碧灵双眉紧蹙，说着又抬起了右手，又是狠狠地一巴掌落在了董连城的脸颊上。

"碧灵妹妹，是我不好，但是有了孩子不是值得开心的事情吗？"董连城突然揽住董碧灵的双肩，"你我迟早是要结亲的，有了孩子就生下来，我会对你负责！"

"你怎么对我负责？像对姐姐那样吗？"董碧灵挣扎着，一口咬在董连城的手上，怒道，"未婚先孕……我不想下一个死的是我！"

"你怎么会死！你是我最爱的人，我怎么舍得让你死！"董连城不顾手上的疼痛，将她的头抬了起来，双唇覆在她的嘴上，一边亲吻，一边爱怜地说，"董叶贞自己与鬼魅珠胎暗结，那是她该死。你不一样，你是我最爱的人，是我孩子的母亲，我们在一起正大光明，我不会让任何人欺负你……"而后，董碧灵几乎就软倒在了无边的温柔蜜意里，董连城的话就像是一记定心丸，打消了她所有的疑虑。

二人亲吻的时候，问药和狄姜已经惊得合不拢嘴，万万没想到二人竟然是这样的关系。片刻后，待董连城和董碧灵吻够了，董碧灵才"噗嗤"一笑："我与你开玩笑而已，打你也只是想探探你的底，故意激你，哥哥可不要生我的气。"

董连城面色一僵，随即柔声一笑："你呀，真是顽皮。"

"我才不怕旁人说呢，在这暹梁城里，爹爹就是天，谁敢说我半个不好来？"董碧灵笑了笑，淡很快又沉下了脸，"不过……我担心的是另一件事。"

"你是说，董叶贞？"

董碧灵点头："她如此阴魂不散，怕是不好对付，我们要不要再请些能手，将她永远封印起来，叫她再不能出来为祸世人？"

"不必，"董连城摇摇头，"有马文山在，她不敢造次。"

"可是马大师已经断了腿，我看，不如去问问厢房里的钟道长，他似乎也法力不俗。"

"山野之人如何可信？怕只是来骗取钱财而已。"董连城摇头，表示不允。

"我不管！总之我不想再听到董叶贞的名字，若马文山对付不了她，我一定会找来最高深的术士，叫她永世不得超生！"

"小声些！"

"怕什么？这院子里没旁人，就算有，也都是我的人！"

董连城见了她这副无法无天的模样，隐隐有些怒气，便压着声音低吼："不要再闹小孩子脾气！这件事情我会处理，你不必担心。况且，你都是快当娘的人了，以后孩子出生，还这般毛毛躁躁，你如何管教他？"

"不是还有你和爹爹娘亲吗？我管教不好，你们总会帮着我的不是？"董碧灵见董连城似乎真的生气了，于是嘴角上扬，巧声撒娇，"你们不会不管我的，对不对？"

"你啊……"董连城一脸无奈，不忍心再责骂，便左手轻轻环住了她的肩，让她的头枕靠在自己身上，柔声道："就算我不理天下人，也不会不理你。"

"真的？"

"当然了，不信你摸摸看，摸摸看我的一颗心，是不是全都在你一人身上？"董连城说着，将董碧灵揽在了怀里，他一下一下轻抚着董碧灵的背，安抚着她惊魂未定的心。二人渐渐搂作一团，不分你我。

河对岸的草丛里，问药全程捂着眼睛，不敢去看这毫无礼教章法的二人在光天化日之下秽乱的行为。而狄姜却全程睁大了眼睛，一脸凝重地看着他二人。

狄姜叹道："现在我终于明白了，为什么董碧灵会对董叶贞的死讳莫如深，董连城对董叶贞的死无动于衷了。"

"为什么？"

"因为……董叶贞腹中的孩儿，怕也是董连城的。"

狄姜说完，问药陷入了长久的震惊，许久才缓过神来，惊道："董连城竟然连自己的两个妹妹都不放过，这世上怎么能有他这样不知廉耻的败类！"

"看他们的关系，像情人多过于兄妹，你去城中探探民众的口风，看这董家三兄妹之间，到底是什么关系。"

问药重重地点头："我这就去！"

问药离开之后，狄姜便也离开了。

狄姜在回前院的路上，瞥见一堵被砖块封住的门，那道门上还贴着一张巨大的黄纸。狄姜走近，才发现黄纸上用丹砂画满了符咒，字迹潦草且毫无章法，就连她也认不大出来这究竟是做什么用处的。狄姜索性从一旁的树上翻进了围墙，只见墙内是一个别有洞天的小院子。

院子里空落落的。院墙边植了一排翠林，中心建一荷塘，荷塘里满是将放未放的菡萏花苞，荷塘边的小门上头，隐约可见挂着一书有"翠玲珑"的牌匾，想来该是取自"日光穿竹翠玲珑"之意。狄姜继续往里走，穿过雕花廊柱，进了一两进两出的四合院，四合院的每一堵墙上都画满了丹砂符咒，连屋檐下都一张挨着一张地贴满了纸符。这些纸符经风吹日晒，已经渐渐掉了些颜色，看上去破旧不堪，就连各个房门上都落下了重锁。

狄姜看了几眼便知悉，这或许就是董叶贞生前所居住的院落了。如今她随风散去，昔日置办规整的院落也空置了下来。这里成了曾经闹过鬼的屋子，被封存起来，就连院门也被人封起来，以后怕是再也不会开了。

就在狄姜漫无目的地走在翠竹小道上时，清冷的空气里突然传来一声声幽怨的人声："小姐……小姐……"

那是一个年轻女子的声音，声音嘶哑，却不难听，每一声都似是临死前发出的低吼。

"谁在那里？"狄姜四下看了一圈，发现院子里并没有人。

"小姐……你死得好惨呀！"

就在狄姜准备离去之时，女子幽怨的声音再次传来，她立即循声望去，便见一排翠竹之下，突然冒出了一个女子的头颅！

她的头上满是鲜血，双目圆睁，她的身子隐在土壤下，就像是被人砍掉了头一般。

"你是谁？"狄姜蹲下身，缓缓道，"可还有心愿未了？"

"小姐是被马文山害死的！我要为她报仇！"女子突然发了狂似的从土里长出了手脚和身子，猛地朝着狄姜扑了过来。狄姜闪身一躲，那道人影便穿过墙壁，消失不见。显然那道影子的主人早就已经死了，这只不过是她死前留下的一点残念而已。

狄姜转过身，看着她出现的那一抔土，便心血来潮，从院子后被尘封的小厨房里找出了一把铁锹，对着那一排竹子挖了下去。就在挖了两尺土地时，她看见了一小节属于女子的手指。狄姜生怕伤着尸体，不敢再用铁锹，转而用手一寸寸地刨土。渐渐地，那女子残破的尸身便显现了出来。

女子已经面目全非，只能看见她的额头有一个血窟窿，似乎是被钝器所伤，也是致命伤之所在。她脸上结满血痂，身上的皮肤组织脱落，呈现腐败的血管网。看上去大概已经死了七天以上。她身上穿着的是与府中的丫鬟一样的青色小袄，其上缀着木兰花。这会儿木兰花还依稀可辨，但青色的布袄已经被血液染成了褐色，全然变了个模样。想来该是从前在董叶贞身边的丫鬟吧。可惜豆蔻年华，被人杀害，埋尸于此。

"哎……"狄姜一声叹息，心里觉得有些发堵。想了想，觉得她不该继续待在这里，无人问询，无人管顾，便不顾脏污，抱着她的尸身离开了玲珑别院。

狄姜隐着身形，阴沉着一张脸，回到主宅时，便没有人能看见她这副可怖的模样。但她一时半会儿还真想不出要将这婢女的尸身埋在哪儿。经过马文山的房间时，恰巧大夫在给他换药，大门敞开着，狄姜便索性大步走了进去。等到大夫离开后，下人们伺候马文山吃饱喝足了，他沉沉睡去时，便将那丫鬟的尸身放在了他的床上，并且将她的脸对准了马文山。让他只要侧过脸，就能看见她那一对瞪得比铜铃还大的眼睛。

死不瞑目的眼睛。

狄姜回房后，请人去打了洗澡水，将自己里里外外清洗干净。问药便在这时，一路小跑进了她的房间。狄姜还未穿戴整齐，见她突然闯入，怒目相向的同时，更暗自埋怨自己竟然忘记了闩上房门，还好这会儿是问药闯进来，若换作旁人，可如何使得？

"以后进我的房间之前，先敲门，不，不论进谁的房间，都应该先敲门，这是做人最基本的礼节，明白吗？"狄姜说完，问药却似没听见，径直来到她的身前，气喘吁吁道，"掌柜的，您猜我打听到什么了！"

"什么？"

"我本以为只有马文山有问题，却不想这整个董家堡都有问题呀！"问药慌乱道，"董连城与董碧灵确实不是亲兄妹，董连城和董叶贞都是领养的，只有董碧灵是董齐山亲生的！"

"竟有这等事？"狄姜一惊。

"可这还不是最奇怪的，您知道董老爷为什么要收养董连城和董叶贞吗？"

"为何？"

"听说啊，是因为董老爷年轻的时候为富不仁，于是有了报应，无论是谁怀了他的孩子，都不能等到足月就会夭折，在肚子里的时间左不过三四个月，然后就会流产，继而产下死婴。"

"还有这等怪事……"狄姜摩挲着下巴，一时间惊得都忘了继续穿戴。

问药又道："三十岁那年，董齐山本以为自己一定会膝下无子，孤独终老，岂料那一年，他认识了马大师，便听从了他的建议，花重金做法送走冤亲孽债，又在城中的贫民窟里捡了其中生活最困难的一对孤儿，收为义子义女，便是后来的董连城与董叶贞。说来也奇怪，自从他收养了二人之后，不曾生育的董夫人突然梦熊有兆，怀了孩子，来年便顺利产下了董碧灵。从此之后，董齐山便对马大师言听计从，奉为上宾。"

"唔……真是越来越有趣了。"狄姜从一开始的惊讶中缓过神，想了想便觉得这遍梁城中的稀罕事真是越来越多了。

"接下来咱们该怎么办？"问药问道。

"静观其变，我相信很快就会有眉目了。"狄姜微微一笑，然后继续穿衣，待她收拾齐整之后，恰在这时，钟旭敲响了她的房门。

"叩叩叩——"敲门声响了三下，随即传来钟旭略显低沉的声音："狄大夫，可在屋里？"

狄姜一听来人是钟旭，立即笑逐颜开地打开门，将他迎了进来。

"找我有事？"

"我就想与你商量，要不要去寻叶贞。"

"叶贞？"狄姜一愣，不明白他怎么会突然关心起她来了。

钟旭以为狄姜不知道自己说的是谁，又道："昨晚的女鬼，不，该说她是扮作女鬼的人。"

狄姜莞尔一笑："既然知道她是人，便不在你的管辖范围之内，何苦找罪受？"

"我只是看她可怜，希望她能用正经的法子来报仇。"

狄姜忍不住哈哈一笑，连连摆手道："她总还会来董家堡，我们守株待兔便是。"

"那……我们何时启程？"

"去哪里？"

"去找你想找的人。"

狄姜又是一笑，道："我想找的人已经找到了，现在，只需要静静地等待他出现。"

"那就好。"钟旭不置可否地点点头，旁的话也不想多问，至少这几年的时间处下来，他发现，狄姜虽然行事诡谲，但心还是善的，他竟没有见过她对任何人动过怒气。她似乎总有办法解决身边一切的麻烦，那一副气定神闲的模样，好似天下皆在她手。

而狄姜也确实很少动怒，唯一一次真正慌了手脚，也就是武瑞安祭剑那次。

他是她生命中唯一的变数。

傍晚时分，马文山一睁开眼，便见到丫鬟沉香腐烂的脸和死不瞑目的双眼。下一刻，便是惨叫声惊天而起。

"啊——来人——！救……救命——！"马文山的求救很快便引来了守在门外的侍卫，以及大管家董安。

"香儿！竟是香儿！"董安闯进去，见了床上的尸身，连连咋舌，"这丫头消失好些日子了，却不想竟然已经死去多时了！"

"快把她弄走！"马文山想要逃跑，奈何断了一条腿，整个人趴在床上动也动不得，跑也跑不得，只能看着沉香干瞪眼。侍卫们很快为马文山换了一间客房，随后，董安将此事汇报给了董齐山。

"门口的侍卫一直都在，没有见到有人进入，而马大师的窗户外就是湖，不可能有人能在不惊动任何人的情况下将尸身放进他的房里，除非……"董安欲言又止。

"除非什么？"董齐山蹙眉。

"除非那人是鬼。"

"胡说！"董齐山喝道，随即决定，为了稳定人心，沉香的事秘而不宣。也不管她究竟是怎么死的、可有内情，统统顾不上问，只吩咐人将她的尸身拉去义庄，再寻个黄道吉日埋了。

这件事将马大师吓得不轻，他惊魂未定，连喝水都一直被呛。

"咳咳咳咳——"马文山咳得撕心裂肺，捧着茶杯的双手止不住地颤抖。

他行走江湖多年，还是头一次见到这样的怪事，除了妖魔作祟，他实在想不出旁的原因。

可是，这世上分明没有鬼呀！

他做了这么多亏心事，一心本着世上绝无鬼神的想法，但是这一次却不得不承认，自己似乎真的被鬼魅盯上了。不然那碍事的沉香分明是自己亲手杀了，又神不知鬼不觉地埋进土里的，这会儿怎么会平白出现在自己的床上？

马文山思来想去，觉得董家堡不能再待，便立刻请人去请了董齐山来，道："贫道夜观天象，只见天空中无云无月，星隐不现，独有贪狼星赤色如血，主大凶啊！傩舞祭祀必须在今夜举行，否则待过了子时，不只是这董家堡，怕是整个暹梁城都要付之一炬！"

马文山说完，董齐山大骇，面上再也挂不住从容的神色，急道："果真如此急迫？"

马大师颔首："迫在眉睫。"

"可是……"董齐山欲言又止。

"可是有何困难？"

董齐山犹豫道："您吩咐的银号的印鉴文书不难办，可这一百零七车的金银珠宝怕是没这么快能备齐呀！"

马大师蹙眉，双眸转了几圈："现有几车了？"

"约莫二十。"董齐山如实相告。

"这就难办了……"马大师沉吟了一句，正色道，"不论如何，今夜傩舞祭祀之前，起码要置办七七四十九车，少一车都不行！"

"这……"董齐山想了想，虽然觉得有些为难，却还是点了点头，"好吧，我这就吩咐下去，让他们务必将全城的金银都搜罗来。"

"嗯。"马文山点了点头，随后便闭上了眼睛，装出一副世外高人的模样来。

当晚，董家堡东边的草地上燃起了熊熊烈火。这是一个傩祭之夜，为了安抚董叶贞以及一众怨灵，马文山将群舞祭祀提前至了今夜。篝火堆下的木柴足足堆了有三丈高，大火冲天而起，戴着面具的人手执铜铃，围着篝火起舞。傩舞晦涩难懂，毫无章法，领头之人正是马文山。

"丁零丁零——"铜铃声不绝于耳，如魔音盘桓在暹梁城中，引来无数民众。挨家挨户都集中在此，祭祀先前因董叶贞而死去的孩儿。

狄姜躲在被窝里，就算用被子蒙住了头，也还是被铜铃声和念经声搅扰得不能入眠。

"该死的马文山，我这就去把他砍了！"问药大力甩上房门的声音传来，与此一起的还有她骂骂咧咧的声音。

狄姜索性也不睡了，披了件衣裳便紧随问药走了出去。

月色下，群魔乱舞的祭司们就像是得了失心疯的病人，他们身穿白衣，脚踏赤色木屐，双手的手腕上都绑着一圈拇指大小的铜铃。为首的马文山更是手握一只一尺有余的金铃，铃声飘然远扬。他们被围观的民众团团围住，里三层外三层地跪了上万人，狄姜与问药如何也挤不进人群，只得在外围的树上坐着，静静地看着下方的百姓——他们将马文山如天上的神仙一般对待，盲目地崇拜。

问药不解："掌柜的，他们怎么能这样虔诚？"

狄姜："因为心中有恐惧，却无法得到排解。"

"难不成马文山还是解药了？"

"至少在他们看来是这样。"

"改明儿我让他们见识见识，什么是真正的非人之力！"问药双手叉腰，怒气冲冲。

狄姜摇头失笑："不要着急，且看他想干什么。"

"哦。"问药不悦地点头。

傩祭之夜后，人群刚一散去，天还没有亮，马文山便载着四十九车金银财帛，以及董齐山的印鉴、玉佩、文书离开了董家堡。按照马文山的说法，这些金银珠宝是去往穗州的路上，发放给贫民的喜钱，是为了给董齐山积福。而印鉴是在董齐山在各个城中的银号取现银所用。他要一路救助百姓，一路为董齐山消冤亲孽债，这才能保董齐山全家之性命。知道这件事情的人很少，故而送行的人不多，狄姜和问药一直待在树上，才能将这一行人的勾当尽收眼底。

问药看着运送银钱的队伍浩浩荡荡延绵不绝，心头十分气愤，怒道："掌柜的，可不能让他就这么走了！"

"为什么不能？"狄姜侧头看她。

"他就是个骗子！"

"他是骗子不错，能骗到这么多钱也算他的本事，不过……"

"不过什么？"

狄姜轻轻一笑，道："不过他有没有这富贵命去享受，就不得而知了。"

问药闻言，这才松了一口气："既然掌柜的说他没命享，那我就放心了。"

狄姜的笑意更深了："你始终要相信，善恶到头终有报。不是不报，时辰未到。"

第二天，天光微亮，一声凄厉的哀鸣便传遍了董家堡："有鬼啊——救……救命——救——""啪"！哀鸣最终被一声沉闷的响声所终结，似乎有什么东西从高空跌落，然后摔得四分五裂。下人们被惨叫惊醒，睡眼惺忪地爬起来，四处搜寻了一番并未发现不妥，等巡查的人员来到后院，便被眼前的一幕惊得无以复加。只见马文山的头颅就像是西瓜一样，染红了太湖石的石峰，血一滴一滴地从山巅淌下。他似乎是从高处掉落摔死的。

"马大师，他不是早已离开了吗？怎么死在这儿了？"闻讯而来的董齐山一脸惊惧，在场的所有人见了这场景都是一脸不可置信的模样。太湖石峰本来就高出地面三丈有余，要想将人摔成四分五裂，至少要在悬崖一样的高度跌落，可假山之巅已是方圆百米内最高处，他究竟是怎么摔死的？

这件事情很快便传遍了暹梁城。钟旭刚一起床便被人请了去，众人央求他开坛做法，查一查这董家堡中是否还有不洁之物。钟旭没有立刻回答，而是去请了狄姜来商议。狄姜没有靠近马文山的尸体，只远远看了一眼，便道："马文山是在别处摔死，而后被移尸到太湖石峰上的。"

"果真如此？"

"嗯。"狄姜点了点头，一旁的问药急道："他是不是被董叶贞杀死的？"

狄姜摇了摇头："凶手是谁不得而知，不过董叶贞的疑点最大。"

长生亦附和道："除了董叶贞，恐怕没有人能有御风而行的能力，更不会有人能将马文山从高处推落。"

狄姜看了眼不说话的钟旭，略带安慰道："你是不是在自责自己没有保护好马文山，纵容了那些妖邪作祟？"

钟旭摇了摇头："我并不觉得可惜。"

"嗯？"

"马文山心术不正，咎由自取，董叶贞就算是报仇，我也觉得无可厚非。我只可惜叶贞，若造杀业，于她来生不利，如果可以，我希望她能用正大光明的法子去解决。"

狄姜温柔一笑："你真是变了很多。变得……有人情味了。"

此时，却听问药一声冷哼，道："开什么玩笑，她都化为恶灵了，哪里还有什么来生！"

"董叶贞她是人，活生生的人。"钟旭正色道。

"人又怎么会飞呢？"长生和问药一脸狐疑。

狄姜却不急反笑，微微扬起了嘴角："这场戏，真是越来越精彩了，将事实回禀董老爷便是。"

钟旭颔首，立即去回了董齐山，直言："怕还是人心在作祟。"

董齐山眯起眼想了半晌，眼中带着疑惑和不信任，但现在没有旁人能为他解惑。良久之后，他最终还是挥了挥手，示意钟旭可以离开了。

马文山惨死的事情很快被董齐山掩盖了下去。当晚，他勒令众人不许再提及此时，同时向董家堡内的人宣布，董家堡连连发生异事，要让董连城和董碧灵结亲，以此冲喜，而婚礼就定在了两日之后。

"冲喜？"问药听闻后，一脸疑惑，"什么是冲喜？"

狄姜缓缓道："大户人家若连连发生晦气的事情，比如说长者久病难愈，或者连连有人去世，家中白事不断，便会找一房喜事来冲冲晦气。"

"所以……董碧灵要与董连城结亲了？"

"是，他们两日后便会大婚。"

"真是太荒谬了！他们为什么要这样做？"

狄姜耸肩，不置可否地摇了摇头："或许是董碧灵的肚子快要藏不住了吧，便以冲喜为由，办一场喜事，也算是堵住了悠悠众口。"

"照我看，冲喜才是要出大事！"问药张牙舞爪道，"你想啊，马文山虽然死了，但是董叶贞还活着哪！当初她死得那样惨，扬言要董家堡血债血偿，可见她对董府也是有着莫大的怨气，我看这场婚礼只怕是没什么好结果！"

"那就让我们拭目以待吧。"狄姜扬起笑容，似乎对此并不在意，说完，她便去寻钟旭一起逛街了。

遥梁城港巷幽深，青石板路铺葺得十分规整，哪怕下雨路滑，走在路上也不觉得脚下艰难。这是二人为数不多的单独相处的时候。平时问药和长生都会和他们在一起，大多数时间也都是他二人在说话，狄姜和钟旭只是在一旁暗暗地听，像现在这样的时日其实屈指可数。但是二人并没有觉得有什么不舒适，似乎无论什么时候二人都能很有默契地沉默，或专注于同一件事情。他们不会感到尴尬，也不会为了聊天而没话找话。舒适而不尴尬的沉默，就是人世间最好的一种关系，狄姜一直觉得这就是她最喜欢的生活状态。

二人一路行来，听见身边的小贩们都在谈论董家堡的事情，董齐山希望将马文山的死暂且压下，但似乎并没有什么效果。他的死引起了满城风雨，挨家挨户都胆战心惊，似乎都在害怕妖邪之物会连累到自己的家门。狄姜和钟旭却一脸风轻云淡，跟四周疾色匆匆的人们形成了鲜明的对比。他二人很清楚这里没有妖邪，比妖邪更可怕的是变质的人心。

"呀！那边竟有人卖'縠'！"狄姜指着街边的一处织物店，看着牌匾上大写的"縠"兴奋道，"縠用来做衣裳可是极好看的！"

"什么是'縠'？"钟旭蹙眉，眼中带着不解。

"'縠'啊……"狄姜知道钟旭常年灰衣麻布，朴素惯了，正打算带他进店里去看一看，却忽然瞥见街角走过一白衣少女。

"她穿着的就是'縠'。"狄姜素手一指，指着少女道，"'縠'的质地轻薄，纤细透亮，是表面起皱的平纹丝织物。"

钟旭抬眼看去，便见少女身穿白縠、白纱、白绢衫，腰上系着一枚紫结缨。她的裙子下摆宽大，行走起来飘逸灵动。白莲般安静温顺的外表，眼神空灵，犹如莲叶中一滴将落欲落的水露。四周人头攒动，叫卖声不绝于耳，而那女子却鹤立鸡群，仿佛与四周的一切格格不入。寒冷天气穿靴，她仍着木屐，走在青石板路上，却没有一点儿声音。

她压根就不像是这个时代的人。

"这么漂亮的少女不知是哪家的小姐？"狄姜摩挲着下巴，眼中尽是玩味。

钟旭看了一眼便转过头："她再漂亮，也没有狄大夫漂亮。"

狄姜闻言，一脸惊骇地回过头，急道："你这是在夸我吗？"

"我只是在陈述事实。"钟旭一脸坦然，并不躲闪。

狄姜盯着他的眼睛看了半晌，才又是一笑："哎呀，看我，我还以为你动了凡心，看来还是我多心了呀！"

钟旭闻言，脸上蓦地一红，便飞快地别过脸去不再看狄姜，提步向前走去。

"钟道长，你慢点呀！等等我……"

二人一前一后在街上逛了大半日才回家，但是后来无论他们去哪里，都再没见过那个白衣少女，她就像是九重天上的谪仙，惊鸿一瞥，然后再寻不见。

一如来去无踪的董叶贞。

两日后，董家堡内张灯结彩，但是人们的脸上却无多少喜色。他们布置府邸时，皆是疾色匆匆的模样，固然是因为时间紧迫，但更多的是因为这场婚礼在他们看来，只是为了冲喜。红白两事间隔只有五日，放在哪儿都说不过去。

大婚这日，正是董叶贞下葬之后的第五日。这五日里暹梁城陷入了沉沉阴霾，晦气就像是迷雾，笼罩在每个人的心头，就算今日府邸红绸接天，也挡不住连日来的命案所带来的阴云。由于婚事准备得仓促，喜婆和婢女都是董家堡内伺候了多年的下人。轿夫们抬着喜轿，将董碧灵从董家老宅抬去了城西的另一处新宅，这是此前早已给董连城准备好的宅院，此番重新布置一下，倒也不失为一个好去处。

董碧灵和董连城拜别父母之后，她便被喜婆扶上了喜轿。喜轿原先是董齐山出行的工具，如今翻新了一番，被装饰得红灿灿的，十分喜庆。喜轿外表就像一座小屋子，前有会客室，后面放着一方巨大的罗汉床。董碧灵盖着喜帕，穿着喜服，端坐在罗汉床上，三十二人将她的喜轿抬起，在鞭炮声轰鸣中被缓缓抬出了董家堡。这是狄姜几人从未见过的奢华阵仗。

"竟真有需要三十二人抬的轿子！"问药惊叹。

"怕就连大明宫中的女皇也没享受过这样的待遇。"长生附和。

狄姜与钟旭相视一眼，便一语不发地继续在道旁围观，狄姜一脸淡然，钟旭却不自觉地握紧了怀中的佩剑。他有预感，这一场婚礼并不会太顺利。

果然，在喜轿抬出去没有三丈远，便听轿内传出一声惨叫。

"啊——我的肚子好疼！停下！停下来——"董碧灵坐在三十二人大轿内，轿子内部空旷，等她忍着腹中剧痛步履蹒跚地爬下了床，这一会儿的工夫，她的下身已经被鲜血所染红。

"小姐！您怎么了！"紧接着传来丫鬟们的惊呼。喜婆在喜轿外听闻，连忙招呼众人将轿子停下，随即从台阶走上轿子。

"啊！"喜婆刚一掀开帘子，便见轿内满地鲜血，血从董碧灵的身下流出。此时的董碧灵一脸苍白，整个人止不住地抽气，身子颤抖得就像一片随风飘零的叶子。

"小姐，您……您这是怎么了？"喜婆连忙围上去，却见董碧灵已经进入了迷离，喜婆回望两个婢女，二人也只是惊惶地摇头，连连道："我们也不知道，小姐突然就说肚子疼，紧接着就流了好多血！"

"救救我……"就在这时，意识模糊的董碧灵发出了一声呻吟，耷拉的双眼突然睁得猛大，似乎是受尽了极大的苦楚，可她身边的人根本没有碰她，谁也不知道她究竟是怎么了。

"啊！救我！啊——"董碧灵一声声凄厉的惨叫传了出来，盖过了鞭炮的轰鸣，董齐山站在大门之下，听闻不对，连忙让燃放鞭炮的下人们停下来。鞭炮被浇熄，董碧灵的惨叫愈加惨烈。喜婆们不知该如何是好，便搀扶着董碧灵往轿外行去，刚一掀开轿帘，董碧灵的双手便突然用力地握住了搀扶她的婢子。"啊"的一声惨叫过后，便听"咯咯咯咯"的声音从她的身下传出。

那是一只成年公鸡，鸡冠英武，神情骄傲。它摇了摇沾满鲜血的翅膀，便拍打着翅膀从董碧灵的裙底钻了出来。董碧灵身下一片血迹的模样也暴露在众人的视野里。

董碧灵见状，连哼都没有了力气，两眼一黑昏了过去。那模样就像是刚刚经历了一场生产。而她确实是生产了——产下了一只鸡。

众人都被吓着了，连同婢子在内，董府里外一片寂静。

"来人！快将小姐抬回去，请大夫来好好医治！"最先反应过来的还是董齐山，他高声一喝，再一挥手，仆从们便将董碧灵的轿子抬回了府中。

董碧灵回府后，她所带来的惊惶分毫没有减少，反而愈演愈烈。

"你们看见了吗？她居然生下了一只鸡！"

"我也看见了！那真是一只鸡！还会打鸣呢！"

"可是人怎么能生下鸡？"

"董三小姐……她莫不是与……"张媒婆掩着嘴，连连惊道，"与鸡……"

"天呀，这是做了什么孽呀！董二小姐才与鬼魅珠胎暗结，这才不过几日的工夫，三小姐竟然生下了一只鸡！董家堡里头莫不是撞上邪物了？"

"照我说，一定是从前董老爷的那些未出生的孩子回来复仇了！"

……

民众你一言我一语，传得沸沸扬扬，此时不消几刻的工夫，便闹得满城风雨，人尽皆知。很快，城中一些老氏族的长老便找上门来，要求董齐山早下决断，将与鸡结缘的董碧灵也拿去剥皮拆骨，断了妖孽作祟的源头。

"这绝不可能！"董齐山断然拒绝，在祠堂中指着一众长老，"你们每年拿了我多少钱财，竟还在这想要我女儿的命？我就这么一个女儿，谁敢动她，我就要谁陪葬！"

"可是……此事非同小可，若碧灵小姐中了妖人的魔障，只怕还是要早做决断呀！"

长老们你一言我一语，吵得董齐山烦躁不堪。这样的情状几天前也有过一次，但是他几乎是不需要多加揣度，就下了诛杀董叶贞的决定。此情此景何其相似，只不过那是养女，而这是嫡亲的血脉，便是任旁人有一万个理由，他也做不出杀女的行为来。

而此时的董碧灵躺在自己的大床上，床边的医生都皱着眉头，瞧不出她的病症来。大家看过之后才发现，原来董家又出了一个未婚先孕的小姐，可这话他们谁也不敢先开口。而且，根据脉象显示，若说她产子，却把不出产后的脉象。她现在还带着喜脉在身，并不是如大伙所看见的那样——生出了一只鸡。

狄姜一脸淡定地站在花园里，与董家堡内一个个像无头苍蝇似的跑来跑去的下人们形成了鲜明的对比。

"你怎么看？"狄姜淡道。

"还是那句话，人心所为。"钟旭靠在廊柱上，面无表情，似乎一点儿都不关心。对他来说，若没有鬼魅，那都是无趣的事。

狄姜轻笑地点了点头。

就在狄姜与钟旭主仆四人坐在院子里的凉亭内悠闲地晒着太阳的时候，前院里突然传来一声惨叫："鬼啊！鬼来了！"

众人皆惊，纷纷停下手中的活儿，看着前院，猜测前头究竟又发生了何事。

就在那声惨叫犹在耳畔回绕的时候，前院里突然有一女子，摇曳着娉婷的身子，从照壁外缓缓走进，她一袭黑衣，冷艳骄傲，艳冠群芳。在她的身边，还跟着一名女童，她身材娇小，身高还不到董叶贞的腋下。狄姜定睛一看，发现正是前日在街角所见的那名白衣少女。

"是叶贞小姐！怎么会是叶贞小姐？"

"她是鬼呀！"

"我亲眼看见她被开膛破肚！她一定是回来报仇了！"

院子里的人都惊呆了，好几人直接被吓得连滚带爬地跑走了，还有几人皆是被吓得走不动路的模样，他们想跑，可是连逃走的力气都没有了。

临近午时，烈日炎炎，董叶贞牵着小女孩的手，突兀地站在院子里。狄姜抄起手，向董叶贞投去一个好奇的眼神，对方亦不躲闪，回了她一个大大的微笑，道："又见面了。"

"不错。"狄姜点头。

"你不怕我吗？"董叶贞淡道。

"为什么要怕？"狄姜反问道，"董姑娘貌美，能多看一眼都是人生一大乐事。"

董叶贞微微一笑，转过头去，继续向大殿走去。大殿里，听到消息的董齐山和一众长老立即走了出来，见到活生生的董叶贞时，面上的表情都有所惊惧。但是相较那些下人，还是镇定得多了。

"你究竟是人是鬼？"董齐山率先开口，出来主持大局。

董叶贞面露委屈，不消片刻工夫，便连连垂泪道："爹爹，您连我都认不出来了吗？我是贞儿呀！"董叶贞语气里的委屈和撒娇，让狄姜和钟旭都觉得有些惊讶，两人相看一眼，才继续听着他们的对话。

"你真是叶贞？你没有死？"董齐山惊讶道。

"我遭歹人陷害，有大半月的时间神志不清，多亏有月影相助，在最后关头将我偷梁换柱，叶贞才得以保全性命，死里逃生。"董叶贞说着感激地看了眼身边的女孩。女孩面无表情，却点了点头，似乎在说："她说的是真的。"

"爹爹，您要为我做主呀！"董叶贞"扑咚"一声跪倒在董齐山面前，在他的身后，还站着一脸惊慌的董连城。他的神色复杂，为在座所有人之最。但是此刻却没有人注意到他。

除了狄姜。

董齐山与众位宗亲相看一眼，才继续道："你要为父为你做什么主？"

"是孙嬷嬷下药害了我，让我做了畜生才做的生食血肉之事，亦是她在碧灵妹妹的裙下放了一只鸡，害得碧灵被众人以为产下了一只鸡，她居心叵测，简直不配为人！"

"什么！"一众人等闻言，皆是哗然大惊。

"快去把孙嬷嬷押来！"董齐山命令一出，立即有许多人去了后院找人，很快便在她的房里将她揪了出来。

孙嬷嬷一见董叶贞，就跟见了鬼一样连连后退，道："你不是死了吗！"

"你当然希望我死了，否则，你的恶行就要被公之于众了！"董叶贞怒道，"你说，为什么要在碧灵妹妹的裙下塞鸡，让她当众出丑？！"

"我没有塞鸡！我没有！"孙嬷嬷连连摇头，"不是我干的！"

"你被我识破了，当然不承认了！就像当初你将小孩绑来，塞到我的嘴里所干的事情一模一样！"董叶贞怒目相向，"说！你和我董家有何仇怨，为什么要害我和碧灵妹妹！"

"你都……知道了？"孙嬷嬷吓得一哆嗦，痛哭流涕道，"我也是受人胁迫，不得已呀！"

"拿了马文山百两黄金，这也叫受人胁迫？"董叶贞冷笑，"若不是我及时赶到，碧灵妹妹只怕也是要被人处以极刑了！"

"我……我……"孙嬷嬷几次张嘴，却发现自己无法反驳，最终一咬牙，点了点头，"我不该害你……是我对不起你……"

二人这一席话，将此前所有的疑惑都解开了。孙嬷嬷收了马文山的好处，致使董叶贞神志不清，生食人肉。而董碧灵身下的鸡，似乎也是被她放进去的。可是董碧灵大婚前，马文山就已经死了，孙嬷嬷又为什么要这样做？

这个答案永远都无解。因为董齐山已经听到了他想听的话，他不必再深究下去，只要有了孙嬷嬷这个替罪羊，董碧灵的难堪就能迎刃而解。没有人会在乎董碧灵身下的血液从何而来，只知道这一切的始作俑者是孙嬷嬷和马文山，便足够了。

董叶贞的归来，无疑解决了董家堡现在所有的难题，就连连日来的阴影都有了烟消云散的趋势——她的到来证明了一切是人为，并非有鬼。而始作俑者马文山已经命丧黄泉，他是怎么死的已经没有人去管顾，就连起先说好给他门徒们的千两抚恤金，董齐山也不打算再兑现。董家堡恢复平静，不过花了短短半日的工夫。而董碧灵喝了安胎药之后，病情便转危为安。胎儿尚在，母子平安。

看热闹的人群散去之后，问药走在回房的路上，问道："掌柜的，他们分明亲眼见着董叶贞被开膛剖肚，为什么这会儿又能完好无损地站在这里，就像从未经历过劫难似的？"

狄姜沉着一张脸，但眼神却显得饶有兴致。她没有立刻回答问药的话，而是缓缓道："在这世上，有一古老的匠人家族，他们游离三界五行之外，他们不受天地寿命的约束，可以使人生肌铸骨，起死回生。"

"您的意思是，是匠人救了董叶贞？"

"只有这个可能。"狄姜点了点头，又道，"我们来暹梁城的那一日，便是遇到了森光之祭，匠人家族起死回生的祭奠，便是有萤火之光为牵引。"

"那么您找的宫翎月……会不会就是跟在叶贞身边的那个女童？"

狄姜摇了摇头，道："匠人一族的寿命很长，但那个孩子的寿命却似乎已经没有几日了，而叶贞的寿命却很长……再者，若真有匠人与叶贞做交易，七天是一个轮回，我们等七天好了。"

"为什么要等七天？"

"七天是匠人一族救人的极限，叶贞如果被匠人所救，她的寿命会在七日内转移一半到匠人的命盘之上，还有两日，匠人一定会回来找她。"

"原来如此。"问药不明觉厉地点了点头。

"而且，叶贞的眼睛里有仇恨，但是仇恨之下，还有藏不住的情谊，我想知道，她最终会怎么选择。"爱、恨，还有原谅，这三者相克相生，只在一念之间。但是俗话说得好，原谅容易，想要再次信任，就没那么容易了……

第五章

菡萏花神

翌日，震天的锣鼓在董家堡外炸响——"大家来评评理呀！董家小姐杀人啦！"

狄姜几人在睡梦中被吵醒，赶到门外时，便见一行人穿着素衣，披麻戴孝，其中一高个子的男子长得与去世的马文山十分相像。

"他是谁？"狄姜问围观的民众道。

对方一脸木然，哑然道："我也不太清楚，但是他说自己是马文山的儿子。边上的是他的母亲，也就是马大师的夫人。"

"他不是守戒的大师吗？怎么会有夫人？还有这么大的儿子？！"问药一惊，声音陡然提高，就连一旁的钟旭也不禁皱起了眉头，表示不解。

民众面面相觑，似乎都觉得有些不可思议。闻讯而来的董齐山带着夫人来到门下，见了马夫人都不禁蹙眉，疑惑道："你真是马大师的夫人？"

"千真万确！这是文山的儿子，他这张脸与文山一模一样，这就是铁证！"马夫人急道，"你的女儿害死我夫君，这笔账该怎么算？"

"我的女儿？"董齐山不解。

"董叶贞呀！她既然回来了，就一定是来寻仇来了！"马夫人话音刚落，便见董叶贞身穿一身白衣，从门里悄悄然走出。她看了马夫人一眼，便道："马文山装神弄鬼不假，可我到底没有死，又怎能说我是回来寻仇的呢？何况，他确实不是我害死的呀……"

"不是你是谁！"马夫人十分激动。董叶贞却不疾不徐正色道："杀死马文山的是他的手下，他们瓜分了马文山的金银，逃去了北方。"

"你又从何而知？"马夫人道。

"我在回来的路上，恰好听见了他们的对话，他们装作行商的车队，实则带着金银去了北部，我一早已经告知了州府大人，他们已经派人去抓捕，相信不日便能将他们一举擒获。"

"你……"马夫人完全没有料到，董叶贞竟然连这一步都能做到滴水不漏。

"无话可说就请回吧，恕我们招待不周。"董叶贞说完，做了一个请的手势。董齐山便招来侍从，冷冷道："还不快将无关人等赶出去？"

"你们！"马夫人见自己没有了要挟的砝码，眼看要钱无望，不由得怒火中烧，她突然话锋一转，转过头，指着董齐山的夫人："全都怪你，若不是帮你做了那么多丧尽天良的坏事，文山就不会死，你还我夫君！"

"你……你瞎说什么！"董夫人面色陡然一变，再无半分血色。

"你别以为我不知道，今天你若不给我个交代，我便将你的恶行公之于众！"

"我不明白你在说什么。"董夫人虽然嘴里说着不明白，但是眼睛里的惊恐已经暴露出了很多信息，她几乎是没有多想，便招来手下，"来人！快把这个疯婆子扔出去！不许她再踏入我董府大门！"

"你过河拆桥！"马夫人推开侍卫，大吼道，"当年你让我夫君帮你残杀胎儿的时候，可是哭着求着我们帮你，如今你稳坐董夫人的宝座，却想高枕无忧了？我告诉你，门都没有！如今我夫君死了，我大不了也不活了！可我就算死，我也要拉你陪葬！"

董齐山转头，一脸阴郁地看着夫人："她说的可是真的？"

对方却连连摇头，道："夫君，你不可听信她的话，她是胡言乱语！"

"我没有撒谎！就是你！是你弄得董齐山后继无人，是你害得他断子绝孙！哈哈哈哈哈——最毒不过妇人心，说的就是你呀！"马夫人癫狂地大笑。董齐山闻言盛怒不已，很快，马夫人和她的儿子以及一众门徒都被董齐山府中的侍卫赶了出去。随后，董齐山与其夫人在书房里说了半日的话，二人之间说了些什么没有人知道，旁人只知道董齐山出来之后，又吩咐人将马大师的尸体挖出来，鞭尸半日，直打得他尸骨无存，最后更是连残骨都被一把火烧掉，化作了灰飞。

而第二日一大早，董夫人的尸体也被人在湖边发现。她已经陈尸半日，死亡时间在昨夜子时，死因是溺毙。大病初愈的董碧灵知悉此事，立刻便拉着董连城去了董齐山的书房。

"爹爹！娘亲一定是被叶贞害死的！哥哥，你快告诉爹爹，告诉他昨晚你看到的事情！"董碧灵说完，将董连城推到了董齐山面前。

董连城点了点头，便道："昨日夜里，我曾带着管家去找叶贞，因为她刚回来，从前的婢女已经被遣散各处，所以带了些人，想与叶贞妹妹挑一挑，可谁知她并不在房里……"

"够了，别说了。"董齐山打断道，"我明白你的意思，但凶手不会是叶贞。"

董碧灵急道："爹爹！有连城哥哥作证，这个女人实在可疑！她一定不是叶贞姐姐！她是来找我们报仇的！"

"够了，不要再闹了！"董齐山揉了揉发白的鬓角，显得疲惫不堪，他干哑着嗓子，缓缓道，"叶贞是你的姐姐，既然她已经完好无损地回来了，你便该一如既往地尊她敬她。"

"就是因为完好无损，才最是可疑！我们明明都亲眼见着她的尸身……"

"闭嘴！过去的事情不要再提！"董齐山突然双目圆瞪，呵斥道，"我宁愿回到什么都没有发生、什么都不知道的时候，也好过现在家不成家、人是物非的境地。我现在只有你们三个孩子，我不希望你们再相互争吵下去。"

"可是爹爹，娘亲就这样不明不白地死了！"

"我说过，此事不必再追究，你娘去了她该去的地方，这是她最好的归宿。"

"爹爹……您……"董碧灵睁大了眼睛，似乎完全不能接受这个事实。但是从爹爹的眼睛里分明可以看出杀意，以及挥之不去的阴霾。

董碧灵突然明白了，马夫人昨日的话兴许是真的。爹爹表面装作不信的模样，可实际上心里早已经认定了，过去种种的死婴皆是娘亲一手造成的。

豆大的眼泪似断了线的链子，从董碧灵的眼角跌落，无论如何她都不能接受这个事实。

董齐山摆手："回去吧，这件事情以后谁也不许再提，你只当自己从没有过母亲，我也没有过那样恶毒的夫人。"

董碧灵双目圆瞪，难以相信，或许娘亲的死，真正的凶手便是眼前的爹爹……

"还不快回去？"董齐山又是高声一喝，面上已是十成的怒容。看着陌生的爹爹，董碧灵只觉胸口一室，紧接着一股血腥从胸中汹涌而出，下一刻，她便吐出一口鲜血，昏死过去。

"碧灵！"

"碧灵妹妹！"

董齐山和董连城都是一惊，双双上前，护住了董碧灵，让她不至于晕在地上。

董碧灵当天晚上便发起了高烧，高烧不退，来势汹汹，直到第二天辰时她仍在梦中不断地呓语。董连城和董齐山一直守在她的身边，房间里进进出出的除了不断更换冰块降温的，还有城中各处的郎中。董齐山几乎去请了城中最有名的大夫联合会诊，也没诊出她这是什么病症。倒是第二日闻讯赶来的狄姜瞧了一眼，稍一号脉，便道："忧思惊惧，焦虑入魔，只要不再受刺激，多歇息几日便可。"狄姜诊完之后，又给开了一服药，药中提到一味药，便是用心上人的无名指间肉为引，配合数十种药物煎水服下，才可药到病除。

"一定要割肉做引？"董齐山凝眉道。

"是，不必多，一小块肉足以。"

"用我的！"董连城伸出手，几乎连眉头都没有皱一下，便脱口而出，"只要能救碧灵妹妹，要我做什么都可以。"狄姜微微张开嘴，显得有些惊讶。而一旁的董齐山连连欣慰地点头，听了此事的下人们也都露出了赞赏的表情。

董连城道："我这就去剐给你！"

狄姜木讷地点头："好。"

董连城说完，取了桌上的一把平日里用来削水果的小匕首，手起刀落，便剐下了无名指腹的一块肉来，霎时间鲜血四溢，他却绝口不提疼痛。这一幕落在董齐山的眼底，他对董连城的赞赏不禁又多了好几分，便立刻叫来郎中："快扶少爷下去，好好休息。"

"是……"董连城出门后，却发现董叶贞不知什么时候来到了房门前，她手捧着一个药盅，将这一切都看在了眼里。

董连城看着董叶贞，愣了一下，随后没说什么，便绕过她，匆匆回了自己的别院。一直到他离开很久，董叶贞仍是呆若木鸡地站在门口，捧着食盘的手指关节都因太用力而变得苍白。

董碧灵服下狄姜的汤药之后，很快便转危为安。一屋子关心她的人这才慢慢散去。屋子里只剩下狄姜和问药，以及闺房外伺候的四个丫鬟。

问药眼见无人，便忍不住低声问道："你看见叶贞看董连城的眼神了吗？那分明是要吃人呀！依我看，她和董连城的关系可没那么简单。"

"或许吧……"狄姜最后号了号董碧灵的脉，便带着问药走了出去，边走边道："我们去叶贞那儿看看。"

"好！"

狄姜主仆走后，床上躺着的董碧灵缓缓睁开了眼睛，她其实早就醒了，在问药刚开口的那一刻就醒了。董碧灵掀开被子，走下了床，小心翼翼地跟在了二人身后……

初夏夜，玲珑别院的荷塘边开满了摇曳的莲花，风吹过，扬起徐徐青草香，四周安静极了，只余下董叶贞行走时腰间的玉佩上系着的银铃在丁零作响。"丁零丁零——"一声一声，由远及近，董叶贞的身影出现在长廊下，刚一走到庭院里，便被一人拦住了去路。

此人正是刚为董碧灵剜过无名指尖肉的董连城。他一脸焦急地在此等待董叶贞，生怕她将他们的事情告诉给董齐山。

"叶贞！我求求你，你千万不要将我们的事情告诉父亲，更加不要告诉碧灵！她现在身子弱，受不得刺激！"

"我们的事？"董叶贞从惊讶中缓过神，便一脸漠然，"我们之间有什么事？"

"你明明知道我指的是什么，这里只有我们两个人，你何必装傻？"

"我没有装傻，我只是……真的不认为我们之间有过什么。"董叶贞嗤嗤一笑，"因为只要想起我们的过去，就会让我觉得无比恶心。"她一字一顿，面上的表情虽然在笑，可是看上去却是万分的狰狞可怖，就像是随时要将眼前人生吞活剥一般。

"叶贞，你……你为什么要这样恨我？就因为我和碧灵妹妹……"

"难道我不该恨你吗？"董碧灵抬起头，打断他，一字一顿，"我不明白，为什么在我被马文山冤枉的时候你不为我说话，反而助他将我送上了死刑架？你眼睁睁地看着我被开膛破肚，你于心何忍？那也是你的孩子呀！就因为你想娶碧灵，所以我和孩子的命，就那般轻贱吗？"

"你果然已经知道了。"董连城蹲在地上，收起了一切哀求的神色，"你果然记得那晚发生过的事情。"

董叶贞冷笑："剜心刻骨，怎能不记忆犹新？虽然我看不清剖开我肚子的人是谁，但是我闻见了你身上的香气！那还是我为你调制的熏香！"

"你……"董连城蓦地睁大双眼，"你早就该死了！为什么你还能活着站在这里？"董连城说话的同时，突然从腰间拿出一把匕首，匕首锋利，一剑刺去，入骨三分，鲜血顺着匕首流下，染红了董叶贞的衣襟，还有董连城的双手。

"你！"

"哥哥！"两道声音响起，一声来自董叶贞，一声则来自墙角偷听的董碧灵。相较于董叶贞，似乎董碧灵的反应更为吃惊。

"哥哥！你怎么能杀人！"董碧灵从草丛里走出，双手捂着嘴，一脸不可置信。

"碧灵……你……你怎么来了？"董连城很是震惊，"你的身子好了？"

"我没事，可是你……你为什么要杀她？还有你们刚刚说的话，可是真的？叶贞怀了你的骨肉，而你伙同马文山杀了她？！"

"你听我说，事情不是这样的……"

"那是怎么样的？"董碧灵目光灼灼，紧紧盯着董连城，可董连城几次张嘴，都说不出反驳的话。董碧灵这会儿信了，信了二人之间的对话，这一刻觉得痛心无比，受到的打击也如灭顶之灾一般。

"她是回来报仇的恶鬼！你怎可相信她的话！"董连城拦在董碧灵身前，对董叶贞怒目相向，"你有什么阴招冲我来，碧灵什么都不知道！你不要把她牵扯进来！"

"你以为区区匕首就能伤我性命吗？呵……我早就死了！在你杀我的那一刻，我就已经死了！"董叶贞捂着腹部，面上表情不是痛苦，而是愤怒。她的嘴角勾起一抹不可思议的弧度，狞笑着站直了身子，一把将腹部的匕首拔出，"哐当"一声，匕首被扔在了地上。

董叶贞冷笑道："你们现在鹣鲽情深，我倒要看看，大难临头，你们会不会各自飞！"她说完，突然上前，一手拎着董连城，一手拉着董碧灵，二人被她束缚在左右，分明只是轻轻地抓着，但二人根本连反抗的力气都没有。

临近子时，天黑得不见五指，董叶贞飞檐走壁，带着二人在屋顶上掠过，这样行走在漆黑的夜里，就连一个影子都不曾留下。狄姜和问药本在树后偷听，这会儿不得已掐了一个隐身决，随即跟着三人消失的方向飞掠而去。

董叶贞带着二人凌空飞行，在山间疾驰，不一会儿便来到了山顶的木屋。木屋外是叶贞被刨开的坟墓，坟墓里，棺材被劈成了好几瓣，足以显现出此人的愤怒与不甘。

"你终于来了。"木屋的小门"吱呀"一声打开，月影穿着白袍，一脸焦急地看着董叶贞。董叶贞点头，随即将董连城与董碧灵扔进了木屋。木屋的桌上放着两杯酒，这是早已经准备好的东西。董叶贞指着酒杯对瘫倒在地上的二人道："这里有两杯酒，一杯有毒，一杯无毒，我大发慈悲，让你们今天能有一人走出去，你们自己选，究竟是你死，还是她亡。"

"叶贞！你好狠的心！你怎么能这样对我！"董连城抱着董碧灵，激动地大喊。

董叶贞冷笑："呵，这句话在你剖开我肚子的时候，怎么不先问问自己？"她说着，突然一挥手，两杯酒就飞到了二人身前，随即她在木屋四周燃起了烈火，木柴烧焦的气味便充斥了整个房间。

董叶贞催促道："你们背叛我，我能饶恕你们其中一人的性命，也算是报了父亲多年养育之恩。我给你们半炷香的时间，时间一过，你们都会被烧死在这里。在这之前，两杯酒里，玉杯无毒，金杯有毒，你们自己选，究竟是做一对亡命鸳鸯，还是一人活着走出这个屋子！"

董碧灵浑身颤抖，伏在董连城的胸前，她攥紧了董连城的衣襟，道："连城哥哥，你真的剖开了叶贞姐姐的肚子？她所谓的梦怀不洁之物，其实是怀了你的孩子？"

董连城看着董碧灵，半晌才点了点头，紧接着又道："可我是为了你！我爱的人是你！"

"可是……你明明跟我说，那是她咎由自取！你怎么能骗我！"

"你居然相信她？"董连城辩解，"且不说她现在究竟是人是鬼，就算真的是我伙同马文山害死了她，那又怎样？若她活着就会阻挠我们在一起，只能让她去死！"董连城一字一句，句句诛心，诛的却不是董叶贞的心，而是她身边的月影。

月影气得浑身颤抖，刚想上前教训他，却被董叶贞拦下。董叶贞没有回头，继续对连城说："我不管你们有多相爱，现在在你们面前只有两条路，喝毒酒死一个，或者你们一起被烧死。"

"你真的会放过我们之中的一个？"董连城一脸狐疑。

董叶贞点头："父亲的养育恩德，我永不会忘记。"

"不要相信她！她现在已经是恶魔了！"董碧灵趴在董连城胸前，可眸子里却没有半分惧怕，她说，"连城哥哥，我相信你！我相信你不管做什么都是为了我，这么做都是不得已！我愿意跟你一起死，只要跟你在一起，我什么都不怕！"

董连城没有回答她，而是看着叶贞："你说话算话？"

"你还有的选择吗？搏一把，或许能活，不然就一起烧死在这里好了。"董叶贞颜色淡淡，一脸嘲笑。

董连城没有说话了。

他抱着董碧灵的双手却陡然握紧。

"我不能死。"良久，董连城才轻轻说道，他的声音小如蚊蝇，连她身边的董碧灵都没能听清。

"你说什么？"

"我不能死。"董连城重复道。

"你……这是什么意思？"董碧灵睁大了眼睛，陡然直起身子，显得不能相信。

"我不能死！碧灵，我不能死！"董连城一把夺过玉杯，一饮而尽，"我不能死！"

"你怎么能这样对我！"董碧灵一脸惊骇，似乎完全不能相信他的选择。

"我不想死！"董连城哭着嚷道，"我不想死，碧灵……我不想死！若我死了，董家堡也会衰落，能打理好父亲家业的人只有我！"

"什么时候了你还想着钱？"董碧灵震骇道，"难道钱比我的命还重要吗！"

"可是就算我死了你也活不了，不是吗？"董连城急道，"碧灵，你就为我牺牲这一次，来年到你死祭，我一定给你上香烧纸，让你在下面过得比从前还要舒服！我也再不会娶旁的女人！"

"你！"董碧灵深吸一口气，却吸进了大量尘烟，她猛烈地咳嗽起来。董连城的眸子里多有爱怜，可董叶贞的眼睛里只剩下嘲笑。

"还不快把毒酒喝了？否则等这木屋烧尽，你们一个都跑不了！"董叶贞催促道。

董连城听了，连忙拿起酒盏，喂到董碧灵的嘴边："碧灵妹妹，你就听话吧！再帮我这最后一次！"

"你！你……咳咳咳咳……"董碧灵咳得面目通红，她的眼泪夺眶而出，却不是因为害怕。她平静了一会儿，颤悠悠地夺过酒盏，她看了董叶贞一眼，对方却仍是一脸淡然，无动于衷。

董碧灵回过头，看着董连城，面如死灰道："你记住，这是我欠叶贞的，不是欠你的！"说完，她便认命地闭上了眼，一仰头，将毒酒一饮而尽。

窗户上糊着的纸已经被大火烧光，狄姜和问药在窗外静静地看着木屋里所发生的一切。就在董碧灵饮下毒酒的那一刻，天上降下了倾盆大雨，大雨很快便浇熄了木屋燃起的火焰。

火光熄灭，屋里的几人却都没有说话，一片死寂。

董碧灵在等死，董连城在抽泣，董叶贞则静静地看着二人，脸上有的是嘲讽的微笑。只有一旁的月影，时不时地拉了拉董叶贞的袖子，似乎还是焦急，但是董叶贞不为所动，仍不打算理会她。直到小半个时辰过去，临近子时，董碧灵的毒都没有发作。

月影在一旁再次拉了拉董叶贞的衣袖，她的动作将怔忪的董叶贞唤醒。叶贞叹了口气，突然耸肩一笑，对董碧灵道："等死的滋味好受吗？"

董碧灵看着她，不说话，眸子里闪烁着生无可恋的光芒。

一旁的董连城却很焦急，吼道："现在你可以放我走了吧！"

"她可以走，你不行。"董叶贞转头，对董连城道，"来这里之前，我告诉自己，若你能喝下毒酒保全碧灵，那我就放弃复仇。"董叶贞说到这里，月影惊惶地看了她一眼，她不加理会，又道，"但是很显然是我多心了，你爱的人永远是自己，若要你牺牲自己保全旁人，那简直是天方夜谭。"

"你……你这是什么意思？"董连城预感不妙，果然，下一刻，又听董叶贞缓缓道："两杯酒都没有毒，我只是在试探你的真心罢了。"

"什么？"董连城大惊。

董叶贞再次狰狞一笑，将自己的衣裙一件一件地脱下，最后露出的皮肤却没有一寸完好，一片一片像是被人缝在了骨肉上，尤其肚子上那一道疤痕，还残留着缝合的印记，显得猩红刺目。

董连城和董碧灵瞪大了眼睛，似乎完全不能相信眼前的这一幕。

"可怕吗？"董叶贞凄凉一笑，"这是你赠予我的呀。"她说着，一步步走近了董连城。

"你……你不要过来！你不是人！"董连城满脸惊愕，实在无法想象受了这么重的伤的叶贞，究竟是怎么活过来的。

"当初你抱着我疼爱的时候，怎么不害怕呢？当初你给我那一刀的时候，怎么不想想报应呢？"董叶贞伏下身子，与此同时月影走过来，递给她一把闪着幽光的匕首，眼神仿佛在说："是时候了。"

"你们究竟想干什么！"董连城哭号，董叶贞拿着匕首在他的眼前晃荡，这一刻，他就连哭号的勇气都快耗尽了。

"我不想干什么，我只是想让碧灵看清你的真面目。"董叶贞说完，回过头去，看着董碧灵道，"这就是你的枕边人，说着爱你的话，说着亘古不变的誓言的人，可是你看看，他这会儿都吓得失禁了呢。"她说完，稍稍掩嘴。虽然她现在没有了味觉，但还是做出了一副很难闻的模样。

董碧灵瞪大了眼睛看着董叶贞，眼睛从始至终没有从她的肚子上挪开过。

"可怕吗？该是可怕的。"董叶贞笑了笑，"但是只要我吃了他的心，我的皮肤就能完好如初，真真正正变成一个正常人了。"

"什么！"董连城脸色再次一变。

"我与匠人做了交易，他能使我起死回生，并且借给我力量，而交易的内容，便是要我亲自挖了你的心。"董叶贞说到这里，窗外的狄姜却变了脸色。

用心做交易？

这并非匠人一族的传统。

就在这时，董叶贞身边的小女孩月影突然大急："你还在等什么！快剜了他的心！否则待子时一过，便一切都迟了！"月影的声音晦涩嘶哑，绝不像一个十岁的孩童，更加不是女童。这分明是一个苍老的男人的声音。

狄姜听到此处，才发现月影并非是一个不会说话的哑女，而是一个男人，一个切切实实的男人。狄姜一挑眉，似是一个猎人发现了有趣的猎物。

月影说完，董叶贞却仍下不去手。她淡淡地回望了月影一眼，但是眼底所迸射出的光芒，是尘封已久的爱意。她高举的右手迟迟未曾落下，直到最后，她竟然松开了匕首，低声笑了起来。

"我不会杀你的。"董叶贞开口，吐出了这句话。这句话让董连城松了一口气，但是让月影整个人身形为之一颤。

"你在说什么傻话！还不快动手！"月影再次提醒。

董叶贞却执拗地摇了摇头："我不会杀他的，杀他会脏了我的手。"她说完，看了眼一旁面如死灰的董碧灵，将匕首扔了出去，"啪"的一声，匕首便稳稳地落在董碧灵的身前。

"你来。"董叶贞淡淡地说，"我给你复仇的机会。"

董碧灵看了匕首一眼，又看了董连城一眼，最终却低下头，哀求道："如果连姐姐做不到，我又怎么会做得到？男人可以心狠如他，但我们终究只是女子……我只恨自己有眼无珠，信错了人。"

"呵……我也是女人啊……"董叶贞凄凉一笑，眼角滑出了一丝血泪。这是她肉身崩坍的前兆。月影满脸不可置信，急切地冲上前，将软软倒下的董叶贞抱在怀中。他始终只有孩童大小，纵然力气堪比成年男子，但是看上去却似乎有些力不从心。

"叶贞！你怎么这么傻！"月影一脸关切，可不过片刻的工夫，董叶贞面上的皮肤便开始一点一点地脱落。董连城离她最近，看着她面上的变化，恐惧让他连尖叫都忘记了，只得愣愣地跌坐在那里，任由董叶贞身上留下的血液浸透自己的衣角。

"把他的心挖下来！你就可以真正变成一个活人！"月影连忙将匕首重新拾起，然后交到董叶贞的手里。

"来、来不及了……我早就已经死了……我爱的人要我死，爱我的人也活不成了……我纵使能再活一次，又有什么意义……"董叶贞声声凄苦，似乎说出的每一个字都用尽了她全身的力气。

"谁说来不及！我说来得及就来得及！"月影握住董叶贞的手腕，将匕首刺进了董连城的心房，再用力一捌，心脏便与身体分了家。董连城睁大了眼睛，他眼睁睁地看着自己的心脏被月影挖了出来，他苍白的手上，那一颗心似乎还在扑通扑通地跳动。

"呵……他的心竟还是红色的，我还以为……还以为早就变成黑色了呢……"董叶贞浅浅一笑，她的嘴角便裂成了两块，再也不得合上。

"叶贞！你坚持住，我一定可以救你！"月影声嘶力竭地哀号，但这一点儿用处都没有，董叶贞的肉就像一片片随风而落的枯叶，一片一片地凋零，直到化为白骨。

"姐姐！"董碧灵被这一幕惊呆了，但是她仿佛没有再恐惧，而是感同身受她的痛苦和悲凉。董碧灵爬过去，握住她如流沙散去的血肉，一伸手，便只剩下一摊血水。

空气里传来董叶贞最后一句话："我不明白，为什么人们能共患难，却不能同富贵。人心的欲望无限大，大到最后自己变成了魔鬼，还浑然不觉。我爱的是从前那个护我周全的连城，而不是后来那个，连挖我的心、拆我的骨仍不眨眼睛的他……可是，可是翎月，我此生唯一对不起的人是你，如果能再活一次，我希望，希望你能陪我一起……我不要他的心肝，我只想跟你在一起……你若要了我的寿命，那该多好？至少……至少在这几十年，我能与你相依相伴……"

"叶贞！是我的错！是我错了！你不要走！"月影凄厉地哭号，但是这根本没有用，董叶贞已经化作了一摊血水，从此从世间真正消逝。

听到这里，狄姜的心猛然一颤。虽然她早就已经猜到月影的身份不一般，却不想"她"竟然就是自己找了两年多的匠人，宫翎月。

宫翎月男身女相，容颜稚嫩，再加上身形娇小如孩童，又从来不开口说话，也不怪狄姜未能识出他的真实身份。

就在这时，一件奇异的事情发生了，宫翎月漆黑的发丝开始变成了灰色，渐渐地又从灰色变成了银色，他裸露在衣服外的皮肤也一寸寸变得干裂，很快，厚重的皱纹便爬满了他的面颊。他从一个孩童变成了一个垂垂老矣的老人，而这只是一瞬间的工夫。

"天人五衰。"狄姜不禁脱口而出。

"什么是天人五衰？"问药蹙眉。

"天人五衰便是游离在三界之外的人，或说是仙人，他们本不该受生老病死的痛苦，但因为某种原因，他们终究大限将至，活不了多久了。"

"他是仙人？"问药惊道。

狄姜摇了摇头："他是匠人，一个靠为他人起死回生来换取寿命的古老家族。"

二人的对话吸引了宫翎月的注意，他抬起头，眼睛淡淡地在二人身边扫过，随后又转过头，对董碧灵道："你走吧，叶贞这一遭，不过是想告诉你董连城究竟是个什么人，她用自己的命来换取了你的清醒，我不会杀你。"

董碧灵一脸愕然，但是迟迟没有挪动步子。

宫翎月的话让她更加难以接受，她宁愿董叶贞恨她，也不要让自己亏欠她的更加多……

天亮之后，董碧灵一人从木屋里走出，初升的朝阳照耀在她的身上，却没有带给她一丝一毫的温暖。她手握着一枚玉环——那是爹爹在西域得来的羊脂白玉，姐妹俩一人有一块。只不过她的那一块是玉中最好的一块，在手掌之间摩挲还会有隐约的香气，而董叶贞那一块，面上看着差不多，事实上只是她这一块上切下来的边角料而已。她们虽然是姐妹，但是待遇其实从来都不一样，她们都明白，但是董碧灵觉得这是理所当然，董叶贞却是因为感恩而不觉得有什么。这一切财富都是董齐山赐予的，他想怎么分配都是应该的。

在过去，董碧灵仗着自己嫡亲小姐的身份，总是会对二人多有些颐指气使，对待董叶贞大多时候也只当她是一个地位比较高的婢女，所以当她得知姐姐心慕董连城之时，也只是想抢走她的东西，就像抢一件玩具。但是她也没有料到自己会真的爱上董连城。所以当董叶贞撞邪之后，她几乎是松了一口气，这样就再也没有人跟她抢连城哥哥了……

直到现在她才明白，所有人的顺从从来都不是因为她是谁，而只是因为她的父亲是富甲一方的董家堡的主人。真正将她放在心里当亲人真心去疼爱的，或许除了父母之外，就只有董叶贞了。

不管自己当不当她是亲姐姐，但她始终是维护自己的。

"你真讨厌，死了也叫我觉得亏欠了你。"董碧灵握着那枚羊脂腰佩，步履蹒跚地走在山巅。山下便是沟壑万丈，雾气萦绕，她跌跌撞撞地走过去，看了一眼，心道："这样跳下去，只怕是再不得活了吧。"

董碧灵突然觉得心头突然放下了一块大石。她想着自己这一生，虽然短暂，但她尝过人世间所有的山珍海味，她过着寻常人修百世不得求的富贵生活，可她到底连枕边人的心都看不透。她到底承受不住这连日来的打击，自觉苟活于世也没有什么念想了。

董碧灵勾起嘴角，几乎没有多想，便踮起双脚，纵身一跃。紧接着，她的身形就似一只翻飞的蝴蝶，红衣一闪，翩然落下。山下是纵横的波涛，从此连尸骨都不得留下。

钟旭和长生随着他们的气息寻来的时候，恰好看见了这一幕，他们无人可以问，只得立刻进了小木屋。木屋里，宫翎月坐在血泊上，他的身边倒着董连城的尸体，而董叶贞已经看不出一个完整的人形了。

钟旭打开门时，阳光照射下，宫翎月的皮肤正在飞速地老化。

"他怎么会这样？"钟旭来到狄姜身边，一脸疑惑。

狄姜也抱着双手，不明所以。

这时，佝偻着身子的宫翎月不知从哪里来的力气，突然执起一旁的匕首，将自己的左手露了出来，一咬牙，便削下一节手骨，削骨为笛，放在了董叶贞的尸骸上："来生，吹响骨笛，哪怕万水千山，我也会赶来你的身边，永生相伴，不离不弃。"

狄姜瞪大了眼睛，看着一脸颓相的宫翎月，淡淡道："六月生菡萏，七月开芙蓉，我的《花神录》，怕是要接连收录两位花神了。"

"什么意思？"问药惊愕。

狄姜嘴角含笑，做了一个"嘘"的手势，很显然她现在并不想跟问药解释许多。她转身走到宫翎月身边："宫翎月？"

宫翎月强行支起头，看了一眼狄姜，便又低下头，捧着董叶贞的一袭青衣顾自哀恸。他的眼睛里一片灰败，毫无求生的意味。狄姜在一旁等了许久，见他脸上的皱纹越来越深，佝偻的背脊也越来越弯曲，不由疑道："你是匠人，怎会让自己落得一个天人五衰的境地？"

宫翎月闻言一震，似乎不明白一个凡人怎么会知道天人五衰。他道："天人五衰是命，我愿意。"他的嗓音嘶哑，却听得出他的语气里带着些许怒气。

"你在恼我？"狄姜一愣，"莫不是我做了什么，让你不愉快了？"

宫翎月沉默了些许，才道："呵，若不是你们曾在云梦泽捡起了叶贞的祈愿符，董碧灵就不会知道董叶贞的心思，也就不会去求母亲拆散他二人，就更加不会有后来发生的事了。"

问药一愣："所以，假如当初没有我捡起了那一道姻缘符，董碧灵就不会知道董叶贞的心意，董连城也就不会知道董碧灵的心思？"

"不错。"

"这竟还是我的错了？"问药哑然失笑。

宫翎月摇了摇头："这不是你的错，而是人性使然，董家家业太大，董齐山不懂收敛，被人盯上也是迟早的事。只不过……我讨厌你们也有我的道理。"

"你倒看得通透。"狄姜扬起嘴角，露出一抹诡异的笑。

"他哪里是看得通透？"问药嘲讽道，"将死之人，便是再难接受，也只能接受。"

宫翎月看了她一眼，没有反驳。

这时，一旁的狄姜又道："若是我能救你一命呢？"狄姜说到这儿，宫翎月的眸子里闪现出了一抹异样的光彩，似是希望之光，但也只是一闪而过。

"你不相信我？"狄姜又道。

宫翎月摇了摇头，淡淡道："死不可怕，生也没有什么留恋，就如叶贞临终前所说，若心爱之人逝去，独活也没有意义。"

"呵……那如果我说，我同样能救叶贞一命呢？"

"这怎么可能？"宫翎月"嗖"地抬起头，浅灰色的双眼一动不动地盯着狄姜的眼睛，似乎想从她的眼睛里捕捉到玩笑的意味。可是狄姜的眼眸十分认真，且充满了笃定。

"我可以救叶贞。"狄姜笃定道，"这世间可以起死回生的不止匠人一族，而救一个人，也不一定需要她起死回生。"

"我不明白你的意思。"宫翎月一脸迷惑。

"很简单，我想与你做一个交易，"狄姜再次微笑，"我可以借给你三百年的寿命，也可以让叶贞等你三百年，但是接下来的一百年，你的自由属于我，你要帮我救一个人。"

"何人？"

"到时，你就知道了。"狄姜说完，伸手一挥，一道金光便隐入他的头顶。很快，从宫翎月的每一根发丝的根部，渐渐漾开一缕缕金纹，他的头发一寸寸地重新变得乌黑，面上的皱纹也随之消失不见。他直起因苍老而驼起的背部，不消片刻工夫，便回到了少年时期的模样。但与此同时，他也眼前一黑，失去了意识。

钟旭背着宫翎月与狄姜他们回到董家堡的时候，董家堡里已经乱成了一锅粥。董家三兄妹同时失踪，让董齐山看上去似乎老了好几十岁。他的外表再不复往日的神采，一股深深的无力感环绕在他的周身。

狄姜几人没有将山巅的事情告诉他们，匆匆拿了自己的行李便离开了。他们租了一辆马车，日夜兼程地带着宫翎月往云梦泽赶去。

对狄姜来说，值得人钦佩的人已经不在董家堡，那么那边以后会发生什么事情都与她无干。她现在唯一的念头，便是及早将武瑞安救出来。

回云梦泽的车上，狄姜从袖子里拿出了尘封许久的《花神录》，在第六章的开头，写下了两个人的名字。

六月开菡萏，菡萏花神——宫翎月。

七月开芙蓉，芙蓉花神——董叶贞。

菡萏和芙蓉本为一物，只不过莲花花苞被称为菡萏，芙蓉则是莲花盛放时的模样。二人即为一体，享受统一寿命，但是宫翎月为了让董叶贞能够报仇，竟然宁愿选择让她用心为代价，来换取力量和重生。而董叶贞一开始也是愿意的，可当她得知宫翎月即将天人五衰之时，才发现自己过去所纠结的仇恨根本是毫无意义的。

坏人应该得到应有的惩罚，但是不该牺牲好人的性命。若宫翎月不得活，她就算重生也毫无意义。他们相逢恨晚，却一眼成双。

爱是他们从未对彼此说出口的承诺，是他们俩心底的羁绊。

宫翎月再次转醒的时候，他已经躺在了青云山的青溪龙砚之上。

"这是哪里？"宫翎月睁开眼睛，四下打量了一番，入眼的是一汪碧湖，他的眼前是脸带微笑的狄姜。

"感觉如何？"狄姜举起铜镜，笑道，"从前你总是为别人恢复血肉，现在看着自己的身体一点一点恢复年轻，心情是不是很微妙？"

宫翎月看着铜镜中的自己，发现自己不仅恢复了年轻，就连寿命也确实增加了三百年。

"你是哪一房的？"古来只有宫家子弟能活死人、肉白骨，宫翎月看着狄姜，如何也分不出来她究竟是家族里哪一路的人。

狄姜没有说话，只是微笑。许久之后，在宫翎月的身体全部恢复，即将分别之际，才道："现在匠人家的族长是宫悦和宫兮兄弟俩吧？"

宫翎月颔首："是，他们已经当了六百年的族长。"

狄姜微微一笑："他们见了我，也要恭敬地唤一句姑姑，你便也随他们叫吧。"

宫翎月瞳孔一缩，见狄姜不是在说笑，便知道眼前人一定是个了不得大人物，只得收起轻狂，恭恭敬敬地躬身作揖："翎月拜见祖奶奶。"

"祖奶奶？"狄姜面上的笑意僵住，就连身边的问药也止不住地"噗嗤"一笑。

"我可没那么老。"狄姜咳嗽一声，觉得面子上有些挂不住。

宫翎月却面不改色，坚持道："宫悦和宫兮族长大了我两辈，连他们都要唤您姑姑，我可不就是要唤一声祖奶奶了？"

狄姜微笑，没有答话。

"您究竟多大了？"宫翎月跨进剑冢前，回望狄姜，眼神中有着此前从未有过的凝重和好奇。狄姜被他的眼神所感染，终是贝齿轻启，微笑淡道："与天地比寿，与日月齐光。"这话若落在旁人身上，他一定会觉得她是精神病，但是这话是狄姜说的，便是再无来由，也让他觉得心服口服。

狄姜将武瑞安的事简单说了几句，宫翎月便明白了她究竟想让自己做什么。

狄姜说："你不在三界五行内，可以任意穿梭于各个结界之间，我要你将武瑞安完好无损地换出来，再替我看守剑冢一百年。当然，一百年只是一个估算值，等我做完我的事情就会来找你，到时你便可以重回自由身。"

"好。"宫翎月颔首，没有多说什么便一跃而下，跳下化灵池，用自己的血打开了剑冢的大门。宫翎月进入剑冢之后，他的身形便越来越淡，最后化为一缕光消失不见。

狄姜看着波涛汹涌的碧池："能坦然面对孤独的人，活得都不会太糟糕，我答应你，等你出来的时候，必能见到你最想见的人。"狄姜不知道他有没有听见，也不知道他能不能坚持下去，但是百年以后，是她允他的未来。

第六章

有情有义的人终会回来

宫翎月下墓之后，很快便有一个被巨大气泡包裹的人从剑门里出来。

狄姜站在岸上，看着那被气泡包裹的人，轻轻道了句："有情有义的人终会回来。"说话间，气泡破了，气泡里的武瑞安似是一瞬间惊醒过来。他睁开眼，便见狄姜和问药站在青溪龙砚之上，正满脸希冀地看着自己。

"王爷真的回来了！"问药鼻子一酸，还想说什么却发现心里堵得慌，好几次话在嘴边都说不下去。

武瑞安懵懂地游过去，她们立刻将他拉了上来。

"王爷！您终于回来了！我可担心你了！"问药满脸是感动的泪痕。武瑞安见了她这副模样很是不安，就连他自己都没有她这样难过过。

还记得刚进入剑冢时，戾气刻画在自己身上的痛苦，锥心蚀骨，可那些痛苦再痛，于今日而言都遥远得似是经历了一场梦。

一场连噩梦都算不上的梦。

虽然灰飞烟灭的痛苦依稀还在，但只因为在那梦里他看见狄姜为自己哭了，他便觉得那是世上最美的梦。然后他就一觉睡到了现在，等再能睁眼说话的时候，便是狄姜和问药的身影完好无损地站在自己眼前。

"别哭，都过去了。"武瑞安拍了拍问药的头，安抚了一句便绕开了她，走到了狄姜的面前。他放下手中的石头，对她咧嘴一笑："我回来了。"

"嗯。"狄姜一脸恬淡，却满目柔情。

"你……"武瑞安欲言又止。

"我在等你。"狄姜浅浅一笑，"我等了两年六个月零五天，终于等到你。"

"是吗，我竟睡了这么久……"武瑞安有些迷茫，但很快，他的眼中又恢复光芒，"现在你终于等到我了，想对我说什么？"

狄姜低头，抿嘴一笑，然后摇了摇头道："什么都不想说。"

"这样啊……"武瑞安有些失望。

"但是我想抱抱你。"狄姜打断他，说完她不顾武瑞安惊讶的神色，上前一步便将他抱了个满怀。狄姜缓缓道，"以后未经我的允许，不可以再私自行动。"

武瑞安愣愣地点头，他颤巍巍地伸出双手，回抱住狄姜："我不是在做梦吧？你快咬我一口，让我感觉感觉疼。"他越搂越紧，仿佛不敢相信这是现实。

狄姜含笑着摇了摇头："不舍得。"

武瑞安闻言，身躯又是一震，手中的力道又不自觉地收紧了几分。

二人就这样旁若无人地抱着，一旁的问药不敢说话，只是一个劲地流泪。钟旭则怀抱长剑，不置一语地静静看着。

许久之后，初升的阳光从洞顶照耀下来，晃疼了狄姜的眼睛，她这才惊觉时间飞逝。

"走吧，我们回家。"狄姜道。

"回哪里？"

"当然是太平府呀！"狄姜微微一笑，"我说过，我们来的时候是几人，那么回去的时候就一定不能少了谁，而钟旭亦是我一定要寻回的人。"

这时，武瑞安注意到在不远的石柱下站着一穿着清灰道袍的男子，面色白净，剑眉星目，不是钟旭是谁？他怀抱着剑，神色也较为轻松，对于武瑞安的平安归来，他的开心也不比狄姜少几分。虽然时间匆匆，已经离几人的初见过去了六年，但好在几人还是初识时的模样，只是心态发生了少许变化，而这些变化亦都是在往好的方向发展。

武瑞安远远看了眼他，点了点头，这才放开了狄姜："好，我们回家。"随后，钟旭和长生便找来了马车，让武瑞安在马车上换了一身干净的衣裳，几人一起驾车向码头行去。

问药与狄姜一起，陪着武瑞安坐在马车里。一路上，问药一直拉着武瑞安的手，向他诉说这两年多来的时光里所发生的事情，每说一句，武瑞安握着狄姜的那只手便会收紧一次。狄姜好几次被他握得生疼，但也没有出声阻止他。只因她知道，或许只有这样，她才能体会到武瑞安的心路历程。

这两年是他的生命缺失的一部分，她该是要感同身受地陪他经历一次。

晨曦的微光洒在云梦泽的岛屿之上，千千万万的岛屿似一颗颗熠熠生辉的明珠，照亮了几人前行的道路，也将他们的身影拉得很长。

"情义是我唯一可以怀念的东西，是它支撑我一直等到现在。"狄姜轻声道。

"嗯。"武瑞安点头，低下头，看见的就是狄姜温柔如水的目光。

但是她的目光里还有着她未能说出口的话。

她想说："哪怕此情无关风与月。哪怕时间与我只是弹指一瞬。但这一瞬，我也想陪在你的身边。陪你看日出日落、云卷云舒。"

这是最美好的时光。

有你，有我，有情义，值得被我们所有人用一生去珍藏与铭记。只要我还记得，那些逝去的人就永远不会死去，他们活在我的记忆里，还有我的《花神录》里。

这才是我存在的真正意义。

二

紫薇·遗芳

枯藤老树，紫薇花谢。
倚门回首，壮怀激烈。

第七章

归途

回太平府的路与来时不同。来时，狄姜从西北方向乘船而下，路途不算艰难。但现在，太平府在东北方向，逆流而上不大明智，他们只能坐马车从陆路出发。

一路上，武瑞安都坐在马车里，被问药鞍前马后地伺候着，生怕哪里磕着碰着。狄姜经常笑她："认识的人都知道你是我的丫鬟，可不认识的，怕是会以为你是他的婢子呢。"

"您和王爷还需要分你我吗？"问药说着，又从马车侧面的柜子里拿来一颗糖果，递给武瑞安，"王爷要不要吃糖？"

武瑞安摇头："我现在吃不下。"

"可是有哪里不舒服？我给你把把脉！"

"不……"武瑞安话还没说完，问药就抓过他的手腕诊起脉来。她边看边道，"虽然我的医术不及掌柜的，但是医治一些小毛病还是没问题的。"

问药说完，沉默了一会儿，突然"咦"了一声，惊道："王爷这脉象……怕是……"

"是什么？"武瑞安一脸狐疑。

"王爷是不是有点畏寒，四肢发冷？"

武瑞安点头。

"这就没错了。"问药点头，"王爷脉象沉弱，面色苍白又食欲不振，怕是肾虚啊……"

"什么？"问药话音刚落，狄姜便"噗"地一口茶水喷了她一脸，一旁的武瑞安脸都绿了。紧接着，车帘外头便传来长生的声音："师父，什么是肾虚？"

钟旭沉默了半晌，才沉声道："大人的事，小孩子别多问。"

长生："哦……"

狄姜反应过来后，双唇张得老大，许久都合不上。问药实话实说，并未意识到任何不妥，擦了一把脸，又说："王爷，这可不是小事，您还是让掌柜的好好看看吧，趁现在还只是阴虚，好好给治治，否则严重起来，发展成阴阳同虚，便会……"

"不必了。"不等问药说完，武瑞安便打断她，"等到了晚些时候，我让你家掌柜亲自验验，我究竟虚是不虚。"他说完，对着狄姜一挑眉毛。

狄姜别过头去，不打算再理会这一对活宝。她闭上眼睛，假装在午休，可实际上心里却在盘算。自己再忍他一忍，等他身子大好了，再来纠正纠正他这放浪形骸的性子。

晚些时候，问药觉着无聊，去前头骑马了，车里便只有他们二人。狄姜午睡结束，刚一睁开眼睛，便见武瑞安整个人凑近了自己，正一动不动地盯着自己看。

狄姜整个人都清醒了，立即后退些许，紧张地问："你想干什么？"

"就是看看你，我怕自己又是在做梦呢。"武瑞安软软一笑，拉着她的手确定着。

狄姜松了一口气，问："你还记得发生过什么吗？"

"不记得了。"武瑞安摇了摇头，"我只记得有一个孩子，他把我的身体一点一点地凝聚起来，直到骨肉凝聚成形。这期间，我清楚地感觉到很疼，却不能动，也不能喊出声音来。我一定是做了一个梦……我本以为是噩梦，但是当我醒来看到了你和问药，才发现这或许是一个美妙的梦境，它带我回了你的身边。"

狄姜微笑着点头："只要王爷能回来，我这两年的等待便算不得痛苦。"

"我也是这样认为。"武瑞安点头，眼里尽是温柔。这时，狄姜"啊"了一声，似是突然想起什么似的，惊道："王爷此番消失两年，怕是在朝堂上掀起了不得了的风浪呀……"

武瑞安挠了挠头，苦笑道："我压根就没想过自己还能回来，狄大夫这样一说，我才想起，或许是会有些麻烦呢。"

"这可如何是好……"狄姜沉思。

"不碍事的。"过了片刻，武瑞安突然牵起她的手，宽慰道，"这些都是小事，只要有你在我身边，其他的都会解决的。"狄姜被他的目光所灼烧，觉得脸有些热，她刚想要说什么，却见他俯下身，凑在自己耳边柔声道，"趁现在没有旁人在，要不要试试？"

狄姜一愣："试什么？"

武瑞安没有很快回答她，而是用行动回答了她的问题。他单手环上她不盈一握的腰肢，同时将她的手放在了自己的腰上。他的眼睛里带着迷离的情欲，引诱道："试试究竟虚不虚。"

"你……放肆！"狄姜蓦地睁大了眼睛，正要发火，武瑞安又是莞尔一笑，"我开玩笑的。面对真心喜欢的女子，我是如何也不敢唐突的。我必会八抬大轿，将你风光迎进府邸，成为我王府唯一的正妃，到那时你自会知晓。"武瑞安眼眸坚定，目光郑重，半点不像开玩笑的样子。狄姜不置可否，但这一次并未反驳。

"等回了太平府再说吧。"

"一言为定。"

六月初，五人来到白马城，正是风光大好之时。

漫山的野花与绿叶，郁郁葱葱，煞是好看。狄姜一行人便在城外的溪边驻扎，吃的喝的就地取材。溪水清澈见底，一眼便能看见游弋的小鱼，问药带着武瑞安在溪边垒了一个捕鱼的陷阱，时不时便能听到问药着急地大喊："王爷您怎么这么笨呢！好不容易赶来的鱼又被你放跑了！"

连素来崇拜武瑞安的问药都忍不住朝他大喊大叫了，可想而知他在捕鱼方面怕是还没有狄姜强。狄姜陪钟旭吃素，便在树林里摘了些野菜，和着干粮煮一煮，一锅菜粥很快便端上了桌。而这会儿，问药和武瑞安连一条鱼都还没有抓到。

"你们行不行呀？不行就来喝粥吧，天就快要黑了。"狄姜朝二人吆喝。

问药赌气地摇头："今天抓不到鱼，我就饿死在这里！王爷，您也陪我一块儿饿着吧，毕竟，在抓不到鱼的功劳里，您的功劳最大！"武瑞安无奈，只得陪着问药继续熬。又是半个时辰过去，他二人才终于抓到了一条鱼，鱼不大，撑死不过半斤。

"今晚我们就吃这个吗？"武瑞安撇撇嘴。

"不然呢？"问药叉腰怒道，"有福同享，有难同当。今天您选择站在我这边，就算您想喝粥，那也得等明天了！"

"好吧，只能如此了。"武瑞安认命地摊手，开始帮助问药一起生火。长生用来煮粥的柴火已经熄灭，武瑞安和问药需要从头再来过。等火好不容易生起来，武瑞安和问药已经满脸灰黑，饿得前胸贴后背。

"明天我们还是跟他们一起吃素吧。"武瑞安一边拿棍子戳火堆，妄想把零星的火焰弄得大一些。问药看着好半天都不熟的烤鱼，也认同地点了点头："这时候觉得，素食其实也挺好的。"狄姜和钟旭坐在一旁，看着灰头土脸的二人，都觉着有些好笑。

"你们那是什么眼神？"问药抱怨，"不搭把手也就算了，嘲笑我们可就不应该了！"

长生笑道："是谁一直在我们面前说'我可是野外生存小能手'的？这会儿又怪我们不该看笑话了？"

"你！"问药气得脸都青了，却无法反驳，只得回头去催武瑞安，"王爷，您这火究竟生得起生不起？莫教人平白看了笑话！"

"快了快了，马上就好。"武瑞安俯下身子，一边戳着柴火一边拼命地吹，狄姜看着他这副模样，觉着好笑到不可思议。堂堂宣武国的神佑大将军，辰曌嫡亲的王爷，竟然能陪着他们在荒郊野地里玩野炊，还事事亲力亲为，这话说出去都没有人会信。

这时，狄姜突然注意到他手上用来戳柴火的棍子。那是一根看不出材质的棍子，扁圆形，约莫两尺，外表看上去就像是溶洞中的石钟乳柱子。狄姜眯起眼，惊奇道："王爷，您手上那根石笋从何而来？"

"石笋？"武瑞安直起身子，看着手中的棍子，"看上去确实像溶洞中的石笋。"

这时，问药也惊奇道："我们这一路可没有去过溶洞呀，哪里冒出来的棍子？"

武瑞安摇了摇头："这是我在剑冢里带出来的。"

"什么？"狄姜一愣，随即又恢复了常态，笑道，"我竟没发现，您从剑门中出来的时候，身上还带着这等物件……"

"它呀，我身在剑冢之时，便梦见自己一直抱着它。我也不知道为什么我要抱着它，但似乎离它越近，就感觉自己越安全……而出了剑冢之后，它似乎只有在我想起它的时候才出现……"武瑞安说着，又晃了晃脑袋，"可这世上怎么会有这种东西？肯定是平时我对它太过不在意，才会导致我误以为它只有在我需要它的时候才出现吧。"

"谁说不是呢。"狄姜笑着颔首。

武瑞安低头，盯着石笋看了半晌，面对石笋笑道："要不，你现在消失一个给我瞧瞧？"然而半晌过去，石笋仍没有任何变化。

问药"扑哧"一笑："石头怎么会消失呢！王爷您莫不是抓鱼抓糊涂了？"

"或许真的只是幻觉吧……"武瑞安搔了搔头，抱歉地一笑，随即继续拿石笋戳柴火。这时狄姜却不淡定了，她从钟旭身边走过来，夺过了石笋，当宝贝似的抚了抚，又对武瑞安说："不管怎么说，它都在剑冢里陪伴了您两年不是？这世上有很多事情没有办法解释，剑冢也是这样的存在，不是吗？它哪怕只是一块石头，你也应该好好保存它。毕竟它曾是你在剑冢里的一道护身符。"狄姜说完，所有人都一脸奇怪地看着她。

问药嘲笑她："掌柜的，一块石头罢了，您也太小题大做了！"

长生也点头："看上去真是平平无奇。"

而钟旭依旧是一张万年不变的冰山脸，他怀抱着剑坐在草堆上，虽然不说话，但是眼神中也透露着几分奇怪——狄姜为什么会对一块石头表现得煞有其事？

不等狄姜说话，武瑞安赞同地点了点头："狄大夫一席话，让我觉得着愧万分，您这样一说，我才发现自己真是有点过分，我应当将它悉心保存才是。"

狄姜赞赏地点了点头，这才将石笋还给了武瑞安。武瑞安接过，便将自己的外衣脱下，将石笋仔细包裹完整，然后放在了马车的座位底下，妥善地放好。等做完这一切后，他才回来说："等回了王府，我再寻一处高地，将它供起来。"

"王爷明白就好，那么这一趟旅程所遭的罪，才不算白受了。"狄姜的眉眼弯弯，看得出笑容是发自内心的灿烂。

武瑞安沉醉在她的笑意里，直到问药在身后大喊："王爷！您再不来，这火可就灭了！咱晚上吃什么？"

"马上来！"武瑞安应了一声，向火堆走去，他一步三回头，眼睛始终都没有从狄姜身上挪开。

入夜后，众人都已经歇下。武瑞安和长生睡在一个草堆上，狄姜和问药睡在马车里，钟旭则坐在草堆上守夜。快要天亮了，狄姜仍是翻来覆去睡不着，索性下了马车，坐在河边看着下沉的月亮。狄姜的动作引起了钟旭的注意，钟旭看了她半晌，见她始终抬着头，眼神里似乎有些孤寂，这是他从未见过的模样。

钟旭缓缓走到狄姜身旁，坐下。

"狄大夫睡不着？"

"嗯。"

"有心事？"

"嗯。"

狄姜说完，钟旭也不再问了。他本不是多事的人，狄姜这副模样摆明了就是不想说，他便不打算再追问下去。二人一直在河边坐着，沉默，却不尴尬。直到月亮在山巅若隐若现，天边泛起了鱼肚白，狄姜才似乎鼓起了勇气，再次开口："你知道太霄剑吗？"

"嗯，鬼域元帅，太霄帝君的佩剑。"

"是。"狄姜颔首，"太霄剑是没有实体的，它可以随着主人的心意变幻出任何模样。"说到这里，狄姜顿了顿，"可以是木剑，也可以是铁剑，哪怕是透明如琉璃也不是不可以。"狄姜说到这里，钟旭怀中的剑猛然一颤，他握剑的手也陡然收紧。

狄姜感觉到了他的变化，接着说："而且太霄剑是没有剑鞘的。剑下亡灵太多，没有一个剑鞘能容下那样的戾气。太霄帝君羽化之前，剑鞘是他的身体，他羽化之后，剑鞘便是整座青云山。而青云山的精华，历经沧海桑田的变化，终化作了一根石笋。"

钟旭闻言，眸子里迸发出了许多复杂的神色。

"所以，那一根被武王爷当作烧火棍的石柱，就是太霄剑现在的剑鞘？"钟旭的语气似是猜测，却又带着几分笃定。

狄姜点头，印证了这个说法。

钟旭闻言，许久都不能平静，一如最喜睡觉的狄姜今夜也因此而失眠了……

钟旭是白云观的掌教，白云观这百年来是做什么的，他比谁都清楚。而他手中那把剑代表的是什么，今日在狄姜的解惑下，也豁然明了了。

这时，狄姜回头看着他的双眼，郑重地问："你能完成太霄帝君的遗愿吗？"

钟旭点头："'有妖皆戮，无鬼不烹'是我素来的信念。"

狄姜却扬起嘴角，摇了摇头："斩妖除魔不是目的，而是达成目的的一个途径，太霄帝君的祈望，你还需要再想想。"

钟旭看着狄姜，半晌不说话，似乎在思忖狄姜为什么会这样问。

狄姜的身份到现在还是一个谜，扑朔迷离，但是他也不着急去探寻，因为他有预感，总有一天她会亲口告诉自己，她究竟是谁，究竟有什么目的。

而这一天，怕是不久就会来临了。

翌日，初夏黄昏，夜幕降临。钟旭和长生驾着马车在州道上疾驰，扬起阵阵尘沙。

四周荒无人烟，州道两旁是一望无际的草地，草地上偶尔能看见凸起的坟包，坟包周围荒草丛生，看上去已经许久未有人来祭拜。静谧的时光里，他们是天地之间唯一谈笑着的生灵，一车五人谈笑的声音与周遭孤清的气氛形成了鲜明的对比。

问药撩起车帘，窗外的风景一眼便看不到边，她叹了口气，郁闷道："看来今日又要露宿野外了。"

"既来之则安之，都是人生经历。"武瑞安宽慰她。

"也只能这样想了。"问药点头，无奈地耷拉着脑袋靠在车柱上，一脸的生无可恋。

一旁假寐的狄姜听到武瑞安的话，笑意悄无声息地爬上了嘴角。她对武瑞安的变化感到十分的惊喜。这若放在从前，他一定会跟着问药一起抱怨。不，或许比问药的抱怨来得更加轰轰烈烈。

入夜后，钟旭照常煮了一锅粥，配上从白云观里带出来的咸菜和烙饼，又是让问药难以下咽的一顿饭。

"这种日子什么时候才能到头？"问药吃完三个烙饼两碗粥之后，一抹嘴，啐道，"成天都是清汤寡水，我都瘦了好几圈了！"她说着，冲狄姜努努嘴，意思很明显，希望她能缩地成寸，捏个法诀就回去了。

然而狄姜却当没看到，淡笑着调侃："为伊消得人憔悴，衣带渐宽终不悔。能陪着你的王爷游山玩水，不是值得开心的一件事情吗？怎的现在还没走几日就开始抱怨了？"

"我也不想呀！谁让咱走的这条路连个人影都没有？能不能找一条有城镇的路，一路上游山玩水走走停停，这才不负江南好春光呀！"

"再忍忍，过了黄河就好了。"狄姜说完，不再理她。

问药撇了撇嘴，见狄姜的一碗粥里还剩下大半碗，便大声地嘲笑道："您也承认了吧！"

"承认什么？"狄姜愣了。

"您也吃不下去呀！"问药指着她的碗哈哈笑道，"是不是没味儿？特清淡？特像水？"

"行了，闭嘴。"狄姜嗔怪她一句，又对钟旭笑了笑，"问药口无遮拦，你不要见怪。"

钟旭摇了摇头："我不太会做饭，让你们见笑了。"

"不要听问药胡说，她只是不会欣赏美食罢了。你做得很好吃，我很喜欢。"狄姜说着，将碗里的白粥一饮而尽。面对狄姜的区别对待，问药很不爽，但是也只能忍着。她很清楚在狄姜的心里钟旭的地位特殊，自己与他相比，简直是天差地别。

几人用完晚餐之后，长生负责收拾碗筷，武瑞安负责今晚的守夜。狄姜和问药睡在马车里。不到子时，便听见马车里传来阵阵呼噜，呼噜声之下，还能听见些许"咕噜"声，还有某人翻来覆去睡不着的声音。

武瑞安坐在马车顶上，听见身下传来问药略带迷糊的声音——

"掌柜的，您怎么还不睡啊，这都几更了？"

"睡不着呀……"狄姜叹息。

"怎么了？"

"饿……"狄姜的话语里充满了委屈，但是问药显然没当回事。

"早点睡吧，睡着了就不饿了。"

"我想吃灯笼鸡丁……"

"嗯，明天我去抓只鸡宰了……就有肉了……"问药哼唧哼唧两声之后，估计也没当回事，翻了个身又继续睡了。

第二天，临到封州时，官道上才多多少少有了些人烟，但是也仅限于零星的旅人商贾，路上的茶肆里除了阳春面以外，什么都拿不出来。狄姜一声叹息，问药却连叹气的力气都没有了。武瑞安将这一切看在眼里，疼在心里。

夜里，一行人在官道旁歇息，武瑞安却不打算休息，他对狄姜说："我去林子里转转，看能不能打到些野味回来，给你开开荤。"

问药听了比狄姜还高兴，连连抱着他大喊："王爷万岁！"

武瑞安离开后便进了树林，林子里十分安静，走了大半个时辰都没听见一点飞禽走兽的声音。武瑞安心下觉得失望，刚准备返程，却突然瞥见树林深处有着些许亮光。他拨开树丛，便见到一个竹制的小屋子，屋里还透着隐隐烛火。

武瑞安走上前，叩响了竹门，高声问道："有人在家吗？"

他接连问了好几遍，却无人回应。武瑞安刚转身想要离开，却听见身后传来"吱呀"一声。他转过身，只见竹门向里打开，从门里走出了一位穿红衣的妙龄女子。

女子眉目娇柔，唇瓣嫣红，有着不输太平府里花魁的美貌。

武瑞安稍稍有些惊讶。

这荒郊野外，怎么会有如此美丽的女人？

而那女子见了武瑞安也是眼神一怔，显然她也没有见过如此好看的男人。她愣了许久，才道："公子有事？"

"其实也没什么事……"武瑞安搔了搔头，"我就是有些饿了，想在这附近找些吃的，但是逛了一大圈，却并没有发现任何野味可以捕捉，这么晚打扰姑娘休息，真是不好意思，我这就离开。"

武瑞安向她作揖，刚想要走，那女子却追了上来，握住他的手腕："公子莫要着急走，奴家这就给你准备美酒佳肴。"

"不……"武瑞安很想拒绝，毕竟孤男寡女共处一室，这并不是他这种"有家室"的人该有的做派。可是不知为什么，平时的力气似乎都使不上来似的，他连挣扎的余地都没有，几步便被女子拽进了屋内。进了屋后，武瑞安被摁在桌旁坐下，然后女子便闪身进了后院。武瑞安见屋里装饰不错，很是清爽典雅，也就既来之则安之，静静等着女子端来食物。

很快，女子便端着一盘一盘精致的菜肴上了桌。

四菜一汤摆放规整，像是大户人家的用度。

"都是你自己做的？"武瑞安瞪大了眼睛，惊讶道。

"是。"女子点头。

"姑娘厨艺精湛，叫人佩服！"武瑞安由衷地赞叹。

"不要叫我姑娘了，我叫江媚娘，你就叫我媚娘吧。快尝尝看，好吃不好吃？"

"好！那在下就不客气了！"武瑞安说完立即便拿起筷子，飞快地将每一碟都尝了一遍。媚娘看着武瑞安吃得满嘴油，面上的笑容却愈见绽放。武瑞安吃了几口，连连喊着"好吃"，但是吃了不一会儿，忧愁却爬上了他的眼角。

"怎么不吃了？"江媚娘问道。

"媚娘……在下有个不情之请，不知当不当讲。"武瑞安放下了筷子，正襟危坐，一脸忧心忡忡地盯着江媚娘看。江媚娘颜色倾城，世上鲜有人比她更加妩媚撩人，她见惯了男人打量的目光，并不觉得有所唐突，反而觉得理所当然。她双手撑着下巴，一脸崇拜地看着武瑞安，柔柔地回他："公子有话请讲，若媚娘能做到，必不会推辞。"

武瑞安也不打算绕弯子，径直说："在下，想请姑娘教我做灯笼鸡丁！"

"什……什么？"江媚娘手一抖，下巴不小心磕在桌子上。

"你没事吧？"

"没事。"江媚娘摇了摇头，她万万没想到，自己秀色可餐，他却希望自己教他做菜？！

江媚娘从惊讶中恢复了常态，旋即笑道："不知公子为什么想要学这道菜？"

"内子最近饮食太清淡，喜食口味稍重的菜式，她昨夜做梦都在念叨这道菜。"武瑞安又说，"说来惭愧，我吃了这么多年的鸡肉，却还没见过鸡长什么样子，您可千万不要见怪。"

江媚娘微笑着摇头："公子如此金贵，如今却肯放下身段来与我学做菜，才更加叫人感动，既然您想学，那我就教你吧。"她说完，便将武瑞安带进了后院。

后院里有一个小厨房，厨房里干净得一尘不染，就像是刚刚才建成的一般，连此前做饭的油烟都丝毫瞧不见。但是武瑞安并没有注意到这些细节，他的全部心思都放在了切菜的江媚娘身上。

江媚娘缓缓讲解："鸡胸肉切成小块，加入少许淀粉、盐、五香粉以及黄酒，和着一勺水搅拌均匀，腌制一盏茶的工夫，随后在烧热的铁锅中放入冷油，放入花生米，将其爆香。"

武瑞安一边认真观摩，一边问："怎么看花生米有没有爆香？"

"香味是看不出来的，只能闻。"

"哦……"武瑞安模棱两可地点头，很显然他并不是太明白花生米炒香之后是什么味道。

江媚娘掩嘴一笑，又道："或者，你可以用耳朵听。"

"耳朵听？"武瑞安一愣。

江媚娘点头："油热之后，你会听到类似'噼啪'的声响，那时就可以把花生米捞起来备用了。"

"我明白了！"

江媚娘盛起花生米，随即又冷油下锅，放入此前腌制的鸡肉，待鸡肉稍微一变色，又盛了起来，放在一旁的碟子里。鸡胸肉白白嫩嫩又油滋滋的，看上去就十分美味。

武瑞安一边看一边偷笑，心中想的全是要怎样给狄姜一个惊喜，让她在荒郊野外可以尝到一口暖心的热菜。随后，江媚娘又不知道从哪里端来了一碟红灿灿的灯笼椒，武瑞安见了大为惊奇："您可真是活神仙哪！在这荒郊野外的，竟要什么有什么！"

江媚娘不说话，只是微笑。很快，她又变戏法似的拿出胡萝卜、黄瓜、莲藕、大蒜、花椒、芝麻等食材，武瑞安在一旁看得眼睛都直了。没一会儿工夫，她又将胡萝卜、莲藕和黄瓜都切成块状，大蒜切成碎末，分别装在了不同的碟子里。

"锅里放少许油，放入大蒜、灯笼椒与花椒，待炒香之后，再放入莲藕、胡萝卜和黄瓜丁，炒至变色后，再放入事先备好的鸡肉块。最后大火收汁，放入葱段即可食用了。"江媚娘说完，将灯笼鸡丁放在了碟子里，一道色香味俱全的佳肴便制作完成。

"多谢姑娘！大恩大德，没齿难忘！"武瑞安道了一声谢，端起盘子便往外跑。

江媚娘看着他离去的背影，眸子里闪烁着复杂的神色——有愤恨，有不忍，有难过，但更多的却是羡慕。

"唉……"空气里传来她若有似无的叹息，不管武瑞安会不会回来，最后，她到底还是不打算为难他，放了他平安离去。

武瑞安捧着菜盘子回到马车时，天已经亮了。

"王爷您一晚上去哪儿了？"问药着急地围上来，连狄姜都忍不住骂道："您知道我们有多担心吗？"

"我去给你们寻了些好吃的！快来尝尝！"武瑞安献宝似的端出了灯笼鸡丁，问药见了便双目放光，长生看了也默默地吞口水，狄姜和钟旭则相对平静。

"快吃吃看。"武瑞安给狄姜递去一个勺子。狄姜早上起来本没有什么胃口，再加上这食物来得蹊跷，吃了两口便放下了。

"好吃吗？"

"嗯，让他们都吃些吧。"狄姜说完，将盘子递给了长生和问药。

"哪儿弄来的宝贝呀！太好吃了！"问药边吃边咂吧嘴，可惜一盘实在太少，到最后她恨不得将盘子都给吃了。从始至终，只有钟旭一人连一口都没有吃，他的说法是"戒五腥"，理由很正当，让人无法反驳。最后，在问药把盘子都舔完后，武瑞安才夺回盘子："我去给人家送盘子，你们稍等我一会儿。"

"嗯。"狄姜不自然地微笑点头。

武瑞安离开后，狄姜觉得有些不妥，便带着问药循着他离开的方向行去。不多时，便在林子深处发现一所竹制的房子，房子的横梁上还写着"江府"两个字。

"这莫非就是江夫人的府邸？"问药惊讶道。

"荒郊野外，哪来的江夫人？你莫不是也昏了头了？"狄姜没好气地大声一喝，随即一掌拍在问药脑门上。问药这才浑身一哆嗦，似是从大梦中惊醒一般。她看着四周连绵的乱草堆，愕然地问："我……我这是在哪儿呀？"

"江府。"

"江府？！"问药声音陡然提高，惊道，"这哪还有府邸的样子？"问药瞪大了眼睛，发现除了连片的树木，其余的什么都没有，刚刚的一切都只是一场幻觉。问药愣了："王爷呢？"

"在那儿呢。"狄姜说完，抬手一指。

问药顺着她手指的地方看去，便见一根竹子下有一摊白色的枯骨，枯骨被红衣包裹着。红衣经年累月地暴露在荒野之中，看上去已经破烂不堪。武瑞安就坐在红衣枯骨身边，对骷髅抱拳笑道："多谢江姑娘指点，我回去给内子吃了之后，她的精神便好了许多，但是我们着急赶路，怕是不能再与你学习厨艺了，等未来有了闲余时间，再带她一起来与你把酒谈天。"

红衣枯骨说了什么问药听不见，但是狄姜听见了。

她说："能有您这样好的夫君，夫人真是三生有幸，福泽深厚。媚娘祝你们白头偕老，恩爱如初。"她说完，狄姜便觉得浑身一冷。

那骷髅空洞的眼眶内，似乎正有一双眼睛在一动不动地盯着自己。

"走吧。"狄姜轻声对问药道。

问药牙关打战："就这么走了？王爷会不会有危险？"

"她不会伤害王爷的。"

"是吗……那……那就好。"问药一步三回头，心中却在寻思该不该把这件事情告诉王爷，但是她思来想去，还是决定不说了。这样一个美好的回忆，若说破了，就该是一场可怕的噩梦了，还是不要破坏人心中的美好吧……

武瑞安回来后，她俩当什么事都没发生过一般，谁也没有说破。但是问药却还有一个疑惑，这个疑惑困扰了她一路，她终是没忍住，问了出来："掌柜的，那咱们吃的是什么呀？"她说完后，止不住地撇嘴，生怕自己吃的又是一些奇怪的蛇虫鼠蚁。

狄姜轻笑着摇头："那是幻象，全当是梦境，没什么要紧。"

"那我就放心了。"问药闻言，终于放下了一颗悬着的心。

五人再次启程。狄姜的脑海里一直传来一个女人的声音——她说："我本被负心人骗光钱财，又被其父母卖入青楼，不堪受辱在这竹林中自尽。我悔我恨我怨，我在此盘桓数年，害了无数贪图我美色之人的性命……

"我本也想要了这位公子的命，但是他不仅不为我的美色所动，竟还向我讨教厨艺，整晚竟不过是为您做一道可口的热菜。

"今日我放过他，也请夫人好好善待他，不要欺他、骗他……"

"知道了，知道了。"狄姜摆了摆手，脑海中的声音才终于散去。

"掌柜的，您在跟谁说话？"问药疑惑。

武瑞安亦是四处看了看，问："您知道了什么？"

我知道你对我很好呀……

狄姜心中如是想着，嘴上却并没有回答他。

她微笑着摇头，右手食指指尖轻点，将暴尸荒野许久的江媚娘送入了归途……

又是半月的路程，狄姜一行人渡过紫沙河之时，恰逢河边的村落举行三年一度的河伯娶亲仪式。紫沙河两岸沟谷深壑，地势险峻，女孩身穿红嫁衣，盖着红盖头，坐在竹制的小舟之上，她的身下铺着大红的喜被，由两个人抬着，缓缓地走在崖边。新娘的身后是围观的村民，有两三百人。他们的穿着打扮都非常朴素，有些人的衣裳已经破了好几个口，打满了补丁。

"看来这个村子很穷啊……"武瑞安叹息一声。

"相当穷。"问药点头补充。

"这样穷的村落，怎会把这样多的食物扔进河里？真是太浪费了！"长生指着那些村民的同时，不自觉地咽了口口水。

长生这样一说，大家这才发现，在人群的末尾处有一行人，他们抬着几大盆堆成小山状的馒头，一边一边将馒头扔进水里。他们的嘴里念念有词，但是因是当地方言，狄姜他们也听不大懂。他们这五人已经好多天都没吃上一顿饱饭了，如今见到这样的场面，心里自然产生了不小的冲击。

"太浪费了太浪费了，他们不吃给我吃呀！"问药眼睛都红了，似是真的心塞难耐。

钟旭驾着马车跟在他们身后，对此事没有什么想法，但是忍不住说道："与其担心馒头，不如担心那位新娘。"

"为什么？"武瑞安奇怪道。

"如果我没有猜错，等他们扔完馒头，就该扔新娘了。"

"什么？！"问药、长生、武瑞安皆面色一变，大惊。就连狄姜都面露惊讶："这怎么可能呢？那可是活生生的人呀！"

钟旭面不改色，缓缓道："古来就有祭祀河神的先例，更有甚者，为了换取来年风调雨顺，不惜牺牲女子性命，让她嫁给河伯做妾。"

"河伯是谁？"武瑞安不解道。

"河里的神仙。"

"嫁给神仙是好事呀！可为什么要将她扔进河里？那不是给淹死了吗！"问药一脸惊惶，似乎极不愿意相信会有这样的事情。

钟旭淡淡道："村民受了歹人的蛊惑，以为这样做，她就能属于河神了，而河神就能护佑他们一方平安。"

"我绝不能眼睁睁地看着这种事发生，这简直太荒谬了！"问药双手撩起衣袖，指着新娘对狄姜道，"掌柜的，我们去救她！"

"来不及了。"狄姜看着山巅，只见村民们突然齐刷刷地跪了下来。他们匍匐在地，一个劲地磕头，嘴里嚷嚷着许多他们听不懂的话，大抵是一些当地用来祈祷的巫语。这时，便见抬轿的两人站在悬崖边，已经做好了将她扔下紫沙河的准备。

轿子上的新娘正襟危坐，丝毫没有哭闹的意味，就连害怕的感觉都没有，看上去十分从容。哪怕是在被抛下河的那一瞬，她也没有哭闹。

"哗啦"一声，轿子在空中扬起一道弧线，随即"扑通"一声落进了滚滚东流的紫沙河中，连泡泡都没有冒几个，便径直沉入了水底。

在新娘下落的那一刻，她的红盖头被风掀起一角，在狄姜他们的位置，恰好能看见她微微上扬的嘴角——那是一种略带诡异的微笑。

狄姜见了，一扫之前的阴霾，且不自知地轻笑了出来。

问药离她最近，很快便发现了她的变化，好奇地问："掌柜的，您笑什么？"

狄姜摇了摇头："我现在不担心这位新娘，相反，我更加担心河伯。"

"为什么？"

"晚一点，我带你去看戏。"狄姜说完，任问药怎么撒娇恳求都不理会，上了马车午憩。

钟旭不太好管闲事，自然也是对此不予置喙。武瑞安和问药则不淡定了，非要去村里找他们说个清楚不可，长生好奇心也不小，也跟着一块儿去了。

三人跟着人群去了山下的村庄，村庄里的人回来之后，都各自下田干活了，只有一位步履蹒跚的老头回了自己的屋。三人从旁人敬畏的眼神里猜测，他应当就是这个村的村长了。

武瑞安指着木栅门道："去问问这到底是怎么一回事，若此事真是他授意的，我现在就将他绳之以法！"

"我立刻就去！"问药猛地点头，随即一掌劈开了村长的门。三人接连冲入，将村长吓了一跳。

"你们是何人？"村长惊讶道。

"来取你狗命的人！"问药怒目相向，张牙舞爪地朝他扑了过去。村长已经年逾五十，哪里是问药的对手。他几乎连腿都没来得及迈开，就被问药拎了起来。

"说！为什么要残害他人性命！"

"我我我……我没有啊！"

"没有？"问药眯起眼，"我们亲眼看到你们将一妙龄少女扔进了河里！这还不是残害她人性命？"

"我这是为她好！这是将她嫁给河里的河神呀！"村长解释，"我们给她洗澡洗头，给她做新的衣服，让她独自居住在最好的祭台里，并且好吃好喝地供着她，为她缝制喜服喜被，待她就像自己的亲生女儿一样。"

"你会把你的亲生女儿扔进河里吗？"问药冷笑着打断他，"你会把你的女儿嫁给一个根本不存在的河神吗？你见过河神吗？"

"我……"老头面露难过，吸了吸鼻子，刚想要说话，问药又问："你也没见过河神吧？就这样草率地将她扔进河里，就不怕遭报应吗？你也有女儿吧？今天那位新娘怕是跟你女儿差不多年纪吧？我也将你女儿扔下去如何？一次娶两个，河神该高兴得让你们来年丰收翻两番才是！"

村长不理会问药的冷嘲热讽，只低下头去，双手抱着头恸哭。

"你还好意思哭？死的又不是你的女儿！"问药说着，一巴掌拍在老头的头上，一掌便将他扇倒在地。

"打得好！这种人早就该被人打死才是！"长生和武瑞安在一旁拍手叫好。

村长被打之后，并没有还手，也没有替自己辩解，只是一个劲地哭。哭声越来越大，武瑞安几人面面相觑，都觉得他的戏是不是演得有点儿过了。

"喂，你哭什么呢？"问药走到他面前，踢了踢他的身子。

村长抱着头的双手许久才放下，等他哭够了，才微微抬起头，哀声说："我……我的女儿早就死了呀！她是第一个被河神选中的少女，她死的那天，正是她十三岁的生辰！"

"什么？"问药三人面色一变。他们都没想到，在村中筹划着为河伯娶亲的人，竟会是第一个将自己的女儿送给河伯的人。

"你为什么要这样做？"

"我……我若不这样做，这个村子早就不复存在了！"村长大哭道，"我亲眼看见河神翻起了滔天巨浪，将山林淹没。他的怒吼震天，一吹气便能将花草树木都吹得连根拔起……他、他说若不三年一娶妻，就会将我们所有人淹死！"

"果真如此？"

"是！我们这里所有的人都亲眼看见了！"

"那你们为什么不离开这里？"

"我们祖祖辈辈都生活在这里，去了别的地方，怕是连生存的根基都没有！再者，河神为了防止我们逃跑，在林中设了瘴气，我们村中没有人能够离开。我们能做的，只是一日日地祈祷，祈祷上天能派救星下凡来拯救我们，而救星下凡之前，我们只能三年一祭祀……我的女儿……我的女儿呀！我还记得，她一直坐在轿子上哭，我看着她的轿子在水里漂了很久，一直都没有沉没。直到半个时辰后，河神出现了，将她和轿子一起吞没……"村长说到这里，又号啕大哭起来。

问药心中一紧，接连安慰道："你不要哭了，我们就是救星，我们会救你们的！"

"你们不是他的对手，还是快走吧！晚了……怕是连你们也要被祭祀河神了！这个村里已经没有少女了！你们快些走吧！"

三人闻言，也不忍心再继续为难他。

看他的样子，心中一定是伤心愤怒至极，却没有反抗的办法……

问药回去之后，将所见所闻告诉给了狄姜，央求狄姜一定要帮帮他们。狄姜却仍是不疾不徐地淡然笑道："等入了夜，我带你去河伯家中做客。"

"当真？"问药两眼放光。

狄姜点头："嗯。"

入夜后，大家都歇息了，狄姜和问药就着月色轻手轻脚地走到了紫沙河边。狄姜从友人那里借了一道避水符，又念了一个隐身的法诀，二人就这样大大方方地走进了河底。

河水在两人面前就像是一道道的玻璃，越往下走，河水越清澈。等到了河底的一座礁石边，一座巨大的水晶宫殿便伫立在二人眼前。门口的牌匾上写着"贝阙珠宫"四个金色的大字。贝阙珠宫里玉楼瑶殿，诡形殊式。地板由紫色的鱼鳞铺砌而成，两侧的墙壁上嵌着无数的珍珠贝壳，看上去流光溢彩，耀熠夺目。河伯的寝殿内香焚宝鼎，紫雾飘漾，五色晶璃包围着贝壳大床，宛如天宫之景。新娘便坐在那蚌壳之上。她的身下是流云一般的金线软枕，华丽异常。

"这一方百姓如此穷困，他作为一方河神倒是生活富裕，奢华不已。"问药微张着嘴，露出了歆羡的神色。

狄姜却轻笑："是不是真神还未可知。"

二人躲在水晶柱后头，不动声色地观察着床上的新娘，那新娘似乎是听见了有人在说话，好几次转头看向了她们的方位。但是她始终没有掀起盖头，似乎是在等什么人。

就在这时，一名宽头大耳面似鲇鱼的男子阔步走进了寝宫之中。他大肚便便，身形足有四个问药那么大！

"这是什么东西？"问药如何也不相信这般丑陋的人会是天上的神仙，他整个就是一只长着鲇鱼脑袋的癞蛤蟆！

"紫沙河河伯。"狄姜嘴角轻扬，吐出了几个字。

四周的水声流动，河伯没有留意到二人的对话，他一颗心全都在那新娶的媳妇上。

河伯走过去，坐在新娘身边，咧开了大嘴，狰狞着笑道："娘子，我来与你洞房了。"

"嗯。"新娘微微点头，丝毫没有扭捏惊恐，这与从前那些新娘很是不一样。

河伯兴奋不已，急切地掀起了她的盖头。盖头下是一张美艳至极的脸——吊梢凤眼，尖俏的鼻梁，樱桃红唇，还有从她的眼神中散发出的清冽的光芒，每一处都彰显着尊荣华贵的气度。

"娘子……你可真美呀！"河伯的口水顺着嘴角流下，他舔着舌头，"美到我都不想吃你了！"

"呵……是吗？"女子贝齿轻启，狞笑着说，"虽然你不想吃我，可是我很想吃掉你。"

河伯面色一变，疑道："你说什么？"

"你假借孤的威名伤天害理，孤便让你不得好死，尸骨无存！"女子说话间，张开血盆大口，穿金戴玉的紫沙河河伯瞬间被吞入了女子腹中。

他在她面前竟连还手的机会都没有，甚至连一句求饶的话都来不及说。

很显然，她对他的所作所为已经了解透彻，他假借龙神之名讨取媳妇之事已经让她忍无可忍。女子吞下河伯之后，便化作一道金光，径直腾空飞去，在苍穹之上吞云吐气。

狄姜二人赶紧回到了岸边，抬起头便见一条巨大的龙在云层中翻飞，她的身躯像一道道明暗不定的闪电，在天幕中闪现。下一刻，暴雨倾盆而下，山坡、河谷和谷壁遭到大雨的冲刷，引起两岸的山体滑坡，大量泥沙、石块被冲入河道，紫沙河水位上涨，淹没了官道。

"这位河神好大的脾气！"问药惊道。

狄姜横了问药一眼，道："被人污了名声，做了伤天害理的事情，这种事情不论落在谁的头上想来脾气都不会好吧？"

问药想了想，便笑着点头："掌柜的说得也是。"

"走吧，再晚就走不了了。"狄姜说完，便率先走上了马车……

暴雨接连落下，一路上水洼坑多，长生艰难地赶着马车，但是马儿带不动马车上的人向前行。钟旭和武瑞安在车尾合力推马车，却效果甚微。到最后，狄姜和问药都下了马车，才终于赶在大水淹没前将马车赶到了安全的高地上。狄姜和问药跟在马车后头，眼睛却从未从夜空中翻飞的龙神身上离开。

"她真是太帅了！"问药兴奋得手舞足蹈，好在因为暴雨的关系，旁人听不见她激动的声音。

狄姜叹了口气，道："帅归帅，可连累我的鞋袜都湿透了。"

"湿了就湿了，能看到这样的场面，别说湿了，就算是淹了也值得呀！"问药口不择言地说完，狄姜愣了好一会儿神，她现在无比庆幸的是，还好那龙神是名女子，否则饥不择食地奔着问药这口不择言的"少女"，指不定会闹出什么乱子来。

问药又道："一会儿您把衣服鞋袜都脱下来，我帮您洗干净！"

"嗯。"狄姜点头。

"掌柜的，您和她比，谁更厉害？"

"你猜？"狄姜没好气道。

问药见她如此，便自觉地闭上了嘴巴。狄姜继续埋首走路，她现在实在没有心情在这样的恶劣天气环境下与问药聊些无关痛痒的东西。她只想赶紧寻一处干燥的地方，将身上黏糊糊的东西全部烤干。狄姜揉了揉额头，身心俱疲地行走在满是泥泞的山间小道上。

屋漏偏逢连阴雨，就在这时，只听头顶传来"轰隆"一声巨响，下一刻，一道闪电便劈在了狄姜身旁的一棵大树上，焦黑的木块刚燃起火焰，很快又被天上降下的暴雨浇熄。

"你没事吧？"走在前头的武瑞安听到声响，连忙跑了过来。他一边说，一边在狄姜身上仔细地检查了一遍，见她没有受伤才放下心来。

狄姜面无表情地站在原地，浑身发抖。

武瑞安以为她是吓傻了，连忙抱住她，一遍遍地安抚："别怕，有我在。一会儿我牵着你走，就算有雷，先劈的也是我。"武瑞安的话将狄姜的思绪拉了回来，她觉得王爷很窝心，但是她身上的颤抖并没有停止。

狄姜其实不是害怕，而是生气。龙神在此作威作福也罢了，竟不长眼地将雷劈在了自己身边！这简直是赤裸裸的挑衅！

狄姜大口大口地呼吸，努力平复了许久，才终于放下了紧握的拳头，对武瑞安笑道："我没事了，走吧。"说完，她牵着武瑞安的衣袖，走在他的前头。

武瑞安地看着她握着自己的袖子，突然觉得心中一暖。

这样被她牵着……怎么有一种反被她保护着的感觉？

唉，随便吧，反正只要是能越来越亲密，就都是一大进步呀！

武瑞安心里笑开了花，却不知狄姜心里想的是另一件事——天上那条龙，飞来飞去有点晃眼，要不要把她赶走？

这里人好多，不给面子不太好吧？还是忍一时风平浪静吧……

狄姜念及此处，头顶却又响起"轰隆"一声。

"快到我身后来！"武瑞安说话的同时，一把将狄姜捞在怀里，护在身下。紧接着，一道闪电直接劈在了二人身前不足一尺之处，在地上砸出了一个半人高的焦坑。焦坑往外冒着青烟，与狄姜发绿的脸色倒是十分相配。

问药看见了二人的窘境，立即跑回来关切道："掌柜的，您没事吧？您是不是做了什么亏心事呀？这雷怎么总追着您劈呢？"

"是可忍，孰不可忍……"狄姜铁青着脸，淡淡地说。

"您说什么？"问药和武瑞安都一愣，没太明白她这句话里头的意思。

"我说……忍无可忍，无须再忍！"狄姜说完，突然睁大了双眼。她的双眸中寒芒毕露，整个人周遭的气息都跟着被压低，这会儿就连抱着她的武瑞安都感觉气温突然骤降。就在狄姜思忖着与龙神这一场酣畅淋漓的大战之前，该不该先把钟旭、长生、武瑞安这些凡人妥善安置时，天幕中的乌云突然间散去，暴雨也在转眼间停止。天空中云开雾散，天清如碧。刹那间，太阳的光芒从苍穹直射下来，亮得几人许久都睁不开眼睛。

"这天儿也真是怪，前一刻还刮风下雨的，怎么这么快就出太阳了？"武瑞安揉了揉眼睛，确定自己没有看错，才将狄姜放开，让她在草地上站直了身子。这时，他们的前面突然出现了两名侍女打扮的人，她们穿着素色的纱衣，头顶绾了两个髻，看上去不过二八年华。

"请姑姑不要生气，我家主人说，刚刚只是无心之失，为表歉意，想请几位去府上做客。"侍女的声音只有一个，但是两人却同时张开了嘴，就像是一言一行都是统一的一般。

狄姜几人面面相觑，到最后竟然都看向了狄姜——很明显，那一声"姑姑"是冲着狄姜说的。

"我们要去吗？"问药试探道。

"去，为什么不去？"狄姜冷哼一声，"既然是赔偿，我们就坦然地接受好了！"她说完，率先大步迈开了腿。

钟旭和武瑞安跟在她身后，都隐隐约觉得有些担心，毕竟这突然冒出来的两个人实在不像好人。但钟旭知道，她们至少不是妖精鬼魅，因为他闻不出她们身上有任何的妖气，反而……更像是有一丝丝若有似无的仙气。

狄姜跟着丫鬟往前走，她没有开口问过她们要去哪里。问药也忍住了心头的疑惑，只跟着她往前走。他们走了很久，久到连自己是怎么走来的都忘了个一干二净。但神奇的是，他们并没有觉得腰酸腿疼。

当他们清醒过来的时候，他们已经站在了一个山洞前。山洞巨大，比大明宫的正门还要大上一倍，站在洞门前，一股深深的渺小感侵蚀了在场所有人的心。

当然，除了狄姜。

狄姜始终是一副泰山崩于前而面不改色的模样，胸中端着的，是十成十的淡定。

"几位请——"丫鬟一左一右站在山洞边，朝着几人做了一个"请"的动作。

狄姜也不跟她们客气，径直大步地走了进去。长生跟着钟旭，问药跟着武瑞安，又接连走进了洞中。

道路两旁的烛火一一被点亮，他们这才发现里面的空间比洞口还要大上许多。待走进腹地，他们发现足以容纳万人的广场上只摆着十余张桌子，其他的地方则全部是枯草。摆放整齐的枯草让这个洞看上去就像一个巨大的鸟巢，草堆上塌陷的地方则恰好是一条龙的形状。

"我们这是到了龙神的老巢来了？"问药啧啧称奇，悄悄问狄姜。

狄姜却不以为意，她依旧抄着手，不等婢女来请，便直接走到最上头的一张桌子前，一屁股坐了下去。

"既然是赔礼道歉的夜宴，又怎么能让客人久等？"狄姜敲了敲桌子，说完，又对同行的伙伴道，"你们也快坐下吧，饿了这么些天，总算可以吃到一顿好的了。"狄姜说完，便有丫鬟来伺候另外几人落座。钟旭和武瑞安分别坐在狄姜身旁的桌子，问药紧挨着武瑞安，长生则坐在了最外间。

这里的丫鬟都长得一个模样，就像是一个模子里刻出来的一般，面对面或许会觉得身前立着的是一面镜子。

丫鬟们端着美酒佳肴鱼贯而入，有烧鸡、烧鸭、烧鹅腿、八宝玲珑鱼肉羹、包子、馒头、春卷、燕窝、鱼翅、佛跳墙，而作为饭后点心，瓜果被全部切开来，摆成了半人高的果盘，在每人的桌上都放了一盘。餐食丰盛到连武瑞安见了都止不住地惊叹："这也太夸张了！"

"是啊，哪有人会有这样的食量？"长生刚吃完一个馒头，才发现这里的馒头都比外头的瓷实，一个入了肚，就别想再吃下旁的了。

钟旭劝解道:"歇息一会儿再吃些旁的,馒头不必着急,可以打包带走。"

狄姜听着他们说话,见他们都很高兴,这才稍稍缓解了心头的怒火。

一旁的问药来不及说话,或许该说她没有闲工夫说话,她正左手一只鸡腿,右手一只猪蹄,啃得不亦乐乎,忘了今夕何夕。

在他们前方不远处有一处高台,高台上还有着几张桌子,桌子一字排开,气势十足。狄姜用眼角瞥了眼,发现桌子不多不少,恰是九张。

蛟龙生九子,个个都出类拔萃,这在仙界可是一桩美谈。更经常有人打趣蛟王:"生来仙胎者,不学无术者十之二三,浑浑噩噩者十之一二,被贬作谪仙者十之三四,那剩下的好神仙,就只剩下你家的这几位了。"

狄姜思及此,便见一行人鱼贯而入,他们径直走上了高台,连看也没看狄姜他们一眼。只有末尾处的女子对狄姜微笑并点了点头。这些人的身影与常人无异,只是身上的衣物都显得有些破旧,并不像是大富大贵的人家。这与这个洞穴很相符,但与几人桌上的食物却显得格格不入。对凡人来说,饕餮飨宴也不过如此。

"见过大哥,二哥,三哥。"龙女对上作揖完毕,便落了座,待落座之后,她又对着另一边的五人分别点头道,"五弟,六弟,七弟,八弟,九弟,许久不见,别来无恙?"

"都好都好。"几人纷纷点头称是。

待寒暄过后,为首的大哥却微微板起脸:"听说你在紫沙河吃了一个妖精,闹出了不小的动静,连地底的那一位也被你惊动,是不是有些过了?"

"四妹自觉有愧,这不,立即请了来饮宴,好赔礼道歉呀。"龙女说完,看向了狄姜。

狄姜一行人根本没有注意到他们,只顾着埋头吃饭,但是大哥却被惊到了,连连奇道:"连她都被你请动了,小妹本事可真大。"

"多谢大哥夸奖,那么……半个月后隅支州岛的降雨……我能不能请假呀?"

"怎么又要请假?"大哥微微蹙眉,低声喝道,"这回又是什么道理?"

"这回可真是事出有因!您看,我又是收服紫沙河水妖,又要给法尊做饭,哪一件不是辛苦的差事?等他们走了,我可不得去地底报个到,与鬼君说道说道？"

"这……也有理，只是……"

"只是什么呀？"龙女不等大哥回答，双眸一闪，灵机一动，转头对七弟道，"你今年是不是没什么事了？"

"没有了。"七弟愣愣地点头。

"那你就替我去吧！"龙女说完，又对大哥道，"七弟已经同意了，您看着办吧。"

"你啊……唉！好吧，那就让他替你去吧。"大哥叹气地说完，正好对上狄姜的目光，他起先一怔，随即面上绽开了一个大大的笑容，朝她举起酒杯，做了一个先干为敬的动作。

狄姜却只是微微点头，算是打过了招呼。

这厢问药将自己桌上的食物都吃干净了，又凑到狄姜的桌前，贴着她谄媚道："掌柜的，我看你胃口不大好，我替你吃吧！"

"嗯。"狄姜点头，顺势放下了筷子。问药自顾自扫着盘子，不时发出"真好吃"之类的话，狄姜不自觉地揉了揉额心，一脸无语地看着她。

"您看着我做什么呀？再吃点呀！"问药说着，又将狄姜面前的一盘鱼给端走了，她拎着鱼尾巴，直接仰起头，将整条鱼送进了嘴里。

一旁的武瑞安和钟旭见了，纷纷停下筷子，满脸震惊地看着她。

"你吃慢点，都看着你呢。"狄姜忍不住提醒她。

"嗯？"问药一嘴的鱼肉，四下一看，发现还真是都看着自己，她满脸诧异，"吃饭呀，都看我做什么？"

钟旭、武瑞安和长生这才转过头吃自己桌上的菜。狄姜则低着头，一脸的无奈。

等问药终于吃饱喝足，打了一个响亮的饱嗝之后，才腆着肚子对狄姜道："掌柜的，一会儿若王爷问起来，我该怎么说呀？"

"问什么？"

"问这个洞里住着的是什么人呀！"

"哦，这个对武瑞安来说不过是南柯一梦，过眼云烟。他不会记得，你不必担心。"

"那钟旭呢？"

"钟旭会记得。"

"为什么？"

"他迟早会接触到这一块，让他提前知晓，也没什么坏处。"

"唉……王爷真可怜。"

"此话怎讲？"狄姜疑道。

"感觉他费尽心力地跟我们在一起，然而我们什么都不告诉他，他努力合群的样子，真！孤！独！"

狄姜听闻，突然就沉默了。

这是她一直担心的事情，也是她近日来不去想的一件事情。今日被问药提及，她才发现，其实并不只有她在担心。她身边的人，王爷身边的人，或许就连钟旭，心中想的也是这件事。她没有胃口，便将自己的一盅汤也推到了问药面前："我吃饱了，这些都归你了。"

"多谢掌柜的！"问药喜不自胜，将桌上能吃的都吃了个底朝天。但是，当问药吃饱喝足之后，却突然又垮下脸："他们为什么要在那上面吃？"

"因为他们是龙神啊，身份尊贵，又怎可与我们凡人小妖同席而食？"

"既然是他们请我们来的，又哪有这样的道理？"

"你就知足吧，吃了人家这么多食物，还废话？"

问药撇撇嘴，最终不再抱怨。

她其实也不是抱怨，就是觉得……崇拜。

她很想跟那位龙女说说话，握握手，但是人家始终高高在上，一副高不可攀的模样，就连下来寒暄两句的打算都没有，真是叫人又生气又泄气……

从龙族巢穴出来之后，问药就一直恍恍惚惚的，狄姜好几次问她怎么了，她都不说，只是日渐一日地消沉。等到了第三日，问药晚饭还是只吃了两碗饭的时候，狄姜终于将她叫到一旁，问道："你究竟怎么了？"

"唉……我觉得有些生无可恋……"

"为什么生无可恋？"

"您说，我们都是四脚动物，而她能在天上自由地飞翔，还有八个兄弟陪着她玩耍，真是太幸运了！而我……我却只能当一条壁虎，连原形都化不成的壁虎！您说，我怎么会这么没用呢？"问药一口气说出了心中的烦闷，狄姜越听越觉得好笑，到最后竟忍不住大笑起来。

"掌柜的！都什么时候了，您还笑话我！"问药气得直跺脚，看样子是真的生气了。

狄姜想起问药这几日的食不下咽，这才渐渐收起了笑意："你不必羡慕她，她只是一条小龙，在我看来还只是未成年而已。"

"什么？她那样还叫未成年？那我……"

"你真的不必担心这个。"狄姜打断她，接连安慰，"总有一天，你也会长出龙爪，不是四爪的蛟龙，而是五爪的真龙。你的头上也会长出威武的犄角，你的一片鳞片将比她整条龙身还要巨大。"

"真的？"问药惊喜得睁大了眼睛，激动道，"我真能变成您所说的那样的神龙？"

"嗯。毕竟，连鲤鱼都能变成龙不是？你好歹是只壁虎，比起那鲤鱼……实在是要像龙得多了。"

狄姜说完，问药的脸色却更黑了。

日子匆匆而过，又行了半月，众人即将到达临安府。临安府是明州最大的城镇，是通往太平府的必经之路。这天午时，狄姜几人已经行到了临安府界内，于是决定快马加鞭地赶车，争取能在宵禁之前赶到城内歇息。

傍晚，临安府的城门近在眼前，狄姜和钟旭却忽然听见了几声呼救。

"救命呀……有没有人……来救救我……

"求求你们……救救我……

"我想……回家……

那是一个女子的呼救，声音虚弱，稍纵即逝，若不仔细听，甚至会当作是幻觉。

"吁——"钟旭疾停下马车，撩开了帘子。马车内，问药和武瑞安正在睡觉，狄姜一脸凝重，眼眸中透着些许思疑。钟旭知道狄姜定然也听到了那声呼唤，问："救不救？"

狄姜想了想，点头："救。"

临安府外有三道护城河，河水碧绿，波流缓慢，是古时流传下来的河道。时至今日，宣武统一天下，已经不再作为护城之用，加之上游为了防洪筑起了高堤，故而经常有一些河段因水位过低，露出了石滩。狄姜和钟旭就是在最靠近临安府的一处石滩上发现了女子。

女子的尸体已经被泡涨，腐烂，双手仍死死抠住身前的一处大石，十指指甲已经外翻、干枯，看上去死了已经有些时日了。她的右脚脚踝呈现出不可思议的折叠角度，看上去像是从高处跌落而导致的骨折。

狄姜四处打量了一番，发现石滩前头有一处高地，距离女尸约莫有十丈的距离，在那里，还跌落着一只碧色的绣花鞋。她发现女子掉下去的地方离临安府其实并不算远，只要有人来寻她，一定可以找到。但是不知道因为什么，她竟死在了这里。

"她应该是在那里摔断了腿，然后一路爬行至此，最后因伤势过重无力前行，给活生生饿死的。她到死都还在向前爬。"狄姜叹息，"我们去城中找人来给她收尸吧。"

"好。"钟旭点头，他说完，便请狄姜上了马车，随即又对着空气道了句，"你也上来吧。"空气中突然刮起一阵阴风，下一刻，马车后头便多了一位身穿碧色青衣的女子。她的衣服与石滩上的女尸相仿，但是神色却大相径庭。她一脸茫然，面色毫无痛苦。她的左脚搭在右脚上，有一搭没一搭地晃悠着，看上去心情似乎还不错。

就这样，马车缓缓驶入了临安府。时值黄昏，临安府内家家户户炊烟袅袅，一派祥和。路过户籍处时，狄姜还专门嘱咐钟旭停下，让他去瞧了瞧可有人口失踪的告示。

答案是否定的。

钟旭怕女子听了伤心，便只是轻轻地摇了摇头。

长生看不见车尾的女子，也不明白他们为什么这样沉默，直言道："一个大活人失踪了这么久，竟没有亲人来寻吗？"

狄姜一声叹息："或许她是独身一人吧。"

钟旭将狄姜、问药、武瑞安送去客栈之后，就带着长生去报告官府了。官家派人收尸之后，很快便找到了死者张盈盈的夫君，张墨均。

不错，她是有亲人的。二人结婚三年，相敬如宾，感情甚笃，除了男子经常要外出经商之外，没有别的问题，街坊邻居甚至从未听见过他们拌嘴。里里外外，张盈盈都尽职尽责，做好了一个妻子该做的一切，但她有一个致命伤，这是她被人诟病的唯一原因。她曾是青楼中的一名清倌，虽然卖艺不卖身，可名声毕竟不如良家女子。街坊邻里都猜测，或许正是这个原因才导致他的夫君不大愿意回家吧。

第二天，张家便开设了灵堂，灵堂前挂了一副挽联，挽联上书：人生从容，离时匆匆，忏悔期盼一缕风，再睹音容笑貌，不悔匆匆。挽联是张墨均手书的，他才气是有的，表面看上去像是一位秀才，但是身上多少也带了些许铜臭味，该是后来才改文从商的。

"你说，从见我第一面的时候就喜欢我了，你喜欢看我笑，喜欢我不多不少恰恰长了你一个头的身高，可是我……我一而再再而三地冷落你，你说不介意我爱着别人，只求能陪在我的身边，为我洗衣做饭端茶送水，为我生个一子半女。可是我……对不起……我娶了你回来，却连你最基本的奢求都没有做到！我……"张墨均说着，又数次哽咽了去。

"对不起……我不该躲着你，我不该一出去就大半月都不回家……更不应该在发现你不在家时，没有出去找你……夫人……夫人呀！"张墨均扼腕捶胸，哭得险些晕厥。但是狄姜看着他悲恸的身影，只觉得好笑。

自己的夫人死了近一个月都没有发现，现在还好意思哭？

说他痴情？

简直是可笑。

而跟他一样悲恸的，还有张盈盈的生前好友马文慧。马文慧是张盈盈曾经的好友，二人本来交好，但是马文慧在嫁给刘员外做填房之后，就很少再跟张盈盈联系了。她怕张盈盈有求于她，便渐渐疏远。张盈盈好几次去看她，她都称病拒绝了。

但是张盈盈其实从来没有过旁的想法，她只是单纯地想找人说说话。只不过对她们青楼出身的人来说，"苟富贵勿相忘"根本就是一个笑话。谁都不愿意提及当初无法直视的过去，或许对马文慧来说，只要看到对方的脸，就会想到那一段昏暗无光的日子。这让她在众位夫人面前抬不起头来。于是，张盈盈便连最后一个朋友也失去了。

恰在几天前，马文慧在参加一个园艺会时，因去得晚了，听到一众夫人们的对话，她们在谈论她不堪的过去。就算她现在穿金戴银，但是仍然抹不去过往。那些夫人的言辞之龌龊，青楼女子与之相比也不如。她这时才发现，她永远挤不进阔太太们的圈子，这与她跟不跟张盈盈来往毫无干系。马文慧哭了一整晚，想找张盈盈哭诉，但是一直找不到她。她以为张盈盈跟着夫君去了外地行商，便也没太放在心上，哪知过了几天，看到的却是她的尸体。马文慧泪流满面，难过到一个字都说不出来。

世间最痛苦的事情莫过于阴阳相隔，再伤感也抵不过生死。

狄姜看到如今在场外哭成一片的他们，仿佛能感受到他们心底涌出的哀伤，也原谅了他们从前的漠不关心。

"曾经在一本书里看见，说人的一生，要死去三次。第一次，当你的心跳停止，呼吸消逝，你在躯体被宣告了死亡；第二次，当你下葬，人们披麻戴孝出席你的葬礼，他们宣告，你在这个社会上不复存在，你从亲友的口中消逝，悄然离去；而第三次死亡，是这个世界上最后一个记得你的人把你忘记。"狄姜指着棺椁旁悲恸的二人，对张盈盈道，"你看，他们还记得你，还在为你哭泣，你还活在他们的心上。"

张盈盈嘴角上扬，沉默不语。

"要不要见他们最后一面？"狄姜道，"我可以帮你。"

张盈盈沉下脸，摇了摇头。

狄姜微微有些诧异，刚想问，便听她淡淡道："人这一生，能在乎的人不多，心上惦念的人，也只有那么几位。如果他们在找生前能多给予我一些关心，也不至于我在石滩里死了许久才被人发现，若不是你们的出现，或许他们永远都不会发现我的死亡。也只有现在，我才能够看到他们为我担心，为我难过，这时我却是开心的，发自内心地开心。

"可是……我却不想再见他们了。"张盈盈说完顿了顿，"再见对我来说没有什么意义，因为在生前我好好爱过他们，珍惜过他们，是他们没有珍惜我。我为什么要出现，让他们好受一些呢？他们难得才为我难过一次，不是吗？

"不要说下一世如何，人生只有这一世。下辈子，不管我还是不是我，都再也不是现在的我了。"

狄姜和钟旭听完面面相觑，发现事实确实是如此。诚如她所言，生前做了能做的一切，死亡时就不会那么难以接受。

"如果这能让他们好受一些，就让他们继续待着吧。"狄姜说完，觉得胸口有些闷，便默默走了出去。灵堂外，恰好见到武瑞安和问药走了过来，问药的手里拿着八串冰糖葫芦，武瑞安的手里拿着一袋桂花糕。

"给你买的桂花糕，吃不吃？"武瑞安献宝似的提起糕点，狄姜却一脸怔然。

问药在一旁嘲笑道："早跟你说过掌柜的不爱吃甜食，您还非要买。"

武瑞安看着一脸冷淡的狄姜，难过得快要哭出来了，委屈道："你真的不吃吗？我特地给你买的……"

"吃，当然要吃，我为什么不吃？"狄姜说完，不仅没有拒绝桂花糕，更是一把握住了武瑞安伸过来的手掌，霎时间眉开眼笑，"把握当下，才能不负此生。"

武瑞安也眉开眼笑起来。

他的心情全都写在了脸上，只要狄姜一个动作、一个眼神，就能让他高兴一整日。

狄姜一行人下榻的客栈就在临安府的城中心、临安大道的南端，名曰"云来"，取的是客似云来之意。但是很不幸，这个名字与客栈的实际情况不甚相符。客栈掌柜是个五十出头的中年人，孑然一身，无儿无女，邻里相亲也没听说他娶过妻，常年来孤身一人住在客栈一楼最里边的屋子里。

一楼的走道黑灯瞎火，已经算是有些阴森了，但他屋子的对面还有一间暗房。之所以称作暗房，是因为那间屋子从外头看去连一扇窗户都没有，里头常年昏暗，黑黢黢的，房门亦只有正常屋子大门的三分之一大小，具体是做什么用的没有人知道。便是因为阴森黑暗，云来客栈的生意愈来愈不好。到了后来，在半夜的时候，更是有成群的野猫围着客栈转悠，发出的惨叫声时而像婴儿啼哭，时而又像饿狼。凡此种种不胜枚举，渐渐地，便有人传言说客栈里头住着女鬼，女鬼靠生食猫肉为生，喜好摄人心魂。

传言叫人心惊胆战、毛骨悚然，没有人愿意下榻这家客栈，客栈的房费便一降再降。于是狄姜一行人一听说一间房只需要三个铜板时，连想都没多想，直接要了五间房。他们不顾邻里和小商贩的劝阻，直接将行李统统搬进了上房，打算在这里多住一些时日，好好休息休息，也趁此机会看看初夏的好风光。

"唉，这年头，竟真还有不怕死的。"

"等着看好戏吧，他们不是第一个，也不会是最后一个。"

"我听说啊，前些日子还有人在里头看见了一只猫妖，个头老大，有两条尾巴！"

"是啊是啊，我也听说了，隔壁的婶娘亲眼看见的！那猫妖的耳朵又大又尖，牙齿还是锯齿形的！可吓人了！谁要是被它咬上一口啊，脖子肯定得断！"

"刚刚那些人听不进咱们的话，迟早得悔死！"

"可不是嘛！等着他们从里头吓得屁滚尿流地跑出来，咱还能看笑话呢！"

"跑不跑得出来还不一定呢，没准儿明天就得来给他们收尸！"

……

邻里的冷嘲热讽没有得到狄姜一行人的在意，他们便更加咄咄逼人，将云来客栈从前发生的事情统统说一遍还不解气，恨不得让狄姜几人在里头死无全尸才好。狄姜他们住在二楼，这会儿正在各自的房间里小憩，耳朵边一直传来围观人群激烈的讨论声，便是不想听也都听了进去。

"这些老太婆真烦人。"问药嘟囔了一句，脑子一热便掐了一个法诀，将自己的脸变成了一张猫脸。问药化身之后，便站在镜子前咧开嘴，露出了她尖利的獠牙。她很满意自己这副模样，随即打开窗户，朝着底下的吃瓜群众龇牙咧嘴道："吵吵嚷嚷的烦不烦？再废话我把你们都吃喽！"

"啊——有妖怪！"

"救命啊——"

吃瓜群众被吓得作鸟兽散，问药心情大爽，这才叉着腰哈哈大笑，关上了窗户。狄姜猜到问药肯定没干好事，但是为了耳根子清净，也不当一回事，由得她去胡闹了。

傍晚时分，夜幕渐临，几人在临安府中闲逛半日之后，寻了一处看上去还算干净的面摊，吃了碗有当地特色的打卤面。初夏之际，天气稍稍有些闷热，本来胃口还有些糟，但是打卤面的香气四溢，再配上手擀面的嚼劲，在视觉和嗅觉的双重冲击之下，几人都觉得饥肠辘辘。

"给我来三大碗，再加十个茶叶蛋！"问药大手一挥，吓得整条街的人都看着她。

面摊掌柜面色有些古怪，犹豫了片刻，才问："你们有五个人，只要三碗面？"

"不是，光我一个人，要三碗。"问药伸出三根手指头，"他们一人一碗即可。"

"得嘞！"掌柜一看来了大生意，笑得合不拢嘴，立刻就去张罗了。

狄姜几人落座之后，钟旭说："你觉不觉得，问药的食量越发大了，近日来更是……"

"无妨。"狄姜笑着摇了摇头，"她现在正是长身体的时候，能吃是福。"

钟旭与武瑞安相视一眼，都表示出了些许担忧。他们不担心问药缺乏营养，相反，更担心她的胃能不能受得了。但显然他们多虑了，问药吃完三碗面加十个茶叶蛋之后，又添了两碗汤圆。一顿饭下来，老板直朝她竖起大拇指："这姑娘怕是个大胃王呀！"

问药哈哈一笑："最近减肥，吃得少了，若按照我正常的食量，该不止这些。"

"了不得！真真了不得！"老板眉开眼笑，送走这位财神之前，还特地赠送了她俩大包子，说是怕她没吃饱，留着晚上当夜宵吃。

狄姜边走边斜眼调笑："这哪里能做夜宵，至多算是饭后点心，塞牙缝都嫌少……"

"还是掌柜的了解我！"问药说着，还没等他们走回客栈，便一口一个将包子解决掉了。

回到客栈之后，几人在天井中喝了一会儿茶，等天色完全暗下便各自回屋休息了。临散前，钟旭拍了拍狄姜的肩膀："你闻到了吗？"

"嗯。"狄姜点头。

"你打算怎么做？"

狄姜摩挲着下巴想了想，终是笑道："只要不妨害我，只要不妨害旁人，我就当不知道。"

钟旭点了点头，于是收起了太霄剑，当作什么也不知道，回了自己的屋子。

偌大一间客栈只有他们五人在此下榻，待他们各自回房，院子里便没有人了。初夏的夜里偶有蝉鸣，一股阴风拂过，吹得庭院中的树叶哗哗作响，走在最后的狄姜不自觉地裹了裹衣裳，总觉得背后有一双眼睛正在盯着自己。她虽然感觉不到身后那人的杀意，但是总有一种被窥视的感觉，让人心情不甚愉悦，而这种感觉一直到她回房之后都没有消失……

"喵嗷——"

子时，一声声惨绝人寰的猫叫声在狄姜耳朵边响起，好在她不曾睡着，否则一定会被这一声声凄厉的哀鸣所惊吓。这两个时辰以来，狄姜感觉到她房间里的温度已经下降至冰点，房门和窗户上都结出了水露，她本着多一事不如少一事的原则，想隐忍不发，便在橱子里找了两床被子裹在身上，但无奈现在猫叫声响起，无论如何也忍不下去了。

那人的脸隐在黑暗里，看不大清楚，但是身段分明是个女子。

"掌柜的！我发现她在你的房门前鬼鬼祟祟！"问药拎着那人的领子，拽了几下都没有将她拖出来。也就是这一会儿不注意，那人便一口咬在问药的手腕上——"啊！"问药吃痛，松开了手，那影子再一闪，便飞快地溜走了。

"我去追！"问药说完刚张开腿，狄姜喝止她："别追了，她的身手敏捷，凭你是追不上的，而且……"

"而且什么？"

"而且她……逃跑时似乎是用四肢在行走？"

"什么！"问药大惊，"您可看清楚了？"

"千真万确。"狄姜笑了笑，"虽然她逃走了，可是她的气息还在，既然她千方百计地想要引起我的注意，那我便满足她的心愿，亲自去寻她一遭吧。"

"带上我！"问药说完，又笑着挠头补充道，"这么晚了，我怕您一个人危险呀……”

“你分明是好奇心作祟罢了。”狄姜瞥了她一眼，叹了口气，最终还是吩咐，“跟我来吧，记得不要多话，她似乎有些怕生。”

“得令！”问药心满意足，眉开眼笑地跟着狄姜离开了。

二人下楼之后，便穿过长廊，经过天井，最终在一楼走道的尽头停了下来。她们身前是那扇暗房，房间的门小得只能容下一只猫出入。问药看着小门，撇嘴道：“她肯定进不去这里，我确定她是个成年人！”

“但她的气息正是在这里出现得最多，最浓郁。”

“气息？”问药蹙眉，“我怎么闻不到？”

狄姜扬起嘴角，在她眼前晃了一下衣袖，这么一瞬的工夫，问药便觉得一股浓烈的奶香味扑鼻而来。

“这下闻到了？”狄姜淡道。

“这里面……是奶牛场？”

“你怎么会这么想？”狄姜惊讶道。

“这奶香味也未免太重了些！不知道的还以为里面藏了一百头奶牛呢！”问药捏着鼻子，一脸的嫌弃。

狄姜笑着摇了摇头：“这不是奶香，这是‘母爱’的味道。”

“什么！”问药震惊。

“她一定很爱她的孩子。”狄姜话音刚落，她们背后那一扇门便“吱呀”一声打开来，门里站着客栈掌柜，在他的怀里还搂着一位年纪三十上下的妇人。妇人虽然看不清五官，但是皮肤白皙，看得出是常年养尊处优的。

“我们听到楼下有些响动，便循声来看了看，这么晚打搅您歇息了，真是对不起。”狄姜低头表示歉意。

客栈掌柜摇了摇手，不自然地笑道：“这里没事，去休息吧。”

“那好，狄姜就不打扰了。”她说完，刚转过身，那门中的妇人却突然向她伸出手，拦住了她的去路。

妇人从黑暗里出来，狄姜和问药陡然一惊。只见她的双耳是猫的耳朵，两腮处有着长长的胡须，她的身后还有两条猫的尾巴，又长又粗。她的眼眶有些微红，似乎刚刚才哭过。

"她的耳朵好漂亮呀！"问药十分新奇，上前去摸了摸她的尾巴，"尾巴也很漂亮，雪白雪白的，好像还发着光呢！"

客栈掌柜见她们并不害怕，这才松了一口气似的，解释道："她不会发光，是因为她的身上太干净了，在烛火的映衬下，才似是有光一般。"

问药和狄姜双双点头称赞道："真的太美了！"

客栈老板一脸满意，丝毫没觉得旁人看见猫女不惊讶、不奇怪反而连连称赞是不正常的。看他的样子，他似乎认为自己的夫人才是正常人。

"英娘虽然不能说话，但她的性格很温柔，就像猫儿一样，平日也喜欢吃鱼。"客栈掌柜又道。

"嗯，看出来了。"问药点头，却遭来狄姜一记白眼。

"本来就是嘛……"问药嘟囔着，却没有再敢插嘴。

客栈掌柜笑了笑，没听出她言语里的调侃："认识她三年以来，一般都是她做饭，我刷碗，店里无人的时候，我们便一起聊天看书。等有客人来了，她就回到暗房里不出来，一来是怕吓着你们，二来也不想被旁人知道她的存在，毕竟能接受她这副容貌的人不多。"客栈老板说完，嘿嘿地笑，握着猫脸女的手便更用力了几分。看得出他们的眼神里有对方，二人很恩爱，但是不知为什么，狄姜总觉得在她微笑着的眼睛里，有一些挥之不去的阴霾和苦涩。

"你的夫人可是生病了？"狄姜忍不住开口道。

"生病？"掌柜的蹙眉，摇头道，"她没有病，她的脸色天生就是这样苍白。"

"可否让我把个脉？"狄姜笑道，"不瞒你说，我是个大夫，在太平府里开了一间药铺。"

"原来您是大夫……"掌柜思索了片刻，便点了点头，将妻子的手送到了狄姜面前，"恰好内子近些日子来总觉得睡不踏实，那就麻烦您了。"

"不必客气，探脉医病，这是做大夫的责任。"狄姜说着，在伸出手的同时，不动声色地在她的腕子上扎了一针。

英娘眉头微蹙，却没有叫出声，一旁的客栈掌柜和问药都没有发现这一举动。而狄姜这么做，是因为英娘的眼神里有着求救的意味——她似乎有什么不得已的苦衷，在求自己帮她。

"英娘的身子怎么样？"客栈老板关切道。

"没什么问题，就是吃得太少了，身子有些虚，以后多吃点东西，脸色自然就好了。"

"没事就好，这样我就放心了。"客栈掌柜松了一口气，"您知道，英娘这副模样，我也不敢请旁的大夫来，若有人将英娘的事情传出去，会扰了我们的清净，从此再不得好日子过了，唉……"

狄姜明白掌柜的意思，便宽慰他："您放心，狄姜只是路过这里，过两日便会离开，我也不会去宣扬夫人的事。"

"那就太感谢了。"客栈老板笑得很甜很憨厚，这与外界传闻的凶神恶煞完全不同。

狄姜和问药对视一眼，在心中再次将那些嚼舌根的三姑六婆给骂了一遍。

回房的路上，问药止不住心中的好奇，问道："她究竟是什么东西？是妖吗？"

狄姜摇了摇头。

"是鬼？"

狄姜还是摇头。

"总不会是神仙吧？"问药吐了吐舌头，满脸写满了不信。

狄姜沉思了片刻，才缓缓道："她是猫又。"

"猫又？"问药惊疑道，"猫又是什么？"

"猫又是猫妖的一种。"

"那到底还是个妖精……"

"这么说也没有错。"狄姜点了点头，"猫又经常会乔装成美貌的女子或者老婆婆来欺骗路人，不过这样做的前提，往往是要事先吃掉所变化的那个人，这样，她才可以拥有不老不灭的身体和相似于人的外貌，而她……"狄姜说到这里便停下了。

"她怎样？"问药着急道。

"她似乎不是一般的猫妖，她更像是人。"

"这怎么可能？她可长着两条猫的尾巴和耳朵，脸颊上还有着长长的胡须呀！"

狄姜点头道:"我先前说过,猫又会吃人,以此来维持自身的法力。它也会变成被它吃掉的凡人的模样,以此来接近旁人,寻找下一个将被它吃掉的人。但是现在……似乎是被它吃掉的凡人夺了猫又的身体,猫又反被凡人的力量所压制,导致它只能露出些许猫又的特征,却无法掌控自己的身体。"

"什么?!竟还有如此厉害的凡人?"

"有时候人的意念可以改变很多事,哪怕是生与死或许也只在一念之间。"狄姜高深莫测地说完,便率先迈开步子,边走边道,"我们明天去打听打听,看看在这英娘的身上究竟发生了什么变故。"

"好嘞!"问药双目放光,显得兴奋不已。这事若放在普通人身上,早就吓得再不敢接近这个客栈了,可她们并不是普通人。尤其是问药,历来胆大心细热心肠,对这类稀奇事十分上心。看她的架势,只怕是要激动得整宿都睡不着觉了……

翌日一大早,狄姜便与问药出了门。

二人顺着英娘的血线,寻到了一处高门大宅前。这座宅子看上去已经废弃了多年,牌匾上挂满了蛛丝,灯笼上也沾满了尘土,根本不像是有人居住的模样。二人在附近的面摊前问了问,才知道这一家人早就已经搬走了。

"英娘看上去年岁也不大,怎么就没人知道呢?"问药嘟囔了一声。

小面摊的主人,一个五十来岁的老婶娘一听她说是来找英娘的,立刻眼放精光:"你们是来找英娘的?"

"嗯,我们是她远房表亲,特来探亲,却不知……"狄姜说到此,看了一眼荒废的府宅。

"英娘可是个苦命的女人哟!"老婶子一听说二人是英娘的亲戚,立马眉头一皱,吸着鼻子哭诉道,"她为了一双儿女吃尽了苦头,可他们……却与她老死不相往来哟!这可真是造孽!"

"究竟发生了什么?"问药拉着老婶娘的手,在矮凳上坐下,关切道,"您别激动,慢慢说。"

"唉,一提起她,咱们这谁不是叹气?"老婶娘抹了把眼泪,"英娘年轻的时候,长得极为标致,是我们这儿出名的美人,家庭条件还不错,但是她看上的男人却很穷。不，不仅仅是穷，他简直不是人！"

老婶子侃侃而谈，这期间数次哽咽，狄姜听了许久，才稍稍理清楚了英娘的故事——英娘曾不顾父母反对，执意下嫁给教书的刘温诚，虽然那时他们连结婚和盖婚房的银子都是借来的，但二人婚后着实过了一段举案齐眉的幸福日子。这期间，他们还接连生下了一男一女两个孩子。在外人看来，他们除了穷一点之外，生活还是过得有声有色的。后来，刘温诚弃文从商，在英娘娘家人的帮助下，二人做起了布匹生意。英娘旺夫，刘温诚在生意这方面也确实有头脑，夫妻二人十年间赚得盆满钵满，家业甚至比英娘的娘家人还要大上许多。但刘温诚这时不仅不知感恩，反而开始见异思迁，接连迎娶了好几位姨娘，其中一位还是临安府下属的县城知县的女儿。虽然是庶出，但是她心气极高，不甘做小，便时常欺凌英娘。最过分的一次，莫过于举家前往南岳进香，她却在途中随意找了一个理由将英娘扔下，英娘过了大半个月才步履蹒跚地回到临安府。那情状俨然就是一个乞丐。但是当她回到家时，却发现刘府正在给自己开设灵堂，而那位小妾已经坐在了当家主母的位置上。

"刘温诚！你怎么对得起我？"英娘激动地大喊，却没有人来认她。她被家丁拦在外头，就连她的一对孩子都是一副冷眼旁观的模样。英娘嫁人之后的十年间，因为昼夜辛劳而容颜不复，也没小妾那样的背景家世撑腰，只能任人欺凌。她"被"死去，景英这个名字从刘家除名，从这个世上消失，她成了一个不存在的人。

英娘到知府那里去告状，反被关押了三日。她在牢狱里过了三日之后，出来就被那小妾给堵了去路。小妾叫了十余个家丁将她摁在地上殴打，打了半个时辰仍不解气，十多个人拿着小刀在她脸上划着，在嘈杂的闹市口，围观人群仿佛都能听见英娘脸上的皮肤被划开的声音。整整一个时辰，他们在她的脸上划了一百多道血口子，临了，他们将奄奄一息的英娘拖去了乱葬岗，草席裹了，也没有细查。

或许是老天爷开了眼，英娘没有死去，她在死人堆里睁开了眼，发誓要讨回一个公道。她知道临安府的知府已经不能相信了，便告到了太守那里。太守一听便派人来临安府抓人，结果将刘温诚请回去没到一天，又将他放了出来。英娘被太守打了一顿后放走了，这回刘温诚他们也不打算要她的命了，小妾更是当着整个临安府的人说道："你竟然能够活下来，就算你命大，以后我不会再杀你，我且看你能翻出什么花样来！我要毒哑你的嗓子，让你日日除了睁眼看着我和温郎双宿双栖之外，旁的什么都做不了！我要让你日日痛苦，有口难言，有苦难诉，有冤难平！"

自那以后，英娘变成了哑巴，在这官官相护的世界上她是一点胜算都没有。后来英娘便死心了，只希望能带走女儿和儿子，其他的她什么都不要了，但是刘温诚不同意，还扬言说是孩子不愿意跟她走。英娘在刘府门前跪了四天都没能见到一双儿女，十月怀胎加上十年含辛茹苦地将他们养大，她不相信自己的孩子甚至连见她一面都不愿意。直到第五天，八府巡按微服私访至此，在民众嘴里听闻了这一桩骇人听闻的宠妾灭妻案，不由分说地将知县、知府、太守等人一一革职查办，刘温诚及其小妾枭首示众。

总算有人为英娘出了这一口恶气，可英娘还是不得开心，她一回到家中，便发现一对儿女已经不知所踪。孩子在家中留下书信，直言母亲景英是杀死父亲的凶手，唯愿此生不复相见。英娘哀恸不已，非但不责怪他们的无理，还为他们的是非不分而辩驳，只当他们是年纪太小，不懂世故。她想尽方法去寻找孩子，半年的时间，她散尽钱财，只为有生之年能再见一双儿女，重温天伦之乐。

"再后来，英娘就失踪了，至于她去了哪里，没有人知道，而她的那一双儿女，也再没有过消息……"老婶娘说完，攥着的手帕也几乎都湿透了。看得出来她是打心底里担心和心疼英娘，而她估计也不是个例。只怕是这条街上曾亲眼见过那一段往事的人，都会对英娘记忆犹新吧……

狄姜和问药回去的时候已经是傍晚了，武瑞安站在门前等着，见她们走来，老远便开始挥手："你们怎么才回来呀？我很担心你。"

狄姜欠身一笑："对不起，让你担心了。"

"下次记得带我一起去，否则……我能脑补一百种你们受伤害的场景。"武瑞安嘟囔着，惹来二人好一阵窃笑，之前胸中的气闷也稍稍有所缓解了。

"你们的饭菜我让客栈掌柜热在灶上了，先去吃饭吧。"武瑞安将二人迎了进去。狄姜却是摇头，边走边道："今日有些累了，我先回房去躺一会儿，晚些再吃吧。"

问药也跟着点头："我胃口不好，也不太想吃。"

武瑞安闻言觉得很是离奇："你们俩究竟做什么去了？问药这个饭篓子竟然会有胃口不好的时候？"

"唉，"问药一声长叹，"说来话长啊……"。

"那就慢慢说。"

问药看了狄姜一眼，狄姜未有阻拦的意思，问药便决定和盘托出："昨日我们遇到了一个猫脸的女子……"

"什么！"武瑞安一惊，立即看着狄姜，在她身上来回地打量道，"有没有受伤？"

狄姜摇了摇头："没有。"

"哎呀王爷，您听我说完嘛！"问药蹙眉，表示不满。武瑞安见问药和狄姜都很淡定，便很快也恢复了平静，做了个"请"的手势："你继续说。"

"这猫脸的女人叫英娘……"三人一边上楼，一边将这两日的所见所闻统统讲给了武瑞安听。

"他们为什么不认英娘？"临到尾声，听得他热血沸腾直捶胸。狄姜想了想，道："怕是觉得英娘阻了他们富贵了吧。"

"什么！"武瑞安愤愤道，"世间负心人多见，但这般无耻的孩儿倒是闻所未闻！认贼作母不说，还全然不顾生母情谊，实乃可恶之至！"

"可不是？"问药翻了个白眼，冷笑道，"真想把这一对孩子绑了来，给英娘负荆请罪，让他们跪地磕头，磕得头破血流都不能解恨！"

狄姜摇头失笑："只怕届时真绑了他们来，英娘也不会舍得他们磕得头破血流吧？孩儿是母亲身上掉下来的肉，母亲疼得，他们可疼不得。"几人聊了一会儿，便各自回房睡觉了，几人约定第二日再来想办法，救一救这个可怜的女人。

第二日，狄姜在房中，以英娘的气息做引，派出了一众鸟儿去寻找。

鸟儿们一传十，十传百，百传千千万，可以说在短时间内，将整个宣武国都翻了个底朝天，但是仍没有找到她一双儿女的消息。他们或许早已经饿死在了哪里，又或者被歹人了结了性命，或者得了时疫魂归地府。总之，连狄姜都找不到他们，只能说他们已经消失。

问药急道："现在该怎么办？"

狄姜摇了摇头："容我想想。"

就在这时，武瑞安突然领着几个中年人走了进来，为首的是一男一女，他们的身后还分别跟着两个小孩。仔细一看，就连长生也跟在了队伍的末尾。

狄姜一看就知道发生了什么，问药却一脸惊讶："这是……唔……"不等问药说完，狄姜便立即捂住了她的嘴，示意她不要乱说话。问药点了点头，只好捂着嘴站在一边看戏。

几人去了英娘的房里，白天的她只能躺在暗房里，狄姜好不容易说通了客栈掌柜，才将她从暗房里请了出来，扶到了掌柜的床上。她身穿白色披帛，将整个人都掩在了披帛里，外人看不出她本来的模样。这时，武瑞安带来的人里，为首的一男一女"扑通"一声，跪在了英娘的床前，大恸道："娘啊——孩儿不孝，现在来看您了！"

武瑞安在一旁说："这就是英娘的孩子，岚景和岚双，我在知州那里要来了名册，又派了许多人去寻找，才在临县找到了他们。"武瑞安说到这里停顿了一下，走到了英娘的床前，"英娘，你快睁眼看看，这是你的儿子和女儿，以及他们各自的孩儿，他们都已经成亲生子，有了自己的孩子，也知道了为人父母之不易。他们一听我是受英娘所托，立刻就跟来了呀！"

"真、真的？"英娘吃力地从床上坐了起来，睁开眼，看着匍匐在地上的人们。只听为首的男子嗫嚅道："娘亲，原谅景儿不孝，我们想回去找您时，您已经不在了。"

"娘呀，原谅双儿，我从前不懂事，不该把气撒在您的身上！"岚双亦是涕泪纵横，哭道，"前两年我生了最小的孩子，她的脖子上跟您一样也有一颗红痣，我还跟夫君说，'看，这是娘亲转世了，是我该报恩的时候了'。我们找不到您，以为您过上了好日子，谁曾想，您居然在这样暗无天日的地……地……"中年妇人说到这里连连哽咽，再也说不下去了。

"好好好……你们终于原谅为娘了，我就算是死也瞑目了……"英娘说着，身子突然又软软地倒了下去，她闭上眼睛，便再也没能睁开。

"娘啊——"

"母亲！"此起彼伏的哭声回绕在这个小客栈里，英娘的身体在这些人的哭声中化成了一堆白骨。

"她为什么会变成这样？"问药瞪大了眼睛。

狄姜叹了口气："英娘其实早就死了。"

"什么？！"问药大惊。

狄姜道："她或许早就在寻找孩子途中死了，只不过因为思念自己的孩子，便如何也闭不上眼睛。她的尸体引来了猫又，猫又将她一点一点吃掉之后，她反而在猫又的身上活了过来，她控制了猫又的身体，便又继续寻找着孩子们。直到三年前回到临安府，或许是渐渐压制不住体内的猫又，露出了猫的形状来，最后不得不躲在云来客栈里，承蒙老板垂怜收留，从此过着不见天日的生活。"

"那客栈附近那些猫呢？"

"怕也是她招来，让它们帮忙寻找自己的孩子的吧。她因对子女的执念而始终不得咽气，如今再见孩儿，才终于放下了心头的羁绊。当支撑她的意念消失，她便再也无法支撑，终于化作了一摊白骨，回到了她该有的模样。"

只见英娘的白骨下还隐约趴着一只猫，那猫有两条尾巴，尖耳獠牙，但是出气多过吸气，显然也没多久好活了。能将猫又拖累而死的人，这世上，怕英娘是头一个了吧……

那一双"儿女"，以及身后的一众人，见了这副场景，立即撒腿就跑。

"你们的钱还没拿呢！"武瑞安跟上去，扯着嗓子吆喝，但是那些人分明被吓得连钱都忘了要，瞬间跑了个干净。

"王爷，您这是……"问药不解道。

武瑞安叹了口气："英娘找了那么多年都没有找到她的孩子，我又怎么可能在一天之中找到呢？于是便高价请了几个戏子来。如若能救英娘，那是再好不过，就算穿帮了，也无伤大雅不是？"武瑞安自嘲地笑了笑，看着床上的白骨："不过，看来这法子还是奏效了的。"

狄姜向他看去，眉目里多有赞赏。武瑞安也不回避，大方地对着狄姜微笑，眸子里仿佛在说："这事儿，我办得漂亮吗？"

"漂亮，连我都忍不住要夸你了。"狄姜同样以眼神回他。二人之间的眉目传情，让问药顿时觉得自己的存在有点多余，于是寻了个借口，跟长生溜了。

武瑞安唏嘘于英娘的付出，他打听到临安府外十里有一座大山，山间有一座古刹，名曰宝光禅寺。宝光禅寺风景秀丽、安静宁谧，供奉着大慈大悲的观世音菩萨。这里是临安府辖区范围内最大的寺庙，香火旺盛，且颇为灵验，在这一带有着极高的地位。于是提议在宝光禅寺为她超度祈福。

狄姜道："当一个人自我心愿已了，就不会再有牵挂，可以安心地投胎了。超度祈福什么的，其实没有必要。"

但是武瑞安不乐意，回道："英娘苦了一辈子，连死了也没有一处好去处可怎么好？没有人替她送终，就让她在寺里与菩萨一样享享香火，这才算是对她有所补偿，也让这后人看看，我宣武国尊崇敬拜的人的模样，让后世警醒，不要再犯这样的过错。"

狄姜被他说动了，决定听他的，跟他一起去宝光禅寺，给英娘捐铸宝塔，让她死后得享百年香火。

第二天一早，武瑞安和狄姜便启程去了宝光禅寺。二人一路行来，见到信徒一路三跪九叩，十分虔诚，更加觉得这座庙颇受人尊敬。宝光禅寺的主持法号惠秀是一个五十岁上下的中年人，一听二人说了来意，以及英娘的事迹之后，便立即摆手摇头道："不可。"

"不可？"武瑞安蹙眉，刚想发火，却听主持又道："阿弥陀佛，这位叫英娘的母亲该受香火，二位施主不必多礼，这是我们该做的，断不可收受你们的钱财。贫僧将免费为其修葺宝塔，让她万世长安。"

武瑞安和狄姜闻言，敬佩油然而生，立即双手合十，回礼道："多谢主持。"

"只不过今日天色已晚，怕是只能明日开坛做法，还请二位施主在此歇息一晚，待明日做完法事再离去也不迟。"

狄姜和武瑞安本来也不着急，便同意了，另托了位小和尚下山将这一切告知钟旭等人。

次日法事结束后，钟旭、长生和问药已经在山下等候多时。马车已经被长生洗刷一新，在阳光的照射下，看上去似乎会发光。二人上了马车后，长生"驾——"的一声，一甩缰绳，马车便向前疾驰而去……

第八章

抵京

孟秋夜午时，华灯已歇，万籁俱寂。

太平府四面共有十二道城门，南边的城门依次是安化门、明德门、启夏门。明德门的城门宽约十五丈二尺，分为三重三楼，由外向内，分别是闸楼、箭楼和正楼。除南门箭楼外，其余各楼下都设拱形门洞，门洞高、宽各三丈，深八丈。正楼为重楼，面阔七间，进深二间，高十丈，三层檐歇山顶，周围有回廊。乃系太平府最大的一座城楼之一。明德门的守正名叫骆非白，据传言，他曾是已故神佑将军六皇子武瑞安的左膀右臂，但因他早年送昭和公主和亲渎职，导致皇子三年前失联至今，而被女皇辰曌判了个护主不力的罪名。他本该被处死，但因战功赫赫，故而功过相抵，最终被贬为城门守正，兼巡简司司长。

巡简司司长是做什么的？

简而言之，就是白天帮民众抓猫抓狗抓小偷，夜里还要时不时轮班来看守城门宵禁的一个基层官员。可谓是虎落平阳，再无用武之地了。骆非白时常被同僚嘲笑，但是他全然不在意。他的口头禅就是："无论在下的官职多么微小，多么清闲，但我永远不忘武王爷的教诲！我永远都是宣武国的将士，不管哪个岗位，都会誓死效忠国家！"

骆非白每日里按时按点地出巡，风雨无阻，到了夜晚宵禁之后，站在城门里的官员个个都在打瞌睡的时候，他仍是昂首挺胸，不动如山。他的体内仿佛有一股用不完的力气，每日里迸发出的热血和活力足以抵抗掉所有的流言蜚语。渐渐地，他又成了被众人欣赏和仰慕的官员，一个抓阿猫阿狗都能让人仰望的巡简司司长。

这一晚，骆非白例行守夜，除了他以外，明德门主楼之下还有四十名守军。守军被他分为两列，左右各二十名。

"军姿的动作要领还记得吗？"骆非白站在守军中间，孜孜不倦地讲述着一个军人最基本的态度，就是军姿要站好。骆非白左右看了一圈，忍不住骂道，"张老二，你是不是没吃晚饭？还是媳妇儿跟人跑了？一脸倒霉样！"

人群爆发出嬉笑声，骆非白又是一瞪眼："笑什么笑？很好笑吗？你，刘大胖，你是不是把张老二的晚饭给吃了？肚子挺那么大？都给我打起精神来！"

众人被骆非白一瞪眼，立即板起脸，立正站稳。

"记住！我们是明德门的守正，是保卫陛下的第一道屏障！我们决不允许有任何一只苍蝇飞进……"就在此时，远处突然传来的马蹄声打断了他的话。

马蹄声由远及近，愈渐清晰。众人立即打起了十二分的精神，看向远处。不多时，便见一辆灰褐色的马车行了过来。马车上挂了两盏红灯笼，远远瞧去，似乎就只有两盏灯笼在黑夜里缓缓逼近。

"吁"的一声，马车稳稳停靠在城门前。众人这才看清，驾车的是一个年轻的男子，他身穿道袍，眉清目秀，很有一种仙风道骨的意味。他的身边还坐着一个小童子，看上去不过十岁左右。

"你是什么人？胆敢在宵禁时入城？不想活了吗？"骆非白大喝一声，众将士亦整齐划一，张弓相向。

那男子不慌不忙，淡定地跳下了马车，抱拳道："在下因今日在途中有所耽搁，故而不得已才在此时入城，请各位见谅，通融一番。"

"通融？"骆非白失笑道，"我通融了你，让你们入了城，等你们再被巡夜的守卫抓住，那谁来通融我啊？来人！给我拿下！"

"且慢。"就在这时，马车里传来一好听的女声。

骆非白心头一跳，总觉得她的声音很熟悉，似乎在哪里听过，但是这会儿又想不起来了。他此时也管不了许多，只眯起眼睛喝道："还有什么人在里头？赶紧给我滚出来！"

马车里窸窸窣窣了一阵，过了许久仍不见有人出来。骆非白怒道："里头的人见不得人吗？再不出来，可别怪我不客气！"他这一句话，让所有守军都提起了戒备之意。

"骆副将，许久不见，你还是这样冲动。"这时，随着女子说话的声音，车帘被她挑开了一角，露出了她洁白干净的手腕。只见她的腕子上戴着一只通体莹润、内含丝丝金线的手镯。手镯明晃晃的，刺痛了骆非白的眼睛。

"你……难道……"骆非白张大了嘴，显得有些不可置信。紧接着，车帘又被挑起了大半，这时车里坐着什么人就显而易见了。只见马车里坐在一男两女，共有三人。男子面色如玉，好看得不似凡人。他微笑着坐在中间，两名女子则分别坐在他的左右。他双唇张合，微微一笑："既然你在巡防营都能混得风生水起，那么以后就继续待在这里吧。"

"王……王爷？！"骆非白睁大了眼睛，眼底霎时间充满了各种莫名的情绪。有激动，有惊讶，有盘桓了许久的思念。他的眼底噙满了泪水，几乎是立刻热泪盈眶，哽咽着许久都说不出话来。

守城的将领除了骆非白没有人见过武瑞安，都有些不明所以。但下一刻，他们见骆非白单膝跪地，便知道是来了一个不得了的大人物，也都齐刷刷地跪了下去。

骆非白抱拳行礼，泪眼婆娑道："属下骆非白，恭迎神佑大将军回朝！"

他这一嗓子终于拨开了众人心头的疑云。众人心中惊愕万分，半晌之后，却也纷纷颔首高呼："末将恭迎武王爷回朝！"

当夜，临近五更天，太极宫承天门上，第一声报晓的钟鼓声敲响，接着南、北、西、东大街上的鼓楼依次被敲响。只不过今日的鼓声却不仅仅是报晓，更向大家传递着一个重大消息。随着鼓声一波波地传开，城内所有的人都第一时间得知了——失联三年的武王爷，终于平安无事地归来了。

武瑞安回王府前，先送狄姜回了药铺。

"咦，见素医馆竟开在这里……这几年下官把太平府翻了个底朝天，曾无数次地经过这里，却没发现这里竟还有个医馆呢？"骆非白看着见素医馆的牌匾，显得迷茫不已。

"可能是你眼神不好，记性也不好。"问药翻了个白眼，随即开开心心地敲响了铺子大门。门很快便向里打开来，书香似乎一早就知道他们要回来似的，早已经做好了饭在等候。

"掌柜的，你们怎么这么晚才到？不是说会赶回来吃晚饭吗？"书香睡眼惺忪，似乎刚刚睡醒，但依照他开门的速度而言，大概也只是趴在柜台上打了个盹儿。

"还不都怪这个呆子！"问药横了长生一眼，"他驾车居然睡着了，走岔了路，害我们多翻了两座山，多渡了一条河。"

长生再次被问药奚落，涨红了脸低下头去，显得羞愧无比。

狄姜笑了笑，打圆场道："晚饭当作早饭吃，也没什么打紧。"说完，又对几人说，"你们要不要留下来一起吃些，垫垫肚子？"

钟旭和长生点了点头。

武瑞安则摇了摇头："三年不归，我先回府，等见过母皇再来看你。"

"好。"狄姜颔首，不再赘言，目送武瑞安和骆非白几人离开。

武瑞安一路向北，去往皇宫。钟旭看着一行人的背影，不自觉地皱紧了眉头。

狄姜注意到他的不对劲，好奇道："你怎么了？身子不舒服？"

钟旭摇了摇头，沉吟道："那里……有妖气。"

狄姜顺着他的目光看去，皇宫之上，笼罩着一团阴云。阴云低压压的，连带四周的空气一起沉凝，仿佛整个皇宫都被笼罩在阴气之下，压得人喘不过气来。

"要不要我去保护武王爷？"钟旭道。

狄姜思索了片刻，摇了摇头，笑道："武王爷吉人自有天相，你大可放心，你现在该担心的是你自己。"

"我？"钟旭不解，"我怎么了？"

狄姜从书香手里拿来一串钥匙扔给他，笑道："你的棺材铺已经被我买下，从今以后，我是你的债主。你还是好好想想，该怎么尽快赚五十一两银子还给我吧。"

拿人手短，吃人嘴软，不善经营的钟旭顿觉压力巨大，闭上了嘴。

时值七月，临近月半。中元节在即。

五更天，深居大明宫内的辰嬛才歇下不到一个时辰。连日来，她都觉得精神萎靡、困顿难当，夜里更有咳嗽不止的症状，日日都要被病魔折磨到三更天时才能睡下。这些日子以来，她一直带病上朝，撑了大半月，而今终于不敌病魔。昨夜听了侍女的规劝，喝了太医署送来的安神汤药，陷入了昏睡。今晨亦是她执政以来唯一一次休朝之日。

"咚——咚——咚——"鼓楼的报晓钟声响起的时候，辰嬛哪怕已经喝下了三倍的安神汤，仍是从睡梦中惊醒。

"什么时辰了？"

"回陛下，已过平旦，卯时了。"素云守在帐外，平静答道。

"是吗……"辰嬛叹了口气，揉了揉额心，便挣扎着坐了起来，"来人，更衣。"

素云一听，惊道："陛下，您要去哪儿？"

"卯时了，该上朝了。"

"回陛下，昨夜您已经吩咐下去，今日休朝，由公孙大人和恭王爷带领群臣在偏殿议事。"

"是吗，我竟忘记了……"辰嬛头疼不已，便不再急着下床。素云将龙床边的幕帘拉开，窗外的晨曦之光便和着殿外的嘈杂声一起飘了进来。

辰嬛眯起眼，似乎有些不解。要知道大明宫中，自昭和公主出嫁后，就只有辰嬛一位主子。这里终年冷落，素日清净，怎么这会儿竟有人如此喧哗？

"去看看外面何事喧哗。"辰嬛淡淡道。

"是。"素云颔首，恭敬告退。

素云走到门口，一打开门，便见外头跪着一个小太监。小太监看着眼熟，不像是经常在御前伺候的人，所以她叫不上来他的名字。素云走出去关上门，居高临下地看着小太监，问道："你为何跪在此处？"

"回姑姑的话，玉霖有要事要禀告陛下。"

"哦？"素云蹙眉，"有何要事？"

"回姑姑，六王爷回来了。"

"什么？六王爷？"素云一惊，眉目中多有疑惑，接连问道，"你……你说的可是真的？真的是六王爷，武王爷？"

"回姑姑的话，奴才不敢妄言，正是武瑞安王爷。"

素云恍惚了片刻，又道："此事你从何得知？"

"回姑姑的话，今早鼓楼报晓，全京城都知道了。武王爷一早也来瞧过，但听闻陛下重病，所以没有求见。师父派我守在这里，等陛下醒了好第一时间通知她。"

"是吗，原来如此。"素云见他神色笃定，知道他没有说谎，但是为了确定消息的可靠性，还是问了他一句："你师父是师文星？"

"回姑姑，正是。"

素云恍然，怪不得她总觉得眼前的小太监眼熟，但是总也想不起来哪里见过。原来是师文星新收的小徒弟。师文星也是个人精，断不会白白收徒，眼前人总有他的过人之处，才能入了师文星的眼，成了他的接班人。也不怪他小小年纪便能在御前出入。

素云最后看了师玉霖一眼，便走进屋，给辰嫚倒了一杯热水，然后拿到她身前，道："陛下，先喝些热水润润嗓子。"

辰嫚伸手，接过茶盏："外头出什么事了？"

"回陛下，您先喝完水，奴婢再跟您说。您听了……不要太激动。"

辰嫚眼也没抬，淡声道："说。"那模样，就像是哪怕眼前有滔天巨浪，也能岿然不动一般。

素云深吸了一口气，才道："王爷回来了。"

"王爷？"辰嫚蹙眉，旋即恍然，"煜儿到了？"

三皇子武煜，因胎里不足，久病缠身，自幼在东都休养。自武瑞安离朝，武隆被召回朝后，辰嫚便愈加觉得曾被废过一次的武隆仍旧不适合当皇帝，无奈只能将武煜召了来。

算一算日子，这些天也该到太平府了。

"不是煜王爷，"素云抬起头，眼眶微微泛红，一字一顿道，"是瑞安王爷回来了。"

"什么？"辰曌一惊，手里的茶盏轰然落地。

辰曌不顾地上脏污，颤颤悠悠地站起身子。

"陛下当心。"素云见状，立即上前扶起辰曌。

"安儿回来了？"辰曌重病之中，也不知哪里来的力气，用力握住了素云的臂膀，急道，"当真是安儿回来了？"

"回陛下，是武王爷回来了。陛下，您身子还没好，先躺下休息，奴婢相信，等天光大亮，王爷一定会来拜见您。"

"不，朕现在就要去看他。快，备轿。"

"陛下，您的身子……"

"备轿！"辰曌眼一横，素云便只能低头颔首："是，奴婢这就去。"

素云出门之后，几乎是片刻的工夫，御驾便稳妥地停在了宫门前。御驾在师玉霖的安排下，其实一直都在殿外候着，随叫随到。师文星一早便交代过师玉霖，身为内侍，首先该做的便是满足陛下的一切要求，哪怕是她还没有想到的，但只要是她有可能用到的，都要提前备好。师玉霖年纪虽小，但是行为处事都很妥帖，全然不像一个十余岁的孩子。师文星交代过的事情，他从来都没有做错过，甚至还能超出预期地完成。所以这几日师文星卧病在床，也能放心地将一切都交代给他。

辰曌走出寝宫大门的时候，师玉霖一直谨小慎微地跪在门边，匍匐着身子，低着头。辰曌从他身边经过时，衣角从他手上拂过，一阵药香传来，让他不禁皱了皱眉。当她走过，他才敢起身跟了上去。他始终都低着头，不敢有丝毫逾越。从他的角度，只能看见辰曌腰部以下的位置。

真瘦啊。

这是他入宫三年来头一次近距离地看她。病时的她，与平日里在朝堂上挥斥方遒的模样大相径庭。虽然只是一个佝偻的背影，他仿佛也能看到她沧桑悲凉的眸子。

短短三年，她真的老了。

三年时间，辰曌仿佛陡然老了十岁。以至于武瑞安在见到辰曌的时候，甚至都没能认出她来。辰曌双鬓斑白，病形体虚，分明正当壮年，却有一种老态龙钟之感，连走路都需要一左一右两名侍女搀扶。与辰曌一比，素云看上去却仍是如花的年纪。如若辰曌没有身穿帝服，如若她的身边没有一众内侍女官，他根本不会承认，这就是自己无所不能的母皇。

武瑞安心头一紧，鼻头发酸，直直地跪了下去，叩首道："儿臣不孝，让母皇失望担心，还请母皇责罚。"

"皇儿快起。"辰曌疾步上前搀起武瑞安，怜惜道，"皇儿瘦了，真瘦了。想必这三年是在外受了许多苦楚？"

辰曌眼眶发红，让武瑞安也跟着难受。他连连摇头，否认道："儿臣不苦，请母皇宽心。"

"这三年你究竟去了哪里？为什么不与朕联系？你可知朕已经将整个宣武国翻过来，都始终没有打听到关于你一星半点的下落。"

武瑞安看着辰曌沧桑老矣的双眸，心中万分疼惜。

这一瞬间他突然觉得，自己的母皇到底也是个普通的女人。

她会老，会生病，她并非无所不能。

"儿臣病了三年，刚醒来，便第一时间赶回太平府向您请安。"武瑞安低下头，"是孩儿不孝，让母皇担心。"

"回来就好，回来就好啊！"辰曌握着武瑞安的手，眼泪夺眶而出。素云见状，立即送来了干净的帕子，为辰曌拭去了眼泪。

辰时，武王府的门槛已经要被各路访客踏破，其中有市井平民，也有一品大员，但是除了辰曌，武瑞安谁也不见。今天他只想跟母皇同享天伦，至于旁人，就统统留到改日吧。

武王府冷清三年，武瑞安回府后，老管家刘长庆也从病榻上一个鲤鱼打挺翻身起来。在他心里，王爷是天，是地，是他活下去的动力和意义，还有什么比王爷回来了更好的药吗？心药一到，便药到病除。刘长庆忙里忙外，张罗了一桌上好的美酒佳肴，在湖心亭中设下宴席，为武王爷接风洗尘。

享宴之时，辰曌的身边只跟着素云一位侍女，辰曌与武王爷久别重逢，有许多体己话要说，不必要的随行内监都被留在了远处。从师玉霖这个角度看去，便只能看见辰曌与武瑞安聊天说地、谈笑甚欢的场景。

她还是笑起来比较美。也只有在她面对消失多年的儿子的时候，她才能彻底做到放下芥蒂，放下身份。以一个母亲的身份，享受天伦之乐。

武瑞安给辰曌说了一路的见闻，辰曌知晓了许多素日不常听闻之事，颇为开心。

"皇儿可还有值得开心的事情，与朕……咳咳咳咳——"辰曌还没有说完，便大力地咳嗽起来，声声敲击人心。

"陛下，用些水。"素云端起热水，边说，边一遍遍地轻拍着辰曌的背脊。武瑞安见状，立马站起身，围在辰曌身边，关切道："母皇，您……"他刚想说些安慰的话，却见辰曌手里的白帕子上多了些星星点点的血迹。

辰曌咳血，还是第一次。武瑞安颜色大变："太医，宣太医！"

辰曌咳血之后便陷入了昏迷，一直到傍晚仍未转醒。武瑞安一直守在她的床边，寸步不曾离开。素云用细小的勺子将药汤一点点喂进辰曌嘴里后，便与师玉霖一齐候在门外，打点武王府中事务。武王府大门外已经聚集了上百名家丁和围观群众，各大世家官员们也都奉上了拜帖，要求求见武瑞安。但是武瑞安始终闭紧大门，一个都不见。

临到午夜，辰曌才转醒，当她一醒来，发现不是皇宫内院时，便立刻决定回宫。武瑞安怕她车马劳顿，影响身体："母皇，更深露重，今夜您就在儿臣这里休息吧。"

辰曌摇头，坚持离去："今日已经休朝一日，明日不可再拖延，否则官员心不安稳，朕何以稳江山？"武瑞安知道辰曌决定的事情，旁人再是多说也于事无补，只得带了一队侍卫，亲自将辰曌送回了宫中。

宵禁时分，一路上就算被巡夜的武侯看到，也没有人敢多加议论。他们只当辰曌因太疼爱武瑞安，忘了时间。辰曌回宫后，喝了安神汤便又陷入了昏睡。武瑞安侍候完毕，刚要离开，便被一个小太监拦住了前去的路。

师玉霖拱手叩头："王爷，今日天色已晚，还请在宫内歇息。"

武瑞安实在觉得有些突兀。

他一个小太监，怎么敢拦了自己的去路？

武瑞安近两日没睡，加之辰曌身体抱恙，心情更是低落，这会儿小太监自己撞到了枪口上，他实在想找人发泄一番。

武瑞安沉声道："你是何人？抬起头来。"

师玉霖遵令抬头，但仍低着眼帘，不敢直视武瑞安。那一副卑躬屈膝、如履薄冰的模样，让武瑞安瞬间觉得，他面对自己时似乎也不是那么有底气。

"今日你运气不错，本王便饶恕你的大不敬，滚。"武瑞安说完便是要走，但是小太监却急忙往旁边跪了一步，再次挡住了他的去路。

"怎么，你还想死不成？"武瑞安沉下脸，愠怒爬上了眼角。

师玉霖再次匍匐，叩头道："启禀王爷，陛下思念成疾，念您多日，想必上朝之时，也希望能第一时间看见王爷。还请王爷留宿宫中，陪伴陛下左右。"

"你……"武瑞安自从有了自己的府邸，便再未留宿宫中。不是不可以，只是他不愿意。从前他与辰曌之间总有一些隔阂，如今，辰曌一病，这份隔阂虽然距离缩小，但仍然横在那里，他无法逾越。而且，武瑞安觉得有些奇怪。这小太监是不是管太宽了？

他的年纪看上去并不大，竟会有这样多的心思？而他的模样，却又不像是别有用心攀附权贵之人……真是让人费解。

武瑞安最终还是没有留宿在宫中，也没有惩罚小太监，但是翌日，他仍是穿戴整齐，在卯时准时进了宫，参加早朝。早朝的内容不多，大多数的事情都被恭王爷和公孙渺处理完毕。其间最引人瞩目的议题，莫过于武王瑞安了。

武瑞安失踪三年，再次出现在大家视野里，自然引起了不少的骚乱。但是不等下朝，辰曌便将他召进了内宫，所以群臣并没有机会与他交谈。下朝之后，公孙渺也被辰曌留下，汇报昨日商议之事。显然，辰曌特地留下武瑞安，也是为了让他参与进来，尽早熟悉朝堂政事。

公孙渺汇报完公务，见辰曌精神状态不佳，气若游丝，便道："启禀陛下，有件事，不知下官当讲不当讲？"

辰曌颔首："爱卿但说无妨。"

"禀陛下，微臣发现，近日来太平府疾病频发，有不少官员病倒，似乎有些流年不利……"

"哦？"公孙渺还未说完，辰曌便是一愣，急道："还有哪位卿家病了？"

"回陛下，长孙大人卧病在床，已经三月不曾下床。"

辰曌凝眉，陡然一惊："为何此事朕不知晓？"

"回陛下，长孙大人怕您担心，便吩咐所有人不得外泄此事，微臣担心，如果再不告诉您，就……"

"就什么？"

"就见不到长孙大人最后一面了。"公孙渺平静说完，但是在辰曌心里，却掀起了轩然大波。

"什么……"辰曌微微张着嘴，似乎有些不可置信。

公孙渺沉默半晌，又道："陛下，要不要请显深法师来做一场法事？"

一旁的武瑞安听了，疑道："显深法师是……"

"回王爷的话，显深法师是下官从不周山请来的大法师，如今已是我宣武国的国师。"

"原来如此。"武瑞安点了点头，"中元节做一场法事也是应当的。"

辰曌听着二人对话，全然没有放在心上，她的脑海里全部都是长孙无垢的身影。她叹了口气，道："此事由你全权负责。安儿，你陪朕去长孙府，探望长孙大人。"

"儿臣领旨。"

"微臣领旨。"

……

辰皇出宫时，用了最高规格的仪仗，那轰轰烈烈的架势，似乎就是要让全城的人都知道：朕哪怕身子不爽利，也要带病探望长孙大人。武瑞安骑着白马，走在辰曌御辇边。

一路上，辰曌刚一有咳嗽的征兆，素云便会递上温热的润肺汤药为她止咳。那汤药一下喉咙，辰曌便不咳了，效果极好。一行人快要到长孙府时，辰曌已经喝了三次温度适宜的药汤。她用完后，不禁惊奇道："这药竟始终如刚煨好后放了片刻的温度，正是恰到好处，你有心了。"

"谢陛下夸赞。"素云恭敬颔首，拿着药碗退下，随后便在车队后对师玉霖道，"你想得周全，日后便常来御前伺候吧。"

"是，玉霖谨遵姑姑安排。"

御辇到达长孙府后，现任家主长孙齐便率领着三宗四亲在门口跪地相迎，女皇没有与他们多作寒暄，下辇之后，便急匆匆地赶去了长孙无垢的院里。

长孙无垢的院子在长孙府的北角，三面临湖，十分安静。房里的窗户和门上都覆盖着厚厚的帘子，除了墙角有一根蜡烛，其他地方一丝光亮都没有。除此之外，整个房间里还弥漫着一股浓重的药味，挥之不去，呛人眼鼻。

辰璎刚一走进屋，便是蹙眉："为什么不把窗户打开通风？"

长孙齐："回陛下的话，父亲大人见不得光，受不了风，还请陛下恕罪。"

辰璎听闻是因为病入膏肓才致如此，立刻便摆了摆手，示意他："无妨。"说完，辰璎径直走过去，坐在长孙无垢的床边。她拉着长孙无垢的手，伏下身去，在他的耳边轻声唤道："爱卿，朕来看你了。"

长孙无垢闭着的眼睛动了动，睫毛颤动许久，才缓缓睁开了眼睛。这样一个睁眼的动作，就似乎用尽了他所有的力气。辰璎看在眼里，疼在心里，也知道长孙无垢的寿命怕是真的已经走到尽头了。

"陛下……臣……"他断断续续、支支吾吾，而后的话，没有一句说得清。

"爱卿说什么？"辰璎再次伏下身子，但是似乎仍是不能听得太清楚。长孙无垢已经无法开口，他用尽了力气，扣住辰璎的手，眼睛看向角落的长孙玉茗，嘴里一直在嘶哑地喊叫。辰璎见了他眼中的垂爱，便知道，长孙无垢怕是放心不下自己这唯一的嫡亲孙女。

辰璎郑重地承诺："朕向爱卿保证，玉茗一定会有一个爱她护她的好男儿，也会有一个令世人尊敬的身份。"

"啊……啊啊……"长孙无垢抬起手，指着辰璎身边的武瑞安，却始终没有能说出一个完整的字来。武瑞安不太明白他的意思，但是人之将死，其言其行，都会让人莫名崇敬。何况眼前的人还是开国元老，是连母皇都敬服有加的人。

武瑞安走过去，低下身子，将耳朵贴在他的嘴边，才听清楚他说的话。

"照……照顾好……玉茗。"

这一句，只有武瑞安听清了，但是辰璎也猜到了。

关于长孙玉茗的事情，辰璎其实一直有所耳闻。传闻她自武瑞安失踪后，便终日以泪洗面，日渐消瘦。她对武瑞安的情意，世所周知。

武瑞安没有点头，也没有摇头，只道："长孙大人，还请保重身体，放宽心。"

武瑞安这话的意思再明白不过了。他不想胡乱许下承诺，更加不想娶长孙玉茗。四周的人面不改色，唯有长孙无垢的脸色不大好看，而长孙玉茗始终一个劲地在哭。

她的眼泪一半是为爷爷流的，一半是为武瑞安流的。

于长孙玉茗而言，今日明明是久别重逢的喜悦，却要被即将失去爷爷的悲痛所掩盖。她的眼泪更是如断了线的珍珠，大珠小珠连成了片。

长孙无垢见状，右手死死地扣住辰曌的手，辰曌的手腕被他扣得生疼，却连眉头都没有皱一下。

"爱卿放心，今日朕会给你，给玉茗一个交代。"辰曌轻轻开口，却掷地有声，"朕在此颁旨，立长孙玉茗为太子妃。"

辰曌此话一出，所有人都是一怔，就连长孙玉茗都惊得忘记了哭泣。

"陛下，太子尚未……"长孙齐还没说完，辰曌便摆了摆手，郑重道："朕的意思很简单，日后谁若想做太子，便必须娶长孙玉茗为正妃。换言之，若谁能娶到长孙玉茗，谁就是我宣武国的太子，未来的皇帝。朕向长孙家承诺，不论日后谁当皇帝，长孙玉茗必定为后。"

"微臣谢陛下恩典，吾皇万岁万岁万万岁！"长孙齐立即匍匐跪地叩首谢恩，立即又拉着怔住的夫人和长孙玉茗跪下。

她们这才反应过来，接连叩首道："臣妾谢陛下隆恩！"

辰曌颁旨之后，长孙无垢握着她的那只手也放开了去。长孙无垢闭上了眼睛，含笑躺着。辰曌知道，他已经含笑九泉，魂归极乐。

"长孙大人生前慈惠爱民，谏争不威，传朕旨意，追封长孙无垢为文正公，康乐王，长孙家可世代承袭爵位。"辰曌此言一出，一屋子人立即又是俯首跪拜叩首，山呼万岁。年纪最小的长孙玉茗一听，知道爷爷已经故去，眼泪便汹涌而出，止不住地抽泣，似乎随时要晕过去。辰曌挥手安排："安儿，你带玉茗先下去，朕还有事与长孙齐大人商议。"

辰曌说完，武瑞安却是直挺挺地跪下，拱手道："启禀母皇，儿臣多日疲惫不已，怕是难当此任，还请母皇准儿臣离去，回府休息。"

辰曌面上有些挂不住，这个意思无异于在说："儿臣无意娶长孙玉茗为妻，更无意当太子。"辰翌瞪了他一眼，又开始猛烈地咳嗽。武瑞安心疼辰翌，伺候她服药之后，为了不让她太激动，还是尊崇了圣令，带着长孙玉茗出去了。

武瑞安与长孙玉茗走在花园里，武瑞安看着哭哭啼啼的她，实在没什么想法，他想来想去，只憋出了一句："长孙小姐，人死不能复生，还请节哀。"

"玉茗多谢王爷垂怜，请王爷放心，玉茗明白的。"

"嗯。"

二人漫无目的地走在花园里，武瑞安一脸茫然，生不如死地走在前头。长孙玉茗见他面色不华，自然也明白他与自己在一起实在是煎熬，便道："王爷，您有事就先行离开吧，陛下那边，玉茗去帮您解释。"

武瑞安停下步子，回头看她，惊喜道："当真？"

"嗯。"长孙玉茗重重地点了点头。她瞪大了红肿的眼睛，一动不动地盯着他。

武瑞安实在受不了她这样的眼神，立刻便转过身，大步走在前头。

等临到了大门口，他才回过头："那……本王走了。你，多加保重。"

"玉茗多谢王爷关心，玉茗恭送王爷。"长孙玉茗低着头，但是她的手背上却落了许多晶莹的泪滴。武瑞安心烦意乱，总觉得自己从前笑傲花丛的本事，随着爱上狄姜之后便消失得无影无踪，如今面对长孙玉茗连一个安慰的字都说不出来，也不知是好是坏？

武瑞安从长孙府出来后，便甩掉了所有随从，径直去了见素医馆。三年来，似乎所有人都不曾找到过这样一家医馆。武瑞安从来不怀疑骆非白的办事能力，他之所以找不到医馆，肯定是因为狄姜有别样的法子。她似乎是红尘中人，却又感觉不完全是。他不想过问，也不想干涉，他只想简简单单跟她在一起，相信她，爱护她，不允许旁人欺辱她，更加不想因为自己的事让她伤心。

回到太平府以来，武瑞安几乎没有睡过一场好觉，整个人看上去是从未有过得疲惫。再加上经历了刚才的事情，他更是觉得有一种无形的压力要将他淹没。有些事情或许已经被提上了日程，他想躲也躲不掉。只有在狄姜这里，他才可以得片刻安歇。武瑞安进了医馆之后，没有多说什么，与狄姜打了个招呼便上了二楼，倒在她的床上睡了过去。

问药奇怪："掌柜的，王爷这是怎么了？"

狄姜答："想是连日来琐事操劳所致，且让他好好睡一觉就是。"

"那我去帮王爷把衣裳脱了！"问药说着，便流着口水走了过去。狄姜连忙拉住她，将她拽了回来。

狄姜："王爷刚睡下，你不要打扰他。"

问药大惊："可您不是有洁癖吗！他没脱衣服就……"

"洁癖是对外人，对他能一样吗？"狄姜敲了问药一下，便将她赶了出去，旋即自己也轻轻关上了门，下了楼去。

傍晚时分，书香从厨房里端来一盘盘的精致美食，这些都是因武瑞安的到来而特地做的。但是武瑞安一直睡着，直到现在还没有醒来。

"掌柜的，要不要我去叫王爷起床用膳？"书香道。

狄姜摇了摇头："让他睡吧，你去隔壁请钟旭和长生过来一起吃。"

"是。"

书香离开后，问药便回来了。她在外头玩了一下午，不出意外，又带回来一个重大消息。问药欲言又止，神神秘秘了半晌，终于忍不住，附在狄姜耳边说道："掌柜的，您听了这事儿之后可千万不要生气，也不要激动。"

狄姜一抬眉，好笑地看着她："什么事？"

"我听说，玉茗小姐被册封为'太子妃'了！"

"哦，是吗？"狄姜一愣，旋即笑道，"那就恭喜她了。"

"可是……您怎么一点儿也不着急呀！"

狄姜觉得好笑，哑然道："我有什么可着急的？"

"王爷和玉茗小姐呀！坊间可都传遍了，玉茗小姐足足等了王爷三年，整日以泪洗面，为他拒绝了一切王公世子的追求。我还听说玉茗小姐近一年来都自称是王爷的未亡人！"

"胡扯。"狄姜冷笑道，"假若玉茗小姐当真那么喜欢王爷，就不会相信王爷死亡，又怎会自称未亡人？"

问药想了想，颔首道："也是哦！"

"你呀，听风就是雨，听八卦也得用些脑子才好。"

问药蔫蔫地点了点头，但是仍然觉得有些不妥："但是掌柜的，我还是有些好奇……"

"好奇什么？"

"长孙小姐真的会当皇后吗？"

狄姜浅浅一笑，淡道："长孙家的嫡出小姐，从小就是被当作皇后来培养的，这没什么好稀奇。"

"那王爷……"

"王爷是王爷，与长孙玉茗有什么干系？"狄姜笑着说完，见问药仍是将信将疑，便又补充了一句，"请把你的心放在肚子里，王爷他啊……只爱我。"

狄姜神色自若，坦然以对。

这一刻，问药突然觉得，看似与世无争、风轻云淡的掌柜，或许并不是真的与世无争。

她只是对一切都成竹在胸、胜券在握，打心底里不将任何人放在眼里……

第九章
贫民窟

晨钟敲响，武瑞安自梦中醒来，才发现自己在狄姜的床上睡了一宿，房间里却没有狄姜的身影。武瑞安轻手轻脚地打开门走出去，路过问药的房间时，就看见狄姜睡在问药的床上和她挤了一晚。他知道狄姜嗜睡，经常会睡到日薄西山才起床，便不忍打扰，匆匆去后院洗了把脸，直接去了太极殿上早朝。

太极殿上，群臣静默，三品以上的大臣尽数不在。珠帘之后也没有辰嫛的身影。武瑞安着人一问，才知道辰嫛早早便动身去了长孙府祭奠长孙无垢。各家宗亲大臣亦着素服，携家眷前往吊唁。武瑞安到长孙府时，便见偌大的长孙府前白花花的一片，府中之人皆披麻戴孝，双目通红。前院里置了一间灵堂，堂前一口硕大的紫金棺椁占据了大半个房间，刻着"文正公康乐王长孙无垢"的灵牌立在棺椁前。

一切都让人的心情跟着沉重。

武瑞安自然也是难过的，可只要当他出现在长孙府，就由衷地觉得不舒服。武瑞安轮廓分明，面色寒凝，如结了冰霜的雕像，一动不动地站在那里，不远不近地看着灵堂里的人。

辰嫛被众人簇拥，几度垂泪。这些人里面，有一半是长孙无垢的门人。他作为开国元老，教育了一代又一代的国之栋梁。就连左丞相公孙渺当初亦是他的门客之一。看得出，他们聚在一起是在讨论长孙无垢生前的事迹。

"长孙大人目光高远，襟怀伟业，我们该一生敬重，铭感于心。"正午，吊唁会终于在公孙渺的致辞中结束。半日来，武瑞安魂不守舍，只觉自己芒刺在背，十分不爽。因为只要他一回头，就能看见长孙玉茗穿着洁白的纱裙含着眼泪看着自己。他承认，三年不见，长孙玉茗已经从一个小姑娘长成了一个落落大方的美人。她的一举一动，甚至一个眼神，都轻柔婉丽，淡雅流殇。但不知道为什么，他就是对她没有好感，那一双略带幽哀的眼睛，就像穿越了许多年，一直盯着他的背脊。尤其在辰嫘册立她为太子妃之后，他更是对她避之不及。

"安儿，往后七日你便住在长孙府中，帮助长孙齐大人打点府中大小事务。"辰嫘淡淡说完，武瑞安的内心已经叫苦不迭。辰嫘千方百计地创造武瑞安和长孙玉茗在一起的机会，明眼人都看得出来，辰嫘着急了。

辰嫘自从大病之后，对空悬的储君之位便开始有所打算。她现在最属意的人选，便是曾经的神佑大将军——武王爷瑞安。长孙齐坐拥皇城十万禁军，手握重兵，辰嫘无疑是要送一份大礼给武瑞安。武瑞安表面顺从，却打心底里不想接受。

傍晚时分，辰嫘前一步离开长孙府，武瑞安后脚跟着溜了出去。他回府换下朝服，穿上平民装束，又急匆匆地去了见素医馆。见素医馆里，狄姜正手执罗扇，倚在后院的大木桩子前看画本，一边看一边笑。武瑞安一来，看见的就是笑得春光满面的狄姜。

"你在看什么，竟然这般开心？"武瑞安凑过去，狄姜却飞快地将本子藏了起来，冲他笑着："你看不懂。"

"是吗？看不懂我就不看了。"武瑞安没有强行索要，端起狄姜的茶杯喝了一口，又紧接着倒了两杯，皆被他一饮而尽。

狄姜见他如此渴，讪讪道："你……今日做什么去了？"

"吊唁。"

狄姜"哦"了一声，立刻便知道出了何事。狄姜不再多问，而是唤来书香，布了一桌菜肴，关心道："饿了一整天吧？快吃些东西。"

武瑞安也不跟她客气，拿起筷子就开始吃，等他连扒了好几口饭，见狄姜却不动筷子，才问："你们不吃吗？"

"我们都吃过了。"

"那这些……"

"专门给你留的。"

武瑞安一愣，有些稀奇："你知道我要来？"

这时，狄姜便只笑笑，不说话了。武瑞安对她的依赖可说是一日不见如隔三秋，家中常备武瑞安的一口饭，也是她能为他做到的为数不多的事之一了。

用完晚膳，武瑞安便斜躺在吊椅上，若有所思地看着上头遮天蔽日的大榕树。狄姜见他心情不好，也不想多加打扰。武瑞安沉默了许久，直到天边一束烟花炸响，他才一拍手，道："呀，今天是看花灯的好日子，流乐坊年年都有花灯会！"

"花灯会？"狄姜一愣，好奇道，"什么样的花灯会？"

"今天是一年一度的牛郎织女鹊桥相会的日子呀！"武瑞安说着，从吊椅上翻下身，牵起狄姜的手便跑了出去。狄姜不挣扎，不扭捏，步履轻盈地跟在他身后，笑得一脸风轻云淡。

疏影横斜水清浅，暗香浮动月黄昏。流乐坊的荷塘边挤满了善男信女，人人手执一只河灯，将写着相思之语的纸条放置在灯中燃尽，再将河灯放在河里，让它越漂越远。似乎这样就能将她们美好的心愿带到天边，让神灵看见。

武瑞安买了一只河灯，递给狄姜："你也写一个吧。"

狄姜"嗯"了一声，沉吟半晌，却没有接过河灯。末了，她摇头笑道："我没有什么心愿。"

"没有心愿？"武瑞安蹙眉，"难道你不想跟我在一起吗？"

"想啊，"狄姜大方点头，"可只要你也想跟我在一起，那我们就能在一起，为什么还要许愿？"

"你说得也有道理……"武瑞安看着手里的河灯，觉得拿着无用，又扔了可惜，最终还是拿来纸笔，蹲在地上，自己写了一张纸条。纸条上书："浪花有意千里雪，桃李无言一队春，一壶酒，一竿身，快活如我。一棹春风一叶舟，一纶茧缕一轻钩。花满渚，酒满瓯，万顷波中有自由。"

纸条很快在烛火中燃尽，化作了灰飞。狄姜见了，"啊"了一声。

"你怎么了？"武瑞安疑惑。

狄姜凝眉，不解道："王爷难道想离开太平府？去过闲云野鹤的清闲日子？"

"想啊。"武瑞安大方点头，笑问她，"你愿意跟我走吗？"

狄姜沉默半晌，还不等她回答，武瑞安又说："其实，我们都只是万千星辰中闪着微茫的一颗星，与身边的人没什么不同。"

狄姜听不大懂，但也不想打断他。

武瑞安又道："我自幼生于深宫之中，养于妇人之手，又在长兄阴影笼罩之下长大，哪里会有那么许多的鸿鹄大志？我曾经坐拥三千弱水，掷果盈车；也曾经历过金戈铁马，战火纷飞。但如今，这些都已经成为过去。现在我想做的……只是去握紧你的手，再也不放开。"

武瑞安牵着狄姜，倾诉着绵绵情话。狄姜就那么站着，嘴角带着微笑，一动不动地回望着他。她的眸子里映着水中千盏万盏的河灯，星星点点，灿若银河。这一次，她的笑，不再风轻云淡，不再若有似无，而是带着千点万点的妩媚，真真切切，如夜里盛放的烟花，璀璨绚烂。四周流水潺潺，春意阑珊。这一刻，流乐坊中车水马龙，没有人会注意到黑暗中的他们。正如武瑞安所说，当他们脱去朝服，褪下身份后，他们便只是这浩瀚宇宙之中那一星半点的尘埃。他们只是普通人，只需要在对方的眼中发光、发热。

放完河灯，武瑞安先将狄姜送回医馆，然后回了自己的王府。他刚一踏进府门，管家刘长庆便围了上来，拱手道："王爷，您可回来了，陛下急召，要您立刻进宫去见她！"

武瑞安看了眼天色，凝眉道："母皇什么时候下的旨？"

"回王爷，酉时。"

"这就好办了，"武瑞安舒展眉头，笑道，"现在已近亥时，母皇想也该睡下了，本王就不去打搅了。"

"可是……"

"别可是了，就算天要塌下来，也等塌了再说。"武瑞安说完，伸了个懒腰，便打着哈欠回了房。对于辰曌想说什么，武瑞安其实能猜得到。无非就是长孙家势力盘根错节，得长孙玉茗者得天下，让自己不要不识好歹一类的。他想来想去，觉得自己不想要天下啊……哪怕坐拥万里江山，还不如回家抱狄姜来得舒服。

武瑞安睡在床上，看着自己的手，突然很懊恼……自己今天居然没有抱她！

真是失策啊失策……

下次见面，一定得有点实质性的进展才好。

武瑞安想着想着，越发开心，很快便睡了过去。梦里，他梦见和狄姜成亲了，在林中建了一间木屋，过上了隐居的日子。他们还生了两个孩子。

一个名叫笛欢，一个名唤江悦。

狄姜。欢悦。

他想，喜欢一个人的最高境界就是要把这世上最美好的一切都给她，希望她每天都能欢心、愉悦吧？

这两个名字，他十分欢喜，不知道狄姜知晓了，会不会欢喜？

翌日，武瑞安一直睡到天光大亮才起身。管家来叫了好几次，他都充耳不闻。显然，他在逃避一些事情。武瑞安三年不曾回太平府，发现三年里人事几次翻新，自己在朝堂中的地位也并不那么重要了。如今母皇生病，二皇兄武隆监国。武隆曾当过五年的皇帝，坐皇位是个什么滋味，他比谁都清楚。他被母皇废黜后，过了多年闲云野鹤的日子，现如今又被辰曌召回太平府，心情怕是更加微妙。

武瑞安只觉得皇位这烫手山芋谁想要谁拿去，自己这个"死"过的人，实在没必要在这时候去触他的霉头。如果可以，武瑞安甚至想回到儿时兄友弟恭的时候，而不是现在连见面都成了奢侈。就算见了，他也能想到对方笑里藏刀、咬牙切齿的模样。

他这一遭，不该回来的。

可武瑞安躲得过一时，却躲不过一世。早朝过后，辰曌一连往武王府下了三道旨意，宣他进宫。第一次，武瑞安称病，说自己头晕目眩，卧床不起，不能走动；第二次，带着旨意来的小太监，顺便带来了太医署的三位资深太医。太医自然识破了武瑞安的伎俩，但武瑞安也有法子对付他们。武瑞安将太医们全都留在了王府，陪他喝下午茶。

一个时辰以后，辰曌第三次下了旨，由素云亲自宣召，称辰曌病重，让武瑞安速速去圣前聆训。武瑞安一听说辰曌重病，也不管是真是假，只能立即起身去了太极宫。

太极宫御书房里，辰曌端坐在御座上，正在批阅奏章。她的精神面貌看上去不佳，但是也没有到病重的地步。武瑞安着急地走进去，都忘了行礼，拱手道："母皇，您骗儿臣？"

辰曌眼皮都没抬，咳嗽了一声："许你骗朕，不许朕骗你吗？"

"母皇怎能拿自己的龙体开玩笑！"武瑞安放下了悬着的心，深吸一口气，跪地叩首，道，"儿臣逾越，请母皇原谅。"武瑞安还算守礼，这让辰曌心情好了几分，但是她心头仍然有气，便板着脸道："昨夜你去了哪里？"

"守灵呀。"武瑞安摊开双手，满不在意地笑了笑。

"胡扯！"辰曌放下御笔，怒道，"长孙府来报，说你下午就离开了。"

武瑞安蹙眉，不可置信道："他们竟然跟您告状？"

"他们怎会跟朕告状？若连这个朕都不知道，朕还怎么当皇帝？"

是了，辰曌的眼线遍布朝堂，想要知道他的去向可太简单了。

武瑞安跪在地上，不再说话。

辰曌屏退左右，命侍女将大门关紧，随即走下御座，拉着武瑞安的手，坐在了一旁的榻子上，说起了体己话。这是三年前武瑞安从未敢想的事情。辰曌手执绢帕，时不时会掩嘴咳嗽，她的病一直都没有好，这是真的。

辰曌："安儿，朕老了，你不要让朕失望。"

武瑞安一边为辰曌顺气，一边道："母皇正值盛年，怎么会老？在儿臣心里，母皇永远都不会老。"

"你不用安慰朕，朕的身体，朕清楚。咳咳……"辰曌的咳嗽声愈渐沉重，门外的内侍听见，立刻敲门，但是辰曌并没有宣召。直到一刻后，辰曌实在咳得不行了，武瑞安才打开门让内侍进来。师玉霖递给辰曌一碗热腾腾的药汁，辰曌喝完之后，他却不急着出去。

辰曌看了他一眼，道："你还有事？"

师玉霖躬身拱手道："启禀陛下，三皇子武煜在殿外求见。"

师玉霖此话一出，辰曌和武瑞安都是一愣。

"煜儿到了？"辰曌眉目中有些欢喜，但是在武瑞安面前，倒也不好表现得太欢喜。

武瑞安对皇位不上心，谈不上不悦，但内心多少有些复杂。辰曌生下武瑞安时，忙于政务，对他疏于管教，武瑞安几乎是淑太妃那边的人带着长大的。淑太妃对他极为宠溺，几乎事事依顺。武瑞安小时候算得上是宫里的小霸王，眼睛长在脑袋顶上，能横着走就不会正着走。三皇子武煜与武瑞安年纪相差不大，儿时却受尽了白眼欺凌，故而二人自小不睦。

辰曌找回武煜的事情，还没来得及告诉武瑞安。如今武煜突然驾临，让二人一时有些尴尬。辰曌看了武瑞安一眼，便对师玉霖道："知道了，且让他候着。"

"是。"

师玉霖退下后，辰曌看着武瑞安，几次欲言又止。武瑞安读出了她眼中的尴尬，摇头淡然说："母皇，儿臣许久不见三皇兄，甚是想念，请您不要有介怀，快去请皇兄进殿吧。"

"咳咳……"辰曌摆了摆手，笑道，"无事，且让他等着，今日朕只想与你好好说说话。"

"……儿臣遵旨。"武瑞安表面恭顺，可实际上，他实在不想跟辰曌继续聊下去。他知道她想说什么。武瑞安一直心不在焉，听着辰曌一句句地唠叨。他本来不想反驳她什么，直到辰曌说道："玉茗已到了适婚的年纪，她等了你三年，如今终于等到你回来，你也不该再逃避了。"他立时反叛心起，忍无可忍。

"什么叫儿臣不该再逃避？"武瑞安音调拔高，急道，"她等儿臣，儿臣就必须娶她吗？这世上等儿臣的人多如过江之鲫，儿臣每一个都要娶吗？"

辰曌脸色发绿，许久，却仍是忍下了，缓缓道："这世上喜欢你的女子多如过江之鲫，这点不错。但是，能带给你千秋江山稳固的女子，只有长孙玉茗一个。"

"儿臣不娶。"武瑞安斩钉截铁，摇头道，"儿臣要娶，只娶儿臣喜欢的那一个。"

辰嫚强压怒气，耐着性子问道："哦？你已经有心上人了？"

"是，喜欢她好久了。"

"是哪家的女子？朕可曾见过？"

"见过。"武瑞安心一横，大方承认，"儿臣喜欢的人，住在南大街尽头，是见素医馆的掌柜，仁心仁术，医……"

"胡闹！"武瑞安尚未说完，辰嫚便勃然大怒。她右手一拂，茶盅果盘糕点散落了一地。

"你怎么能娶一个医馆大夫！简直是滑天下之大稽！"

"儿臣除了她，谁都不娶。"武瑞安匍匐在地，直言，"您若不同意，干脆杀了儿臣吧。"

"你！你……你简直不知所谓！你就给朕跪在这里，好好反省！"辰嫚说完，豁然其身，她重新走到书桌前，平息了片刻，便又开始处理成山的奏章。辰嫚一边批阅奏章，一边拿了个几十斤重的铁木镇尺给武瑞安举着，让他就在殿里跪着，一直跪到想清楚了再起来。

这期间，师内侍敲了两次门，但是辰嫚都充耳不闻，哪怕他好几次提及三皇子武煜，她仍是不当一回事。很显然，不论是二皇子武隆还是三皇子武煜，都不及武瑞安来得有分量。他一回来，辰嫚几乎就将所有的宝都押在了他的身上，而他刚刚竟然告诉自己，他要娶一个药店掌柜！

简直是不知所谓！

气死朕也。

武瑞安离开的时候，已经过了酉时。他在御座前跪了三个时辰，仍是不松口。辰嫚无奈，只得先放他回去，至于日后如何，日后再说。辰嫚往太极殿方向走去，没走多远，便见一个身长玉立的身影站在墙角里。他的身影孤清单薄，身边只跟了一个穿着旧衣的仆从。那人的眉目像极了去世的献帝，以至于辰嫚在看见他的那一瞬仿佛看见了自己死去的丈夫。辰嫚身形踉跄，若不是素云扶着，险些就要站不住。

她细看之下，才发现那人虽然长得像献帝，眉目中却没有献帝的自负与狂傲。他面色苍白，瑟缩又胆怯，似乎风一吹，就会被吹走一般。

"他是……煜儿？"辰嫛颤声道。

师玉霖颔首："回陛下的话，三王爷已经在此等候了近四个时辰。"

辰嫛一听，立即走下台阶，急步来到了武煜身前。自从迁都之后，母子二人已经数年不见，武煜长高了，长大了，不变的还是那一双怯懦的双眼，以及干瘪消瘦的身体。

辰嫛想，自己不是那么喜欢武煜，正是因为自己内心的愧疚。如果当时自己没有喝那一碗汤药，如果那时候她能再强大一些，就不会让他变成现在这副模样。

"儿臣参见母皇，母皇万岁万岁万万岁！"武煜双膝跪地，俯首叩拜，许是太久不见，激动之下一连在辰嫛面前磕了三个响头。

"咚，咚，咚。"每一声都清脆响亮。

"快、快起来！"辰嫛反应过来后，立即扶起了武煜。武煜颤抖地站起身，看着辰嫛的眼睛里泛着红光，其中有道不尽的思念，将她紧紧包裹，压得她喘不过气。

这是她最对不起的一个儿子，今生都无法偿还。这时，一旁的师玉霖"扑通"一声就跪了下去，左右开弓，一巴掌接着一巴掌地打在自己脸上。他边打边道："都是奴才该死，奴才没有及时通报陛下，害三王爷在此久等，求陛下原谅，求王爷宽恕！"

武煜看着师玉霖，面露不忍："我等得不久，你不必自责。"

辰嫛却没有理会师玉霖，而是看着武煜："煜儿，你身为皇子，怎能自称'我'？你应当自称'本王'才是。"

"我……"武煜还没说下去，被辰嫛一瞪，只能改称，"是……儿臣谨遵母皇教诲。"武煜瑟缩着，不太敢与辰嫛直视，那一副战战兢兢的模样，让辰嫛更加不忍。

这个儿子，她实在太不放在心上了……

辰嫛看了师玉霖一眼，面不改色，沉声道："拖下去，杖责二十。"

"奴才多谢陛下不杀之恩。"师玉霖俯首叩拜，随即便被侍卫带了下去，打了二十个板子。从始至终，他都做得不留痕迹，似乎真的是因为他没有通传才导致武煜苦等一般。武煜对此深信不疑，也不怨恨。毕竟，从小到大，他被忽视的实在太多太多了，以至于旁人若正视自己，那才是奇怪的事情。

辰曌带着武煜用膳，又给他在宫中安排了住所，二人一直聊到了午夜才各自睡去。

翌日，辰曌下朝之后，照旧在御书房里看折子，每隔一刻都有内侍来换热茶，今日来的已不是昨日那个小太监，辰曌这才想起，他被自己打了。辰曌唤来素云："前日里那个小太监叫什么来着？"

"回陛下，他叫师玉霖。"

"是个伶俐的孩子。"辰曌轻轻颔首，"去把他叫来。"

"回陛下，他……"

"他怎么了？"

"他这会儿怕是走不动路了。"

辰曌"嗯"了一声，想起昨日那二十大板也该打得不轻："派个太医过去，好好照顾，等他病愈，提至总管内侍之位，只在御前伺候。至于师文星……他老了，就养老去吧。"

"是。"

"三皇子的府邸可备好了？"

"回陛下的话，煜王爷的府邸已经修缮妥帖，随时可以搬进去。"

辰曌想了想，点头："派左相全权处理此事，务必让煜儿风光地住进去，不要叫人看轻了他。"

"是。"

武煜乔迁的日子定在了初十，这两日仍住在宫中，各方闻讯的大臣不方便探视，倒也图了个清净。翌日，辰曌特地宣召二十余名太医为武煜联合会诊，结果让人很惊讶，武煜的身子虽然虚弱，但儿时那些咳喘无力、气虚元亏的现象已经大有好转。他可以有自己的孩子，若调养得宜，长命百岁也是有可能的。辰曌听了结果喜不自胜，这意味着，除了武隆和武瑞安之外，自己还有一位身体健康的皇子。

当日，辰嫛便吩咐人将三皇子调到了大明宫，与辰嫛隔房而居，这是向世人宣告自己对三皇子的喜爱不比六皇子少。

初十这日，左相公孙渺带着一干大臣来到郁王府，庆贺武煜乔迁之喜。朝中官员都到了场，就连二皇子武隆也送来了厚礼。满朝文武，唯独六皇子武瑞安不知所踪。辰嫛听闻后，雷霆震怒，派了好些人去寻都寻不到他的踪迹。她气得整日都食不下咽，病情再次加重。

傍晚，辰嫛批完折子，从御书房出来，路过廊屋时，忽然听到好些哭声。

"出什么事了？"辰嫛疑道。

"回陛下的话，师文星去了。"

"哦？前些日子不还只是病了？"

"是……"

辰嫛叹了口气，继续前行，但是不知怎么的，走着走着，她又突然停下步子往回走。

"陛下这是要去哪儿？"

"陪朕去看看师玉霖，他挨了二十大板，朕也该去看看他。"辰嫛面色微寒，声音嘶哑，显然，她很不安。不是说她有多在意师玉霖，而是不安自己的病。师玉霖的师父师文星从病倒到去世，不过才两个月的工夫。师玉霖被打了二十板子，说不定也会造成送命的伤。而她自己的病……似乎也越发严重了。

师玉霖的房间就在师文星的隔壁，师文星在昨日夜里去了，他的棺椁已经被抬到了西北宫。小院子里只剩下师玉霖居住，瞧上去有些冷清。辰嫛驾到时，素云没有通传，直接推开门走了进去。

师玉霖的房间里没有什么摆设，独挂了一幅字，上书："肥水东流无尽期，当初不合种相思。梦中未比丹青见，暗里忽惊山鸟啼。春未绿，鬓先丝，人间别久不成悲。谁教岁岁红莲夜，两处沉吟各自知。"

辰嫛一进屋便看见了这副字。她起先惊讶于一个太监居然会在自己的屋里挂这样的相思之语，细看两眼才发现落款处写的竟是他自己的名字。这幅字笔力沉稳厚重不失大气，竟然出自一个小太监的手笔，真是叫人刮目相看。

辰嫛爱才，心中对他的赏识不禁又多了几分。

辰嫛阔步走进去，便见师玉霖紧闭着眼睛趴在床上。他的眉毛眼睛拧到了一处，显然梦中还在疼。

"师……"素云刚想把他叫醒，便被辰嫛制止了。

辰嫛没打算打扰他休息，便在一旁坐下，这时，桌上的几副字又吸引了她的注意。

其中一副挽联，是一首悼亡词——

"忆昔日膝下承欢，句句诲言铭肺腑。

莫匆匆归去。

三分秋色二分愁绪，更一分风雨。

恸今昔灵前哭泣，悠悠长叹。

不知来岁牡丹时，回梦再逢何处。"

这首词哀悼的是他的师父师文星。辰嫛的动作虽然很轻，但是师玉霖仍似在梦中感觉到了似的，缓缓睁开了双眼。他看见眼前的辰嫛，起先有些迷糊，柔柔一笑又闭上了眼睛。下一刻，等他再睁开眼睛，看到辰嫛和素云仍在自己眼前时，立即惊得坐了起来。他连滚带爬地翻下床，跪地道："奴才参……参见陛下。"

师玉霖的动作太大，牵动了伤口，额头上冒出豆大的汗珠，但是他尽力保持着身子，不让自己在辰嫛面前失礼。辰嫛扬起手中的悼亡词，眸子里写满了惊艳："这是你写的？"

师玉霖跪在地上，咬牙点了点头。

辰嫛："文采不错，比起这满宫的内侍女官，怕也只有素云能与你一较高下。"

辰嫛和煦一笑，惊得师玉霖又是一颤，连连叩首道："玉霖才疏学浅，不敢与素云姑姑争辉。"

辰嫛摇头，将他扶了起来，笑道："朕说你好，你就是好，何须自谦？"

师玉霖垂着头，不敢反驳。

辰嫛沉默了半晌，又道："你与煜儿重音，今日朕赐你新名文昌，你意下如何？"

"文昌谢陛下赐名。"

师文昌再次跪倒，不敢抬头。这一副谦卑的模样，让辰曌打心眼里觉得欢喜，就连素云见了都觉得惊奇。小小年纪，识大体，懂规矩，不骄不躁，这已经是宫中御前伺候之人最难能可贵的脾性了……

而这厢武瑞安自从被辰曌罚跪，便索性去见素医馆过起了避世的日子。他这也不是头一遭被女皇罚跪了，对于此，他已经驾轻就熟，做到了可以完全不放在心上。

晚饭过后，书香坐在院子里跟武瑞安下棋。书香全力以赴，每一步都小心翼翼。武瑞安则单手撑着头，心不在焉地胡乱下子。就算如此，在他手下书香仍被杀得片甲不留。

书香很奇怪，这世上棋艺高超之人不少，可能赢过他的人不多。武瑞安是一个，可他永远只赢他半个子，实力深不可测却又似乎真的是侥幸。书香测不出他的真实棋力，只有连连败北的无奈。书香输了第十四把后长叹了一口气，随口道："王爷已经三日不曾参加早朝，您……还不打算回去吗？"他明面上是担心武瑞安的官途，暗地里的意思却是"你还打算在这儿折磨我多久？"

武瑞安"唔"了一声，说："反正朝堂之中也没本王什么事，不如在这儿待得自在安逸。"

书香哑然，求救般地看向狄姜。狄姜正在给问药讲经，没空理他。问药此时也是一副生不如死的模样，求救一样地看着书香。二人眼神一交会，一拍即合。书香一拍手，站起身子，佯装懊恼道："啊，掌柜的，我突然想起来，前几日去贫民窟，答应给那边的乞丐送馒头，这几日王爷在这儿，我都给忘了！"

"哦？还有这等事？"狄姜放下经书，"那你现在就去吧，答应旁人的事情，须兑现承诺，尽早做完。"

"是。"书香颔首，随即对武瑞安抱歉一笑，转身进了后院。书香出来的时候抱了两大篮子馒头，一副要提不动的模样。问药见状，立即站起身，帮着书香提篮子："掌柜的，我跟书香一起去！"

狄姜看得出她待不住，无奈之下只得摆了摆手："去吧。"

狄姜站在门口，目送二人一人提着一个巨大的篮子往城西走去。武瑞安走过来，靠在门边，笑道："他们的感情越来越好了。"

"也只有在这种时候而已。"狄姜苦笑。

太平府南大街巷子里的住户近年来越来越少，整条街上似乎只有狄姜的药铺和钟旭的棺材铺还开着门。棺材铺里，钟旭正和长生扎纸花，他们身边已经扎了满满两大筐，四周墙角里也放满了各式各样的纸器，看上去一副生意惨淡的模样。

"钟旭这几日似乎每日都在铺子里扎纸人。"武瑞安不无担心道，"他似乎……与过去不大一样了。"

狄姜含笑点头："是啊，难得可以见到他安稳待着的模样，从前啊，他……"狄姜说到此，突然顿住了，摇头笑了笑，不打算再继续说下去。

"他从前如何？"武瑞安好奇道。

"他啊……很忙碌。"狄姜随口答道。

武瑞安以为狄姜也嫌他无聊，便清了清嗓子，正色道："我以前也很忙碌。"

"是是是，你们以前都很忙，但是最近似乎都有些闲，闲过头了。"狄姜毫不犹豫地泼了他一桶冷水，这让武瑞安无言以对。

武瑞安叹了口气，心头有些失落。他不是故意闲下来，他也想在朝堂之上兢兢业业，也想为百姓为江山做些贡献。但是世间哪有双全法？他总不能跟狄姜说，辰曌已经明令要赐婚了吧？他不想委屈狄姜，不想要两个妃子。从前他舍不得绫罗绸缎以及被世人尊崇的高高在上的王爷身份，可是经过云梦泽一行，他突然看淡了一些事情。他想，如果真的到了选择的那一天，他应该会选择带狄姜远走高飞、浪迹天涯吧。他现在只是想提前感受一下，等他不当王爷了，在这药店里当掌柜是个什么感觉罢了……

翌日，刚吃完早饭，问药和书香便又提着两大篮子馒头跑了出去。那模样分明是要去做善事，但总有一种脚底抹油的感觉。

不错，他们俩都不想留下。留下的结果只有一个，书香被王爷拉着下棋，问药被狄姜摁住听经。那对他们来说简直生不如死。

书香和问药离开之后，武瑞安和狄姜也有些无聊。武瑞安发现，喜欢一个人，跟她待在一起总会有些心猿意马。而真正喜欢一个人时，是不舍得轻薄和占便宜的。武瑞安为了缓解尴尬，便道："我从未去过贫民窟，不如你陪我去走走？"

狄姜寻思了一会儿，点了点头："好。"随后，狄姜便去钟旭的棺材铺里，请了长生来帮她看铺子，自己则带着武瑞安去了城西南部的康平坊。

康平坊里，房舍低矮破旧，好几户人家挤在一个院里生活。这里的锅碗瓢盆随处摆放，垃圾更是堆得满地都是。这里有乞丐，有病人，有从事各色各样职业的人，他们共同的特点就是贫穷。武瑞安捏着鼻子，咳嗽了两声，被狄姜看了一眼之后，便又放下手装作不在意的样子，从一片烂菜叶子上踩了过去。可那一刻，狄姜分明看到了他的双肩在颤抖。

二人在康平坊里转了一圈，没有看见书香和问药的身影，却见到一户人家前头围满了人。人群里传出一声声撕心裂肺的哭号："你还我孙女！"那声音苍老年迈，让人一听便跟着揪心，狄姜和武瑞安都有些好奇。

二人走上前，从缝隙往里探去，便见一驼背的老头瘸着一条腿，将一大桶粪便泼在了那户人家的大门口。同时，他破口大骂道："泥巴躺得好好的你非要把人家糊上墙！朽木腐得好好的你非要把它切成条！咸鱼躺得好好的你非要给人家翻一翻！我的小孙女从前再丑陋再不好，总还是个大活人！她活得好好的！现在好了，我孙女死了，她死了！钱四娘，你赔我孙女！你赔我孙女！"

老头一直骂骂咧咧，诅咒天诅咒地，诅咒钱四娘一家不得好死。他的身边除了一个夜香车，还有一个烂草席，至于里面裹着什么，从狄姜这个角度看过去看不出来。但从他的吼骂声里可以听出来，他的孙女死了，那烂草席裹着的，怕就是他的孙女了。

钱四娘的家门一直紧闭，任瘸子如何辱骂也没人开门，甚至连一丝动静都没有。

"这是出什么事了？"狄姜寻了身边一个老妈子问道。

老妈子看了狄姜和武瑞安一眼，见他二人穿着打扮都属上乘，便说："姑娘，你们不是咱康平坊里的人吧？"

"嗯。"狄姜颔首，微微一笑，"我住在隔壁。"

康平坊的隔壁是昌平坊，虽然不是贫民窟，但也没好到哪里去。老妈子一听说他们也不是什么大富大贵人家出身，便放下了成见和防备。老妈子长叹了一口气，恨恨道："你是不知道啊！真是做了死孽哟！许老头子的儿子媳妇老早就死了，十几年来跟孙女相依为命。本来过得挺好，但是许丫听了钱四娘的劝，去了官老爷家里当差，这还没三天呢，就死了！"

"怎么死的？"狄姜惊道。

"听说是病死的，但我看像是被折磨死的！"老妈子撇了撇嘴，"丫儿的尸体半只手臂都没了，小腿也缺了一截！"

"什么！这也太骇人听闻了！"武瑞安脸色发绿，显得极为惊讶。

"可不是嘛！这明显就是虐待！"老妈子又道，"可是照我说啊，许大爷也不该怪钱四娘，毕竟她也是想帮许老头子。这丫儿去了大户人家，见了世面，往后也能嫁得好些，不必在咱这儿做些倒夜香的活儿了。钱四娘本来也是好心，但谁知道结局会是这样……唉！要怪只能怪公孙家的嫡子，仗势欺人！"

"公孙祺？"武瑞安一惊。

"你认识他？"老妈子一瞪眼。

武瑞安连连摇头，有些尴尬："公孙渺老来得子，嫡子被宠得无法无天，他大名鼎鼎，我认识他，可他不认识我呀。"他说完，老妈子的脸色才好看了些，又道："那可不是，他简直是个畜生！"

"是啊是啊。"武瑞安点头附和着，心里暗自松了一口气。显然，这里的人们对达官贵人的厌憎真不是一点半点，自己要说跟公孙祺认识，那指不定得被他们扒皮拆骨了……

就在武瑞安悻悻之时，许大爷将最后一大桶粪扔进钱四娘家窗户上，便抹了一把眼泪，抱着孙女的尸首，步履蹒跚地走开了。

"从小我就跟你说过，路见不平，绕道而行，你偏不听。现在好了吧，身首异处了，你开心了？"许大爷一边走一边哭，经过狄姜二人身边时，狄姜总算看清了。烂草席里的许丫的尸体上，确实是少了半只胳膊和一截小腿。

尤其是她小腿部位的伤口，凹凸不平，活像是被什么东西给生生咬断了，森森的白骨外露，合着血液一起，腥臭难当……

他的背影蹒跚，单薄而无助，可谓见者流泪，闻者伤心，让在场每一个人都不好受。

从康平坊回去之后，武瑞安的心情就不大好，他表情凝重，一路沉默。半晌才说出一句话："那个老伯……他抱着孙女去了哪里？"

"该是去郊外找一处林子埋了吧。"狄姜黯然答道。

"用那张破草席裹了就埋了？"武瑞安一愣，有些不可置信。

"不然呢？"狄姜讥笑道，"像他们这样的人家，哪怕倒一辈子的夜香，怕也是连口薄皮棺材都买不起的。"

"公孙祺呢？他害死人家，不该赔偿吗？"

"都说是仗势欺人了，又怎么会赔偿呢？"狄姜摇头笑笑，"这其中怕还有我们不知道的隐情吧。"

"我这就去公孙府，找公孙祺问个清楚！"武瑞安撩起袖子就要走，狄姜觉得他这样做似乎也没有错，便由着他去了。可谁知过了一会儿，武瑞安又停下了步子，回头道，"算了，我改日再去找他，我们现在还是先给许老伯送口棺材吧。"

"嗯？"狄姜微笑，有些不明所以。

武瑞安又道："公孙祺那边我不能私自去找他。从前我与他关系不错，是欢场上……"说到这，武瑞安脸色一红，没再说下去。

"嗯？"狄姜一脸好笑，让他继续说。

武瑞安清了清嗓子，正色道："总之，我知道他是什么样的人，我也清楚他的手段，若我贸然前去，他一定会找借口为自己开脱。"

"那您打算怎样做呢？"

武瑞安想了想："等明日早朝，我会请奏母皇，让她亲自审理此案。此事公之于众后，必能让公孙祺伏法，以平民愤！"

狄姜点了点头，显得有些惊讶，一来惊讶于他的善良，二来惊讶于他的天真。善良在愿意为不起眼的市井小民抗争，天真在认为上位之人会为了一个倒夜香的老伯而得罪权臣。但狄姜虽然觉得他天真，依然还是鼓励他有这样一颗善良的初心，笑道："王爷思虑深远，办事周全，您的形象在我心中真是越来越高大了。"

"好说好说。"武瑞安搔了搔头，嘿嘿一笑，那模样就像是一个还没长大的大男孩。随后，二人便去了钟旭的棺材铺，说完经过，便向钟旭买了一口棺材。

棺材是柳木做的，不算贵重，但是看上去四平八稳、质地坚实。这样的水准既能让许老伯不觉得太唐突，也不会让他有心理负担。武瑞安和钟旭推着棺材走在前头。

"我们现在该往哪儿走？"武瑞安站在十字路口，四下张望，这才发现他们似乎并不知道许老伯去了哪里。

"回头林。"钟旭掐指一算，"他在西郊的回头林里。"

"你确定？"武瑞安狐疑。

不等钟旭回答，狄姜便附和："没钱的平民百姓都会将去世的亲人埋在那里，那里没有官府管顾，不需要上下打点，没有后顾之忧。"

"原来如此。"武瑞安点了点头，说罢，便让钟旭走在前头带路，自己则在后头推车。

一行人往城郊走去，一路上，引起了不少人的注意。棺材这种东西，虽说也有寓意是升官发财，但多少还是带着晦气，且路人也不知道这里头究竟有没有装着尸体，便不自觉地回避。他们的眼神里多是厌恶和烦躁，还有一些人，则因为他们三人外貌都属上等，不自觉有些好奇是哪家的公子、夫人。

总之，一路上什么人都有，这样被人指指点点，对武瑞安来说还是头一遭。

一个时辰之后，他们终于到达了西郊的回头林里。这一路都是泥泞的羊肠小道，钟旭和武瑞安一前一后推着棺材，已是累得满身大汗。就在此时，空气里飘来丝丝夜香的味道，乍然闻去，让人作呕。许老伯是夜香工，身上有味道不奇怪。他们只是微微蹙了蹙眉，没有表现出特别反感的模样。三人穿过一片竹海，眼前便豁然开朗。

这是一个山谷，四面环山。山谷里的草地稀疏，没什么高大的树木，唯一的景色便是大大小小的坟冢，有的新有的旧，里头埋葬着数不清的骸骨。这些坟冢大多低矮，且没有墓碑。就算有墓碑，也不过是几块烂木头，上面写着鬼画符一般的字。对于这些贫民来说，认字已是天大的奢侈，能写好的就更是少之又少了。

这是狄姜第一次来回头林。从前她有所耳闻，今日亲眼所见，还是不禁被这里的荒芜萧索所感染。到了这里的人就永远不会出去了。他们埋骨于此，连个像样的墓碑都没有。

钟旭显然已经来过多次，并没有什么反应，武瑞安则彻底惊呆了。

"皇城附近竟还有这样的地方。"武瑞安声音嘶哑，显然受到的打击不轻。他过去的日子，从来都是锦衣玉食、歌舞升平，这样的场景，是他连做梦都想象不到的。

钟旭对此比较熟悉："在城南郊外还有一个乱葬岗，那里的人都是些无亲无故之人。他们不知从哪儿来，也不知姓甚名谁，死了之后，官府便将这些人的尸首送去义庄，无人认领就会拉去乱葬岗扔掉，连个坑都不会有。"

"……"

"所以，这些被亲人埋葬的人是幸运的，至少他们入土为安了。"钟旭说完，狄姜才知道，原来他说了这么多话竟是在安慰武瑞安。

武瑞安听完，如此一想，心里倒是好过了些。

三人在回头林里转了一圈，并没有看到许老伯的影子，后来武瑞安和钟旭分别爬上了一座山头，细细一看，终于在东北方见到一个正在挖坟的身影。许老伯整个身子都在坑里，所以他们刚刚经过此处时没有立刻发现他。三人走近，便见他红着眼睛，双手正一寸寸艰难地刨土。他的身边是许丫的尸体，尸体一部分暴露在空气里，已经开始腐烂，似乎已经死了很多天了。

"爷爷……丫儿不孝……丫儿该听您的话……丫儿好痛……好痛……"女孩的声声哭泣传进了狄姜的耳朵里。她的声音尖细稚嫩，仍是童音。她就坐在坑的边上，不知所措地看着自己的尸体。她会一次次伸出手，想要摸一摸爷爷的手臂，但是都一次次穿过他的身体，始终都没有能碰到他。

狄姜胸口发堵，转头看向身边的钟旭，便见他呆呆地站在那里，亦是一脸愣怔。他的眉毛微蹙，显然也是听见看见了的，但是他没有别的行动。若

211

放在从前，他早已经祭出长剑，一剑刺了过去。"有妖皆戮，无鬼不烹"是他的座右铭。对于心怀仇恨、不愿轮回的鬼魅，他从来都不会心软，只要遇到了，不论缘由，下场只有一个"死"字。

但是现在……他却睁一只眼闭一只眼，左耳进右耳出了。

"许老伯，我来帮你。"武瑞安撩起袖子，不由分说跳下了坑。许老伯看了他一眼，有些不明所以。武瑞安略带歉意地一笑，"你年纪大了，会很辛苦，让我来吧。"

他眸子里的抱歉，让许老伯更是惶恐。

他……根本不认识这些人！

许老伯抬起头看了一圈，才发现不只武瑞安，身边已然多了三个人，外加一口大棺材！

"你们是……"

武瑞安道："我们路过康平坊时看到了您，想略尽绵薄之力，请你不要拒绝，更加不要忐忑。我们没有恶意。这个坑放棺材有点小了，我们再挖大一些。"武瑞安说完，双手捧出一抔土，扔到了外头。钟旭也挽起袖子，打开棺椁，将许丫的尸体抱进了棺材里，悉心放好。

"谢谢……谢谢你们。"许老伯呜咽着，豆大的眼泪决了堤。平日里因为他的工作污秽，几乎没有人会来接触他，怎料今日这样凄凉的境地，竟还有人肯来帮他。这会儿，武瑞安一行人在他的心里简直就是神明下凡。

武瑞安和钟旭帮许老伯刨坑，狄姜则坐在一旁，拿来一早备好的木头，在上面刻起字来。

"许……丫……"这两个字刚刻好，狄姜便停下手中的动作，问道，"许大爷，许丫是哪一年的？"

"辛酉年酉月初十。"许大爷说完，连哭泣都停止了，整个人蔫蔫的。

"还有一个月，就满十二岁了……"狄姜一声叹息，而后继续埋头刻字。她的耳中回荡着许丫的哭声，除此之外，还有许许多多旁的声音。

狄姜深吸一口气，决定不再去听。她下意识摇了摇头，声音果然小了许多，但还有一些始终在空气里回荡，不愿离去。此刻风一吹，篮子里的纸钱被吹得纷纷扬扬，如雪花落下，落在狄姜身上、棺材上、土坑里。世界就如被罩上了一层灰白,沉重又压抑。

狄姜停下刻刀,看着地上枯萎的小草出神。

这片贫瘠的土地里滋生的植物,就像是生活在贫民窟里的人。他们的一生从未盛开就已经老去,如此卑微、渺小,不值一提……

但她知道,这世上再是平凡的人,也总会拥有着不平凡的灵魂。

他们会在我们看不见的地方,闪着光。

当晚,狄姜三人从回头林回来后,武瑞安径直回了王府。狄姜和钟旭走到南大街的时候,在一条邻近的小巷子口见到了正在啃馒头的问药。问药靠在一棵树边,一手一个大白馒头,正大口大口吃着。在她的身边,两个装馒头的篮子已经空了大半,只剩下一个底。

一旁的书香一脸菜色,眉头紧蹙。

书香:"我们……还是回去吧。"

"回去?"问药打了个饱嗝,讥笑道,"你还想回去跟王爷下棋啊?不是我说你,就凭你那点棋艺,不是纯粹找虐吗?"

"我棋艺很好。"书香咬着下唇,一脸郑重地强调。

"呵,棋艺好还次次都输给他?活了这么大把年纪了,我都替你臊。"

"我的棋艺的确很好。"书香再次强调。

"得得得,不跟你争这个,反正我也不懂下棋。"问药说着,又是狠狠咬了一口馒头。馒头还没咽下去,她便觉头顶出现了一个阴影。问药抬起头,看见的是狄姜微笑的脸。

"掌……掌柜的!"

"好吃吗?"狄姜一脸人畜无害的微笑。

问药咽了一口口水,点头:"好吃。"

"吃饱了吗?"狄姜还是微笑。

问药愣愣地点头:"掌……掌柜的,您您您别这样看着我,我害怕……"

"你还知道害怕?嗯?我以为你们在行医布施积恩德,却不想整日在此处啃馒头荒废人生!"狄姜收起笑意,大吼道,"还不给我滚回去抄《汤头歌》!不抄完一百遍不许睡觉!"

"是！"问药一刻都不敢逗留，立即起身撒丫子就跑。

"还有你，"狄姜侧身，对书香道，"五十遍。"

"……是。"书香知道自己看管不力"教女无方"，只能认命地颔首，抱起馒头筐慢吞吞地往铺子走去。

狄姜叉着腰，看着二人的背影，一脸无奈，身后传来钟旭的笑声。狄姜狐疑回头，便见钟旭靠在树干上，右手握拳放在嘴边，笑得双肩都跟着颤动。

"冷面冰山竟然笑了？"狄姜一脸惊讶，"你笑什么？"

钟旭咳嗽了一声，收起笑意："笑你们的生活真热闹。"

狄姜扶额，深吸了一口气，摇头苦笑："你只见我生活热闹，却不知我日日都在水火之间煎熬。"

钟旭不说话了，只是惊讶地看着她。虽然他不知道她在煎熬什么，但是不知为什么，他仿佛真的能从她带笑的眼眸里看到些许苍凉。

那是仿佛跨越了千年才沉淀下来的悲伤。

"走吧。"狄姜笑道。

"嗯。"

翌日，早朝。

武瑞安连日不曾出现，今日终于现身了，这在朝堂之上不禁引起了多人的注意。

离早朝还有半刻的工夫，太极殿外，一干大臣都不急着进去，以公孙渺和长孙齐为首，他们围在一起拉着武瑞安聊天。

"武王爷，您这三年来去哪里了？微臣接连下拜帖与您，可都石沉大海，真是让微臣惶恐啊。"公孙渺一脸笑呵呵地端足了三朝元老的架势。他话里的意思虽然是埋怨，可他的笑脸却活脱脱是一个和蔼可亲、平易近人的老伯伯的模样。

武瑞安知道，公孙渺能爬到左丞相的位置且历经三朝而屹立不倒，内心绝对不是表面上看去的那样简单。公孙渺是公孙家的族长，执掌六部，是超越长孙家、辰家、令家、武家、李家的存在。自己见了他，也要恭恭敬敬地唤一句"公孙大人"。

武瑞安咧嘴一笑："本王病了三年，刚从鬼门关里出来，怠慢了公孙大人，还请大人见谅。"他的话语轻佻，皮笑肉不笑，让公孙渺不置可否。

公孙渺带着同情的目光轻轻地点头，眼神很有些微妙，仿佛在说："怎么多年过去，这个王爷好像还是没长大呀……"

"不管怎么说，王爷回来就好，回来就好啊。"一旁的长孙齐打着圆场，他满脸笑呵呵的，仿佛怎么看武瑞安怎么喜欢，但是他的目光却让武瑞安更不舒服了。

那分明是岳父在看女婿。

这两只老狐狸，真是与他们多待一秒都觉得难受。

武瑞安暗自腹诽，双手一抱拳，朝他们点了点头，一溜烟跑了进去。

钟鼓过后，早朝终于开始。早朝的内容千篇一律，武瑞安听得直打哈欠。他百无聊赖地看着身边的官员，想看看有没有自己不认识的新人，就在这时，他突然注意到，武隆的身边有一个身形纤长的人影。

那人背影瘦小，骨骼根本撑不起宽大厚重的朝服，更衬得有些羸弱。这时，他似乎感觉到有人在看他，转过头来与武瑞安四目相对。武瑞安打哈欠的手停在空中，愣愣地看着他。他的五官清雅、眉目温柔，眼睛里透着几分怯懦，像极了父皇。

武瑞安终于认出来了，那是他多年不见的三皇兄——武煜。

武煜扬起嘴角，朝他微微一笑。

那一瞬间，武瑞安的心脏感觉漏了一拍。

这竟是武煜？！

那个从前肩不能挑、手不能提，每天都在哭泣，腰间长期挂着一个药罐子的武煜？！

他长大了，眼里没了瑟缩和害怕，多了一分洞悉世事的澄澈。

正在武瑞安惊讶之际，却听御座上的辰曌问道："众卿家可还有事要奏？"

大臣们纷纷拱手，做出一副"无事再奏"的模样。

"那就……"辰曌刚要宣布退朝，武瑞安连忙出列，拱手作揖，朗声道：

"启禀母皇，儿臣有事要奏。"

"哦？"辰嫛眼眸里闪过一丝惊喜，"皇儿有何事要禀？"

"回母皇，儿臣奏请彻查康平坊许丫暴毙一案。"

武瑞安此言一出，大殿之上的人都沉默了。

辰嫛蹙眉，道："许丫？何许人也？"

"回禀母皇，她是康平坊中夜香工人许老伯的孙女，前些日子不幸身亡，她……"

"胡闹！"不等武瑞安说完，辰嫛便一拍龙椅，难以遏制地提高音量，"你身为朕的嫡子，军功赫赫，朕对你抱以厚望，岂料你终日无所事事，现在倒还管起夜香工人来了！"

"母皇，儿臣……"

"闭嘴！太平府一众冤假错案皆有三省六部层层管辖，你莫非连各部吏治都忘却了？"辰嫛怒喝，"这三年来，你先是无故消失，朕怜你年少轻狂，不加责罚。本以为你此次回朝之后能潜心国事，辅佐于朕，你却变本加厉，无故罢朝，又是一连失踪多日。直到今日，你仍是不知悔改，竟宣称要彻查康平坊中无关紧要的案件，简直让朕失望透顶！"

辰嫛一连串的斥责让所有人都屏住呼吸，也为武瑞安捏了一把汗。武瑞安本人对此似乎全然不放在心上，朗声直言道："回禀母皇，儿臣离开三年，更能体会天下百姓所想。这泱泱万民皆是你的子民，无分贵贱。儿臣不觉得为康平坊中百姓请命有错，更不需要悔改。"

武瑞安不卑不亢，字字铿锵，偏偏还都说到了点子上，让辰嫛无言以对。

"你……好好好，你想为民请命是吗？朕成全你。即日起，朕便封你为刑部司掌固，位从八品。以后你也不必来早朝了，就待在刑部司，全权负责康平坊中一切冤假错案吧。"辰嫛咬牙切齿，一字一句，恨不得将心中对武瑞安的失望和不满全部发泄出来。

此言一出，满堂哗然。

刑部司掌固是个什么职位？

刑部设有尚书一人，侍郎一人。

刑部司掌固，已经是刑部排名到五十开外的边边角角的官员了。

"母皇，掌固之职是不是太小了？"二皇子武隆心直口快，直接问出了朝堂之上每个人心头都有的疑惑。

辰曌面不改色："调查康平坊中案件，掌固足矣。"

武瑞安不为所动，站得笔直，拱手道："儿臣谢母皇成全。"他的声音浑厚，掷地有声，甚至比他身为神佑将军时还要骄傲。

"滚。"辰曌一摆手，起身离开了御座。这是她执政多年以来，第一次以这个字眼结束早朝，或许也是古往今来第一个以"滚"字结束的早朝。

下朝之后，一堆官员纷纷围上来，堵住了武瑞安的去路。

公孙渺道："王爷，您这是何苦呢？一个名不见经传的夜香工的孙女，也值得您得罪圣上吗？"

武瑞安冷哼一声，没有理他。

长孙齐接道："王爷，难道这些日子你一直住在康平坊不成？怪不得陛下翻遍了太平府也没能找到您。"

"母皇找本王？"武瑞安蹙眉，"母皇找本王有何事？"

"陛下……"长孙齐说到此，被公孙渺拍了拍肩，意识到自己似乎不该妄自揣测圣意，便不再继续说下去。长孙齐看着武瑞安的双眼里写满了无奈，同时又充满了慈爱。

公孙渺在一旁摇头叹道："王爷，您还是太年轻、太轻浮呀。"

"轻浮"这个字眼已经算是带着贬义了，这满朝堂之上，除了辰曌，怕也只有公孙渺和长孙齐这样的人物才敢这样说他。武瑞安懒得跟他们打哑谜，心里也不大关心辰曌找自己做什么。他现在唯一想做的就是把害死许丫的凶手找出来，还她一个公道！

几位大臣都是活了多年的人精，见武瑞安似乎并不大想跟他们多寒暄，便都说笑着离开了。武瑞安走在后头，看着公孙渺春风得意的背影，内心直冷笑："笑吧笑吧，等本王查出公孙祺草菅人命的证据，本王看你还怎么笑得出来！"

武瑞安本也要大步离去，却忽听背后传来一声脆生生的呼喊："六弟，等等我。"

武瑞安停下步子回头，便见三皇子武煜正急匆匆地跑向自己。武煜的眉目中带着几分着急，生怕武瑞安会因为没有听见自己的呼喊而离开似的。武瑞安看着他，立即俯身拱手作揖，道："臣弟参见三皇兄。"

"六……六弟免礼，你我之间不必如此见外。"武煜挠了挠头，显得一脸懵懂。

武瑞安见到这样的他，心情实在有些复杂。武瑞安身形修长挺拔，穿什么衣服都有板有眼，尤其上早朝时，身穿武官的军铠，更是风流潇洒，到哪儿都是一道风景线。

武煜则大不一样。武煜长武瑞安几岁，看上去却比武瑞安要矮小单薄许多。他因为胎里不足，自幼羸弱，在武瑞安七岁的时候，就比十几岁的他还要高挑。那时候的武瑞安年少不懂事，可没少欺负他。迁都之后，三皇子为了避免被旁人奚落，自请留在东都，再也不想在这些皇权纷争里消耗自己为数不多的生命。没想到他躲了十年，还是没能躲过皇子的宿命。他到底还是来了太平府，以辰婴嫡子的身份入了朝堂。就算到了现在，武煜虽然长高了不少，但是看上去仍是面色苍白，走几步路就喘吁，仿佛随时都会油尽灯枯。

武瑞安看到这样的他，就想到了他的悲惨过去，还有年少时自己和旁人合起伙来欺负他的情景……真是不堪回首、让人羞愤难当的记忆。

"六弟脸色不大好看，是不是病了？"武煜睁大了眼睛，满眼关切，说着竟还伸出手，想去探武瑞安的额头。

武瑞安蹙眉，厌烦地躲开他的手："本王无事。"

"啊，这样啊……那没事就好，没事就好。"武煜笑得很温柔，但是温柔里却掩藏不住他内心的受伤和尴尬。他在太平府里什么人都不认识，跟二皇兄年纪相差较大，也不大熟悉，他跟武瑞安亲近，只不过是想多个能说话的人。

武瑞安读出了他眼里的孤单，便叹了口气："三皇兄，您……要不要跟六弟一起用午膳？"

"真的吗？你要请我吃饭吗？"武煜一瞬间睁大了眼睛，激动之情溢于言表。

武瑞安有些惊讶。吃顿饭而已，又不是要上天，他用得着这么激动吗？武瑞安定了定神，勉强扯出一抹笑意，颔首道："真的。"

"谢谢，谢谢六弟！"武煜的眼眸里泛起红光。

武瑞安为了缓解尴尬，和他说："对了，在外头您最好自称'本王'，'我'这个字眼，不大符合您的身份。"

"是是是，你看我……啊，是本王。你看，为兄又忘了，这个问题，母皇也说过为兄许多次，可为兄就是记不住。真是抱歉。"

"皇兄不必跟我在下道歉，您并没有做错的地方。"武瑞安扶额，再次纠正他。

"啊是……六弟说得极是。"武煜红着脸，索性只点头，不再答话了。他小心翼翼，生怕自己又说错了什么而惹来武瑞安的不快。

武瑞安和武煜往含光门走去。等出了宫门，便见武煜和武瑞安的车驾并排停在一起。武瑞安的紫金车驾华丽非常、精美绝伦，武煜的则相对普通，与寻常大臣家里用的没什么不同。单看的时候不会觉得有什么不妥，但与武瑞安的车驾摆在一起，便高下立见、相形见绌了。

"皇兄乘臣弟的马车回去吧。"武瑞安对着武煜做了一个"请"的动作。

武煜连连摆手："不用了，为兄坐自己的马车就好，六弟只管在前头带路，为兄自会跟上。"

"皇兄何必客气？等用完午膳，臣弟再送你回来便是。"武瑞安说着不顾他的推辞，强硬地将他"推"上了马车。

武煜上车之后，也不知该坐哪儿，等武瑞安上来之后，才被摁到正中主位上坐下。

"皇兄为大，自然该坐正位。"

"那就多谢六弟了。"武煜坐直了身子，看着四周的金碧辉煌，似乎很不习惯这样的排场。武瑞安见状，再次叹息。他真觉得自己这个三皇兄不是从东都来的，而是从哪个山旮旯里冒出来的。但这也更加说明，三皇兄过去在东都的日子过得委实不畅，心中对他的愧疚不禁又深了几分……

到达武王府后，武煜的眼睛便一直瞪得溜圆。一路行来，他被王府中的一花一草、一木一石惊得合不拢嘴，连连惊叹："六弟，你的王府好大啊！"

武煜没见过世面的模样让武瑞安不知该怎么回答他，便一路沉默，任他

219

像刘姥姥进了大观园一样四处张望。

管家刘长庆是见过先皇的，也曾看着三皇子长大。这会儿再见他，一眼就认出来了，立即上前跪拜道："奴才参见三王爷，王爷万福。"

"你是……"武煜觉得老管家面善，起先眸子里还有些疑惑，但还不等刘长庆自报身份，便是猛然一拍掌，激动道，"你是刘公公，对不对？"

"王爷竟还记得老奴，老奴深感荣幸。"刘长庆摸了摸胡子，和蔼一笑。

武煜又道："我当然记得你！你从前经常给我……咳，给本王送糕点和零食，本王到现在还铭感于心！"武煜说完，刘长庆面上便有些挂不住了。

其实他哪里有专门给武煜送过糕点？那些不过是武瑞安不肯吃的东西，他又恰好在御花园里撞见过武煜，就顺手转送给武煜了，谁料他竟记了这么久。

唉……真是让人心疼的孩子。

刘长庆心中叹息，然后躬身对武瑞安道："午膳已经备下，王爷准备在哪边用膳？"

"正厅。"武瑞安说完，便带着武煜去了主楼的正厅。刘长庆得了命令，立即在正殿中布置了一桌宴席。席间四菜一汤，皆外形精美，摆盘用心，但食材终究也不过是鸡鸭鱼肉，再配上些新鲜蔬菜。

"事先臣弟没有知会管家皇兄要来府中用膳，膳食简陋，请皇兄不要怪罪。"

武瑞安说完，武煜连手都不知该往哪里放了。他嗫嚅了半天才道："这样的菜色，在东都已经是要重大节日才能用上的，为兄……怎么会觉得不好呢？"

武瑞安不置可否，与刘长庆对视了一眼，眼睛里都在说："我们离开之后，东都究竟变成个多荒凉的地方，连饭都吃不上了？"

武煜似是看出了二人的疑惑，便解释道："自从母皇迁都，你们接连离开之后，本王在深宫里便连一个说话的人都没有了，吃穿用度也是一日日缩减，他们……大概都觉得本王活不长了吧。"

"张嬷嬷呢？"刘长庆一着急，竟忘了主仆之礼，急道，"张嬷嬷将您一手带大，她对您极好，这次也一起来太平府了吗？"

武煜沉下脸，摇了摇头："张嬷嬷死了好些年了，如今在本王身边伺候的都是些新人。"

"是吗，竟是这样……"刘长庆长叹一口气，眼眶有些发红。

"好了，别说这些不开心的了，菜都凉了，先吃饭。"武瑞安心中也有些难受，说完便夹了一大块红烧肉放在了武煜的碗里。

"多谢六弟。"武煜冲他一笑，鼻尖红红的，眼睛里似有晶莹在闪烁，随时都要掉下来。

武瑞安不忍直视，慌忙侧过头，埋首扒饭。

不知道为什么，他总觉得自己这个三皇兄的存在就是在时刻提醒自己，提醒着自己过去有多荒唐，多无聊，多么让人讨厌。甚至或许没比那仗势欺人的公孙祺好到哪里去。只不过公孙祺欺负的是平民百姓，他欺负的都是些王孙公子，其中就以武煜为首。

唉……真是一段不堪回首的记忆。

第十章
携芳阁

　　用完午膳，武瑞安便要去刑部司上任了。自从今日早朝武瑞安被贬为八品掌固之后，王府门前络绎不绝的各色人等便消失了一大半。但也还有很多坚持等候的人，其中便有一人是公孙祺的心腹，他一连多日蹲守在武王府门口，就是为了替自家主子送一封手书。

　　小厮看到武瑞安出门，立刻就迎上前去，却有一人先他一步走到了武瑞安身前。

　　那是一个身穿鹅黄衣裳的女子，头戴幂篱，手执一只小篮子。他看不清她的脸，但从她的身形和衣着来看，怕也只是个仗着自己有几分姿色就想攀高枝的民间女人罢了。这样的女人多如过江之鲫，排起队来可以从宣武一直排到楼兰，他可不认为她能入得了武王爷的眼。

　　小厮一边往前走，一边等着她被拒绝，但谁知武瑞安竟然接过了那女人的篮子，拿出里头一块粉红色的糕点，递给了身边的三王爷，随后又拿起另一块，直接送进了自己的嘴里！

　　小厮惊讶得下巴都快掉下来了，加快步子，想要看看这女人究竟长了一张什么样的脸，竟能入了武瑞安的眼！

　　他一路小跑到武瑞安身边，这才发现幂篱下的女子也不是那么惊艳。她笑起来很甜，眉目看上去很温和，美则美矣，但也不算是什么惊世之貌。比起这满京城中的千金小姐或烟花柳巷中的都知乐姬，可还是差了些。

小厮松了一口气，躬身哈腰："武王爷，您还记得奴才吗？"

武瑞安几人一愣，侧身向他看去，疑惑道："你是……"

"奴才是祺少爷的贴身侍童呀！三年不见，王爷依旧英气逼人，俊逸非常，真是……"

"好了，拍马屁的话就不必说了，说，你找本王有什么事？"

小厮满脸堆笑："我家少爷有封信要交给您，您看……"武瑞安面色有些不好看，他盯着小厮看了半晌，但对方似乎根本没有读到自己眼中想拒他于千里之外的意思。

武瑞安沉默半晌，最后还是接过了他手里的信封。小厮将信递给武瑞安后，便一直带着期冀的眼神看着他。

"信本王收下了，你可以滚了。"

小厮一愣，显然没想到武王爷居然会这样跟自己说话，从前他可是……

"你还愣着干什么？还不快滚？"武瑞安沉下脸，眼中瞬间充满了杀意。小厮不明所以，有些不可置信，但他被武瑞安的气势所阻，还是立即哈着腰告退了。

"信上写了什么？"狄姜侧头过来，微微一笑。

"不外乎是拜帖一类，没什么好看的。"武瑞安轻咳了一声，似乎不大想打开信。

武煜在一旁，心中有些诧异。他看得出来，武瑞安似乎对这个送点心的女子格外不同。他好像……有些怕她？

是怕吧……

武煜想了想，心中确定，武瑞安就是怕她！

"既然是公孙祺送来的，就打开看看吧，你不正是要找他？"狄姜再次说道。

武瑞安被她一瞪，无法，只得深呼吸一口，缓缓打开了信笺，一幅水乳交融的春宫图便映入了三人的眼帘。

果然……

武瑞安内心猛然一沉。

他就知道，公孙祺一定会送这种东西给自己！

这下好了，自己在狄姜心中的光辉形象……真是碎了一地啊……

风在这一刻静止，四周沸腾的人声似乎也都被隔绝在外。狄姜和武煜半张着嘴，看着武瑞安手中的信笺，显得极为惊讶。武瑞安则一脸死灰，认命地低下了头。

"这是……"狄姜愣愣道。

"春宫图。"武煜在一旁提点。

虽然他自幼生活艰辛，但身为男人对这个到底还是不陌生的……

武瑞安想死的心都有了，他瞪了武煜一眼，连忙将春宫图翻过来，指着背面潦草的字迹道："这是公孙祺惯用的伎俩！从前他每次都会这样叫我去喝花酒！没别的意思，你千万别误会！"果然，春宫图的背面写着一句，今夜酉时，携芳阁恭候大驾，不见不散。

狄姜从一开始的惊讶中恢复过来，扬起嘴角笑道："从前？每次？嗯？"

"你……你别这么看着我……我害怕……谁还没有个不懂事的青春？对吧？"武瑞安心烦意乱地一摆手，告饶道，"总之，现在我坚定地爱着你一个人！只爱你一个！我再也不看别的女人了！"

武煜被武瑞安突如其来的告白给震惊了。他这才注意到，武瑞安在狄姜面前始终是自称"我"的。原来她竟是六弟的心上人啊……那么六弟一切的害怕都解释得通了。

武煜觉得自己再留在这里就有些不识趣了，于是含笑拱手道："你们聊，为兄先行一步。"武煜说完，便沿着王府的红墙往东离去。

武瑞安没工夫理他，一双眼睛一直盯着狄姜，不停地跟她解释着："从前我也就是逢场作戏，没当过真，你一定要相信我！"

狄姜双肩一颤，掩嘴笑道："我与你开玩笑的，你这样紧张做什么？"

"开玩笑？"武瑞安看着狄姜弯弯的笑眼，确定她真的不生自己的气了，这才放下心来，嘟囔道，"我这不是怕你难过嘛……"

"好了，我可以原谅你，但是我有一个条件。"

"什么条件？"

狄姜狡黠一笑："带我去携芳阁。"

"什么？"武瑞安瞪大了双眼，"哪有女子去携芳阁的？这断不可能！"

狄姜坚持："证明给我看。"

"证明什么？"

"证明你坐怀不乱呀。"狄姜笑嘻嘻的样子让武瑞安的内心更加生气。

哪有良家女子跑到青楼里去的？还是跟自己的未来的丈夫？！

"不带？那好，这阵子我们就不要见面了。"狄姜说完转身就走，她长长的幂篱扬起，飘在了武瑞安的脸上。

武瑞安愣住了，面对狄姜明摆着的威胁，他发现自己似乎完全没办法反抗？

是的。

不能。

武瑞安深呼吸三次，最终还是只能点了点头，喊道："好吧，我带你去。不过你要答应我，今晚必须扮成男装，并且做好心理准备，不论看到什么都不要惊讶。"

狄姜转过身，点了点头，冲他嫣然一笑："一言为定。"

狄姜把点心交给武瑞安之后，便回了医馆，四下翻找男装。但她寻了一圈，发现都是极为低调的小厮装扮。今晚与武瑞安一起出席贵族宴会，自然不能如此唐突。狄姜思来想去，带着问药去置办了一身新的紫色男装。衣裳用银线勾勒了袖口和衣领，腰间是一根绣着银丝镶嵌着白玉的腰带，脚下及膝的靴子勒口也绣着同样的流云银纹，头顶的白玉发冠更是将她的头发全部束在脑后，看去又潇洒又飘逸。

好……帅气……

问药见了，发现自己的脸有些烧。狄姜的眉目本就有些雌雄莫辨，如今换上男装活脱脱就是一个粉雕玉砌的小公子。

狄姜买衣服耽搁了时间，与问药刚回医馆便直奔携芳阁而去。

"刚刚那是谁？你看清了吗？"书香从书海里抬起头，一脸错愕。

"还能是谁？咱们掌柜的呗。"

"她为什么穿男装？"书香愣了半晌，似乎找不到合适的词能描述自己现在的心情。

问药咬着笔末，咧嘴笑道："掌柜的肯定是恋爱了。"

书香皱眉，一脸莫名："恋爱为何要穿男装？莫非对方是一个女子？"

问药扬扬得意，一脸高深地说："你还别不信，她这一毛不拔的性子居然会为了旁人花重金置办衣裳。我敢跟你打赌，她就是恋爱了！咱们走着瞧。"

书香呵呵一笑，没有回应她的挑衅，而是又给了她一张新的宣纸，笑道："你还差七十六遍《汤头歌》没抄完，加油。"他话音刚落，只听"咔嚓"一声，问药嘴里的毛笔便被她咬断，变成了两截落在纸上。

问药不可置信道："写了两天了……还有七十六遍？！"

书香一脸同情地看着她，点了点头。

问药浑身发抖，实在没办法接受这个残酷的现实……

相较于狄姜而言，武瑞安的下午就过得平静多了。他到刑部之后，刑部的各级官员的嘴都像涂了蜜一样，一个劲对他示好。他本来只是八品掌固，但是刑部尚书和侍郎都对他恭敬有加，仿佛他才是刑部司的老大。一整个下午，武瑞安都坐在刑部尚书的位置上。对此，刑部尚书宋璃的说法是："刑部司掌固的办公区域杂乱不堪，今日尚在打扫修缮，还需要一段时日才能对您开放，这段时间，请您暂且在下官的位置上办公吧。"然后刑部侍郎给他带来了一大摞画本子，看得武瑞安直翻白眼。

"你这是什么意思？"武瑞安"啪"的一掌拍在桌上，画本子就跟着颤抖了一下。

"启禀王爷，下官怕您无聊，特意给您找些事情做。"刑部侍郎哈腰笑着。

武瑞安一瞪眼，道："你领着朝廷俸禄，每日就是来看画的？"

"这……"刑部侍郎面色一僵，无言以对。

武瑞安没好气道："去把康平坊近三年的卷宗都拿来，本王要一桩一桩看过！"

"是是是，下官这就去拿。"刑部侍郎说完，立即躬身退下。不多时，便抱着半人高的卷宗来到了武瑞安面前。他将卷宗放下，武瑞安便摆了摆手，让他到一边凉快去了。刑部侍郎离开后，武瑞安便一个人看起了卷宗。他发现，三年内，康平坊共有杀人案九起，其中七起至今悬而未决。纵火案三起，纵火的三名嫌疑人均已受到惩处。投毒案两起，因为未遂，所以没有大力查处，至今还是无头案件。人口失踪案六十四起，六十四人到现在仍是下落不明。以上算是其中案情较大的，其他都是些鸡毛蒜皮的小事，与刑部此前受理的十七人连环杀人案相比，案情确实相对较轻。但就算情节较轻，也不能被忽视。这些案件的查处力度不足其他坊的十之一二，可见被忽视程度之高。

"王爷，您看了一天了，可看出什么头绪来了？"骆非白在一旁打哈欠。自从武瑞安回来之后，骆非白便被他调了回来，在他身边做了一名贴身侍卫。虽然官职较之城门都卫而言还要低了一个档次，但是骆非白心甘情愿，甘之如饴！

武瑞安认真地审阅着卷宗，恍如未觉。骆非白又问了他一遍，他才正色道："一个国家的繁荣和文明不是看上位者过得有多舒服，而是看底层民众的生活水准。他们生活好了，才是一个国家强盛的集中体现。"

骆非白颔首，一脸崇拜。但是很显然，他其实没听懂。他也大概知道，王爷是真的在为基层百姓着想，所以打心底更加钦佩他了。

下午，武瑞安看卷宗看到很晚，到最后，整个刑部只剩下他二人，等他从卷宗里抬起首，看见窗外一片漆黑时，才惊道："现在几时了？"

"回禀王爷，申时了。"

"申时了！"武瑞安一声惊呼，连忙站起身向外走去，边走边道，"你把卷宗收好，明日本王再接着看！"

"是！"骆非白规规矩矩地行了个礼，看着武瑞安风急火燎地离去，根本未曾回头。骆非白有些好奇，看王爷这副模样，似乎晚上有约？可晚上有宵禁呀……那么约会的话，怕是只能去喝花酒了！骆非白一脸羡慕，很想跟着一块儿去，但王爷没说带他去，怎么能自己去呢？骆非白心里一万个向往，但是也只能留下来默默地收拾东西。

武瑞安回了王府，换下朝服，穿了一身时服后，便急匆匆跑去了见素医馆，但没有在医馆里见到狄姜的身影。

"你家掌柜呢？"武瑞安对书香道。

"掌柜刚刚出去了，说是直接去了携芳阁。"

"这样啊……多谢。"武瑞安说完，立即又风急火燎地往携芳阁赶。他步履如飞，跨越了大半个太平府，才终于在酉时更声响起时到达了位于安艺坊的携芳阁大门口。

携芳阁位于京城最繁华的地方，临近烟花柳巷一条街。

安艺坊不同于普通的烟花柳巷，寻常百姓不得进，只有达官显贵才能出入。这里是太平府最高雅的风流地，最富贵的温柔乡。

携芳阁的大门细致精美，奢靡华丽。大门的台阶下站着一身长玉立的人影。她一身紫衣，通体鎏银，微风轻起她的发丝，显得俊逸不凡。不是狄姜是谁？

武瑞安加紧步子，飞快地跑了过去，拍了拍她的肩。狄姜一回头，看见的是满脸绯红、气喘吁吁的武瑞安。

"对不起，我迟到了。"武瑞安抱歉道。

狄姜摇了摇头："你听。"

"听什么？"武瑞安一愣。

"更声。"狄姜弯起眉眼，笑道，"你没有迟到，是我早到了。"

武瑞安长舒了一口气，放下了心。狄姜看着这样紧张的武瑞安，自然明白他为什么会这样。通常只有对自己重视的人，才会连一些小事都如此在意。这只能说明，自己在他心里的位置是很重要的。

此时的武瑞安换了一身绛红色的时服，头戴金玉冠，腰系龙爪金纹锦绶，下着黑皮履。他的领边、袖口、襟衣都绣着金色的龙纹。虽然因为赶时间而有些凌乱，但他高挑的身材俊美的外形足以让人完全忽略这些小细节。在携芳阁大门口八个大灯笼的映射下，金色与烛火交相辉映，更让他整个人都仿佛沐浴在金光里。连狄姜都觉得他君子无双，可以想见，在世人眼里他会是多么俊美的男人。

只可惜……

狄姜正有些唏嘘，这时候，武瑞安向她伸出手："想什么呢？宴会要开始了，我们走吧。"

狄姜回神，便也不顾周遭人奇怪的眼神，笑着将手搭了上去。"嘶——"这一瞬间，他们的身边响起了一连串吸气声。狄姜这才想起来，自己也是一身男装，与武瑞安这样亲密……狄姜立刻躬下身子，拍了拍自己的鞋，哪怕上面干净得一尘不染。随后，她又直起身子，甩开了武瑞安的手，正经地站好。仿佛她刚才搭他的手是因为怕自己会站不稳。身边取而代之的是松了一口气的声音。

狄姜红着脸，也跟着他们松了一口气。武瑞安单手握拳放在嘴边，掩嘴轻笑起来。

"你还好意思笑？"狄姜瞪了他一眼，"你别忘了，若被他们发现我是女的，你也不会好过。"

"他们不会发现你是女人。"武瑞安轻咳了一声，正色道，"你，今日很英俊。"

"只有今日吗？"狄姜一仰头，自负一笑，"本公子从来都是这么英俊。"

"是是是，你最俊美，连我也自叹不如。"武瑞安宠溺一笑，带着狄姜向前行去。

二人的服饰一金一银，一红一紫，并肩前行，站在一处，仿佛点亮了整条街的风景。公孙祺站在顶层的露台，看着楼下的两人，奇道："武王爷身边小公子是什么人？可有人认识？"

大家互相看了看，都纷纷摇头，表示不知。一旁的武煜轻轻瞥了一眼，立刻便认了出来，那人正是武瑞安的心上人——狄姜。下午，武煜回府之后也收到了公孙祺的邀约，邀约函十分正经，只说今晚有一场大戏，希望他能赏脸驾临。这是他来到太平府后第一封来自世家子弟们的邀约，他自然没有理由拒绝，于是便早早来到了携芳阁。

武煜看着楼下的二人，不动声色地扬起嘴角笑了笑，随后便回到自己座位上，继续淡定地喝茶。显然，这满屋子的人也没有人会认为，初来乍到的武煜会认识武瑞安身边的公子，便也没有人来在意他的动作。这时候的武煜只觉得，今晚的戏，一定非常非常有意思……

携芳阁总共有四层楼，分为东西二翼，站在顶层的露台上，可以俯瞰坊间大片林立的楼房。走进携芳阁，便见左右两边各站着十名身着绢丝单纱的女子，胸前衣物拉得极低，恍若没有穿衣服。狄姜的脸色还算正常，但是武瑞安的脸色"唰"的一下就红了。久经欢场的他显然不是因为婢女而脸红，而是因为他看着狄姜的眼睛从婢女们的身上一个个扫过去，眼里那止不住的兴奋劲。

这女人……是不是少根筋啊？

狄姜两眼放光，丝毫没有察觉武瑞安的尴尬，仍是饶有兴致地看着周遭的一切——这人间烟火，姹紫嫣红，真是看多久都不会腻。

"奴婢恭迎武王爷，王爷楼上请。"为首的婢女说完，立即又有四名婢女围上来，环绕着二人，将他们往楼上领。上到二楼后，便看见墙壁上一排竹简。竹简上写着人的名字，每个人的名字都用金漆书写，统共有六人。武瑞安见了，惊讶得下巴都掉下来了。

"不是六年前就让公孙祺把我的牌子摘掉吗！他的记性也太差了！"武瑞安脱口而出，更是惹来狄姜的狐疑。狄姜仔细地研究了一下这些牌子，发现牌子都是历年来携芳阁主人的名字，而排在最前头、名字也是最大的那一块竹简上，写着的正是武瑞安的名讳。狄姜"嗯"了一声，狐疑地看向武瑞安，挑眉道："携芳阁……莫非是你修建的？"

武瑞安右手握拳，放在嘴边轻咳了一声，别过头去。

"嗯，默认了。"狄姜说着，剜了他一眼。并且在旁人看不见的时候，狠狠在他腰上掐了一把。武瑞安全身一僵，连求饶的话语都说不出口。这种事情上越是解释就越会露出马脚，多说多错，还不如不说。反正他以后一定用行动告诉狄姜，自己对她守身如玉，坚贞不移！

二人上楼后，一屋子人已经到齐，并且等候多时了。十几个世家公子围坐在圆桌前，等武瑞安和狄姜一进来，立即齐刷刷地向他们二人看去。这些人里头，最打眼的莫过于武煜和公孙祺了。武煜是圈子里的新贵，受人追捧是应当的。而公孙祺之所以打眼，便是因他身上的衣服。公孙祺身着五颜六色的衣裳，看上去很是华丽，就像一只开屏的孔雀，举手投足都散发着十成的骄傲与自负。

公孙祺起身迎来："武王爷，您终于来了，我还以为您今晚又要爽约了！"

武瑞安微微颔首："爽约的前提是本王答应了你的邀约，可过去六年，本王从来都是明言拒绝的。"

"哎哟，您瞧我这嘴，真是该罚！"公孙祺说着打了自己一巴掌，很快又眉开眼笑道，"再次见到您，我实在是太高兴，所以有些忘乎所以，请您不要见怪。"公孙祺说完，又看向狄姜，"敢问武王爷，这位是……"

"姜狄，本王的好友。"武瑞安淡淡地答他，眼睛却一直在狄姜身上没有移开过。

狄姜微微一笑，向众人打招呼："大家好，我是姜狄。"

"欢迎姜公子。"公孙祺带头鼓掌欢迎。他的双手高举在头顶，一举一动都显得狂妄而自大。大家对新成员的到来都表示很开心，但是这其中发自肺腑的怕也没几个——他们不过觉得狄姜是武瑞安的朋友而给予优待，而狄姜本人似乎除了面貌出众，便没有其他的长处了。毕竟他们都是太平府里屈指可数的世家公子，他们可从没听说过有什么门阀世家是姓姜的。

狄姜下午跟武煜打过照面，这满屋子人里，她只认识武煜。不需要狄姜开口，武瑞安便已经牵过她的手，走到了武煜身边。他拉开了武煜身边的凳子，将狄姜摁在凳子上坐下，随后冲武煜笑了笑。武煜明白武瑞安的意思，颇有默契地回之一笑。随后，武瑞安才放心地在狄姜身边坐下。

"好了，既然人都到齐了，那么晚宴正式开始。"公孙祺拍掌，便有一队侍女鱼贯而入，她们端着托盘，盘子上堆满了各色美食和美酒。狄姜看着眼前的酒杯，只见酒杯呈现锥形轮廓，杯低高足，通体晶莹。侍女在杯中倒满了紫色的美酒，放在众人身前，公孙祺率先执起高脚杯，道："让我们举杯，欢迎离开圈子六年的武王爷终于归来。"

满桌子人纷纷举杯，武瑞安和武煜也都先后拿起了酒杯。狄姜看着酒杯新奇，闻了一下，发现杯中酒香扑鼻，与以往喝过的任何酒都不太一样。

"不能喝就给我。"武瑞安在狄姜头顶轻声道。

狄姜摇了摇头，端起酒杯浅尝一口，觉得滋味不错，便一饮而尽。她不是不能喝酒，只是要看这酒值不值得她喝。毕竟，不是什么东西都有资格进她的嘴的。

"这是什么酒？"狄姜好奇道。

"西域来的葡萄酒。"武瑞安微笑。

狄姜点了点头："所以，这个酒杯也就是市井传言中的'葡萄美酒夜光杯'了？"

"正是。"

公孙祺一边喝酒，一边偷偷打量唇红齿白的姜狄，再看他身边满眼爱怜的武瑞安，突然就明白过来是怎么回事了。武瑞安消失六年不曾出现在欢场，原来……竟是有了龙阳之好！

唉，这实在算不得什么大事，哪有必要藏着掖着？

公孙祺不动声色地笑了笑，侧身对侍女说了两句，侍女便走到武瑞安身边，将那两名婢子叫了出去。很快，又换了两个皮肤细腻、眼睛大而水灵的小厮进来。

武瑞安和狄姜都觉得有些莫名其妙，但是也没太放在心上。

"欢迎完武王爷，就让在下隆重介绍咱们圈子里的另一位王爷。"公孙祺又端起一杯红葡萄酒，站起身向武煜走去。

"煜王爷赏脸，欢迎参加我的家宴。"公孙祺举杯，"请您将这里当成自己的家，玩得尽兴。"

"多谢公孙公子。"武煜浅浅一笑，端起酒杯一饮而尽。旁人或许看不见，但在狄姜这个角度，她分明看见武煜紧凑的眉头，还有葡萄酒入喉之时咕噜的动作。一切都显得那么吃力，可见他根本不会喝酒。

一饮完毕，公孙祺一脸神秘地说："相信大家都知道，三皇子煜王爷自幼在东都休养，近日才莅临太平府，你们说，要不要让煜王爷感受一下太平府人民的热情？"

"要要要！"群情激动，喊声震天。随后，公孙祺自负一笑，打了个响指，门外便又进来一众侍女，她们径直走到房间的另一头，搬开了屏风。

狄姜和武煜都显得有些好奇，紧紧盯着他手指的地方，从而没有注意到武瑞安的不对劲。

武瑞安扶着额头，有一种很不好的预感。他还记得从前第一次跟公孙祺他们出来应酬，公孙祺也说要给自己一个惊喜，那会儿是干什么来着……舞娘？

好像是。

十个还是八个，全都是异域胡姬，身材火辣，妖艳绝美，到最后……总之就是不成体统。

武瑞安想到这里，脸一红，祈祷着狄姜千万不要看到什么而联想到自己的曾经，然后给自己一巴掌……不，挨巴掌还能接受，谁让自己过去确实不学无术、风流成性呢？怕就怕她一怒之下跟自己断绝关系，那才是真麻烦！

武瑞安心中惴惴不安，每时每刻都在冰与火之间煎熬……

但很快武瑞安便发现自己小看他了。六年不见，公孙祺已经脱离了低级趣味，向着更狂野的方向发展而去。厅中的屏风被小厮搬开，露出了一个巨大的四方形的物体。物体足有一丈高，两丈宽，其上盖着厚实的红色绒布。侍女们拿来四支比人还高的烛台，烛台正中放着的却是巨大的火把。她们将火把分别放置在物体的四周。随着公孙祺"啪啪"两声拍掌，其余的侍女纷纷吹灭了房间里其他的烛火，一瞬间整个房间都暗了下来，只有物体四周散发着火光。物体内传来一声声不属于人类的低吼，这让满屋子的人都不由得紧张起来。

狄姜目不转睛地盯着前面，这让武瑞安更加担心。他在桌下牵起了狄姜的手，轻轻握在了手中。狄姜没有挣扎，也没有回应，一双眼睛仍是紧紧盯着前方。

公孙祺搂着一名侍女大步走上前，站在高大的物体的正前方，朗声道："各位，我保证，在大幕拉开后的每一刻，都能让你们的心随之战栗和疯狂！"公孙祺搂着侍女的腰，在她的脖颈之间轻吻了一下。侍女一开始有些羞涩，但是很快也开始回应起来。

满屋子的公子少爷见了都或多或少有些心神荡漾，有些含蓄的只是拉着身边的美人儿的手，肆无忌惮一点的则直接抱着侍女，让她们坐在自己的腿上。

"咳——"武瑞安轻咳一声，唤回了目瞪口呆的狄姜的魂。

狄姜侧头看着武瑞安，眼睛里果然写着："王爷过去就是这样度日的？"

"真没有！"武瑞安欲哭无泪，"我向来洁身自好，最多……也就是这样了。"

武瑞安低声解释着，但是狄姜显然不信他，而他也不大好意思解释。确实，在过去的那些日子里，比这更过分的场面多了去了，她这还只是见了个毛毛雨而已……

狄姜瞪了他一眼，转头看向煜王爷，却见煜王爷也跟自己一般瞠目结舌地看着这满屋子的人。煜王爷接触的人不多，这样的场面对他造成的震撼怕是跟狄姜差不多。

"各位，最激动人心的时候到来了——"公孙祺与侍女各执一条锦绳，缓缓拉开了绒布。四周的绒布被两条绳索牵引，各自拉开。绒布下，一个四四方方的铁笼子便露了出来。

铁笼正中躺着一只身形健硕的巨大白虎。笼子中间，横亘着一道铁栏，将笼子一分为二。白虎被亮光所惊，睁开铜铃般闪着绿光的眼睛，"吼——"的一声嘶吼，震耳欲聋。

武煜被它的吼声吓退了一步，双手紧张地叠在胸前，止不住地喘气。

狄姜注意到煜王爷呼吸有些紊乱，便从中听出了一些旁人听不见的东西——他的身上，有着不同寻常的东西。不过狄姜现在没有心思去想武煜身上的问题，她的精力都被铁笼里的白虎吸引了去——只见白虎焦急地在铁笼那一头来回踱步，显得烦躁不已。

公孙祺扬起嘴角，打开了这一头的铁门，紧接着，将刚刚还在激吻的侍女推了进去，随后关上了铁门。白虎的目光从焦急变成了渴望，仿佛看见了一顿美味的晚餐。

"公孙少爷！您……您要干什么？您不要吓奴婢，让奴婢出……出去！奴婢求您了！"侍女大惊失色，不断拍打着铁门，满脸乞求地看着公孙祺。

"宝贝儿，好好享受今晚的盛宴。"公孙祺不为所动，狞笑着摸了摸下巴。他说完，一挥手，一早立在两边的侍童便用力拉开了正中的铁栏。

白虎目露凶光，步步逼近。

"公孙公子，您这是……"狄姜忍不住开口。

公孙祺回头看了她一眼，没太放在心上，淡淡道了句："不要急，好戏马上开演。"

好戏？

这哪是在演戏，简直是在草菅人命！

狄姜作势想冲上去，下一刻却被武瑞安狠狠拽住了手。

武瑞安看着她，摇了摇头。

狄姜这才想起他曾说过："无论看见什么，都不要冲动。"

狄姜翻了个白眼，只见满屋子人都在拍手叫好，期待着接下来会发生的血腥一幕。遇到这样的事情，她不冲动，还有谁能救她？

但是预想中的血腥画面没有立刻上演。侍女双腿发软，瑟缩在角落里，白虎亦步亦趋，缓步逼近。"吼——"的一声嘶吼过后，它张开血盆大口，突然向前冲过去。它的爪子大而尖利，一掌过去，却是将女子身前的系带抓散。女子的衣裙散开，下一刻，全身上下便不着片缕，赤身裸体地呈现在大家面前。

"好！雪聪干得漂亮！"

"三个月的训练，它总算学会怎么脱人衣服了！"

围观的公子吹着口哨，他们怀里的姑娘都吓得惊慌失措，却又不得不在他们怀里婉转承欢——她们同情笼中的女人，但更怕成为笼中的人。

"我本以为雪聪要好几下才能脱掉她的衣服，不料今日不仅没有见血，更是一掌就将她脱了个精光，真是让我惊喜。"公孙祺在笼外显得兴奋不已。

狄姜看着武瑞安，发现他仍然是不为所动。他面无表情，眼睛直直地盯着笼中的女人，似乎完全没有关心过那人的生死。

狄姜有些生气了。她用力想要甩开武瑞安的手，却发现他将自己握得更紧了。她几次三番挣脱，都没能挣脱出来。

"吼——"很快，笼中的野兽又是一声嘶吼，它将侍女压在身下，再次张开了嘴，露出了满嘴的獠牙。

它想吃了她。

在座之人见了，叫好声四起，仿佛脱衣服都不算高潮，一定要她死在它嘴里，才算完美。白虎的头高高昂起，往下扑去。但是预想的血肉模糊的场面并没有发生，反而是白虎的喉咙上多了一把匕首。

这一刻，匕首稳稳插进了白虎的喉咙，血花四溅，染红了侍女雪白的肌肤。她的脸上、胸部上、小腹上，全是白虎喷射出来的血液。白虎挣扎了两下，便倒在了她的身上。

"啊——"侍女们的尖叫声此起彼伏，唯独笼子里的女人一脸蒙，已经全然失去了思考的能力。她似乎被吓傻了，连自己死里逃生都察觉不到。

众人回头，便见武瑞安站在桌旁，他的手还停在半空中。他身前的乳猪盘里原本插着两把切肉的匕首，在刚才千钧一发之际，他抽出其中一把，向白虎掷去。

众人见他面目不善，都猜到了是他杀了白虎。

"王爷，您这是什么意思？"

"您知道雪聪花了多长时间才学会脱女人的衣服吗？您就这样把它杀了？"

"当初买雪聪花费不下万金，驯养更是费时费力，这还没欣赏两日呢！"公子哥儿们群情激愤，都在不满武瑞安刚刚的举动。

武瑞安扫视一圈，冷笑了一声："刘子文、罗昌、韩洸，你们三个人，本王记住了。"这三人原本怨愤不已，可被武瑞安这样一看，顿时气焰又消了几分。虽然他们的眸子里还是有些不满，但面对武瑞安的雷霆之怒，到底还是有些害怕。

这时，"啪啪啪"几声传来，便见公孙祺用力一鼓掌，连声道："好！武王爷好功夫！我竟忘了，武王爷从军三年，曾是我宣武的神佑大将军！今日为我们表演这一招，真是叫我们大开眼界！"公孙祺带头这样一赞，其他人也不再将目光放在囚笼里死不瞑目的白虎身上。

"原来是为了表演节目？"刚刚质疑武瑞安的三人闻言，也纷纷转身，为武瑞安鼓起掌来。从他们的目光里能看出来，曾经武瑞安在他们心里也是肩不能挑手不能提的纨绔子弟，显然在三年前武瑞安凯旋之时，也没几个人真的相信武瑞安是凭借自己的努力当上将军的。今日一见，倒是直接证明了他的实力。

他们的恭维并没能缓解武瑞安的愤怒。他几乎立刻就联想到许老伯的孙女许丫的尸体上的惨状——少了的胳膊和腿，定然是已经喂了笼子里的这头畜生。

公孙祺就是让她们这些手无缚鸡之力的女人当了笼中野兽的晚餐。

"本王会让你再好好开开眼界。"武瑞安冷笑着，眼眸里散发着骇人的寒光。下一刻，他便从桌上一跃而上，直接扑在公孙祺身上，紧接着一拳打在他的脸上。

"王爷！您怎么了！？您为什么要打我！"

"打你？不不不，本王现在想杀了你！"武瑞安愤愤道。

"您不能打我……哎哟，疼疼疼！救命啊——"公孙祺疼得嗷嗷叫。满屋子的人都围了上去，想拉开他二人。但是王孙公子又怎么会是上过战场带过兵的武王爷的对手？上来劝架的没一个不是鼻青脸肿地离开的。

狄姜在一旁站得笔直，静静地看着他们。公孙祺此人无耻至极，草菅人命，已经超出了她的想象，他根本不配活在这个世上。但是狄姜也知道，公孙祺命不该绝，今天不会死在这里。所以对武瑞安的冲动行为，她嘴里喊着"快停"，内心却在高呼："打得好！继续打！不要停！"

毫无意外，公孙祺被武瑞安一顿好打，当晚便被他带去了刑部。当时在场助威的刘子文、罗昌、韩洸三人也被一一同扔进了天牢。这一案件在武瑞安看来是天大的事情，随后他便风急火燎地去了大明宫，想要第一时间向辰曌禀告案件经过。

武瑞安到达辰曌寝宫的时候，辰曌尚在侍女的伺候下洗漱，正准备就寝。她因病而嘴唇干裂，面色苍白。素云将帕子递给辰曌，辰曌擦了擦嘴角，便听门外响起了武瑞安的叫嚷："母皇，儿臣有急事求见！"

"王爷，陛下刚刚服下安神药，您若有事，还请明早再议。"门外响起师文昌为难的阻拦声。

"让他进来。"辰曌看了素云一眼，摆了摆手。素云担忧地看了辰曌一眼，显然她也认为，现在没有比辰曌休息更重要的事。但是她也明白辰曌心中有多看重武瑞安。武瑞安深夜造访，辰曌必不会不理，再多纠缠下去，只怕会更加耽误辰曌的休息。所以她没有多加赘言，而是听话地走过去，打开了寝宫的大门。

"儿臣参见母皇。"武瑞安躬身作揖，匆匆行礼，紧接着便道，"母皇，儿臣刚刚抓了一个十恶不赦之徒，他草菅人命，目无王法，请您下旨，明天就将他推出午门，斩首示众！"

辰曌忍着咳嗽，蹙眉看他："他是何人？犯了什么案子？你竟为了他连夜前来？"

武瑞安接着道："犯案之人名叫公孙祺，是公孙渺的独子。公孙渺老来得子，对他恣意纵容，如今已经发展到无法无天的地步！前阵子他养了一只白虎，便将一些无依无靠的女子抓来与白虎关在一起，直到她们被白虎剥光吃尽。"武瑞安一直在说，丝毫没注意到辰罂愈渐阴郁的脸色。

"你要说的就是这件事？"辰罂听完，一脸凝重，目露失望。

武瑞安点了点头："这是儿臣亲眼所见，简直是骇人听闻！"

辰罂摆了摆手："此事交由刑部便是，若当真如你所说，朕必不姑息。你退下吧。"

"多谢母皇，那您注意身体，儿臣告退了。"武瑞安一脸喜色，说完便离开了。

武瑞安走后，辰罂垮下脸，接连咳嗽，似乎连心肺都咳裂了。

素云和师文昌立在一旁，满脸心疼。辰罂又喝了一大碗汤药，暂且压制咳嗽之后，便对素云说："去调查一下，武王爷最近跟谁走得近。"

"是。"

当晚，公孙渺很快便收到消息。他知道事情经过后第一件事不是去找辰罂求情，而是派人将携芳阁一应事物全数销毁。那些曾在宴会上伺候的侍女全都消失了，去了哪里没有人知道，取而代之的则是一批新人。紧接着，他又派人拜访了当晚所有参加过宴会的客人，请他们务必守口如瓶。做完这一切，已近三更天。公孙渺用了些夜宵后，便躺下睡了个觉，第二天清晨，精神奕奕地上了朝。

武瑞安作为八品掌固，本不该出现在朝堂上，但是他不顾旁人的阻碍，直接冲上殿去，义正词严地将公孙祺的丑事抖了出来。武瑞安言语犀利，将事件描述得活灵活现，简直惊悚骇人至极，这让满朝堂的人都齐刷刷地看向了左相公孙渺。

公孙渺不疾不徐，沉稳地出列，看着武瑞安说："王爷，您的故事很好听，但是，您有证据吗？"

"证据？还需要证据？"武瑞安瞪了他一眼，怒不可遏，"此事乃本王亲眼所见，本王就是证据！"

"王爷，恕下官直言，此事除了您之外，还有别的物证、人证吗？"公孙渺含笑说，"虽然王爷身份尊贵，但是也不能仅凭您一面之词就让小儿蒙冤，这实在有欠公允。"

公孙渺说完，转身看向辰嫛，朗朗道："陛下，微臣恳请您答应公开审理此案，还小儿一个清白。否则，臣无颜再当左丞相，无颜再为陛下尽忠。请陛下准臣解甲归田，从此常伴青灯，日日为陛下祈福。"

公孙渺说完，满朝文武官员一大半都站了出来，齐声高呼："陛下，请您公正处理此案，还公孙公子清白。"

辰嫛咳嗽了两声，眉宇中带着十足的疲惫，看向武瑞安："武掌固，你可有证据？"

"有！携芳阁里有一个大铁笼，铁笼里还有被儿臣射杀的白虎！这些都是证据，您还尽可以派人去问问昨晚所有参与宴会的公子，他们都是证人！"

辰嫛揉了揉额头，说："温礼，你来负责这起案子。现在就去把这件事彻底调查清楚。"

京兆府尹温礼恭敬地回答："是。"

退朝之后，武瑞安便跟着京兆府尹温礼去了携芳阁。可等他们到时，携芳阁里早已没有了铁笼和白虎，就连地毯都干干净净，完全找不出一丝血迹。这里的侍女奴仆面对温礼的提审，一个二个皆摇头道："奴婢不知此事。"

武瑞安气得暴跳如雷，又去了几个眼熟的宾客府里，但是他们都称病不见。最后武瑞安无法，只能去武煜的府邸，但是去了之后他才发现，武煜昨夜回来就病倒了，一直昏迷到现在，仍是不省人事。

武瑞安彻底傻眼了，一夜之间，所有的证据都被销毁。他成了空口无凭、恶意嫁祸之人。随后温礼便回宫，将调查结果据实禀告辰嫛。

辰嫛面色沉凝，忍着怒气看向武瑞安："你没有人证也没有物证，无凭无据就敢擅自抓人，你当律法为儿戏吗？简直胡闹！"

"儿臣……"武瑞安面色犯难，他发现现在好像确实陷入了一个僵局，除了狄姜之外，他没有别的人证。但是他不可能把狄姜牵扯进来。

武瑞安想了想，又道："儿臣想起来了！许丫的尸体就埋在城外回头林里，她的尸体残缺不全，分明就是被野兽咬死……"

"你就是为了她跟公孙祺作对？"辰曌打断了他。

武瑞安不加掩饰，点头道："许丫与爷爷相依为命，去了公孙府里当了下人便无辜惨死，她……"

"够了！"辰曌越听心越凉，不等武瑞安说完，她便拍案而起，将砚台扔了下去。

"你不要再胡闹了！马上给朕滚出去！朕不想再见到你！"辰曌愤怒不已，武瑞安还想说什么，却见素云和师文昌都对着自己摇了摇头。

武瑞安长舒一口气，闷闷地说："那儿臣告退了。"

武瑞安走后，辰曌便吩咐温礼将公孙祺、刘子文、罗昌和韩洸四人放出天牢，并且赐了绫罗绸缎进行安抚。武瑞安回到刑部，前脚刚一踏进大门，温礼便跟了来，并且带来了女皇的圣旨——公孙祺被放出天牢，赐了一座新宅邸，作为他的婚前赐礼。其余人被赐以数箱金银财帛作为安抚。

公孙祺从牢里出来后，见到了大门里的武瑞安，故意从他面前走过，捂着自己鼻青脸肿的面庞，朝着他微微鞠了一躬："武王爷，在下对您不薄，您为何这样对在下？"

"因为你该死。"武瑞安一字一句吐出几个字。

"那真是不好意思，看来这次要让您失望了。"公孙祺觍着脸，嬉笑一声，从他身边走过。他身后的刘子文、罗昌和韩洸接连道了句"让武王爷失望了"。便一个接一个从武瑞安面前走过。

武瑞安双手握拳，看着他们扬长而去的背影，大吼道："总有一天，你们一定会落在本王手里，到时候，本王看你们还能不能笑得出来！"

公孙祺上轿前看了武瑞安一眼，双手拉开嘴角，冲他做了一个比哭还丑陋的笑脸："多谢王爷关怀，但我想，我宣武国是讲律法的地方，容不得您一手遮天。"

"你！"武瑞安气得双唇发抖，见他没脸没皮的模样更是气得肝颤。要说一手遮天，还无人抵得过他爹！

"既然你不要脸，那本王也不要了！"武瑞安愤怒不已，说着，撩起袖子就冲上前，将他从轿子里拉了出来，一脚踹在他的小腹上。公孙祺刚刚还带笑的脸上露出了惊惶痛苦的神色，躺在地上嗷嗷惨叫。刘子文、罗昌和韩洸见了，立即让轿夫快快离去，几人片刻工夫便已经溜之大吉。

"王爷！冷静！"温礼见状，立即带着侍卫上前劝架，在公孙祺被踢了八脚、打了十几个巴掌之后，总算成功地拉开了武瑞安。温礼扶着公孙祺嘱咐着轿夫："快走！"

公孙祺这下不敢再张狂，连滚带爬地上了轿子，一溜烟消失在了街头。侍卫们这才敢放开武瑞安。武瑞安长舒了一口气，拍了拍手，看了看两侧的人，露出了满不在乎的笑。

他这样做，也算是暂时出了一口恶气。

比浑？他可是纨绔子弟出身，也可以不管不顾，没脸没皮！

至于以后的事情……他坚信，总有一天，他一定会找到证据，光明正大地送公孙祺去见阎王！

午后，一脸抑郁的武瑞安去找狄姜诉苦，但是狄姜并不在医馆里。书香告诉他："掌柜的去了康平坊，为他们布医施药。"

武瑞安道了声谢，很快便去了康平坊。果然，他刚一踏进康平坊的门，就见路口排着一条长长的队伍，队伍最前头便是一张简陋的问诊台，问药坐在那儿，正一本正经地替人把脉。狄姜则拿着簿子记录问药的问诊记录，发现有不对的地方就从旁提点一二。

武瑞安站在坊门之下，看着狄姜认真的侧脸，觉得她所站的地方好似散发着白色的光。

神圣，光明，医者仁心。

武瑞安静静地看着她，突然觉得自己波涛汹涌的心竟然沉淀了下来。

那一下午他都站在那里，没有上前去打扰。直到狄姜和问药收摊回家，他才装作刚到的样子，给她送了杯温热的姜茶。

"谢谢。"狄姜捧着姜茶，对武瑞安微笑。

武瑞安送二人回医馆，一路上，他都绝口不提公孙祺的事。他冷静下来之后才想起，狄姜是绝对光明的人，她的世界就应该是简单而快乐的。让自己喜欢的女人快乐，这是一个男人最基本的事情。公孙祺和他身后盘根错节的关系，狄姜没有办法帮助他，他也不能让她跟着自己一起难过。他想，等他有能力解决这些事的时候，他一定会很高兴地去跟她分享这个过程……

狄姜看着武瑞安带笑的侧颜，突然觉得，他好像跟前一天又有些不一样了……

狄姜突然心血来潮："王爷，晚上想吃什么？我亲自吩咐竹柴做给你吃。"

武瑞安摸了摸自己的肚子，发现自己似乎一整天都没有吃饭，笑着说了一连串的菜名：

"糖醋鱼！

"锅包肉！

"翡翠饺子！"

狄姜听了，连连点头。

问药跟在这两人身后，只觉得眼前的一切似乎都变成了粉红色。

他们完全忽视了自己的存在。

她觉得自己有些多余。

嗯，很多余……

但她也乐见其成，狄姜总说自己孤身寡人，没有任何人能站在她的身边。但她觉着，武瑞安就挺适合，就仿佛这两人天生就该站在一处，向着同一个方向，望着对方笑。

而她也跟如今一样站在他们身后，看着他们快乐，见证他们的幸福。

这样似曾相识的感觉，她由衷地感到欢喜、很欢喜。

第二天，武瑞安先去了刑部，用一个上午的时间翻看了上次没有看完的卷宗。午饭过后，武瑞安又去了康平坊，狄姜昨夜说过，将在康平坊布医施药三日。武瑞安想去看看有没有自己能帮得上忙的地方。就在武瑞安快要到达康平坊时，却见天空中冒着一团黑烟，四周的空气里更散发着一股令人作呕的烧焦味。越接近康平坊，烧焦味越明显。

武瑞安有些担心，加紧步子跑过去，便见平日喧闹的康平坊里门庭冷清。一路走来，他遇到的人不超过十人，且还没来得及发问，那些人便揣着手从他身边跑过，边走还边说："快走吧，这些人咱们惹不起。"

武瑞安心头疑惑更甚，向着坊中走去，只见一墙根堆满了夜香桶的院里，正有什么东西被焚烧。火光不大，但是黑烟滚滚，和着腐肉被烧焦的味道飘散在空气里，愈加浓烈。

"丫啊——丫啊——"院子里传出许老伯一声声撕心裂肺的哭号。武瑞安更加着急，几步跑到大门前，只见狄姜和问药阴沉着一张脸站在院子里。她们身前的火堆里是一具已经烧得焦黑的尸体，面目难辨，恶臭难当。两个家丁和四名侍卫扮相的人站在火堆旁边，阻止别人靠近。门外有三三两两的邻里在围观，他们指指点点，但是都不敢上前。

"你们为什么要这样做——为什么就连她死了都不肯放过我们？为什么！她究竟做了什么，让你们要这样对她！"许老伯哭得声嘶力竭，若不是狄姜和问药拉住他，他怕是已经冲进火里，与许丫做了伴。

"要怪就怪你孙女死了还得罪我家公子！"为首的小厮大笑着说，"我告诉你，今儿把她的尸首挖出来烧了只是给你一个警告！你若再敢找事，下次爷爷我就烧了你的房子！我们走！"小厮大笑着说完，一转头，就看见一人朝自己疾步走来。武瑞安抬起手，一拳挥去，小厮便被他打翻在地，半晌爬不起来。

"你谁啊？你不要命……"接下来的话，在小厮看清武瑞安的脸之后便咽回了肚子里。他惊恐地睁大了眼睛，抱着头，生怕武瑞安会像打公孙祺那样把自己也打一顿。但是武瑞安并没有浪费时间在小厮的身上，下一刻他便冲进许家院子，从一旁的晾衣架上拿下衣物，在许丫的尸体上扑打。小厮见武瑞安没工夫搭理自己，立即带着人连滚带爬跑开了。

那些人一走，街坊邻里也赶紧从家里端来水盆，帮着武瑞安灭火。但是许丫的尸体上被泼了桐油，火势迅猛。就算众人帮着灭火也已难以回天。等他们终于将火扑灭时，地上只剩下一摊骨头碎片。

"唉……可怜哪……"

"真是作孽了……"

街坊邻里摇头叹息，大多都因为看不下去而离开了。武瑞安拿着衣服瘫在地上，一脸不可置信。狄姜双手交叠在身前，看着许丫的尸体，同样久久说不出话来。许老伯早已哭断了气，问药扶着晕倒在地的许老伯，气得满脸憋红。

有些事情若不亲身经历，都不知道这世间还有这样的绝望。

几人虽然都没有见过活着的许丫，但是经历了刚刚这一幕，心都跟着许老伯的哭声和许丫的尸体一起被焚成了灰。生活在贫民窟里最底层的那些人，他们的悲欢离合、喜怒哀乐都显得那么渺小，可以随意践踏。但是他们又都是血肉之躯，跟那些高高在上的人一样，拥有着热血和情感。上位之人的肆意剥夺和他人的排挤，让他们不得不放弃自己的感情，甚至将自己为人的自尊和姿态都放低到尘埃里。有时候旁人稍稍给一个好脸色，就能让他们从尘埃里开出花来，但是他们的痛苦，是旁人永远都不能感同身受的。

当晚，狄姜便和武瑞安、问药一起，带着许老伯和许丫的骨灰去了出云庵。狄姜与出云庵的流云师太素来交好，两人虽多年不见，但一听狄姜说起许家发生的事情，二话不说便主动提议，将许丫的骨灰送去供奉超度。

许老伯跪在地上，不停地流泪。

狄姜喃喃地说："凡所有相，皆是虚妄。享寿之时，以虚色身，且偿因果，且修福田。舍报之后，无用躯壳，色身皮囊，俱烧以毁，当作灰烬，还归苍天。真灵佛性，仅存无坏，遍满虚空，充塞法界。无去无来，不生不灭。"狄姜站在一旁，一边轻念，一边烧着自己手抄的经卷。经卷燃起的火焰照亮了四周，星星点点的灰烬顺着南风翻飞，在场的人动荡不安的心似乎都随着经声得到了安宁。可就算这一刻的心沉淀了，仇恨和愤怒却无法消散。

"我一定要让公孙祺付出代价！"武瑞安双手握拳，胸中郁积的悲愤难以抒发，一拳打在旁边的树上，摇落了大片的树叶。

许大爷见武瑞安如此，立即眉头一皱："公子，你可千万不要去招惹他们啊！他们不好惹，咱们惹不起啊！"

许老伯说着抹了一把眼泪："公孙祺的爹是左丞相，不说只手遮天，那也是一人之下万人之上的人，咱们……咱们拿什么跟他们斗？丫儿在九泉之下，也不会希望你们为了她去冒险！听我一句劝，此事就当没有发生过吧！"

"您放心，我不怕他，只要有我在一天，我一定会跟公孙祺势不两立！"武瑞安面色沉重，眼眸里充满了坚定和愤怒。

"千万不要！"许老伯激动道，"我以前一直规劝丫儿，做人啊，就要学会碌碌无为，安稳度过一天又一天……最终才能安心过完这无波无澜的一生，没有什么比平安更重要的了！但是她偏不听，现在可好，死了都没能留下个全尸。"

"那就让他们继续无法无天下去？我只知道，如果我们不阻止他，以后会有更多的丫儿出现，她们的下场会比丫儿更凄惨！"

许老伯哽咽着吸了吸气，摇了摇头："我不希望看到你们为我犯险，你还年轻，我不希望哪天你们也就这样消失了……"许老伯说着，看向狄姜和问药，"求求你们，不要去招惹他们，咱们惹不起，总还能躲得起吧。"

狄姜红着眼圈说："许老伯您放心，我们知道该怎么做。"

许老伯赞赏地点了点头，又看向武瑞安："公子，您也息事宁人吧！"

武瑞安冷冷笑道："我若不知道这件事，或许我永远不会与公孙祺为敌，但是现在我知道了，我就不会让他有好日子过！"

"哎！公子啊！你……"许老伯一脸痛心，他激动地站起来，却一个趔趄又差点跌在地上。他一把瘦弱的老骨头实在经不起连番的打击和折腾，身子骨早已经被掏空。

好在问药手疾眼快，将他扶住。

"许老伯，您先回去歇着，以后的事情以后再说。"狄姜规劝着。见天色已晚，许老伯没有多作逗留，随后几人便向流云师太告辞，离开了出云庵。

回城的路上，许老伯仍孜孜不倦地向武瑞安和狄姜传授着"息事宁人"的思想，但是武瑞安并没有听进去。许老伯不知道武瑞安的身份，武瑞安也不想跟他说起。一来自己从前与公孙祺确实交好，怕他多想；二来也是希望许老伯不要担心自己，就像他也不大想跟狄姜说起公孙祺已经脱罪的事一样。

有些沉重的包袱自己扛下，比连累身边的人一起担心要好很多、很多。

第十一章

梦魇

自从武瑞安昨日大闹朝堂之后，辰曌已经下旨，让各宫门守卫皆不许放他进太极宫。翌日早朝，武瑞安强行闯宫失败，只能去后宫大明宫等待辰曌下朝，可直到中午他都没有等到辰曌从御书房回来。

"母皇还未忙完吗？"这已经是武瑞安第一百次问门口的太监了。

太监摇了摇头，躬身道："恕奴才直言，陛下日理万机，只怕近日都没有时间召见王爷了，王爷还是请回吧。"

"本王再等等。"武瑞安端起茶杯，才发现杯子已经空了。

"奴才再给王爷添杯茶。"太监见了，立即招呼侍女，给武瑞安换了一杯茶。这一上午，武瑞安一共喝了六杯茶。在这漫长的等待中，他才发现，自己想要见一见母皇竟是这般困难的事情。好像又回到了从前辰曌对他不闻不问的那段日子。

武瑞安以前没有觉得难受，是因为从来没有得到过重视。他本就不是什么受宠的皇子，不觉得辰曌高看自己会是多美好的事情。但自他从军凯旋得到辰曌重用，被各大侯门贵胄竞相拉拢之后，曾经也有过一段门庭若市的光景。如今他明白，这些光景全都取决于辰曌对自己的态度。一旦她冷落自己，那么一切又都会随风散去。

后悔吗？

……

不后悔。

他只是生气。气自己堂堂武王爷，竟然保护不了一个小小的夜香工。

许丫的尸体被焚烧的场景还历历在目，公孙祺满不在意的嘲笑更是不断在脑海中响起，而他除了像小孩子一样对他大打出手，竟不能做一些实际的事情来防止此类事件的再度发生。

如若这次不能杀一儆百，这些纨绔子弟只会愈加无法无天……

武瑞安决定不再继续浪费时间在没有结果的等待上，他想了想，离开了偏殿，佯装要出宫，随后便趁人不备，直接溜进了御花园。御花园里，辰嫘正在她最喜欢的湖边凉亭里用午膳，她的对面坐着右相长孙齐。

二人眉目和煦，相谈甚欢。武瑞安想也没想，直接走了过去，躬身行礼道："儿臣参见母皇、长孙大人。"

辰嫘看了他一眼，有些嫌恶地一拧眉："你怎么来了？"

"儿臣有要事禀告。"面对辰嫘明显的怒气，武瑞安选择视而不见。

辰嫘长叹一声，揉了揉眉心说："如果还是许丫一事，你就不必开口了，此事已经交由温礼全权负责，你找他好了。"

"儿臣……"

"对了，朕才想起来一事。"辰嫘似乎猜到武瑞安要说什么，再次打断他，"温礼的官职比你高六级，如果你要向他汇报案情，需一级级往上报，这是规矩，不可逾越。知道吗？"

武瑞安断然摇头："温礼就是根墙头草，人品也有问题！他的办事能力儿臣不认同，儿臣拒绝与他沟通！"

"放肆！"辰嫘猛一拍桌子，将身边的人都吓了一跳。

"陛下息怒，武王爷一定有他的原因，您且听王爷说完吧。"长孙齐在一旁劝慰。

辰嫘蹙眉，再次看向武瑞安，沉声说："你究竟想说什么？"

武瑞安毫不客气，直言道："前日只有您和温礼知道许丫的尸首埋在回头林里，可昨天公孙祺刚被放出来，今天上午公孙祺的走狗便将她的尸首挖出，放在许老伯的家门前焚烧。许丫惨死虎口不说，死后还被他们挖出来，当着唯一的亲人的面被挫骨扬灰！您说，像公孙祺这样禽兽不如的人，怎么能轻易放过他！？"

武瑞安的声声控诉，让辰曌沉默了些许。片刻后，辰曌满不在乎地笑了笑："你要说的就是这个？"

"这难道还不算大事吗？"武瑞安见辰曌没有什么反应，急道，"许丫的尸体被焚烧时黑烟滚滚，周边所有人都能看见，坊间的百姓都是证人，这难道还不够治公孙祺的罪吗？"

"那你抓到人了吗？"

"什么？"武瑞安一愣。

"纵火犯，你抓到了吗？"

"儿臣……儿臣忙着救火，所以……"

"那就是没抓到了。"辰曌摆了摆手，叹息道，"为什么你总是长不大呢？"辰曌看着武瑞安，眼眸里带着深深的疲倦，也充满了失望。

武瑞安站在她面前不知道该如何反驳。他确实已经错过了一次惩治公孙祺的机会，这第二次，他又忘记了最重要的事。

证据。

从前他总以为自己说的话就是绝对的证据，只要自己说哪个人有罪，那个人就一定有罪。但是他忘记了，从前他对付的是些阿猫阿狗，现在他面对的是公孙祺身后的公孙渺。公孙渺是三朝元老，是辰曌都需给七分颜面的内阁重臣，不是自己简简单单几句话就能打发得了的。

辰曌揉了揉额头说："你走吧，在朕彻底厌烦你之前。"

"母皇……"

"滚。"辰曌最近说"滚"字的频率比较高，显然曾经对武瑞安抱有多大的期望，如今就有多深的失望。

武瑞安却并不妥协，直言道："母皇若不答应儿臣严惩公孙祺，儿臣今日绝不离开。"

"你……"辰曌蹙眉，看向武瑞安，"你走是不走？"

"儿臣不走。"武瑞安的回答斩钉截铁。

辰曌的怒气已经到了临界点，武瑞安话音刚落，辰曌便站起身来，"啪"的一巴掌甩在了他的脸上。

"孺子不可教！你简直太叫朕失望了！"辰曌说完，身形突然一窒，整个人向后倒去。

"母皇！"

"陛下！"

武瑞安虽然整个人还处在被掌掴的惊诧之际，但是下意识还是扶住了辰曌，这才让她免于昏倒在地。附近的侍女太监、太医都围了上来，喂药的喂药，把脉的把脉，好一会儿过去，辰曌才缓过气来。她醒来后便颤抖地举起手，指向武瑞安："你给朕滚。"

武瑞安见她重病未愈，终究是会心疼难受，但是许丫的事情同样让他难以释怀。临走前，他仍是忍不住说："母皇，是不是无权无势的人在你心里就是可以完全忽略的存在？像许丫、许老伯这样的人，比起公孙祺就那么不值一提吗？他们的命就不是命，他们的情感就不是情感吗？您铁石心肠，怕是永远也不能理解下位之人的感受吧？就像三年前您对江琼林也是一样，他们都是渺小的存在，都是可以弃之如敝屣的人，对吗？"

辰曌的眼睛陡然睁大："滚！你给朕滚！朕永远不想再见到你！"她恨不得再给他一个巴掌，奈何却已经被他气得再也站不起身。辰曌重重地喘息，边喘边说，"传朕旨意，六皇子武瑞安以下犯上，目无尊长，今摘去王爷称号，除去官职！以后未得召见，永不得入宫！"

"陛下……"长孙齐在一旁不知如何是好，唯有痛心疾首。

辰曌又是一怒："任何人都不得求情！"辰曌这样一喊，长孙齐也不敢再多言。

武瑞安满不在意地笑了笑："若当官不能为百姓请命，不能为百姓谋福利，这个王爷和这个官，不做也罢。儿臣多谢母皇恩典，母皇万岁万岁万万岁！"说完，武瑞安头也不回，大步离去。

"陛下，陛下——"身后传来一干人惊讶的呼喊，武瑞安回头，便见辰曌已经晕倒在素云的怀里。武瑞安心中一紧，很是担心辰曌的安危，可一看她身边围着里三层外三层的人，再想想辰曌醒来若还看见自己指不定会更加生气，只得远远地看着他们，直到辰曌被送回寝宫，他才离开。

武瑞安无官一身轻之后，径直去了见素医馆。他知道自己被革职一事迟早会传出宫来，便没有再瞒着狄姜，将这几日发生的事情统统告诉了她。

末了，他问她："我是不是很不孝？"

狄姜"嗯"了一声，点了点头。

"唉，可是我忍不住！"武瑞安蹙眉，"我一想到公孙祺恶心可憎的面目，就恨不得把他的皮撕下来！可是母皇就是维护他，我……我实在不知道该怎么办了。"

"你……"狄姜刚要说话，武瑞安又打断了她。他猛地一拍手，说："要不然咱们偷偷干掉他吧！你这儿卖毒药吗？我们偷偷毒死他？或者我半夜潜入他的府邸，割了他的喉咙？"

狄姜张大了嘴，目瞪口呆地看着他。

武瑞安激动地说完，又是泄气："我知道这样做是不对的，我也就是想想，你别当真。"

狄姜知道武瑞安胸中气闷，所以也没将他的话放在心上。她想了想，说："王爷想不想散散心？"

"去哪儿？"武瑞安蔫蔫地抬起头，看着狄姜。

狄姜神秘莫测地微微一笑："等到了地方你就知道了。"

武瑞安点点头，跟着狄姜出了门。

二人刚一走到门口，便见长生急急忙忙地跑了过来。他递给武瑞安一个锦囊，说："王爷，这是我家掌教送给你的护身符，今日是七月十五，你们记得不要在入夜之后还在外逗留，早点回来。"

"怎么只有一个？"武瑞安指着狄姜说，"她怎么没有？"

长生为难地说："掌教就只给了我一个……说是给您的。"

狄姜莞尔一笑："钟旭的意思是让你保护我呀！有你在，我怕什么呢？对吧？"

"好像是这么个理，但是……"武瑞安始终觉得有些奇怪。

"好啦，我们快走吧，只要在天黑之前赶回来就不会有大碍。"狄姜说着，牵起武瑞安的手便离开了。

此时的钟旭仍是坐在店里折着元宝，他的眼里带着深深的愁绪。他倒是不担心狄姜和武瑞安，而是有些担心皇城中人。他抬起头，紧紧盯着大明宫的方向——在大明宫的半空中，有着寻常人看不见的东西。

那是比鬼更可怕的东西——人心中的恶。

狄姜和武瑞安出门半个时辰之后，天空就开始下雨。雨水来势凶猛，倾盆而下，片刻工夫便将二人淋成了落汤鸡。他们跑了许久，才找到一个可以遮雨的亭子。

狄姜站在亭子里看了看道路两头，只见雨雾迷蒙，掩了去路，似乎两端都没有尽头。她边拧衣服边皱眉："现在该怎么办？路程才走了一半，这雨不知什么时候会停，回去不是，继续走也不是……"狄姜全身已经湿透，头发一缕一缕地贴在两颊，十分狼狈。

武瑞安关切地问她："冷不冷？"

狄姜摇了摇头："不冷，就是不大舒服。"

"唔……那既然都已经湿透了，还怕什么？"武瑞安看着狄姜，狡黠一笑，突然牵起她的手带着她跑出亭子，继续向前走去。武瑞安的左手放在狄姜的头上，右手牵着她的右手，将她整个人揽在怀里。大街上只有他们这一对男女没有打伞，这无疑引来了不少人的目光。

狄姜从前不是没有淋过雨，但是被旁人搂在怀里故意找雨淋，倒还真是头一回。她不仅没觉得难受，竟还觉得有点小刺激……

半刻之后，二人终于到达太平府西边的一幢四合院前。院子占地很大，约过百亩。院子大门的牌匾之上写着"慈幼局"三个字。大门是朱漆的，两个锈迹斑斑的铜环挂在门上，已经看不出原本的颜色。

"这里是……"

"慈幼局，专门收养一些被遗弃在道旁的婴孩。他们都是无依无靠的孩子，或出生于陋巷贫困之家，或幼而失母，或天生有疾。"

"竟还有这样的地方？"武瑞安睁大了眼睛在脑海里搜寻了一圈，发现自己好像从未听闻过此地。武瑞安蹙眉，对自己的孤陋寡闻表示惭愧，"抱歉，我今天才知道有这样的地方。"

"我带你来这里是想带你散散心，你不需要跟我道歉。"狄姜笑着擦了擦武瑞安额上的雨水，顺便舒展了他的眉头。她温暖的手心触过，让武瑞安整个人都随之一颤。

"你怎么了？"狄姜一愣，眨着大眼睛看着他。

武瑞安面色一红，呼吸一窒。他轻轻握住她的手，将她的手从自己脸上挪开，转头看向别处。他咳嗽了一声，说："别站着淋雨了，进去吧。"

"嗯。"狄姜轻轻颔首，随即敲响了慈幼局的大门，"慈妈，您在吗？我来看看孩子。"

"是狄姐姐！狄姐姐来了！"

门里突然响起许多奶声奶气的孩子的声音。从他们的话语里能听出来，狄姜已经是这里的熟客了。大门很快从里打开，一个精瘦的中年妇女走了出来，她穿着围裙，面上带着疲惫又慈爱的笑。

"慈妈妈。"狄姜躬身作揖，对中年妇女表示出了极大的尊敬。

武瑞安也连忙跟着见礼，生怕落了礼数。

"你们怎么这副模样？快进来换件衣裳。"中年妇女让开了道，邀请狄姜和武瑞安进去。狄姜跨过门槛，武瑞安也跟着走了进去。有了屋檐遮雨，二人总算不必再一路疾行。

慈妈带着武瑞安和狄姜去了自己的屋，拿了一套新衣裳给二人换。武瑞安在隔壁的房间里换好衣服，便一脸尴尬地跑来给狄姜看。他穿的是慈幼局里最大的男孩的衣服，但对成年人来说还是有些小了。他的四肢都露了一大截在外头，显得有些滑稽。

"我这样……是不是有失风度？"武瑞安看着自己的四肢，总觉得有些无法见人。

狄姜摇头微笑："这是您穿过的最好看的衣服。"

"真的？"

"嗯。"

"唉，本王果真是天生丽质，实难自弃，承让了。"武瑞安说着，对她一抱拳。

狄姜又翻了他一个白眼，走出房去。

慈幼局是一座三进三出的大院子，首院里放着些木桩子，像是用来练武的器具。

"那些是年纪稍大一些的男孩用来强身健体的靶桩，他们平日上午吃了早饭就会在这里习武，女孩则在边上的屋里学习女红。"二人一边跟着慈妈参观，狄姜一边与武瑞安解释。一路上，孩子们的眼睛都没有离开过狄姜以及她身边的武瑞安。他们的眼神里除了在期待狄姜给他们发糖以外，更觉得武瑞安看着狄姜的眼神实在有些暧昧。

嗯……很有问题。

"狄姐姐，这个叔叔是我们的姐夫吗？"一个年纪看上去有十一二岁的孩子率先冲着二人喊。

狄姜一愣，连连摇头："当然不是。"

武瑞安眯起眼，摩挲着下巴，纠正道："现在还不是，不过很快就是了。"狄姜瞪了武瑞安一眼，武瑞安也没打算回避，反而笑嘻嘻地看着她，眼神似乎在说"难道不是吗？"

"没正经。"狄姜瞪了他一眼，说完回过头去。武瑞安看着狄姜的背影，笑得更加荡漾，四周的孩子也都是满脸的"我们都懂了"的表情。

"不对啊……"这时，武瑞安突然一愣，他转头看向孩子们，指着狄姜说，"为什么你们叫她狄姐姐，却叫我叔叔？我看起来很老吗？"

孩子们哄堂大笑，他们倒不是有什么特别的意思，只不过自然而然就这样叫出来了。二人在院子里陪孩子们玩了一会儿，很快就到饭点。狄姜来到后院，帮着慈妈做饭。武瑞安在厨房里巡视了一圈，忍不住蹙眉问道："你们就吃这个？"

慈妈点头，说："孤儿院里的孩子每天有一碗芋头汤或者土豆汤，水滚开了，放进去煮烂，再撒点盐，便是一整日的餐食。虽然吃不饱，但至少可以让他们活下去。"

武瑞安咂咂嘴，心中直叹气：真是"朱门酒肉臭，路有冻死骨"。

以前自己浪费的食物，都够养活上千人了吧？

武瑞安心中气闷，走出厨房来到院里，把胸中所有的气闷化作了力量，帮着慈妈劈了几十斤的柴火。他们在慈幼局跟着孩子们一块吃了晚饭。雨终于停了，夕阳照在屋檐上，空中出现了一条彩虹。这时狄姜从袖子里摸出一大把糖，对个子最高的小孩招了招手。那小孩立刻跑了过来，嬉笑地向狄姜伸出手。

狄姜把糖都给了这个孩子，说："辛苦红儿了，把糖给大家分了吧。"

"红儿替大伙谢谢狄姐姐！"叫红儿的小孩拿了糖，立刻跑回了院子里，孩子们立刻围了上去。分糖的过程井然有序，他们都很有默契，不争不抢。甚至还有人说："连儿在屋里，她还没有呢，我去给她送！"

孩子们拿了糖，开心得不得了，脸上洋溢的笑容，是武瑞安从来都没有在旁人面上见过的。他们的幸福来得这样简单。一颗糖就能让他们开心到全世界都为之灿烂。

这时，狄姜突然问道："王爷，您后悔吗？"

"后悔？"武瑞安先是一愣，但很快便明白过来。狄姜问的，就是他曾问过自己很多遍的问题。

武瑞安轻轻地摇了摇头："我不后悔。"

"真的？"

"嗯。"武瑞安点了点头，"我知道，再这样下去，我会失去很多，甚至失去一切。但是我能得到的也有很多。赠医施药，救助弃儿，帮助贫民……这些都是从前的我想都想不到的事情。可这些事情会让我感到很开心。"武瑞安说到这里，停顿了片刻，他转过头来，看着狄姜的眼睛。狄姜也同样回望着他。武瑞安一字一句道，"我也想跟你一样，过有意义的人生。"

"好啊。"狄姜轻轻地笑着，重重地点头，"只要你愿意，我还可以带你去更多的地方，走更多的路，去看不一样的风景，过完全不一样的人生。"武瑞安上前一步，俯下身，身体几乎贴着她。狄姜下意识退后一步，却被他抱在怀里挣脱不得。他在她的耳边说："只要跟你在一起，天涯海角都可以，我都跟你去。"

"哎呀……叔叔羞羞脸！"

"狄姐姐脸红了！"孩子们见了立即围上来，竞相打趣着。

狄姜揪着袖子，不再看武瑞安，很快便和孩子们玩到了一起。武瑞安坐回椅子上，看着他们玩闹。心中的不愉快似乎还真的缓解了许多……他突然发现，幸福不一定要高床软枕，也不一定要金银珠宝，或许只是心上人的一个微笑就能驱散一切阴霾，给他向前的勇气。

傍晚，深处大明宫中的辰嫛已经从昏迷中转醒。她用了些清粥之后，精神好了许多。

"扶朕出去走走。"辰嫛说完，搭上了师文昌伸来的手背。二人缓步走在前头，身后跟着素云等为数不多的婢子。一行人一直从含光殿走到了御花园。

"我听说师文昌毒死了老总管，这才轮到他当大总管……"

"真的？他胆子有那么大吗？"

"他看上去是个很温和的人，不想年纪轻轻，下手竟这样狠毒。"

"所以说，知人知面不知心！"

……

御花园里，几名小婢子正在整理被大雨冲乱的花圃。辰嫛没有带很多随从，师文昌也没有高喝"女皇驾临，众人回避"，她们在园子里讨论的声音都被辰嫛听了去。辰嫛从假山后走过，面色如常。她看了眼同样目无波澜的师文昌，说："文昌，你怎么想？"

师文昌低着头，道："回陛下的话，清者自清，奴才没有做过，奴才不怕她们说闲话。"

辰嫛淡声道："不，朕不是问你这个，朕的意思是，你想怎么处置她们？"

师文昌一愣，立即摇了摇头："回陛下的话，奴婢之间的议论对奴才造成不了什么伤害，只要您信奴才，奴才不在意旁人的眼光。奴才觉得不需要处置。"

"哦？你倒是心胸宽广。"辰嫛赞赏一笑，随即看了眼素云。素云立即会意，带了两个婢女走了出去。很快，身后就传来一众婢女跪地求饶的声音。但素云下手历来狠厉，根本连一点回转的余地都不留给她们，直接命侍卫带她们去了慎刑司，下令杖毙。

素云很快又回到了御前，对辰嫛躬身说："陛下，已经办妥了。"

"嗯。"辰嫛摆了摆手，让她退下。

师文昌知道辰嫛的性子，没说什么，只是扶着辰嫛，继续往前走。

一场大雨过后，御花园里的夏花紫薇，色彩艳丽，一簇簇开得极为灿烂。

辰曌看着满园子的花，心中舒坦不少。师文昌跟在她身边，始终低眉顺目，甚至连风景都不曾看一眼，仿佛他的世界里只有伺候辰曌这一件事，其余的全都不放在心上。

辰曌注意到谨小慎微的师文昌，只觉得他这一副恭敬的模样像极了一个人。

"彼时琼林也跟你一样，不在乎旁人的看法。"辰曌淡淡说出的话语，让师文昌身形一滞。但他很快便恢复过来。身后的素云闻言，也是微微蹙眉。

三年来，这是辰曌第一次在人前提及江琼林。

"你入宫晚，大概不知道琼林是谁……"辰曌柔和一笑，不等师文昌回答，接着说，"琼林跟你一样，脾气很好，学识也很渊博，只可惜……他已经去世多年了。"辰曌一边走，一边说。师文昌扶着她，安安静静地听着，不做任何回答。

素云有些担心，走上前来扶着辰曌："陛下，刚下过雨，空气里湿气重，您还是回去歇息吧。"辰曌看了眼天色，见风和日丽，晚霞遮天，便摇了摇头："难得天气不错，让朕再坐一会儿。"

一行人来到湖中心的凉亭。四周曲水流觞，蜿蜒不绝。这里是辰曌从前最喜欢的地方。但是自从江琼林走后，她就再也没有来过……师文昌适时拿了件披风，为辰曌披上。素云送来了热茶放在桌上。辰曌就这样坐在亭子里，看着天边的夕阳。

"夕阳无限好，只是近黄昏。"辰曌淡淡说了一句，又对师文昌说，"看到夕阳，你会想到什么？"

师文昌低着头，答道："朝气蓬勃，蒸蒸日上。"

"哦？竟然是这两个词？难道不应该是日薄西山，人命危浅，朝不保夕？"

师文昌摇了摇头："夕阳预示着一天的结束，是放松和休憩的代名词。当夜晚来临，白昼还会远吗？初升的太阳，总该是朝气蓬勃的。"

"呵，你倒是会说话。"辰曌耸肩笑了笑。又在亭子里坐一会儿。直到夕阳渐退，天幕被无边夜色笼罩，她才在师文昌和素云轮番的催促下依依不舍地起身回了宫。

当晚，或许是在御花园吹了风，又或者是思绪飘得过远，辰嫕陡然一病不起，高烧不退。她的嘴里一直含含糊糊反复地念着一个人的名字，但是那人的名讳却谁也不敢提起。

江琼林。

她一直在念江琼林。

睡梦里，似乎有无边的梦魇将她拉住，再走不出来。师文昌心中已经急疯了，素云也乱了阵脚。所有当值的不当值的御医都被他们召进了宫，在含光殿外候了一屋子。

"陛下病情反复，已经药石无灵。"——这是所有太医的心头所想，但是他们都只能忍着，对外只说是："偶感风寒，没有大碍。"但几个亲近的人都知晓，如果辰嫕今晚醒不来，以后怕就再也见不到初升的阳光了。

闻讯而来的武隆第一个带着次子武修文进了宫，随后，公孙淼也进了宫来，守在含光殿外。公孙淼拉住太医院掌事刘太医："你跟本官说句实话，陛下的病情究竟如何了？"

刘太医面露沉重，长舒了一口气，随即身子弯下，压低了声音道："陛下此疾来得蹊跷凶猛，只怕是……"

"如何？"

"请大人早做准备。"刘太医说完，重重地点了点头。

"本官知道了，你继续忙吧。"公孙淼与武隆商议了一番，请了兵部尚书赵佑、御林军统尉刘衡进宫伴驾，将皇城包围了三圈。随后，又派人去请了三皇子武煜到御前侍奉。武煜的精神状态不佳，几乎也是被人抬进来的。他因自身疾病，不能进入殿内见辰嫕最后一面。

师文昌和素云看了眼殿外等候的诸人，眉目中多有痛心。但他们的所作所为却在情理之中，让人无可诟病。师文昌回到御前，擦了擦辰嫕额头的汗水，他沉默了许久，才说："二王爷和三王爷都到了，要不要派人去请六王爷？"

素云知道，辰嫕虽然生武瑞安的气，但这时候，肯定还是希望他能在自己身边。

素云点了点头，说："我亲自去请。"

临近午夜，大明宫中灯火通明，所有人都不敢歇下。在大明宫旁边的明镜塔里，正进行着一场声势浩大的法会——国师显深法师正在安慰地下的英灵，为陛下祈福。幡旗缥缈，铃声慑人，显深法师带着八十余名弟子口中念念有词："五星镇彩，光照玄冥。睛如雷电，光耀八极。千神万圣，护我真灵。五天魔鬼，亡身灭形。所在之处，万神奉迎——"他们的每一声呼喊都声嘶力竭，但这仍没能让病榻上的辰曌有丝毫好转，病情反而愈加恶化。

亥时三刻，武瑞安终于到达含光殿，辰曌这时候已经面色惨白，奄奄一息，脉搏弱得几乎已经探不到。武瑞安径直绕过重重侍卫奴仆，从武煜，武隆身前走过。他看也没看大臣之首的公孙渺一眼，直接跟着素云进了内殿。

武瑞安走进殿中，看着床上昏迷不醒的辰曌，胸中的悔恨和懊恼霎时迸发了出来。

"母皇，是儿臣不孝，儿臣不该气您……您醒醒啊……"武瑞安眼角带泪，双目血红。他见了辰曌这副模样，下意识觉得她之所以会躺在这里纯粹是被自己给气的。

"母皇……"武瑞安忍着泪水，不希望在人前表现得太过悲伤。毕竟辰曌现在只是重病，而不是已经薨逝。他如何也不能相信，自己的母皇会以这样的方式突然离开这个世界。

"咳——！"就在这时，原本几近弥留，毫无反应的辰曌突然大声咳嗽了一声。

"陛下！"

"母皇？"

众人惊喜之余，立即重重围了上来。紧接着，辰曌又吐了一大口黑水出来。黑水漆黑，散发着恶臭，全都吐在了武瑞安的身上。

"母皇，您醒了？"武瑞安大喜过望，紧紧盯着辰曌，丝毫也没有觉得自己身上这些酸水有多肮脏，反而因辰曌的转醒而松了一口气。辰曌吐出酸水之后，没有继续昏迷，而是紧紧抓住了武瑞安的手，说："安儿……你终于回来了……终于回来了……"

武瑞安这才知道，辰嫛只怕是已经病糊涂了，以为自己才刚刚回朝。

武瑞安心中的难过更甚。

他发现自己在辰嫛的潜意识里还是三年前失踪的那个自己，这几个月发生的所有不愉快，在她梦魇里已全然忘记……

与此同时，在明镜塔里的显深法师突然身形一滞，吐出了一大口鲜血。随即直挺挺地倒在了地上，不省人事。

……

终章

（下）

柏夏　著

江苏凤凰文艺出版社
JIANGSU PHOENIX LITERATURE AND
ART PUBLISHING

第二卷

紫薇 · 遗芳

第三卷

木樨·花开

第四卷　木蓮·花落

终卷

龙池·凌波

二

紫薇·遗芳

枯藤老树，紫薇花谢。

倚门回首，壮怀激烈。

第十二章

国师

辰嫠醒转之后，太医院的几名元老立即上前来对她施针喂药。辰嫠接连吐出许多黑水，这才恢复了精力。公孙渺、武隆等人一见辰嫠醒转，立即走了进来，在龙床旁边围了一圈。

"陛下，您可算醒来了，老臣实在是担心您哪！"公孙渺说着，用袖子抹了把眼泪。武隆和武修文站在一旁，亦是红着眼眶，连连点头。武瑞安本想挪出些地方，让他们与辰嫠说说话，但他刚一起身辰嫠便拉住了他，不让他走。她没有什么力气，但对武瑞安的依恋明显比对旁人要多上几分。

武瑞安无法，只得拉着母皇的手，坐回床边。

"现在是……什么时辰了？"辰嫠缓缓道。

武瑞安："回母皇，刚过子时。"

辰嫠："这么说，中元节已经过去了？"

武瑞安点头："已经过去了。"

"那就好……那就好啊……"辰嫠长舒了一口气，握着武瑞安的那只手又紧了两分。武瑞安虽然觉得辰嫠的举动有些怪异，但是也没太放在心上，只当她此举是表示亲近的意思。

莫非母皇已经原谅自己白日里的胡来了？

"母皇……您原谅儿臣了？"武瑞安小心翼翼地问她，生怕自己又说错什么而惹她生气。辰嫠躺在床上，浅浅一笑，摇了摇头，说："经过这一晚，朕什么都看开了。"

武瑞安心头一喜，脱口而出："那您不怪儿臣了？"

辰曌点了点头，说："朕不怪你。"

这时，一旁的公孙渺问道："陛下，您在梦里一直念着一个人的名字，但是我们都听不清您在说什么，您还记得自己做了什么梦吗？"

公孙渺此言一出，素云和师文昌的脸色都有些凝重。他二人是辰曌的近侍，虽然辰曌说话含糊，但他们心里都跟明镜似的，知道辰曌念叨的是一个禁忌。辰曌没有正面回答公孙渺，反而看着武瑞安，说："安儿，你今天去哪儿了？"

武瑞安道："回母皇的话，儿臣去了见……""见素医馆"这四个字临到嘴边又咽了回去，他知道，无论在什么时候，都不能把狄姜拿到台面上。那无疑是将她推向风口浪尖。除非自己有了完全的把握，可以完全掌握自己的人生。

现在显然不是一个好的时机。

武瑞安接着道："儿臣去了慈幼局。"

"哦？慈幼局？"辰曌微微蹙眉，追问，"只去过慈幼局？"

武瑞安点了点头："回母皇的话，正是。"

"陛下，您才刚刚醒来，还是不要费心这些小事，好好歇息吧。"刘太医在一旁，躬身请旨。他说完，众人也纷纷附和。辰曌躺在床上，仍是紧紧抓住武瑞安的手，说："安儿留下，你们都出去。"

"这……"武隆和公孙渺面面相觑，有些迟疑。刘太医这会儿也有些为难，不知自己该不该请旨留下。

"出去。"辰曌再次开口，一屋子人为了不让她动怒，只得躬身退下。最后只留下素云和师文昌两个内侍在旁伺候。众人都离开之后，武瑞安便在床前跪下，身子笔挺，一脸正色地看着辰曌，说："母皇，您是不是有重要的事情要对儿臣说？"

辰曌闭上了眼睛，长舒了一口气，良久才睁开，道："安儿，你……还记得琼林入狱那一晚，同你说过些什么吗？"武瑞安一愣，显然没料到辰曌屏退左右是为了跟自己聊这个。师文昌和素云也是一愣。尤其是素云，她的双手扣在胸前，显得有些紧张。

辰曌又道："朕还记得，当初琼林入狱之后，你曾去探望过他。"

武瑞安点了点头："回母皇的话，儿臣见过。"

"那他可说了什么？他……有没有说过恨朕，或者要带朕一起走一类的话？"辰曌一着急，竟然坐了起来。素云立即坐在床边，将她扶住。但是辰曌并没有想象中那般没有力气，她的精神较之白日里要更好。

武瑞安叹了口气，摇了摇头，说："没有，江琼林从来没有怪过您。他还对儿臣说……说您是这天底下最伟大的母亲。"

"他真是这样说的？"辰曌眉头紧皱，显得有些不能相信。

"母皇，您这是怎么了？怎么突然想起他了？"六年过去，辰曌在这个节骨眼上想起江琼林，实在有些匪夷所思。武瑞安内心惊疑，直觉告诉他，事情并不是他想的这样简单。

辰曌靠在素云身上，闭目养神了许久才说："安儿，你记住，今天朕同你说过的话，你听过就需忘了。不要追根究底，不要追本溯源，现在还不是时候。但是朕答应你，总有一天，朕一定会给你一个交代，给天下百姓一个交代。"武瑞安虽然听不大懂辰曌在说什么，但仍是安静地听着，不时点头。

辰曌再次叹息，又道："朕怀疑有人对朕用了厌胜之术。"

"什么！"武瑞安霍然起身，面色惊怒交加。他的手刚一抽离辰曌的手，辰曌立刻又伸出手去再次握住。仿佛武瑞安的手是她安全的保障，是她的救命稻草。辰曌看着武瑞安，一本正经地说："虽然朕不知道自己为什么会如此，但是在噩梦里，朕很清楚地记得，是你带朕走出了阴霾，是你帮助朕走出了梦魇。"

武瑞安一愣，不解道："儿臣？"

"不错。"辰曌点了点头，道，"在刚刚的梦里，朕陷入了绝境。朕的四周一片漆黑，只有一双手紧紧扼住了朕的喉咙，朕看不清他的脸，但是朕的耳朵里全是江琼林恶意诅咒的声音。朕以为自己再也醒不过来了，直到听见你的声音……安儿，从你叫朕的名字开始，朕的四周出现了光亮。紧接着，那一双手消失了，当朕睁开眼睛，耳边也不再回响起江琼林的诅咒。

"是你救了朕。"

辰嫛的描述让几人都冷汗淋漓，仿佛身临其境。武瑞安对自己的所作所为更加觉得惊讶。

他……其实什么都没有做过！

辰嫛又道："今晚你就陪着朕吧，你在朕身边，朕觉得安心。"

武瑞安点了点头："母皇希望儿臣陪伴多久，儿臣就陪您多久，请母皇放心歇息。"

"好。"辰嫛点了点头，喝了些许安神汤之后又躺下了。

半个时辰之后，武瑞安见辰嫛已经熟睡，也没有再被梦魇所扰的情况，便悄悄挣脱了辰嫛的手，对素云说："本王换件衣裳就来，你们照顾好母皇。"

"是，殿下。"素云颔首。武瑞安看了辰嫛一眼，刚准备离开，睡梦中的辰嫛又是呼吸一滞，双手在空中大力地抓挠。事发突然，那情形就像是被人狠狠掐住了喉咙，连话都说不出来了。

武瑞安连忙上前，抓住了辰嫛的双手，这才避免她的指甲划伤自己的皮肤。武瑞安一接近辰嫛，辰嫛很快就安静下来。她缓缓睁开了眼睛，眸子里带着许多疲惫。她看了眼武瑞安说："朕是不是又做噩梦了？"

武瑞安叹了口气，点了点头。

"看来这一仗，朕还没有赢。"辰嫛的身体和精神已经消耗过度，但是眼里却没有任何的绝望和屈服。她的世界里从来就没有"输"这个字眼，哪怕是面对未知的事物。

武瑞安沉思了许久，发现自己只要一离开辰嫛，辰嫛就会陷入水深火热之中，生命垂危。若说在梦魇里困扰辰嫛的恶灵是江琼林，打死武瑞安他也不会相信。江琼林对母皇忠心耿耿，天地可鉴，他怎么可能想要母皇的命？而自己又何德何能，可以让母皇从厌胜之术里脱身？

"啊！对了！是护身符！"武瑞安突然一拍手，将师文昌几人都惊了一下。

辰嫛靠在武瑞安肩上，懒懒地睁开眼，疑道："什么护身符？"

武瑞安连忙将怀中的锦囊拿出来，放在辰嫛手上，说："这是今天下午朋友赠给儿臣的护身符，说是中元节有大用。"

辰嫛看着眼前的护身符，虽然朴素不起眼，但莫名让人感到安心。只一眼，便让辰曌激动难耐。她颤抖着双唇，捧着护身符，说："是了，就是它了……朕能清楚地感觉到，这个锦囊是有温度的……它能驱散朕心头的寒意！"

"竟真有人想害您！"武瑞安站起身，再次一掌拍在桌上，气得浑身颤抖。

辰曌紧紧攥住护身符，在师文昌的帮助下重新躺好，随后才缓缓说："记住朕之前同你说的话，现在还不是时候。但是，朕知道，总有一天……总会有那么一天，朕会让他们付出代价。"武瑞安握着的手渐渐松开，他看着辰曌这副模样，大概也明白了她心中在想什么，也明白了究竟是什么人在幕后操纵这一切。

武瑞安凑近辰曌，在她身边问道："现在我们该怎么办？"

辰曌："去将赠你灵符的人请来，近日先从身边开始整顿。"

"是，母皇。"

"去吧。"辰曌说完，疲惫一笑，安心地闭上了眼睛，进入了梦乡。

有了护身符，她将睡在一个安全的梦里，再也不会受梦魇所扰……

下半夜，武瑞安回府换了一身黑色缀银线的时服之后，便赶到钟旭的棺材铺，敲响了他的门。"咚、咚、咚"三声过后，门"吱呀"一声就开了。钟旭手执一支烛台站在屋里，静静地看着武瑞安。

钟旭的脸上忽明忽暗，身后是一排排的棺木和纸扎，更衬得他惊悚骇人。武瑞安起先有些惊讶，但想起这些年经历过的种种，很快便镇定下来，恭敬地一拱手，郑重求道："请帮帮我的母皇。"

"走吧。"钟旭没有多说，直接将烛台吹熄放在桌上，随后便跟着武瑞安出了门。钟旭穿戴整齐，一副整装待发的模样，似乎一直在等待这一刻的到来。武瑞安察觉出了这一点，对钟旭的崇拜又多了两分。

二人结伴离开南大街，虽然过程中尽量压低了声音，但仍是将对面的狄姜给吵醒了。狄姜轻轻推开窗户，看着楼下匆匆离去的二人，再联想到今晚宵禁之后街上武侯人数增至三倍，从前连见都没怎么见过的御林军也在街上列队巡逻，便料想皇城之中一定发生了重大的变故。狄姜睡意全无，立即从柜子里拿了件连帽披风披在身上，正准备跟上去，但是转念一想又释然了。

有钟旭在，武瑞安吃不了亏，她该放心才是。

不对，在皇族人的眼里，明明钟旭才是弱势，自己担心的为什么反而是武瑞安？

狄姜拢了拢披肩，突然发现自己心中的天平竟已经倾斜到了连自己都觉得不可思议的地步……这样发展下去，究竟是好是坏？跟有情人做快乐事，真的可以不问是劫是缘吗？

狄姜躺回床上，忍不住再次为武瑞安卜了一卦。时隔六年，她发现武瑞安的命盘还是同从前一样，仍是一团拨不开吹不散的迷雾，变化莫测，前途未卜。

……

预想中的女皇驾崩没有如期而来，几家欢喜几家忧。大明宫外的侍卫撤走了一半，只留下御林军驻守在此。宫里不当值的太监宫女也已经歇下，等着辰时正常换班。含光殿里，辰曌经太医诊治之后，确定她已经退烧，并且体内的毒素已经清除，如今的她只是安睡过去。守夜的众人总算都安下了心。

素云和师文昌一宿没睡。武煜和武隆等皇子皇孙都被安排在偏殿小憩，公孙渺等一干大臣则回了府中等消息。太医院的太医只留下三分之一，其余的都回了太医院。紧张的一晚终于过去，新的一天照常来临。

武瑞安和钟旭回到大明宫的时候，天已经亮了。晨光熹微，天地之间一片朦胧。二人穿过御花园，衣裳上都沾染了些许水雾。当他们风尘仆仆地踏进含光殿的时候，周身似乎还带了些雾气。

师文昌一见他们，立刻屏退了众人。素云也十分有默契地走到了门口，关上了宫门，更嘱咐了两名心腹侍女看守宫门，避免有心之人窥探。

"陛下，武王爷回来了。"师文昌在辰曌耳边唤了两声，辰曌便缓缓睁开了眼睛。自从有了钟旭的护身符，她身上的不爽利似乎在一瞬之间消散，喝了几碗固元汤药之后，更是精神奕奕。但是她也知道，自己不能好得这样快，时局需要她继续病下去。

"安儿，这位就是给你护身符的高人？"辰曌指着钟旭问道。

武瑞安点了点头："回母皇，是。"

钟旭躬身作揖："贫道钟旭，参见女皇陛下，恭祝吾皇万安！"

"钟道长免礼，快快请起。"辰曌说完，又是抬手一指，"赐座。"师文昌很快搬来一把紫檀木雕花的太师椅，钟旭身穿粗衣麻布坐在上面，显得有些格格不入。若在平时，辰曌至多觉得他是一个眉清目秀的年轻道士，甚至连看都不会多看两眼。或者说，以她的身份地位，根本就见不到这样的人。但是现在，因那一纸灵符，辰曌对钟旭的道法造诣叹服不已，对他本人更是尊敬有加。

钟旭没有多做寒暄，直接开门见山道："陛下，您的寝宫不干净。"在场之人都知道发生了什么，立刻便明白过来他所说的"不干净"指的是什么。

辰曌面色一寒，蹙眉道："朕的宫里有什么东西？"

"魅。"钟旭平静地说，"皇城有皇气镇守，一般的秽物进不来，但是从宫里滋生的魅就没有办法阻止了。"

辰曌沉吟片刻，说："可有人蓄意谋害朕？"

钟旭摇了摇头："魅是您自身的意念凝聚而成，若说有人蓄意谋害，只怕不妥当。但是任魅滋生到如此地步，有些人也难辞其咎。"钟旭想了想，"两种可能，第一种，那人放任魅的滋生，甚至助魅日益变得强大，从而达到不可告人的目的；第二种可能，是他的法力低微，甚至察觉不到魅的存在。"

钟旭说完，殿内又是好一阵沉默。辰曌神色复杂，不知道在想什么。武瑞安听得一脸惊讶，面上写满了佩服。最后还是内侍总管师文昌率先开口，打破了一室的平静。他躬身问道："可有法子除了它？"

钟旭点了点头："办法很简单，一把火烧了魅的宿主，魅便会神形俱灭，从此消失，再不得为祸。"

"魅的宿主在哪里？"武瑞安急道，"本王现在就把它烧了，避免母皇再受它所扰！"

钟旭没有回答武瑞安，而是看向辰曌："陛下，贫道说了这么多，您意下如何？"

辰曌从钟旭说起魅的成因开始，就已经猜到宫中影响自己的究竟是什么了。如果那是一件能轻易割舍的东西，也就不会在它的身上产生"魅"了。

"不烧会怎样？"辰曌几乎带着恳求地问道，"封印它，或者把它放置在别处，可以吗？"

钟旭摇了摇头，说："魅已经产生了，就说明它在您的心中有不可割舍的一部分，如果今天不彻底铲除它，未来总有一天，它会以大家想不到的方式再次出现。届时，它将无限放大您心中的恶，直到您被他吃掉，非死不得脱身。"钟旭说完，见辰嫛仍然有些迟疑，又劝慰道，"陛下，贫道希望您在能解决它的时候，尽早将它解决。这样会少很多的麻烦。否则……贫道也不能保证您的安全。"

辰嫛微微张着嘴，神色还有些怔忪，似是很不舍。

"母皇，究竟那是什么，让您这样割舍不下？它竟比您的生命还重要吗？"武瑞安急道。

师文昌也从旁劝她："是啊，陛下，奴才求陛下早做决断。"

"奴婢也求陛下早下决心。"看着跪在了地上的素云，辰嫛沉思了许久，才长叹一声，说，"好。烧了吧。烧了也好……"

辰嫛说完，众人都松了一口气。

"多谢陛下。"钟旭说完，便站起身，走到辰嫛龙床的左侧，挑开帘子，走了进去。

龙床是一张千工拔步床，雕刻繁复，其上有很多用来通风的格子，有些格子恰巧可以用来存放一些长轴型的东西。魅的宿主便是藏在这万千格子里的一幅画。

钟旭将画轴拿出，轻轻打开来。便见画中人身穿一袭白衣，有倾国倾城之貌，右下角画了一朵盛放的红牡丹。虽然看得出花与人不是出自同一人之手，但赤色的牡丹与画中的男子在一起，相得益彰，弥补了他身上的孤寂和冷清。整幅画可谓是仙姿绰约，栩栩如生。

"这是……江琼林？"武瑞安面露惊愕，显然没想到影响辰嫛至此的人，会是她从前全然不在意的人！

这幅画……不是已经尘封许久了吗？

素云心头的惊讶不比武瑞安少，但是她没有表现出来。素云是辰嫛身边最亲近的女官，知道江琼林在辰嫛的心中是一个怎样的存在。若辰嫛在自己不知道的时候，瞒着所有人将画拿了来，也不是没有可能的。

　　钟旭和师文昌都不知道江琼林的故事。师文昌一直垂着头，安静地立在一旁，无所表示。钟旭则秉持着一贯清冷的态度，直接拿来一柄烛台，将画放在铜盆之上点着。火焰蹿得很快，几乎片刻的工夫就将画卷烧掉了一半。

　　眼见江琼林的眉目在火焰中渐渐变红，这时辰曌不知哪里来的力气，从床上跳下，一跃而起，飞扑到火盆边上，在众人还没反应过来时，用衣袍将火扑灭。随后，她将余下的画紧紧抱在怀里，哀求般地看向钟旭："够了，够了……魅已经死了对不对？能否把这些留给朕？"

　　钟旭摇了摇头，斩钉截铁地说："不行。"

　　"为什么不行！朕说行就行！这是圣旨！是命令！"辰曌发了狂似的大喊，师文昌和武瑞安连忙走来，将辰曌扶起。辰曌此时披头散发，双目血红，眼眶中更有晶莹在闪烁。

　　她从未失态至此，这是所有人都没有见过的模样。

　　素云大急："陛下，请您不要意气用事，只不过是一幅画，大不了再找人重新画过……"

　　武瑞安同样劝道："是啊，母皇，儿臣这就去召集天下画师，让他们……"

　　"闭嘴！"辰曌怒目相向，扫视了一圈，道，"琼林已经去了，难道连一幅画都不能留下吗？朕这么多年来，安邦治国，辅佐朝纲，从未求过旁的……现在就这样一点渺小的要求，都不能满足吗？现在只有朕……只有朕能保护他了……"辰曌的声音里带了些许哭腔，虽然仍然满是哀求的语气，却带着不容旁人反对的威严。

　　钟旭叹了口气，道："陛下，您现在的不冷静，都是因为这幅画在作祟，一切都等贫道烧了这幅画再说，可好？"

　　"不行！朕不允许！这是朕的琼林，你们谁都不许碰他！"辰曌双目赤红，俨然一副已经被触到逆鳞，即将暴怒的地步。钟旭没有继续刺激她，而是将手放在背上，摆出一副要拔剑的模样。

　　"不要乱来！"辰曌突然一声暴喝，与此同时，甩开了武瑞安和师文昌，将一旁烛台上的蜡烛拔下，将尖锐的烛台对着自己的脖颈，大吼道，"你今天若是烧了琼林，朕也不愿独活！"

　　师文昌见了，连忙拦住钟旭："快放下剑！"

武瑞安也走过去摁住了钟旭的手，对他摇了摇头。

"妇人之仁。"钟旭叹息，他万万没想到，位高如辰曌，居然也会犯如此低级的错误。他极不情愿地放下剑，一双眼睛直直地盯着辰曌，"陛下，贫道明白画中人对您很重要，但是贫道想要告诉你的是，不管过去他对你有多重要，现在的他都只是想要害你性命的魅，你必须放弃他。"

"不！是朕害了琼林！琼林怨恨朕也是应当的！你知道吗……他跟朕说，地下好黑好冷……他的伤好痛……他希望朕去陪他！朕已经负过他一次，朕不能再抛弃他第二次！"辰曌声泪俱下，让身边的人都是好一阵揪心。

就在陷入僵局时，素云突然"扑通"一声跪倒在地，道："陛下，奴婢有一事未禀。"

辰曌不明所以地看着她："什么事？"

素云接道："在江琼林临死前，他曾交代过奴婢一句话，奴婢从未对您说起，请陛下责罚。"

"琼林……琼林对你说过什么？"辰曌一愣，迟疑道，"可是有话要对朕说？"

"回陛下的话，正是。"素云跪在地上，始终没有抬头。

辰曌连忙走到她身前，抓着她的双臂，急道："琼林说什么了？他说什么了？"

"他说……是您给了他一个美好的希望，一个旁人歆羡的前途，是您给了他光明的未来，让他曾经尝试过张开羽翼。虽然您也折断了他的翅膀，但他永远会记得，没有您，他就从未体验过翱翔。他不悔，不怨。"

辰曌喃喃道："琼林……他真是这样说的？"

素云："回陛下的话，是。"

辰曌："他……没有怪朕？"

素云："回陛下的话，是。"

"啪嗒，啪嗒……"接连两声，素云明显感觉到有两滴灼热的液体滴落在了自己的手背上。她慌忙抬头，便见辰曌一脸泪痕，泪水断了线般从辰曌的眼眶里淌出。

就在辰曌失神的片刻，素云飞快地抢走了她手中的烛台和画轴残卷。素云抱住辰曌，将烛台踢到一边，将画卷扔给钟旭，随即紧紧抱住辰曌，不让她有任何动作。

"你干什么！你给朕滚开！放开朕！"辰曌重新变得狂躁起来。但钟旭手疾眼快接过画卷，再次点着，画卷在他的手里化作了灰飞，最后连一点灰烬都没能留下。

辰曌眼睁睁地看着画卷燃烧殆尽，情绪从暴怒变成了惊慌，然后是怔忪和疑问，到最后眼中只剩下一摊死水，毫无波澜，似乎刚才所发生的一切，都与自己没有关系。

"朕怎么了？"辰曌平静下来，见素云紧紧抱着自己，问她，"你在干什么？"

"陛下，您没事了？"素云惊疑交加，满脸不可置信。

辰曌蹙眉，满脸困惑，不解道："朕能有什么事？"

"陛下终于没事了，真是太好了！"素云连忙放开辰曌，跪在地上，止不住地冲她磕头。师文昌也紧跟着跪在地上，山呼万岁。

辰曌就像大梦初醒，她捂着头，回到床边坐下，这时候，恰好鼓楼的第一声钟声响起。"咚——"厚重的钟声响起，每一声都震慑心魂，让人的心都跟着平静。

"来人，"辰曌淡淡道，"更衣。"

"母皇，您这是……"武瑞安不解。

"该上早朝了。"辰曌一脸淡然，恢复了平时气定神闲、不苟言笑的模样。辰曌对钟旭说："钟道长是有真才实学的人，朕很欣赏你，希望你能留下帮朕。"说完，她又看向武瑞安，"安儿，你好好招待钟道长，具体的事宜等朕下朝之后再与你们具体商议。"

"儿臣领旨。"

"贫道遵命。"

素云和师文昌很快便打开了寝宫大门，婢子鱼贯而入，伺候辰曌梳洗。辰曌更衣梳洗时，武瑞安和钟旭便离开了。他们在师文昌的带领下去了偏厅，与武煜、武隆一起用早膳。

偏殿里，武隆坐在首座，已经用完了早膳，正在喝茶。武修文坐在他身边，仍不紧不慢地吃着。武煜的椅子下垫了厚厚的毛毯，整个人也裹在一个很大的披风下，看上去颤颤悠悠，像是随时都要晕倒一般。他面前的粥只喝了几口就没有再动过。

武瑞安上前："臣弟参见二皇兄、三皇兄。"

钟旭随着他行礼："贫道参见二王爷、三王爷。"

武瑞安和钟旭先后躬身行礼，武隆看了他们一眼，点了点头，示意他们坐下。武煜抬起头，嘴角微微扬起，给了武瑞安一个笑脸，但是他很快又低下了头去，神色有些闪躲。

武修文则起身，对武瑞安行礼，道："侄儿参见六叔。"

"免礼，快坐下。"武瑞安看着小大人似的武修文，心情大好，连连惊道，"修文竟长这么高了。"

武隆略有些骄傲地一挺胸，道："你上一回见他的时候，他还只是个毛小子，这一晃都十年过去了。"虽然武隆当皇帝的时候很失败，但是武修文却十分聪慧机敏，一表人才。辰曌也是在见过武修文之后才重新对武隆重视起来。如今，武修文便是武隆手里最值钱的一张牌，是他的骄傲。

虽然武瑞安从来就没往皇位那方面想过，他只希望自己能永远在辰曌的羽翼下当一个闲散王爷，但是他的这份心思外头人根本就不信。武瑞安无疑是皇位的最有力竞争者，武隆对他有着天然的排斥，兄弟之间的隔阂早已埋下，生根发芽。

很快，有太监来传报："朝会之时已到，恭请恭王爷上朝。"

武隆一愣，蹙眉道："上朝？何人主持朝会？"

"回王爷的话，是陛下。"

"母皇？她的病好了？"武隆一惊。

太监点头称是。

武隆连忙站起身擦了擦嘴，说："本王先走一步，你们慢用。"他说完，带着武修文急匆匆地离开了。

武煜重病，不必上朝。武瑞安被革职，更加不必参与朝会。桌前只剩下武瑞安、武煜和钟旭，三人心中各有所想，一时间竟无人说话。武煜脸色苍白，显得有气无力，他很快也站起身子，道："皇弟，为兄先行回府了，告辞。"

武瑞安站起身来点了点头："皇兄慢走，六弟不送。"

"嗯，留步。"武煜说完，在两名内侍的搀扶下走出了大殿。

武煜一走，钟旭看着他的背影，沉声道："他的身上也不干净。"

"什么？"武瑞安目瞪口呆地看着钟旭，手里刚拿起的勺子也"哐当"一声掉在了碗里，他连忙唤人来换了一副新的碗筷，并压低声音问钟旭，"那三皇兄还有救吗？"

"嗯。"钟旭点了点头，语气淡然。听到钟旭肯定的答案，武瑞安放下了心。虽然知道武煜还有救，但一想起钟旭那句"不干净"，还是让他心有余悸，胃口全无。

钟旭跟个没事人一样，就着青菜喝着粥，大鱼大肉碰也不碰。

"你真的是道士？"武瑞安突然有些好奇。

钟旭大方地点头。

"不是和尚才吃素吗？"武瑞安又问。

"……"钟旭沉默片刻，冷冷地说，"我喜欢。"

"这样啊……"武瑞安不以为意地点了点头，发现自己跟钟旭聊天有点聊不下去，便安静地坐在桌旁，百无聊赖地等着辰曌下朝。

朝堂之上，辰曌颁布了一份新的诏令，命右相长孙齐督造两对新的虎符，用以调遣太平府中的布防兵和御林军。从前用以调遣十万布防兵和三万御林军的虎符分别只有一块，掌握在兵部尚书赵佑、御林军都卫六衡的手里。如今新督造的两对虎符，则会分别放在左相公孙湴和右相长孙齐的手里。不管是布防兵还是御林军，他们出兵必须要有三对虎符齐出，否则不得擅自行动。

辰曌此举看似是抬高公孙湴，实则是在分他的权。纵然他们心有不满，却也不得不接受。谁让他们昨夜的行事太过高调了。兵部尚书和御林军都卫都是公孙湴的人，这一事太早地暴露只能招人忌惮。

下朝之后，辰曌宣召了国师——显深法师。

关于显深法师的来历，说来又与公孙湴有些干系。传闻不周山上妖魔横行、生人勿近，但是其山巅有那么一座庙，庙堂之高，令人敬畏。显深法师在不周山上修行多年。他在一次云游苦修之后，遇到了公孙湴。彼时，公孙渺家宅不安，连夜噩梦，显深法师给他做了一场法事，喝了圣水之后，他的病不药而愈，家里也没有再出过怪事。辰曌知道公孙渺病了两个月，见他一夕之间竟能生龙活虎，不禁也对显深法师敬畏有加，遂封他做了国师，以一品大员之礼相待，入主明镜塔。

下朝之后，辰曌再次见到显深法师的时候，差点认不出他来。与前阵子的圆润相比，他整个人瘦成了一把骨头，呈现出一种病入膏肓的模样。他的眼眶深深凹陷，颧骨突出，嘴唇发青，印堂发黑，看上去已经行将就木，半只脚踏进了棺材里。

"国师，你怎么变成这副模样？"辰曌坐在御座上，看着底下摇摇欲坠的显深法师，立刻招呼侍女，"快快赐座。"

显深法师坐下后，颤抖的情况才稍稍有所好转，但他整个人还像是一把枯萎的稻草，提不起半点精神。他长舒一口气，缓缓道："陛下……老臣差一点就见不到您了。"

"哦？"辰曌眉头一紧，疑惑道，"国师何出此言？"

"不瞒陛下，昨夜有一妖物盘桓在大明宫久久不愿离去，臣怕吓着陛下，一直不敢对您说起。昨夜做法，臣本想收了它，却不想被它反噬，重伤难愈。"

"竟还有这等事？"辰曌面露惊惶，表现得震骇不已。

显深法师点了点头，又道："好在老臣到底还是擒住了它，将它收了，陛下才能从鬼门关脱险，回到阳间。"

"竟是您救了朕的命？"

显深法师再次点头："这便是那妖物的本体了。"说着，他从怀中摸出一朵明艳的红牡丹。牡丹花开得正艳，十分抢眼。

辰曌惊讶："这个季节……怎会有牡丹？"

显深法师又道："牡丹公子在阴间痛苦，遂化作牡丹花精，想拉您去阴间与他做伴，幸得老臣拼死护佑，终保龙体康泰平安。"

"……"辰曌瞳孔紧缩，双拳在桌下紧握。她不动声色地深呼吸后，便又放开了拳头。

她走下御座，来到显深法师面前，诚恳地说："国师所作所为，让朕深表感动。"

"为陛下尽忠，这是老臣应当做的，老臣不敢居功。"显深法师勉强微笑，一举一动都显得吃力无比。

辰曌又道："既然国师辛苦，以后便在重灵寺安度晚年吧。"

显深法师倏地抬头，一脸不解地看着辰曌："陛下，臣不明白您的意思。"

"朕的意思很简单，爱卿老了，该退休了。关于下一任国师的人选，朕心中已有考量，就不劳法师费心了。"辰曌淡淡道，"来人，送国师回去休息，即日起搬离明镜塔，调去重灵寺修行。"辰曌说完，大手一挥，连一句反驳的话都没让显深法师说。

显深法师惊愕无比，连连乞求，但辰曌不为所动。他离开后，那一朵明艳艳的牡丹落在了地上，辰曌看了一眼，径直从花上踩过。

牡丹花瓣碎了一地，与普通的花儿也没有多大不同。显然这在辰曌看来，不过是个笑话。

辰曌回到大明宫时，武瑞安正打算带钟旭去参观御花园，他在偏殿和榆木疙瘩一样的钟旭待了两个时辰之后，终于受不了了。二人正准备出殿门时，辰曌便带着一大拨人走了过来。宫女们分别捧着金册、金典、金印、一套素白秀金丝的道袍和一顶白玉琉璃簪子来到了殿里。辰曌让侍女们将东西放下，然后屏退众人，只留了师文昌在身边伺候。

武瑞安和钟旭给辰曌行礼问安之后，辰曌立即扶起钟旭，郑重道："经过昨夜，您一定知晓，朕的大明宫已经内忧外患、危机四伏。"

钟旭点了点头，表示自己明白。

钟旭颔首，也让辰曌确定了心中所想——昨夜除了魅在作怪，还有人在行不轨之事。辰曌长舒一口气，对着钟旭拱手行礼道："朕为了宣武江山稳固，已经孤身披荆斩棘十余载，如今国师之位空悬，朕恳请道长出山，助朕一臂之力。"

"陛下，您这是……"钟旭瞠目结舌，不太明白辰曌的意思，也不知道自己下一步该做什么。

扶起辰曌吗？

她真的是在给自己行礼吗？

武瑞安拍了拍钟旭，道："还愣着干什么？快答应呀！难道你想一辈子缩在棺材铺里？"

"不然呢？"钟旭疑惑。

武瑞安一副"你干脆蠢死得了"的表情，道："母皇这是要封你做国师，官拜一品，入主明镜塔！"

"什么？"钟旭瞪大了眼睛，看向辰曌。

辰曌微笑着对他点了点头，表示自己的意思的确如此。

"我……可我只是一介草民，实在难当大任。"钟旭挠了挠头，搓了搓双手，整个人开始不知所措起来，接连道，"我全身上下，没有一个地方像国师，我实在受不起……"

"道长切莫妄自菲薄，朕说你当得起，你就当得起。"辰曌打断他。这时，一旁的武瑞安也将白玉金袍拿来，在钟旭身上比画着，止不住地称赞道："人靠衣装佛靠金装，等你穿上这件衣服，就像个国师了！"

钟旭愣愣地看着这一切，还是觉得富贵来得太容易、太不可思议。

辰曌道："难道你忍心拒绝朕？"

钟旭连连摇头，犹疑道："可是我的棺材铺……"

"本王替你去卖棺材！"武瑞安情急之下一拍胸脯，又惹来辰曌好一记白眼。但辰曌没有反驳他。毕竟武瑞安现在已经无官一身轻，在朝也没什么重要的事情可以做，若钟旭实在舍不得他的棺材铺，武瑞安去体验体验民情，也没什么不妥。在三人愉快的交流中，这件事就这样定下了。

钟旭被封作新一任国师，成了本朝明镜塔的第三位主人。

明镜塔通体莹白，建在大明宫外的丹霞山之巅、太平府最高的位置。塔旁有成片的枫树林，时值仲夏，青葱一片。等入了秋，便是漫山遍野的红枫，风景之绝妙，世所罕见。

钟旭在一行宫人侍卫的带领下，从明镜塔正门步入。塔里跪了一群僧人，皆是显深法师的弟子，他们见了钟旭，立即垂首作揖，高呼："弟子们恭迎新任大国师。"

"嗯。"钟旭对这样的阵势显然有些不适应，神色不自然地点了点头，便绕开了去。明镜塔的塔身堆满了各式各样的经书，楼梯围着塔身旋转而上，走在楼梯上，可以翻阅诸多经卷。钟旭随手抽出几本，边走边看，发现这都是第一任国师悟真国师的手稿，记载了多年来宣武国的星象吉凶。他大概知道了国师平日需要做的事情，便将书册又放回了原处，随后缓步走上了塔顶。

明镜塔顶有一个纵横三丈宽的平台，用来夜观星象。从这里往下看，可以望见皇城的巍巍宫墙，以及太平府纵横如棋盘的一百一十个里坊。风景大气磅礴，美不胜收。塔的东面有一片红墙绿瓦的宅子，钟旭指着那片宅子对身边的弟子问道："那里是做什么用的？"

弟子躬身答道："回禀国师，那是您的居所。"

钟旭看着那一大片殿宇，很是惊讶。粗粗一看，怕是比五十个棺材铺加起来还要大。

"我一个人住的？"钟旭不确定道。

弟子颔首："回国师，正是。"

钟旭又问："那你们住在哪里？"

弟子转身，指着西山的一片宫墙说："回国师的话，弟子们住在那里。"

钟旭向西山看去，发现那边的树丛里也有一大片的殿宇，规模与一百个棺材铺不相上下。他不禁惊讶地张开了嘴，满脸惊骇。钟旭还要回棺材铺打理一些琐事，在震惊中带着五六名侍从便匆匆离开了明镜塔。

钟旭离开之后，一众弟子立即炸开了锅，围着刚刚追随钟旭的弟子们道："新来的大国师如何？"

大弟子弘元笑答："是个没见过世面的，好糊弄。"

众弟子长舒了一口气，终于都放下了心。

回到棺材铺的钟旭，身穿雪白的衣袍，头戴白玉质地的发冠，整个人一扫此前的寒酸与霉气，焕然一新。若说与从前相近的地方，也只有手里那一柄用麻布包裹的太霄剑了。

问药见了钟旭，连连咂舌："您这是要去相亲？"

长生也瞪大了眼珠子，跟着问："是哪家的姑娘？"

书香摸着下巴深以为然地说："对方肯定是个千金大小姐，否则你不必穿得如此隆重。"

武瑞安笑着扫视了一圈，对狄姜问道："你怎么看？"

狄姜边说边点头："我同意书香的说法。"

钟旭瘪着嘴，面色发愣，脑海里正在组织语言，思索着要怎么跟大伙解释这件事。还不等钟旭开口，他身边的侍从便是一声大喝道："大胆！见到大国师不行礼，还出言不逊！该当何罪？"

问药、长生、书香闻言都是一颤。就连狄姜都半张着嘴，不可置信地问道："国师？"

"是大国师！凌驾于钦天监所有官员之上的大、国、师！"侍从眉头一皱，再次强调，"还不快跪地行礼！"侍卫这样一喝，满大街的人都听见了，好在南大街的尽头巷子里没几户人，数来数去也就他们几个，狄姜闻言，立即带着书香、问药俯身。

狄姜双膝微屈，刚要行礼，钟旭连忙上前来扶着她的手肘："狄大夫不要与在下开玩笑了。"他的脸有些红，显然整个人还如坠梦中。

武瑞安见状也是立即扶起狄姜："你是我的未婚妻，怎么能拜钟旭？本王再不济，到底还是个六皇子。"说着，他不动声色地将钟旭的手拂开了，一个人霸占着狄姜，做出一副"旁人勿近"的模样。

钟旭见二人如此，没说什么，淡淡一笑后便带着侍从和长生进了棺材铺，开始收拾行李。

武瑞安则回到药铺，将昨夜之事悉数告知了狄姜主仆三人。三人听完都是一阵心惊肉跳。虽然武瑞安描述得很简单，但是她们能从字里行间了解到其中的凶险。尤其是辰曌吐出黑水一事，他们深知如若武瑞安再晚去一刻钟，只怕辰曌就已经回天乏术了。

狄姜问道："那上任国师显深法师如今身在何处？"

武瑞安："母皇打发他去重灵寺种菜了。"

"没有赐罪？"

武瑞安："碍着公孙渺的面子，没有重罚。"

狄姜点了点头，沉思了一会儿，说："他必不会甘心就此沉寂。"

"我想也是，不过有钟旭在，他应当不能再在太平府兴风作浪才是。"

"但愿吧。"狄姜不无担心地说完，看向对面的棺材铺。

钟旭将一些必要的书籍放在了车上，又将一些看上去破烂不堪的器具吊在了车身上，随后将棺材铺的钥匙交给长生，道："棺材铺以后就交给你了，务必要将欠狄掌柜的银子还上。"

长生重重地点头，红着眼眶说："徒儿知道。"

钟旭摸了摸长生的头，笑道："我会经常回来，你不必伤心。"

长生吸了吸鼻子，到底还是没忍住掉了泪，他一把擦掉眼泪，对钟旭爽朗一笑："徒儿会想念师父的。"

"嗯。"

当天，钟旭和狄姜、武瑞安等人一起吃了一顿午饭后便走马上任了。事情果真如狄姜的预感一般，钟旭上任的第二天就出现了怪事。

七月十七，一只体型巨大的乌龟在御花园的池子里被人打捞了起来。乌龟足有半人那么大，外形不似一般的乌龟。它的长相酷似鳄鱼，头部粗大，脖子短而粗壮，眼睛巨大，呈赤红色。尾巴尖而长，两边有棱，棱上长有肉突刺，尾背前边三分之二处有一条鳞隆起，并呈锯齿状。龟壳上有黑色的三行棘，周围有散开的黄色斑纹。整个龟看上去凶神恶煞，不似吉物。

素云得下人禀报后，立即下令处死恶龟，但无论或摔或打或切割，恶龟都岿然不动，刀枪不入，毫发无损。此事最后便以灵异事件论处，归到了钟旭头上。

左丞相公孙渺收到了消息后，颁令与钟旭说："若此事处理不当，你何德何能忝居国师之位？"他的意思很明显，就是：恶龟不死，你也不必再当国师了。

这摆明了是一封挑战信。

钟旭接到颁令之后，看了恶龟两眼，便道："这个国师，不当也罢。"随后，钟旭便脱下一身白袍，离了明镜塔，跑回了棺材铺。

棺材铺里，武瑞安正拿着一堆叠元宝的纸钱，虚心向长生讨教该怎么叠。他说要帮钟旭看铺子，还真不是开玩笑。狄姜一脸好笑地看着二人，只觉得这武瑞安经过一遭生死之后，还真是变化惊人。如今任劳任怨，任打任骂，让他干什么都不反口。

就在武瑞安叠好了十三个元宝时，他一抬头，便见钟旭站在店铺门口。他揉了揉眼睛，确定自己没有看错，随即惊愕道："你怎么回来了？"狄姜和长生闻言抬头看去，同样一脸惊讶。

钟旭走进来喝了一口水，淡淡道："公孙渺给了我一个伤天害理的任务，我不想做，就回来了。"钟旭说完，将具体的过程说了一遍，众人都是一脸凝重。

"你也杀不死那只恶龟吗？"武瑞安不解道。

钟旭摇了摇头，说："杀死乌龟的办法很简单，但是乌龟根本不需要死。"

"为什么？"

钟旭："那只乌龟是只活了几百年的老龟，只不过被人下了障眼法，呈现出丑陋的外表，在下若因一己私利而杀了它，岂非作孽？在下不愿残害无辜生灵。"

"你解不开它的障眼法吗？"武瑞安道。

钟旭再次摇头："障眼法被人下了咒，解开也是死。"

武瑞安微微张嘴，显得惊讶不已。这时，狄姜却眉目柔和地笑道："带我去看看，或许我能有法子呢？"

钟旭沉默了片刻，说："罢了，这个国师当来不好受，不做也罢。"

狄姜摇了摇头道："你若不做，会有千千万万的人代替你，但是他们肯定不会有你这般的心肠，你忍心将此重任交给心术不正的人？这可比杀一只乌龟来得罪孽深重得多。"

钟旭想了想，点了点头："那好吧，我带你们去。"

老龟被关在铁笼子里，放在明镜塔前的平台上。它的双眼赤红，目露凶光，龇牙咧嘴，背上的脊刺挺立。寻常人看见的便是这样一副丑陋的姿态，但是在狄姜眼里，老龟却是背着厚重的龟壳，双目呈现倒三角形，目无焦距，已是垂垂老矣的模样。它除了体型巨大外，与寻常乌龟也没什么太大区别。正如钟旭所说，这是一只活了几百年的普通乌龟，仅此而已。

"把它煮了吧。"狄姜淡淡道。

"什么？"武瑞安和钟旭同时向狄姜投去不可思议的目光。

狄姜看向钟旭，笑道："你信还是不信我？"

钟旭沉默了片刻，最终点了点头："我信。"

明镜塔前很快架起了一口大锅，老龟连同铁笼一起被扔进了锅里。水温渐热，锅里的老龟却似乎极为享受。它嘴角翘起，缓缓闭上了眼睛。

柴火"呼呼"地燃烧，锅里开始沸腾，冒起腾腾白雾，让人看不清锅里的景象。半个时辰之后，柴火燃烧殆尽，锅里的水被煮干。众人围上去，却见锅里只剩下一个巨大的龟壳，壳里空空荡荡的什么都没有。

其他人见状，纷纷跪倒在地，山呼海啸一般连连高呼："国师大人英明神武、法力高强。"

"它去哪儿了？"武瑞安站在钟旭和狄姜身边，疑惑道。

"没准儿成仙了。"狄姜微微一笑，"它活了这么久，只差一个机缘，谁知道呢。"

"……"武瑞安和钟旭面面相觑，没有接话，只当狄姜又在说笑话了。

然而当晚，狄姜和钟旭做了同一个梦。

梦里有个胡须花白的老人坐在云端上，笑呵呵地对自己说："谢谢。"

经过老龟事件之后，钟旭安稳地坐上了国师的位置。他修补了皇城内外的符咒，确保女皇吃得下睡得着，不会平白做噩梦。夜里他会观星象，白日里则卜吉凶。闲来无事会给巴结他的小宫女算算姻缘，也会给来明镜塔拜会的达官显贵算算前程。当然，多数是他信口胡诌，不过是看那人的人品好坏适当提点一二，如此一来，日子过得倒还算充实。

武瑞安如约蹲守在棺材铺里，对每一口棺材的尺寸、价格都了若指掌，前来买棺材的人大多被他一张舌灿莲花的嘴哄得连悲伤都暂且忘记了。棺材铺来了个风度翩翩又会哄人的新伙计的消息不胫而走，铺子里的人气渐渐好转，每天都能卖三两口棺材出去，更有一些寡居的婶娘直接搬了几把椅子，日日蹲守在棺材铺外头嗑瓜子。

问药好几次看不过眼想去教训她们，都被狄姜拦下了，说："王爷风流，且让他自己受着。"于是武瑞安每日叠元宝擦棺材之余，还要经受着婶娘们言语上的调侃。武瑞安不觉得难受，反而很会哄人，有时候他只需要一个微笑，就能让她们买一大堆元宝、蜡烛回去，甚至连狄姜的药材都能搭上半斤。大半个月下来，婶娘们家里堆着的香烛、元宝已经足够让她们给祖宗连上三十年的坟，还能再送亲戚朋友一些。那一阵南大街尽头的小巷子里，似乎日日都在过清明节……

日子如水而过，半个月后，八月初一，子时。

狄姜站在窗户边，看着天空中一道忽明忽暗的红色新月，眉头紧皱。武瑞安站在对面看了她半晌，她都没有注意到他。

直到武瑞安开口问她："你怎么了？"狄姜这才回过神，看了他一眼，又望着空中的新月说："那是血月。"

"血月？"武瑞安不解，他很想知道月亮是何模样，但是他的窗户在东面，看不见。他指了指狄姜的窗户，说："我能去你那儿吗？"

狄姜似乎没有听见他的问话，一双眼紧紧盯着夜空。武瑞安见她不拒绝，就当是同意了。他单手撑住窗户，纵身一跃，直接抓住了狄姜另一侧的窗户。狄姜见他突然出现在自己眼前，被他吓了一跳，下意识退后一步，却被床边的矮几绊倒，整个人往后仰去。武瑞安情急之下，冲进窗户，伸手去扶，将她整个人抱在怀里。

"你……"狄姜瞪大了眼睛，一脸惊讶地看着他。武瑞安感受到柔软的身躯，反而不如狄姜淡定。他面色一红，迅速又放开了去。

"对、对不起，我不是故意的。"武瑞安后退一步，一个劲地道歉，似乎为自己的所作所为由衷地感到羞愧。狄姜见了他这副模样，觉得有些好笑。曾经他也不是没有轻薄过自己，比这样更过分的时候也有，可从前怎么不见他这般紧张？

狄姜拉起武瑞安的手，轻轻摇了摇头，说："我知道你在意我，不想轻视我，你的心思我都明白。所以你不必紧张。"

武瑞安呆呆地点头，却还是不好意思地笑了笑："你明白就好。"

"那是血月。"狄姜在武瑞安身边，指着夜空的一道细细的弯月说，"月若变色，将有灾殃。近日或有灾祸频发。"

"还有这样的说法？为何我看不见？"武瑞安惊疑，看向夜空却发现什么都看不见。不要说血色弯月了，夜空中就连一颗星星都瞧不见。

狄姜没有回答他为什么他看不见这个问题，只是郑重地说道："最近你要规行矩步，不要与人结怨。"

武瑞安见狄姜如此认真，还是点了点头："我知道了。"

当晚，狄姜没有睡好，她做了一个噩梦。

梦里的一切都是血红色的。

她看见太平府城外的九层镇妖塔的梵音被人以血作咒，打开了一扇窗。窗户里是幽暗深邃的迷雾，迷雾里有一双双赤色的眼睛，状若铜铃，在漆黑之中散发着骇人的光晕。这些生活在塔里的妖魔像是得到了某种讯号，跟着血咒去向了明镜塔的方向，落在了钟旭寝宫之上。

三更，狄姜陡然自梦中惊醒，匆匆披了件斗篷，手执不灭灯，闪身来到了明镜塔观星台之上。

南方天幕被黑暗笼罩，即便是在黑夜之中，仍会让人觉得那一块像是被黑暗所吞噬。而黑暗的边缘有隐隐的红光闪现，张牙舞爪，带着一股大风呼啸而来。狂风怒号，狄姜的斗篷翻飞，灯笼被吹得失了形状。然而灯中的烛火大盛，比任何时候都要明亮，她整个人亦不动如山。

黑暗转瞬来到狄姜上方，笼罩了整个丹霞山。明镜塔失去了原本白色的外形，整座塔变成了墨色。唯独塔顶的狄姜一袭白衣，面无表情，沉着冷静，岿然不动。

"你是何人？胆敢阻拦本座去路！"黑暗中，响起一沉重的声音。那声音犹如来自幽冥，空灵虚无，压得人喘不过气来。

狄姜看着天幕，淡淡开口："我是狄姜，见素医馆的大夫。"

黑暗中传来一波接一波的嗤笑，凛声道："本座今日只要国师性命，你速速离开。否则，本座定要你化作血雾，在镇妖塔中度过余生。"

狄姜毫无惧意，镇定自若："我劝你不要去找国师，否则这将是你此生最悔恨之事。"

"呵，本座在镇妖塔中待了数百年，今与人达成契约，只要钟旭性命，便可重获自由，我怎会因你一句话而放弃自由？"

"是吗？可我怕你去了，不要说自由了，怕是连生的希望都没有了。因为，新任国师就是……"狄姜低头浅笑，说出了一个名字。

那个名字，曾是禁忌。

没有人会提起。

也没有人敢提起。

"不、不可能！怎么可能是他！他、他早就羽化了！你在说谎！"黑暗中的血红一如喷发的岩浆，翻滚不息，喷洒热焰。

狄姜扬起嘴角，淡声道："你知道的，就算你不怕死，他也会有一百种方法让你生不如死。现在……你还想去找他吗？"

"呵，本座又凭什么相信你？一个小小的药铺掌柜？"

狄姜又是哈哈一笑，眼中带着轻蔑和自负，以及如浩瀚大海一般的高深莫测。

"你笑什么？"黑暗一瞬间静止，他虽然嘴上说着不害怕，但内心已经被狄姜的气势所慑。

狄姜又道："我承认，你在我面前能活到现在，纯粹是因为我脾气好。本着慈悲的态度，让你还有口能言。"

"你！"面对狄姜的轻蔑和自负，黑暗中的大鬼小鬼听了，都想要冲上来将狄姜撕成碎片。天幕中淅淅沥沥地落下雨点，黑暗再次席卷而来，笼罩在狄姜周身，不灭灯中的火焰大盛。狄姜则始终站定，背脊挺直，不惧风雨。

距离血咒的一个时辰时效已经过去了大半。黑云无法冲破狄姜的阻碍，渐渐势弱。而后，南方天幕有愈来愈多的黑云集结，准备在最后一刻与狄姜奋力一搏。

"放弃吧，你不是我的对手。"狄姜幽幽一叹。

"你究竟是谁？"天空中的声音带着疲惫，已经没有前一刻的高高在上，听上去显得有些心虚。

狄姜缓缓说出了另一个名字。

一个被视为至高无上的存在。

她是十方世界里最让人敬佩的人之一，她的箴言"地狱不空，誓不成佛"

在世上广为流传。

黑幕中传出一声声嘶吼，声嘶力竭地惨叫过后，天空出现第一抹晨光。大雨即刻而止，黑幕在这一瞬之间散去。镇妖塔顶的窗户重重落下，再次尘封。与此同时，重灵寺中，鹤发鸡皮的显深法师陡然瞪大了双眼，深吸一口气后直直向后倒去。

从此，他再也没能闭上双眼……

狄姜拖着疲惫的身躯回到见素医馆，回到了她温暖的大床上。昨夜之境，其实凶险之极。如若自己没有嗅到那一丝危险，任由魔物侵蚀钟旭，以钟旭现在的力量，只怕他将万劫不复。

她也知道，昨夜之事只是一个开始。镇妖塔是太霄帝君所立，用以镇压天下污秽之物，其中具体有什么，她不大清楚。但是，当这世上有一个人发现了镇妖塔的存在，就会有别人发现它，继而会有千千万万的歹心人觊觎这一方水土。

未来的日子，实在是不好过啊。

狄姜忧心忡忡，直到太阳高升，武瑞安来与她一同用早饭时，她才换下沉重的面容，笑逐颜开地与他聊天。仿佛昨晚之事，真的只是一个梦。

吃完早饭，狄姜和武瑞安便带着问药去了康平坊，对一些前阵子治过的病人进行回访。在康平坊里，家家都有一本难念的经，他们的生活没有最惨，只有更惨。许老伯家中的事情才过去两天，就会被更可悲的事情所冲散，更别提如今大半个月过去，早已经没有人再谈论许老家中的不幸。

许老伯的日子过得很有规律，每天日出而息，日落而作。他似乎已经从悲伤中走了出来，变回了那个白日睡觉、夜里倒夜香，凌晨在角落里涮粪桶的夜香工。狄姜和武瑞安今天起得早，许老伯还没有睡，他们经过许家时，许老伯正在院子里晒衣裳。一根麻质的粗绳系在屋檐和围墙之间，充当晾衣竿。许老伯原本腿脚就不灵便，经过许丫一事之后，整个人陡然老了许多，开始变得有些驼背。他需要一次次地跳起来，才能将衣服搭在麻绳上，看上去尤为吃力。

"我来帮您。"武瑞安三两步跑上去，夺过许老伯手中的衣裳。许老伯的身子单薄消瘦，气喘不已，明显连拧干水的力气都没有。武瑞安接过衣裳，发现衣裳湿漉漉的，还在往下滴水。

"谢谢，多谢。"许老伯眼眶红红的，抹了把眼泪，连连道谢。武瑞安让他过去坐着，他也不多推辞，便坐在门口抽起烟来。

狄姜走过来将桶里的衣服拧干，再一件件递给武瑞安。武瑞安认真地掸开衣裳，将它们悉心平铺在绳子上。武瑞安认真的侧颜完美无瑕，在阳光下仿佛透着光，耀眼得就像神明。就连许老伯都不禁看呆了。而他身边的狄姜嘴角含笑，一副夫唱妇随的模样，让许老伯很是唏嘘。家人闲坐，灯火可亲，这样的日子他是再也没有了。

他已是孑然一身。

许老伯坐在门槛上，看着两人，眼泪止不住地往下淌。他一边敲烟杆子，一边说："以前丫儿还在的时候，每日里也就是晾晾衣服、涮涮木桶，哪里需要去大户人家受气？她到底还是不听话啊，才有了这样的结局……"

武瑞安闻言，找狄姜借了手帕，递给许老伯说："许老伯您放心，我一定不会就此罢休，我一定会让公孙祺这样的人付出代价，得到他应有的下场。"

"不要！你千万不要去招惹他！你斗不过他的！"许老伯捏着手帕，瞪大了一双眼睛，眼睛里充满了害怕和瑟缩。

"您放心，我知道该怎么做。"武瑞安淡淡道。

"你不知道！"许老伯着急地大吼，"从前丫儿也是这样同我说，说自己清楚自己在做什么，知道自己想要什么。可是到头来呢？她其实什么都不懂。人活一世，但求平安，安安稳稳过下去便是最好的结局。现在我已经接受了丫儿的离开，我不希望再有任何人为她犯险。而且……我听说前阵子武王爷……就是女皇的第六子，曾经的神佑大将军武瑞安，你们知道吗？"

武瑞安和狄姜看了对方一眼，点了点头："知道。"

"我听说他和公孙祺有些过节，将公孙祺打了一顿，为此女皇革了他的职，摘掉了武王的称号。"许老伯长叹了一口气，哀叹道，"就连武王爷都斗不过公孙家，你们何苦去犯险？打落牙齿和血吞也便是了！"许老伯抽烟的手一直在颤抖，看得出他已经风烛残年，活不了几日了。武瑞安和狄姜不想他太担心，便含糊着点头应下了。

三人坐在他的院里，又陪他聊了会儿天才离开。下午，问药陪着狄姜在康平坊中回诊，武瑞安则进宫去看辰曌。辰曌虽然免去了武瑞安的一切职务，却解除了他不许进宫的诏令。武瑞安一路通行无阻，到了含光殿，便见辰曌正在作画。

"安儿你来得正好，快来看看朕画得如何？"辰曌朝武瑞安招了招手，武瑞安便走上了御座，来到她的身旁。桌面上铺了一张洁白的宣纸，纸上画着一白衣男子，他的身边是一朵红艳的牡丹。武瑞安看得出来，辰曌想画的人是江琼林，但是画中人除了仙气飘飘外，眉目与江琼林却是千差万别。

"母皇，画得很像。"武瑞安微笑，违心地安慰她。

辰曌见了武瑞安的表情，眉头一皱，便将画揉成了一团，扔了出去。

她的身边已经有好多这样的纸团，看来也不是第一次废弃。

自从中元节一事过去后，辰曌与从前不大一样了。人前人后她都不再避讳"江琼林"这三个字眼，反而得空了就拉着身边人絮叨过去的故事，于是江琼林其人，就连新来的师文昌都已了然于胸。师文昌在一旁宽慰道："陛下，只要江公子活在您心里，有没有这幅画都无关紧要，您何必一直对这幅画惦念不忘？"

"是吗？"辰曌长舒了一口气，说，"可如果他在朕的心上，朕怎么会连一幅画都画不出来？三年了，朕也快忘了他长什么模样了……也罢，过去了、过去了，朕也该着眼于旁的事情了。"辰曌说完，对武瑞安道，"安儿，你喜欢的那位女子叫什么来着？"

武瑞安一愣，没想到辰曌会突然有此一问。他看着辰曌，半晌不知如何接话。

"你不必紧张，朕只是想见见她。"辰曌解释，"改天你带她进宫来，或许朕见了她，也会喜欢她呢？"武瑞安喜不自胜，愣了许久，几次张口，还是不知该如何答谢。辰曌掩嘴一笑，"你这样紧张做什么？朕又不会吃了她。"

"狄姜！她的名字叫狄姜！是见素医馆的掌柜，人美心善，是个大好人！非常非常好！"武瑞安激动得手舞足蹈，语无伦次。

辰曌和师文昌面面相觑，都是摇头失笑，一脸无奈。武瑞安心中高兴，恨不得立刻将这个好消息告诉狄姜，于是他匆匆拜别辰曌，便要离宫。

武瑞安飞奔出含光殿，刚一走到拐角，就被一人紧紧拉住了手腕。武瑞安回头一看，便见素云站在自己的身后，神色复杂。素云因三年前未禀江琼林的遗言，而被辰罃罚去给江琼林的坟墓扫墓七日，前两天才刚回来。她回来之后，精神状态就不大对劲，时常对着一处发呆，有时候要唤她好几声，她才能缓过神来。师文昌注意到了她的不对劲，但是凭他的地位，不太好多问。辰罃自然也看出来了，可她只当是素云有情绪，没作他想。直到素云遇见武瑞安，她憋了几日的心事，才好不容易找到一个宣泄的机会。

素云将武瑞安拉到墙角，低声说："王爷，奴婢有一件事，不知当不当讲……"

"什么事？"武瑞安诧异地看着素云，将她从头到脚看了一遍，还不等她回答，便紧接着说，"素云姑姑，您清瘦了许多，您和母皇都要多加爱惜身子，不要太过操劳了。"

素云摇了摇头，说："奴婢的身子无碍，但是……"她犹豫再三，似乎在寻找一个贴切的词语，但是她思来想去，也想不出该怎么表达，末了只道，"奴婢觉着江琼林的墓不大对劲，王爷若是有空，请去看一看。"

武瑞安半张着嘴，愣愣地点了点头，说："好，本王有空了会去看看的。"武瑞安没作他想，转头就将此事忘到了九霄云外。一个死去三年的人的坟，能翻出多大的浪花来？

他的心里啊，现在只有一件事——将狄姜打扮得漂漂亮亮，送到辰罃的面前。等母皇见了狄姜，她一定也会喜欢她，然后给自己赐婚，然后三媒六聘拜堂成亲，洞房花烛夜。多么和谐美妙的未来啊……

武瑞安一边走一边笑，路人见了都觉得：王爷是不是傻了？

当晚，狄姜一回家便被蹲守的武瑞安请去了王府，他还神神秘秘地始终不肯说为什么。狄姜进武王府后，便被下人团团围住。她们拿着皮尺与布料，不时地在狄姜身上比画。

"这是做什么？"狄姜疑惑不已。

"回姑娘的话，王爷吩咐，要连夜为您赶制一件朝服，还请姑娘多多配合。"身前的老妈子说完，又走到狄姜身侧，开始量她的袖长。狄姜看向坐在椅子上喝茶的武瑞安，投去疑问的目光。

武瑞安朝她笑了笑，安慰道："给你做件新衣裳罢了，不必紧张。"

"怎么突然要做衣裳了？"狄姜还是觉得很忐忑，直觉告诉她事情并不是做一件衣裳这样简单。

武瑞安沉着脸，佯装懊恼地对众人叹气道："看来平时是本王送的礼物太少了，一件衣服都能让她这般惊讶。"他说完，又对狄姜道，"以后本王会多多送你礼物，你且安心享受便是。"

"……"狄姜饿着肚子，被众星捧月地折腾了半个时辰之后，终于被接到了内堂开始用晚膳。其间，她注意到整个王府灯火通明。院子里摆下了一大张桌子，上百人正紧锣密鼓地在低头制作着什么。

"你们到底在打什么哑谜？"狄姜再次发问。

武瑞安一脸真诚地回答她："真的只是想要送你一套新衣裳。"

狄姜见他不像是在开玩笑，再加上那些来来去去的奴仆确实是在绣花，也不再追问。等他们吃完饭，武瑞安又带狄姜去戏园子听了一场戏，再回王府时，一整套的朝服已经赶制完毕。

朝服与时服相似，都由襦、衫、下身束裙、肩上披帛组成。狄姜是市井商家，没有品级官阶，就算是觐见皇帝，朝服也不宜逾越。于是衫为单衣，素色；襦有夹有絮，其上绣有合欢花；裙子长而多幅，以月白色为底，裙摆绣着银线云纹；最点睛的当属锦鞋。鞋子以玄色蜀锦为底，其上绣以祥云为纹，足尖缀上明珠一颗，名唤"云头踏月"。整套服制看上去既不会失礼，也不会越线。

武瑞安让狄姜换好衣裳后，在凳子上坐下，随后自己蹲下身，一手握着狄姜的脚踝，一手拿着"云头踏月"的鞋底，缓缓将鞋穿在了她的脚上。狄姜双脚纤细，白净如霜，在明珠的衬托下，更显娇俏可爱。武瑞安摸着下巴打量着狄姜双足，止不住点头称赞："鞋美，足更美。"

"你到底想干什么？"狄姜红着脸，愣愣发问。

"我要带你去见母皇。"武瑞安满意地看着狄姜，就像在看一件自己珍藏的作品。

"什么？见陛下？为什么？"狄姜半张着嘴，惊得说不出话来。

武瑞安摇头，郑重道："母皇主动提出来要见你，我没有理由不答应。如果这次她喜欢上你，我们之间就再也没有阻碍了。难道你不想早日与我成亲吗？"

"……"狄姜张大了嘴，默然地看了他半晌，见他眼中期冀大胜，高兴之情溢于言表，最终意识到自己好像是有些太不近人情了。以她现在的身份与武瑞安的情感，与他一同觐见辰曌是迟早的事情。假如做这件事情能让武瑞安高兴，那也没什么不妥。于是狄姜点了点头，说，"好，我跟你去见陛下。"

武瑞安长舒一口气，放下了心。他身边的人也因狄姜这一点头而集体松了一口气。尤其是管家刘长庆，他太知道王爷这几年有多挂心狄姜了……

当夜，狄姜睡在了武婧仪曾下榻过的楼东小院。第二日一早，她就被下人叫起来，换上了朝服，随后又有专人进来为她抹胭脂、画黛眉、贴花钿、点面靥、描斜红、涂唇脂。太平府里几家有名的金器铺子的掌柜都被请了来，给狄姜配上了一整套的头饰、项饰、臂饰、腰饰，将狄姜从头到脚打扮成了一个金光闪闪、光彩夺目的贵妇人。此刻一看就会觉得她有钱，非常非常有钱。

武瑞安从头到脚打量了狄姜十余次，最终走上前，摘掉了她头上的金钗、手臂的臂钏、腰间的玉佩，独留下颈上的花丝烧蓝的七宝璎珞项圈。又命人带狄姜下去，洗尽了面上的妆容。随后，武瑞安亲自在狄姜的眉间点上了新的花钿，再在她的唇上涂上薄薄的一层唇脂。他又从身后的奴仆捧着的几百枚发钗之间，选了一颗拇指大小的明珠金钗插在了她的云髻之上。

狄姜整个人的气度风华再次一变，她又从一个豪门贵妇变成了一个轻妆婉约、素净高雅的女子。

"还是这样好。"武瑞安郑重地点头。那一脸凝重的模样让狄姜止不住地发笑。

不就是见个人吗？用得着这样隆重、迂回、曲折？不管那人是乞丐也好，皇帝也罢，在狄姜看来，那都是一视同仁的。见与不见，她都能做到心怀坦荡，光明磊落。

当日辰曌下朝后，照例将一切朝中大事都交给了左右丞相处理，自己回了御书房继续作画，休养身体。

"陛下，六王爷来禀，下午将带狄姑娘进宫，与陛下共用晚膳。"师文昌说完，辰曌作画的笔停在半空。墨水滴在纸上，晕染了江琼林的衣裳，又毁掉了她这半个时辰的成果。

"他竟如此迫不及待。"辰曌心烦意乱地将画揉成一团扔了出去，随即深吸了一口气道，"你去长孙府，请长孙玉茗进宫。"

"是。"师文昌得了诏令，立即派人去请。

武瑞安和狄姜比长孙玉茗先入宫，但是一直不得宣召，只能在含光殿偏殿中等待。直到长孙玉茗姗姗而来，与辰曌在御书房中开怀畅谈半个时辰之后，他们才得到诏令，一同游玩御花园。

长孙玉茗尚在为祖父戴孝。她穿着一身素白的衣裳，整个人都沉浸在一股安静宁谧的状态下，可谓"冰肌玉骨，不惹凡尘"。狄姜见了长孙玉茗，突然有些庆幸武瑞安没有将自己打扮成一棵行走的金银树。如若不然，这会儿自己与长孙玉茗站在一起，一定会显得无比艳俗。

武瑞安："儿臣参见母皇。"

狄姜："民女参见陛下。"

武瑞安携狄姜拜见。从进宫开始，他们两人的手就一直十指相扣，无论狄姜怎么挣脱，武瑞安都不放开。辰曌没有表示出不悦，就连长孙玉茗也只当没有看见。她始终笑意盈盈地看着狄姜，这会儿若不是因为辰曌在，长孙玉茗只怕会上前去，牵着狄姜的手，与她好一通絮叨。因为在她的心里，狄姜是自己的救命恩人。她对她的感激将铭记于心。

"平身，赐座。"辰曌淡淡说完，武瑞安便搀起了狄姜。狄姜抬起头，辰曌便认出了眼前人。

辰曌的记性很好，虽然已经过去三年，但是她一眼便认出狄姜就是曾在欢宜馆中救过江琼林的女子。狄姜的气质很奇怪，落在市井，她或许就是市井中人；而此番身在皇宫，她又似乎身姿高洁，不落凡俗，胜过天生的大家闺秀。此人之难以捉摸，不可言喻，辰曌心想，也不怪安儿被她迷得神魂颠倒。

辰曌坐在石桌旁，看着狄姜，笑道："你就是狄姜，是见素医馆的大夫？"

狄姜颔首："回陛下的话，正是民女。"

"听说您曾救过婧仪，安儿，想必医术了得？"

"回陛下的话，民女不敢当。"

"陛下，狄姑娘还救过玉茗一命！"长孙玉茗在一旁，忍不住接口。

辰曌一抬眉，显得极为惊讶。狄姜生怕长孙玉茗再提起杀人鸟之事，勾起辰曌不美好的回忆，忙说："陛下，民女今日来，带了一份礼物给您，希望您喜欢。"

"哦？是什么礼物？"辰曌好奇。

武瑞安也有些发愣。

他没准备礼物啊？

狄姜昨夜才知道此事，还宿在王府中，哪里有时间去准备礼物？

不顾武瑞安的疑问，狄姜从袖子里拿出一只精巧的景泰蓝罐子，约莫手掌大小，道："陛下，这个罐子就是民女送给您的礼物。"

长孙玉茗见了兴奋不已，急道："这一只夔龙纹景蓝罐，色彩艳丽，雕刻繁复，光是这一只罐身，制作工艺便不下二十道，更不要说这上面的掐丝与雕蓝了。狄姑娘所带来的礼物，是不可多得的上佳之品。"长孙玉茗说完，辰曌毫不掩饰对她的欣赏，连连称赞道："茗儿见多识广，谈吐不俗。"说完，她淡淡瞥了那罐子一眼，对师文昌说："收起来吧。"

"是。"师文昌接过景蓝罐，躬身退下。

虽然辰曌对这罐子的兴趣淡淡，但是师文昌知道，狄姜送的绝不仅仅是一只罐子。他捧着罐子的时候，隐隐能闻出罐中有异香，那香味，绝不属于寻常物件……

师文昌将景泰蓝罐交到了婢女手中，嘱咐其送到太医院，交给院正刘太医，随后他才返回了御花园。

御花园里，长孙玉茗紧挨着辰曌，不时与狄姜讲述宫中趣闻，还有她们离开这三年间京中发生的大小事情。辰曌从他们的对话里听出，武瑞安消失这三年，竟都是与狄姜在一起。辰曌的笑意变得愈加复杂，看着狄姜的眼睛里，更有一层说不清道不明的隐晦。

辰曌嘱咐师文昌布下晚膳，又对素云点了点头。二人分别领会其意，躬身退下。狄姜看着素云的背影，突然一皱眉，但很快又不动声色地放开了去。

"你怎么了？"武瑞安捕捉到这一小细节，在她耳边问道。

"没什么，想是我看错了。"狄姜轻轻摇头，微笑。

"没事就好。"武瑞安在桌下握住狄姜的手。他的手心温热，让狄姜有一瞬间的恍惚。这些温暖似乎一瞬间点燃了自己心中的冰，开启了一个连她自己都没有太意识到的角落。

晚膳前，狄姜向女皇告假，去了偏殿。长孙玉茗也跟了来，洗漱过后，拦住了狄姜的去路。

"玉茗小姐这是？"狄姜有些不解。

长孙玉茗深吸一口气，道："狄姐姐对不起……玉茗今天实在是太失礼了。"

狄姜不解，不明白她为什么会这样说。

"玉茗平时不是这样的……我不大与人说话，也不会刻意去讨好旁人，玉茗只是想与您和王爷亲近一些，故而有些话多，请您原谅。"长孙玉茗低着头，看着自己的脚尖，有些语无伦次。

"……"狄姜还是有些发愣。

"狄姐姐，玉茗不瞒您，玉茗喜欢王爷，只要玉茗能待在王爷身边，玉茗不介意与您和王爷之间的事。"长孙玉茗抬起头，眼带希冀，看着狄姜的目光灼灼。

狄姜闻言，内心一恸。看着这样谨小慎微的她，狄姜只觉得不可思议。长孙玉茗身为右相嫡女，是宣武国的太子妃，更是未来的皇后。高高在上如她，竟然能说出这样的话，内心该是有多绝望、多喜欢武瑞安啊……

狄姜微笑，轻轻摇头："回长孙小姐的话，王爷娶不娶您，不是民女能够决定的，您应该在王爷身上下功夫。"

长孙玉茗牙关咬着下唇，双手绞着手帕，良久，终是沉下肩膀说："是玉茗唐突，还请狄姐姐不要怪罪。"说着，她勉强勾起嘴角，给了狄姜一个比哭还难看的笑容。

"没关系。"狄姜微笑着拍了拍她的肩，转身离开。

长孙玉茗看着狄姜沉着的背影，双腿像灌了铅，久久挪不动步子。

狄姜回到席上时，武瑞安也不在了，席间只剩辰曌。狄姜向辰曌行礼过后，便回到了自己的座位上。辰曌面带孤高，对她微笑，随后嘱人端了一杯酒放在狄姜面前。酒杯是鎏金的，看上去华美不凡。可越是华丽就越是危险，狄姜不是普通人，怎会看不见里头暗藏的杀机？

狄姜举起酒杯淡声道："民女谢陛下赏赐。"

"你觉得长孙小姐如何？"就在狄姜嘴唇碰到酒杯之前，辰曌突然开口，这让狄姜有些愕然。

狄姜放下酒杯，想了想，才道："长孙小姐与旁人不一样。"

辰曌看着狄姜，等待她继续往下说。

狄姜接道："玉茗小姐的心中没有自卑，也没有千回百转的小心思，她嘴上说了什么，心里想的必也是一样的。"末了，又加了句，"她是个真正的好人，心地纯善，没有被俗世感染分毫。是足以匹配太子妃之位的女子，想来也能担负得起未来宣武皇后一职。"狄姜说完，没有再动身前的酒杯。

玉茗不是狄姜的对手。不仅仅是对男人，看世界的态度也大不一样。

闻言，辰曌心里明白了这一点，心中突然放开了去，倒是做不出斩草除根的事情了。

辰曌扬起嘴角，唤来女侍，给狄姜换了一杯酒。狄姜没有表现出疑惑或者惊诧，装作什么都不懂的模样，谢恩之后一饮而尽，而后埋首吃菜。二人坐在席上又闲聊了一会儿，等武瑞安回来的时候，看见的便是一副婆善媳恭、相处融洽的模样。

而那一整晚，长孙玉茗都没有归席，只向素云姑姑托了个口信便匆匆离了宫。

等用完晚膳，武瑞安便带着狄姜出了宫。二人离开后，辰曌回了含光殿，沐浴更衣，准备就寝。她躺在床上，闻到一股绵长的香气，与以往的安神香不大一样，便问道："今天点了什么香？"

师文昌躬身答道："回陛下的话，是狄姑娘送来的罐香。"说着，他将床头的罐子捧来，递给辰曌。

"这里头是什么？"辰曌看了一眼，问道。

"回陛下的话，奴才问过刘太医，刘太医说罐中有迦南。"

"迦南？"辰曌思索了片刻，道，"可是沉香中的一种？"

师文昌颔首："回陛下的话，迦南是沉香中最稀有的一种，又名奇楠，极其罕见。主凝神安眠之功，放在枕边可以平心静气，安定心神。"

"倒算有心，只可惜……"辰曌说着，突然意识到自己似乎太在意此人，想想自己不应该囿于这些小事，便长舒了一口气，摇头失笑道，"放着吧。"

师文昌颔首："是。"

辰曌躺下后，师文昌放下帐子，躬身退下。

出奇的，辰曌很快便进入了梦乡，一夜无梦……

武瑞安和狄姜离宫后，武瑞安便屏退左右，独自牵着狄姜的手，向南大街走去。巡夜的武候看见他们也当没看见，绕过他们去别处巡逻。武瑞安与狄姜闲聊，不禁好奇道："今天你送给母皇的是什么东西？"

"那个啊……是迦南。"

"迦南是什么？"

狄姜缓缓道："今日我见陛下面色不华，便知陛下疲于国事，两眼缺少精气的滋润濡养。陛下青黛浮于表，故眼圈发黑，夜里自然睡不安稳。迦南可以凝神，调畅肝气，则目睛得养。"

武瑞安听得一愣一愣的，虽然不太懂她这些专业名词在说什么，但是大致意思也了解了，又问："你什么时候准备的？我怎么不知道？"

"长期都有准备呀。"狄姜一脸坦然。

"又是在袖子里？"武瑞安看着狄姜宽大的袖子，实在觉得好奇，这衣裳不是昨晚才做的吗？她还放了些什么在里头？

狄姜似乎看出了武瑞安的疑惑，便从袖子里抽出两条咸鱼："你还想知道什么？"

"你竟还带着这个？"武瑞安捏着鼻子，将咸鱼推离了自己，"你为什么身上常备咸鱼？"

"喂流浪猫呀。"狄姜面色坦荡，但这样的解释却让武瑞安觉得很好笑。

狄姜问："你笑什么？"

武瑞安摇了摇头，笑道："笑你可爱。"在他心里，似乎无论狄姜做什么，他都会觉得这很正常，并且由衷赞赏。

狄姜微微一笑："谢谢。"

二人手牵手前行，走到一块开阔的地方，这时武瑞安突然指着月色，语气凝重："你看，月亮怎么了？"

狄姜抬头看去，便见一钩弯月悬在空中，泛着清透的白光，天地之间一片祥和。

"月亮没什么问题啊？"狄姜不解。就在她抬头的工夫，武瑞安快速地凑过脸，在她的脸颊上轻吻了一下。狄姜转头，一脸呆愣。

武瑞安嬉笑着舔了舔嘴唇，无比激动地炫耀道："兵不厌诈。"

狄姜看着孩子一般的武瑞安，满眼无奈。

"看你的模样，似乎不大高兴？"武瑞安沉下脸，佯装懊恼说，"这世上多少女子求着我爱，我可是看都不看她们一眼的，我从来都是断然拒绝的！"

狄姜点头："嗯，所以呢？"

"不是我看不懂天香国色，也不是我清心寡欲，而是……"武瑞安说着，被她这副镇定的模样气得牙痒痒，再多的甜言蜜语也说不下去了，末了只能恨恨道，"我不管，今天你偷亲我，你要对我负责。"

"什么？我偷亲你？明明是你轻薄我。"

"我不管，就是你亲我。"武瑞安睁大了眼睛，一脸诚挚地点头，毫不脸红地说着瞎话。狄姜再次哑然，被他这副无赖一样的嘴脸弄得哭笑不得。

二人手牵着手，一路笑闹，快到子时了才从丹凤门走到南大街尽头。见素医馆里，众人都已经歇下，狄姜与武瑞安道别后，便回房梳洗。等她换了衣服，又突然想起了什么似的，打开窗户，便见武瑞安果然还站在楼下。武瑞安对她微微一笑："晚安。"

"晚安。"狄姜颔首，目送他离去。

武瑞安的脚步轻快，看得出来心情很好。他三步一回首，对着狄姜一次又一次地大笑。狄姜也一直靠在窗棂上，直到他转过街角，她才关上窗户，和衣睡下。

梦里，武瑞安那个吻，似乎依然是有温度的……

第十三章

命案

第二日，武瑞安起了个大早，准备进宫与辰曌说说婚事，然而他刚一走到宫门口便被人拦下。

来人是刑部尚书宋璃。

宋璃双手抱拳，对武瑞安躬身行礼："王爷，今晨发生了一起命案，想请您去刑部协助调查。"宋璃的身后站着二十余名侍卫，从他们的站姿和呼吸就能感觉出来，个个都是一等一的高手。武瑞安觉着奇怪，这京中发生命案，首先应交与京兆尹，再大一点便是大理寺，两府都处理不了的事情，才会交到刑部。而刑部中，宋璃的官位最高，是什么样的案件才会让他亲自来请？看这架势，他似乎还怕自己会反抗？

武瑞安正色道："究竟是什么命案？竟要劳烦宋大人亲自来请本王？"

宋璃："回王爷的话，左相之子公孙祺在今晨暴毙，希望您……"

"什么？公孙祺死了？"武瑞安大惊。

"回王爷的话，正是。"宋璃叹息颔首，眉目中多有忧虑。

"这……这可真是太好了！"武瑞安一拍腿，大笑道，"走走走，本王这就跟你去看看！"武瑞安连日来恨公孙祺恨得做梦都在咬牙切齿，这会儿公孙祺暴毙，他一准儿是要放挂鞭炮庆祝一番的！武瑞安兴高采烈，全然没有一点身为嫌疑人的恐慌，反而激动难耐地与宋璃勾肩搭背一起前行。

公孙祺是公孙渺的独子，他之上还有三个姐姐。公孙渺老来得子，对公孙祺极其看重，几乎整个公孙家的未来都压在了公孙祺肩上。可这会儿，公孙祺却冷冰冰地躺在刑部的仵作间内，全身上下没有一处好肉。唯一能看出他的身份的，只有他肩胛骨上的那三颗黑痣。形如三角，十分好认。

"他……这是怎么了？他真的是公孙祺？"武瑞安目瞪口呆，看着眼前这一堆烂肉，简直不敢相信自己的眼睛。

宋璃朝仵作点了点头，仵作便躬身道："启禀王爷，公孙公子的致命伤在他的腹部。"仵作指着尸体肚子上的一条三寸长的伤口说，"虎爪将腹部拦腰抓烂，五脏六腑从腹部流出，从而导致了他毙命。而他面部、腿部和手臂的撕咬伤痕其实都只是皮外伤。"

"虎爪？"武瑞安又是一愣，再往前走几步，便能明显感觉到尸体上散发出来的阵阵腥臭。他拿手帕捂住鼻子凑近了仔细一看，发现他腹部的撕裂伤附近确实还伴有其他的伤痕，形状如同被一只巨大的虎爪拦腰抓伤。武瑞安又问道："他是被老虎杀死的？"

仵作颔首："大概如此。"

"大概？"武瑞安蹙眉，"你们没找到杀他的凶手吗？"

宋璃摇了摇头，说："公孙公子消失了两日，公孙府中人以为他在外游玩，没有当回事，但是今晨，侍女进入公孙公子的房间时，便见他浑身是血躺在床上，已经死去多时，而他昨夜是什么时候回来的，没有人知道。"

"这可真是……替百姓出了一口恶气啊！"武瑞安闭上眼，长舒了一口气，眉目表情皆是解恨的笑意。他这一句话，恰好被闻讯而来的公孙祺的三个亲姐姐听见，几人气得张牙舞爪地跑进来，对着武瑞安就是一通狠批。

二姐公孙岚："你是何人？祺儿惨死，你竟在这里说风凉话！"

三姐公孙茗："你是什么东西？祺弟的为人我们都清楚，他乖巧聪颖，对上恭敬对下和睦，是世间少有的贵公子，你凭什么这样说他？"

长姐公孙婕狠狠一瞪刑部尚书："宋璃，这里竟是无关人等能随意出入的地方吗？还不将他打一顿赶出去？"

"这……"宋璃有些为难。

三女的眼圈发红，长相相似，从前在武瑞安的眼里，都是一等一出挑的美人，但如今看来，都有些面目可憎。武瑞安走出去两步，放下了掩鼻的手帕，三位夫人原本咄咄逼人的气势，却在看见他的脸的那一瞬间软了下来。

"武……武王爷？"

"六殿下？"

武瑞安面色如常，一副"我就说了，你们能拿本王怎样"的模样，居高临下地看着三人。

长姐公孙婕带着众妹见礼，随后道："武王爷，舍弟尸骨未寒，您这样出口伤人，是否不大妥当？"

"公孙祺死有余辜，难道你们不知道？"武瑞安微笑答复。

"你！"公孙茗和公孙岚再一次发怒，张牙舞爪地朝武瑞安扑过去，但她们还没有近武瑞安的身，又被长姐公孙婕拦下。

公孙婕正色道："武王爷身份尊贵，你们不得无礼。再者，祺儿在天有灵，我相信他一定会保佑我们将害他的凶手抓出来，还他一个公道。届时，我定要那人血债血偿。"公孙婕说话的时候，一双眼睛一直盯着武瑞安，就像是在看杀人凶手。

武瑞安不疾不徐，淡淡应道："这就对了。我们要相信，善恶到头终有报，不是不报，时辰未到。公孙祺作恶多端，搅扰了多少家庭，致使妻离子散、老无所终。他们就算没有滔天的权势，可骨肉亲情也是不疏于你们的。公孙祺有左相撑腰，能逃得了律法的制裁，也逃不过上天的惩罚。你看，这会儿他不就遭报应了？"武瑞安越往下说，几人的面色越难看，就连宋璃都浑身冒冷汗，直拉着武瑞安的袖子，将他请了出去。身后是三个女人滔天的哭声，武瑞安掏了掏耳朵，全然当作没听见。

武瑞安经过刑部大厅时，发现大厅里已经人满为患，全是等待接受审问的人——一个公孙祺的死，几乎出动了刑部一大半的人为其破案。更别提京兆府和大理寺了，只怕这会儿门槛都已经被踏破了。相较之下，许丫一流的案件无疑是微不足道的。

武瑞安被请进了内堂，由宋璃亲自问话，师爷从旁记录。

宋璃："敢问王爷，前日午时到申时，您在哪里？"

武瑞安："在宫中陪伴陛下。"

宋璃："昨日酉时到子时，您在哪里？"

武瑞安想了想，说："散步。"

宋璃："在哪里散步？可有人陪同？"

武瑞安面色沉稳，细想了一番，淡然道："南大街，无人陪同。"

此言一出，宋璃的脸色又是一变，为难道："王爷，您好好想想，真的无人陪同吗？"

武瑞安还是摇头："无人。"武瑞安深知自己的身份，狄姜还不适宜暴露在人前，最起码要等他拿到母皇的赐婚旨意，才能让狄姜公之于众。否则，他不知道她会受到朝中多少势力的叨扰，那太危险了。有可能对狄姜造成任何伤害的不安因素，都是他不愿看见的。

武瑞安少了人证，被留在了刑部，软禁在一间装饰华丽的房间里。那里是宋璃平日休憩之所，一应用品倒也不会让武瑞安觉得太难受。不，他非但不难受，相反，内心很是开心雀跃。公孙祺的死虽然蹊跷，但是于他而言是天大的好事，他没有任何道理不开心。他也不觉得作为嫌疑人有什么不好，他相信清者自清，自己没有杀人，迟早会有人放他出去。何况，在刑部有人好吃好喝伺候着自己，唯一的坏处只是暂且见不到狄姜罢了……这是唯一能让他难受的地方了。

公孙祺的死在朝中掀起了轩然大波，众臣上奏，必要将凶徒绳之以法。民间更是传说京中来了食人的猛兽，将公孙祺的死状形容得恐怖无二。一时间人心惶惶，让人难以入眠。六皇子武瑞安曾是神佑将军，功夫了得，又曾经当众与公孙祺结怨，这次因没有人证，便被当作了头一号的疑犯，被软禁的消息当天便传了出去。第二日，刑部迎来了另一位让宋璃头疼不已的人——右相的千金，太子妃长孙玉茗。

长孙玉茗在大厅之上当着数十人的面，坚称自己前日与武瑞安散步至天明，以自己的名声为武瑞安做时间证人。被软禁一日的武瑞安听到这个消息的时候刚用完早膳，他一口茶刚入嘴，又全数喷了出来。

"什……什么？长孙玉茗称自己是本王的不在场证人？"武瑞安一头雾水，连连摆手说，"没有的事！本王就是一个人散步，没有旁人陪同！本王前夜没有见过她！"武瑞安坚称自己跟长孙玉茗毫无干系，并且拒绝离开。

宋璃见武瑞安明显拒绝的意思，一个头两个大，只能回去启奏长孙大人，问问他的意思。

宋璃走后，武瑞安心里就像煮开了的油锅里被浇了一桶冰块，四处炸裂开来。

长孙玉茗这是想干什么？这玩笑开得也太大了！

她是在担心自己背上凶手污名？可也用不着这样啊！她这样一说，岂不是告诉大家他们之间关系不清不楚？她以后还怎么嫁人？这满朝堂上，觊觎她太子妃之位的人太多了，就连大她十几岁的武隆都对她垂涎三尺，自己现在这个处境，可真是比凶犯还要凶险得多了……

长孙玉茗很快便被长孙大人请了回去，并且下令众人不许将此事传扬出去。宋璃的心刚刚放下，岂料午膳过后，事情却向着更加不可估量的方向发展下去——一大波女子涌入刑部，坚称自己才是前夜里与武瑞安在一起的人，她们都是武瑞安的不在场证人。由于人数太多，这在有宵禁的太平府里是不可能发生的事情。换言之，她们都在说谎。宋璃一气之下，下令将每人痛打二十大板，此言一出，为首的女子被架上了刑凳，棍棒交叉落下，惨叫声撕心裂肺，响彻大堂。

"是民女记错了，民女前夜里没有见过王爷，大人饶命！"女子连连告饶，宋璃却充耳不闻。

"打！继续打！"宋璃眉头也不皱，冷艳横视众人。所有冒名胡诌的女子在这一刻全都化作鸟兽散去，大堂内只剩下刑凳上奄奄一息的女子，还有门口一身穿翠色罗衫的女子。那人面无惧色，气定神闲，正是闻讯而来的狄姜。

"还有一个不怕死的。"宋璃一挑眉，冷冷道，"你也是来给武王爷作证的？"

狄姜颔首："回大人的话，正是。"她刚说完，只听"扑通"一声闷响，刑凳上的女子被打完二十大板后，整个人已经没有了生气，皮开肉绽地倒在了地上。随后师爷嫌恶地一摆手，命人将她拖了出去，扔在了大马路上。宋璃扬了扬下巴，说："看到了吗？那就是说谎的下场，你也想试试？"

狄姜坦然摇头："回大人的话，民女没有说谎，民女前日夜里的确与武王爷在一起，直到子时才分开。"

"呵，本官看你是不见棺材不落泪，"宋璃面无表情，挥了挥手，"给本官打，狠狠地打！"

侍卫们得了命令，立即走上前，一左一右将狄姜押解上刑凳。狄姜趴在刑凳上，看着凳子上因岁月而留下的斑驳痕迹，只见凹陷的坑槽里满是结痂的血迹。很快，刑凳上也沾上了狄姜的鲜血。一声声闷棍落下，她的背臀部传来火辣辣的疼痛，嘴角亦流出一道血线，视野被一片鲜红覆盖。

宋璃翻看着这两日手底下人送上来的文书，仔细翻阅每一个可疑人士的证供，想要从中发现一些线索。当他看完第二页时，侍卫走上前，低唤道："大人，打完了。"

宋璃抬头，有些惊讶地看着狄姜。这期间，狄姜一声疼都没喊过，以至于宋璃全然忘记了厅中还有人在执刑。狄姜被打完之后，她只是淡定地擦了擦嘴角，说："大人，民女当真没有说谎。"她整个人就像感受不到痛苦一般，沉稳淡定到不可思议。

"你……究竟是什么人？"宋璃疑惑道。

"回大人的话，民女狄姜，是见素医馆的掌柜。民女前夜与六王爷在一起，直到子时才分开。"狄姜一字一句，重复了一遍刚刚的话。只不过与之前相比，她身上的鲜血无疑增加了这话中的可信度。

"宋璃，手记整理好了吗？"就在这时，大门外走来一步履如风的人，他的声音很疲惫，同时充满了戾气。来人正是刚刚失去嫡子的左相公孙渺。

"回禀左相，上午有事情耽搁了，下官这就去整理。"宋璃冷汗淋漓，躬身答道。

公孙渺面色不善，看了眼狄姜，随口道："这是怎么回事？"

"回左相的话，她坚称自己是六王爷的证人，下官正在想办法让她说实话。"宋璃说完，将午后一众女子踏破刑部门槛之事挑重点说了一番，包括今晨为同一件事情而来的长孙玉茗。

公孙渺听完，面色更加难看，他瞥了狄姜一眼，对宋璃道："刑部有多少种刑具？"

"回左相的话，大约有一千七百余种。"

"刑部重地，岂由她在此儿戏？一样一样试过去，看她能嘴硬到几时。"

"下官遵命。"随后，宋璃便挥了挥手，命人将狄姜带了下去。

　　侍卫一左一右架着狄姜，将她拖至天牢，扔进了刑房。刑房里，遍地都是血迹，分不清都是谁的。四周的墙上挂满了各式各样的刑具，全都是狄姜没有见过的东西。狄姜趴在地上，分明是血肉模糊的身子，可是眼里却毫无痛苦，一双眼睛毫无焦距地看着前方，就像是一个没有魂魄的残破玩偶，任人折磨……

　　此时，刑部大牢外，问药提着篮子在焦急地等待，她几经询问，才知道狄姜被带去了天牢。正在她纠结要不要进去救人的时候，却见狄姜完好无损地走了出来。

　　嗯，在无人的角落里穿墙而出。

　　"掌柜的，您没事吧？"问药迎上去，本想挽起狄姜的手，岂料自己的手却穿过了她的身体。她定睛一看，才发现眼前的只不过是她的意识体。

　　问药大惊："掌柜的，您……怎么变成这样了？他们欺负你了？"

　　"没事，"狄姜无所谓地耸肩笑笑，"凡人有凡人的规则，非人有非人的办法，互不相触就好。"

　　"真的没事？"问药狐疑。

　　狄姜扬起一个大大的微笑，颔首："真的。"

　　问药松了一口气，很快，却又是一急，道："那王爷呢？王爷还好吗？"

　　狄姜摇了摇头："我还没有见到王爷，但他身为皇子，想来不会有大碍。"狄姜深吸一口气，看着眼前大片的院墙，突然想起很久很久以前，在武瑞安经历生死劫之后，自己曾断言他的生死劫一个连着一个。但她也知道，以武瑞安的魅力，就算一个梅姐倒下了，自然还会有千千万万个梅姐站起来，何愁没有挡劫之人？只是她没想到，自己有一天，竟也会成为这万千女子中的一个。

　　她，已经越界太多了。

　　可是那又如何？

　　武瑞安的人生，只此一生；只此一世，那便陪他一世。

　　守他此生安乐无虞，百岁无忧罢。

　　狄姜让问药先回去，自己则飘啊飘，飘到了软禁武瑞安的房中。此时的武瑞安双手枕着头，跷着二郎腿，嘴里叼着一支笔，正在榻上闭目小憩。他的身边是散落的宣纸，每一张宣纸上面都写着同一个人的名字：狄姜。狄姜飘到他的身旁，低头打量着这些纸稿，发现这些全都是情书。书信的内容是一些酸到牙根发软的诗句，无外乎"日日思君不见君""唯愿君心似我心"等耳熟能详的前朝诗词。还是从旁边那本被翻烂了的《风月宝鉴》上抄的。

狄姜的嘴角不自觉地浮现出笑意，看着不学无术的武瑞安竟然在学作诗，这真是世上最难得最好笑的事情之一了。趁着武瑞安闭目养神之际，她再细细一看，发现他的字迹潦草，落笔凌乱，看得出来心里还是有些着急。

也是难为他了……

被软禁在这种地方，除了做这些打发时间，似乎也做不了旁的事情。

就在狄姜发笑的同时，榻上的武瑞安突然猛地一拍大腿，跳坐起来，将手边的稿子揉成了一团扔掉，又将《风月宝鉴》关上，拿来了另一张纸，在桌上仔细铺整齐，重新在纸的开头写上了"狄姜亲启"四个字。这一次，他每一笔每一画都写得十分认真，表情分外凝重，仿佛将手头这件事情当作天大的事来做，哪怕是辰曌批阅奏章，怕也不过如此了。

正在狄姜好奇他准备写什么的时候，只听"砰"的一声巨响，房门被人撞开来。武瑞安抬头望去，笔停在半空，只一瞬间的工夫，墨汁滴下，又毁了他一张精心书写的信纸。

来人是宋璃。

宋璃一路小跑而来，穿过屏风，在武瑞安身前站定，面上的表情有些惊魂未定。他躬身作揖，急道："六……六殿下，您的嫌疑已经洗清，您可以回去了。"

"出什么事了？"武瑞安蹙眉，十分疑惑。

"回禀殿下，兵部尚书赵佑身亡，死亡时间在昨夜，死因与公孙祺一致。"

"什么！快，带本王去看看！"武瑞安面色一变，立即放下了笔，随宋璃走了出去。

赵佑统管兵部，军政战略、兵籍、器杖皆归其管辖。他遇害的意义与身为世家纨绔的公孙祺截然不同，他除了出任兵部侍郎之外，还可以调动京城守军，这已经算得上是动摇国本的大事了。但是根据作案手法来判定，公孙祺和赵佑，他们的死系出自同一人之手……

武瑞安匆匆从刑部离开之后，狄姜也飘回到了天牢。她看着刑房中的自己，吓了一大跳。

她还算是个人吗？

地上的女子头发散乱，身上满布鞭痕。十指齐根断裂，各自呈现出不可思议的角度弯曲。指甲盖上血淋淋的，显然是被人硬生生拔掉了。始终如一的没有表情的面目，在酷刑的对比下显得尤为可怖，就连牢役都觉得很不可思议——这女人竟然从头到尾没有喊过一声疼。

狄姜懒得受刑，便在外游荡了两个时辰，却不想回来的时候肉身已经残破成这样。她站在肉身边上，思索了片刻，打了个凡人听不见的响指，肉身便像失去动力一样，闭上了眼睛。

"她晕过去了，怎么办？"牢役说着，看向另一人。

"总算晕过去了，她再不晕，我都要晕了。"另一人松了一口气，语气里似乎还带着些许解脱的意味，说，"先把她扔进牢房里，我去请示上头。"

"好。"

二人一个拖手，一个抬脚，合力将狄姜的肉身扔进了靠里边的牢房，肉身落地时所发出的闷响，让狄姜忍不住扶额，不止一次地质疑：她会不会就这么散架了？

算了，都已经这样了，散了就散了吧，大不了再做一副便是。

狄姜长舒一口气，摇着头飘出了天牢。

而武瑞安离开刑部之后，便去了赵佑的府邸。赵佑是上一任兵部尚书侯文理的亲信，侯文理在任之时，曾视其为左膀右臂。但在两年前，侯文理因贪污受贿被检举弹劾，赵佑便在公孙渺的举荐下出任了兵部尚书这一要职。换言之，他刚出头没两年便惨死，实在是令人唏嘘。

此时的尚书府内外都有重兵把守，三步一岗五步一哨，严密得连一只苍蝇都飞不进去。尚书府中庭大院里已经设起了灵堂，家人们大多集中在此，哭喊声震天，其中最令人动容的是赵佑的一妻一妾。武瑞安走上前，说："请夫人节哀。"

赵夫人颔首回礼，带着哭腔道："多谢六殿下。"

武瑞安在灵位前上了一炷香，对其遗孀进行了短暂的安抚。谈话间，她们始终低着头，从武瑞安的角度，只能看见她们的一双美眸都肿得像核桃，立在一旁的两个奶娘怀里各自抱着一个婴孩，瞧上去刚落地没几日，似是感受到了沉重的气氛，怎么哄都还是哭。她们的身后还跪着几个孩子，都是偏房所生，最大的看上去也不超过十岁。武瑞安不太习惯这样的场面，紧接着便与宋璃去了案发现场。

赵佑的尸体是在今日午时被人发现的，他昨日参加早朝之后，在返回府邸的途中，突然在马车里发现了一封信，随后便脸色一变，就一人离开了。他没有告诉轿夫自己去了哪里，也不让轿夫跟着自己去，一整晚都没有回来。轿夫说："老爷拿到信后，面色很惊讶，但是又很激动，表情看上去像是要去见一位多年好友，而这位好友又似乎见不得光，所以才不让奴才跟着。"

赵夫人听了轿夫的话后，只当他是出去应酬，没有多想。不料等到第二天午时，她去整理赵佑的书房之时，却在书房的床榻上见到了赵佑的尸体——与公孙祺一样，全身上下被猛兽咬得血肉模糊，只有脸部能辨别出他的身份。这期间，没有人在府中见过陌生人。凶手就像一个幽灵，能扛着赵佑壮硕的血淋淋的尸体来无影、去无踪……

武瑞安摆脱嫌疑之后，狄姜自然也被放了出来。当她回到自己的肉身时，五识在一瞬间归来，身上像是被数万只蚂蚁啃噬，撕心裂肺地疼。尤其是折断的十指，怎么看怎么瘆人——这在凡人看来，肯定是废了。

"还不快走？"天牢守卫怒喝一声，一剑戳在地上，将狄姜往外赶。

狄姜恢复意识，叹了口气，拖着浑身是血的残破的身子往前行。大街上人来人往，都在看她，她没办法当众自愈，唯一能做的只是无视痛感，慢慢往家走。

傍晚，彩霞遮天，大地被映上了一层淡金色，绚丽又朦胧。武瑞安从赵佑的府邸出来之后，便去了见素医馆。可谁知，他到了医馆之后，不仅没有见到狄姜，问药还告诉他说："掌柜的为了救你，被关进了天牢，生死未卜。"

武瑞安面色一变，没来得及细问便匆匆往刑部赶。他火急火燎地走出门，便见到街头迎面走来一个熟悉的身影，正是狄姜。狄姜身上满是鞭痕，鲜血四溢，头发乱糟糟的，手指时不时去拨弄头发。他这才发现她的十指亦呈现出不可思议的角度弯曲着，指甲盖上一片模糊。

武瑞安差点晕过去。他强作镇定，疾步上前，将她抱在怀里。他只能抱住她的手臂，不敢碰她身上其他的部位，生怕一个不小心弄疼了她。

狄姜没有看清来人是谁，显得有些惊讶和心不在焉。但当她闻到来人身上的墨香和武瑞安独有的香气时，整个人很快便放下心来。她长舒了一口气，将自己全部的重量都伏在了他的身上。此时的狄姜在武瑞安看来，就像是凋零的花瓣，一碰就碎，像是随时会消失一般。

"我绝不会再让你为我犯险，我要娶你过门，带你远走天涯。"武瑞安的声音有些哽咽，听得出他心中有多自责和心疼。对他来说，这世间最珍贵的宝物破碎，也不及此时心痛之万一。

狄姜没有痛感，但是她能感觉到自己的脖颈有冰凉的液体流下，她猛然推开武瑞安，抬起头，便见他满脸泪痕。狄姜惊讶："王爷不要哭，我没有事啊……"狄姜想要安慰他，想告诉他这点伤痛对她来说不算什么，于是她证明似的抬起自己的手，想要擦掉他的眼泪。武瑞安看见她弯曲的手指，更是悲从中来，痛彻心扉。

武瑞安一把拦腰抱起她："我马上去请大夫，为你疗伤！"

"王爷……我就是大夫呀……"狄姜微笑。

武瑞安不顾狄姜的调笑，阴沉着一张脸，快速又平稳地抱着将她送回了医馆。

"掌柜怎么了？"

"出什么事了？"他们一进门，书香和问药都是一脸惊讶，震惊、疼惜之情溢于言表。竹柴连忙送来热水，书香和问药则拿来药匣子，合力为狄姜清洗上药。

因男女之别，武瑞安站在屏风外来回踱步，显得忧心忡忡。狄姜本人则一脸风轻云淡地托着腮帮子坐在床上，在想一件很纠结的事情——武瑞安若通宵陪伴自己，那自己什么时候才能施展治愈的法术？她要一直维持这样的惨状，直到他离开？不不不，按照他的脾性，或许明天、后天、大后天他都不会离开。

狄姜看着自己丑陋又扭曲的双手，索性两眼一翻，掐断了五识，睡了过去……

当晚，武瑞安派骆非白去调查了一番，才知道狄姜这一日究竟遭遇了些什么。骆非白禀报完，还接了句："王爷，狄姑娘为了你连命都不要了，想不到她平日里看上去不温不火，关键时刻倒是个热血的性子。"

武瑞安"啪"的一掌拍在医馆大门上，眼睛立刻就红了："什么叫不温不火？她对本王热情的时候你没见过罢了！"愤怒与心痛交织在一起，产生了无边烈焰，让他整个人怒火中烧。

"殿下，您现在打算怎么做？"骆非白从来没见过这样的武瑞安，立刻就慌了，接连道，"要不要属下带人，去帮狄姑娘出口气？"骆非白不是冲动的人，也不是不懂律法，他只是不想武瑞安亲自前去……看武瑞安这副凶神恶煞的模样，他只怕宋璃见了武瑞安，就是有命睡觉也无头起床了。

"这种事情，本王当然要亲自前去！"武瑞安恶狠狠地说完，便带着骆非白和一众自己曾经的部下，浩浩荡荡杀去了刑部。

这几日刑部通宵达旦在审问犯人，宋璃一直都歇在刑部，未有归家。一路上，武瑞安都沉着脸，在脑海里脑补了一万种虐杀宋璃的方法，可怎么也想不到，自己再见到宋璃的时候，他已经死了。

宋璃躺在刑部尚书的位子上，双目圆睁，胸口还插着三把匕首。

刀刀直命心脏。

这次的犯案手法与公孙祺、赵佑的死亡方式不同，本来没有与前两起事件联想到一起。但是他的身边，在桌子的桌角上却写着一个"叁"字。经过勘查，公孙祺和赵佑的房间里，亦是在桌角的位置分别写着"壹"和"贰"，这些细节都是今晚才出现的，似乎是为了将宋璃的死和前两名受害者联系起来而故意为之。

翌日，辰曌听闻宋璃在刑部遇刺身亡之事后勃然大怒。在朝堂之上将布防官和御林军都督骂了个狗血淋头，扣了二人整年俸禄。下朝之后，又立即在御书房宣召了国师钟旭。辰曌开门见山，直道："国师可曾听闻三年前，悟真国师因杀人鸟而死一事？"

钟旭在明镜塔中待了大半月，将记载看了大半，对杀人鸟一事自然也是知道的。钟旭颔首，答道："回陛下的话，悟真国师被杀人鸟反噬，究其根本，是他心术不正，咎由自取。"

"此话不假，但近日朝中要员接连遇刺之事玄之又玄，与多年前杀人鸟作祟一事十分相似，不知此次可也与方术有关？"辰曌的意思很简单，就是问，"这事是人干的还是精怪干的，与你有没有干系？"

钟旭显然没有想到那么深层次的东西，直道："回陛下的话，容臣今夜观星卜卦，一问便知。"

辰曌有些惊讶，但见他一副"我很认真"的模样，便点了点头，说："好。"

当晚，夜幕降临，星月齐布。钟旭站在观星台上，见弦月高垂，星如珍珠落盘，皆熠熠生辉，看似一片大和谐之象，未有蹊跷。他细思一会儿，再一敛神，便祭起一纸符咒向天空一掷，符咒便离手而出，在空中燃起，然后又迅速飞散，只留赤色灰烬，一闪而逝。

此时再看星象，便见弦月暗淡无光，月周更隐隐约约透着红光。

血月，乃不吉之兆。

钟旭连夜觐见辰曌，直言道："微臣没有见到妖邪作祟之景，想来该是人为造成的祸端。但凭星象显示，这还仅仅只是一个开始。"

"什么？还将继续有人遇刺身亡？"辰曌放下奏章，直盯着钟旭。

钟旭躬身作揖，点了点头。

辰曌蹙眉，接道："国师可有破解之法？"

钟旭摇了摇头："我不懂歪门邪道，不擅蛊惑人心。我只能驱邪祟，不能防人祸。"

"朕明白了。"辰曌闻言，面色有些难看，但她没有多说什么，摆了摆手就让钟旭下去了。

素云看着钟旭离去的背影，轻言道："陛下，要不要奴婢去查一查他？"

辰曌一眯眼："从前你也查过，可查出什么了？"

素云摇了摇头："回陛下的话，未曾。"

"那不就行了？钟旭国师两袖清风，不沾党派之争，光凭这一点就已经难能可贵。他与悟真和显深有本质的区别，倒是京中近年来难得的干净人。至于俗人之间的争斗，便留给俗人吧。"辰曌说完，拿起御笔，稍稍细思，便亲自写下诏令——令全京一级戒备；令左相公孙渺统筹三司，刑部侍郎徐恒跃暂代刑部尚书一职；令刑部、大理寺、都察院三司联合办案，京兆府从旁协助，务必不能让事态继续恶化，并于十日内缉凶。

"陛下，恕奴婢多言，十日……是否太苛刻了些？"素云迟疑道。

辰曌扬起嘴角，摇了摇头："查出来最好，查不出来，朕就有理由为三司换一次血。此次左相公孙渺损兵折将，无论结果如何，对朕而言都没有坏处。"

"……奴婢明白了。"

辰曌将诏令交给素云下发之后，便与师文昌去了御花园。辰曌在御花园中面对仲夏胜景，灿烂星空，不禁兴致又起，命人拿来文房四宝，继续画像。仿佛那一丈宫墙外的腥风血雨，都与自己毫无干系……

在辰曌下达全城戒备之后的当晚，又有一大员身首异处。与正三品的兵部尚书和刑部尚书不同，这一次死的是真正的一品大员——御林军统尉刘衡。刘衡的尸身亦倒在自己的书房中。他的尸身上有多处伤痕，显然与凶手有过激烈的搏斗，但最终还是没有能逃过一劫，被凶手一剑封喉。

他脖颈上的一圈血痕，便是他的致命伤。他的身边，用他的血写了一个"肆"字。字迹之潦草，想是时间无多之缘故。此种公然挑衅三司和皇权的行为再次触怒了辰曌。辰曌下令，要三司务必在三日内缉凶，否则一应办案官员，全部革职查办。

这其中自然包括左相公孙渺。

当天下午，公孙渺便得到三块虎符，调动了京城驻军，将一个时辰轮换的守卫，增加到了一刻轮换一次，街道上还有御林军来回巡逻。此外，到了夜里，京中所有闲杂人等一概不得出街，违令者斩。

傍晚，狄姜坐在床上，听着窗外一队队巡逻侍卫整齐划一的步伐，眉头皱起了小山，问道："外头出什么事了？怎么突然多了这么多士兵？"

武瑞安坐在床边，不急着回答，而是吹了吹碗里的药，舀了一勺喂到狄姜的嘴边："天大的事也没有你的身子重要，你不必忧心。"

　　狄姜听话地喝药，然而一碗汤药见底，问药又端来了一碗。狄姜接连喝了三大碗，见他们似乎没完没了了，急道："是药三分毒，你都给我喝了些什么？"

　　"掌柜的，您尝不出来吗？"问药惊呼，"平时您隔老远就能用鼻子辨别中药成分，今日竟尝不出味道来？您是不是舌头也受伤了？快张开嘴，我看看！"说着她便是上前两步，捏住狄姜的双颊，想要强行撬开她的嘴。

　　狄姜"啪"的一巴掌拂开了问药的手，翻了个白眼："我只是考考你，看你医人是否能对症下药。"狄姜说着，恢复了自己的五识，然而疼痛却比嗅觉更快来临，刹那间，如巨浪席卷而来。

　　狄姜闷哼一声，往床下栽去。

　　"狄姜！"

　　"掌柜的！"

　　武瑞安手疾眼快，一把将狄姜抱在怀里，这才免去了她与地面亲密接触的厄运。武瑞安和问药见狄姜突然面色痛苦，皮肤上细布汗珠，都是内心一紧。武瑞安将狄姜扶起，小心安放在床头，关切道："你怎么了？是不是身上哪里的伤口裂开了？"

　　狄姜勉强牵起一抹微笑，虚弱地摇头："我没事……"

　　狄姜欲哭无泪，觉得自己真是有点冤。

　　她哪里是有一点不舒服？

　　根本是全身都散架了好吗！

　　狄姜痛苦难耐，就算再次关闭痛觉，浑身的力气也已经耗尽。武瑞安急得快哭了，他一想到狄姜弄成这样全都是因为自己，恨不得躺在床上的人是他！

　　"对不起……都是我害得你变成这样。"武瑞安眼眶发红，紧皱眉头，眼眸里透露千千万万的自责。

　　"哪里需要说对不起？分明是我自愿的。"为了显示自己身子好些，狄姜用自己粽子般的手轻轻拍了拍他的手背，示意他自己没有事。

　　武瑞安心里犹如打翻地五味瓶，狄姜越是微笑，他就越是自责。终于，他鼓起勇气道："我们离开这里吧。我带着你离开太平府，去一个没有人能伤害你的地方，重新开始生活。"

狄姜叹了口气，忧虑道："若我们离开太平府，你也将离开自己的亲人朋友，我怕你会孤独，会难过，会后悔……"

"未来的日子并不孤单，我有你做伴，又怎么会孤独？"武瑞安摇了摇头，微笑地打断她，"你不要替我担心了，既然我选择了这条路，就不会过问前路是否坎坷。而我也相信，有你在的地方，全部都是彩虹，就算有荆棘，也将会成为点亮你我前路的风景。相信我，给我一个机会照顾你，好不好？"

武瑞安将狄姜的右手轻轻放在自己的掌心，虽然她的手感觉不到他手心里的温暖，但是她的心感觉到了。狄姜面容恬静地看着英姿玉容的眼前人，听着他字字恳切地对自己说着表白之语。他的话似天籁又如魔音，一字一句都落到了她的内心深处，点亮了那最暗淡无光的地方。

"好啊，我答应你，"狄姜微笑颔首，"不论前路难行，不论未来渺茫，只要你不放手，我便会一直陪伴你一生一世走下去。"

"不够不够，一生一世远远不够！我要生生世世，永生永世！"武瑞安一把抱住狄姜，将她扑了个满怀。

"傻瓜。"狄姜将头枕在他的肩上，笑得春光灿烂，容光焕发。

一旁的问药见状，也知道自己继续留在屋内有些不合时宜，便离开狄姜的卧房，下楼寻书香。

问药笑得眼睛都眯成了一条缝，神秘兮兮地跟书香说："我跟你说，掌柜的恋爱了。"

书香摸着下巴沉吟片刻，摇了摇头："我不信。"

"摆在明面上的事情，你我亲眼所见，如何不信？"问药半张着嘴，惊讶道，"不仅仅是恋爱了，极有可能要成亲了！"

书香想了想，道："成亲可能，恋爱不可能。"

问药翻了个白眼："都要成亲了，怎么不是恋爱了？掌柜的和武王爷如今可是蜜里调油，难舍难分，她……"

"我说不可能就是不可能。"书香打断他，说完，漠然地离开。而问药则将书香这冷漠的行为解释为：他不喜欢武王爷，从一开始就不喜欢，所以哪怕事实摆在眼前，他也不肯承认。但问药也觉得无所谓，不管书香喜不喜欢、承不承认，掌柜的和武瑞安已经是板上钉钉的事情，任何人都不能将他们分开。

天亮之后，骆非白来到了见素医馆，求见武瑞安，告诉他女皇急召，宣他在朝会结束后进宫，不得违逆。武瑞安伺候狄姜吃完早饭、喝完药才离开。离开前，还仔细交代了问药几句，嘱咐她一定要照顾好狄姜。问药一拍胸脯，大力地点头保证。武瑞安这才放心离去。

武瑞安进宫的时候，辰曌正在御花园中品茗赏花。

初秋之景，万物凋落。一如艳阳，从暮春伴到秋日。辰曌在此时召见武瑞安，是想要复他神佑大将军之位，暂代御林军统尉之职，掌管宫城布防。

"安儿，朕身边无人可用，朕唯一能放心的人，只有你了。"辰曌一字一句，句句发自肺腑，让人无法拒绝。武瑞安原本准备好的辞行之语全被她的哀求堵在胸口，无处宣泄。辰曌似乎看出了他的踌躇，又道："朕明白你志不在朝堂，朕也明白江山美人，你大概会舍江山而择美人。但是现在朕答应你，等度过这一段风波之后，便给你和狄姑娘赐婚。"

武瑞安倏地抬头，显得有些不可置信。

辰曌面色温和，又道："朕知道你长大了，你有自己的主意和追求，朕不会傻到为了一个女子推开自己的儿子。只要你喜欢，朕便依你。"

"您是认真的？"武瑞安惊讶道。

"君无戏言。"辰曌颔首。

武瑞安看着辰曌，内心更加纠结。他原本是想带着狄姜离开，远离一切是非。但如今有了不离开也能在一起的方法，从此爱人、母亲、朋友他都唾手可得。这一刻，他内心的天平开始倾斜。

武瑞安暂时没有回复辰曌，而是与她告假，说自己想考虑半日。

辰曌二话不说，放他离去。

武瑞安带着骆非白离宫，一路上骆非白都在他耳边唠叨："王爷，这么好的事情，您为什么还要考虑？"

武瑞安："你懂什么？大丈夫一言既出驷马难追，本王既然答应狄姜在先，又怎能不顾她的感受而轻易更改？本王岂不成了言而无信之人？"

骆非白撇了撇嘴，知道武瑞安看重狄姑娘，只得跟着他回到见素医馆。而他的内心则一直在祈祷，祈祷狄姑娘可千万千万不要阻拦王爷的前程。

而狄姜在武瑞安离开之后，立即将自己身上的伤治了个遍，她的手就算还包着厚重的纱布，但是里头已经彻底好了。武瑞安站在见素医馆门前，听见里头传来狄姜的笑声，知道狄姜似乎已经下了楼。他深呼吸好几次，但都没敢推开医馆的大门。

"王爷，您在等什么？"骆非白忍不住问他。

武瑞安摆了摆手，不耐地说："等你有媳妇了就知道了。"武瑞安说完，便让骆非白安静地在门口候着，自己稍稍调整了一下心情，将所有不确定的情绪都留在了外头后，才满面微笑地走了进去。

屋里，狄姜正坐在问诊台前，跷着二郎腿，看着几日来的账簿。精神头看上去十分好，与前两日有着本质的不同。

"你……身上的伤不疼了？"武瑞安有些惊讶。这恢复力也太惊人了？这半日发生了什么？

"还有一点疼，"狄姜不动声色地放下腿，微笑着说，"不多，就一点点。"

武瑞安见她似乎真的没有事了，便放下了心。他走到她身前坐下，说："我……有一件事情，想要与你商量。"

"何事？"狄姜含笑看他。

武瑞安迟疑片刻，才道："母皇她……她身边现已无人可用，希望我能暂代正一品御林军统帅之位，她还说不会反对你我的交往，等这一阵过去，就会为我们赐婚。"

狄姜半张着嘴，点了点头："然后呢？"

"所以……"武瑞安犹豫。

"嗯？"狄姜不明所以，催促他。

武瑞安望着狄姜一双瞪得溜圆的大眼睛，思疑许久，才终于硬着头皮道："所以我昨夜答应你的事情可能有反悔，我们可能没那么快离开太平府，你愿意等我吗？"

"这就是你犹豫许久要告诉我的事？"狄姜问。

武瑞安点头："是。"

"……"

狄姜没有很快回答他，而是静静地看着面露难色的武瑞安，然后伸出手，抚上他鬓角乱了的发丝，将它们轻轻绾在脑后，归置整齐。她旋即一笑："人生短暂，不要做会让自己后悔的事。我说过，不论你去哪里，会成为什么样的人，只要你还需要我，我就会一直站在你的身边，支持你、陪伴你、仰慕你。"

武瑞安睁大了眼睛，看着狄姜近在咫尺的面容。看着她贝齿一张一合，说着让自己头晕目眩的话语："你不生气？"

"我为什么要生气？"狄姜笑道，"朝堂也好，山野也罢，都是与你站在一处，看不同的风景，我心如磐石，不可转也。一约既定，万山无阻。"

武瑞安听罢，久久不能回神，狄姜在他面前唤了好几次，他才突然鬼使神差地站起身，在狄姜不明白他想做什么的时候，飞速地在她的额头印下一吻，末了道："你真是太通情达理了！能与你在一起，真是我这辈子最大的幸运！"他的宠溺之情溢于言表，开心和快乐都写在了脸上。

狄姜被突如其来的亲吻弄得有些精神恍惚，想生气又觉得气不起来，但他又着实有些唐突。狄姜愣愣地看着他，很快又从旁摸来一本医书，佯装看书，想要以此来掩盖自己怦怦乱跳的心。

武瑞安又道："以后我该怎么称呼你呢？唔……叫'狄掌柜'未免太生分，'狄姜'听上去也不亲近，'亲爱的'太酸，'宝贝'又烂大街……"武瑞安在一旁抓耳挠腮地踱步，显得十分纠结。

"随你高兴，你喜欢就好。"狄姜低头看书，随口答道。

武瑞安细思再三，不确定地喊道："要不然……叫夫人？"

夫人这个称呼……久远得让人恍如隔世。

上一个叫她夫人的人，已经化作灰飞，湮灭无痕。

哎……不大吉利。

但，武瑞安若喜欢，也没什么不妥。人生短暂，一个称谓罢了，他高兴便好。

狄姜眼皮也不抬，"嗯"了一声。

"夫人？"

"嗯。"

"夫人！"

"嗯。"

狄姜接连应了三次，武瑞安的胸腔已经被狂喜所占据，他的嘴唇高高扬起，甚至有些颤抖："我终于有夫人了！"武瑞安再次欢呼着抱起狄姜，在空中转了一大圈，狄姜在惊呼声中落地。在她还没有反应过来时，武瑞安又捧起她的脸，紧接着双唇印下，吻上了她的唇。唇舌相触，他的吻轻柔而火热，带着他身上独有的香味席卷而来。

"嘶——"门后偷窥的问药和书香不自觉地遮住了眼，又忍不住打开一条手缝，偷偷观看。

狄姜愣在当场，武瑞安狡黠一笑，在她唇瓣轻舔了一下就离开了。他迅速跑开两步，走到门口，才回头，朝着狄姜挥手说："等我为母皇揪出幕后凶手，我就娶你过门！我们还有很多很多的时间，去做一些能让彼此开心快乐的事！"

狄姜站在柜台前，愣愣地看着他，仍是一脸蒙。武瑞安面上绽出一个大大的笑脸，冲她比了一个飞吻，然后飞快地消失在了小巷尽头。

武瑞安离开后很久很久，狄姜仍是呆立在那里。她的食指轻轻摩挲着自己的唇瓣，仿佛在思考，刚刚那一切，是不是真的？亲吻不是没有过，可这一次，她怎么觉得那么不真实呢？

心中的角落像是裂开了一个缝隙，喜悦和钝痛交织传来，让她分不清自己究竟是在开心还是在难过。

等等，她为什么会难过？

这世上应该不会再有人可以令自己难过才对……

第十四章

紫薇花神

武瑞安上任御林军统尉后，当夜便加入了宵禁巡城的队伍。

今夜是全城戒严的第二晚。昨夜任何人等不得出街的禁令下达后，百姓的日常生活受到了影响。在多位大臣联名向上反映之后，今夜禁令稍有松动，夜香工和更夫都能在城中走动，处理一些必须处理的日常生活污秽。武瑞安带领御林军巡城之时，遇到了一个熟人。隔了老远，他就见着许老伯一瘸一拐、步履蹒跚地推着比他人还高的夜香车走在前头。

武瑞安带人小跑上前，见许老伯的车上放满了空置的粪桶，桶里还有一些倒夜香留下的残渣，显然桶里的粪便都被倒进了正中的大桶之中。巡逻人员捂着鼻子，正要对许老伯进行例行检查，武瑞安见了，立即阻止道："这个不必检查了，放他走吧。"

许老伯原本点头哈腰，不敢违逆，但当他听见武瑞安的声音，心中突然觉得有些惊讶。下一刻，一双附着军铠的手便挽上了自己的胳膊。许老伯抬起头，入眼的便是身穿军铠、英姿飒爽的武瑞安，他正满目关切地看着自己。武瑞安与平日里着时服的模样大相径庭，这一身军铠仿佛为他披上了一件神圣的外衣，让他整个人都变得无限耀眼、无限夺目。

"许老伯，几日不见，您过得还好吗？"武瑞安关心道。

"您……"许老伯睁大了眼睛看着武瑞安，不，确切地来说，是看着他身上的军铠——这是武官最高将领才能穿的服制。新上任的御林军统尉，也就是人人口中称赞不已的六皇子武瑞安，竟然就是那个帮着自己干杂务，扬言要为许丫请命的少年公子！

许老伯惊讶得浑身颤抖，双腿一软，便是要给他跪下。

武瑞安连忙搀起他："许老伯，你我之间不必多礼，等我有空了再去向您解释。今晚我还要巡夜，就此分别吧。"

"是、是……但凭军爷吩咐。"许老伯愣愣地颔首。

"嗯。"武瑞安微笑，随即转身，做了个前进的手势，带着御林军向下一处街道行去。骆非白一步三回首地看着许老伯，不无忧虑地对武瑞安说："王爷……他那个木桶里，是不是刚好能放下一个人？"

武瑞安摆了摆手，打断他："你想说什么？"

"下官的意思是，他，会不会就是凶手？"

武瑞安驻足，将认识许老伯的经过说给了大家听。骆非白听完，更是猛地一拍掌："这下他连作案动机都有了，肯定就是他了！"

武瑞安眯起眼，一副"你脑子里是不是装了夜香"的表情看着骆非白，说："许老伯是个瘸子，且不说他年岁已大，就算他能对付宋璃和公孙祺两个文官，但是你们觉得一个瘸子能打得过刘衡和赵佑？他们可是一等一的武将出身。"

"那他也有可能是装瘸！"骆非白急道。

"他不会。"武瑞安摇了摇头，说，"街坊邻里说他瘸了十年了，你认为一个人，他能装瘸十年吗？他十年前就能预料到自己孙女的死亡吗？如果他能预料，他早就离开太平府了。"

也对。

此言一出，众人都没了言语。

这一个小插曲，便很快被人忘记。

第二日，失踪了多日的罗子文的尸体在湖中被人发现。他的尸体上挂了一块木牌，上刻着一个"伍"字。罗子文是公孙祺最亲近的朋友之一，豪门贵族出身，家中有权有势。他的死法与公孙祺一样，被野兽啃噬，面目全非，死了已经有好几天了，只不过今日尸体才暴露在公众视野。公孙渺怒不可遏，当即决定，今晚要亲自带兵巡城。

而距女皇规定的破案时间，只剩一晚。

武瑞安昨夜巡视了整夜之后，回到见素医馆与狄姜一起用了早餐，然后在她的床上一直睡到了日上三竿。这期间，狄姜在铺子里散步，也算是活动活动筋骨。临近午时，武瑞安起床之后，本来要去兵部处理一些公务和交接手续，但他一听说问药要去康平坊回诊，便想起昨夜遇见许老伯之事。对于自己的隐瞒，他想亲自去道歉。他倒不是觉得自己之前的隐瞒做错了什么，而是想要以寻常人的身份去安抚一个寻常百姓，让许老伯心中不必因自己的身份而忐忑，希望他在没有孙女的日子里，不要再添新的忧愁。

康平坊内，许老伯正在院子里涮木桶。院井边，他佝偻着背蹲在地上，他的身后还有大大小小的木桶正等着他清洗。四周的百姓大多都是同一工种，平时也没有人会靠近他们这一块地方。

狄姜看着四周紧闭的大门，想起曾听许老伯说过，夜香工昼伏夜出，这时候他早该进入睡梦之中才是，怎么会到午时了还在洗夜香桶？

狄姜心中有疑，但没有说出来。

狄姜和武瑞安刚一走进院里，许老伯立刻就惊讶地站起来，但很快又直挺挺地跪在地上，一个劲地磕头说："小人有眼不识泰山，请军爷降罪！"

"快快请起。"武瑞安连忙上前扶起他，说，"许老伯何罪之有？我希望你还只当我是个普通人，待我还如从前一样便是。"

许老伯哽咽着，几次想说话，都没能说出口。他接连抹了好几把眼泪，才断断续续道："若为官之人都如您一般，我的孙女也不至于惨死虎口……"

狄姜和武瑞安都是内心酸涩，连忙换了个话题。狄姜看着一地木桶，说："您工作一整晚都没睡，到现在还在洗刷木桶？不能先放着吗？"

"这东西味儿大，不能不洗，街坊邻居会有意见。"许老伯长叹了一口气，接着说，"从前我早晨回来，都是丫儿帮我做这些，如今丫儿不在了，只能自己来了。可我这把老骨头啊……手脚也快不起来。"

武瑞安闻言，二话不说便撩起袖子走过去，拎起桶子和刷子，蹲在井的另一边涮起来。

许老伯连连阻止他："大人，这些都是粗活儿！小人不值得您这样做！"

"人都是一样的人，凭什么你做得，我做不得？我还比你年轻，比你力气大。"武瑞安笑着说完，继续埋头苦刷。

"多谢大人……多谢大人……"许老伯哭着道谢，眼泪像是决了堤的河岸，淌了满脸。

狄姜手上还包着纱布，便没有上前帮忙，只是靠在门边皱着眉头看着他们，面上表情复杂多变，思绪万千。

许老伯一边涮木桶，一边如从前一般开始絮叨："大人，虽然您身份不俗，但您还是要听小人一句劝。"

"您请说。"武瑞安忙着干活，头也不抬，但他的语气透着十分的尊敬。

许老伯道："您太年轻，太冲动，有血性是好的，但是保护自己才是最重要的，有些事情睁一只眼闭一只眼就过去了，您可千万不要陷进去。"

"您指的是……"武瑞安有些发愣，抬头看他。

许老伯眯起眼，凑近了武瑞安，压低了声音高深莫测地说："公孙祺是您杀的吧？"他说着，做了一个抹脖子的动作。

武瑞安松了一口气，笑道："我倒真希望是自己杀的，可惜被人抢先了一步。"

许老伯微微一愣，"真不是您干的？"

武瑞安摇了摇头："真的。"

许老伯突然长舒了一口气，放下了心："还好不是您。"

"此话从何说起？"武瑞安又是一愣。

许老伯接道："虽说公孙祺这种人是咎由自取，但是律法面前，人人平等，若不能通过正当手段惩罚他，那么这个凶徒也是杀人凶手，与滥用私刑的公孙祺没有本质区别。您可千万不要做违背律法的事情。"

许老伯这一番言论让狄姜和武瑞安都不禁肃然起敬。一个唯一的孙女被戕害的夜香工都能有这样高的觉悟，相比之下那些身居上位之人呢？为富不仁者有，为官不清不义者有，鱼肉百姓者有，欺霸相邻者有。如此一比，高下立见。

狄姜与武瑞安帮助许老伯处理完夜香桶，又在康平坊赠医施药了两个时辰才离开。

当夜，公孙渺增多十倍守卫，轮番巡逻。在下半夜时，他的整个队伍都遭到伏击——来人身着夜行衣，单枪匹马闯入近四十人的侍卫队，只为刺杀公孙渺。侍卫队伤亡惨重，就连公孙渺都腹部中剑，当场昏迷。若不是武瑞安带兵恰巧经过，公孙渺只怕已经命丧黄泉。而他们到底还是没能擒获真凶——那黑衣人亦是身手矫捷，武瑞安接连追了他三个坊两条街，仍是被他逃脱。

公孙渺被送往太医院救治，一直到天明时分才脱离危险，从昏迷中醒来。他醒来后，便是拉着身边人的衣领，痛苦地从牙缝里挤出一句话，说出了一个曾经让外族闻风丧胆的大将的名字："刺杀本官之人，是镇国公……许卫州！"

此言一出，震惊朝堂，就连辰曼都惊得浑身颤抖。

右相长孙齐更是老泪纵横，连连说："不可能，这绝不可能。"

许卫州是何许人也？

他是太宗皇帝亲封的正一品天策上将，曾经跟着太宗打天下，东征西战、南讨北伐，几无败绩。太宗推翻前朝暴政之后，他便被封为镇国公，统领三军，更制定了宣武法典。而后鞑虏屡犯边境，他又率领军队，将之驱逐出境，扩张宣武版图数千里。他手握天下军权，为宣武国奠定百年和平基业，是老一辈人心中无二的大英雄。宣武国的武将现在还沿用他留下的兵法书册，他的枪法和剑法仍然是军中人人必学的基础课程。如果赵佑和刘衡知道自己是死在许卫州的手里，怕是在九泉之下也会瞑目。

但是自从"文献之乱"后，许卫州便消失了。他已经消失很久，久到所有人都认为他已经死了。他如果还活着，必然已是花发鬓白的老者。

这一信息传出之后，女皇下令全城通缉七十岁以上老者，武瑞安很快便得到了公文。

骆非白看着手中的公文，双手止不住地颤抖，说："王、王爷……那个倒、倒夜香的老伯，他他他……他姓什么来着？"

武瑞安目光发直，眼无焦距地看着前方。

良久，他才咽了口口水，吐出了一个字："……许。"

　　武瑞安接到通缉令之后，没有立刻向三司汇报。他知道这件事情不能被隐瞒很久，但是他也没办法相信，一个生活在康平坊多年的瘸腿老人，会跟传说中的镇国公扯上什么干系。唯一的干系或许只是同姓罢了。武瑞安轻车简从，只带了骆非白一人去康平坊。他想赶在许老伯被人请进三司之前，先去问个清楚。

　　如果许老伯不是许卫州，那么他会保他平安无事。如果他是许卫州……武瑞安想，他大概会帮助他离开太平府。

　　辰时，日头当空，艳阳高照。武瑞安到达许老伯家中时，他仍坐在院子里的井边刷木桶。许老伯穿着褴褛的布衫，身形佝偻，背部弯曲，双手亦呈现不自然的曲折——那是长期推车所致。他的裤腿有些短，似乎是许丫的裤子改制而成的，他的脚脖子上有一道长长的疤痕，似蚯蚓一样蜿蜒。

　　武瑞安和骆非白面面相觑，眼里好似在说："这样一个穷困潦倒的夜香工，怎么可能是曾经权势滔天的镇国公？"

　　骆非白摇了摇脑袋，想把同情摇出去，但是他失败了。

　　"王爷，或许只是同姓罢了，我们还是不要去打扰他了。"骆非白迟疑道。

　　武瑞安想了想，便点了点头。他刚想转身离开，却听前头传来一声高呼："大人，来了就请进来喝杯茶吧。"

　　武瑞安侧身转头，便见许老伯双手交叠，站在门下。此刻，他的神色是武瑞安从未在他面上见过的轻松。他看上去与前一刻一样，却又有哪里不一样了。

　　武瑞安一步步走近，面色愈加凝重。他看着许老伯挺直的背脊，手心满是冷汗。

　　"王爷，他不驼背，腿也不瘸了。"骆非白在武瑞安耳边轻声提点。

　　"我长眼睛了。"武瑞安没好气地看了他一眼，"今天发生的事情，一个字都不许说出去。"

　　"这……"

　　"这什么这？"武瑞安一巴掌拍在他脑门上，"本王的话就是命令！明白吗？"

　　"是！"

武瑞安和骆非白被许老伯迎进屋中，随即他便出门，说是要烧水沏茶。

武瑞安接连拒绝，让他不要麻烦，他却执意如此，说："您来过这么多次，我却连水都没有给您倒过，我这心中实在过意不去，请您给我一个机会。"

"……那好吧。"

武瑞安目送许老伯出门后，便在屋中打量起来。屋中间放着一张四方桌，左右各有一间房，用几尺破布隔开来便当作是门帘了，从缝隙中望过去，只有左边的房间床头有一只柜子，柜子上放了一面小镜子。想来该是许丫的房间。而对面许老伯的房中却连个衣柜都没有，他所有的衣服都挂在墙上。这个家只能用家徒四壁来形容。

武瑞安是个大男人，在见到这一切的时候，仍是忍不住鼻尖发酸、胸口发堵。他打心底里希望许老伯千万千万不要是许卫州。倒不是因为他杀了人，而是因为许卫州的过去实在太过耀眼，太过光芒万丈。自己从小就耳熟能详的大英雄，老年过的日子若是这样的光景，那比杀了他还难受。

身边的骆非白也是一脸难色，眼眸里充满了唏嘘。为了缓解这一室沉默，武瑞安道："你读过《丙申兵法》吗？"

"当然！"骆非白点了点头，激动道，"它在末将的心里是当之无愧的第一兵法！"

"那你一定还记得《丙申兵法》是谁编纂的了？"武瑞安眯着眼说道。

"……是镇国公许卫州在丙申年所书。"骆非白激动的声音沉了下去，仰慕和纠结之情交织在一起，一时间竟难分上下。

武瑞安："那你相信他能是坏人吗？"

骆非白想了想，说："兵法是部好兵法，可坏人还是坏人，我宁愿相信他不是许卫州。"

武瑞安半张着嘴，猛地一拍手，激动不已："也是！现在的一切都只是公孙渺一面之词，他若为了保住自己的乌纱帽而随意栽赃嫁祸给一个不存在的人，这样的说法似乎也说得通！"

"嗯……说得通。"

"说得通……"

二人一人一句，像是在互相洗脑一般。等他们看法终于达成一致时，许老伯也端着茶水回来了。许老伯给他们一人一杯热茶，随后在他们对面坐下。

"你们怎么了？似乎有些不大愉快？"许老伯想了半天，把心里原本的那句"你们怎么笑得比哭还难看？"换了一种比较委婉的说法说出来。

武瑞安迟疑地说："许老伯，你的腿……"

许老伯撩起裤腿，露出他的整只小腿。武瑞安和骆非白这才发现，那条蜿蜒的伤疤一直向上，似乎越过了膝盖，仍未有停歇之象。他淡道："这条腿，是在'文献之乱'那一年，被我的部下用长戟所伤，伤势一直到腰间。"

"您的部下？"武瑞安仍是不敢相信他就是许卫州的事实，仍希望他能有所反驳。但他失望了。

许老伯紧接着又道："这道伤痕虽然触目惊心，但是它背后的故事更让人伤怀。我的挚友曾经在大漠黄沙中为我挡箭，也曾在粮草不济中五日不食，只为给我留下一些干粮。我们睡过同一张床，穿过同一条裤子，也曾经爱过同一个姑娘。当然，最终是我抱得美人归。"许老伯笑了笑，又沉下了脸，"但是在'文献之乱'那一年，他受文帝所托，斩杀了我所有旧部，就连我的妻儿也全死在他的手里。"

许老伯淡淡地说着惊天动地的事情，可这在武瑞安和骆非白的心里，已经构成了一幅血腥的画卷。

武瑞安对"文献之乱"有所耳闻。据传言，献帝曾被人冤枉造反，文帝下令赐死，然而被他逃脱。当时正值壮年的镇国公许卫州因不愿带兵追杀还是王爷的献帝，被文帝削官软禁。再然后许卫州便消失了，他的家人则被文帝尽数斩杀，挂在城门口示众。直到多年后献帝杀回国都，才将他们解下安葬。

"你们刚才说的话，我在屋外都听见了。"许老伯长叹了口气，随即抬起头，郑重地说，"在你们来之前，通缉令已经传得沸沸扬扬，现在他们虽然没有怀疑到我头上，但是我知道，凭公孙渺的玲珑心思，他不会放过任何一个人。我明白世道果报，屡试不爽，总有一天，我一定会为自己的所作所为付出代价。但我并不后悔自己所做过的一切。"

武瑞安和骆非白正襟危坐，仿佛在聆听神祇的圣音。

"而且我很高兴，在大限到来之前，我先遇到了你们。"许老伯嘴角上扬，露出一丝欣慰地笑，"武王爷，你是朝堂之上不可多得的清流，请你不要放弃宣武，不要放弃陛下。她需要你，百姓更加需要你。"

"……"武瑞安万万没有想到，许老伯什么都没有承认，也没有任何的解释，他只是开门见山地说着一个夜香工绝对不会想到的事情。他在替百姓求自己。而这更好地说明了他的身份。

他就是曾经的天策上将，正一品镇国公，许卫州。

武瑞安和骆非白始终恍恍惚惚，他们内心有很多很多的问题，却不知道该如何问出口。

您为什么杀他们？

您怎么杀的他们？

您以后打算怎么办？

这些问题盘桓在他们的心中，可直到离开，他们都没能问出口。

"为什么"这个问题太好解释了。许丫的死是导火索，而左相手里的人，他们官官相护，为非作歹也不是一日两日，只不过他们权势滔天，暂时没有人能拿住他们把柄。许卫州这些百姓知道的事情，辰曌不知道。当他开了杀戒，就没有任何理由再停下。杀了一个公孙祺还远远不够，将他身后的势力连根拔除才是大快人心。至于他的作案手法就更简单了，黑市买一只猛虎，将公孙祺等人喂进虎嘴再抛尸。至于刘衡、赵佑和宋璃，怕是因为时间不够，只能草草铲除，他们才得以免去了死前的痛苦。

以及他以后打算怎么办？看他的神色，似乎已经视死如归，准备静静等待那一天的到来了。

但是，武瑞安却暗下决心，绝不能让他就这样死了！

武瑞安从许老伯家中出来之后，第一句话便对骆非白说："今日我们没有见过许老伯，你我都没有听到他这番言论。不，本王从未识得许老伯，他从未出现在太平府。"

骆非白犹豫："这……"

武瑞安坚定道："今晚你便送他出城，本王会在明德门等你们，为你们打点一切。"

世人皆知，没有许卫州，就没有这个宣武国，也不会有献帝的登基，更加不会有如今的女皇天下。他的光辉深深刻在史书之上，在他的面前，一切的律法规矩都可以放在一边。他的晚年绝不能沾上此种污迹。

骆非白想了想，重重地点了点头："末将领命。"

下午申时，武瑞安打点过一切之后，去了见素医馆。见素医馆里，狄姜正在大扫除。她的双手包着纱布，夹着扫帚，一举一动都显得很笨拙。武瑞安见状，大步跨进铺子，夺过她的扫帚，将她摁在凳子上坐好。

"你的手还没好透，怎么能干如此粗活？"武瑞安将扫帚扔给问药，"看好你家掌柜，再磕着碰着哪儿了我唯你是问！"

"是，奴婢遵命。"问药"扑哧"一笑。她知道狄姜的皮肉伤都已经好透彻了，但是她依然决定让王爷和掌柜继续恩爱下去。装病什么的，可是感情加速发展的催化剂，最管用了！

武瑞安在狄姜身边坐下，狄姜忙呼唤竹柴端来一碗冰镇银耳汤。武瑞安看了一眼，便摇了摇头，说："我没胃口。"

"出什么事了？"狄姜侧头看他，面上虽然挂着风轻云淡的笑意，眼眸里却多了几分认真的询问。

武瑞安叹气道："我可能不能再留在太平府。"

"为什么？"狄姜疑惑。

"因为……"

"嗯？"狄姜眨了眨眼睛，等着他继续说。

因为我可能要做一件得罪左相一脉的事。母皇现在还没有能力动摇公孙一族，只要此事暴露，宣武将再没有自己的立足之地。他的下场要么是死，要么是带着狄姜亡命天涯。

但是原因武瑞安最终还是没有说出口，他不想在不确定的事情发生之前给狄姜造成负担。

武瑞安："没什么，你不要担心，等过了这阵子就好了。"

狄姜点了点头，没有继续追问，而是突然话锋一转，说："王爷，要不要陪我去散散步？"

"现在吗？"

"嗯。"

武瑞安看了眼天色，见天色还早，便点了点头说："好。"他说着，给狄姜头上罩了顶幂篱，便牵着她出去了。

一路行来，初秋之景不似春光，犹胜春光。看枫叶在似乎夕阳下红遍，层林尽染。二人走啊走，不觉间竟行到了明德门下。此刻，城门之下围了许多人，他们交头接耳，在传阅数封信件。

明德门早在武瑞安的安排下换上了他的人。武瑞安牵着狄姜挤进人群，终于在门楼下见到一脸焦急的骆非白。

"出什么事了？"武瑞安对骆非白说。

骆非白颤抖着指着城楼，说："许、许卫州上去了，他把城门上的侍卫都打晕了！"

"什么！"武瑞安大惊失色，抬起头，果然便见许卫州站在约莫四丈高的城门之上。

明德门的城门宽约十五丈二尺，分为三重三楼，由外向内，分别是闸楼、箭楼和正楼。除南门箭楼外，其余各楼下都设拱形门洞，门洞高、宽各三丈，深八丈。正楼为重楼，面阔七间，进深二间，高十丈，三层檐歇山顶，周围有回廊。这是太平府最大最高的一座城楼之一。

"他什么时候上去的？你们怎么不拦下他！"武瑞安说着就要飞身上前，却听楼上传来一声厉喝——"天地不仁，我一生忠肝义胆，为国为民，老来却断子绝孙，无人送终！"

只见许卫州踏上城墙，发丝在呼啸的风中飞舞。他拨开衣襟，褪到腰间，露出他满身伤痕。他不似一般老者，鹤发鸡皮。相反，他的身上每一寸都是肌肉，虽然精瘦，但是充满了力量。

在场之人大多不知道他的身份，但是光凭他身上交错的伤痕就能看出，多少年前，他曾经历过的，是金戈铁马，是烽火狼烟，是气吞万里如虎。

原本灿烂的艳阳被乌云所遮，天地之间一片阴暗。许卫州站在凛凛风中，神色刚毅，背脊直挺。

他道："我曾与太宗一齐推翻前朝暴政，建立宣武一统；也曾带兵北伐突厥，东征靺鞨；我令天下百姓安居乐业，安享太平。可自从太宗驾崩，文帝登基，残害手足、陷害忠良等事便屡屡发生，到最后竟发展到令我宣武铁骑自相残杀的地步！文献之争，令死伤者越十万！"

许卫州字字铿锵，说着让所有人心惊胆寒的过往。

辰婴的通缉令没有说是镇国公犯案，百姓不知道许卫州的身份。他们面露疑惑，看着许卫州的眼神里更多的是同情——他们不过是将他当作一个神志不清的老头。

"王爷，要不要末将去带他下来？"骆非白浑身颤抖，请示武瑞安。

武瑞安摇头："你不是他的对手。"

"那您……"

"我也不是他的对手。"武瑞安一脸凝重，说，"我只能保证自己在他手里不落下风，但想把他平安带下来，断不可能。"

狄姜在一旁，双手交叠在身前，目光一动不动地看着许卫州。

许卫州接道："'文献之争'时，曾有将士的夫人刚产下孩子，他们就问她'你追随文帝还是献王？'，她说'自己的丈夫忠于文帝，但自己不认为献王有错'，就这一句，他们直接将她的孩子扔出窗外，摔死在雪地里，当晚，她就去了……他们曾经都是跟着我从战场上下来的将士，我曾答应过他们，只要能活着回去，所有人都能过上好日子。可现实呢？他们没有死在外族人手里，倒死在自己人手中，他们成了上位之人博弈的棋子，我如何能心安？

"我承认，我在某一方面很懦弱，我可以眼睁睁地看着亲人失掉性命，却没办法让曾经那些跟着我出生入死的将士们命丧黄泉，更加不能接受手足相残，同胞自相戕害！

"于是我带着他们离开国都，放他们解甲归田，可是到头来，我却是一个都没能护住……我的战友们被别有用心者屠杀殆尽，我的家人也都在那一场动荡中去世。我看着他们的尸体被高挂在东都的城墙之上，可我为了手下将士们的安危，却连上前救下他们尸体的勇气都没有！直到他们在城墙被风干成骷髅，多年后被献帝的人安葬，我才敢偷偷去坟地上看一眼……

"我毕生信仰守护之宣武，如今也在公孙渺之流的蚕食下，愈渐衰弱……我恨自己无能为力，恨自己曾亲手放下了屠刀！"

许卫州目光灼灼，眼神穿过人群，最终落在武瑞安的身上。他似乎是对着天下人说，却又似乎只是对武瑞安一个人说："曾经我手握重兵，铁骑滔滔，如今我老年迟暮，独身一人……但那又如何？就算只剩下我一个，只要我想，不论过了多少年，我依然可以再拿起刀！我依然会为了宣武国战斗下去！我死不足惜，唯愿以己之鲜血荐轩辕！"

曾经霜重肠断，从此天涯成孤路。如今凄然相像，苦情重诉。字里行间，光影斑驳。

前三十年，他戎马半生；中间十年，他是只手遮天的镇国公，就连长孙无垢都是他的门生，公孙渺之流曾经见他一面都难；后二十年，他被文帝屠杀满门，他的亲人全都命丧黄泉，他的兄弟战友全都离他而去，他所有的骄傲都付诸东流，他连自己的名字都不能再说出口。他孑然一身，漂泊在社会底层，在各个城市颠沛流离；再十年，当他终于到达太平府，见证宣武国在女皇辰塈手中重回到鼎盛时期，当他终于看到他想看到的太平世界，可这个世界又给了他无情的一击。

他终于又拿起武器，用他自己的方法报复。他是在报仇，可更深层次的，是在维护他心中的正义。

他有傲气，有铁骨，还有愤怒。愤怒之火，在他的胸中熊熊燃烧，最终烧掉了他的信仰。

当他没有了滔天的权势，当他不能再用镇国公的身份去衡量这个世界，他仍尝试用自己的眼睛去丈量这个世上的公义。他又拿起屠刀，让那些不能得到法律制裁的人死在自己的手上，再次充当了世界的审判者。

许卫州又拿起一拓宣纸，朝着天空洒下。白纸纷纷扬扬，如雪花旋转落下，城下的百姓争抢夺过，争相传阅。武瑞安和狄姜亦是如此。

白纸上有密密麻麻的小字，不似印刷而成的产物，而是他一笔一画誊写而来。想来这些东西也没有人敢为他印刷，这每一份文书都透露着他的心血和愤怒——这是死在他手里的人的罪证。其中多是收受贿赂、买凶杀人、栽赃嫁祸、卖官鬻爵之类。宋璃、赵佑、刘衡这几个人，可说是死不足惜。但是这里头，始终没有提及公孙渺。

"虽然公孙渺行事谨慎，从不落把柄。但是我知道，大家都知道，我宣武国之最大蛀虫，非公孙渺莫属！公孙渺此人绝不可留！我虽杀不了他，但我希望自己的死能够引起陛下的重视！"

"我，虽死犹荣！"

许卫州洒下最后一拓宣纸，随即纵身一跃。

"许伯——！"武瑞安蓦地睁大眼睛，下意识足尖点地，飞身上前，可他还是晚了一步。

许卫州的身体就像是满城飘飞的紫薇花瓣，重重地落下。他的身下溢出鲜血，一如落在地上的紫薇花瓣，无论是在枝头还是零落成泥，皆是那般浓艳绚丽，满堂殷红。

枯藤老树，紫薇花谢；倚门回首，壮怀激烈。

当这个世界背叛了你，你隐忍、退避、不过问。然后他们会用更暴戾的方式，让你退无可退、避无可避。直到你拿起刀，以己之力，以命相搏，还给这个世界沉痛一击。

但是他的内心亦是充满了痛苦。

许卫州曾亲自参与修订法典，奠定了治国之根本，而他在晚年却又亲自毁掉了它。

那无异于毁掉了他一世的信仰。

"泥巴躺得好好的你非要把人家扶上墙！朽木腐得好好的你非要把它雕成才！咸鱼躺得好好的你非要给人家翻一翻！我的小孙女从前再丑陋再不好，总还是个大活人！她活得好好的！现在好了，我孙女死了，她死了！！钱四娘，你赔我孙女！你赔我孙女！

"公子，你可千万不要去招惹他们啊！他们不好惹，咱们惹不起啊！

"公孙祺的爹是左丞相，不说只手遮天，那也是一人之下万人之上的人，咱们……咱们拿什么跟他们斗？

"从前丫儿也是这样同我说，说自己清楚自己在做什么，知道自己想要什么。可是到头来呢？她其实什么都不懂。

"我以前一直规劝丫儿，做人啊，就要学会碌碌无为，安稳度过一天又一天……最终才能安心过完这无波无澜的一生，没有什么比平安更重要的了！但是她偏不听，现在可好？死了都没能留下个全尸。

"人活一世，但求平安，安安稳稳过下去便是最好的结局。现在我已经接受了丫儿的离开，我不希望再有任何人为她犯险。

"求求你们，不要去招惹他们，咱们惹不起，总还能躲得起吧？逝者已矣，打落牙齿和血吞便是了！

"我不希望看到你们为我犯险，你还年轻，我不希望哪天你们也就这样消失了……"

这一刻，许卫州说过的每一句话在狄姜的脑海里都无比清晰。他从前一直以一种卑微的姿态面对世人，但如今回首去看，他越是卑微，就越是能够警醒世人——他曾是宣武至高无上的将领，他只愿抵御外敌，不愿戕害同族。这世上哪有什么岁月静好？不过是有人替你负重前行。

紫薇花象征和平，许卫州用一生来维护自己的信仰。从前的他光芒万丈，受人敬仰。而晚年的他，却更让人钦佩。所有不堪回首的悲惨过往，每一幕都会让你为之泪流满面，肃然起敬。

他是平凡枝丫上开出的一朵最绚烂的花。

武瑞安和狄姜葬了许卫州的遗骸之后，武瑞安亲自扶灵，将他送去了城北义庄。一路上，有很多人盯着他们，其中大多是闻讯赶来的三司中人。他们一路尾随前行，却没有人敢上前打扰武瑞安。一方面是因为他们尊重镇国公，另一方面，也碍于武瑞安御林军统尉的身份。

直到临近义庄时，围观人群散去了大半，才有一个小孩走上前，递给武瑞安一个锦囊。小孩说："这是刚刚跳楼的老伯伯让我交给你的东西。"

武瑞安心中疑惑，很快打开锦囊来，里面没有别的言语，只有一块青铜符牌——那是太宗皇帝亲授给天策上将的虎符，在当时的宣武，可调动百万雄兵。就算现在已经没有什么用处，这仍是一个身份的象征，亦是一份认同。在镇国公的心中，武瑞安无疑是帝王的不二人选。他不希望自己的事情连累武瑞安，武瑞安的肩上有更重大的使命。所以，他将一切隐匿，只交予一个小孩。

"这个老伯还对你说过什么？"武瑞安声音颤抖，握着虎符的手就似握着千斤重物。

小孩说："他说，这个东西能调动数万旧部，他们藏在这世上的每一处，只要虎符一出，天下必有响应。不过我不懂这是什么意思，我也不相信他说的话，他一定是在吹牛！"小孩说完，朝他吐了吐舌头，很快跑开了。

此时，大雨倾盆落下，仿佛老天也在为许卫州悲恸。他们加快脚步，将他的尸身妥善安置，并派重兵守卫。武瑞安将事情经过写成奏章，据实上报。武瑞安亲手书写的那一份呈给了辰曌，三司则各有一份誊写，公孙渺算是最先一批看到这份报告的人。

公孙渺主动请命，撤换一批大臣以表忠心，并且不再追究儿子的死，呼吁赵佑、刘衡、宋璃、罗子文的家属也息事宁人。女皇辰曌拒绝他们息事宁人的请奏，并在闹市中对许卫州挫骨扬灰，以安臣心。但考虑到近日官员遇难者众，撤换大臣的建议女皇还是允下，并嘱咐右相长孙齐一同筛选新晋官员名单。

风波告一段落。待到大半月后，深秋之时，女皇辰曌轻车简从，只带了武瑞安和素云、师文昌出宫半日，为许卫州扫墓。前些日子，她为了安抚公孙渺一脉的臣心，可谓煞费苦心。她下令对许卫州的鞭尸挫骨实属不得已，心中深感不安，一再表示自己要亲自去他坟前上香，直到现在，才终于寻到了机会。

也就是女皇为许卫州扫墓这一日，狄姜在医馆里独处时，再次翻开《花神录》，打开了第八卷。大片大片的紫薇花透纸而出，竟比枝头的紫薇更加娇艳逼人，仿佛它们本来就是在纸里生根发芽而后绽放光华。

家国天下，先有国，后有家。许卫州为国为义，失去了自己的小家和家中的亲人。他在市井流落数十年，就算身为夜香工，也不喊一句苦，不流一滴泪，只为弥补他心中那满腔悔恨和自责。而后，他在家人祭日这一日领养了许丫，可还不等看到她长大成人出嫁的那一天，她再次惨死于高位人手中。至此，他无法再原谅自己懦弱卑微，他要那些伤害公义的人付出代价。

狄姜在开头写上了许卫州的名讳，许卫州的生平尽书其上，紫薇花神尘埃落定。

狄姜往前翻了翻，翻到前面七位花神，梅花花神武婧仪、杏花花神武菀颜、桃花花神孟子昌、牡丹花神江琼林、丹若花神柳枝、菡萏花神宫翎月、芙蓉花神董叶贞……往事历历在目，而记忆中最为深刻的人，竟是武瑞安终日与自己嬉闹带笑的模样。

武瑞安从初见时的温文尔雅，到后来的纨绔花心，然后成为顶天立地的将军，他这一系列的变化都是因为自己。他拥有让世上所有人为之骄傲歆羡的一切，却愿意为自己放下这一切。他为自己做的一切，狄姜都看在眼里，记在心里。温暖充斥着内心，担忧亦随之而来。

《花神录》上还有四位花神空缺，除了最后一位凌波花神是已定的，她只能再救三个人。规矩是自己定的，自己会不会为了武瑞安破坏自己定的规矩？

她不知道……

狄姜长舒一口气，却见眼前一黑，一个人影走进见素医馆，遮住了日落的霞光。她抬起头，便见钟旭站在柜台前看着自己。

"你怎么来了？"狄姜惊讶道，"明镜塔中无事了？"

钟旭点了点头，顶着一张万年不变的冰山脸，淡淡问道："我来看看你们，狄大夫……可是有心事？"

"没什么大事，只是有些小唏嘘。"

"唏嘘什么？"

狄姜看着他一无所知的脸，细想了想，便微笑地摇了摇头："……没什么。"

钟旭看着狄姜半晌，嘴唇几次张合，最终还是决定将这件事情告诉她。

钟旭："昨天下午，武王爷特地去了明镜塔，令我择一良辰吉日，要迎你过门。女皇夜里便托侍女带话说，希望未来三年，皆无良辰。"

"嗯，然后呢？"狄姜淡淡道。

"你怎么想？"

"顺其自然便是。"

"你不担心？"钟旭有些诧异。

"担心有用吗？"

"也对。"钟旭"嗯"了一声，便开始沉默。

狄姜托着脸颊，看着钟旭轮廓分明的侧脸，过了好一会儿才说："与其担心我，不如担心担心你自己。"

钟旭奇怪："我有何事需要担心？"

狄姜笑道："你印堂发黑，怕有灾劫啊……"

钟旭耸肩一笑："用你的话来回答你——顺其自然就是。"

狄姜不置可否地点了点头，又道："你精修通灵之道，通晓鬼域之语，可知最近鬼域即将发生的大事？"

钟旭一愣，满脸疑惑，摇了摇头。狄姜见他一副懵懂的模样，素来沉稳的内心有了些许松动，甚至可以说是着急。她沉下脸，郑重回道："太霄帝君座下，曾有不成空明王菩萨亲封的十战将，分统十方鬼域将士。后来太霄帝君羽化，不成空明王菩萨下落不明，十将为寻回帝君出走凡尘，从此十方鬼域将士无人管顾，只能由鬼君暂掌兵权。"

钟旭耐心地听着，面上没有太惊讶。这些事情在鬼域流传已广，算不得什么秘密。

狄姜又道："数百年前，不成空明王菩萨归来后，将众位将领一一寻回，但独有一位，因以己身魂魄为引，触碰帝君魂咒而亡。虽然帝君下落已明，但十将便缺了一人。今有紫薇花神许卫州，他的心中有信仰，有傲骨，有狠戾，也有慈悲，正是战将之不二人选，让他在阴间带兵，既免去他轮回之苦，也填补了十将的空缺。"狄姜说完，含笑看向钟旭，"我这样说，你明白了吗？"

钟旭愣愣地看着狄姜，茫然摇头："明白什么？"

狄姜指了指钟旭，又指了指自己："关于你的身份，我的身份，你明白了吗？"

钟旭还是不解："这与我有什么干系？与你又有什么干系？许卫州是当世奇才，入鬼域也该有此殊荣。"

狄姜长叹一口气，仍不死心地说："当你听到'太霄帝君'这个名号的时候，难道没有什么特殊的感觉吗？"

"当然有。"钟旭点了点头，郑重道，"太霄帝君镇压天下妖邪，他的名号让人肃然起敬，横生怖畏。"

狄姜再次叹息，刚想要说话，却听钟旭"啪"的一声猛一拍腿："你……你的意思……难道说我就是……"

狄姜面色有所缓和，甚至露出了微笑。她满含期待地抬起头，点头道："不错，你就是他。"

"竟真的是……"钟旭倒吸一口凉气，站起身，在屋子里来回踱步，神色间充满了焦虑。

"你怎么了？"狄姜不解。

钟旭扶着额头，过了许久，才满脸纠结地说："既然我曾经是十将之一，那么现在已经有许卫州填补了我的空缺，那我存在的意义为何？太霄帝君还需要我吗？"

狄姜一脸无语，一副"蠢死你算了"的模样用手背撑面颊，淡然地朝他翻了个白眼。狄姜刚想要说话，钟旭再次打断她，急道："不不不，若能成为太霄帝君麾下将领，就算不再带兵也是不可多得的荣耀，我死之后若归鬼域，依然愿意为太霄帝君所用！"

钟旭目光灼灼，眼底充满了期冀。

狄姜突然觉得有些头疼。她突然不想继续聊下去，便摆了摆手说："你走吧，今日天色已晚，我们改日再聊这个话题。"

"哦，那好吧。"钟旭愣愣点头，不作他想，转身走便出了医馆，去对面的棺材铺帮着长生扎纸人。

狄姜看着他伟岸宽广的背影，内心愁肠百结，思绪万千……

世人道你冷面无情，铁血强硬；我却知你古道热肠，矜贫救厄。

钟旭，当有一日你记起从前。

我将如何面对你？

以眼泪？以沉默？

不，该是以微笑，以拥抱，以多年老友身份，与你对酒谈天，与你闲话世事无常。

三

木樨・花卉

卉堂未可更，鲍肆或争逐。
乱插琉璃瓶，于斯殊不俗。

第十五章
秋狝

　　一阵秋雨过后，桂花落了一地，道旁遍布橙黄，颇有种"叶密千层绿，花开万点黄"的意思。浓厚的香气弥漫在空气中，算是对夏日最后的赞礼。

　　九月初九，重阳节，秋高气爽，明镜塔中举行了盛大的祭天礼。

　　重阳古来便有祭祀火神的习俗，只不过从前没有这般盛大，也没有对平民开放。今年为了安抚连日来受命案所惊的平民，女皇辰曌下令开放丹霞山路，让民众得以窥见天颜，更能目睹国师主持祭礼祈求天下太平的全过程。这让天下人为之疯狂，尤其是女子。

　　钟旭一身皎洁的白衣站在广场上，与辰曌并排而立。二人身前有一巨大的火塔，正燃烧着熊熊烈火，将钟旭的气质衬托得更是天上有地下无。钟旭是宣武国有史以来最年轻的国师，也是最英俊的国师。自从他接掌明镜塔以来，不知有多少人明里暗里打探过，他可曾婚配、能否娶妻。比起从前头顶戒疤的悟真法师和显深法师，钟旭一头乌黑直顺的长发无疑让许多人产生了误会。

　　答案自然是否定的。白云观有严格的清规戒律，钟旭本人更是毫无此种念想。许多豪门千金虽然断了与之婚配的念头，但他的人气反而与日俱增。既然他不能只属于某一些人，那也就意味着他这一生都将属于天下人。

　　辰曌接过钟旭递来的三支高香，对着火堆三叩首，随即将香火扔进火堆燃烧。

钟旭在礼炮轰鸣声中走上塔顶，带领群臣祈福。他双眼微闭，口中念念有词，袖摆在风中飞舞，经幡在身侧飘摇。他不苟言笑的模样，孤高冷峻似神祇。广场四周被侍卫隔开的人群本应在这一刻与一众弟子齐声祷告，而倾慕国师的女子的欢呼却早已盖过了祝祷声。

“国师！国师！国师！”

“钟旭！钟旭！钟旭！”

钟旭一抬左手，左边的女子呼吸一窒。钟旭对着右边微微转头，右边的女子就要昏倒一片。尖叫声此起彼伏地响起，全然盖过了武瑞安的光辉。

“想不到钟旭也有这样的一天。”武瑞安摸着下巴，双眼眯起，显得有些吃味。

狄姜站在武瑞安的身侧，看向钟旭的目光里带着温柔和欣赏：“比这还要夸张的场面也有过，只不过他自己抛弃了光芒万丈的过去。”

武瑞安闻言，神色里是说不出的复杂，就在此时，钟旭恰好向二人望去。他的目光落在他们身上，武瑞安不顾周围人多嘴杂，径直牵起狄姜的手，将她拉向自己身侧，使二人双臂相贴，似乎想要以此宣示自己的主权。然而武瑞安的担心有点多余，钟旭见了根本毫无表示，甚至很快就移开了目光。

狄姜哂笑摇头，直叹王爷的骄傲似乎只要在钟旭面前，就会变得荡然无存……

“你在担心什么？”狄姜忍不住问武瑞安。

武瑞安噘嘴，不满道：“谁让你每次看钟旭，都似乎在看多年不见的老情人，我能不担心吗？”

“你怎么会这么想？”狄姜惊讶。

“下次出来，我一定要带一面镜子，让你好好看看，自己看他的眼神究竟是何种模样。”

“好。”狄姜愣愣地点头，随即俏皮一笑，“那就劳烦王爷给我做一面随身小镜，也好让我日日三省己身。”

“三省不够。”武瑞安郑重道，“以后只要见到钟旭，你就只能看镜子，不许看他，知道了吗？”

“是，奴家遵命。”狄姜笑得高深莫测，佯装恭顺地福礼。

　　火神祭礼结束之后，太极宫有重阳节家宴。武瑞安早早带着狄姜离开，为的是将她隆重打扮，好将她介绍给各大宗族重臣，正式宣布自己与狄姜的关系，让她以后能以武王妃的身份出现在世人面前，受众人爱戴。

　　二人在下山的道路上遇到了一个行色匆匆的女子，来人正是辰嬰的贴身女官素云。

　　"殿下，可否借一步说话？"素云压低了声音，似乎有难言之隐，可又不吐不快。狄姜侧头微笑，识趣地走开，将山道留给了二人。素云四下打量，确定四周无人之后便不再拐弯抹角，直言道："王爷，奴婢上次与您说的事情，您还记得吗？"

　　武瑞安看着素云许久，脑海里思来想去，仍是毫无头绪。素云看出了他的疑惑，不无忧虑地提点："江琼林的墓，您去看过吗？"

　　"啊，那个啊……"武瑞安本想说已经派人查探过，但见素云一脸心事重重的模样，又不忍心欺骗她，便长舒一口气，摊开双手，"对不起，本王忘记了。"

　　"王爷，您一定要去看一看。"素云顾不得君臣之礼，上前一步，攥紧了武瑞安的袖子，一字一顿道，"奴婢恳求您，一定要去看看。一定要！"她的神情之严肃，好似见到了十分可怖的东西，这让武瑞安无法再忽视。

　　"究竟有什么问题？"武瑞安疑惑。

　　素云双手颤抖，摇头说："殿下去看过就明白了，奴婢……奴婢不知道该怎么说……"

　　"好，本王明日就去看看。"武瑞安重重地点了点头，终于将这件事放在了心上。

　　素云这才松了一口气，神色放松下来，她扯起嘴角，对武瑞安露出一个不自然的笑意，福礼道："那一切就拜托王爷了，奴婢告退。"

　　武瑞安颔首："姑姑慢走。"

　　素云离开后，狄姜也回来了。狄姜看着素云离开的山道，皱着眉头说："好大的戾气。"

　　"力气？"武瑞安看着自己起了褶皱的袖子，"姑姑的力气是挺大的，听说她年轻的时候，曾女扮男装参加过武状元的考试并且拔得头筹，是世间巾帼不让须眉的典范。"

狄姜仍在沉思，显然没有将武瑞安这番话放在心上。过了半晌，她才牛头不对马嘴地问了句："王爷喜欢素云姑姑吗？"

"你怎么会这么问？"武瑞安一愣，连连摆手说，"我夸素云姑姑没有别的意思，我承认她很了不起，但是我只喜欢你！我发誓！"

狄姜扶额叹气："我的意思是，她在你心中重要吗？"

"远没有你重要。"武瑞安真心实意地回答。

狄姜再次叹气，又换了一种说法："如果她遭遇不幸，你会伤心难过吗？"

"当然会！但是最伤心的应该不是我，而是母皇吧……素云姑姑从小就跟在母皇身边，母皇早已将她当作半个女儿。"武瑞安说完，见狄姜面色凝重，便大力地摆手，打断她，"大过节的，不要再想这些晦气的事情，日后的事情，待发生了再说。今晚有家宴，我先带你回府更衣。"

"……好。"狄姜点了点头，虽然眉目中仍有些担心，但仍是听话地跟着武瑞安下了山，一路上再没有提及素云的事情。

傍晚，辰曌在太极宫中设下宴席，名义上是家宴，但是一众朝中要臣皆列在席。辰曌此举一来是为了拉近大家的关系，二来也想以此平复前些日子因镇国公一案备受牵连的豪门大臣们。文官以公孙淼和长孙齐为首。公孙淼携夫人坐在辰曌的左侧，长孙齐则携妻女坐在公孙淼下方的席位。

长孙齐和公孙淼的年岁本已相差近二十，公孙淼因丧子之故，显得疲惫不堪。长孙齐看起来则精神奕奕得多，一言一语都中气十足。接受众臣敬酒时，每来一人，都要倾杯对饮，再谆谆教导一番。这些事情从前都是左相来做，今日风头全被右相抢了去。从落座到开席，公孙淼始终只是温和地笑着，席上并不怎么说话，旁人敬酒也只是拿起酒杯象征性地抿一口，这与从前盛气凌人的他大相径庭。

镇国公一案无疑让公孙淼损兵折将，且不说独子公孙祺身亡，就说兵部侍郎和御林军统尉两员大将之死，无疑让他被扼住了喉咙，就像雄鹰被人折断了翅膀，雄狮被人拔掉了獠牙。假以时日，若没有自己人担任此位，在朝堂之上他将寸步难行。

宴席进行到一半，武瑞安才牵着狄姜姗姗来迟。武瑞安身穿绛紫色绣银纹的朝服，这是他换过九身衣服后，最满意的一件。绛紫给人的感觉很神秘，银纹又透着些许低调的华贵，而紫色又恰好是他最喜欢的颜色，代表着优雅、内敛，还隐约给人一种压迫感，为他俊逸逼人的气势增添了几分稳重。而他身边的狄姜则一身素白缎面底裙，一件素色纱衣。头上一根绛紫琉璃簪；一根绛紫色的细带在胸前绾了一个结；一双绛紫绣银纹的绣鞋在步行中隐隐约约从白纱中透出，精致又典雅。

狄姜的出现无疑让人眼前一亮。她不夺目不耀眼，但总让人觉得特殊。尤其是她嘴角的一抹浅笑，多一分嫌风尘，少一分嫌寡淡。一袭白衣更将她的恬淡婉约发挥到了极致，让她整个人的气质清雅如高山流水，不染红尘。二人着装风格颜色一致，让旁人一眼便能看出二人的关系。

"她是何人？"

"是哪家的姑娘？"

"下官从来没有见过她。"

……

众臣交头接耳，窃窃私语。但无一例外的，都或多或少地看了一眼长孙玉茗。在发生长孙玉茗为武瑞安作证一事后，满天下没有人不知道她倾慕于武瑞安。

"入席吧。"辰嫚面不改色，淡淡吩咐。此言一出，大家自然也知道了辰嫚的心意——想必陛下已然默许了二人的关系，他们才能如此堂而皇之地出现在众人的视野。

武瑞安："谢母皇。"

狄姜："谢陛下。"

武瑞安牵着狄姜躬身回礼，随即带着狄姜走到武煜身边空着的席位坐下，他们的对面恰好坐着长孙玉茗。除长孙玉茗外，席上女子约莫四十人，皆是王公大臣们的家眷，都已经上了年岁。在场之人，唯一在容貌上能与狄姜相提并论的只有她。

二人的五官截然不同，气质却极为相近——温柔婉约又始终面带微笑。

酒过三巡，武隆醉醺醺地走过来敬酒，将狄姜与长孙玉茗相像之语说出，武瑞安却连连摇头说："臣弟的未婚妻与长孙小姐可是大不一样。"

"哦？哪里不一样？"武隆高声一喝，引来了一群人的侧目。

武瑞安也不回避，用几近痴迷的目光盯着狄姜的脸说："她没有长孙姑娘温柔，她凶起来的模样可是十分骇人。"武瑞安说到这里，所有人都是一愣，似乎没办法想象温柔如水的狄姜凶起来是什么模样。就连狄姜都睁大了眼睛，不解地看着他。

"不过嘛……她只对爱的人凶，那个人啊，就是我。"武瑞安狡黠一笑，紧接着又道，"不过那是闺房之乐，你们不会懂。"众人一片汗颜。为了避免他再乱说话，狄姜夹了一块肉，塞进了武瑞安的嘴里，武瑞安还没吞下，又被她塞了一块鱼，然后又是蔬菜和瓜果。

武瑞安终于没能继续说下去，整场宴席下来，他桌前的菜肴是吃得最干净的。对面的长孙玉茗见了二人恩爱模样，眼眶中水光泛滥，在烛火的照映下更显楚楚动人，可武瑞安的眼睛从来没有落在她身上过。

酉时，宴会结束，武瑞安照例送狄姜回医馆。路上，武瑞安突然说道："我觉得你有些变了。"

狄姜一愣："哪里变了？"

"从前你对我很严厉，现在……却有些纵容。"武瑞安顿了顿，"从前你总对我说'这不行，那也不妥''这是错的，那也不对'，而现在好像我无论做什么，你都不说我。"

狄姜蹙眉："有吗？"

"有。"武瑞安重重颔首，"就拿今日重阳节家宴迟到一事来说，我换了好几身衣物，让你久等，可你竟一句唠叨都没有，我这心里……真是十分忐忑啊！"

狄姜想了想，发现好像还真是。狄姜问道："那依你看来，我该如何对你？"

"你该斥责我，"武瑞安一本正经地说，"大声地斥责我。"

"为什么？"

"因为这是重阳节家宴！中秋家宴因镇国公一案而没有举行，此次重阳节家宴可谓盛大非常，文武百官皇族宗亲皆列在席，我们迟到了会让大家对你的印象不好。"

"哦……"狄姜摇了摇头，淡淡一笑，"那既然你都知道这是不对的，我又何必再说你？斥责和辱骂并不能改变任何事情，只会破坏我们的感情。"

在武瑞安的出神中，她又接了句："我不在乎别人对我的看法。我只在乎你高不高兴、快不快乐。"

武瑞安感动得无以复加，恨不得当场跪地求婚，以天为证地为媒，今夜就洞房花烛！

可他终究还是忍住了。他等了六年，终于守得云开见月明，也不在乎再多等一阵子。待钟旭算出良辰吉日，他便三媒六聘，以王妃之礼迎她过门！

武瑞安拉着狄姜的手，回医馆的一路上，已经默默地把未来子孙的名字都想好了……

第二日下午，武瑞安去兵部上任。狄姜闲来无事，便想找钟旭聊聊天。她去打听了一圈，才知道京郊的重灵寺刚翻修完毕，今日开寺，请了大国师去题字。狄姜到达重灵寺时，钟旭刚到没多久，与她同一时间前来的还有左相公孙渺的夫人。

公孙夫人没有坐在软轿中，她的身后却跟着轿子和一众仆从。

"祈求菩萨，赐我一子。"

"祈求菩萨，护佑我儿在阴间顺顺利利，早日托身投胎。"

"祈求菩萨，愿我夫君身体康泰，家中一切平安顺利。"

……

公孙夫人身穿素衣，匍匐跪地，以五体投地之礼从山脚一直磕头磕到了山巅。等她三跪九叩完毕，进入寺庙之时，她的额头已经青了一大块。住持见状，连忙将她扶了起来，说："施主，心诚则灵，菩萨一定已经听到了您的祈愿。"

"多谢住持。"

显深法师故去之后，重灵寺便交由现在的住持弘然大师掌管。弘然大师心无旁骛，一心向佛，是位得道高僧，但是高僧也难以看透人心。

住持将公孙夫人请进后堂，此时恰好听见钟旭问狄姜："这副对联将刻在三宝殿正中的两根圆柱之上，如果你是菩萨，你会对世人说什么？"

狄姜想也不想，朗声道："如果我是菩萨，我会说'公平正直入庙不拜无妨，诡诈奸邪到庙烧香何益'。"

"大胆！"公孙夫人闻言双目一睁，恶狠狠地瞪着狄姜，斥道，"大胆刁民！佛门重地，岂由你在此胡言乱语！"公孙夫人本就心情欠佳，听狄姜这样一说，无疑点燃了连日来积压的情绪。她抬起手，颤抖地指着狄姜说，"来人！把她给我拖下去，重打四十大板！"

钟旭连忙拦在狄姜身前，一字一顿道："启禀夫人，狄姑娘并非胡言乱语，下官相信她的意思就是菩萨的意思。请您大人有大量，不要与她计较。"

公孙夫人眯起双眼，仔细一端详，才发现狄姜正是昨夜在宴席上见过的女子——武瑞安的未婚妻。她细看了钟旭和狄姜两眼，冷笑道："国师这是在帮她求情？"

"回夫人的话，正是。"钟旭颔首。

"国师，你说这是菩萨的意思，如何能证明？"公孙夫人语气冷淡，"今日你若不能证明这是菩萨的意思，我便连你一起追究。"

"这……"钟旭面露难色，还不待他回答，便听一旁的狄姜嗤嗤一笑。

大家将目光重新放在狄姜身上，她便指着佛像说："不需要国师证明，你们看，菩萨笑了。"

众人回头望去，便见佛头上原本下垂的嘴角变得微微上翘，看上去似是在微笑，半闭的双目甚至露出了些许赞赏的目光。众人揉了揉眼睛，发现自己真的没有看错后，满院子的和尚都发出了惊呼。

"你……妖女！"公孙夫人颤抖地指着狄姜，"你果然是个妖女！也不怪武王爷会被你蛊惑！"

面对她的疾言厉色，狄姜不卑不亢，毫无畏惧，仍是淡淡然地站在原处，微笑说："世人都道'虔诚礼佛三百拜，莲花开处见如来'，然我却道'心不干净则不见真实'。公孙夫人，您与其在庙宇之中祈求心绪的片刻安宁，不如在外多行善事。那时，您得到的会更多。"

"你……强词夺理！来……"公孙夫人气急败坏，刚想呼唤侍从将狄姜拿下，但见四周僧人皆双手合十，连住持都一脸称赞地看着狄姜，她便不好再发作。

"好你个妖女，你等着，来日方长，我们走着瞧！"公孙夫人狠狠瞪了狄姜一眼后，拂袖离去。

"唉……往后的日子，你怕是不大好过了。"钟旭抱起双手，一脸凝重地看着公孙夫人离去的背影，叹气。

狄姜浑不在意地耸肩笑了笑，揶揄道："你当上国师之后，不仅多了人情味，还多了些不必要的担忧。我是什么人，你难道不知道？我会怕她？"

钟旭沉吟片刻说："你是非人不假，但是你身在凡尘中，更是爱上了一个凡人，你就得按照他们的法则来。"

"不按又如何？"狄姜沉下脸，"自从我以武瑞安未婚妻的身份出现在朝堂，这满天下有多少人将我当作眼中钉肉中刺，我可曾有过害怕？"

钟旭："你不害怕是因为你有底气，他们不能拿你如何，可你的心中有过迟疑，这点你不能否认。"

"有过迟疑不假，可迟疑过后，才知道自己要的究竟是什么。"狄姜长舒一口气，面上重又浮起微笑，说，"我知道该怎么做，请国师不必忧心。"

"你自己把握好。"钟旭点了点头，终是不再言语。

狄姜离开重灵寺的时候已经到了傍晚，枫树落了满地，红艳艳的，与天边的彩霞交相辉映，在山中绵延不绝。她走在山道上，看着满目落叶，突然想起曾有人说过："我想要变成一棵树，开心时开花，不开心时落叶。"但是啊，假如你真的变成了一棵树，事实上却是不管你开心还是难过，该开花时都要开花，该落叶时都要落叶。四季有它的更迭，世事有各自的秩序。

从来都身不由己。

九月十五，上寒节之日，辰曌带着文武百官进行了盛大的秋狝狩猎。武瑞安携武官三十人、御林军两千、禁卫军三千在前领路；长孙齐带着文官和宗室子弟随后，然后才是辰曌的御辇及贵族女子。亲眷所行次序，依照宗室亲疏远近、大臣官位高低来排列，狄姜尚未与武瑞安婚配，轿子排在女眷队伍的最末处。抬轿之人时不时会放慢脚步，让她几乎与整个队伍最末尾的八百仆从和三百宫女行在一道。

这算是女皇给她的一道下马威。只可惜，辰嫒不知道的是，狄姜对这些虚名还当真是全然不在意的。

一行几千人浩浩荡荡从太平府中心大街出城，一路向北行过七十里，最终进入了枫树之林。枫叶火红，秋色浓妆艳抹，在这万物即将凋零的季节里，鲜少能看见如此浓墨重彩的风景。一进入林子，士气便被景色所感染，就连武瑞安也不例外。武瑞安骑着雪白的骏马走在最前头，朗声道："自即刻始，猎获秋狝第一只猎物者，本王重重有赏！"

众将士闻言，挥舞着马鞭，跃跃欲试。唯独副将骆非白面露难色，挺身阻拦了一干武将的前路，对武瑞安说："启禀王爷，秋狝还未开始，陛下会不会怪罪？"

"怕什么，只要有战果，母皇高兴还来不及，又怎会生气？"武瑞安眯起眼，笑着说，"你莫不是在京中待久了，血性都被磨光了？"

"才不是！"骆非白肃然起敬，一本正经地敬了个礼，"末将时刻准备着！一刻都不敢懈怠！"

"那就好。"武瑞安扬起嘴角，自负一笑，"我们需要的是战场上的狮子，不是畏首畏尾的羔羊！驾！"武瑞安刚一说完，便大力地一挥马鞭，骏马疾驰而出，扬起阵阵尘沙。

"王爷等等我——"骆非白连忙挥动鞭子，紧随其后。骑兵队伍中人早已受够了马上的拖沓，一道道长鞭落下，纷纷促骏马、挽雕弓，叫嚣着杀入林中。

震天的马蹄声惊起满山飞禽，亦惊扰了队伍后头的辰嫒。辰嫒懒懒地坐在御辇上，睁开眸子，挑开车帘问师文昌："前头发生何事？"

师文昌垂首作揖："回陛下的话，武王爷带兵入林，说是要拔得秋狝头筹。"

"哦？他倒是神采奕奕。"辰嫒说完，脑海里不自觉地便想起了一些往事。她想起武瑞安年少之时身子不大好，对习武可说是毫无兴趣。以往不论是春蒐、夏苗、秋狝还是冬狩，他一概都不参加的。

从军三年归来，他倒是全然变了一个人。

变得越来越有血性、越来越有男子气概了。

师文昌见辰曌半晌不说话，担忧道："陛下，是否需要将王爷唤回来？"

"本就是来狩猎的，年轻人血气方刚罢了，随他去吧。"辰曌扬起嘴角，缓缓放下了车帘。

秋狝之季，草白鹰飞，野物肥美鲜嫩。礼法规定，狩猎不捕幼兽，不采鸟卵，不杀有孕之兽，不伤未长成的小兽，不破坏鸟巢。围猎捕杀要围而不合，留有余地，不能一网打尽，斩草除根。所获猎物挑最好的供宗庙祭祀，其余就地宰杀宴飨宾客。

大军进入镜湖驻地时，武瑞安恰好得胜而归。他高举猎物，被一众士兵簇拥着，策马而来。滚滚尘烟中，独他一人英姿飒爽，不胜风流。

"王爷回来了！"长孙玉茗落轿之后，与辰曌站在一道，她们的身边还有三四十名宗族女眷，无一不是发自内心的倾慕和赞赏。

"王爷真是越来越俊逸了！"

"六皇子武瑞安，风流天下闻。照我说，这满天下男儿，不论容貌、骑射、品行，可是皆不如他。"

听着周遭女子的称赞，辰曌背脊不由挺直。哪怕她是皇帝，在心里此刻也由衷为儿子感到骄傲。

武瑞安一路疾行到辰曌面前百米处下马，他一身戎装，阔步而来。他将战利品往辰曌眼前一甩，一众女眷都被惊得不轻，倒是辰曌，始终面带微笑，无比开怀。

"儿臣参见母皇。"武瑞安双手抱拳，行了个礼，"儿臣莽撞，擅自调动禁军，请母皇责罚。"

"皇儿免礼。"辰曌和煦一笑，"皇儿英武，为我宣武三军楷模，何罪之有？不仅无罪，朕还要嘉奖于你，你想要什么？"

武瑞安面露欣喜："什么都能要吗？"

"不错。"辰曌颔首。

武瑞安眼底精光一闪，刚要开口，辰曌又道："奖励限于此处，旁的事情回去再论。"辰曌自然知道他想要说什么，无非是与狄姜早日完婚一类，若让他在此谈论此事，他的名声算是全毁了。

武瑞安顿了顿，才说："儿臣请母皇准儿臣半日假。"

"哦？只是如此？"

"正是。"武瑞安颔首。

辰曌点了点头，拂袖说："你且去吧。"

"多谢母皇。"武瑞安行了个礼，人群便自动给他让出一条道来。身边女子娇俏可人者有，妩媚婀娜者有，清纯佳人亦是人间难得一见，可他的眸子从未在旁人身上停留。

武瑞安穿过人群，最终在队伍最后头找到了狄姜。这一路过来，没有人跟狄姜说话，在营帐扎好之前，她只能独自一人坐在湖边，百无聊赖地数着湖中戏水的野雁。武瑞安走来，惊起一池雁羽。野雁拍打着翅膀，飞入天际。狄姜听到脚步声，刚一回头，还没看清来人是谁，便被他打横抱起。

狄姜大惊："你……你快放我下来！"

武瑞安大笑道："不放，就不放！我要让这全天下人都知道，你是我的！"在狄姜的惊叫和拍打声中，武瑞安抱着她穿过人群，走过千百双眼，最终抱着她上了马。

武瑞安将她怀抱在胸前坐好，下一刻，马鞭扬起落下，骏马奔腾而出。很快，他二人便消失在了众人的视线里，引来无数的歆羡和愤恨。狄姜之名，几乎就与天下闻名的武瑞安画上了等号。时隔三年，武王妃之位，竟真落在了见素医馆的掌柜手里。女子们面面相觑，皆是一脸不满。

本是长孙玉茗扶着辰曌，但这一幕过后，反倒是辰曌反握住长孙玉茗的手，轻拍安抚道："做女子，尤其是后宫女子，这一道关必须要过，你明白吗？"

长孙玉茗紧咬下唇，点了点头。她的眼中水光淋漓，几乎就要溢出来。可就算如此，她也没有半点怨怼。武瑞安的心思，她比辰曌还要早知道。她爱了他多少年，他就爱狄姜爱了许多年。这世界总是如此，一生中总会辜负旁人，然后又被人辜负。武瑞安与狄姜若真能情投意合，倒也算一桩喜事。

长孙玉茗想，她不想取代狄姜，可只要她愿意等，她总会等到武瑞安腻了狄姜，回头看自己的那一天。

离了人群的武瑞安带着狄姜沿着镜湖岸向北行，渐渐脱离人潮，远离尘世喧闹。直到耳边再没有吹角连营的呼喝，没有乐师的奏乐，没有嘈杂的人声，他们才停下脚步。

如果说这世上所有的火红都给了枫叶林，那么所有的碧绿就都给了镜湖。镜湖的湖水是太阳还没升起的时候的天空的颜色。碧粼粼的水面上倒映着岸边的枫树林和远方起伏的山峦。火红的枫树林与山头连绵的白雪交相辉映，成就了另一番别致景观。

武瑞安抱着狄姜坐在马上，双手自然而然地从后环抱住她的腰，在她的耳边轻声说道："等到你我暮年，便寻这样一处桃源，盖一座小屋，我耕田我织布，我挑水我浇园。"

"那我呢？"狄姜"扑哧"一笑，"我做什么？"

"你啊……你只需要闲坐湖前，莳花赏月品茗，追忆似水流年。"武瑞安说着，鼻尖在她的耳畔、脖颈流连，呼出的温热气息萦绕在二人身边。狄姜全身一僵，双手死死扣住他的手背。

武瑞安知道她不喜与人接触，便耐着性子，没有继续。

二人站在湖边，眼前是望不见边际的湖面。干净透明的湖水堪比蓝天，宁静而悠远，天与地之间似乎只剩下他二人。武瑞安将自己的下巴枕在狄姜肩上，狄姜看着风景，而他看着她。如果这时候有人经过，一定会被他眼中的火热所灼烧。那样赤裸裸发自内心的欢喜，任谁都能一眼看出。

二人就这样依偎着度过了一个下午，多余的语言似乎已经成了累赘。他们之间不需要你侬我侬的亲密之语，握着对方的手的片刻，对他们来说就是永恒。

半日时光如此短暂，日落之前他们回到了大营，营中扎起数顶帐篷。狄姜的帐篷根据礼法，仍被排在女眷驻地的最末尾，且因种种缘故，她的床单被套还没来得及整理。武瑞安今日心情不错，懒得与下人计较，亲自去内侍监取来床铺，为狄姜铺床叠被，端茶送水。

武王爷在一众女眷的帐篷里出入，自然惹来许多人的侧目。长孙玉茗抿着双唇，一双清澈干净的大眼睛泛着晶莹，好几次想上前去帮武瑞安，但都被他婉言谢绝了。狄姜抱着双手站在一旁，眉宇之间似乎并没觉得这样有什么不对。其他女子见了她都是绞手帕的绞手帕，跺脚的直跺脚，一副恨不得将她生吞活剥的模样，但更多的还是如长孙玉茗一般，隐忍不发。

此事很快便传到了辰曌的耳朵里，辰曌派素云带着三名婢子来给狄姜整理营帐，并将武瑞安召了回去。

辰曌传召武瑞安倒不是要斥责他，只是设宴将文武百官聚在一起，让他参与宴席。武瑞安想到狄姜还没用晚膳，眼前的珍馐也味同嚼蜡。武瑞安一杯接一杯地灌酒，熬到宴会结束，已然是月上柳梢头之时了。武瑞安迫不及待地往狄姜那边赶去，未曾想中途却被长孙玉茗拦了下来。

"王……王爷，玉茗有要事相商，可否借一步说话？"

武瑞安看着眼前如受惊的白兔一般的长孙玉茗，很想问她"我有这么可怕吗？"她怎么一副视死如归的模样？

武瑞安想了想，还是点了点头，道："可以。"

长孙玉茗眼里陡增欢喜，立即转身带着武瑞安往林子里去。武瑞安没多想，不紧不慢地跟了上去。他们走到一处无人的角落，四周很安静，是个谈话的好地方。却又有那么一丝不对劲……

安静，太安静了，静到让人觉得不自在。武瑞安背着双手，来回踱步，催促道："你想对本王说什么？"

"王爷……玉茗……玉茗喜欢你。"长孙玉茗站在枫树下，月光照在她的脸上，让她本就柔弱的面颊更显楚楚动人。这样的告白武瑞安听了没有一万次，也该有九千次了。旁人说出这样的话，他不会觉得惊讶，也不会觉得为难。但眼前人是长孙玉茗，是宣武国的太子妃，他不得不慎重以对。

武瑞安皱着眉头，问道："你喜欢本王什么？"

长孙玉茗一愣，抬起眸子，眼中写满了不可置信。显然她没想到，武瑞安会问得这样直接。

"我……"对上武瑞安灼灼的目光，长孙玉茗却说不出来了。她慌忙低头，半晌说不出话来。

武瑞安淡笑："你看，连你自己都不知道为什么喜欢本王，你怎么就能肯定自己的心意？"

"不！不是这样的……我知道自己对王爷的心意！"长孙玉茗再次抬头，眼中波光闪烁，充满了坚定。

武瑞安扬起嘴角，环抱双手，满眼好笑地看着她："那你倒说说，为什么喜欢本王？"

"我……"长孙玉茗绞着手帕，面对武瑞安的审视，心头怦怦乱跳，早已乱作一团，哪里还说得出来？

"说不出来？那本王帮你说。"武瑞安顿了顿，"本王是母皇嫡子，军功赫赫，论相貌更是举世无双。你喜欢本王，与这满天下女子的喜欢一般无二，对吗？"

武瑞安句句自夸，但也句句属实。

可闻言，长孙玉茗却是大力、急切地摇头道："不是的！玉茗倾慕您，不是因为您的身份。王……王爷是好人，您救过玉茗，是……是玉茗的救命恩人，玉茗第一眼见到您，便喜欢上您了！玉茗无以为报，只愿能侍奉在王爷身边，陪伴左右……"长孙玉茗说到这里，几乎就已经用尽了全身的力气。这一番话埋在心里太久了，从前她想说却没有脸面说。今日被他这样一激，反而说出了心中所想，不禁长长松了一口气。

武瑞安亦是叹气，他垂下双手，定定地看着她，一字一顿道："可是长孙小姐，本王已有意中人。"

长孙玉茗："玉茗知道王爷喜欢的人是狄姑娘，玉茗不介意狄姑娘……"

"可是本王介意。"武瑞安打断她，眸子里带着些许厌恶，"对本王而言，从前如何花心玩乐，终究不过是过眼云烟。一旦本王认定一个人，便再容不下旁人了，你明不明白？"

长孙玉茗半张着嘴，怔怔地望着他。

她不明白。

古来男子三妻四妾稀松平常，为何他容得下狄姑娘，却不肯收了她？

长孙玉茗的眼泪顺着脸颊滑落，哽咽多时，却是再说不出一个字。武瑞安最讨厌女人在面前哭哭啼啼，他心烦意乱地摆了摆手："如果长孙姑娘没别的要紧事，那本王便告辞了。"说完，他不顾长孙玉茗的伤心，草草作了一揖，便要转身离去。

"王爷！"武瑞安刚走出一步，长孙玉茗便叫住他。

武瑞安转身，便见长孙玉茗已经擦掉了面上的泪水。她目光坚定地看着自己，缓缓道："王爷您容不下旁人，可您的身份让您不得不容，不是吗？"

"你什么意思？"武瑞安深深地看了长孙玉茗一眼，眼里的厌恶已经到达了顶峰。

长孙玉茗被他的目光所惊，但心中的爱慕却还是让她硬起心肠："玉茗的祖辈是开国元老，父亲是当朝右相，手握宣武一半兵权，玉茗已是既定的皇后。王爷觉得，狄姑娘势单力薄，她能当得了皇后吗？"

"呵，这就是你的底气？"武瑞安耸肩一笑，冷冷道，"能让你站在这里，与本王如此说话的底气就是你的身份和背景，对吗？"

"什么？"长孙玉茗不解，不明白他的意思。

武瑞安又道："如果你想拿帝位来要挟本王，那你怕是要失望了。本王从来不觊觎帝位，更加不屑拿女人来换权力。本王自会保护好狄姜，其余的事情，就不劳长孙姑娘挂怀了。"武瑞安说完，拂袖离去。

武瑞安本以为他已经说得够清楚，事情也该就此了结。可谁知下一刻，长孙玉茗却大步冲上前，一把抱住了他的腰。长孙玉茗将脸埋在武瑞安的背脊，嘴里发出连声的哀求："王爷，玉茗不是这个意思，玉茗也是想要保护你们啊……玉茗是真心喜欢王爷！"

"放手！"武瑞安用力掰开她的手，可她似乎执意如此，就算双手被他掐得通红，仍是不放。

武瑞安一怒之下，甩开右手，她便像一片翻飞的叶子，跌坐在地上。长孙玉茗的发饰凌乱，衣衫不整。武瑞安看着她这副模样，又有些于心不忍。他上前一步向她伸出手，想要将她扶起来，可她迟迟都没有将手搭在武瑞安的手上。

在武瑞安的惊诧中，长孙玉茗双手抓住自己的衣领，将领口用力向两旁拉开，露出她胸前大片的雪白和莹润如玉的香肩。长孙玉茗决绝而又坚定地看着武瑞安，笑着说："出了这个林子，玉茗就是王爷的人了。就算王爷不喜欢玉茗，玉茗还是想与王爷在一起。为了您，玉茗不在乎名誉了。"

"你……"武瑞安蓦然睁大双眸，眼底写满了不可置信。长孙家素来以家风闻名天下，这长孙玉茗为了嫁给自己，竟可以做出这等事，简直是匪夷所思！

"呵，你以为，这样就可以威胁本王吗？"武瑞安再次冷笑，一字一句道，"本王连死都不曾怕过，又怎会为你一个小小女子所摆布？"

长孙玉茗眼中的决绝少了几分，取而代之的是不确定的忐忑和不安。

武瑞安接着说："你说得对，你有底气这样做。如果你这样走出林子与母皇告状，那本王确实非你不娶了。"武瑞安长长叹了口气，"可是长孙姑娘，如果你那样做了，知道本王会有多讨厌你吗？"

"玉茗……玉茗不怕王爷厌恶，玉茗只怕王爷从未将我放在眼里！"长孙玉茗双目血红，整句话几乎是吼出来的。

武瑞安看着长孙玉茗，见她丝毫没有转圜的余地，便蹲下了身子，蹲在她的眼前。

"如果本王此前做过什么让玉茗小姐误会，希望本王此举能表明自己的心志。"他拔出了腰间的匕首，对着长孙玉茗道，"本王求你，不要再纠缠本王了。"

长孙玉茗心头狂跳，本以为他要伤害自己，可谁曾想武瑞安高举右手，将匕首对准自己的侧脸，狠狠刺下。

"不！"长孙玉茗面上爬满了惊恐，她奋力向他扑去，仍是没能阻止他接下来的动作。

"刺啦"一声，血珠飞溅。匕首寒光一现，在他原本完美无瑕的面颊上留下了一道殷红。

"不要……不要！"长孙玉茗惊得抱紧武瑞安，大声哭号，"王爷，您就这么讨厌我吗？宁愿毁去容颜也不愿意娶我吗？"

"本王不讨厌你，"武瑞安摇了摇头，"本王只是希望，从此以后，你不要再来打扰本王和狄姜。"他说完，扔下带血的匕首，转身离去。

他的背影决绝而凌厉，让长孙玉茗再说不出半个字。泪水在她脸上一如决堤的池岸，久久不能平息。

这一场压上了长孙家的脸面和未来的赌局，终是以她的完败而告终……

武瑞安出了林子，便去了狄姜的帐篷。不料他刚一走进帐篷，便见狄姜正拎着个药箱在捣鼓，就像事先知道自己受伤了似的。但下一刻，狄姜回头见了右脸满是鲜血的武瑞安，俨然被吓了一跳："你这脸怎么了？谁将你弄成这样的？"

武瑞安摸了摸自己的面颊，果然沾了一手血。他浑不在意地摇了摇头，说："在树林里擦破了。"

"擦破了？那这树枝可够锋利。快坐下，我给你包扎！"狄姜颤抖着手，拧了一条帕子，为他清洗伤口。其间，她一直半闭着眼睛，似乎在极力隐忍着什么。

武瑞安知道，她晕血。

武瑞安叹了口气，一把夺过手帕，胡乱在自己脸上擦了一把，算是将血清理掉了七八分。

狄姜看见伤口之后，便拿来金创药，细细地涂抹在他的脸上。

"还好伤口不深，否则我就不知道该如何是好了。"她长舒了一口气，"这几日记得每日早晚来换药，切不可忘记，明白吗？"

"忘记会如何？"

狄姜眼一横："会留疤。"

"那正好！"武瑞安笑逐颜开，嬉笑道，"我一直都觉得自己的容貌失了些霸气，这样一来反倒添了几分英武。"武瑞安无所谓地笑着，但很快，又是眉头一拧，板起脸来看着狄姜，"你不会因为这个而不喜欢我吧？我的容颜虽然没有从前那般完美，但仍旧是英姿飒爽、举世无双的啊！何况现在多有特色，是不是充满了男人味？嗯？"他说着，侧过脸，将有刀痕的那一面凑近了狄姜，同时眨了眨大眼睛，无限深情地抛去一个媚眼。

狄姜"扑哧"一笑，被他这副模样给逗乐了："顽皮。"

"好了，看到你笑了我就放心了。"武瑞安宠溺地捏了捏狄姜的脸，随后站起身，"那，我先走了。"

"就走了？"狄姜一愣。

武瑞安点了点头，狞笑地抚摸着自己的下巴，说："如此孤男寡女，同处一室，在这荒山野岭还没有任何人会来打扰我们……我这心啊，一直就跟小鹿乱撞似的，再不走，我怕自己会把持不住……"武瑞安说着，趁狄姜不注意，迅速在她面颊亲了一下，然后大笑地叉着腰离开了。

狄姜看着被他带动的帐帘，心也似乎跟着帘子在摆动。她摸了摸自己的脸，发现烫得惊人。武瑞安，看上去反倒比自己正常……究竟心猿意马的那一个是谁？

狄姜摸着自己狂跳的心，许久不能平静。她的脸颊似乎还留有武瑞安唇瓣的温热，身侧似乎还环绕着他独有的香气。她的脑海里，回荡的全部是武瑞安站在长孙玉茗身前，拿着匕首毫不犹豫地刺向自己面颊的画面。她其实一直都在林子里。她不是故意想要偷听，只不过恰巧散步到那里，便见着了那一幕。她本想离开，但是双腿又像灌了铅，久久挪不动步子。

她看见武瑞安拿起匕首自毁容颜，那一刻，她突然觉得有些害怕。

决绝如武瑞安，自己真的能抓住他吗？百年时间于她而言，不过刹那。武瑞安说着要与她生生世世不离不弃，却不知他自己心比天高，命如纸薄。他早已在剑冢里消耗掉了来世。

都说生生世世，可他只此一世。

从前她只希望自己能在他有限的生命里，尽自己所能让他这一世过得开心快乐，而现在……如果她说自己也奢求武瑞安能有来生，能有轮回，那是不是太贪心了？人心看似不过拳头大小，却总是不能满足。那些没有自制力的人，会任由自己被欲望一点点推下万丈深渊，而毫无所知。

但她并不是没有自制力的人，她清醒地看着自己日渐沉沦，在局中入了戏，又似乎没有完全入戏。

矛盾纠缠着她，日复一日。

是夜，夜幕低垂，月朗星稀，湖边只余阵阵凉风，伴着湖水特有的清香萦绕着整个大营。营中升起一堆巨大的篝火。篝火旁，文官墨客挤在一处吟诗作对，畅谈国事。武将军官们则抱着酒坛，倾杯畅饮。谈笑间何等豪气，俱是盖世英雄的做派。这是女皇特许的余兴节目，甚至专为女眷划出一块上风地，众人闲坐一处，三三两两说着闺房体己之语，时不时地往那堆武将文官望去。

那一厢风流才子，惊才雅逸。这一隅窈窕淑女，如花美玉。眉目传情中，为这本该肃杀血腥的秋猎之地，平添了几分诗意。

狄姜被这些吵得睡不着觉，便索性走出营帐，在女眷中寻了一处角落坐下。身旁的女子们见了狄姜，都纷纷掩起嘴角，眉眼里带着厌憎和不屑挪开了去。狄姜的身边再没有一个人，加之她穿着绿衣，在对面的文官武将们看来，就好似万花丛中空了一块，冒出了一缕碧草。在篝火的映衬下，倒有些特别起来。

狄姜没放在心上，自顾自斟了杯酒。她两指指尖拈起酒盏，放在鼻下一闻，酒香扑鼻，清雅怡人。正是新酿的桂花酒。此酒颜色瑰丽，专为女眷所备，故而酒劲浅薄，与男子所饮之物大有不同。狄姜接连三杯入口，周围又是一阵窃窃私语。

"市井之女果然粗俗难耐，哪有一丁点身为女子该有的德行。"

"可不是？也不知道武王爷究竟看中了她哪一点？"

"我看啊，她只有那张脸还能勉强一看，其余的地方……前不凸后不翘，只怕不好生养。"

"是呀！你看她……她若不是着女装，我会以为她是男子。"

显然狄姜这样的做法在这堆王公贵女之间过于豪迈了些。面对众人的打量，她本想做到充耳不闻，但见四周人越来越多的目光集中在了自己身上，让她也不自觉地咳嗽了一声。

"对了，说起武王爷，他怎么没来？你们谁瞧见武王爷了？"女眷里不知道谁嚷了一声，很快便引起了连锁反应，"晚宴之后便没见着他了。"

"如果王爷在武军那处，只怕这世上所有的光辉就全集中在那处了，那些自诩风流文人骚客哪里有他一半潇洒？"

"此言不假，不过本宫觉着，武王爷虽然英武，但文官中的那位新晋翰林郎也极为俊俏。"流芳郡主执着羽扇，眸子在扇后若隐若现，她贝齿轻启，指着文官中穿白衣的一人道，"二人不是同一类型，却都是天上有地下无的妙人。"

身旁的女眷们早已注意到了那少年郎，只不过谁也没好意思先开口。毕竟那人的衣着扮相只是个从六品翰林学士，这里的女眷随便抓一个，未来也该是三品以上的诰命夫人。被流芳郡主这样带头一说，大家也不再避忌，纷纷打开了话匣子——

"那位潘公子似乎就是这届春闱中举，状元及第。"

"哦？他竟是位状元郎。"流芳郡主面色一喜，眼中的爱慕更甚。

"我听说潘大人前阵子才被调回京中，升了从六品翰林，左相与右相都十分喜爱他，日后前途无限。"

话题从那之后便一直落在潘玥朗身上，再也没有转开过。狄姜一边喝酒，一边顺着众人的视线望去。便见熊熊燃烧的篝火旁正襟危坐着一位白衣少年郎，玉面纶巾，雅韵深致。正是六年前在状元乡里曾有过几面之缘的潘玥朗。

如今潘玥朗已经长大成人，眉目舒展开来，五官俊逸拔俗。狄姜突然就想起李姐儿说过的一句话："那一日，杏花红了半边天，落了一地的杏红，渲了一池的花影。老潘就站在杏树下，穿着赤红的衣袍侃侃而谈，将身边的一众豪门贵子比了下去。"

如今潘玥朗坐在枫树下、篝火旁与一众文臣墨客吟诗作对，恍若天人。不正是当年状元爷沈子墨的风骨？就连他眉目中的自信和骄傲都一般无二。

过不多时，文臣们行起酒令来。轮到潘玥朗时，他低声说了句什么，女眷所处之处听不清楚，但狄姜耳聪目明，想听他说话，那句词便一字不落地传到了她的耳中——

"出舞两美人，飘飖若云仙。留欢不知疲，清晓方来旋。"

人群中爆发出惊天的大笑，惹来女眷们好一阵疑惑，纷纷遣婢子去问。等问到了，便又一个二个掩面低笑，做出一副娇羞模样。这句诗词的意思很简单粗暴，意思是今夜夜色正好，再请两个美女出来歌舞，她们舞姿翩翩，歌声软绵，宛若天仙，且与她们欢乐缠绵，不知疲倦，待到天亮才放归家。

潘玥朗在篝火旁与人高谈阔论，面上写满了骄傲。

潘玥朗……他什么时候变得这般骄纵狂妄了？

狄姜在他的眼里再看不到青涩、怯懦，有的只是如这在场众大臣一般的世俗和傲慢。再一细看，她发现潘玥朗身边所有人都在捧着他，俱是左相一脉。公孙渺虽然没有跟来狩猎，但是他手底下的爪牙却悉数跟来。这让狄姜微微蹙眉，二品、三品的大员，竟然捧着一个从六品的翰林，这不是很匪夷所思吗？

"你再这样盯着他看，我可就要吃醋了。"头顶传来武瑞安带着玩味的调笑，与此同时，身边响起阵阵女眷们的倒吸气声。

狄姜抬头，便见武瑞安换了一身浅紫色的时服，正微笑地看着自己。

武瑞安不顾礼法，在狄姜身边落座。他撑着头，一脸懊恼地说："怪不得四处都找不见你，你竟在此偷看别的男人，我可真是寒心哪。"他的侧面上有一道正在结痂的红痕，虽然伤口不长，但在他原本白皙无瑕的面上就显得十分扎眼了。

狄姜右手情不自禁地捧起武瑞安的脸，一动不动地盯着他。四周人来人往，喧闹在这一刻停止，所有人的眼睛都集中在了他们二人身上。武瑞安咳了一声，说："夫人，这里还有外人呢……好多外人……"

狄姜这才一恍神，面上突觉有些挂不住，飞起了片片红霞。她连忙放下手，侧身坐好，咽下了一口酒。

"什么呀……她刚刚在做什么！"

"狐媚子！根本就是个狐媚子！"

女眷们恨得牙痒痒，但对面的文臣武将们则宽容得多了。以骆非白为首的武将们鼓掌叫好的有，吹口哨起哄的也有，"嫂子""夫人""王妃"之语不绝于耳。一干文臣听了，立即明白了狄姜的身份，看向狄姜的目光里便多了几分玩味和好奇。

潘玥朗与所有人的反应都不大一样。他先是带着好奇的目光，然后微微一怔，紧接着狂喜涌入眉头。

"是狄姐姐！"潘玥朗冲着狄姜挥了挥手，很快便起身往狄姜处走来。他在狄姜身边站定，恭敬地鞠了一礼，道，"狄姐姐，我是潘玥朗，您还记得我吗？"

武瑞安一愣，看了看来人，仔细辨认一番，才发现他便是六年前状元乡里瘦弱无度的少年郎。

潘玥朗很快反应过来，当年状元乡中，武王爷也曾微服私访，他与狄姜怕在那时就已经情根渐起。他如此匆匆打招呼，似有些无礼，忙急着对武瑞安躬身作揖道："下官潘玥朗，情急之下冲撞王爷和狄姐姐，还请王爷恕罪。"

武瑞安摆了摆手，示意他无事。狄姜则整个人都透着几分冷淡。她面无表情地轻瞥了潘玥朗一眼，便摇了摇头说："你看着眼熟，怕是有过几面之缘，但并不熟悉。"

"狄姐姐，您……"潘玥朗的表情很受伤，显得有些委屈和不可置信。周遭人的目光更加复杂，纷纷猜测二人的关系。武瑞安不想狄姜过分受关注，便拉起二人离开了篝火堆。

"这里不是说话的好地方，我们去别处聊。"武瑞安边走边说，带着二人进了一旁的枫树林。

狄姜抱着双手靠在树干上，表情无喜无忧。

潘玥朗急忙道："狄姐姐，当初您很疼爱我，为什么如今见了我，却装作不认识我？"

武瑞安不清楚二人之间有什么深刻的羁绊，便耐着性子站在一旁，等着狄姜开口。狄姜轻声一叹，半晌才道："潘公子如今是两相眼前的红人，左相对你更是赏识有加，狄姜万不敢贸然相认。"

"为什么不愿相认？"潘玥朗不解道，"难道我成功了，您不为我开心吗？"

狄姜思忖良久，才笑问他："什么是成功？"

潘玥朗不假思索，直言道："世人都道'天上麒麟子，人间状元郎'，如今我三甲及第，已是成功。"

"你过于自大了。"狄姜沉下声，冷冷道，"你有状元之才不假，但你只是积累了知识，并且运用这些知识超越了一部分人。你是'值钱'的人，但离真正的'有价值'，还远远不够。"狄姜眼神冰冷，甚至带着几分不屑。

这是武瑞安第一次听见狄姜用如此严厉的语气训斥一个人。狄姜在年岁上长了潘玥朗几岁，但在身份上，一个是官，一个是民，如何能相提并论？她一向遵纪守礼，为什么要与一个初入朝堂又无甚交集的状元郎置气？

潘玥朗双拳紧握，神色复杂，隐忍了半晌，又问道："那依狄姐姐看，玥朗如何才算成功？"

狄姜眯起眼，缓缓道："有圣贤藏于心，笃于行，德必向善，学必精进，功自然成。而且，状元及第只是一个开始，在这波谲云诡的朝堂之中，你需常怀谦逊之心，切不可狂妄自大、招惹是非。"狄姜不想让潘玥朗被突如其来的荣华富贵迷了心窍，与佞臣污吏走在一处。她不希望潘玥朗走上沈子墨的老路，但又不能说得太明显。她只希望自己这一番话能让他还能记起自己曾经受过的那些苦，不要忘了曾经的壮志在胸才好。

潘玥朗咬了咬牙，大概明白了她为什么会这样生气。他本还想反驳，但细细一想，终是双手一抱拳，道了句："多谢姐姐教诲，玥朗必铭记于心。"

"嗯。"狄姜淡淡颔首，拉着武瑞安出了林子。

狄姜和武瑞安潘玥朗回到席上的时候，歌姬舞姬正一曲舞毕，纷纷退下。在她们离场的路上，却有一人逆着人潮缓步而来。那人一袭白纱，玉骨纤柔，若隐若现。不知是因为太瘦，还是本身自带的风情，那人走起路来轻盈而又充满魅惑，尤其是那一双弯眉细眼，眼角细长而微挑，惊艳勾人。

所有人都看痴了。

"江……江琼林？"武瑞安瞪大了双眼，整个人跟活见了鬼一样。被武瑞安这么一嚷，下一刻，在场所有见过江琼林的人都跟见了鬼一样。

狄姜腹诽：

——嗯，就是见鬼了。

第十六章

魏紫

潘玥朗察觉到众人的面色有些微妙，尤其是武王爷，整个人都摆出一种怀疑世事的模样。独独狄姜看上去相对沉稳，她面不改色，只一对眼眸中透着几分好奇。

原来江琼林长这样。

潘玥朗嘴角含笑，看着江琼林的眼眸里多了许多意味深长的笑意——那是一种身处高位之人对低下之人露出的轻蔑之情。

从前，潘玥朗是羡慕江琼林的。想他一介勾栏也能得到女皇赏识，必定是天上有地上无的妙人。当潘玥朗见到被众人称作"江琼林"的人，心中突然就放下了困扰许久的执念。三年前春闱，潘玥朗亦是应届士子之一，不过因不知名的原因，他的名额被江琼林所代替，故而没能参加那一届的科举。他一直都将江琼林当作假想敌，并且一度想与他切磋一番。

传闻里，江琼林才气逼人，容貌举世无双。潘玥朗曾不止一次地想，他们都怀揣状元之才，若没有过较量，就没有高下之分。如果自己能够参加三年前的春闱，那届的三甲及第一定很精彩。今日一见，潘玥朗不管他是如何死里逃生的，也不想知道明明早已作古的人是如何又活了。他心中只有一个感觉：传闻太过了些。眼前的人美则美矣，却少了些灵气。眼底更是如一汪死水，鲜有波澜。那痴痴呆呆的模样，也不像是饱读圣贤书的大才子。

再美又如何呢？不过是个玩物。

那状元之位，怕也是他走后门得来的吧。

潘玥朗想到此处，心中只剩下可惜。可惜自己被这样一个人白白耽误了三载光阴。将这样一个人当作假想敌三年，实在是不值当。

这边一干元老胍骨神色都有些惊讶，那边年轻的宗亲女眷们亦是炸开了锅，一个二个都是一副惊为天人的模样。

"那位公子有谁见过？是哪家的公子？"

"他的模样有些眼熟，却又想不起在何处见过……"

"看他身穿白纱，步履轻盈，与舞姬来自一处，怕不是世家子弟。"

"对，应当是乐坊新晋的乐师吧？"

辰婴本与长孙齐在商议国事，帐中伺候的只有素云和师文昌二人，十分安静。屋外众人的议论声、惊叹声交相传来，将辰婴引了出来。辰婴走出帐篷时，"江琼林"刚在琴桌坐下，他素净的右手正弹起了第一个音节，"铮——"的一声响起，便撩断了辰婴心中的一根弦。

"江琼林"恍若未绝，丝毫也没注意到台阶上的女皇正看着自己的脸，露出了几近痴迷的神色。他弹唱着，缓缓道："思君如满月，夜夜减清辉。相见争如不见时，有情何似无情了。心似双丝网，中有千千结。天不老，情难绝……"

他的声音悠扬悦耳，不似寻常男子那般沉稳浑厚，亦不是女子的清雅婉转，而似一缕南风，娓娓道来，摇落了一身客尘，也似一缕沉香，萦绕四周，徘徊不绝。

月色绮丽，眉目勾人，神色却有些黯淡。他就像是死去了三年的人，再逢尘世，与周遭的所有人事都格格不入。

"长相思兮长相忆，短相思兮无穷极……"他唱完最后一句，便将双手轻放于琴上。一曲终了，余音断绝，众人从梦中醒来，掌声雷动，就连狄姜都举起双手，轻轻鼓掌："江琼林竟还有这样一副好嗓子，真是让我惊讶。"狄姜的眼眸里写满了欣赏，惊叹之情溢于言表。

"江琼林已经死了！"武瑞安蹙眉拉了拉狄姜的衣袖，提醒道。

"我知道。"狄姜愣愣地点头。

"那你还鼓掌？"

"我不管他是谁，可他的确唱得很好。"狄姜由衷感到欢喜，毫不掩饰自己对他的赞赏。

"他一定有问题！"武瑞安更加烦闷，说罢，疾步走上前，成了人群中第一个靠近"江琼林"的人。

三年前，武瑞安亲自殓葬了江琼林，自然知道他死得彻底，他还在坟……是了！坟墓有问题！武瑞安此时才想起，素云姑姑一而再地提起江琼林的墓，她一定是在守陵时发现了什么！武瑞安向素云望去，便见她面色苍白，嘴唇发青，整个人都似丢了魂一般，正筛糠似的发抖。

果然，绝对有大问题！

武瑞安突然有些后悔，这次居然没有带钟旭一起来，否则他定能看出来，这个人究竟是人是鬼！可是就算钟旭不在，他自己也迫不及待地想要将那人拎起来问个清楚：他究竟是谁，又从哪里来？

辰曌原本就与"江琼林"离得近，在武瑞安离他还有几丈远时，倒是辰曌先清醒过来。

"你……是何人？为何这样像琼林？"辰曌几步跨下台阶，牵起了"江琼林"的手。她哑哑地开嗓，语气却尽带期冀。

"江琼林"立即跪下，磕头道："回陛下的话，奴才是乐坊的乐师。奴才姓魏，名紫，字和生。"

"魏……紫？"

"回陛下的话，正是。"

辰曌顿了顿，试探性地问："可……可有人说过你长得像谁吗？"

魏紫摇了摇头："回陛下的话，没有。"

就在这时，武瑞安已经来到魏紫身后，他一把拎起他的衣领，用力向后一拉，再一松手，魏紫便猛地跌坐在琴桌之上。魏紫双手支着身子，推搡之间，他的衣衫褪尽，半面香肩露在外头，风姿更添妩媚。再加上他被武瑞安这样一吓，一双眼睛陡然泛起了水光，无辜又清澈。与他半裸妖娆的身体形成了鲜明对比，不禁让在座所有人都为之咽了一口口水。

"你这副模样做给谁看？还不快将衣服穿上！"武瑞安见他顶着江琼林的脸，却做着下作的模样，内心顿生怒火。

"大人饶命！"魏紫回过神后，连忙拉起衣物爬起来，跪在地上连声哀求道，"奴才头一次御前献乐，若冲撞了大人，还请大人饶命，原谅小人！"魏紫趴在地上，浑身颤抖，那拼命摇头告饶的模样，让辰曌又想起了江琼林曾在欢宜馆中的样子——那时候的他就像魏紫这般，终日过着谨小慎微、如履薄冰的生活。

不，哪怕他被自己钦定为状元，亦是如此卑贱和低微。因为就连她自己都从来没有真正给过他一星半点的尊重，他的人生从来都是隐忍而暗淡无光的。

"是你给了我一个美好的希望，一个让人歆羡的前途，是你给了我光明的未来，让我曾经尝试过张开羽翼，虽然你也折断了我的翅膀，但是我永远记得，没有你，我就从未体验过翱翔……"

辰曌想起他的临终之语，心中钝痛难当。她缓步上前，推开了武瑞安："下去。"

武瑞安大急："母皇，他来路不明，肯定有问题！"

"下去！"

"母皇，他……"武瑞安接下来的话，都被辰曌满含怒气的双眼所震慑，堵在了喉咙里。他眼睁睁地看着辰曌一步步上前，将魏紫扶了起来，牵着他的手将他带去了御座，与自己同坐一处。篝火堆的正前方，只有皇帝才能坐的御座之上，此时坐了两个人——沉稳淡定如辰曌、谨小慎微如魏紫。

武瑞安气得手抖，随手抓起旁边一武将的碗，干掉了一碗酒，就算如此，也不能压住他心中的怒火，连喝三碗之后，他把酒坛子都给砸了。但是在座之人没几个在意他，他们的目光都集中在了魏紫的身上。

魏紫被辰曌搂着腰，靠在辰曌肩头，正喝了一口她喂到嘴边的酒。酒香四溢，满口馥郁清香。

"真好喝，奴家顿时觉得身子暖了。"魏紫的话软软腻腻，十分好听，原本瑟瑟发抖的身子也平稳了不少。辰曌眼睛里的柔情更甚："夜里天凉，冷不冷？要不要再着人添些柴火？"辰曌说着，摸了摸魏紫的手，发现十分冰凉。

"有陛下龙体护佑，魏紫不冷。"魏紫说着，双手也抚上了辰曌的手。众目睽睽之下，二人相依相偎，让众人皆倒吸一口凉气。下首女眷纷纷羞红了脸，扬声说告退。年迈些的大臣也跟着告退了，只剩下一些年轻又不怕事的人围坐在武瑞安身边，不肯离去。

此时没有人再敢说话，正中的篝火燃烧热烈，噼里啪啦的烧柴声成了这夜里唯一的声音。

酒过三巡，魏紫倚在辰曌怀里，眼中带着欲望的火焰，看着辰曌近在咫尺的唇，突然就鬼使神差地抚了上去，食指在她的唇瓣摩挲道："陛下，良夜尚久，不如做点什么？"

这句话声音不大，武瑞安却听了个真切。还不等辰曌回答，武瑞安便大力咳嗽了一声。

魏紫的话语轻柔，一颦一笑都带着刻骨的魅惑。尤其他说话的时候眼眸始终在辰曌身上，双眼中的火光几乎要烧着在座每一个人。

武瑞安再看不下去了，拍案而起，恨不得把那人从御座上扒下来，看看他脸上可戴着人皮面具！他长得与江琼林一般模样不假，但是一举一动都大相径庭。若说从前的江琼林是淡月清辉的高岭之花，那现在这个则徒有江琼林的容貌，毫无半点雅韵风姿！

但偏偏辰曌吃他这一套。当晚，魏紫被辰曌牵着在众人的目送下进了女皇的营帐。

不知道何时开始，她的微笑都只因为一个人。可当她意识到这一点的时候，这个人却永远地消失了。无尽的相思终究化成魔，险些要了她的命。

辰曌其实是有过挣扎的，但是当她看见魏紫的脸，再是挣扎也是徒劳。她已经不再年轻了。尤其是这三年，青春如水一般溜走，她飞速老去，皮肤不再紧致，面色开始发黄，眼眶凹陷，颧骨突出。

眼前的男人却还十分年少。魏紫的身体似白嫩新鲜的豆腐一样，掐得出水来，无论哪里都寻不到一丝伤痕。江琼林曾在暴室里受刑而留下的疤痕，他的身上一丁点都没有。

魏紫较之江琼林，更像是一个瓷娃娃。他有着与江琼林一样的脸庞，却没有黑暗的过往。

这样也好。他是全新的一个人，他的名字，叫魏紫。

魏紫修眉秀目，顾盼生辉，如春风化雨。他几乎什么都不需要做，只需要静静地看着她，便点燃了她全部的回忆。看着这一张酷似江琼林的脸，三年的煎熬思念，让她不再有任何包袱……

魏紫的出现，无疑让所有人如鲠在喉。武瑞安睡不好，将狄姜送去休息后，便在中心营帐附近，与留值侍卫一起守夜。篝火不如上半夜盛大，但已足够让人感到温暖，不至清冷。

武瑞安着人搬来酒坛，打算与侍卫通宵达旦饮酒。一开始他们是拒绝的，但在他的劝说下，渐渐都喝上了。酒过三巡，人人脸上都带着别样的神采飞扬，显然他们的心里都想着那个叫魏紫的人。

魏紫与女皇进了营帐，而后自然会平步青云、扶摇直上。他们迫不及待想要讨论了，但又碍于武瑞安的颜面不敢明说。微妙的情绪在此间回荡，武瑞安一面与他们喝酒，一面紧紧盯着帐篷。他总觉得魏紫此人阴邪得紧，指不定会出什么乱子，但是一整晚过去，什么都没有发生。

后半夜，侍卫们终于敞开了话匣子。他们虽然不敢妄议辰曌，但是开始谈论起女人。

"流芳郡主年纪最小，模样最是惊艳。"

"长孙小姐才是清霜高洁，无人能及。"

"她们各有各的美，可我觉得，她们再美也不及我家中的夫人。"小侍卫说着，挠了挠头。他年纪不大，却已经成亲三年，只不过平日里要当差，见面的时间很少。他的话引来武瑞安的赞赏，武瑞安举起碗，敬了他一杯："不管是天上明月，还是人间娇花，到底还是自己的枕边人最是珍贵。"

"王爷是想到狄姑娘了吧！"小侍卫打趣道，"狄姑娘虽然身份背景不及她们，可模样比起来，也是分毫不差的。"

"本王也这样觉得。"武瑞安扬起嘴角，露出了自魏紫出现后的第一抹笑容。他想起狄姜时眼中漾起的光辉，让那一道还未完全愈合的伤口产生了一种别样的骄傲。

这是他爱的证明。

卯时，钟声未响，但辰曌依着多年来的习惯，在早朝时分醒来。辰曌睁开眼，入眼的便是眉目可人的魏紫。魏紫呼吸均匀，睫毛微颤，辰罂盯着他看了一会儿，便轻手轻脚走下床榻，披了件单衣便走了出去。

时值初冬，天光未亮，清晨的青草香顺着湖面的微风扑面而来，辰罂不自觉地裹紧了衣服。

这一刻，她的头脑无比清醒。她终于可以肯定，昨夜的一切不是梦。她做过无数次这样的梦境，可只有这一次是真实。她真真切切摸得到他，并且再也不会失去他了。弦月挂在枝头，辰罂长长吐了一口气。

守夜的师文昌取了烛台来，正巧见到辰罂扶着栏杆，站在帐外，他连忙低头行礼："陛下，屋外凉，您……"

"透透气，一会儿就回去。"辰罂抬手打断了他，示意自己无碍。

师文昌不再多言，立刻从另一间帐中拿来披风和暖炉，辰罂没有拒绝，抱着炉子看着月亮。好一会儿，她才问他："素云呢？"

师文昌道："回陛下的话，姑姑病了，正在帐中休息。"

"嗯。"辰罂微微颔首，似乎没有多少惊讶。素云的身体近年来大不如前了，尤其是守墓归来，三天两头都在床上躺着，清醒的日子很少。辰罂知道，往后的日子怕是只能倚仗师文昌了。

就在这时，辰罂忽觉后背一阵暖意，有个柔软的身体从后面将她抱紧："陛下，有心事？"辰罂低头看着胸前白皙修长的双手，魏紫已经不知道什么时候站在了她的身后。

辰罂摇了摇头，抚了抚他的手背，缓缓转过身。月光下，魏紫媚眼如丝，带着几分倦意，熟悉的脸庞美丽得近乎完美，比从前任何时候都要令人惊艳。

辰罂内心一暖，在他唇上印下一吻："回去吧。"

魏紫点了点头，自然而然地牵起辰罂的手回了房。

雕龙刻凤的宫灯在月色下散发红光，烛火在无风的夜里也会跳跃，火苗在尖处分裂成两股，时而又化为一处，如交缠的人影，不分彼此。

师文昌一动不动站在帐外，一直盯着那火苗，眼里一片清寂。

月色下，他的眼神寂寥又无奈，清冷一如月光。

第二日，**魏紫**便被封作侍郎，位从三品。他在广场上接受文武百官的恭贺时，没有人敢轻视他。就算有，也只能在背地里。女皇所有的心思都放在魏紫身上，他的出现让秋狝直接画上句点。女皇迫不及待地带他回了太平府，不是太极宫，也不是大明宫，而是景山南脉的行宫，赐浴汤泉。

狩猎队伍浩浩荡荡地拔营回城，让所有人都措手不及。队伍分为两拨，一拨人马护送官员回太平府。另一拨人由武瑞安亲自带队，护送去汤泉行宫。

汤泉宫里，一早接到消息的侍女们早早准备好了温泉汤浴，乳白色的温泉水上漂着层层花瓣，都是春时采摘烘干的玫瑰。一瓣一瓣嫣红妖艳。

青天白日，女皇屏退众人，带着魏紫步入泉池。

他美妙得就像罂粟，让人无法不沉醉。从此君王不早朝。

"陛下是不是疯了？"骆非白问了武瑞安不下十次，但武瑞安没法回答他。这是萦绕在所有人心尖的一个问题，答案自然也是毫无疑问的——女皇已经完全被魏紫迷住了。什么天下大义、民生疾苦，统统抛在了脑后。天大的事情也没有魏紫重要。

魏紫从一个籍籍无名的琴师一跃成为女皇心尖上的宠物，一日之内，又从三品侍郎晋升到司卫少卿，汤泉行宫被女皇赐给了他做私宅，并晓喻天下，魏紫可以随时随地进出各大宫门，逢初一、十五得以与众臣一起早朝。一干求见女皇的众臣都被她拒绝，就连武瑞安也被拒之门外。她的身边除了伺候的下人，便只剩下魏紫一人。魏紫如今可说是风光无限，集三千恩宠于一身。

武瑞安按捺不住了，将统驭之职交由手下一位将军后，立刻去了行宫别院找素云。素云自见到魏紫的那一刻起便一直缠绵病榻，不曾起身。武瑞安来见她时，她难得地保持着寻常模样，不哭不闹。武瑞安见她神志清醒，不禁暗喜，什么客套话也没有说，开门见山地问她："素云姑姑，当初你在为江琼林守墓之时，究竟发生了什么事情？或者说……看到了什么奇怪的现象？"

他的话落在素云耳朵里，无疑像是一枚石子落在寒潭之中，激起了千层浪。素云下意识双手抱着头，一个劲地摇头说："不……不是我！不是我害你的！你不要来找我——！不是我——！"素云再也听不进任何话，整个人又陷入了疯癫的境地，仿佛一夕之间又经历了什么巨大的变故。

武瑞安不得已，只能放弃向她问话，另寻他法了。武瑞安迈着沉重的步子刚一走出门，迎面走来一人。来人身穿绛红色的内监服，手里端着漆盘，盘子里拖着一个药碗。正是御前内监总管，师文昌。

"奴才见过武王爷。"师文昌躬身行礼，手上的托盘落下，武瑞安清楚地看见里面盛着乌黑的药汁。

"免礼。"武瑞安说完，皱着眉头问他，"里面是什么？"

"回王爷的话，是素云姑姑的药。"

"嗯。"武瑞安微一颔首，刚要离开，却又停下步子，叫住他，"母皇身边属你和素云姑姑最亲近，以后这种事情交给旁人去做。你须日夜伴在陛下身边，若那魏紫有任何不妥，立刻向本王禀报。"

"奴才明白。"师文昌躬身颔首，武瑞安这才安心离去。

当天夜里，女皇再次下令，封魏紫为光禄大夫，封景国公，位列一品，与长孙齐、公孙渺同级。魏紫进宫不到一日，权势已然震惊天下。

"简直荒唐！滑天下之大稽！"武瑞安听到这个消息的时候，正在行宫临时组建的军务处与一众武官一起用晚膳。他刚拿起筷子，还不待吃一口菜，便猛地将筷子拍在桌上，而后他越想越光火，将碗摔在地上。但这样的出气方式还不够，他整整掀翻了一桌子的饭菜，又拎起骆非白往外赶。

"王爷，咱们要去哪儿？"骆非白骑在马上，紧紧跟在武瑞安身后。

武瑞安没说话，只示意他跟着自己走。二人策马急行，在城外奔驰大半宿，才终于在下半夜时停在了一座墓前。坟墓上没有刻很多字，只"江琼林"三个大字描着金漆，看上去沉稳又大气。

江琼林的墓是武瑞安派人修葺的，他驾轻就熟地从十丈开外的木屋里拿出铁锹，扔给骆非白，道："挖。"

"挖？"骆非白一愣，看了看四周漆黑的天幕，不确定地道，"挖坟？"

"不然呢？这里还有别的可以挖？"武瑞安没好气地说着，一铁锹下去，铲走了一大堆土。

骆非白见状也不再含糊，拿起铁锹比武瑞安更为卖力地铲土。

不知是对魏紫的仇恨太大，还是因为心系女皇的安危，二人的动作格外卖力。不消多时，便露出了玄色的棺材板来。武瑞安停下手中的动作，将铁铲放在一旁，随后跳进坟墓，撬开了铜钉。又在骆非白的帮助下合力掀开了棺材盖板。

一时间烟尘四起，呛人口鼻。武瑞安拿手帕蒙住口鼻，往墓中探去——空的。

棺材里只有一张白色的锦缎，锦缎里面空空荡荡，什么都没有。

"完了完了，这下糟了。"武瑞安心里一凉，跌坐在墓中。他抬头看向骆非白，带着几近绝望的语气，说道，"本王忘了，本王竟然全忘了！"

"忘了什么？"骆非白不解道。

武瑞安目无焦距，看着空空荡荡的棺材，叹道："本王从前只当江琼林是清风明月，却忘了他原本的媚骨天成。当初他一定是利用什么方法假死，逃过了一劫，如今他再次用旁人的身份出现，一定是回来报仇的。母皇她……"武瑞安说到这里，突然不再继续往下说。

虽然骆非白不是外人，但私下妄议辰嬰，到底也是失礼。骆非白见武瑞安迟迟不往下说，便好奇地催促道："江琼林就是魏紫？他有仇未报？"

"当初他……唉，不提也罢。总之，如今母皇任他予取予求，他就算是要母皇的命，她怕也不会拒绝了。"武瑞安垂头丧气，似乎已经认定宫中那个魏紫就是江琼林！

武瑞安在墓里坐了许久，天色渐亮，他才从坟墓里爬出来。他似乎突然想起了什么可以解决此事的法子似的，大步离去。这时，骆非白却拉住他，迟疑道："王爷，这墓怎么办？"

"怎么办？"武瑞安冷笑，"尸体都没了，还要墓做什么？留着以后给你睡？回头带人把墓给本王拆了！"武瑞安愤愤不已，一扬马鞭，向前行去。

骆非白被武瑞安一喝，顿时不再说话，立刻扔了铁锹一步跨上马，跟了上去。前方的武瑞安越想越烦躁，马鞭一下接一下地落下。骆非白紧跟在他身后，被他这副要杀人的模样所惊，喘息着问他："王、王爷，咱们现在去哪儿？"

武瑞安："找、钟、旭！"

"国师？"骆非白一脸不解，"找国师做什么？"

武瑞安瞥了他一眼，脸上写满了"蠢死你算了"，连声喝道："国师还能做什么？当然是收妖了！"

骆非白这才明白，武瑞安是定要与魏紫作对了。

二人行了半个时辰，临到城门，便看见长长的礼队正缓缓进城。武瑞安想起，自己虽然昨日才与狄姜分别，却像是过了一年没见一样。他迫不及待地想将空墓之事告知她了。武瑞安停下马，对骆非白说道："你去景山请国师过府一叙，就说本王有要事，在府中等他。"

"末将领命。"骆非白颔首，随即一蹬马腹，飞速离去。

骆非白虽然脑子不太灵光，但是不论武瑞安下达什么命令，他总是能快速并出色地完成，这也是武瑞安最喜欢他的地方。武瑞安下马走进城，牵着马匹在人群中找狄姜。而此时，狄姜也恰好遇到了麻烦……

今晨拔营时，狄姜的轿子在半路断了轴，她本来想离开礼宾队自己回城，但在女眷们的"诚心"邀请下，她上了流芳郡主的马车。流芳郡主和长孙玉茗算是女眷里身份最为尊贵的，只有她二人有马车。长孙玉茗从前日夜里开始便不再见客，狄姜自然也不会去讨没趣，便安心与流芳郡主同乘一车。上车后，流芳郡主没有看她，蒙着被子休憩。等到临进城了，一个侍婢进车来送茶水，流芳郡主才悠悠起身。岂料那侍女见了流芳郡主，头一句便"哎呀"一声，惊呼道："郡主，您的明珠发簪呢？"

流芳郡主一摸头顶，跟受惊了似的指着狄姜骂道："你偷了本宫的簪子！"

狄姜一怔，随之而来的便是惊讶。

她偷东西？

偷什么？

这世上有什么东西值得她偷？

狄姜摊开双手，摇头道："民女不知道您在说什么。"

流芳郡主哪里听得进狄姜的辩解，拉开车帘走了出去，此时车外已经聚集了不少人，都是听见她一声大喝后跑来围观的。狄姜跟着她走出去，面对的就是众人的指指点点。

狄姜什么时候被人这样污蔑过？倒是觉得新奇。

她皱着眉头，朗声道："郡主，民女真的没有见过您的簪子，民女上车之后连话都不曾与你说过一句。"

流芳郡主哪里容得下她辩解:"本宫在车内小憩,一直睡着,定是你趁本宫不察,偷拿了本宫的簪子!"

狄姜叹息,垂下双手:"如果郡主不信,您大可派名侍女,看看民女身上可有您的簪子。"

流芳郡主似乎没料到狄姜会愿意被人搜身,微微发愣之后,她也不客气,直接让人支起帘子,然后亲自上前,在狄姜身上搜寻。

答案自然是否定的。别说是簪子了,连个能装东西的钱袋子都没有。如果武瑞安在这里,一定很好奇,当初那咸鱼究竟被她藏在了哪里?

流芳郡主面露不善,继续道:"就算簪子不在你身上,也定是你中途将其丢弃,你见不得旁人有好东西,对吧?"

"呵。"狄姜冷笑一声,拨了拨袖子,笑道,"郡主,您为什么总说一些连自己都不相信的话呢?"

面对狄姜的反问,流芳郡主十分沉得住气,她直接开门见山道:"本宫大发慈悲,可以不将此事禀报陛下,但你总也该拿出些诚意,赔偿本郡主的损失才是。"

狄姜微微一愣。她这才明白,对方的用意其实并没有那么复杂,他们只是想在这闹市区里给自己吃一些苦头罢了。想必很快全城都会知道,有一个名叫狄姜的女子偷拿了流芳郡主的簪子,被失主抓了个正着。

狄姜也不疑惑了,放开眉头,笑着说:"不知民女该如何赔偿,才能满足郡主的要求?"

流芳郡主挺直背脊,朗朗道:"本宫的夜明珠是今夏新晋之物,普天之下只此一颗,你觉得要赔多少,才能抵过这颗明珠的价值?"

狄姜说:"只论价值?"

流芳郡主颔首:"不错。"

狄姜轻轻一笑,从容地从路边的小摊贩手里讨来一个馒头,道:"那便用此物相抵吧。"

"大胆!"流芳郡主怒目相向,"这不过是一个馒头!"

狄姜面不改色,大方地点头:"这确实是一个馒头。"

"你就打算用这个糊弄本宫？"流芳郡主再次问道。

"民女不敢糊弄郡主，民女是认真的。"狄姜仍是颔首，面色沉着，不露丝毫惊惶。

"啪"的一声脆响，流芳郡主上前一巴掌拍在狄姜手上，那馒头便被她拍落在地，打了几个滚，沾了一层泥。

流芳郡主："你竟好意思拿馒头戏耍本宫！你怎么敢？！"

狄姜："启禀郡主，民女无心戏耍您，民女真心觉得，它的价值一点也不比明珠少。"

流芳郡主："你什么意思？"

"民女的意思是……"狄姜顿了顿，又道，"一个馒头要呈现出现在的模样，它的背后需要人们付出多少努力，您知道吗？"

流芳郡主冷哼一声，讥笑道："一个馒头罢了，能有多珍贵？"

狄姜往前倾身，正色道："郡主出身高位，没有人会告诉你这些，你自然不会明白这其中的艰辛，那民女与你讲一讲就是。一束麦子，要经历播种、浇灌、施肥、收割等多道工序，经历漫长的两百余天，且因光照和浇水量的不同，生长出来的品质亦有所不同。而后又需耗费人力物力送到太平府，再经过研磨、揉面、蒸煮等工序，最终才会呈现出供您食用的模样来。它确实只是一个馒头，但它身上包含了太多太多的辛酸血泪。民女认为，馒头的珍贵程度与这颗夜明珠相比毫不逊色，甚至更多。郡主，以后还是不要再浪费食物了，可好？"狄姜语毕，四周一片静默无声。

片刻后，以长孙玉茗为首，车架里传来掌声连连，不少不知情的女眷也跟着发出连连赞叹。当然，路旁围观的平民百姓才是发出叫好声最多的人。

二人相较，高下立见。

"你……你简直强词夺理！"面对众人对狄姜的欣赏，流芳郡主面上有些挂不住，指着狄姜的鼻子谩骂，"你分明就是自身出身低贱，拿不出好东西来。既然你没有家底，大方承认自己穷便是！说这么大一堆谬论来搏眼球，有意思吗？"

"民女本也不想说话的，是郡主您让我开口，民女不敢不说。"狄姜浅浅一笑，面色沉着冷静，缓缓道，"再者，这世上东西珍贵与否，不是按照它的价格来定的。您觉得民女低贱，可民女认为，您这般模样，也高贵不到哪里去。"

"你！你好大的胆子！"流芳郡主高高扬起右手，一巴掌下去，快要碰到狄姜的脸面时，狄姜却被人往后一拉，落到了一个坚实的怀抱里。

武瑞安突然出现，将狄姜牢牢护在怀里。

他的出现，让一干女眷的面色都有些复杂。原本为狄姜叫好的人有些嫉妒，原本厌恶狄姜的人则更加厌恶，除此之外，还多了一些忐忑和不安：她们敢贸然冤枉狄姜，自然也是见她的靠山武王瑞安不在，如今武瑞安从天而降，让她们都有些惴惴难安。如果此事深追下去，谁都难逃责难。她们的目的不过是让狄姜丢些脸面，不想将事情闹大。

好在武瑞安没有多说什么，他也并不在乎事情经过，他只听闻狄姜似乎欠了什么东西与流芳郡主，便径直解下自己的腰佩扔给郡主，朗声道："郡主缺钱的话，尽管带着本王的玉佩去找武王府的管家，只要你敢开口，本王都给得起。"武瑞安说完，抱着狄姜上了马。

"你怎么来了？"狄姜惊讶。

武瑞安抱着她的腰，在她额头印下一吻，说道："想你了就来了。"他的声音不大不小，周遭的女眷都能听得清。他说完，二人便骑着骏马绝尘而去，留下了一众面色难堪的女眷。

尤其是为首的流芳郡主，她的脸色缤纷多彩，红白绿交织，呈现出难以言喻的憋屈模样。这下围观人群都明白了，武瑞安的未婚妻被她们合起伙来欺负，而堂堂武王妃，又怎会在意一枚明珠？这显然是流芳郡主在故意找碴。

流芳郡主面上挂不住，握着玉佩的手指关节发白，如果可以，她恨不得现在能立即碾碎了它！

武瑞安骑着白马，带着狄姜在街上溜达。虽说太平府民风开放，但二人这样的行为还是有些惊世骇俗。一路来吸引了不少人的瞩目。狄姜有些不自在，武瑞安却并未觉着不妥，两只手环过狄姜的腰牵着缰绳，十分自得。他将江琼林的墓穴空置之事和盘托出，狄姜沉思了一会儿，问他："当初江琼林如何你最清楚，你可看清了？"

"当然看清了！"武瑞安笃定地说，"当初我亲眼看着他下葬，虽然那些帮工的仆从已找不着了，但是我不就是最好的证人？"

狄姜颔首道："如果一个人能在入土三年后，肉身毫无损伤地回到人间，这可难得多了。"狄姜左手抱着右手肘，牙齿轻轻咬着右手食指。她联想起三年前武瑞安进入剑冢，她费了多大的力气才将他寻回……难道江琼林也遇到匠人？

怎么可能。

狄姜叹息道："此事等钟旭来了再行商议吧。"

"嗯。"武瑞安轻轻点头。

狄姜放下手，手肘放在武瑞安的手上，沉吟片刻，又道："你……没有什么想要问我的？"

武瑞安疑惑："问什么？"

"偷东西。她们说我偷东西了。"

武瑞安轻轻一笑，随即又大笑出声，半晌才止住笑意，道："在这世上，你唯一偷过的东西便是本王的心。你既已然拥有这世上最美丽最珍贵的事物，又怎会将旁的东西放在眼里？"

是啊，她其实偷过这世上最美丽的东西。

且还不止一次。

前一次是有意为之，而这一次……是无心之失。

在武瑞安打趣的笑声里，狄姜的脸已经红了个彻底。

她真是多此一问了。

她现在无比庆幸自己背对着他，这样才不至于被他看见自己的窘迫。

……

当日，钟旭和骆非白到达武王府的时候，狄姜和武瑞安正在用早膳。

二人坐在一处，狄姜的碗里已经堆满了糕点，而武瑞安还在给她夹。见钟旭来了，武瑞安又吩咐人多添了两张凳子，自己则往狄姜身边贴近了几分。二人手臂挨着手臂，让狄姜好一阵嫌弃："王爷，你家的餐桌很大，再来十个人也不会嫌挤。"她冲着身边的空位挤了挤眼，示意他不要靠这么近。

武瑞安哪里是因为挤才贴近她的？自然也不将她的白眼放在心上。他一边给狄姜布菜，一边问钟旭："国师，魏紫的事情你都听说了？"

"嗯。"钟旭历来起得早，已经吃过早膳，便吩咐人上了一盏茶。

武瑞安又问："你怎么看？"

"要亲自看过才知道。"

"你没有察觉到妖气，或者怨气？"

钟旭摇头："如果真如王爷所言，江琼林死而复生，那么我必能发现他的存在，但是近日来我并没有察觉任何不妥。"

"会不会他在我们之前就回了太平府？"

"如果是那样，他的身上必然少不了妖邪之气。凭着这股气，他也无处容身。"

"……"武瑞安想了想，"这个魏紫不能留，一会儿本王就带你去见母皇。"

"好。"钟旭颔首，看向狄姜。

狄姜一门心思都在碗中的菜里，埋头苦吃，似乎并不将二人的对话放在心上。于她而言，她清楚地知道魏紫不是江琼林，便没有太过在意。在她心里，倒是这些平民百姓辛苦种出来的菜更加重要，不能浪费才是。

钟旭与武瑞安用完早膳便去了行宫，几次三番求见辰曌，却始终被她拒之门外。一连十日过去，辰曌没有召见任何人。终日伴在辰曌身边的，只有魏紫。若不是侍女内监从旁伺候，外人甚至连她的死活都不能得知。

又过了半月，辰曌总算带着魏紫摆驾回宫。十日汤泉赐浴过后，京中已然满城风雨。二皇子监国身份被撤，公孙渺称病不再管事。翌日早朝之时，御座上是空着的，辰曌不在。珠帘之后，御座旁边，悄然多了一个座位，同样是金质龙椅，雕龙画凤，只比御座稍小一寸。魏紫身穿紫金朝服，端起一品大员的模样，早早来到太极殿，端坐在那张金质的龙椅之上。

两相上殿之后，见了魏紫皆是一愣。

"妖人祸国，国之将倾"八个大字萦绕在众臣心头，但是无人敢说。

"左相、右相，你们来迟了。明日，我不希望再看到这样的情景。"魏紫微微一笑，举手投足之间竟有些刻意模仿辰曌的痕迹。辰曌毕竟是女子，他模仿的结果便是阴阳不分，过于柔弱了些。

"你算什么？"长孙齐阴沉着脸看着魏紫，直指着他的鼻子骂道，"凭你也配坐在御座旁边？"

"不知魏紫有哪里不配了？"

"哪、里、都、不、配！"长孙齐冷哼一声，扫视了殿上一众官员。殿上官员，其中有一半人不作言语，沉默以对。另一半里则成两极分化：一部分眉目和顺，言谈巴结；另一部分如长孙齐，多是不屑和愤怒。公孙渺既没有如门阀世家重臣那样表现出太多的不满和轻视，也没有像底下的官员那样对他过度的巴结和讨好。他始终淡淡的，仿佛局外人，手中盘玩着一串菩提，像是一位超脱尘世的高僧，不再过问朝纲。

魏紫的脸色发绿，但是一时间却被长孙齐的气场所震慑，咬着牙不答话。

长孙齐见着官员不吭声，更是愤怒，连声喝道："若陛下身体有恙，暂时不能过问朝政，亦有左右丞相、太师、太傅、太保、司空等多位大臣共商国是，恭王爷、郁王爷、武王爷亦可担此重任，共同协理朝政。你？算什么东西？你还是回后宫去绣花吧！"

魏紫大怒："长孙齐！我好歹是陛下钦点的人选，你是否太过逾越了？"

"呵。"长孙齐冷哼一声，眸子里充满了轻蔑，似乎连与他说话都成了掉价。

"左右丞相，太师、太傅、太保、司空等大臣，恭王爷、郁王爷、武王爷确实都比我有话语权，可陛下既然将国事交于我手，我便不能辜负她所托。您若是不愿意听，大可自行离开。"

"你！"长孙齐怒不可遏，但是他的话没有说错。

他毕竟是陛下的人。他惹不起。

"好好好，妖人祸国，国之不国，本官不敢同流合污！告退！"长孙齐没有继续跟魏紫争辩，而是带着自己的那一票朝臣气急败坏地大步离去。公孙渺见状，长叹一口气，一副"年轻人的天下便交给年轻人了"的模样，对着魏紫淡淡一笑，随即也跟着长孙齐离去。

公孙渺一走，朝臣便都散了。内监正式宣布退朝，魏紫所主持的第一场朝会，以长孙齐的拂袖离去画上句点，什么内容都没顾得上讨论。

下朝之后，魏紫气得吃不下饭，他抱着双手坐在桌前，咬牙道："陛下，魏紫不配与您待在一处，您还是将魏紫发配到边疆去，省得碍了大家的眼。"

辰嬰虽然不在朝堂，但也知道发生了什么事。她见魏紫一副受委屈的模样，突然想起曾几何时，江琼林被自己罚站在太极殿前一日一夜，连眼眶都不曾红过的隐忍模样。魏紫与他相似，性格却是不大一样。

可那又如何？

人生苦短，春宵难复。把握当下，才是正经。

"凡事总有第一步，朕初登大宝之时，也不是这般顺遂，慢慢来。"辰嬰摸了摸他的头发，话锋一转，道，"你想不想画丹青？"辰嬰的眼里充满了疼惜，语气是一如既往的宠溺。

魏紫抬头，用那双充斥着泪光的无辜大眼睛看着她："丹青？"

辰嬰颔首："朕吩咐十名画师为你作一幅丹青，悬于大明宫寝殿之中，如何？"

"多谢陛下，还是陛下疼爱魏紫！"魏紫眼底的阴霾一扫而空。

午后，辰嬰便宣召了十名画师给魏紫画像，但其中有一人因一直盯着魏紫的脸看，被辰嬰下令拖了下去。空下的位子，辰嬰看了眼师文昌，淡淡道："朕记得你画技不俗，你也来画一幅。"

"是。"师文昌没有推脱，躬身领命，他走到右侧第三个空着的桌旁站定，思索了片刻，便执起狼毫笔。师文昌抬头看了魏紫两眼，几乎就没再抬起过头。就算偶尔抬头，他看的人亦是辰嬰，而不是魏紫。

辰嬰坐在御座上，整个身子蜷在白狐裘皮之中。不过九月末的天气，她已经暖炉不离身。

这绝不是一个好兆头。

两个时辰后，有画师陆续放下画笔，魏紫也得以从花架旁离开。魏紫将九位画师的画作一一看过，然后才看了师文昌的。魏紫看了一眼，几乎不需思虑便摇头说："师总管画技超然，可惜与我不大像。"

的确，师文昌的画与旁人的都不大一样。魏紫该是璀璨妖艳又夺目的，就像是一只七彩的孔雀。而师文昌画的"魏紫"却有些太素净了，洁白如玉，两袖清风，出尘脱俗堪比丹顶鹤。与其说他画的是**魏紫**，倒不如说是三年前的江琼林。

"大人恕罪。"师文昌躬身，请求饶恕。

魏紫连忙将他扶起，笑道："总管大人不必惶恐，我必不会因此怪罪于你。"魏紫没多想，在九人之中挑了最满意的一幅，然后请辰罂题了字。辰罂自然是乐意的，她宠溺地抱着他，执起他的手，亲题了一句词："倾国倾城貌，千秋无同色。"

魏紫雀跃不已，面上浮起一抹羞涩的娇丽颜色。他谢过辰罂后便亲自捧着画，将其挂在了辰罂寝宫的龙榻前。

当晚，在魏紫睡下后，辰罂看着床头挂着的画像，许久都难以入眠。她思来想去，都觉得有一件事悬在心头。最终，她还是没能忍住心头的冲动，索性穿衣起身，孤身去到了师文昌的院里。

此时的师文昌还没有入睡，他坐在桌旁，正捧着一本古籍翻看。与其说他是在看书，不如说是在神游。他的思绪之万千缥缈，就连辰罂推门走进了也浑然不觉。

"把你今日作的画给朕瞧瞧。"辰罂的声音在头顶响起，虚弱又带着毋庸置疑的笃定。师文昌回想今日，并不认为辰罂在什么时候见过自己的画。她甚至看都不曾看过一眼，她在确信什么？

"你在想什么？朕让你取画。"辰罂再次开口，语气里带了些许疑惑和斥责。

师文昌连忙起身，低头行礼称："奴才这就去取来。"他说完，立刻去床头最下层的衣柜里，将画拿了出来，递到辰罂手中。

"是了是了！就是这个模样！"辰罂捧着画，面上流露出许久不曾见过的兴奋之意。

"在这里画上一朵牡丹，便与从前一模一样了。"辰罂一双眼睛不离画作，问师文昌，"你这里可有丹砂？"

"回陛下的话，有。"师文昌立即又从书桌上拿来丹砂，研磨之后，将沾了丹砂的狼毫笔递给辰罂。

辰罂看了眼丹砂，又看了眼画，却迟迟没有接过笔。她沉思了许久，最终捧着画走到书桌前，拿起另一支沾了墨的笔，在右上角题上了一句诗："当时明月在，祈盼彩云归。"

"你瞧瞧，是不是比从前那幅更好？"辰曌虚掩着嘴，眼角带着旁人看不懂的温存笑意。不等师文昌回答，她又缓缓说道："牡丹绝色，艳冠天下，可他不该是牡丹啊……他该是菡萏，该是文竹，该是天上的清风明月。"

师文昌站在一旁，静静听着，不曾答话。汗珠顺着他的脸颊滑落，身子有些微微颤抖。他低着头，拼命忍着眼泪，生怕自己眼中的湿润会惹来辰曌的不快。但是他想多了，辰曌并没有多关注他，甚至没有再多说什么。许是怕自己离开久了魏紫会担心，辰曌很快便回宫了。

等她走后许久，师文昌才施施然地抬起头。而此时书桌上已经空空荡荡，只余下一盏烛台，火焰自顾自地跳跃着，而原本躺在那里的丹青却已经不在了……

第十七章
女傅

十月初，这日晌午，武瑞安又邀了狄姜和钟旭过府相叙。他们屏退了下人，来到湖心亭里。钟旭身穿白衣，靠在柱子上；武瑞安在亭子里来回踱步，看上去焦虑不安。狄姜知道他们这十日来毫无进展，辰曌仍是谁也不见。自己也不想多加插手，便静静地坐在桌旁听他们说。

"要不然，闯宫吧。"武瑞安突然站定，看向钟旭，"本王带兵入宫，你去除妖。"

"……"

武瑞安此言一出，将狄姜和钟旭都吓了一跳。

带兵入宫？

弄不好岂不成了兵变？造反的名头他可担待得起？

"担不担得起就看能否除掉魏紫了。"武瑞安追问道，"有把握拿下他吗？"

钟旭单手握拳，放在嘴边，他轻声咳嗽，清了清嗓子，正色道："捉除妖不难，可是您真的能确定，他是妖精？"

"这……"武瑞安眉目微蹙，显然他不能确定。

魏紫长得与江琼林十分相像不假，可真要说他们是同一个人，却又有很大的不同。诚如他所说，江琼林和魏紫，一个是天上的淡月清辉，一个是人间的姹紫嫣红；眉目相近，气质却全然相悖。

"如果他是妖，除了便除了，倘若他不是妖，除他便是杀生。陛下亦不会同意。"钟旭叹了口气，接着说，"王爷，恕我直言，你会不会因他的脸而对他产生了偏见？"

武瑞安想了想，问："可空置的墓穴又当如何解释？"

钟旭："只能说此人的出现并非巧合，乃有心人有意为之，至于此人是谁，还有待考证。"

武瑞安："难道就看着母皇沉沦下去？十天！才十天！他已经权倾朝野，比公孙渺盛极时还要跋扈！"

钟旭耸肩，从怀中拿出一张符咒，道："不管如何，还是先确定他的身份吧。请王爷设法托人将此符贴在陛下的寝宫之中。如果魏紫身上有异，那么他将无所遁形，如果他是人，那接下来的事情就不是我能掌控的了。"

武瑞安接过，看了几眼，便见符咒上浸着朱砂，却又不同于普通的朱砂那样鲜红。那是一种近乎褐色的痕迹。似是由人的血液所书。武瑞安猜测道："你的血画的？"

钟旭颔首："是。"

武瑞安的面带狐疑："把这个贴在寝宫就可以了？"

钟旭再次颔首："正是。"

"本王知道了。"武瑞安沉思了一会儿，问狄姜，"你知不知道什么药材能凝神静气？"

狄姜答："柏子仁、合欢、夜交藤都有这个功效。你问这个做什么？"

武瑞安长叹一声，道："母皇身边只有两人可以自由出入宫廷，内监总管师文昌和掌宫侍女素云。师文昌一直跟在母皇身边，我要见他不易，素云姑姑如今在行宫养病，如果能治好她的病，请她回宫处理较为可行。"

狄姜放下手中的瓜子道："我随你去见素云姑姑，亲自为她诊病。"狄姜很好奇，究竟是什么东西竟然能将素云吓成这样？那魏紫也没多出三头六臂呀。虽然他只需要一个眼神就能让人丢盔弃甲，可也不至于让铁娘子素云就此丢了心魄。

真是稀奇。

武瑞安点了点头："你能亲自治疗，这样最好。"

武瑞安和狄姜依旧骑马而去，到达行宫时，还没走进素云的院子，老远便听见她在大声叫喊："走开！走开——"

他们以为素云遇到了麻烦，立刻跑进屋，却发现素云独自一人站在房里。房间里的东西散落一地，她自己则赤脚站在碎裂的瓷罐之上。她的脚下鲜血淋漓，却站直了身子，一会儿笑得猖狂，一会儿抱头大哭。

"素云姑姑！出什么事了？"武瑞安连忙走过去，将她打横抱起放在床上。

辰曌走后便无人管顾她，这房间里的残渣堆了一地。

狄姜走过去，在她的床边燃起一盘香。香是由陈檀、月香和桔茅制成的。很快，素云躁动的身子渐渐停了下来，眼神也重新恢复平静。她看了狄姜一眼，就像看见救命稻草似的一把抓住狄姜的衣袖，进而攥紧她的衣领，一字一顿道："有、鬼。"

"鬼？"狄姜双唇微张，四下一看，问她，"哪里有鬼？谁是鬼？"

"是……是……是啊啊啊……"素云睁大了眼睛，沉默地看着狄姜，喉咙里一次次喊出一个人的名字。可是那人的名字却似梗在了喉咙里，说不出来。

其实她不说，狄姜和武瑞安也猜得到。

还能是谁？

只能是魏紫。

"守陵之时，你究竟见到了什么？"武瑞安急道。

"他……他啊啊啊……啊啊啊……"素云"啊"了半天，出现了刚才一模一样的情况。

话到嘴边，却有口不能言。

"你不能说话，那便写下来吧。"狄姜看了武瑞安一眼，他立刻会意，在一片狼藉的地上捡来几张白纸、一支笔和一方砚台。他在桌上铺好宣纸，研墨之后，抱着素云坐桌边。

素云提笔，一次次在纸上写下一横，然而无论她如何用力，她的手都像不受控制一般，再也写不下去。

"哗啦"一声，素云气急之下，将桌上的纸张尽数揉捏，笔墨纸砚也拂落一地。她趴在桌上，眼泪夺眶而出，哭得大声而绝望。方寸淆乱，灵台崩溃。

不过如此。

"她被下咒了。"狄姜淡淡道。

"什么？"武瑞安一愣，显然不能理解她说的"咒"是什么意思。

狄姜又道："她被下了禁言咒，关于秘密的内容无法再透露一个字。"

"还有这样的咒语？"武瑞安瞪大了眼睛，眼中写满了惊讶。

狄姜轻轻点头，说："把钟旭的符咒给我。"

"哦，好。"武瑞安很快摸出符咒，交到狄姜手里。

狄姜抬手熄灭盘香，又从袖子里拿出一个香囊。她走到素云身边，将香囊系在素云腰间，道："素云姑姑，我知道你有口难言，但是现在你不需要说很多。你只需要将这张符贴在陛下寝宫之中，其他的事情便交由我们来办。如果你明白我在说什么，就接过这道符。"

狄姜摊开手，将符咒摆在素云眼前。素云微微有些发愣，随即闭上眼睛，抱着双手大力地摇头。她眉头皱紧，似乎非常痛苦。

武瑞安走过来，轻轻拍了拍她的背脊，道："姑姑不必害怕，你只需要做一件事，便是将这枚符咒放置在寝宫之中。神不知，鬼不觉。"

不知是武瑞安的话起了作用，还是香囊中的香气散发出来，素云渐渐又平静下来。她抬起头，看着那枚符咒，许久过后才颤颤悠悠地伸出手，将那枚符咒攥在手心之中……

素云当天下午就随武瑞安他们回了太平府。经丹凤门入宫。她回宫之后没有通禀任何人，甚至连辰曌都不曾觐见。晚膳之时，辰曌的寝宫中侍女最少。素云在此时进入辰曌寝宫，没有惹来太多人注意。

守门的宫女们知道素云的病情忽好忽坏，看她如从前那般行走如风，气势逼人，似乎病情已愈。且辰曌也没有明确下达过撤职的命令，于是宫女们见了她依旧照例点头行礼问安："素云姑姑。"

素云如往常一样，不大理会她们，点了点头便进去了。

寝宫里的陈设与从前没有什么两样，只不过殿中一幅魏紫的丹青十分抢眼——花团锦簇中，明眸皓齿的美人在花间浅笑，一揽芳华。素云站在画前，盯着画看了半晌，突然从旁边的烛台上取下蜡烛，伸向画的一角。

她太想烧死他了!

如果她可以,她恨不得像烧了这幅画一样烧死魏紫!

烛火接近画作之时,她的头顶突然出现一抹阴影,紧接着手腕被一双有力的手掌握住。

"你在做什么?"魏紫靠近素云,在她的耳后说道。素云身形一滞,转头看向魏紫如鬼魅般无声无息地出现在自己身后。

"你、你不要过来!"素云惊恐交叠,推了他一把,然后连连后退。

"素云姑姑,您在害怕什么?"魏紫嘴角带笑,眸中带着一抹异样的光亮,步步逼近。他将她逼至墙角,禁锢在自己双臂之中。

素云气得浑身发抖,一双眼睛直勾勾地盯着他,全身僵硬,无法动弹。

"传闻素云姑姑身手了得,怎么,连我都挣脱不开吗?"魏紫说完,抬起素云的下巴,在她还未反应过来时,手指抚摸着她的唇瓣,魅惑天然。

"你……"素云捂住嘴,眼底的惊恐被愤怒所取代,"你怎么敢!"

"我为什么不敢?"魏紫微笑,伸出刚刚抚摸素云的手指,放在自己的唇瓣舔舐了一圈,旋即右手覆上了素云的腰,揉捏道,"还是年轻的身子较为柔软。"

"啪!"素云扬起右手,一巴掌落在他面上,紧接着一脚踢向他的腹部。魏紫没有闪躲,整个人向后仰去,与此同时,他的双手环过素云的腰,素云不察,便与他一起倒在地上,整个身子趴在他身上。

素云反应过来后,受惊般弹坐起来,然而魏紫却牢牢抱住她的腰,不让她起身。魏紫的手顺着腰部往下,"早就想摸摸看,如今得偿所愿,真是软玉温香,不盈一握。"魏紫似是上了瘾,将她全身摸了个遍。

素云从来没有被人这样对待过,更何况这人还是她极其厌恶之人!

"真美。"魏紫支起身子,想去亲吻她的唇。素云看到他愈渐接近的脸庞,以及他眼中带着的赤裸裸的情欲和轻视,愤怒在这一刻到达顶峰。她将烛台上的蜡烛扔掉,露出尖利的部分,狠狠刺入魏紫的心脏!

烛台几乎是齐根没入,然而魏紫的眼里连一丝痛苦的意味都没有。他毫不在意地笑笑,将烛台拔出,扔在一旁。他在她惊讶里,捧起她的脸颊,吻了上去。

悠长，深绵，分明是玩味轻佻的举动，却带着毋庸置疑的霸道。素云瞪大了眼睛，却不是惊讶于他的无理，而是一旁滚落的烛台——烛台上一丝血液都没有。

魏紫的伤口就像是一个细小的洞，洞里没有鲜血，只有外翻的皮肉。而那个伤口很快便自己愈合了。

门外响起一阵脚步声，魏紫突然抱着素云躺下，素云趴在魏紫身上，还没反应过来，便见辰曌出现在门边，一脸惊愕地看着他们："你们……这是在干什么？"

辰曌的眼里有惊愕、愤怒和恶心。显然，这三种情绪都是对素云而来的，与魏紫没什么干系。

"不是这样的！陛下，您听奴婢解释！"素云慌忙起身，眼底的惊恐和愤怒交织，但不整的衣衫和绯红的面颊又让在场之人不得不多想。

魏紫则跌在地上，泪花在眼眶打转，一个劲地摇头说："陛下，微臣不想的，但是微臣挣脱不开……臣不是素云姑姑的对手啊！"

"你闭嘴！"素云发狂似的怒吼，手指着魏紫的脸面，怒道，"不要脸！你就是个妖孽！妖孽！"素云跪在地上，爬到辰曌脚边，抱着她的脚，急道，"陛下，你不要相信他，是他对奴婢意图不轨，是……"

"够了。朕只相信自己的眼睛。"辰曌阴沉着脸，一脚踢开素云，然后走到魏紫身边，将他揽在怀里，轻声安抚，"不要怕，朕在这里，朕会为你做主。"她亲吻着他的额头，一下下轻拍着魏紫的背脊，这才让他惊惧交加的哭声趋近平息。

"陛下……陛下……"一连串眼泪从魏紫的面颊滑落，他紧紧抱着辰曌，宛若一只初生的白兔，柔弱、纤细、受尽委屈。

看见魏紫无辜的眼瞳里冒出的颗颗晶莹，素云恨不得将他的面皮撕下来！

可是她不能。

辰曌全然不相信她了。

或许在更早的时候，早到她被罚去守墓时，就已经失去了陛下全部的信任。

素云似是在一瞬之间被抽掉了力气，她跌在地上，道："陛下，今日奴婢来此，只是为了将这道平安符放在陛下的寝宫里，绝对没有旁的心思。就算您不相信奴婢，也一定要保重龙体，将国师的符咒留在寝宫之中啊！"

辰曌看向素云，眼中的宠溺退去，只剩下无尽的失望。

"你太让朕失望了。"辰曌淡淡道，"从前你就不喜欢琼林，如今又来冤枉魏紫，朕绝不能容你了。来人，把她押入暴室，不得轻恕。"辰曌一字一句，字字落在素云心里，成了一把把尖刀，割喉诛心。

可就算如此，她也并不怪辰曌。

妖人祸国，一切都是魏紫的错！

素云被两名侍卫架着往外拖，但是那二人加起来也不是她的对手。她挣扎着看向辰曌："陛下，奴婢不知道魏紫究竟有什么目的，但是奴婢恳请您，您一定要相信奴婢，他绝不是好人！您不要被他蛊惑了！"

"带下去！"辰曌怒喝，又进来四名侍卫，但他们都不是素云的对手。

她挣脱他们，将他们一一击败，而后孤独地站在寝殿门口，看着辰曌，道："陛下，数十载伴驾，奴婢的为人您不清楚吗？奴婢不怕死，奴婢只怕您被奸人迷惑！"

"朕不需要你来教。"辰曌挥挥手，那些侍卫便呼喝了更多的人来。

素云步步后退，眼睛一刻也不离辰曌。

然而辰曌的眼中只有深深的失望和厌憎。

素云内心突然就安静了，嘴角绽出一个微笑，带着痛苦和不舍，说道："陛下，奴婢受奸人下咒，不能再陪伴您了。奴婢只希望今日之作为，能引起您一丝警觉，看清楚身边的，究竟是人是鬼！"

闻言，辰曌的眼睛暮地睁大。闻讯而来的师文昌赶到时，便见一道紫色的身影掠过，一头撞向寝殿大门前的石柱之上。柱子上雕刻着繁复的龙纹，她的额头撞在龙爪之上，尖利的爪牙刺入她的双眼。一时间鲜血四溢，血肉模糊。

师文昌在一众惊愕之中俯下身，探了探素云的鼻息，颤声道："陛、陛下，姑姑她……没气了。"

辰曌身体一僵，凝滞片刻，背过身去微叹一声。

良久，她终是连头都不曾回，沉声吩咐："埋了吧。"

"是……"

师文昌立即吩咐侍卫将素云的尸体抬了下去，又令人迅速打扫好了寝殿。之前发生的一切便如没有存在过一般。

辰曌关上殿门，坐在龙榻上，许是有些累，便单手撑着头小憩。魏紫跪在辰曌脚边，给她捶了一会儿腿，忽而瞥见掉在地上的那一道符，便轻声走过去拾起，贴在龙榻床头最显眼之处。

"你在干什么？"辰曌感觉到眼前有人影在晃，睁开眼，便见魏紫收回手。

魏紫指着符咒，笑道："国师此举定是担心陛下的身体，陛下不该辜负国师的好意，有了这道符或许能睡得好些。等陛下的身子好些了，臣便陪您去景山祭天，可好？"他的话就像是暖流，流进辰曌心里，漾起层层暖意。

辰曌颔首，揽过他的肩："魏紫说什么便是什么，朕都听你的。"

魏紫弯起眉眼，抱紧辰曌。他的眼睛落在床头的符咒上，嘴角带着浅浅的笑意。

那一副无所谓的恬淡模样，如果钟旭看见，一定会气得回去闭关三年！

素云死后，辰曌一次也没有提起过她，连埋在哪里都不曾过问。数十载伴驾，一次次舍命相救，恍如不曾发生过。往事就此尘封，一笔勾销。

狄姜听到这个消息的时候，与武瑞安的愤怒、钟旭的疑惑都不同。她在惊讶之余，更多的是觉得意外。

"他动谁都好，不该动素云的。"狄姜满不在意地笑道，"以前我或许还会担心，但素云一死，我反倒不担心了。"

"为什么？"武瑞安道。

"直觉。"狄姜浅浅一笑，说完便走回里间，指挥问药和竹柴做晚饭，又将书香烹好的茶水端出。武瑞安和钟旭留在医馆里吃晚饭，一整个下午都在讨论素云的死，狄姜偶尔插两句嘴，但每次都能说到重点。

狄姜："安姑姑伴驾多年，她的死不会留不下痕迹。"

钟旭亦是点头："陛下悄无声息地解决了，倒有些奇怪了。"

"有什么好奇怪的？"问药撇嘴道，"牡丹公子去世的时候，她不也跟没事人一样？”

武瑞安摇了摇头：“素云姑姑确实不同旁人。她早在东都之时便陪在母皇身边，多年来未有几日离身，照理说，母皇不会如此决绝。”

问药嘟囔：“或许，陛下就是老糊涂了呢？”此言一出，狄姜狠狠瞪了她一眼，钟旭和武瑞安的目光也有些惊讶。下一刻，武瑞安很快又恢复如常，叹道：“母皇确实年事已高。”

屋里一时无人说话，沉默许久后，武瑞安突然想起什么似的看向钟旭，道：“国师，你的符咒可有用处？我听闻母皇已将之悬在龙榻之上，可那魏紫仍行动如常，唉……”

钟旭沉默片刻，没有很快回答武瑞安，而是看向狄姜，摊开左手手心，露出当中一条细细的血线，道：“他在向我示威。”

“谁？”狄姜和武瑞安同时一愣，就连问药都围上来，捧着钟旭的手心看。

“我不知道此人是谁，不过既然能顺着我的符而下血咒，必然是碰过那道符咒之人。”

狄姜微张着嘴，很是惊讶：“此人术法不俗。”

武瑞安皱着眉头，道：“中了血咒……会怎样？”

武瑞安不曾深入了解过玄门之事，看着钟旭自中指向手腕而去的那一条血线，虽然模样不骇人，可一听到“咒”这个字眼，也没法往好方向去想。

“倒不难办，”钟旭摇头淡道，“他此举并非想对我不利，只是在试探我的实力。”

武瑞安松了一口气：“那就好，那就好。”

狄姜微微颔首，咬着食指淡笑：“有趣。”

问药托腮，瞪着眼睛看着钟旭。这个木头中了血咒，看上去还如此风轻云淡，真是沉得住气啊……

她突然想仰望他了。

十月初七，素云头七这日，钟旭带着武瑞安在明镜塔中为素云做了一场小型法事。书香很认真在一旁观摩，狄姜和问药则分头在塔中乱转。狄姜随手抄起古籍，是一本记载着天下奇闻逸事的书，便津津有味地看起来。问药接连翻了好几本，都没看进去，直到看到一本《古异闻奇要》时，心里有种格外不舒服的感觉。

书中言："千万年前，王舍城中有佛出世，举行庆贺法会，五百人在赴会。途中遇一怀孕女子，女子随行，不料中途流产，而五百人皆舍她而去。女子发下毒誓，未来将夺取王舍城，食尽城中小儿。后女子果然占领王舍城，自封秽母，是天下恶、欲、妄之源。秽母日产万子，朝产而夕食。但是她生十夜，却孕育了整整三年。而阵痛到生，经历了整整十天十夜。鬼王十夜因此得名。众族人对十夜寄予厚望，认定他能带领下三道族人走向光明未来……"

"掌柜的，王舍城在哪里？为什么我都没有听说过？"问药问狄姜。

狄姜身形一滞，见鬼似的望着问药："你从哪儿听来的王舍城？"

问药扬了扬手中的书："这里。"

狄姜飞速接过书看了一眼，便无比头疼地揉了揉额头，说："古人编的故事而已，又岂会有真事？"

"哦，但是他编的还挺有意思的，我再看看……"问药说着要去夺书。可下一刻，狄姜却偏过身子合上书，紧接着"轰"的一声响起，她的手中绽开一团火花，那古籍便在火光中付之一炬。

问药紧张地看了看底下的三人，见他们没人注意到刚才发生的事才放下心来。她目瞪口呆地望着狄姜，压低了嗓音说："掌柜的，您不是说了，不能在凡人面前透露非人身份吗！"

"有人看到了吗？"狄姜抬了抬眉。

问药摇头："没有。"

"那不就得了？"狄姜拍了拍手，面不改色地扔下一句，"以后这种少儿不宜的书要少看！"说完，便昂首离去。

问药愣在原地想了半天，也没想出这"少儿不宜"的点究竟在哪儿……

法事结束后，武瑞安和狄姜正欲离开，此时明镜塔前的山道上，缓缓走来一纤细修长的身影。此人久居深宅，甚少出门，正是三皇子武煜。武煜身穿白色时服，虽然衣摆领口袖口都绣着银色云纹，但打扮仍是显得太过素净了些。与穿绛红时服的恭王爷武隆、穿紫袍的武王爷武瑞安相比，他从外表看去，全然不似身份尊贵的皇子。他眉目温和，嘴角自然上扬，就算不是在笑，看上去也给人一种始终在笑的错觉。问药和书香觉得此人长得很好看，直到武瑞安抱拳行礼称他作"皇兄"，二人才始知他亦是位皇子。

钟旭和狄姜纷纷行礼："见过郁王爷。"

武煜微笑着说："免礼。"

"王爷此番来明镜塔，是……"钟旭看着武煜，突然顿住了。此时的他气宇轩昂，容光奕奕，全然没有从前见他时，眉心和眼下布满的青黑浮光，身上的病气似乎都已经一扫而空。

武煜浅笑道："实不相瞒，今日本王来，是为故去的素云姑姑设一长生牌位。"

武瑞安有些惊讶，似乎没想到武煜会记挂着素云姑姑。他们自东都分别后，有多少年没见过了？十年？还是十五年？武瑞安猜得不错，近二十年不见，可武煜仍是记得素云的好。

武煜看向钟旭，道："当年得素云姑姑照拂，本王永生不忘。虽然母皇下令任何人不得祭拜，但本王还是恳求国师，望国师能行个方便。"

武煜此言一出，钟旭和狄姜纷纷看向武瑞安，眼里仿佛在说："你怎么没说还有这样的命令？"

武瑞安耸肩，摊手道："母皇没有下令，是魏紫下的命令，本王才懒得管他。"

钟旭咳嗽了一声，对武煜说："王爷请随我来。"

"嗯。"

钟旭带着武煜进了明镜塔，武瑞安和狄姜则带着书香、问药回了药铺。

傍晚时分，竹柴烹了一桌好菜，几人围坐在树下，却迟迟不得开席。

"我们在等谁？"问药捂着肚子问道，看上去已经馋得不行。

狄姜答道："钟旭。"

狄姜说完，武瑞安微微有些发愣，但一想起三皇子，便很快反应过来。问药仍是不明白，接道："钟旭也要来吗？他没说过会来医馆啊……"

就在这时，店铺外响起敲门声，书香赶过去开门，门外站着的果然是钟旭。

钟旭走进后院，顾不得寒暄，坐下便道："三皇子。他们的目标是三皇子。"

"此话何解？"武瑞安蹙眉道。

"王爷可曾记得，我曾与您说过，三皇子身上有古怪？"

武瑞安颔首："不错。"

"我原以为有人想对三皇子不利，却不想此人却是为了救他。如今三皇子身体上佳，自幼带来的病症已然痊愈，这绝不是普通人可以办到。他的背后，定有高人相助。"钟旭顿了顿，又道，"如果我没有猜错，此人与向我下血咒之人，是同一个人。"

"魏紫？"武瑞安不确定地问道。

狄姜摇了摇头："魏紫没有这个本事。"

"你如何得知？"武瑞安不解。

"我也算半个玄门中人，这点眼力还是有的。"狄姜笑了笑，"我见过魏紫，他看上去只是个普通人。他背后的那个人，才是操控这一切的人。"

钟旭点了点头："此人隐藏颇深，如果能将他找出来，事情便能迎刃而解。"

武瑞安沉默片刻道："他们搬出魏紫，迷惑母皇，把持朝政，原先我不理解他们为什么要这样做，如今听你这样一说，我大概能猜到他们的目的了。"

"什么目的？"钟旭不解。

武瑞安接道："三皇兄无权无势，如若扶他继位太子，最好控制。所以我猜想，接下来他们要做的，便是说服母皇，立三皇兄为太子。"

钟旭和狄姜对望一眼，轻轻颔首。书香在一旁亦是点了点头，表示赞同。问药一脸鄙夷地戳了戳书香的手肘，压低声音道："你听懂他们在说什么了？"

"嗯。"书香颔首。

"你就吹牛吧！"问药拿起筷子，塞了一大块红烧肉在嘴里狠狠地嚼。这满院子里，论胸无城府，领悟力之低，怕是只有竹柴能跟她做伴了，然而她自己根本没有意识到这一点……

三皇子武煜的陈年旧疾痊愈后，不知因何缘由，辰嫚对魏紫更加信任。她不再在太极殿中召见群臣商议国事，上朝的次数便愈渐减少，有时候整月都见不到她的身影。她将自己封闭起来，身边只有一个魏紫。

左相公孙淼亦称病，不问国事，只偶尔在府中设宴款待众臣，让他们好好规劝陛下，以国事为重。右相长孙齐看着朝中一干牛鬼蛇神，心有余而力不足，渐渐亦有不管世事的倾向。魏紫一人把持朝政，独揽大权。他谪贬了一批官员，提拔了一批官员。谪贬的官员当中，大多数是明面上对他露出过不满的，另一部分则是暗地里嘲笑讽刺他，最后通过种种渠道传到他耳朵里去的。

提拔的那一部分官员对他恭顺有加，大赞他的政绩，称他是处理国家大事上的天才，一点就透，比起一干老臣有过之而无不及。这其中最让人瞩目的要属新晋状元郎潘玥朗，他赋了一首词来歌咏魏紫，称他："妙舞飘龙管，清歌吟凤吹。人言魏紫似牡丹，非也；正谓牡丹似魏紫。"因此潘玥朗成了魏紫的宠臣。宋璃死后，刑部侍郎徐恒跃暂代尚书一职。徐恒跃此人办事勤勉，为人正直，因当众诋毁魏紫，被撤去官职，他的尚书一职，便由原翰林院监事潘玥朗补上。潘玥朗从六品官员一跃成刑部尚书，无人能说一个"不"字。他成了近来最炙手可热的人物，就算有再多的人眼红和不满，人人见了他也只能恭敬地唤他一声："潘尚书。"

潘玥朗入主朝堂，成了六部尚书之一。左右丞相不在之时，他便与兵部尚书一齐，站在群臣最前方，受众人追捧。一时间风头无二，春风得意。

日子一晃而过，临近过年，太平府才下了今年的第一场雪。雪如鹅毛飞絮，梨花乱舞。一早起来，天地已经雪白一片，可大雪还没有要停止的迹象。大雪的覆盖让行人出门极为不便，书香和问药拿着铲子将门口的雪铲到墙角，又因巷子里住户极少，几乎整条巷子都需二人打扫，小半个时辰下来，他们从北扫到南，等回过头去看，刚铲过的道路又铺了满地白雪。

医馆里，狄姜燃起暖炉，烹了一盏峨眉雪芽，然后缩在铺满白雪毛皮的椅子里看书。她的身边摆满了各式各样的包裹，大大小小，数不胜数。

"掌柜的，你去逛街了？"问药说完就后悔了，这才什么时辰，掌柜的平日这会儿都还在梦里，怎么会去逛街？

狄姜打了个哈欠，说："你们回来得正好，这些都是武王爷送来的年货，把它们归置归置，送一份去棺材铺，不要让长生一个人过清冷年。"

问药一听这些是武瑞安送来的，忙不迭地拆包裹。包裹里有暖炉、棉帘、手炉、脚炉、汤婆子等过冬物资，还有年画、春联、糖果、爆竹等，就连银碳都有十大车，足够他们用一整个冬天了。

"王爷真有心！"问药笑逐颜开，又问，"王爷呢？怎么不见王爷？"

狄姜答："年关将近，他有事要忙，先回去了。"

问药点了点头，在这种时候，还依然把掌柜的放在心尖的，普天下也找不出第二个了。下午，书香和问药带着竹柴挨家挨户贴春联，送年画。狄姜听着他们愈来愈远的吵闹声，突然想起初来太平府的那一年，他们亦是如此度过。

屋里烧着炭火，窗外银装素裹。一眨眼，已经六年了。

年三十这日，辰曌在大明宫中举办家宴。武瑞安傍晚来接狄姜，二人到大明宫时，天色已经暗了。大明宫前庭被大雪覆盖，一片雪白灿如月辉。武瑞安左手捧着汤婆子，右手牵过狄姜的手，四手交握放在身前，一路行去，让所有女子的眼中露出歆羡。

家宴上，列席之人只有嫡系皇族，就算地位之高如左相、右相也不在此列。辰曌与魏紫同座一席，她的右手边是恭王爷及其家眷，往下是郁王爷，然后才是武瑞安和狄姜。他们的对面坐着叔伯辈的各家王爷，末席则坐着长孙玉茗和流芳郡主。长孙玉茗作为既定的太子妃，自然有资格坐在那里，也无人可说什么。只不过长孙玉茗的面色有些苍白，不知是因为身体抱恙，还是因为见着了武瑞安和狄姜……

酒过三巡，武瑞安突然注意到自己这边的席位末尾处坐着一位穿着玄衣的少年。那人眉目清秀，双眼澄澈，嘴角却挂着一抹狡黠的笑意，是武瑞安不大喜欢的一个人——新任刑部尚书潘玥朗。可能此前因他坐在不起眼的角落里，所以武瑞安没有注意到。可他现在见着了就不能当作没看见了。

"他怎么坐在这里？"武瑞安大呼惊奇，带着些许怒气质问辰曌。

辰曌整个注意力都在魏紫身上，她淡淡地看了一眼，拉了拉魏紫的衣袖。魏紫接道："潘尚书初来太平府，各家王侯不能认全，也算是与各家王爷见个礼。"

"见礼？"武瑞安冷笑道，"依本王看，你是为了抬举他，想为他在这公主郡主里头挑一门亲事吧？"武瑞安一语道破他的意图，魏紫面色有些不太好看，辰曌亦是皱起眉头。武瑞安说完，又转头看向潘玥朗，道："你不是王公子弟，自然不能出现在家宴之上，你倒也面皮厚，竟敢坦然坐在这里？"

潘玥朗深吸一口气，微笑着不回答。虽然武瑞安问出了大家心头的疑惑，但是潘玥朗没有料到武王爷真的会当众给自己难堪。满堂之上，只有狄姜一人知道的是——潘玥朗其实是有资格坐在这里的。

狄姜在桌下按住武瑞安的手，示意他不要在这种时候与辰曌争吵。倒不是因为她知道潘玥朗的身份，而是年三十普天同庆的日子，他没必要为了这点小事让辰曌不开心。武瑞安天不怕地不怕的性子已经收敛了很多，但近日朝堂被这二人搅得乌烟瘴气，他实在咽不下这口气！

武瑞安本还想说什么，却听辰曌淡淡开口，唤了一声："狄姑娘。"

武瑞安脸色蓦地一沉，他本以为母皇会借题发挥，拿狄姜的身份做文章，他都已经想好了反驳的话，却听辰曌又道："前些日子，你在东门大街上关于'馒头'的一番言论，朕十分赞赏。朕今日便封你做女傅，赐南珠十斗，你意下如何？"

女傅是什么？

女傅顾名思义便是教导各大宗室女眷的老师。古有三公九卿，太傅为三公之长，为君王的老师。虽是虚衔，但极受人尊重。此话一出，武瑞安倒是突然忘了潘玥朗似的，满目欣喜地看着狄姜。

"陛下，此举万万不可！"流芳郡主面色一变，刚一开口，便被打断。

镇南王妃摇了摇头，示意流芳郡主不要多言。

流芳郡主的父亲武承毅是先皇献帝的同胞兄弟，献帝在位时被封为镇南王，掌握西南重军，可谓位高权重。连他的夫人都不反对，这满堂之上，也就没有人敢说"不行"了。这两个月里，狄姜看似与寻常一般，在药铺里无所事事，但是外界对她的事迹已经传得沸沸扬扬。关于"馒头"的言论，让她赢得了大量底层民众的好感，甚至连一大部分拥护武瑞安的女子也心服口服地称她为"最明事理的平民王妃"。辰嫛久居深宫，亦能听到这件事，可见她的影响之深远，几乎与人人喊打的魏紫成了两个极端。女傅虽说是个官位，可到底只是在深宫里与女眷相处而已。魏紫与狄姜无所交集，他亦没有反对。

满堂人的目光集中在狄姜身上，狄姜有些发愣。武瑞安在桌下握了握她的手，她才反应过来，未及多思，便微微一颔首："是，民女领旨。"

辰嫛和煦一笑："以后便不要自称'民女'了，该称'臣'才是。"

"臣……遵旨。"狄姜应下后，看了看身边的武瑞安，便见他眼中所有的怒气都被柔情所代替。

自己的手心有些汗，却不是自己的，那是武瑞安替自己担心而流下的。

若说从前世人称狄姜为"武王妃""最明事理的平民王妃"等，可这些词所代表的重点都是王妃。从此以后，狄姜又多了一重身份：女傅。从某种层面来说，天下女子皆不胜她了。辰嫛给了狄姜如此殊荣，武瑞安也不好意思再继续与她作对，整场饮宴下来，嘴角眼里所流露出的笑容，简直要灼烧旁人的眼睛。他比狄姜还要高兴。

武瑞安和潘玥朗闹出的小插曲，最终由狄姜的女傅任命而结束。辰嫛软软倚在魏紫身边，看似不管世事，其实比谁都看得透彻。她知道武瑞安的软肋是狄姜，所以她顺水推舟，抬高狄姜地位比直接安抚武瑞安还要有效得多。

宴会结束时，狄姜特地走慢了些，等诸位王公离席，让潘玥朗与魏紫说完话后才在御花园的一隅追上他。狄姜丢下武瑞安，一路小跑而去，就算鞋袜被雪浸湿也浑然不觉。

狄姜拦住潘玥朗的去路，开门见山问他："潘玥朗，你还记得自己的信仰吗？"

潘玥朗看着狄姜，本以为她是要与自己叙旧，却不想她开门见山说出这样一句话。

不失望是假的。

"信仰？"潘玥朗很快便回过神来，摇头失笑，"信仰……就是权力、财富、美人。"

不要说狄姜了，就连追上来的武瑞安听了都觉得有些生气。狄姜知道潘玥朗的身世，武瑞安虽然与潘玥朗不熟，也不知道他们二人之间的干系，但是很明显，他知道狄姜将他当作晚辈放在了心上。否则，按照狄姜清净的性子，又怎会几次三番与他废话？

然而潘玥朗本人并不觉得自己的话有哪里不妥。潘玥朗又道："在这波谲云诡的朝堂，不进则退，我每一天都必须奋进，才能令曾经看不起我、不信任我的人感到愧疚。狄姐姐，连您也不相信我吗？"

"人必贪财好色、追求名利，这十分正常，可问题是追求的方式。"狄姜深吸一口气，接道，"我相信你可以站得很高、飞得很远，但是，君子有所为有所不为，你真的要与佞臣同流合污？"

潘玥朗浑不在意地笑了笑，说："狄姐姐，虽然您已经贵为女傅，但说到底也只是女傅。您不是我的尊师，还请您不要逾越了。"潘玥朗说完，向二人施了个告退礼，便打算离开，可还不等他转身，狄姜便从袖子里拿出一枚玉佩，悄然放在他的手心。

潘玥朗疑惑："这是何物？"

"这是你母亲的遗物。"狄姜淡声道，"李姐托我在必要的时候将它交给你，虽然我没有按照她的吩咐做，但现在我不得不这样做。"

潘玥朗表情古怪，一听说是母亲的东西，急忙鄙夷地脱手甩去。

"不要急着扔。"狄姜摁住他的手说，"我相信凭你的聪明才智，一定能弄清楚这其中的原委。到那时，我会在见素医馆等你。"

潘玥朗眉头紧蹙，半晌没有答话，他思忖良久终还是将玉佩收回怀中，点了点头，转身离开了。

武瑞安在一旁，看到那玉佩古旧的流苏，突然想起六年前，狄姜似乎曾拿着一枚玉佩来找过自己。而那枚玉佩的主人武菀颜……已经作古多年。

大年初一，辰曌在魏紫的陪同下去了景山祭天。辰曌身穿玄色翟服，亲率文武百官、三公九卿于明镜塔祭天。这是两个月以来，辰曌第一次出现在文武百官面前。

　　五彩旗帜在风中飘扬，文武百官亦皆着玄衣，腰挂白玉佩，独有魏紫身穿五色绣罗衣，锦缎披帛，十分打眼。每年初一祭祀神州地祇、天神太乙的仪式都由皇帝亲自主持，而今年，主祭却由魏紫担任。辰曌的身子在这半月内非但没有好转，反而每况愈下。

　　到了景山，辰曌让魏紫带领群臣祭拜，自己则独身一人在明镜塔中问了钟旭三个问题："朕的病，药石罔效，是不是？"

　　钟旭颔首："是。"

　　辰曌："接下来，朕会如何？"

　　钟旭回答："初嗜睡，而后咳嗽不止，高烧不断，形如枯槁，缠绵病榻，不治而薨。"

　　辰曌想了想，这与前段时间的病症相仿，而幸亏当时有钟旭出手相救，否则如今江山已经易主。

　　辰曌又问："朕还有多久时间？"

　　钟旭反问："您想有多久？"

　　辰曌答："顺其自然。"

　　钟旭说："两年。"

　　辰曌微微颔首："比朕想象的要久，看来他们的目的还不止于此。"

　　钟旭不大想管朝堂上的纷争，也没看出来魏紫究竟是个什么东西，他唯一能肯定的是，辰曌身上被下了与自己一样的血咒。一种不留痕迹、杀人于无形的咒术，不同于从前他所听闻过的任何一种。

　　但幸运的是，他能应付。

　　初五这日，狄姜第一天到宫中授课。

　　授课的对象狄姜大多都在秋猎中见过了，这些女子皆是王公大臣的嫡女，以流芳郡主为首，约莫有十八人。狄姜看名册时发现长孙玉茗亦在其列，但到了清心斋时，却没有见到长孙玉茗的身影。问过内监才得知长孙小姐请了病假，未来两个月都不会来上课了。

　　狄姜没多想，拿着本药经进了课室。

　　流芳郡主一干人本就十分难缠，宫中夫子先生换了几拨，也没能将她们教化得多好，更不要说狄姜之前曾与她们结下的仇怨。这几乎让她寸步难行。各家公主小姐们绣花的绣花，嗑瓜子的嗑瓜子，总之像是说好了似的，全然没有了大家小姐的气度，对狄姜的态度更是轻视、无视、蔑视。

流芳郡主最过分，径自斜坐在蒲团上逗猫。檀木雕花的课桌上放着一只通体雪白的花脸猫，见狄姜来了她也不打算收起来，反而愈加欢快地逗弄。流芳郡主对着猫咪微笑道："有些人啊，出身微贱，拿着鸡毛当令箭，竟还真敢来。小团子，你说她可笑不可笑？"

猫像听懂了似的"喵"了一声，引得女子们哄堂大笑。

狄姜脸色不变，只是"啪"的一声将药经拍在桌上，也不知是惊扰到了花脸猫还是别的什么缘故，那只猫突然兽性大发，挠了郡主一爪子，然后飞快地跑掉了。

"畜生就是畜生！再怎么对你好都养不熟！"流芳郡主吃痛，捂着受伤的手背低吼。虽然没有见血，却也不打算再去抱它了。

"好了。上课。"狄姜清了清嗓子，淡淡说着。她抬了抬手，吩咐女婢将她带来的药经挨个儿传下。

流芳郡主看了经卷两眼，然后当着众人的面撕成两半，撒在空中。同时，她嗤笑道："陛下封你做女傅，并非真心认为你的身份才能可以做女傅。陛下不过是为了王爷才抬一抬你的身份，说到底是看在武王爷的面上罢了。你还真以为自己能上天了不成？"流芳郡主说得不错，辰嫛本意确实是如此，她也并不期待狄姜真能给这些公主小姐上什么课。

狄姜不疾不徐，缓缓道："在其位，谋其政，既然今日我站在这里，你们就得听我的。"狄姜虽然性格恬静，不喜争斗，但也并非如外表那般是枚好捏的软柿子。

"既然你们不喜读书，那边换个法子。"她想了想，便放下了经书，看着满堂女眷，问道，"你们吃过猪肉，见过猪跑吗？"

"什么？"众女眷一脸发愣。全然听不懂她的意思。

"看来是没有了。"狄姜微微点头，戒尺轻拍手心，笑道，"那这第一堂课，便带你们去参观屠宰场。"

"什么？！"众女目瞪口呆，简直不敢相信自己的耳朵。

"猪圈、屠宰场、菜市口，便一起见了吧。让你们看看这真实的世界到底是什么模样。"狄姜说完，一拍镇纸，传令下去，着令各部准备。

狄姜带着浩浩荡荡的队伍，杀进了太平府南郊外的一家屠宰场。

这是屠宰场第一次迎来身份这样尊贵的客人，一时间都激动得无法自持。若不是有禁卫开道，只怕这些小姐的衣裙都会被围观的人群扯落。

"大家平时如何，今日就如何，为保教学效果，力求真实。"狄姜站在广场发话，屠宰场中的各部人员便立即回到了各自的工作岗位。狄姜站在猪圈门口，盯着公主、小姐们一个个往里走，自己却始终站在门口，道，"我从小到大见惯了，就不看了，你们在里头多待一会儿，沾沾地气。"

狄姜点了点头，禁卫官便按照吩咐"啪"的一声给猪圈落了锁。狄姜在外头，有专人伺候下午茶点，优哉游哉地过了半个时辰。等禁卫再次打开猪圈大门的时候，便见流芳郡主披头散发地冲了出来，扯着嗓子对狄姜嚎道："你你你给我等着！我一定让你死得很难看！一定！"

"哎呀郡主，您怎么弄成这副模样了？"狄姜不疾不徐，指着她身后的女子，佯装惊讶道，"她们怎么都好好的？唯独您……莫非在猪圈里滚了一圈？"

流芳郡主脸色发绿，气得浑身发抖。她的反应很明显，被狄姜说中了痛处。她在猪圈里一个不慎，跌了一跤。衣裙鞋袜上沾满了脏污，狼狈不堪。

狄姜啧啧叹气，却毫无怜香惜玉的意思。她拍了拍手，站起身，指着屠宰场的西边道："下一个地方，便让你们看看，什么叫真正的'死得很难看'。"

屠宰场既然叫屠宰场，自然是要杀生的。她们刚从猪圈里回来，肥肥嫩嫩的母猪和小猪，虽然肮脏，但也是生灵。当她们亲眼见着这些猪被绑起来割喉放血，开膛破肚，是个人都会有些不大舒服。一个二个竟捂着肚子干呕起来。

"可怕吗？一点也不。"狄姜面色从容，一副浑然不惊的模样。

"你……你是不是人啊！带我们看这个！"小姐们指着狄姜的脸，大骂她没心肝。

狄姜拿着戒尺，巡视了一圈，朗声道："生活本就艰辛，你们能安稳度日，必定有人替你负重前行。这里每一个人都比你们活得辛苦，他们的痛苦磨难多你们百倍。可你们不仅不珍惜安乐日子，却整日捕风捉影，编派旁人，全然没有一点大家长姐之风，未来就算嫁了王公贵臣，到死也只是个眼界浅薄的深闺妇女。你们没有任何值得骄傲的地方，也不配为百姓所拥护。"

屠宰场里鸦雀无声，就连屠夫都停下了手中的活计目瞪口呆地看着狄姜。公主小姐们紧闭着嘴，眼底除了恶心和厌恶，也多了一丝疑惑。

狄姜的话与从前所有的夫子都不同。古训有云："女子无才便是德。"在她们的世界里，从来都只知琴棋书画和三从四德。她们不需要眼界，亦不需要接"地气"，她们只需要将自己打扮得端庄淑美，就像一个精美的瓷瓶，摆在高堂之上，供人瞻仰。只要美丽地活着，就是对家族最大的贡献。

她们从未体验过人间疾苦。

小姐们被送回家的时候，全都红着眼，活像被狄姜给欺负了。尤其是流芳郡主，始终赌咒发誓一定会让狄姜付出代价！

狄姜无所畏惧，只淡淡回她道："臣拭目以待。"

一整天教学下来，狄姜带着这一群没见过世面的大小姐东奔西跑，回到医馆的时候已经累得说不出话来。她晚饭都不想吃，只想缩在椅子里。问药和书香来问过几次，她都摆了摆手，让他们不要来烦自己。

狄姜闭目养神，虽然身体很累，但内心不觉得疲乏。看着那一群不学无术的大小姐被自己堵得一句话都说不出来，她的内心别提有多神清气爽了。若不是为了维持自己淡然从容的形象，她早就当众捧腹大笑了！

"是不是很累？"头顶传来熟悉的声音，充满了关怀和怜惜。

狄姜睁开眼，便见武瑞安站在自己眼前，惊讶地问："你怎么来了？"

"来看看你。恭喜你，你又出名了。"武瑞安面带笑意，一脸风轻云淡，狄姜便知晓这个"出名"是褒义，便放宽了心去。武瑞安听问药说狄姜没吃什么东西，便嘱咐问药进去熬了些小米粥，随后道，"辛苦就不要做女傅了。有我在，母皇不会为难你。"

"不辛苦。"狄姜摇了摇头，"跟她们待在一起，我都觉得自己变年轻了。"花一般的年纪，不知天高地厚的性子，倒是她从未体验过的人生。

武瑞安愣愣地说："你……难道很老了吗？"武瑞安突然想起，自己似乎从来没有问过狄姜的年纪。

"你是哪一年生的？"武瑞安问。

狄姜想了想，权且从来太平府的那一年算吧，遂答道："我属龙。"

武瑞安算了算，说："二十二岁，比我还小两岁，哪里老了？"

狄姜咳嗽了两声："算是吧。"

"那生辰呢？"

"七月三十。"

"七月三十！"武瑞安大惊。

"怎么了？"狄姜小心翼翼地问。

武瑞安一拍脑袋，懊恼道："你竟不告诉我！都已经过了！"

狄姜微微一笑，换了个话题，道："王爷的生辰是一月十七吧？"

武瑞安一怔，点了点头。

狄姜回想初识武瑞安时，他恰逢生死劫，生辰这日正经历着生死，自然不算过生日。而后他从军三年，回来的时候已经四月。再然后云梦泽一别两年，重逢时已是六月。狄姜带着些许遗憾开口道："我们相识六年，竟没有在一起为对方庆祝过生辰。"

武瑞安亦是微微叹气，但很快他就牵起她的手，轻声道："与你在一起的每一天，都是新生。"

狄姜浅浅一笑，无言以对。

他说的是事实。

狄姜与武瑞安相处越久，就越觉得每一天都是恩赐。这样可爱又纯粹的人，在这世间实在是太难得了。

狄姜的授课行为在世族门阀中掀起了轩然大波，众大臣联名上奏，奏请辰曌撤下狄姜女傅一职。称她带着名门千金在菜市口招摇过市，简直不知所谓。但奇怪的是，魏紫并没有同意这个诉求，甚至连辰曌都颁布圣令，令狄姜的授课从七日一次增加到三日一次。

王公世家女子知悉后，皆大感悲伤，连忙央求自家父亲将自己早早嫁出去，从此远离学堂。这些女子绝大部分都已经及笄，已到适婚年纪，于是众大臣便经常在家中举行宴会，受邀者多为前途无量的未婚适龄男青年。这其中的佼佼者莫过于三王爷武煜、刑部尚书潘玥朗了。

原先，武煜因为陈年旧疾让所有身份尊贵的女子望而却步，他自己也没有这方面的意向。但自从他病愈后，性格竟比从前要开朗许多。他不再将自己关在王府，经常在外走动。加之他天生模样上佳，又是辰曌嫡亲子嗣，很快便声名鹊起。武瑞安本也是条件极佳，但是他对外的形象俨然已婚，这些宴会的主人便不再邀请他。

半个月后，辰曌下了两道旨意，皆是喜诏。其一，为三皇子武煜和辅国大将军的孙女刘令月赐婚；其二，为流芳郡主与刑部尚书潘玥朗赐婚。

圣旨一下，婚期便立即交由礼部和钦天监商议定夺。知道这个消息的时候，狄姜有些惊讶，武煜和刘令月不足为奇，可流芳郡主和潘玥朗……他们分明是有血缘的至亲！

难道潘玥朗还未参透玉佩玄机？

还是说他已经参透了，但只要能平步青云，一切都无所谓？

狄姜揉了揉额头，无比头痛。今日下午还有课务，她没什么心情，便随手拿了本医书进了宫。

清心斋里，原本请假了一大半的小姐们今天齐刷刷全都到堂。流芳郡主端坐在蒲团上，不无骄傲地挺直了身子，对狄姜道："狄女傅，今日本宫来，是要告诉您一个好消息。本宫即将大婚，以后不必再劳烦您了。"

原来是耀武扬威来了。刑部尚书是六部之首，潘玥朗又是状元郎，流芳郡主嫁给他，面上自然是有光的。这满堂女子，数她嫁得最好，她有骄傲的理由。

狄姜再次揉了揉额头，打开医书，扔给流芳郡主，道："你来读。"

流芳郡主将狄姜的沉默误解为了失落，对此十分满意，便听话地拿着医书朗读起来。

狄姜坐在女傅的位子上，看着下首的流芳郡主。流芳郡主的眉目里充斥着即将为新娘的幸福和优越感，丝毫也没有灾祸降临的自觉。耳朵里是流芳郡主自得自满的语气，一部医书也能被她念得慷慨激昂，着实不易。两个时辰下来，狄姜让不同的人轮流将医术读了几段，自己则不置一语，看上去像是受了很大的打击。

下课后，众女子临走时，流芳郡主驻足拍了拍狄姜的肩膀，对她露出一个友好的意味深长的微笑，道："狄女傅，您的年岁怕是不小了吧？本宫听说您在武王爷身边已经许多年了，怎么，他还不打算娶你吗？"

狄姜面无表情地望了她一眼，转身离去。

"啧啧……真可怜。"

"到底缺了些家世，及不上郡主您。"

"何止缺了家世？能带我们去那种地方，只怕人品也有问题。"

"可怜了武王爷，真是被鬼迷了心窍！"

女眷们七嘴八舌，声音一个比一个大，言语一个比一个难听，然而狄姜全都没有放在心上。狄姜现在满心思想的都是潘玥朗。潘玥朗的秉性她很清楚，他原本该是个光明磊落、不染尘埃的少年郎，怎么短短三年后再次相见，他便摇身一变成了个不择手段的佞臣贼子？

这不该是他的人生轨迹。

出宫的路上，狄姜路过御花园，突然瞥到湖心亭里一道绚丽的身影，身穿五色华服的魏紫正与一个和尚交谈甚欢。那和尚看上去已经很老了，佝偻着身躯，身高不过到魏紫的腋下。他的穿着打扮不属于宣武任何一家寺庙，但他的面目却又与宣武人士相仿。

莫非是番邦来的……那位背后的高人？

狄姜看了一眼，本想多加留意，却因内监在旁不好驻足，很快便在内监的带领下离了宫。

离宫之后，狄姜没有回医馆，而是去了景山明镜塔。

"你知道宫中来了个和尚吗？"狄姜问钟旭。

钟旭点了点头："有所耳闻。"

"那是何人？"

"据说是魏紫认识的民间高人，三皇子的病被他治愈。从此便得了辰婴信任，奉为上宾。"

"果然如此。"狄姜冷笑一声，随后又问，"你见过他了？"

钟旭摇了摇头："未曾见过。陛下禁止我入宫。"

狄姜有些诧异，细细一想，眉头又放开了去："怕不是陛下禁止，而是魏紫的命令吧。他们还有些忌惮你。"

钟旭点了点头："朝堂之事太复杂，人心险恶难以招架，在明镜塔中倒乐得清闲。"

狄姜失笑："可你是闲得住的人吗？"

钟旭端起茶杯，喝了口茶，不答话。二人坐在明镜塔尖的露台上，看着山下万木凋零，霜雪漫天，别有一番意趣。

半晌过后，钟旭才皱着眉头，说："其实这些天我一直有所困惑。"

"什么困惑？"狄姜接道。

钟旭答道："从前在白云观做掌教时，誓言斩尽天下恶鬼，至少在那一段时日里，我算是做到了。后来遇到长生祭剑之事，对生命的意义产生了怀疑，而后我不再只与鬼相处，有了你们这些……朋友。虽然我许久不曾诛妖，但伏魔卫道之心从未变过。我本以为当上国师，可以做更多利国利民的好事，却不想连曾经可以做的事都不能再去做了。"

钟旭的话听上去难懂，其实也好懂。他对如今的身份有些疑惑和动摇，甚至觉得没有意义。

"嗯，"狄姜点了点头，"所以呢？"

"所以我在疑惑，究竟是我错了，还是这个世界错了？"钟旭一声叹息，眸子里满是苍凉。

狄姜悄声微笑，摇头道："其实你们都没错，只是你还不适应这样的方式罢了。现在不能捉鬼伏妖，并不是说永远都不可以，你有自己的价值，只是你还不知道。"

人心曲折，做事的方法亦有不同。人们为了达到某种目的，不得不做出谋划和牺牲，人称之为"谋"。而这显然与素来仗剑而行的钟旭的理念全然不同。

钟旭的苦闷溢于言表，狄姜反倒坦然起来。

有了困惑，才会有新的目标。当有一天钟旭厌倦了这个世界，她才可以顺理成章地将他带回去。

鬼域，才是真正属于他的地方。

第十八章

婚期

一月十七日，是武瑞安的生辰。这日，他一早去了大明宫求见辰嫛，想趁魏紫上朝之际与辰嫛谈谈心。结果还是与往常一样。深宫被侍卫重重把守，辰嫛闭门不见。武瑞安一直等在殿外，一次次请奏，可始终得不到任何回应。

午时，师文昌从宫里走出，听另一人禀报后，穿过重重守卫，来到武瑞安面前，焦急地说："王爷，陛下这边奴才会看护，请您放心。朝堂之上还请您多加照拂。"

武瑞安见他面色急切，凝眉道："朝中出事了？"

师文昌颔首，道："回王爷的话，韩城和赵琛两位大臣在今日早朝时得罪了魏大人，只怕是凶多吉少。"

武瑞安闻言，话不多说，立刻转身去了太极殿。

太极殿上，魏紫做了一个大铁笼，把韩城关在里边，在笼子当中烧炭火，又在一个铜盆内倒入五味汁，韩城只得绕着炭火行走，烤得渴了就去喝五味汁，烤得痛了又会在里面转圈跑。而赵琛则被人绑在地上，然后放出鹞鹰，生食他的血肉。满朝大臣被要求站在一旁观刑，一个二个皆面无血色，汗如雨下。

武瑞安赶到的时候，韩城已经被烤焦了，躺在笼子里一动也不动。赵琛的五脏六腑都被吃尽，却还没有死，他的号叫声极为酸楚凄厉，让人不忍再听。

"都给本王住手！"武瑞安的厉喝让众臣都似看见曙光。武瑞安手握兵权，又是辰曌嫡子，魏紫再是嚣张狠厉怕也不敢得罪他。众臣齐刷刷地向他望去，面露哀求。

"你们在干什么？"武瑞安指着赵琛说，"还不快放开他！"武瑞安说完，却没有侍卫敢妄动，他们乞求地看着魏紫，但魏紫全然不为所动。

时间紧迫，不等魏紫回答，武瑞安已经径直走下台阶，从一侍卫腰间拔出长剑，一剑挥去，四只鹢鹰瞬间被打落在地。鹢鹰拍打了两下翅膀，便倒在地上不再动弹。武瑞安解开了赵琛的绳子，将他扶了起来。

赵琛的双眼已经被鹢鹰啄去，两个眼眶猩红一片，空空荡荡。可武瑞安仍觉得他在看着自己。

"赵大人，你坚持住，本王立刻让太医来救你。"武瑞安握住他的手，想要将他拦腰抱起，却见他通身伤痕，不知该从何处下手。

赵琛摇了摇头，想说什么，但喉咙里已经发不出声音来。他颓然地放下手，便再也没有呼吸。

武瑞安长叹一口气，放下赵琛。他眼中的痛被愤怒所取代，提剑指向魏紫："佞臣，你究竟想做什么！"

魏紫斜倚在台阶上的御榻上，见了武瑞安也不打算起身，懒懒地说："武王爷，臣在处决死囚。"

"死囚？"武瑞安满脸不悦，韩城和赵琛两位大臣前些日子才见过，又怎会成了死囚？

武瑞安大怒："韩大人和赵大人犯了什么错，你竟要如此对待他们？"

魏紫对潘玥朗点了点头，潘玥朗便往前站了一步，面不改色地说："韩城和赵琛目无王法，结党营私，贪污受贿，金额多达二十万两，死刑并不冤屈。这是账簿，还请王爷过目。"

武瑞安哪里会看什么账簿？况且欲加之罪，何患无辞？账簿怕也算不得真。

武瑞安几步上前，夺过账簿，几下便撕得细碎。纷纷扬扬的纸片撒在太极殿前，众大臣的眼睛通红，大部分人都为二位老臣流下眼泪。

魏紫淡淡一笑，妖娆道："撕了没关系，臣还有誊抄的副本。他们既然敢贪赃枉法，便早该想到有此一天，我不过是在替天行道。"

"替天行道？"武瑞安冷冷一笑，"好一个替天行道！"

"锵"的一声巨响，武瑞安提剑而起，一剑落在魏紫头顶，剑卡在鎏金椅背上，一时不得拔出。魏紫头顶的紫金琉璃冠被削去一半，整个人吓得瘫软在地，这才躲过一劫。

"来……来人！护驾！"潘玥朗大喝一声，侍卫们立即上前，将武瑞安团团围住。

武瑞安哪里管得了他们？他一心只想要魏紫血债血偿！

他再次提剑而起，眼前绽开一道道血光，皆是出自宣武国铁骨铮铮的将士。武瑞安不知道伤了多少人，直到惊觉眼前被自己一剑刺穿腹部的小侍卫，正是那个在树林里一脸骄傲地对自己说"天下再是美艳的女子，也不如我家中的娘子"的人时，他产生了短暂的恍惚。

也就在这一瞬间，武瑞安被人卸去兵刃，关进了大牢。

下午，赵琛的家人来刑部领尸体时，长子当场晕厥，尸首由他大伯领回。他的夫人见了尸首便疯了，当夜凌晨在自家井中自尽身亡。韩城和赵琛都是长孙齐的心腹，二人在户部就职，平日里油水颇多，但两人都是两袖清风，从未中饱私囊。此次得罪魏紫，不过是因他二人看不下去长孙齐的消沉，给辰嫛连上了几道折子，请她归朝，诛杀佞臣，以正朝纲。

这佞臣是谁，满天下人皆知。可两相不闻不问，女皇也执意维护，这才让他们白白丢了性命。二人之忠君爱国，敢于直言劝谏，可算是亘古忠臣。民间听闻此事者，自发在屋顶悬挂黑布，以示哀悼。

就连见素医馆亦是如此。狄姜亲自命书香将黑布遮住医馆牌匾，宣布停业三日。这三日，她原本想去明镜塔与钟旭商议如何将武瑞安救出来，却不想他很快便被放了出来。

辰嫛下令释放武瑞安，作停职处理。与武瑞安被停职的消息一同传来的还有一道诏书。诏书是一纸赐婚旨意——两年后，庚子年十二月二十二日，是大吉之日，武瑞安和狄姜将在那时大婚。

狄姜带着问药赶到武王府，她见武瑞安没受什么折磨便放下心来。

问药拿着圣旨翻来覆去地看，看完便将其扔在一边，冷笑道："呵，这算什么？打一巴掌再给一颗糖？"

这要放在以往，狄姜一定会斥责问药，让她不得无礼。但今日，她也说不出话了。韩城和赵琛两位大人的惨死已经传遍了太平府，武瑞安当众行刺魏紫一事，使他在民间再次成为举世罕见的英雄。舆论和魏紫的脸面再次将武瑞安推向风口浪尖。但这时候，原本该维护武瑞安的辰曌并没有维护他，这一行为无疑让天下百姓都跟着寒了心。

比起狄姜和问药，武瑞安倒很轻松。他收起勋章、钢盔、军靴，对狄姜笑了笑："被停职也不是第一次，我无所谓。何况我走上戎马路途原也是为了你，如今既然能娶到你，放下又如何？以后我的人生就只有你了，你要对我负责。"武瑞安眼底有无奈和担忧，但嘴角眉梢的笑容也是真的。

狄姜微微一笑，轻声颔首道："我会的。"

时间一晃而过，立夏这日，三皇子武煜与辅国大将军的孙女刘令月举行了盛大的婚礼。辰曌赐新府一座，毗邻武王府。这些时日以来，魏紫请了高人入宫炼丹，辰曌身体渐好，却无法在宫外行走，故不能亲自参加婚礼。

这是郁王府建成以来头一次大宴宾客。左相因病没有到堂，右相却携了夫人亲自来祝贺，二皇子恭王爷带着儿子前来，皆受上宾款待。唯独武瑞安，似乎在这一时被所有人遗忘。武瑞安本也携了狄姜去新修的郁王府，却以戴罪身份被魏紫的人阻拦在外，只能远远看着，不得入大堂观礼。

"真是岂有此理。"武瑞安自是愤怒，但见三皇兄与魏紫在堂中相谈甚欢，也无可奈何，牵起狄姜的手掉头就走。

狄姜一言不发，跟着他离开，临走时，忽然瞥见湖边站着一玉树临风的少年郎，正是潘玥朗。柳絮在他身边飘舞，院中的蔷薇花落了一地。他双手作揖，对眼前身形壮硕、抚须大笑的男人躬身行礼。

男人眼底充满了欣赏，似乎对潘玥朗十分满意。

狄姜内心一沉，脚下便有些迟疑，武瑞安注意到狄姜的不对劲，停下脚步，顺着她的眼神望去，敛神道："那是镇南王，我的叔伯，亦是潘玥朗未来的岳丈。此番他从封地回来，表面上是为了参加三皇兄的婚礼，实则是为了流芳郡主的婚事。看此情形，怕是大婚将近。"

闻言，狄姜更加头痛了。

回到武王府，武瑞安捧着礼盒回了兵器房。兵器房在武王府的西南隅，毗邻练功房。双开的大门走进去，入目便是满房间的兵器。二十余把剑被悬挂在墙上，每一把都巧夺天工、锋利无比。武瑞安将盒子里的寒铁剑放回墙上空置之处，随后将礼盒扔在一旁。

"走吧。"武瑞安唤了狄姜一声，却没有人答他。他转过头，才发现狄姜站在那柄从剑冢里带出来的石钟乳前沉思。

武瑞安走近狄姜，问她："你喜欢？"

狄姜倏尔抬头，看了武瑞安一眼，摇了摇头："只是勾起了一些回忆，不太好的回忆。"

武瑞安笑了笑："那就砸了它，省得惹你不快。"

武瑞安说完就去抱那块石头，狄姜连忙打断他："我难过的是你入剑冢受的苦，与这块石头没有干系，何况它在你心里意义不同，且放着吧。"

武瑞安微微叹气，颔首道："都依你。"

翌日，魏紫在朝堂上提议，立三皇子武煜为太子。这一提议一出，遭到群臣反对。以公孙溆为首的寒门势力，还有长孙齐为首的世族门阀势力都极为反对。群臣皆认为三皇子资历尚浅，不谙国事，且还未有子嗣，不宜承继大统。每一条都说得十分在理，让人无法反驳。魏紫无法，只得暂且作罢。

下朝之后，长孙玉茗知悉群臣商议立太子一事，立即递上奏章，请辞太子妃。魏紫本就不喜长孙齐，如今长孙玉茗主动请辞，自然高兴，忙不迭地将奏章拿给辰曼。辰曼看了一眼，摇头道："且放着吧。"

"陛下，您是同意，还是不同意？"魏紫摸不准辰曼的意思，若她的眼底还有一丝喜色，他定会开开心心地去宣旨，然而她似乎并不想同意。

辰曼摆了摆手，道："玉茗是好孩子，她既是朕定下的儿媳，又岂有废黜之理？等她过些日子想通了，就不会胡来了。"

"微臣遵旨。"魏紫一脸淡漠，很明显生了辰曼的气。

辰曼没有将他的逾越放在心上，躺在床上，不一会儿便沉沉睡去。

半月后，潘玥朗与流芳郡主正式定亲，婚期定在来年春天。镇南王老来得子，自请将镇南王位传于爱婿潘玥朗。婚后潘玥朗将改姓武，入赘镇南王府。

"这是什么意思？潘玥朗为了权势，连姓氏都可以弃了？"武瑞安看完骆非白送来的信函，拍桌大笑道，"狗腿就是狗腿，每一步棋都走得让人刮目相看。"

而后，魏紫又以辰曌的名义，为潘玥朗备了一份大礼。圣旨下令在潘玥朗承袭镇南王位时，封为少将军，握京畿重兵。

"这简直太荒谬了！他一个文官，因娶了个女子，就一跃成将军了？左相、右相平日里不是什么都管吗？怎么这阵子全都无声无息了？就如此放任他们胡来？"武瑞安听闻这个消息的时候，整个人气得直跳脚。武瑞安原本在院子里练习射箭，一气之下将弓箭从中折断，可仍是不解气。一下午将三桶羽箭尽数毁坏后，当天傍晚便换上夜行服，摸进了辰曌的寝宫。

辰曌的寝宫中，除魏紫外，只有新来的普济和尚在送丹药时可以入内。近日来，贴身如内监总管师文昌都不得入内。武瑞安挑了个魏紫用膳、寝宫空无一人时从窗户里飞身而入。

"母皇，您还认得儿臣吗？"武瑞安伏在床前，压低声音问了辰曌好几遍。

辰曌躺在床榻上，双目无神，一双眼睛只盯着画像傻笑。武瑞安着急不已，不一会儿，门外便传来一阵窸窣的脚步声，武瑞安心中一凛，正要离开，辰曌却突然在被子里握住他的手，随后在他的手中塞了一块玉佩。然后接连推了他好几把，示意他速速离去。

武瑞安虽然担心，但也知道辰曌并非如表面那样痴傻，他担心魏紫即将回来，便只得颔首，道了声："儿臣告退。"

"你说，母皇给我这块玉佩，究竟是什么意思？"回到医馆后，武瑞安把玩着玉佩，翻来覆去地仔细观察，也没有发现奥秘之所在。狄姜侧着头看着他，似乎也在思考这其中的故事。

"这枚玉佩，与你给潘玥朗的有几分相似。"他的手指摩挲着当中的"菀"

字，突然一拍手掌，道："我记得……你曾经拿着这块玉佩来找我？那时候你找的是……是谁来着……"

武瑞安实在想不起来了，许久过后，突然牵过狄姜的手，一字一顿地问道："你是不是有事情瞒着我？"

狄姜愣了一会儿，缓缓说："如果太和公主武菀颜没有死，她的儿子怕也有潘玥朗这么大了。"

武瑞安蓦然睁大眼睛："你的意思是……"

狄姜点了点头，道："你还记得李姐吗？"

武瑞安愣愣地颔首："记得。"

狄姜将六年前状元乡中李姐托孤的事情简略说了一遍，武瑞安听得目瞪口呆，脸上写满了惊讶，道："这么说来，潘玥朗是太和公主和沈子墨的儿子？"

狄姜颔首。

"这可真是骇人听闻。"武瑞安吞了口口水，突然猛然一惊，"那他与流芳郡主的婚事……"

狄姜想了想，淡淡点头道："如果潘玥朗同意这门亲事，那他就不能为辰嫛所用。反之，如果这门亲事最终无法举行，那他就是辰嫛最关键的一步棋。"

武瑞安听得一愣一愣的，半晌才道："那现在该怎么办？"

狄姜眯起眼，良久才高深莫测地说出一个字：

"等。"

七月三十这日，已近夏末，木槿花十里飘香。

狄姜从太学下课后，被武瑞安的车驾接去了武王府。一路上，武瑞安好几次问她累不累，狄姜都摇头说："自从辰嫛赐婚，她们对我的态度便有所收敛。"

"那就好。"武瑞安抚了抚她的头发，弯起眉眼，笑得十分神秘。

到达武王府后，武瑞安便一路带着她小跑去了后院，来到楼东小榭的西殿，打开了一扇紫檀雕花衣柜的门。门中静静挂着一件龙凤嫁衣。大领对襟的虹裳霞帔，蹙金绣云霞翟纹，除了王妃服秩有的九翟四凤纹绣外，还配上了大朵的合欢花。凤冠步摇，钿璎累累，上饰以二珠翠凤，皆口衔珠玉。更有合欢花、蕊头、翠叶、珠翠穰花鬓。胸前璎珞垂旒，玉带蟒袍，下面绣花裥裙，垂有金或玉石的坠子。就连大红绣鞋上亦是织金云霞龙纹。武瑞安笑道："我宣武女子出嫁前，会亲手绣制嫁衣。我知道你不会，书香和问药亦不是这块料，便嘱咐几个绣娘，赶制三个月，做了这套凤冠霞帔来，给你一个惊喜。喜欢吗？"

"好华丽的嫁衣。"狄姜瞠目结舌，半晌说不出旁的话来。此情此景，放在任何一个女子身上，都该是感动不已，痛哭流涕。然而狄姜早已没有那份心境，也做不出太激动的模样。

这套凤冠霞帔上的一针一线都精细无双，她摩挲着其上凹凸的珠玉，突然想起很久很久以前，她第一次穿上嫁衣时的模样。那时候的她扯了一块红布，随意包裹在身便当作了嫁衣，后来惊觉新娘还需要一抹红盖头，便扯了衣裙一角当作盖头。

一身简朴，却满心欢喜。而她执意要嫁的那人……却再也不会回来了。

"你在想什么？"武瑞安唤了狄姜好几声，狄姜才抬头笑着摇了摇头："我很喜欢这件衣服。"

"是不是迫不及待地想要嫁给我了？"

"嗯。"

"明年冬天，我会让你成为宣武国最漂亮最幸福的新娘。"

"好啊。"狄姜浅浅一笑，面上有些绯红，惹得武瑞安眉开眼笑，看上去竟比狄姜还要开心。

武瑞安又从怀里拿出一只锦袋，从中拿出一根红绳。他将红绳在狄姜眼前晃了晃，又道："传说中，在三生石畔，五百年才会长出一根红藤，等上一千五百年，取三根红藤结成一股，再穿过相思豆和血菩提，制成一根红绳，佩戴之人就可以生生世世、永永远远和送绳之人在一起。三生绳，寓意缘定三生。"武瑞安笑着执起红绳，缠绕在狄姜的左手腕上，与明晃晃的金丝玉镯交叠，竟相得益彰，丝毫也不突兀。

狄姜倒是挺喜欢这样的搭配。新的饰物不落俗套，十分讨她欢心。这若放在六年前，武瑞安指不定会拿出一大堆金器玉环，对自己说："看上哪个，随便挑，都是你的！"她想起六年前在八角楼怒摔翡翠镯的武瑞安，再看眼前人，如玉的面容，挺拔的身姿，时光竟然在他身上留不下一丁点痕迹。

他仍是那样耀眼、闪闪发光，却比从前更加让人无法忽视。只要一想起他的身体是如何重聚，他在死后将永堕虚无，狄姜就觉得胸中隐隐作痛。

"你怎么了？脸色突然这么差？"武瑞安蹙眉，见狄姜面色发白，急忙将她扶去榻上。

狄姜摆了摆手，说："我没事，可能是有些饿了。"

武瑞安舒了一口气，笑道："今日是你的生辰，我已命人备下宴席，等国师、问药、书香、长生来了便开席，现在先吃些点心垫垫可好？"

"你请了他们？"狄姜微微有些惊讶。

武瑞安颔首："我知道你心里在意的人不多，既是你的生辰，便让大家聚一聚，一齐为你庆贺。"

狄姜面色一恸，心中感动之余，钝痛更甚。见到狄姜面色发青，武瑞安有些无措："你……你不喜欢？"

狄姜哪里会不喜欢？

只是这份情谊之细腻入微，实在让她难以承受。

良久，她才缓缓摇头道："不，我很喜欢。谢谢。"

武瑞安怎会相信，见狄姜这副模样，内心实在彷徨："你不开心就与我说，我让他们回去就是。"

"我没事，你不要为我担心。"

就算狄姜如此说，武瑞安还是不安心，急道："你若有心事，不要自己藏着掖着。我很想让你快乐，但是你这样……我甚至经常会觉得，虽然你在对我笑，可那个真正能让你快乐的人，并不是我。"

狄姜闭上眼睛，摇头笑笑："你想多了。"

"真的？"

"嗯。"

其实她都知道，武瑞安非常在乎自己有没有受委屈、为什么难过。但是她的悲伤和难过世上没有人能懂，只有她自己才会明白。

越是拥抱，越是抗拒；越是亲密，越是远离；越是喜欢，越是害怕。

可如今，她连害怕的时间都没有了。

生命短暂，他们没有时间去彷徨、无措。

时间只够用来爱。

晚膳时分，钟旭带着长生、书香、问药到达武王府。有过患难之交的几人在一起用晚膳，虽然言谈中还有些揶揄打趣，但总体十分和谐。

大厅里的餐桌上，摆放着十四道精致的菜肴。这些菜色亦是武瑞安费了不小心思，从太平府最负盛名的酒楼请来大厨，与王府中原有的厨子一齐，研制了半个月才得出的食谱。既不失王室高贵品相，又富有民间口感，十分贴心。

席间，武瑞安问钟旭："为何三皇兄和潘玥朗的吉日很快到来，而本王的大婚之日却定在了来年冬天？就不能往前挪挪？"

钟旭面不改色，淡道："回王爷的话，钦天监依照王爷的生辰八字，拟定在来年冬天举行大婚之礼最是适宜。"

"可钦天监不是归你管吗？"武瑞安眯起眼，狐疑道，"你去帮本王说说，提前到今年冬天可好？"

钟旭一本正经地摇了摇头："不好。"

"你……是不是嫉妒本王？"

钟旭讶异："王爷此话从何说起？"

武瑞安高深莫测地咳嗽一声，伸手揽住狄姜的肩，笑道："本王与你开个玩笑，不必当真。话说回来，本王取了两个名字，你给算算与本王合不合？"

钟旭点头："王爷请讲。"

武瑞安招来奴才，奉上文房四宝，在宣纸上写下六个字，分别是："武笛欢""武江悦"。

狄姜。欢悦。

狄姜见到后，一开始有些惊讶，很快便双颊泛红。问药忍不住好奇，凑过来看，却没有看出其中的玄机。钟旭拿了这两字，一本正经地问他："王爷，此二人的生辰八字可否告知？"

武瑞安大手一摆，道："大约在后年秋天。"

"……"钟旭愣了一会儿，这才明白武瑞安的意思。他微微一笑，将纸张叠好，放在袖口，道："那就等两年后的秋天，微臣再为您算。"

武瑞安大笑："那就一言为定。"

一顿饭下来，亦算是其乐融融，就算有些不为人知的暗潮小插曲，也是无伤大雅的玩笑。

那一晚回医馆后，狄姜看着手腕上的红绳，突然很想把小鬼君叫上来问一问，三生石畔真的有红藤吗？

但转念一想，小鬼君整日公务缠身，又是个毫无童趣和爱心的孩子，怕是不会知道这样的逸事。再感叹自己也真是无聊，竟在这种事上当了真，便摇头作罢。

乙亥年末，以往每年的大年三十，辰曌都会在宫中举办家宴，今年却暂停了。辰曌已经卧床数月，如今连光都见不得。寝宫之中拉起厚厚的黑幕，龙榻四周亦布满纱帐，这才将阳光阻隔在外，让她好过许多。众臣忧心忡忡，立太子一事再次被多人提及——有拥立二皇子恭亲王复位者，有提议六皇子武王瑞安者，但被众臣拥立最多的却是三皇子武煜。

武煜天资聪颖，在朝中人缘极好，处理政事比恭王熟练，比武王勤勉。然而辰曌对此事始终没有表过态，两相亦不松口，皆言武煜无嗣，需等郁王妃平安诞下麟儿，再行商议。

庚子年一月初，新年伊始，郁王妃刘令月平安产下一子，起名武佑。武煜高兴之际，即刻将其封为世子，承袭郁王位。武佑成了宣武国最年幼的一位世子。三皇子对长子的喜爱和期望可见一斑。朝臣连贺十日，礼物堆满了十间屋子，直到一月十五，才渐渐平息。

十五这一日，潘玥朗着人备下重礼，去镇南王府邸下聘。

潘玥朗是寒门学子，无依无靠，爬到今时今日的地位纯粹是因他的能力。原本他的聘礼并不多，只六出六进的府邸一座。魏紫喜爱他，特赐黄金白银数万两。下聘之时，金银珠宝堆了十八车，绫罗绸缎铺满了整条街，喜饼、喜糖、吉物做到观礼百姓人手有份。场面之宏大，让所有人惊叹咋舌。声势之浩大，比起三皇子和刘令月，亦不输分毫。

镇南王笑呵呵地收下聘礼，第二日便提议，将潘玥朗封为骠骑将军，协理兵部，为日后承袭镇南王爵位统御十万西南驻军做准备。

潘玥朗就这么成了宣武国第一个有着将军头衔的刑部尚书。此事虽然荒谬，但比起男宠执政，亦不算大事。再者魏紫一手遮天，已然让群臣敢怒不敢言。当天下午，原本该风光无限的潘玥朗一出宫门却被人打了。

武瑞安身穿时服，对潘玥朗拳打脚踢，直言道："你简直不配为人！"

武瑞安被侍卫拉开后，便以无故殴打朝廷命官罪被关入天牢。潘玥朗则右腿小腿骨骨折，需卧床数月，与流芳郡主的婚期便只能延后。镇南王十分愤怒，翌日早朝参了武王一本。魏紫亦是气急，下令将武瑞安关禁闭三月，任何人不得探视。

辰曌允。除此之外，辰曌还下令武瑞安交出御林军统尉的虎符，并将之赐给了潘玥朗，以作安抚。镇南王这才作罢。

傍晚，武王府迎来了许多官兵，他们由魏紫亲自带领，将武王府翻了个底朝天。其实虎符一直放在书房中，管家刘长庆早已将其拿出，恭敬呈上。然而魏紫不依不饶，派兵将武王府搜遍，这几乎让整个王府毁于一旦，形状犹如被抄家。当夜，绝对可说是武瑞安整个人生史上最耻辱的一夜。幸亏他不在场，否则他一定会不管不顾地与魏紫拼命！

午夜时分，武瑞安孤零零地躺在天牢底部的草堆上翻来覆去睡不着。迷迷糊糊中，他突然听闻一阵琴音。琴音断断续续，简直毫无曲调章法可言。此琴音时而高亢时而喑哑，低沉时更浑厚，特征十分明显。武瑞安认出此琴音便是出自狄姜院中，曾经江琼林奏过的那把古琴。

那琴奏了近一个时辰，反复弹着一首曲，武瑞安才勉强听出，她弹的是《秋风辞》——

入我相思门，知我相思苦。

长相思兮长相忆，短相思兮无穷极。

……

武瑞安此时相信，狄姜说自己五音不全是真的了。

虽然狄姜的歌不成歌，调不成调，就算如此，武瑞安亦觉得很暖心。在这样难听又聒噪的琴音中，他的心终于平复下来，沉沉睡去。一夜无梦。

武瑞安在牢里待了三个月，放出来的时候，正赶上武煜受封太子，入东宫伴驾。对武煜被封太子一事，武瑞安没有异议，他现在满脑子都是狄姜。

这三个月来，魏紫下令任何人不得探视，连天牢守卫都由潘玥朗亲自挑选而来，不管狄姜如何求情，都不得进入探望。狄姜虽有穿墙的本领，但到底不愿在武瑞安面前暴露。只得用琴音聊以慰藉，告诉他自己一直都在。狄姜的琴音陪伴了武瑞安三个月，竟然毫无长进，仍旧五音不全。武瑞安一出大牢，便对一早等候在外的狄姜道："你以后还是不要再弹琴了，它会弄伤你的手指。"

狄姜"嗯"了一声，目光中透着感动。丝毫也不觉得武瑞安是在暗里数落她的琴音难听。但陪伴在一旁的问药听出来了，她并不打算拆穿，只一副如蒙大赦的模样，长舒了一口气。

她终于不用再被迫听这难听的琴音了！

回到武王府，管家刘长庆便在王府大门前架了火盆，在屋中泡了柚叶，去晦之后，便在厅中张罗了一桌好菜，给武瑞安补补身子。席间，问药不停地给二人布菜，嘴里还一直叨叨："数月不见，你们都清减了许多，王爷在牢中不易，掌柜的在外头也受尽委屈。"

"问药。"狄姜呵斥一句，让她不要再说。

武瑞安却察觉出不对，蹙眉问她："发生什么事了？"

"还不是太学那些公主小姐，仗着王爷落难，欺负我家掌柜！"

武瑞安闻言，立即放下碗筷，握住狄姜的手，问她："怎么了？"

狄姜睨了问药一眼，对武瑞安道："没有的事，你不要听问药胡说。"

"我没有胡说！"问药抓过狄姜的手腕，撩起袖子，指着一道寸长的烧伤道，"这就是证据！王爷，您可千万不能放过她们！"

武瑞安一愣，颤声道："这是什么时候发生的事？"

问药答："您入狱后一个月左右。"

"她们……当本王死了？"武瑞安一脸阴郁，眼中满含怒气。

狄姜连忙解释："是我自己不小心碰倒了烛台，不关旁人的事。"

"不小心碰倒烛台？！您说得真轻巧！"问药义愤填膺地说，"您还不小心把清心斋的门从外头锁上了是吧？若不是恰好师总管经过，您都被烧成一把灰了！"

"可我现在不是好好的？何况因那事之后，我不必再去太学教学，也算因祸得福。"狄姜不理问药，拍了拍武瑞安的手背，示意他不要紧张。

武瑞安更加痛心，一寸寸摸索着那道伤痕，道："你烧伤后，还来为我抚琴？"

狄姜颔首。

"我竟全然不知道。"武瑞安眼眶泛红，一把将她搂在怀里，颤抖着声音说，"辛苦你了。"

"不辛苦。"狄姜摇头，一脸无奈道，"该怪我技艺生疏才是。"

"不，很好听，如果没有你的琴声，我甚至难以入眠。"武瑞安由衷说道。

"当真？"狄姜面色一喜，"那我以后天天弹给你听，可好？"

"不好！"

武瑞安和问药异口同声、斩钉截铁地说。

狄姜撇了撇嘴，好似有些受伤，武瑞安连忙给狄姜盛了碗乳鸽汤，安抚道："弹琴伤身，这件事情交给我，我会不动声色地处理干净。"

武瑞安高深莫测地一笑，那笑容阴冷无比，让狄姜不寒而栗。

第十九章

兵变

接下来朝堂上的发展，让所有人始料不及。武瑞安根本没有闲暇时间去管女人之间的争斗，他所有的心思都放在了朝堂之上。

四月二十八，魏紫督造帝王专用的九层金漆棺椁，下令皇陵需在一月内完工。人力物力耗费之巨大，统共花费赤金、白银数百万两，让本就空虚的国库越发难以支撑。户部核查租税物产、库藏出纳和军储禄粮，最后上报朝廷，令赋税贡纳需增加三成。这一旨意传出，还未执行，百姓已经怨声载道。多人集结在大街上游行，在魏紫斩杀两百余人后才逐渐平息。

太平府中风声鹤唳、草木皆兵，民怨沸腾的趋势随着一道道下发的国书渐渐向全国蔓延。言辰嫚"牝鸡司晨""老来糊涂""辰嫚退位"之人愈来愈多，就连武煜也多次进言，望母皇让出王位，退居后宫，颐养天年。辰嫚虽在榻上神智糊涂，却始终未有松口。

右相长孙齐处理户部事宜心力交瘁，感念国将不国，在大明宫外长跪三日，乞求辰嫚诛杀佞臣魏紫，还朝堂清净。辰嫚不允。

长孙齐一气之下辞去丞相位，归还布防兵及御林军虎符，告老还乡。

辰嫚允。

五月中，夜，亥时。大明宫中灯火通明，紫金棺椁摆在殿外，十里经幡迎风飘荡。宫女、太监们哭声震天。郁王爷武煜携幼子入宫，恭亲王武隆及其长子武修文亦闻讯赶来，然被阻拦在外，不得入内。

"你们凭什么不让本王进去！本王亦是皇子，修文亦是皇孙，凭什么！"武隆气急，在外咒骂，却始终被御林军冷冷的长剑阻隔，不得入内。

"为什么不让本王进去？本王……本王不跟你们争，本王只是想见母皇最后一面……"武隆跌坐在地，泪眼模糊。武隆之子武修文垂首立在一旁，双拳紧握，眼眶通红，却不肯流下一滴眼泪。

在敌人面前软弱，会让他们更加开心。他不愿意。

皇宫守卫比从前多了十倍不止，他们将大明宫重重包围，越来越多的重臣齐聚殿前，面色凝重。他们被驻军阻拦在殿外，不许任何人发出异动或声响。有违者如哭泣的宫女，杀无赦。群臣面面相觑，相顾无言，凝重的眉目里透露着十分的担忧和无奈。今日之阵势，比起以往，要浩大数倍，人人都知辰嫛大限已至，无力回天了。

临近午时，忽听"哗啦"一声沉重的响声传出，让众人的心都随之一紧。寝宫中一瓷器落在地上，碎成数块，在这寂静的夜里显得尤为突兀。驻军似是得到了某种讯号，靠窗边的御林军轻巧而迅速地将窗户卸下，露出窗后的黑纱。紧接着，忽听寝宫中传出辰嫛中气浑厚的怒喝："公孙渺，你好大的胆子！"

辰嫛竟还活着！

此声一出，众人面色皆是大惊。

有惊喜者，亦有惊惶者。喜者如武隆等直系子嗣，惶者如知悉此次兵变者。

三万御林军调动需三对虎符齐出。其中一对虎符一直握在左相公孙渺手中，另一对在长孙齐上交后，便与武王府搜来的那对一齐，落在魏紫手里。今日逼宫之幕后黑手，已然呼之欲出。公孙渺称病蛰伏一年多，却始终将朝堂稳在手心，而那魏紫就是他手中隐藏最深而最锋利的一把剑。如今就算辰嫛没死，但面对三万御林军逼宫，十万布防兵又无人可调动之际，已经是大局已定，回天乏术了。

很快，在大开的窗户里传出公孙渺气定神闲的话语："陛下，宫门之中，乃至宫外三里地界，皆是微臣的人。微臣既然能拥您坐上皇位，亦能将您打回原形。如今您已是强弩之末，无人可用了。"

"你……简直无法无天！"辰嫛声音颤抖，就算他们看不见她的人，亦能从她的声音里听出雷霆震怒。

"陛下，若有冤屈还请留在下辈子，来人，送陛下龙驾归天。"公孙渺说完，向后退了两步。

魏紫端着毒酒上前，师文昌连忙拦在辰曌身前，怒道："魏大人，您怎么能如此对待陛下？陛下对你万般垂怜，你却忍心背叛她？"

魏紫面无表情，丝毫不将师文昌放在眼里，只步步逼近辰曌，朗声道："恭请陛下龙驭归天。"

他的话语冷冷清清，再无半点往日的温存。门外的文武百官将这一切听在耳朵里，却又因此事而战战兢兢。公孙渺说得不错，辰曌大势已去，明日，便将是新王的天下。

那今日听见这一席话的人……只怕都活不长久了。

众人如临大敌，恨不得将耳朵砍了，舌头割了，双手剁了，以示自己绝不会将今日逼宫的真相往外透露一个字。就在这时，突然一抹寒光从天而降，割裂窗户上的黑幕，径直穿过魏紫胸膛，稳稳插入地上。

那是一柄通体散发寒芒的冰晶宝剑，太霄可随意化形，但露出此种模样，一定是主人盛怒之时。

剑气凝聚，华光万丈，让整个寝宫随之亮起。紧接着，门外三千士兵整齐划一，收起长剑，放入剑鞘。与此同时，武瑞安、潘玥朗身穿军铠，阔步而来，人群自发让出一条道来。他们的身后还跟着一袭白衣的国师钟旭。钟旭一扬手，那宝剑便又化作一道寒芒，从殿中飞出，落在钟旭手心。

"把门打开。"武瑞安一声令下，殿前的御林军立即打开殿门，扯落满殿黑纱。

在公孙渺的不可置信中，武瑞安扶起武隆，带着武修文一起入内。

"你怎么会在这里？"公孙渺看向武瑞安，再看了眼他身边的潘玥朗，疑道，"你背叛我？"

潘玥朗面无表情，冷冷道："微臣只知陛下，不知左相。背叛一词，从何说起？"

殿中武煜抱着孩子跪在地上，面对这突如其来的变化很是惊讶，却没有丝毫害怕。他在整件事情里扮演的角色，只是一个被人利用的皇子，从未对辰嫛有过半点僭越。

"来人！来人！把他们给我拿下！"公孙渺发疯似的跑出去，对着殿外密密麻麻的驻军吼道，"六皇子以下犯上，妄图谋害陛下，罪不可恕，就地诛杀！"

空气里安安静静，没有一个人敢大声喘气，亦没有一个人听从公孙渺的指挥。他们一动不动地盯着他，就像在看一个笑话。眸子里充满了同情。

"你究竟做了什么！"公孙渺转过身，怒不可遏地指着武瑞安，"御林军不可能是你的人，你没有资格调动他们！"

武瑞安扬起嘴角，面露嘲讽，冷笑道："他们不是御林军，他们只是穿着御林军的铠甲。"

"你也不可能调动布防军！你没有布防军的虎符！"

"他们亦不是布防军。"武瑞安不疾不徐，缓缓道，"本王在天牢中的三个月，去了一趟西南，从镇南王手中借了五万大军，他们之中有五千人换上御林军服秩，其余四万五，于城北与御林军对峙，等本王拿到你的人头，便能命他们休战。"

闻言，公孙渺呼吸一滞，突然身形踉跄，从台阶滚落，而后猛吐出一大口鲜血。人群四散开来，不敢与他有任何接触。他披头散发，面露凄惶，冷笑道："你……你们早就知道？合谋算计老夫？"

武瑞安冷哼一声，算是应下。

此时，屋里的魏紫伫立在床前，被钟旭桎梏住双手，不得动弹。他整个人突然双目空洞，面无表情。钟旭看了眼他胸前的伤口，虽然被太霄穿胸透骨，然而很快便愈合，没有流下一滴血液，他对魏紫身后的高人兴趣更加浓厚。

那定是个天才。

钟旭不再管魏紫，而是给了师文昌一颗丹药，嘱咐道："给陛下送水服下，可立即解毒。"

"多谢国师大人，奴才立刻去办。"师文昌按照钟旭的嘱咐，喂辰嫛饮下丹药，辰嫛的面色便很快恢复了血色。她挣扎着从榻上走下，师文昌扶起辰嫛，与她一道走出寝殿。

辰嫛看着台阶下衣冠不整、满脸灰败的公孙渺，叹息道："当初历经文献之乱时，朕曾在官道见过饿殍遍野，人们易子而食。那时候你尚年轻，为一方太守时还曾救过朕的性命。"

辰曌一字一句，字字铿锵，勾起了公孙渺久远到虚无的回忆。

辰曌："那时的你与朕政见相合，皆言世上百姓福祉重于泰山，个人荣辱得失无足轻重。我们曾达成共识，愿我宣武百姓永远不再受战乱之苦，愿宣武国人人都能幸福安乐。我们曾是志同道合的友人，可是你……后来的你实在太叫朕失望了！"

公孙渺面露惶然，眸子里有那么一星半点的困惑，但那只是一闪而逝。他冷冷笑道："两年，你足足演了两年的戏。你还真能忍。"

辰曌："心字头上一把刀，'忍'只是为人在世最基本的技能。论阴险狠毒，还是左相无人可及。"

公孙渺长舒一口气，抬头看着天幕，空中月朗星稀。

月辉璀璨夺目，星辰无可匹敌。

"不，并不是。"公孙渺垂下双肩，淡然地说，"到底还是陛下棋高一着，老臣愿赌服输。"

成王败寇，胜者傲视群雄，输家……身首异处。

"拖下去，朕不想再见到他。"辰曌摆了摆手，在师文昌的搀扶下，拖着干瘪苍老的身子走回了寝宫。

当晚，辰曌已然疲累至极，她什么话都不想再说，遣散了宫中所有人，只留下师文昌在旁伺候。

钟旭带着傀儡般的魏紫回了明镜塔。二皇子武隆、太子武煜各自回府；六皇子武瑞安和潘玥朗则调遣五千士兵，带着虎符前往城郊驻地，安抚御林军和余下的西南驻军。

轰轰烈烈的一晚，终以公孙渺的惨败画上句点。

翌日，在阔别太极殿近两年后，辰曌首次亲临朝堂。过去近两年时间她都未坐过龙椅，今日再临，越发令人觉得光阴流转如白驹过隙。魏紫和他背后的公孙渺所带来的阴霾，似乎一个晚上便被吹散，朝中仍愁容满面的，只有平日与公孙渺亲近的官员。

其余人等都在看好戏，等着那些平日里趾高气扬的阿谀谄谄之辈被打入尘泥、不得好死。

辰曌在朝中第一个圣令，便是宣布右相长孙齐官复原职。

长孙齐早已等候在外，进殿后，即刻向辰曌建言："为避免案件扩大化，无须大规模牵连百官，以安朝臣与民众之心。"

公孙淼为相期间，百官争相巴结，从一开始清廉奉公到后来的利欲熏心，不过十余年。公孙淼贪污、结党，成为祸宣武国之最大恶势力。除公职外，他还控制商贾，授意下属在全国开设当铺三百七十五间，设大小银号一千七百多间，赌场数以万计。辰曌采纳谏言，发布圣谕，除公孙淼九族全诛以外，不牵连其朋党，不牵连其幕僚。公孙淼本人，辰曌则感念其功绩，留其全尸，赐白绫、鸩酒任选，即日执行。

满朝文武，竟无一人为其求情。此时此刻，已经人人自危，谁还敢有半点触怒龙颜之举？

下朝之后，刑部派兵一千二百人抄公孙淼府邸。发现其聚敛的财富，约值白银千万两，所拥有的金银珍宝、地契商铺，价值超过了宣武国十年财政收入的总和。空虚的国库因此充盈，翌日早朝，辰曌免天下百姓苛捐杂税三年，以安民心。此一政令出，举国欢呼，普天同庆。

当日，公孙一族男丁三百余人，在午门外被斩首示众，由刑部尚书和大理寺卿监刑。而后，京兆尹带三百人，命公孙家女眷幼童在其府邸饮鸩而亡。傍晚，师文昌则亲自带着圣旨和鸩酒、白绫来到刑部大牢。

大牢深处，刑房最为宽敞，这里有好几个人都待过，但公孙淼从未想过有一天自己也会死在这里。

"请公孙大人上路。"普天之下，还会叫公孙淼一声大人的，怕也只有师文昌了。

公孙淼看了他一眼，淡声问道："我的家人会如何？"

师文昌低眉敛目，恭敬答道："请大人放心，陛下会妥善安排。"

辰曌的安排合情合理。

九族尽灭。上至八十老妪，下至初生婴孩，一个不留。

公孙淼苦笑，拿了鸩酒，一饮而尽。至此，刑部颁布公文，通告天下——公孙淼一案正式结案。此案前后牵扯消耗近两年时间，但结案之快，一如当初辰嫚的上位，雷霆迅捷，令人咋舌。

夜幕低垂，空中繁星密布，夏风和煦，正是华灯初上之时。

辰嫚心情不错，负手而立，站在宫墙之上遥望远方。不知过了多久，忽听一阵沉稳而细碎的脚步声传来，她头也不回，已猜到来人是谁。

"送走了？"辰嫚淡淡问道。

师文昌来到御前，躬身颔首："回陛下的话，送走了。"

"嗯。"辰嫚长舒一口气，像是卸下了长久以来压在肩上的重担。

公孙湷在朝多年，历经三朝而不倒，要将这样一棵盘根错节的大树连根拔起，着实费了极大的心力。这其中牺牲的人多如牛毛，让辰嫚几乎一闭眼就能看见他们冤屈的目光。

可她无悔。就算重来一次，她仍会这样做。

师文昌看着辰嫚单薄的背影，难以想象，左相逼宫造反一案，竟在两日内被她处理得干净利落、不留痕迹。两日前，公孙湷还做着太上皇的美梦；两日后，他便已经化作一具冰冷的尸体，死后连个敢祭拜他的人都没有。师文昌胸中惆怅万千，但更多的是心疼。

心疼天下苍生，黎民百姓的生计，这所有的所有都落在辰嫚一人肩上。那是连大多数男人都无法承受的重担。这时，辰嫚似乎察觉到他的目光，忽而回头，便见师文昌面露痛惜，目光悠长。

辰嫚忍不住调笑："师内侍，你小小年纪，为何总露出这般连朕都不曾有过的沧桑目光？"

师文昌慌忙低头，摇头道："奴才不敢与陛下相提并论。"

"你以为朕在夸你？"辰嫚失笑，"朕在埋怨你，你让朕心情不悦了。"

师文昌连忙跪倒在地，磕头道："请陛下恕罪。"

辰嫚有些惊讶地瞧着他，而后将其扶起，叹道："在朕身边，你无须害怕。朕只是希望，日后你能多笑一笑，那或许能让朕多活几年。"

"回陛下的话，奴才遵旨。"师文昌恭敬颔首，仍是不苟言笑。

辰嫚被他这副公事公办的模样弄得有些头疼，摆手道："罢了，不说这个了，能跟在朕身边的人，也不会是天真烂漫的人，朕不该要求你笑脸迎人。"

师文昌看着辰嫛，眼睛里情愫万千，好几次想说话却又止住了。

他不知道自己该说什么。

辰嫛猜不透他的心思，但见他这副纠结的模样，忽而淡笑道："你欲言又止，是否想问魏紫如何处置？"

师文昌闻言一愣，他其实并未太将魏紫放在心上，但辰嫛提起，却也开始好奇魏紫究竟会做何处置。

师文昌再次躬身颔首，问道："陛下，左相已死，魏大人他……"

"杀了。"

辰嫛轻描淡写不带一丝感情的话语让师文昌身形一滞。

她的冷漠从未改变。

她甚至连枕边人是何物都毫不关心。

她要的是结果，至于过程如何，她不想浪费时间在这种小事上。

见师文昌不答话，辰嫛又道："连你也以为，朕连心爱的人都分不出来吗？"她眼角眉梢虽然带着几分笑意，语气却冷得令人心颤。

辰嫛转过身子去，看着天空中的星辰密布，淡声道："魏紫像极了琼林，可也只是像。他始终不是他。朕又怎会如他摆布？"

"可您的声誉……全被他毁了。"师文昌颤声道。

"声誉？"辰嫛摇头失笑，"朕何时在乎过名誉？在天下民生面前，个人荣辱、名声又算得了什么？"

辰嫛指着远处的景山，道："如果朕死了，朕便在皇陵前立下一块无字碑，朕之一生功过荣辱，自有后人评断。朕无悔无怨，无愧于心。"

辰嫛倚着栏杆，凭栏眺望。皇宫城下，是太平府一百一十个里坊，纵横如棋盘。这棋盘中的每个人都是她手中的棋子。她执手江山，翻手为云，覆手为雨，可终究是为了这些棋子能安享太平，让宣武国歌舞升平。她不是一个好女人，亦称不上是个好人，但她是一个合格的帝王，能让这满天下的男儿都不如。

辰嫛的话让师文昌再次红了眼眶。

他不敢抬头，甚至连一句安慰的话语都不能说出口。

但他想，如果她希望看到自己笑，那他以后会记得多笑笑。

第二十章

木樨花神

武瑞安回到见素医馆的时候，已经是兵变发生三天之后了。这日傍晚，他尚来不及更换衣袍，故而有些风尘仆仆。

"王爷，您这是去泥里滚了一遭？"问药夸张地惊叫。狄姜见了没说什么，立刻端来水盆，让其洗漱一番，脸上的灰尘总算少了大半。

武瑞安叹息道："西南军五万、御林军三万、布防兵十万，化干戈为玉帛之后便是庆功宴，可他们谁也不服谁，这不就打起来了！"

"群架？"狄姜惊叹。

武瑞安摇头："单挑。"

狄姜"哦"了一声，说："看来王爷是身先士卒了。"

武瑞安咳嗽了一声，笑道："还好还好，勉强夺了个三军魁首。"

狄姜掩嘴一笑，有些无奈："事情都处理完了？"

武瑞安颔首："潘玥朗已经领军回西南，布防兵和御林军的虎符已经交还母皇，之后为何人所有，无人知悉。但我想……母皇怕是不会再轻易下放兵权了。"

"嗯。"狄姜应了一声，问他，"可用过晚膳？"

武瑞安颔首："来之前已经用过，你不必担心。"

"那就好。"狄姜说完不再说话，捧着本医术看起来。

武瑞安坐在一旁，喝了书香沏的茶，见狄姜始终不抬眼，惴惴道：

435

"你……是不是不开心了？"

狄姜回头，看了他一眼，觉得他此番问话有些奇怪："怎么会？"

武瑞安又道："你是不是怪我瞒着你？"

狄姜浅浅一笑，摇头说："你想多了。"

"真不怪我？"

"真不怪。"

在天牢中的三个月，狄姜怎会不知他已离开，她只不过顺水推舟，助他演了一出戏。但狄姜突如其来的沉默对武瑞安来说无异于一场酷刑。公孙渺落马该是举国同庆的喜事，然而狄姜始终神色淡淡，这只能说明：她不开心了。

武瑞安牵起她的手，柔声问："你是不是怕母皇再阻挠我们？"

狄姜眨了眨眼睛，没有说话，似乎听不懂他在说什么。

武瑞安又道："你放心，不论我身在何位，我答应你的事情都一定会做到。我会娶你，会一生呵护你，永永远远都只爱你一个。"

狄姜愣愣地看着他，点了点头，却也没有多说什么。

她能说什么？

谢谢你爱我？我相信你？我也爱你？

她说不出口。

其实武瑞安真的想多了。狄姜比谁都明白，为皇子者，为臣子者，任何一种身份都不容易。何况他如今还是辰曌面前唯一信任的嫡子，就连太子武煜也是及不上他的。就算他不想当皇帝，但全世界都知道，他的前路最是宽广，最是无可限量。

她又怎会是他的绊脚石？

武瑞安想走想留，她都支持他，只要他需要，她会始终陪伴他，不离不弃。

翌日，明镜塔。

钟旭在午时送了帖子到见素医馆，邀狄姜至明镜塔相叙魏紫之事。此拜帖恰好被武瑞安撞见，便死活要跟她一起去。一路上，狄姜都在劝他："王爷，您还是先回去吧，我怕您见了会有阴影。"

"哪儿那么容易产生阴影？"武瑞安的表情狰狞，哼气道，"我打仗的时候什么场面没见过？血肉横飞，骸骨尸山那都是家常便饭！我还能被个小小男宠唬住了？"

狄姜没说话，她好几次想告诉他，玄门之事与血海尸山并不是一个概念，但话到嘴边又说不出口了。这种事情，还是让他自己慢慢去了解和接受吧。

二人到达明镜塔时，钟旭已在塔门外等候，他身穿一袭白衣，见了武瑞安没有惊讶，只是行了一礼："微臣见过武王爷。"

"免礼。"武瑞安依旧冷哼，似乎不大欢喜钟旭单独邀约狄姜。

狄姜偷瞄了钟旭一眼，眼神里似乎在说："国师，一会儿你要温柔些。"

钟旭同样用眼神答道："我……尽量。"

这二人……有古怪。

武瑞安看着他们眉来眼去的，心中更加不是滋味，冷哼一声，甩手前去。钟旭连阻拦的话都未来得及喊出口，武瑞安便闪身进了明镜塔中。明镜塔里，正中有一铁笼，笼里有一披头散发的男子，他身上的衣物虽有些脏污，但仍能看出它赤金瑰丽的底色，正是魏紫最喜欢的那套。

武瑞安凑近，隔着铁笼看着魏紫蓬乱的头发，枯黄不说，末尾还多处分叉。与其说是头发，不如说是根须。怎么几日不见能衰老成这样？

武瑞安想起魏紫日前倾国倾城不胜妖娆的模样，心中很有些唏嘘。

"你究竟是什么人？"武瑞安问了魏紫好几遍，他都像没听到，武瑞安终于忍不住绕到铁笼另一边，俯下身去看他的脸。这不看不要紧，一看吓一跳。那张脸上根本不是什么倾城的五官，而是密密麻麻的丝线，屡屡缠绕，就像……就像是被从中劈开的蚕蛹，只露出两个黑漆漆的眼眶和口鼻。

"咯吱"一声，塔门再次被推开来，钟旭带着狄姜走进。

武瑞安咽了口口水，慌忙跑到他身后，道："国国国国、国师！快收收收收、收妖！"

"王爷不必害怕，它已经被太霄斩断心魄，不会再动弹。"钟旭淡淡地说完，武瑞安面上虽然平静许多，但内心的惊讶还是没有减少几分。

这样的东西在他的认知里几乎是没有办法理解的。

就在武瑞安发愣之时，狄姜问钟旭道："你打算如何处置他？"

"这就是我请你来的原因。"钟旭说着，从一旁的壁柜上拿出一只盒子，盒子里躺着一张薄如蝉翼的人皮。

"此物应当是从江琼林的尸身剥下，所以魏紫才能有一张神似他的脸面。如今他已被我夺取心智，此肉身……我却不知该如何处置。"

武瑞安接道："这有何难？此等妖物，烧了便是！"

钟旭摇了摇头："它刀枪不惧，水火不侵。"

"这么神奇？"武瑞安瞪大了眼睛，眼底写满了不可置信。

"据我所知，在这三界之中，刀枪不惧、水火不侵的人只有一种。"钟旭顿了顿，又道，"鬼域的士兵。"

"鬼……？"武瑞安再次瞠目结舌，面上惊讶更甚。

钟旭点了点头，接道："太霄帝君座下，有百万不死鬼域将士。可照理说，他们不能出现在人间。"

武瑞安："出现了会怎样？"

钟旭："捣乱人间秩序，带来瘟疫和灾祸……"

"好了，你不要吓唬王爷了，"这时狄姜上前两步，打断道，"魏紫它还不够资格。"

"那它是什么？"钟旭疑道。

"画皮傀儡，一个没有自我的妖物，借命而生。"

"借命？"钟旭蹙眉，"借谁的命？"

狄姜又道："它的身体是莲藕做的。之所以能源源不断地修复，怕是因为它的生命与莲池相连，你只需要找到一方遍开莲花的荷塘，将其中的莲藕尽数烧毁，那时，它便会灰飞烟灭。"

"普天下荷塘众多，我怎知是哪一个？总不能将天下的荷塘都烧了？"

"去向人问一问，附近有哪一方荷塘无论春秋寒暑皆花开不败，便是那一方了。"

钟旭想了想，点了点头，立刻派下人去找莲池。武瑞安听着二人的对话，越听越诡异，只觉得自己似乎是在做梦。

这样的事情……怎么可能发生？

可它就是发生了。

魏紫还关在铁笼里，人皮面具还放在锦盒中。这一切荒唐，却切切实实地发生过。

半月后，钟旭的人果然在京郊的一处荒废的宅院里找到一塘遍开白莲的荷塘。武瑞安得到消息，立即派兵将莲池翻了个底朝天，将其中的莲藕连根拔起，尽数烧毁，那明镜塔中魏紫的肉身便如倾泻的泥浆烂在地上，发出阵阵腥臭。

权倾一时的魏紫从世间消失，就连那张人皮也迅速枯萎，不复往昔荣华。

武瑞安回到明镜塔后，钟旭问他："此事是否需要告知陛下？"

武瑞安摇了摇头："母皇有旨，关于魏紫的事，她一概不想知道。"

钟旭点了点头，命人将塔中清扫干净，便当魏紫一事画上了句点。可是他也从未有一刻忘记过，魏紫只是一个傀儡，背后操纵它的人才是最可怕的。

武瑞安临走前，钟旭问他："王爷，您调查过经由魏紫引荐入宫的民间和尚吗？"

"你是说，进宫为母皇炼丹的那个老和尚？"

钟旭点了点头。

"本王从未见过他。"武瑞安在脑海里思索了一圈，发现自己全然没有注意过这个人。

钟旭又道："此人才是赋予魏紫生命的幕后高人，与公孙渺怕也有着千丝万缕的联系。狄大夫说他不似宣武人士，臣与他几番交手，发现他用的术法也与世人不同。臣担心他一日不除，必会为祸宣武。"

武瑞安想了想，郑重道："那和尚自从母皇病重，便不曾出现。既然内子见过他，本王便请她画一幅人像，再发布海捕文书，将其四海通缉。"

"嗯。"钟旭淡淡应了一声，"那一切就拜托王爷了。"

钟旭话虽如此，但他心中很明白，法力高深之人，又怎会是凡人能捉拿归案的？可如今也只能走一步算一步了。

一个月后，潘玥朗回朝。这一个月来，他快马加鞭将西南军带回驻地，一身风尘，满目沧桑，与过去玉面少年郎的模样大相径庭。

回朝后，他第一次上朝时，所有公卿大臣见他的表情都有些异色，显然都对他的演技表示惊叹，甚至根本没办法将眼前的少年公子与隐忍多谋的细作联想到一起。

没有参与兵变一事的大臣则不敢相信，他竟然是扳倒左相的关键之所在。

"潘爱卿，你辛苦了。"辰罍坐在御座上，和煦微笑。这一句话，再次肯定了潘玥朗的功绩，也打消了一部分人心头的疑惑。

"多谢陛下关怀，臣不敢居功。"潘玥朗面无表情，躬身礼敬，"臣恳请陛下，准臣彻查三十年来由公孙渺一手促成的冤假错案，为众位先臣平反。"

辰罍微微颔首，大手一挥："准。"

下朝之后，潘玥朗回到刑部，刑部下属众臣皆列正厅两侧，躬身颔首："见过潘大人。"

众臣语带钦佩，声势朗朗，与从前的阳奉阴违全然不同。潘玥朗不多在意，点了点头，便带着十余人进了库房。潘玥朗似是早有准备一般，指挥众人将三百余卷卷轴取出，道："辰皇有旨，彻查过去三十年间所发生的冤假错案。这三百六十起案件中，灭九族者三十，车裂者二十，午门斩首者一百八十人，余者流放者众，需着重调查。"

"是，下官遵命。"

潘玥朗带领群臣花了二十天时间将三百多起案件重新梳理，其中有二百余起是子虚乌有的冤案，八十起量刑过重，还有四十余起是左相为排除异己、中饱私囊而找的替罪羊。此调查一出，又是满朝哗然。辰罍怒不可遏，悔不当初，可帝王脸面让她无法像寻常人那般承认自己的错误，只得命潘玥朗为监工，工部、户部和礼部合力督造陵墓，聊表哀思。

忠臣冢建成之日，潘玥朗进封左丞相，受群臣恭贺。潘玥朗推掉了一切宴席邀请，下午，带着文武百官，入山林祭奠众位冤死之臣。

忠臣冢安静地伫立在山间，在绿树成荫的山林里享世代烟火。正中则是一块巨大的青石纪念碑，碑上刻着四千余人的名讳，密密麻麻的金色小字，皆是这些冤死之臣及其家属的名字，庄重又触目惊心。

潘玥朗缓缓走上石阶，亲自点燃三炷香，而后肃立在无声的石碑前。沉默的石冢旁是黑压压的人群，一同为这四千有名的、更多无名的屈死者默然注目。众人肃立许久，久到所有官员皆在烈日下汗如雨下。

潘玥朗被属下提点多次，他都不为所动。直到日落西沉，余晖撒在碑上，他才惊觉时光已经飞逝。离开前，他突然双膝弯了下去，直挺挺地跪在了冰冷的石阶上，一连磕了三个响头。

他在用自己的方式向死难者表达了歉意和哀悼。

随行官员惊呆了，这个出乎意料的举动让他们手足无措。潘玥朗被封宰相之日，做的第一件事竟是带领群臣跪拜祭林。从此之后，潘玥朗在世人心中不只是一个忍辱负重的忠臣，更是一个勇于认错，真心为惨死官员平反，真诚为自己的不得已去赎罪的少年丞相。

翌日早朝结束后，辰曌留下潘玥朗和武瑞安用午膳，问他昨日为何如此。

潘玥朗回答说："面对这些死难者，献上三炷香远远不够。臣只是在言语不及的情况下，做了一个人应该做的事。"这是实话，但是还有另一半没有说出口的话语——"而且，臣父亲的名字也在碑上。臣既不能公开祭拜他，能如此聊表孝心，也是应当。"

辰曌更加欣赏潘玥朗，眉宇之间除了赞赏更多的是心疼。这份心疼外人看不懂，武瑞安也觉得很是奇怪，回去后，还将此事与狄姜分享："母皇和潘玥朗很奇怪。"

狄姜："怎么奇怪了？"

武瑞安："照理说，她不会再将权力下放才是。而且潘玥朗与流芳郡主的婚期将近，可他们谁都没有提起此事，不是更加奇怪？"

狄姜想了想，淡淡道："或许辰曌还有别的打算呢？"

武瑞安颔首，沉声叹道："希望如此。"

潘玥朗和流芳郡主的婚期将近，而他却病倒了。自从他自西南回朝，所有人都能看出他的精神一日不如一日，直到七月上旬，他开始缠绵病榻、不得起身。武瑞安始知潘玥朗已经病入膏肓，难以回天。

八月初，狄姜来丞相府看他。他睡在无光的房间里，双手枯竭如树皮，紧紧握住狄姜的手，颤声说："狄姐姐……我做得好不好？"他的声音有气无力，虽然房间光线昏暗，但狄姜也能感觉到问药站在一旁抹眼泪。

狄姜无声颔首，拍了拍他手背："你做得很好。"

狄姜的心里也是难受的，可是她天生不擅长安慰人。

"这究竟是怎么一回事？"武瑞安朗声问道，"为什么好好的一个人说病就病了？"

狄姜长舒一口气，叹道："魏紫信任玥朗，怕不仅仅是因他表面上的讨好。"

狄姜说完，潘玥朗点了点头，接道："世上讨好他的人何其多，他信任我不过是因为我听话吃了他命人配置的丹药。如今他死了，我也活不了几日了。"

"丹药？那个老和尚？"武瑞安一拳打在墙上，低吼道，"本王一定将他找出来，命他给你配置解药！"

"不必了……"潘玥朗凄凉笑道，"只有我死了，才能给流芳郡主留些脸面。死是我唯一可以走的路。"

"脸面？这女人哪里来的脸面？"问药陡然拔高音调，"你知道你病的这些日子里，她在外头干了些什么？"

"问药，不要再说了。"狄姜喝止问药，可她并不听，坚持说完："从你病倒之后，她便在家中大摆宴席，每日呼朋唤友，广发帖子于各大重臣家中，且只邀那些年轻英俊的世家公子。而你？她怕是连你长什么样子都记不清了！"

"那又如何。"潘玥朗咳嗽了两声，笑道，"她是她，我是我。"

"为这种女人放弃生的希望不值得！掌柜的，您一定有办法救他的，是不是？"

问药说完，潘玥朗便摆手，摇头道："值不值得我都要这样做。我不能娶她，也不能伤害她，唯一能走的路就只有这一条。何况我已经报了国仇、家仇，我已经没有遗憾了。"

武瑞安站在一旁，沉默许久，问他："你如何知道公孙渺是你的仇人？"

"这还不好猜吗？"潘玥朗苦笑，"父亲在朝时，统共写下诗词二百七十余首，其中一百六十首暗讽公孙渺。父亲得罪了谁，被谁害死，答案昭然若揭。"

狄姜静静地听着，心中思绪万千。她看着眼前枯槁般的潘玥朗，脑海里却是初见他时的模样。

那时的潘玥朗相貌白皙而英俊，眼中有正气，胸中有鸿鹄之志，她认定他明日前途不可估量。如今他果然坐到了丞相之职，且并不贪恋权贵，为了维护流芳郡主和皇族的脸面，愿意牺牲自己，古往今来他属头一个。

她没有看错人。

辰曌的病是咒，并不难医，下血咒之人与钟旭相较，实力尚不如他。钟旭可以让辰曌按照她想要的速度衰老枯竭，也可以在油尽灯枯时力挽狂澜。潘玥朗的病亦是如此。

解咒简单，可解咒之后该何去何从，才是难办之处。

离开的时候，院子里的桂花落了一地，映出一片耀目的金色。时值夏日，木樨花香，遍地金黄。回府后，狄姜拿出《花神录》，将潘玥朗的名字记在第八位木樨之下，他的生平便跃然纸上。

狄姜想了想，抬手将最后的"于庚子年因病辞世"几字抹掉，换上了"辞官归隐，于二十年后重返朝堂"几字，这才满意地合上《花神录》。

重阳节这日，潘玥朗正式辞官，回乡养病。流芳郡主未来送行，二人婚事不了了之。潘玥朗走后，辰曌去了明镜塔听钟旭讲道，离开的时候，忽然瞥见对面的山头明晃晃的一片，想了想，才明白那是潘玥朗督造的陵墓。

"去看看。"辰曌道。

"是。"

辰曌屏退众人，只带着师文昌和钟旭二人前往。

三人走在山道上，入目所及皆是百姓自发摆设的香塔，一座座宛如缩小的明镜塔。巨大的青黑石碑下，有一方终年燃烧的香塔，香塔之下，辰曌仿佛能看见潘玥朗跪在石板之上的模样。

他应当不会再回来了。

如果潘玥朗去世，他的名字也应当被记在上头，受万世仰望。

辰曌看了许久才离开。师文昌小心地扶着辰曌，生怕有小石子绊倒辰曌，故而一路低头注意着脚下。就在这时，辰嬛突然通身一震，停下了脚步。师文昌抬头，便见辰嬛目露惊讶，呆呆望着前方。

顺着她的眼神看去，便见路旁一座不起眼的香塔下刻着一行金色的小字：江南盐运使副官江佐麟。

相较于辰嬛的讶然，师文昌的反应似乎更加激动。他的身子止不住地轻颤，有些难以自制地红了眼眶。

辰嬛注意到他的不对劲，侧身诧异道："你哭什么？"

师文昌飞快地摇头："回陛下的话，奴才只是有些感慨。奴才想，如果江大人能看到这一天，他一定会很高兴。"

"是吗？"辰嬛上前一步，摸了摸陵墓上的字，抚去了其上的灰尘，才道，"走吧。"

师文昌颔首，躬身扶着辰嬛离开，从此，再不露出半点失态。

十月初，公孙渺的事情已经过去半年，太子武煜并没有受到牵连，但他的夫人刘令月的双亲却被流放岭南，终身不得回朝。辰嬛虽然架空了太子的势力，但表面上还是给足了太子颜面，刘令月虽然终日在家啼哭，却也说不得辰嬛半个字的不好。

随着与狄姜的婚期临近，武瑞安对钟旭的敌意减轻不少，三人经常凑在药馆里闲度时光，日子过得平淡而幸福。钟旭和武瑞安偶尔会下上一局棋，棋到最后始终都是和局，未有胜负。这对武瑞安来说很恼火，时常气得吃不下饭。钟旭则面无表情，胸无波澜，只当是一场游戏。

书香在一旁却乐不可支，拍手叫好："王爷终于有了对手。"

问药立刻一记重拳敲在书香头上，怒道："闭嘴。"

书香捂着头，狠狠地瞪了问药一眼，问药立刻叉腰，回瞪他，眼神里好似在说："你想造反不成？"

书香冷哼一声，低头翻了个白眼，隐忍着走开了。

这一日傍晚，武瑞安用完晚膳便回了王府，钟旭在棺材铺里教长生写字，直到临近宵禁才打算离开。离开时，钟旭走出棺材铺，见狄姜趴在窗户上，抬首看着月亮，表情有些凝重。除此之外，她的手里还捧着一本书。

"狄掌柜，您还不睡？"

钟旭突如其来的话语将狄姜吓了一跳。她双手一松，书册便落了下去。钟旭向前一步，捞起书册，便从书页缝隙中看到大朵大朵的花瓣和密密麻麻的小字。

钟旭并不好奇这书里的内容，合上书，抬首对狄姜说道："我给您送上来。"

狄姜摇了摇头："不必，我下去取。"

钟旭点了点头："也好。"

片刻后，狄姜披了件袍子下了楼，她站在楼梯上，一双眼睛直勾勾地盯着钟旭。

钟旭被看得有些不自在，蹙眉道："狄掌柜何故如此看我？"

狄姜沉着脸，郑重地问："你看见血月了吗？"

钟旭闻言一愣，为此特地走出门，抬头看了看天，只见月亮安安稳稳地挂在天上，哪里有什么血月？

钟旭走回来，摇头说："我没有看见。"

狄姜微微一笑，道："想来是我看错了。"狄姜说完，扬起笑脸，对钟旭扬了扬下巴，"你不好奇这本书里写了什么吗？"

话虽如此，可她的眼神分明在说："你打开看看？"

得了狄姜的许可，钟旭这才看了眼手中的书册，只见封面上写着龙飞凤舞的三个大字——花神录。

"文人雅士总以名花比喻其高洁品质，平凡之人也总有其不平凡之处。他们，便是我封的十二花神。"狄姜说着，略微抬头，面色有些骄傲。

钟旭轻轻颔首，面色有些赞赏。

他翻开书册，打开了第一卷的梅花花神。入眼所及，除了卷首的花神头衔和武婧仪的名讳外，其余满是密密麻麻的小字。往后翻阅，才发现这些花名之下，是一个个熟悉的人名，如武婧仪、孟子昌、宫翎月、董叶贞、许卫州、潘玥朗。当然，也有不熟悉的，如武菀颜、江琼林、柳枝。

他其实是认识武菀颜的，只不过他不知道状元乡中的泼辣寡妇其实就是太和公主；他久闻江琼林大名，却没有见过他本人，人言魏紫似琼林，可在钟旭眼里，魏紫始终是一只画皮傀儡，一个莲藕做的妖物；至于柳枝……则是全然不熟悉了。他离开的这三年，发生了很多事情，这是他错过的、追不回的时光。

狄姜见他眼神飘忽，有些疑惑，便道："你知道我并非寻常人类。"

钟旭点了点头："知道。"

"所以呀，凡人有凡人的法则，不可过多插手其中，我怕自己忍不住坏了规矩，便定下十二人之约。在我达到自己的目的前，我只能救这谱上之人。"

"哦？我倒是很好奇，你究竟有什么目的？"

"很快你就知道了。"狄姜微微一笑，钟旭也不再追问。他翻到最后几页，指了指空着的木莲花神、玉茗花神，说："你这儿还空着两位，不如也将我加上去？"

"好啊。"狄姜坦然答道，"等你死了，我一定把你写上去。"

钟旭微微张嘴，半晌说不出话来。他撇了撇嘴，怔怔道："死了还如何救？"

狄姜想了想，指了指钟旭的心，笑道："你猜。"

钟旭蓦地脸一红，慌忙低下头，翻到《花神录》最后，本以为也该是空白的，却发现凌波花神的名下赫然写着问药的名字，然而其生平却与前面的花神皆有不同。

她的全是空白。

钟旭惊讶道："问药何故成花神？"

"因为她是我一定要救的人。"

"她得了什么病？"

狄姜微微一愣，发现钟旭还真是木讷得可以。她说了这么久，他竟仍是以为自己是在给旁人医病。

"我累了，您请回吧。"狄姜抽回《花神录》，打着哈欠径直上了楼。

钟旭在楼下喊道："你就不能把话说明白吗？"

狄姜眼睛也不抬，朗声答了他同样的一句话："等你死了就知道了。"

又是一句似笑非笑的玩笑话，让人猜不透。

钟旭不置可否，沉着一张脸回去了。

四

木莲·花落

三生石前不曾问，
波涛与月终无缘。

第二十一章

斗法

十月初九，武瑞安一大早便命管家将府中库房清点了一番，最终得出全副身家财产约合赤金三十万的结论。随后，武瑞安便将自己关在屋里写聘书，准备明日去见素医馆下聘礼。

刘长庆进屋来看了好几次，见地上的纸团愈来愈多，王爷的眉头也越皱越紧，似乎怎么写都不满意。刘长庆实在看不下去了，劝道："王爷，这等事请礼部来人书写就好，您何苦亲力亲为？"

"这叫心意，心意你懂吗？"武瑞安看了他一眼，望着窗外摇头叹息，"这是爱情。真爱，你不懂。"

刘长庆撇了撇嘴，退了出去。

第二日早朝过后，武瑞安回到王府，突然灵机一动，将昨日抄的那些酸腐的话语全否定了，一气呵成写了一份真诚动人又直白的聘书。随即带着那张绢面红缎的聘书，兴致高昂地出了府。择日不如撞日，十月初十，是个诸事皆宜的好日子，他要亲自去见素医馆下聘。

哪知武瑞安刚一走出王府，就被疾行而来的骆非白给拦住了。

骆非白急道："王爷，找着普济和尚了！"

"果真？"武瑞安眉头一皱，收到骆非白肯定的回答后，旋即大喜道，"在哪儿抓着他的？"

"不是抓来的！是他自己出现了，现在就在太极殿上！"

"太极殿？"武瑞安沉下脸，面色有些古怪，"他如何敢去太极殿？"

"陛下正在接见东瀛来的使团，其中有一人，属下瞧着与狄姑娘所画人像十分之相似，便寻了师内侍一问，果然是他！"

"母皇未责难他？"

骆非白摇头："陛下自然认出他来，可他如今的身份是东瀛来的使者，名唤释禅，也不好当着两国群臣的面发难。"

武瑞安生怕这和尚有阴谋，一时也忘了聘书一事，便道："本王现去宫中护卫母皇，你立刻去明镜塔，请国师钟旭速速入宫。"

"属下遵命。"骆非白抱拳颔首，随即跨上自己的坐骑。

二人兵分两路，疾行而去。

武瑞安赶到含光门的时候，钟旭的马车亦稳稳停在宫门下。钟旭下了马车，随后狄姜也走了下来，三人见到对方皆是一愣。

钟旭躬身行礼："见过武王爷。"

武瑞安面色一沉，看也不看他，径直问狄姜："你怎么跟他在一起？"

狄姜面不改色，坦然道："近来天象有异，我本想去明镜塔与国师议事。但在上山途中遇见他，听闻普济一事，便与他一道来了。"

武瑞安转头看向钟旭："你已经听说了？"

钟旭颔首："师内侍派人到明镜塔请我入宫，却不是为了捉拿普济。"

"那是为何？"

"此人化名为释禅，是东瀛来的大国师，邀我前来是为了斗法。"

"斗法？"武瑞安蹙眉，忧虑道，"此人带使团前来，当着群臣的面邀你斗法？"

钟旭颔首："师内侍的意思确实如此。"

武瑞安长舒一口气，边走边："他此番以东瀛国师的身份回来，气势汹汹，根本是拿两国邦交做筹码逼你就范，你可有把握？"

钟旭没有即刻回答，沉凝了片刻，淡淡道："有。"

武瑞安霎时松了一口气，拍了拍他的肩，笑道："本王就喜欢你的自信。"说完，他牵过狄姜的手，紧紧攥在手心。三人一道往太极殿走去。

太极殿前，辰曌端坐在正中，文武百官列在两侧。台阶之下，是乌压压的东瀛使者。他们身穿白小袖着物，头戴高帽。除最前头的正使、副使外，人群中还有一人分外惹眼。那人头发花白，胡须垂到腰间。头戴玄色高帽，身穿绯衣，宽袍广袖。左前袖上，从左肩到领子绣着花纹，舒展双手时，从后看去是一幅图画，其上绘着鹤羽和祥云。看得出他在使团中享有极高的地位，就连正使都对他毕恭毕敬。

他便是东瀛地位最高的阴阳师，亦是东瀛的大国师，也就是前段时间一直蛰伏在太平府，改名换姓为公孙渺出谋划策的幕后高人——普济和尚。

钟旭和武瑞安到达后，释禅面色不改，直视钟旭。钟旭一身洁白，如阳春白雪，与身穿五色织锦的释禅站在一起，气势越发张扬。与古稀之年的释禅相比，钟旭身上所散发出的沉稳内敛竟不输他分毫。这让使团中人有些惊讶，宣武国官员则不由自主地扬起骄傲的微笑。

二人在身高上的差距更让钟旭赢得了一片宫女的芳心。

此时，辰曌面色舒缓，不疾不徐道："今日斗法，不计生死，二位国师可有异议？"辰曌表面装作不识释禅，实则在想在满朝大臣以及东瀛使团面前名正言顺地要他的命。

钟旭和释禅都没有异议，然而文武百官及东瀛使团中人皆倒吸一口凉气。

钟旭脊背挺直，俯首看释禅，眼中没有一丝惧色。

狄姜左手有些微微颤抖，武瑞安侧头看她，便见她一双眸子紧紧盯着场中的钟旭。

那是他从不曾在她面上见到过的紧张。

比试开始后，文武百官屏住呼吸，都想要见识两国大法师斗法的盛况，然而他们谁都没有先出手。

释禅看着钟旭，笑容和蔼而无害。钟旭看着看着，就陷入了一个梦境——

那是一个充满了迷离色彩的梦境。

"不好，他被蛊惑了。"狄姜忧心忡忡，下意识脱口而出。

场中的钟旭仍是保持着直立的姿势，与刚才并没有什么不同，武瑞安根本不知道狄姜在说什么，也看不出钟旭出了什么事。只有距离钟旭最近的释禅看得清，他双眼眼瞳渐渐消失，双目没有了焦距。

梦里，钟旭见到了各式各样的人物、事物，经历了一场大部分人都想有的美梦。

人有六欲七情——眼耳鼻舌身意，喜怒忧思悲恐惊。这些叠加起来，会诱发人内心的虚荣、傲慢、贪婪、嫉妒和色欲。

梦里，他住在金沙堆成的山上，山间植满了玉树琼枝，天上飘下的是银色的星光，雪花是片片碎银。入目所及，是他永远都花不完的钱财。可他看也不看，没有多作停留，往山上走。

越往上走，金银越少，取而代之的是仙山琼林，山中云雾缭绕，洞天福地无数，有一身穿白衣、执木柄拂尘的老者向他伸出手，问他："三十三重天，离恨天最高。做我的徒儿，我可以带你去。"

仙长抛来的橄榄枝，接下便是崭新的人生，他会拥有无穷的力量和令人羡慕的身份，飞升成仙。

钟旭有些心动，踟蹰许久，但到底没有点头。

老者消失了。

钟旭往东走去，下山的路崎岖蜿蜒，云雾渐少，山脚有一条小溪，溪边有一户人家。烟囱里冒着炊烟。正是日落西沉，晚膳之时。钟旭闻到空气里传来的饭菜香味，不由自主地走了过去。

推开门，院子里有一棵参天榕树，树下有一方石桌，桌边坐着一身穿绿衣的女子。女子眉目和善，容貌不算惊艳夺目，但嘴角始终微微上扬，总似在笑。

钟旭走进院子便多日不曾出来。他终日与她过着男耕女织的生活，就连随身佩剑都消失无踪。

这样的生活一直持续着，直到有一天晚上，二人坐在树干上看月亮，那月亮隐隐有些发红，他怀中的人突然一改往日柔顺的语调，沉声道："你看见血月了吗？"

钟旭的心猛地一沉，脑海里响起她紧张的呼喝："钟旭！快醒醒！"

再看怀中人，她又变回了往常一般盈盈浅笑的温柔模样。

钟旭始知脑海中的那个声音才是真实。

第四卷 木莲·花落

钟旭瞬间清醒，右手凭空一握，太霄剑便化作一道霹雳脱手而出，直击天幕。"哗啦"几声破碎声传来。那梦境便从血月开始裂开，碎成了数万块。与此同时，太极殿上的释禅猛地吐出了一大口鲜血。

钟旭眼瞳恢复清明的时候，太极殿前已经人去楼空。二人比武时间太长，且外人无法干预，便被辰罂遣散。傍晚，原本乌泱泱的人群消失不见，太极殿前只余下武瑞安、狄姜、骆非白，还有地上一脸痛苦的释禅，以及为数不多的几个使唤宫婢。

"谁在帮助你？"释禅沉声道。

钟旭不动声色地看了狄姜一眼，正视释禅，道："业净六根生慧眼。我，没有欲望。"

"你真的没有吗？"释禅口吐鲜血，嘴角勾起一抹狰狞的笑意，"你骗得了别人，可你骗不了我，也骗不了你自己。"释禅眼底闪过一丝戏谑，转头看向狄姜。

二人对视的瞬间，狄姜突然凝眉，疑惑的眼神一闪而逝，随即笃定道："不对，他不是那个和尚。"

"他不是真正的普济！他一定有别的阴谋！"狄姜郑重说完，钟旭面色一变。从二人慌张的气氛里，连武瑞安都发现了事情的严重性。

事情远没有这般简单。

"呵呵呵……来不及了，没有时间了。"释禅睁开眼眸，露出阴恻恻的绿色光芒，狞笑道，"都会死的，你们都逃不掉的。"

钟旭向前迈出一步，执剑相向："你究竟有什么目的！"

"呵……很快……你就知道了……我，会在地狱等你们……"释禅说着，身上突然燃烧起荧荧绿火，一寸寸将衣袍燃烧，尔后是袖口、领口乃至胡须和头发，一寸寸皆化成了灰烬。到最后，他竟化作了一片烧了大半的黄纸，凭空消失在空气中，只余下一道火星子。

狄姜道："他的本尊不在这里。"

钟旭点了点头，表示同意她的说法。

武瑞安和骆非白站在一旁，看得目瞪口呆。

一个大活人，怎么就变成纸片了？！

453

释禅消失之后，不明其意的宫婢立即回禀了辰嫛，言钟旭国师已将释禅焚烧，连尸体都化成了灰飞。正在与东瀛使者晚宴的辰嫛听闻之后，面露悲痛，对正副使道："释禅法师圆寂，还请诸位节哀。"

正、副使面面相觑，长叹一声，却没有过度忧思。正使直言道："这是法师自己的选择，臣等尊重他的意愿，也由衷钦佩宣武国的国师。"

辰嫛微笑颔首，眼里透着遗憾。

太极殿前，钟旭和狄姜神色忧虑，与开心雀跃的宫婢相比，气氛十分低沉。钟旭看着日头，落日的余晖洒在太极殿的穹顶之上，露出点点金黄。他沉思许久，才缓缓开口道："释禅引我入梦，似乎并不是想杀我。他只是想断了我的六识，从而无法感知现世之事。他只是在拖延时间。"

狄姜颔首："而且，我总觉得他死前说的话并不是在危言耸听。"

气氛再次陷入沉默，狄姜和钟旭面色凝重，低头思索着什么。飘荡在二人之间的情绪是武瑞安无法理解的玄妙，那是他们与凡人之间无法逾越的鸿沟。武瑞安看着他们，发现自己全然插不上话。但他能感觉到，事情远没有结束，一场更大的风波正在无声中酝酿。而那，或许是关系着所有人生死的大事。

"镇妖塔！"

狄姜和钟旭突然抬头，异口同声地说出同样的三个字。

狄姜诧异："你知道镇妖塔？"

钟旭颔首："明镜塔中有古籍记载，镇妖塔乃太霄帝君所立，用以镇压太平府中的戾气，其地脉更与天下魔物相连，是宣武国北部最重要的一座塔。为此，我特地去过镇妖塔一次，并且在那四周设下禁制，不许任何人靠近。如果释禅的目的是九层镇妖塔，那么他此番拖延时间的目的就清晰明朗了。"

提起九层镇妖塔，武瑞安便想起多年前，他从南大街安化门出城后，往南十里，穿过一片竹林，在溪水旁见到的那座九层宝塔。他原以为宝塔只是一个梦，这番被二人郑重提起，心中也开始担心起来。

钟旭没有多说什么，与武瑞安和狄姜告辞后，立即离宫，向镇妖塔赶去。

武瑞安为防不测，便让骆非白带了一队人马护送，务必确保钟旭的安危。

钟旭走后，武瑞安拍了拍狄姜的肩，道："不必担心，骆非白会照顾他。"

"嗯。"狄姜敷衍地应了一声，眼中自钟旭离开便恢复了一派风轻云淡的模样。若放在从前，武瑞安一定会以为狄姜不担心了。但如今，她显然并非是真的相信骆非白能保护钟旭。他们的世界是骆非白无法理解的，亦是武瑞安无法企及的，所以她不想与自己多说。

意识到这一点，武瑞安的心头陡然觉得空落落的，但他没有表现出来。

他不想在这种时候给狄姜平添心烦。

武瑞安牵着狄姜走出宫门，往南大街尽头走去。一路上二人都没有说话，等到了医馆门口，武瑞安才突然驻足："你无父无母，婚事一切安排便交与我。我们现在就去见母皇，商议具体事宜，可好？"

狄姜侧过头，眼中闪过一丝惊讶，但很快又恢复如常，道："今日太晚了，不如明日再议？"狄姜的面色依旧冷冷清清，丝毫没有即将为新娘的喜悦，武瑞安也看不见她有任何的期待与激动。

但，她到底是答应了。

武瑞安定了定心神，扬起嘴角，柔声道："明日下朝我来接你。"

"嗯。"

"那，上去吧。"

"好。"

狄姜进医馆后，二楼房间的烛火很快亮起，窗户上映出她坐在桌边用手撑着头的模样，想来还在担忧。

武瑞安在楼下站了一夜，直到下半夜狄姜屋里的烛火熄灭了才离开。大半个晚上，狄姜都一直维持着那个姿势，几乎没有动弹过。武瑞安知道，她一定不是在思虑自己，更不是为了婚事。

她在担心钟旭。

钟旭到达镇妖塔的时候已是午夜。宝塔四周与往常并没有什么异样，可按照他的性子，还是仔仔细细地察看了一番。

镇妖塔下为方形，上为圆形，每一层都是典型的阁楼状，有栏杆有屋檐，屋檐下还挂着一圈铜铃。塔四周的地上被钟旭插上了十二面旗子，每一面旗子的颜色都不相同，且根据天干地支来排列，用以保护镇妖塔不受歹人破坏。

骆非白带了一队兵马跟在钟旭身后，却只见他围绕着一块空地踱步。这般模样已经持续了大半个时辰。若不是钟旭眉头紧蹙、面色沉凝，他一定会以为这人是不是脑子坏了。

"国师，可遇着麻烦？"骆非白扯着嗓子问。

钟旭摇了摇头："没有。"

"那就好。"骆非白松了一口气，"那我们速速回去，与王爷和狄姑娘通报一声，以免他们担忧。"

钟旭想了想，最后看了眼稳稳插在地上的十二面旗子，点头道："走吧。"

一行人走到溪边，低头便能看见清澈见底的溪水。微风吹过，泛起粼粼波光，月色在水面摇荡。

"不对。"钟旭驻足。

"哪里不对？"骆非白转身，便见钟旭一脸震骇。

"没有……没有铃声！"钟旭说着，匆匆忙忙地转回去。钟旭右手祭出太霄剑，剑气闪过，那十二面旗子便被拦腰斩断。十二面旗子断成两段落在地上，钟旭这才发现，旗子的竹竿之中被人灌入了丹砂。自己的结界阵法反而成了他人的障眼法，也难怪自己没有看出破绽。

紧接着，空气中突然浮起层层黑雾，浓烈的烟云中，隐约显现出一块大铁板。钟旭被黑雾呛了口鼻，勉强祭出太霄剑，让剑气在黑暗中划出了一道亮光。钟旭这才看清，那横亘在眼前的铁板就是镇妖塔的大门，门后已是一片废墟。废墟里满是破碎的砖瓦，金色的铃铛散落了一地……

镇妖塔，倒了。

"不！这不可能！"钟旭大骇，面色惨白。

骆非白还是什么都看不见，但被钟旭焦急的面色所感染，急切道："国师大人，究竟出什么事了？"

钟旭哪有工夫理会骆非白，他的脑海里飞速思考着对策。可回想所有的古籍，书中似乎都只记载了一条：镇妖塔绝不能倒。如果被镇压在地底的魔物嗅到自由的味道，从镇妖塔中逃出，他无法想象接下来会发生的事——那一定是一场足以撼动三界的浩劫。

黑暗，无止境的黑暗遮天蔽月。狂风平地而起，钟旭站在废墟之上，眼前是满目疮痍。骆非白及一队侍卫则面对危险而毫无所知。

"国师，起风了，我们快走吧！"

四周飞沙走石，骆非白被大风刮得睁不开眼，只能从手掌的缝隙中看见钟旭翻飞的衣袍。这时候风已经大到自己的声音都听不见，更不要希望钟旭能听见他的喊声。

风。

钟旭的耳边只有风吹动树木的飒飒声，以及内心狂跳的不安。他奋力祭起太霄剑，抬高双手，用尽全身气力将之插入地面。紧接着，以太霄剑为圆心的四周，白光从裂开的地缝中冲天而起，驱散了四周阴霾。钟旭这才看清，在飓风的中心，有一形如枯槁的和尚盘腿而坐，他的肉身被缕缕黑线所包裹，一丝丝嵌入肌理。狰狞而期待的表情在他的面上永远定格。钟旭明白，释禅破了自己的阵法，打开了镇妖塔的大门，揭开太霄帝君的封印，又用己身祭祀群魔，令其供自己驱使。

黑线爬上释禅的面门，他的肉身化为虚无，但精神已与黑暗同在。

黑雾即释禅。

释禅即黑雾。

他要的不仅仅是打败自己。

他要的，是整个宣武国地底所镇压的千妖百鬼，十方恶魔。

翌日，午时。

武瑞安来见素医馆时，时辰有些晚了。狄姜已经换好了衣裳，端坐在厅中。狄姜身旁的矮桌上暖着一壶酒，手中的酒盏中亦有温酒半杯。武瑞安便是在这时，迈着沉重的步子，跨进了医馆大门。

狄姜今日穿了一身白衣，就连衣襟、袖口、裙裾都用银丝绣着莲花，看上去素净雅致，却有些太过了。

这一身不像是要去觐见辰曌，更像是要去参加丧礼。

武瑞安见了狄姜一愣，双目微怔道："你……今日很美。"

狄姜浅浅一笑，道："你来得有些晚。"

"有些事情耽搁了。"武瑞安沉下脸，在她身前沉默片刻，才郑重道，"钟旭回来了。"

狄姜握酒杯的手一颤，好在杯中酒不多，才没有泼洒出来。狄姜放下酒杯，问他："钟旭在哪里？"

"太极殿。"武瑞安顿了顿，接道，"他的情况……不太好。你要做好心理准备。"

狄姜"嗯"了一声，面上似乎没有太多惊讶。

武瑞安以为狄姜不知道事情的严重性，好几次想要告诉她，可是都不知道怎么开口。

钟旭回来的时候浑身是血，意识模糊，嘴里始终只念着一个人的名字："狄姜。"

太极殿前狂风呼啸，天幕低垂，黑压压的云层不断翻涌，像巨浪般滚滚而来。这样的场面比上次血月出现之时凶险百倍。狄姜面色凝重，双拳紧握，脑海中快速思考着对策。

"钟旭在哪里？"狄姜问武瑞安。

"在太极殿便殿之中，御医正在为他医治，但效果……并不好。"

"有多不好？"

"很不好……"武瑞安顿了顿，"今晨，骆非白扶着满身是血的钟旭来王府找我，恰逢早朝，我便带他入宫，请太医院众位太医为他治疗。但下朝之后，他的病情仍是没有好转。我想……或许这世上能救钟旭的人只有你了。"狄姜总有让人想不到的方法，她可以做到寻常人做不到的事情。武瑞安从来不愿承认自己与她之间的差异，但有时候又不得不承认。

武瑞安委婉地说完，狄姜没有太大反应，只是冷静地跟在他身后。她沉思了片刻，突然问道："骆非白现在如何了？"

"他已经不在了。"武瑞安面色镇定，极力地想要掩藏心中的悲痛，但他泛红的眼眶却出卖了他。到底是跟着他蹚过尸山血海的生死战友，说不难过是不可能的。

狄姜蓦地陷入了沉默，许久才一声叹息，接道："骆非白死前，可还有说过什么？"

武瑞安点了点头，缓缓道："他说，是一个头顶六个戒疤的和尚救了他们，但那和尚说……自己也抵御不了几时……"

武瑞安看着面色凝重的狄姜，探寻地问："究竟出什么事了？"

狄姜摇了摇头，道："一两句话解释不清楚，等事情处理好了，我再告诉你。"

武瑞安点了点头，带着狄姜继续前行。

偏殿中，数位御医围在一处，商议着如何医治钟旭的疾病。但言谈之间，多是摇头叹息，似乎想不出医治之法。太医和宫女们进进出出，试了多种方法，却始终止不住他身上细细密密的血口。钟旭躺在床上，浑身是血，鲜血染红了白衣和被褥，已将床榻浸湿，与他惨白的面色形成了鲜明对比。

钟旭双目微闭，眉头紧蹙，直到听见独属于狄姜悠闲却又稳重的脚步声，他才缓缓睁开了眼睛。当他看见狄姜，眼中才有了些许生气。

狄姜看了钟旭一眼，对武瑞安道："让他们都走吧。"

武瑞安起初有些不解，但很快便明白过来。狄姜定是有其隐秘的法子救人，便立即让满殿的太医宫女都出去了。见房中只余下他三人，钟旭长舒了一口气，突然不知道哪里来的力气，紧紧握住了狄姜的手。

若在平时，武瑞安一定会冲上去，将他们紧握的双手拉开。但在现在这样的情况下，明知道钟旭或许即将成为一具冷冰冰的尸体，他的双腿像灌了铅，胸口也堵了一块大石头。

钟旭用尽了力气，一字一字地说："镇妖塔……倒了。"

狄姜沉默了片刻，才微一颔首："我知道了。"

钟旭颤抖着双手，用尽最后一丝力气将一把通体透明的短剑交到狄姜手里："太霄剑交给你了，将它置在皇城太极殿前的日晷之上，可保宫城无虞……以后的事情，非我能力所及……如果可以的话，请您帮我照顾长生……"

狄姜沉着一张脸，点了点头。

钟旭等了这么久，就是因为他知道有能力去做这件事的人只有狄姜。可他不知道的是，狄姜要的根本不是他的佩剑。

她所担心的也根本不是镇妖塔。

狄姜收起太霄剑，坐在床边，将钟旭抱在怀中，让他枕在自己的臂弯中。

"你没有别的话想要对我说吗？"狄姜问他。

钟旭沉默，半晌才叹息一声："我们不会再见面了，对吗。"

狄姜微微一笑："这辈子而已。"她的眼神里带着笃定和确信，没有半分难过。

钟旭似乎是听见了好听的情话，上扬的嘴角里带着此生从未有过的轻松和愉悦："但愿真的是这样……下辈子，若能再见，一定也会很开心吧？"

钟旭从未在狄姜面前表现出任何的开心，他始终像一束清冷的月光，不温不火地照耀在狄姜身上。就连笑容都甚少，这句"很开心"实在没有什么说服力。

但他既然如此说了，便一定是这样想的。

这辈子遇到狄姜，他是感到开心的。

钟旭含笑着闭上眼，任自己毫无气力地倚在狄姜身上。感受到怀中人愈渐冰凉的体温，狄姜又轻声说着："如果我可以给你力量，你愿意要吗？"

钟旭闻言，努力睁开眼睛，不解地望着她。

狄姜低头看着他，郑重地问道："你甘心就此死去？将这芸芸众生弃置不顾？"

"不甘心又能如何？"钟旭闭上眼，许久才叹息摇头，"我生来为斩妖除魔，死亦为众生免遭涂炭。我从来都不怕死。我只恨自己无能为力，不能护住天下苍生。"

"只要你愿意，只要你想，我可以给你力量，给你所想要的一切。"狄姜说完，武瑞安和钟旭的眉头都紧紧皱起。

武瑞安不明白狄姜话中的意思，钟旭则是不可置信。

钟旭很想再睁开眼睛，看看狄姜现在是什么模样。可她的话却愈渐飘忽，别说睁开眼睛，他甚至连旁人的话都快要听不见了。

他没有力气再开口说话了。

狄姜的声音像是从四周传来："你发誓，无论以后想起什么，都会记得自己肩上的责任，和这一刻不愿舍弃天下苍生时所发下的宏愿。"

好啊……我一定不会忘记你，和曾经答应过你的事情。

狄姜的话越来越飘忽，钟旭心中答了她一句，便垂下头，永远地失去了呼吸。

狄姜一动不动地抱着他，无视耳边传来的狂风和尖啸，似乎只要有她在的地方就有安宁。

武瑞安沉默地立在一旁，看了她许久，直到落日的余晖撒在窗上，血腥升腾而起弥漫了整个房间。武瑞安才不确定地开口："国师他……怎么了？"

狄姜松了一口气，道："钟旭他死了。"

"死了？"武瑞安大惊，"他就这样死了？"

"嗯。"狄姜点了点头，面色无所动容，甚至毫不悲伤。

狄姜是大夫，她怎么可能眼睁睁地看着钟旭在自己怀中死去而无所作为？

这实在是难以理解。

武瑞安内心恸容，眼眶渐渐泛起红光。他看着毫无反应的狄姜，疑惑地问她："为什么你看起来都不难过？"

"我没有时间难过。"狄姜神色坚毅，眉头微蹙，"而且……死亡不是终点，死亡才是开始。"狄姜嘴角带笑，抚了抚钟旭冰凉的面颊，轻声笑道，"我们以后的日子还很长。"

她的声音清脆，语气里却是道不尽的苍凉，就像是凡间活了百岁的古稀老人，透着一股浓烈的沧桑意味。

"帝君，以后，又要请你多指教了。不过，在那之前，我还有一件重要的事情要做。"

狄姜放下钟旭，看向武瑞安，一道金光倏尔印入他的额心。

"你问我发生了什么事，我现在就告诉你，究竟发生了什么。"狄姜说完，径直打开房门，走出房去。

狄姜的右脚在踏出大门的一瞬间，全身带血的白衣顷刻之间变幻成了紫金相交的锦襕衣。她左手托着宝珠，右手执杖。凭空出现的权杖和宝珠在阳光照耀下辉煌夺目，武瑞安跟在她后面，甚至看见她身后浮现光轮。

武瑞安揉了揉眼睛，再睁开，发现自己真的没有看错。狄姜的周身像是被阳光镀上一层金光，也像是自带的光芒。她从容地走下台阶，脚下步步生莲。

武瑞安跌跌撞撞地跟上去，才发现太极宫前漆黑一片。阳光被黑暗吞噬，狂风怒号，来自地狱的火焰开遍，四周一片猩红。

武瑞安终于看见了寻常人看不见的东西——来自四方的恶鬼集中在此。狄姜踏碎一地残魄，踩着尸山骸骨走到广场正中。在那里，有一团黑色的影子，它没有实体，却耸入云霄，仿佛这世上所有最黑暗的一切都集中在那里。

武瑞安突然明白钟旭为什么会死了。狄姜也如钟旭一般，距离那团黑影越来越近。

"不！不要去——！"武瑞安大吼，向前跑去。

狄姜充耳不闻。

武瑞安情急之下，踩着血液，踏过火焰，手指穿过一缕缕张牙舞爪、面目狰狞的冤魂，想要将狄姜带回来。他不希望狄姜也这么死去……他想要保护她。

他能战胜恐惧，却越不过命运的鸿沟。

他不属于地界。

他碰不到它们。

就连看见，也是狄姜特许。

狄姜在飓风中站定，青丝随风而舞。

"砰"的一声，狄姜的权杖重重触到地上，溅起一圈血花。紧接着，以权杖为中心漾开一圈圈金色波纹。

奇迹发生了。

刹那间，血液不再猩红，尸体在金光中湮灭，骸骨破碎如沙，被风一吹，随即消散不见。

狄姜站在光芒的正中，气势张扬，不怒自威。

这是武瑞安从未见过的模样。此时的她光芒万丈，如天边初开的朝阳。她的身后是连片彩霞，明明她就站在那里，可似乎永不能企及。震耳欲聋的嘶鸣充斥着整个世界，黑雾在金芒的照耀下渐渐显现了实体——那是千千万万的魑魅魍魉堆积而成的意识体，是这世上所有怨气的集结。

狄姜面不改色，泰然自若。她举起左手，宝珠与额心齐平。

下一刻，耀目的白光在一瞬间爆破，天地之间哀鸿遍野。

武瑞安被光芒刺到眼睛，下意识闭上双眼，也就在这时，耳边的尖啸在一瞬间全都消失了。白光过后，他睁开眼，便见世界被笼罩了一层金色。

太极宫的广场上，千妖百鬼围绕着狄姜俯首叩拜，面上恐惧和虔诚交叠，莫敢不从。

武瑞安脑海里突然浮现出了一句话——

"挽狂澜于既倒，扶大厦之将倾。"

无论在何时何地，她似乎总是这样气定神闲。

不像个大夫，反倒像个普度众生的菩萨，让人望而生畏，无法亲近。

他们的距离，如鸿沟，也如海月，也隔着山海。

第二十二章
太霄帝君

鬼域有三君。

一曰鬼君，二曰太霄帝君，三曰不成空明王菩萨。

鬼君负责处理一切鬼域事务。太霄帝君统领鬼域将士，护卫鬼域。其座下有十将，除了新封的习风，其余九人都曾与太霄帝君出生入死，参与过大大小小的战役不下千场，感情深厚。太霄帝君羽化后，他们从未放弃过寻找，更不承认任何即将接任太霄帝君位的武将。不成空明王菩萨则曾以一己之力荡平恶灵道，斩杀鬼王十夜，获无上殊荣。但她的金身亦随着恶灵道沉入地底，再未踏出。她的金身始终镇守恶灵道，她的箴言"地狱不空，誓不成佛"在世间广为流传。

钟旭生前曾来过几次鬼域，许多人也知道他是白云观的掌教，是个功德无量的人。就没驱赶他，任他来去自如，算是给足了他颜面。

在昼夜不分、不知时日的鬼域，钟旭穿过枉死城，途经忘川河，走过奈何桥。在桥的尽头，有一白衣女子打着一把红伞。红伞遮住了她大半的眉目，他只能看见她的一抹殷唇，带着一丝浅笑。她的左手腕上戴着一只明晃晃的金丝玉镯，缠绕着一根红色的丝线，这让钟旭陡然生出一丝熟悉的情绪。

是她吗？

钟旭驻足，站在桥上，面色十分紧张。他身后有不少专人，好几次想要上前催促他离开，却又在看见白衣女子后驻足不前，面上挂着十分的虔诚和敬意。

钟旭心中闪过一丝期待，想要上前与她说说话，可是又害怕去确认。

如果不是她，他该何去何从？

奈何桥下，船来船往，摆渡人因长年累月摆渡变得面目苍老、花发鬓白、皱纹满布，身形亦呈现一致的佝偻。除了他们船尾挂着的幽灯上刻的数字不同，几乎无法分辨他们之间的区别。若他如寻常人一般饮了孟婆汤忘尽前尘，也就忘了她。若当了一方专人或摆渡人，那这十方鬼域，无尽寂寥，也非他所愿。

她曾说过，自己是十将中殒命的那一位，可为什么他回到鬼域却没有丝毫的记忆？

是不是哪里出了问题？

"掌柜的！这里太好玩了！虽然这里很黑，没有太阳，但那些灵魂都是会发光的呀！我还从来没见到过这么多的鬼魂！"这时，一头顶扎着两个弯月髻的碧衣女子飞奔到白衣女子身边，手舞足蹈地说了一通。

钟旭识得，此女正是问药。

白衣女子听了问药的话，没有回答，只招了招手，对问药身后的青年男子说道："习风，你可熟识鬼域之路了？"

习风身着一袭玄色军铠，他的身后跟着约莫二十人，这些人皆身穿铠甲，头盔下，是一团没有黑色的雾气，看不见脸面。从它们身上的佩刀可以看出，它们应当是十将的手下。它们没有自己的意识，只听从将领手中法器的调遣，它们无悲无喜，不伤不灭。

习风低眉顺目，躬身颔首："识得。"

白衣女子点了点头，指着问药说："带她去参观十八层狱，短时间内不要回来。"

"是。"习风带着十分的虔诚恭敬回答。

问药一听说自己能随性参观，兴奋得不知该如何是好，话不多说，立即跟着习风离开了。钟旭也终于能确定，伞下之人，正是见素医馆身份神秘的掌柜，狄姜。

"你怎么会在这里？"钟旭快步走下桥，站在她身前。

"我在等你。"狄姜抬起头，嫣然一笑。那一笑，仿佛在这无尽的黑暗里，出现了一抹灿烂的霞光。钟旭突然觉得，自己不是那么孤独了。

狄姜收起伞，指着反方向的一条路，对钟旭说道："走吧。"

钟旭不解，疑惑道："你要带我去哪里？"

"送你最后一程。"狄姜说完，顿了顿，"过了今日，以后这世上，就再没有钟旭了。"

钟旭比狄姜高了一个头，就刻意放小了步子与她走在一处。二人如从前一样，迈着相同的步子，向着深处走去。

森冷的宫殿散发着幽碧的光芒，让殿外排队的众鬼无不露出肃穆惊骇的目光。管事的见了狄姜，立即指挥着众鬼让出一条道来。狄姜从容经过，钟旭却觉得十分惊异。

"他们在向你行礼！"钟旭惊讶道。

狄姜面不改色，不再装傻，直白地问："你呢？可喜欢旁人这样对你？"

钟旭想了想，摇头："我无所谓。"

"那从前他们的礼敬和朝拜，都算是白忙一场了。"狄姜低头浅笑，说着钟旭完全听不懂的话。

钟旭看着狄姜，从她带笑的眉目里，看不见丝毫的阴霾，似乎还很开心。他沉下脸，突然话锋一转，急道："镇妖塔如何了？"

狄姜怔了怔，道："我依照你的吩咐，将太霄剑穗埋在皇城日晷处，宫城暂且无虞。"

"太霄……剑穗？"钟旭蹙眉，十分困惑。

自己给狄姜的明明是太霄剑，怎变成剑穗了？

狄姜点了点头："你一直用作佩剑的太霄，其实只不过是真正太霄剑柄末端悬挂着的一根剑穗。真正的太霄剑……在这里。"狄姜伸出食指，指了指地面。

"它与太霄帝君的金身一起，被封印在十八重狱的地底，除了太霄帝君，没有人能驱使它们。"

"原来是这样……"钟旭闻言，略有些失落。

太霄剑是无上法器，自己不能驱使真正的太霄，是遗憾，却也在情理之中。

狄姜又道："至于镇妖塔的废墟，玉夫和南冕已经接替松音驻守，废墟之外，已经被重兵包围。有他二人在，不会再有妖魔频出凡间，你大可放心。"

听到狄姜如此镇定的回答，钟旭放下一颗悬着的心，同时内心却很是疑惑。他道："玉夫、南冕和松音……他们是……"

"松音你见过，他的头顶有六个金色戒疤，镇妖塔一直由他看守。"经狄姜一说，钟旭才想起那一晚，在自己濒死之际，从金光中走出来、救了自己的那个大和尚。原来他的名字叫松音。

狄姜："他们都是十将，在鬼域地位极高。"

"原来我已经见过将领，我竟没能与他们说上话！"钟旭微张嘴，眸中横生敬畏和钦佩，话语之间有着无尽的遗憾，这无疑惹来狄姜阵阵耸肩。

"你笑什么？"钟旭不解。

狄姜咳嗽一声，收起笑意，正色道："一会儿你就知道了。"

狄姜带着钟旭，一路上没有任何人敢上前阻拦。钟旭很想问狄姜究竟是谁，可是他似乎都不需要问，就能想到，狄姜一定会答他"你猜？"或者"一会儿你就知道了"。

既来之则安之，自己已然是个死人，再坏也坏不到哪里去了。

二人途径层层地狱，最终来到一扇紧闭的大门前。十丈高的城门耸入云霄，可不知为何，钟旭却能在云雾之间看见大门正上方的牌匾上用古体写着三个繁复的大字：恶灵道。

"她……是不成空明王菩萨？"钟旭不确定地问道。

狄姜点了点头。

钟旭双手合十，对着金身虔诚三拜，又道："她的眉目……看上去与你很像，可是她不会笑。"

"是吗？"狄姜淡淡地应了一句，没多理会钟旭，几步上前，爬上了不成空明王菩萨金身下的莲花座。

钟旭刚想斥责她，却见她摘下了莲花座前的第三片叶子。莲叶在她的手中化作一片绿色的绢帛，渐渐扩大，似乎成了一阵绿色的风，拂在脸上，吹乱发丝，让钟旭下意识闭上了眼。

强烈的白光袭来，钟旭勉强睁开双眼时，周遭的景致变了一番模样。

这是一个四周遍布冰晶的雪窟。雪窟的中心，在层层寒气围绕的地方摆着一口水晶棺。四周虽然气温极低，但钟旭丝毫感觉不到寒冷。狄姜走在前头，向着水晶棺走去。她推开棺盖的同时，钟旭也来到了水晶棺前。棺材里睡着一个面目温润、神态安然的男人。他穿着一件简单的白衣，双手交叠放于腰间。

钟旭见了他的第一眼就觉得很不舒服。

"他……他是谁？"钟旭哑着嗓子，许久才问出口。

狄姜拂去棺中人眼角眉梢的冰晶，淡淡道："太霄帝君。"

"太霄帝君？"钟旭陡然睁大双目，极为惊讶。

"不错。"狄姜点头。

"可……可他不是已经羽化了吗？他……他为什么……"

为什么长了一张跟自己一模一样的脸？

钟旭看着他就像在看自己的尸体，但他无论如何也没办法将自己与太霄帝君联系在一起。位份尊崇、至高无上的太霄帝君和生活贫困潦倒的白云观掌教，实在是太不一样了。他们的面貌，唯一的不同之处是太霄帝君眉心的那一点殷红，它就像是一颗血色的眉心玉，在四面冰晶的照射下，更显得光彩夺目。

或许就是这一点不同，让所有见过钟旭的人，没能立刻将二人联系起来。毕竟所有人都说太霄帝君已经羽化，他不应该还存在于这个世间。

"现在，你明白了吗？"狄姜站在一旁，擦拭着一把手臂长的匕首。匕首在她的手里，渐渐变得愈加光滑，愈加光芒万丈。那匕首与钟旭死前递给狄姜的那一把一模一样，质感却大不相同。

若说从前那一把是透明的琉璃，那么这一把，就是无坚不摧的金刚石。

"帝君，"狄姜将匕首递给钟旭，一字一顿道，"你还没有记起来吗？"

钟旭伸手去接，惊讶地发现自己的手竟没有像触碰别的物体那样穿过去。

他竟握住了匕首！

匕首在他的手里渐渐变长、变宽，最终化作一柄流光溢彩的长剑，剑柄末端系着一串银色的流苏剑穗。

钟旭难以想象自己曾用过的佩剑只是这千万条流苏中的一根银丝。

更加无法想象自己就是手握重兵的太霄帝君。

"不可能！不是我！一定有哪里弄错了！"钟旭扔掉太霄剑，剑从他的手中脱落，便化作一阵青烟，消失不见。钟旭觉得头疼，脑海里就像有着千万条碎裂的缝隙，可他分明已经没有肉身了。

钟旭头疼欲裂，跪在地上，面色十分痛苦。狄姜静静地站在一旁，缓缓俯下身，拍着他的肩膀，道："你想要力量，我给你力量，但是你的记忆，我却无能为力。我不知道你将它放在了哪里，可如果你想不起来，我会陪你等下去，直到你想起来的那一天。"

钟旭抬起头，已经不再疑惑为什么她的手能碰到自己。

他奇怪的是她为什么知道这么多。

"你究竟是谁？"钟旭面带乞求，握住狄姜的双手就像握着救命的稻草。

狄姜盯着他的双眼，郑重地说道："我的凡身叫狄姜，法名为般若，世人皆唤我不成空明王菩萨。"

钟旭陡然睁大了双眼，眸中充满了不可置信："为什么……为什么你不在西十三天，为什么你要待在地底终日与黑暗和岩浆为伴，与十方恶鬼为伍？"

狄姜浅浅一笑，满不在乎地答道："一切事物的生成、存在皆依靠其他事物，而一旦从十二缘起脱离，即是证入涅槃。我尚不能免俗，又如何去西天接受十方功德？帝君，鬼域不能没有你。"

狄姜顿了顿，接着道："我也不能。"

接下来的日子，狄姜带着钟旭游历灵川，寻仙会友。

十将分别为飞马、望舒、御月、游弋、芒角、列宿、玉夫、南冕、松音、习风。其中，钟旭已经见过飞马、望舒、御月、游弋、芒角、列宿，他们分别驻守各处入口，闲时就会来陪钟旭聊天。松音因前些时日在镇妖塔负伤，如今正在府邸养伤，行走不便，倒是钟旭去见他的次数为多。

每次相见，几人都只是闲聊，勾不起他任何的回忆。哪怕将领们眼中充满了期冀和兴奋，乃至数次眼眶发红、泪流满面，但这些情绪都是钟旭所无法理解的。

玉夫和南冕因驻守在镇妖塔的废墟，他没有能够见到。至于最后一位习风，因是新封的将领，与众将不熟悉，对太霄帝君也从未有过交集，也没有让他见钟旭。

数月过去，钟旭还是如从前一样，没有任何变化。鬼君来人问过几次，见钟旭仍是一无所知，似是松了一口气，不再时时跑来打搅。原本要取代太霄帝君神位的摩琮也重新抬起头，走路带风，昂首挺胸地招摇过市。他坚信自己总有一天还是会坐上太霄帝君的宝座。

每次钟旭见着他，二人之间总会有一股莫名的火药味。他们互相都看对方不顺眼。这样的矛盾，在一日集中爆发了出来。这一日，钟旭走在路上，此时狄姜不在他身边，摩琮随手施了一个小法术，将钟旭吊在树上过了一夜。虽然感觉不到痛苦，但是丢了十成的脸面。

一个小小的定身咒都解不开，他又何德何能说自己是太霄帝君？

他除了看清了摩琮嘴角的那一抹冷笑，其余的什么都做不了，甚至连站出来指责他都不可以。十将一定会站在自己这边，鬼君一定会力挺摩琮，自己没有证据，也没有力量，又怎么与他争斗？

钟旭回了恶灵道，掰开莲叶，进入雪窟。他坐在冰棺边上，看着里面睡着的人，他很想把他叫醒来，对他说："我不是你，我不想成为你……我也不可能是你。"

从前他信奉"有妖皆斩，无鬼不烹"，最惨的下场就是牺牲自己，也算死得其所。后来狄姜告诉自己，做人要有情，要听人陈情，处理事情更要酌情。他听明白了，人生有了变化。到现在，她突然又抛了一个鬼域的重担在自己身上，那关系着鬼域安宁，甚至三界和平……真是莫名其妙，真让人无能为力。

钟旭渐渐地不再外出，断了与所有人的联系。只有狄姜能进入他的院子，与他说说话。

一日，习风带着问药回来了。他这才想起，自己刚到鬼域的那一日，问药便被习风带走，直至现在才回来。

习风与众将联络不多，对狄姜身边的小丫头问药倒十分上心。这些日子，他带着问药逛遍鬼域，也算十分开怀。他的处境与钟旭颇有些相似，众人虎视眈眈的位置被空降而来的人顶替，他若没有实力，又如何站得住脚？又哪里会有朋友？问药的到来无疑让习风很开心。在他心里，问药虽然不认得自己，但他始终记得小丫头在贫民窟里赠医施药的模样。她的笑容与从前一样淳朴可爱。

而钟旭，他在凡间也是见过的。现在才知晓，他或许就是消失已久的太霄帝君。不过，连狄姜的身份都那么不可思议，相比较起来，钟旭也不是那般让人惊讶了。

"习风参见君上。"习风面不改色，双手抱拳，低头行礼。

钟旭坐在门口的台阶上，手里拎着一壶酒。他点了点头，便继续仰头喝酒。

眼前的习风雄姿英发，伟岸不凡，与太平府那个许老伯全然不同。虽然知道他们拥有同样的灵魂，却也难以让人将他二人联系到一处。

钟旭暗自叹息，也不怪问药认不出他来。心大如问药，自然不知道钟旭来这里究竟是来做什么的。她甚至都不知道凡尘间的钟旭已经殒命太极殿，再也不会回去了。

"我们来这儿多久啦？"问药在钟旭身边坐下，满脸疑惑。

钟旭亦是不知。

这里的时间没有白天与黑夜的分别，他无法通过日头的东升西落来判断时日。

问药："他们为什么要叫你君上？你是什么君呀？"

"……"

问药见钟旭不答，也不在这件事情上费心，又道："你说，我们消失这几日，王爷会不会担心我们呀？不对，他不会担心我们，但是他一定会担心掌柜的！"问药自问自答得不亦乐乎，钟旭没有别的事情可以做，只能听着。

"我们还是快回去吧？我家掌柜去哪儿了？"

"掌柜的最近还真是神出鬼没，也不怕丢了……"

耳边一直传来问药的絮叨，钟旭一个劲闷头喝酒。很快，他晃了晃酒壶，发现酒没了。

习风见状，立即躬身，邀他到府中饮酒。钟旭无事，便欣然前往。

习风的府邸是一座竹屋，是故去的那一位将领的屋子。竹屋建在一座火山脚下，与恶灵道里的火山不大相同，这一座看上去要小许多。从未见过火山的问药看着满山红遍的岩浆泥流，竟看得瞠目结舌："这这这……这红色的水是什么？"

"岩浆。"习风解释道。

问药快速地伸手，摸了一把，只听"嘶啦"一声，手指便又触电般弹了回来。可速度再快，也还是烫了满手水泡。

"好疼啊……"问药欲哭无泪，抱着手疼得直跳脚，"这是什么鬼地方！我不待了！"问药吵吵嚷嚷，习风无法，只得与钟旭告退，带着问药去找巫医。

钟旭一人待在屋里，眼前的托盘里放了一盅松花酒，酒香沁人，十分美妙。

钟旭喝着酒，打量着这座竹屋。

屋里的屏风后挂着一幅画。按照钟旭的性子，他不该走进里屋，但他不知道自己怎么了，鬼使神差地便绕过屏风走了进去。

画中有一女子身穿白衣，头戴花冠，腰间佩着七彩璎珞。她的左手握着一只曲茎白莲，正在花丛中笑。

她跟狄姜长得相似，却又不那么相似。

画中的她皮肤不如现在白皙，眉目也尚未长开，可眼里的笑意却似要透出画来。而不似她现在这般，笑里有时候还带着高高在上的虚假眉目。

画里的狄姜是一个真真正正的人。

一个还没有得道、证入涅槃的普通的凡人。

钟旭的脑海里突然涌入了很多不属于他的记忆——

比如说，恶灵道全族烬灭后，十夜的坐骑恶龙袭臣为报复三界，打破了凡间十二根龙柱，放出五蕴神为祸世间。

比如说，自己以一己之力化作龙柱，撑起天地。他在羽化前，将自己的记忆全都封在了这幅画里，然后将它扔进了火山口。

比如说，他散尽一身修为，看似是为了三界众生，可事实上只是为了能见到画中那位曾对自己说过"从今以后，生生世世，永永远远，再不相见"的人。

他做了错事，辜负了她的信任。

她还恨我吗？

……

他不知道。

他不敢知道。

狄姜与鬼君议事结束后，回到钟旭的府邸，却发现他并不在。寻人问了一圈，也没有人说见过他。直到习风派出一众部从，才终于在鬼域的入口，枉死城中的一棵树下找到他。

"你怎么到这里来了？谁带你过来的？"狄姜快步跑过去，围着他看了一圈，生怕他有什么闪失。

钟旭摇了摇头，神色闪躲地说："我只是随便走走。"

"回去吧。以后我不在，你不要出门。摩琮他们觊觎太霄帝君的宝座已有多年，如今你尚未回到金身，行事还须谨慎。"

"嗯。"钟旭淡淡应了一句，跟在狄姜身后向底层走去。

路上，他们又遇到了摩琮。

摩琮似乎无处不在，狄姜在的时候，他明面上仍是十分恭敬有礼，见了钟旭虽然会不满，但也不会太落不成空明王菩萨的颜面。他与不成空明王菩萨行礼之后，冷冷瞥了钟旭一眼，浅笑道："太霄帝君如今在鬼域有了一个新的称号，您知道是什么吗？"

摩琮没有当着狄姜的面接着往下说，而是走到钟旭身边，压低了声音，嘲笑道："躲在不成空明王菩萨身后的男人。"这句话虽然只是说给钟旭听，但狄姜想听的时候，也一字不落地传进了她的耳朵。

钟旭面无表情，看也不看他一眼，从容向前迈去。

反倒是狄姜有些发愣。

钟旭什么时候这样能忍了？

狄姜亦步亦趋地跟着他，观察到了一些极细小的细节。从前钟旭背负长剑，脖颈微微有些前曲，虽然不算驼背，却有着他所独有的不能称之为自卑的卑微。而他如今的背脊之笔挺，是她从未见过的模样。

不对，他不是钟旭。

他是太霄。

二人一前一后，走回府邸，在四下无人的房间里，狄姜终于没忍住，开了口："十夜的事情，我不怪你了。你无须再躲着我。"

狄姜说完，钟旭有一瞬间僵住，却没有回答她。他只用自己一派清明的眸子里突然横生的歉意和内疚让狄姜知道自己的猜测没有错。

"我知道那件事情不是你的错。"狄姜接着说，"如今犯错的人已经得到了惩罚，我也该为曾经的恶言相向你道歉。"

狄姜沉默了片刻，缓缓说："对不起，是我错怪你了。"

钟旭沉默半晌，终于长舒一口气，问道："你是什么时候发现我已是太霄的？"

狄姜："从你刚刚看摩琮时的眼神。"

"……"

钟旭蹙眉，实在想不到自己刚才有哪里露出了破绽。

狄姜浅浅一笑，撑着下巴，缓缓道："从前你的眼中有愤怒和敌视，但今日见他却毫无反应，这时候我便知道，你回来了。"狄姜微微抬头，在钟旭的疑惑中粲然一笑，"鸿鹄不会将蝼蚁放在眼底，不是吗？"

钟旭，或者说此刻的太霄一愣，旋即莞尔轻笑，点了点头："你说得不错。我不会。"

太霄说完，突然侧过身向狄姜走来。

他伸出双手，将她紧紧拥入怀里。这一个拥抱不是来自魂魄，而是一个强而有力的身体。

他眉心的血玉在夜空里闪烁，璀璨无比。

"好久不见。"

狄姜回抱住他，将脸埋在他的胸前："是真的好久、好久不见了。"

这一抱，恍若隔世。

温热的体温、平稳而有力的心跳，是过去几百年间，从未在金身上感受过的。

她等了这么多年，终于将他唤回来了。

"掌柜的，我们在这里待了几日了？王爷会不会担心？"不知过了多久，门外突然响起问药的声音，狄姜通体一震，慌忙推开太霄。

问药的脚步渐近，她径直推开虚掩的门，朗声道："我们出来这么久，王爷一定很着急了，我们快回去吧！"

狄姜不知道问药有没有看见他和太霄的拥抱，虽然这样的拥抱对他们来说只是一个互相鼓励的、最正常不过的日常，可在问药看来，或许会被理解为一种"不忠"。

狄姜回头，见到噘着嘴、一脸苦大仇深的问药，只觉得她应当是在鬼域待得无聊了，并没有见到刚刚的那一幕。反观自己，好像真是被捉奸在床似的心头狂跳，真是可笑。

狄姜拍了拍问药的肩，笑道："我们明日就回去。"

第二日一早，虽然屋外的天色仍是昏暗的，但街道上热闹不凡，以此昭示着新一日的开始。

太霄帝君今日接受朝贺，穿了从前只有在朝见天君时才会穿的朝服。白色缎纹为底，金色丝绸为纬，间错有精致的提花。腰佩白玉带，头顶缎底白玉冠，及腰的银色长发在烛火的映衬下衬得他格外温润。

没有见过太霄帝君的人不会想到，象征力量和战争的他会是一位眉目温润、走路平稳而缓慢的人。

这样的太霄帝君无论走到哪里都是所有人注目的焦点。只要他一出现，就会吸引所有人的目光。他的模样虽然不凶狠，可也只有在不成空明王菩萨在的时候他才会不自觉地露出些许笑意。

太霄帝君和不成空明王菩萨，一个代表兵权，一个象征信仰，却亲密无间，没有人能够离间。

上任鬼君曾经试图离间二人，结果却是太霄宁愿羽化陨落也要证明自己没有做过任何对不起不成空明王菩萨的事情。上任鬼君也因此被罚入修罗道，成了百万没有自己意识的鬼域士兵中的一员。

从此不伤不灭，无喜无悲，也没有了自己。

太霄帝君到达时，小鬼君右手撑着头，斜倚在御座上。虽然他极力想要在太霄面前表现自己很淡定从容，但他不停松握的手出卖了他的内心。他对太霄帝君心中是有畏惧的，但是他的身份和地位不允许他在世人面前露出任何的恐惧。

"帝君请坐。"小鬼君右手做了一个"请"的动作，随即坐直了身子，端起一副主人的架势。

太霄则微一颔首，从容落座。既不失礼，亦不讨好，淡然的模样仿若未将他放在眼里，却又让人挑不出错。

二人之间的气场和魄力，高下立见。

太霄帝君回归的消息一经传出，鬼域普天同庆，当天便展开了一系列的庆典。

庆典结束后的当天，狄姜便要带着问药回凡间。太霄不太明白狄姜为什么如此着急，他们的重逢才不到一日，他们甚至连话都没来得及好好说。

太霄靠在门边，随手支起一个结界，将问药困在里面，随即又走到狄姜身边，拦在她的身前，问道："你对他动情了？"

"谁？"狄姜一愣。

"武瑞安。"

狄姜面色一沉，眼中冰冷一片："没有。"

"那你为什么急着回去？"

"你的剑鞘尚在武王府，我替你去取剑鞘。"

"只是因为剑鞘？"

"嗯。"

"如今我已归位，那剑鞘不要也罢。"

狄姜沉默了，须臾，仍是坚持要走。

太霄没有再阻拦，他知道自己拦不住。

太霄收起结界，让问药重获自由。问药一脸懵懂，尚不知发生了什么。见着狄姜后，便又欢快地挽起狄姜往前行，似乎刚才发生的事情她全然不知晓。

太霄看着二人远去的背影，到底还是忍不住，朗声道："放弃吧。你和武瑞安不是一个世界的人，你们不会拥有爱情。"

狄姜停下步子，僵了片刻。而后她缓缓转过身，微笑道："我不爱武瑞安，可是不代表我没有爱情。"

狄姜说这话的时候，问药表情很是奇怪，甚至有些复杂。

"是吗？"太霄淡淡一笑，眼中是明显的嘲笑。

狄姜被他的眼神所激怒，蹙眉道："这世上，佛与道、爱与被爱根本不冲突。爱能教人向善，与佛法的目的相一致，只要爱对了人，那又有何不可？反倒六根清净才是佛法无边吗？我看这满天神佛，皆不如我。"

狄姜说完，太霄一声叹息，半晌，才带着无尽的悲凉和淡漠说："他只是一个没有来生的死灵，他不值得你费心。"

"正因为他是死灵，我才希望能让他这唯一的一生安乐无虞。太霄，你知道世人为什么总说你铁面无私、不近人情吗？"

太霄没有回答，狄姜接道："因为你不了解自己的心。你总认为万事万物都有它的价值，你用价值去衡量一切，但实际上，这些感情或许真的存在过，只是你不肯承认罢了。而我，爱世人，也爱自己的爱人。就算不是爱情，亦会有亲情、友情……无论是什么，有牵挂并不是坏事。你太在乎结果，就会失去过程里的乐趣。"狄姜说完，不等太霄回答，便带着问药回到枉死城。

狄姜站在奈何桥边、三生石旁，突然停下步子，往石根看了两眼。

一根根细小的红色藤蔓柔如发丝，将石头的根部包裹，并且仍有向上延伸的趋势。

原来，武瑞安说得不错，三生石畔真的有红藤……

终

龙池·凌波

戎马一生四十年，是非非是万千千。

梦里不知蓬莱路，云在青山月在天。

第二十三章

囹圄

今天是狄姜离开的第二百三十六天。

二百三十六天前，狄姜在太极殿前以一己之力封印千妖百鬼，在武瑞安心中造成了巨大的震撼。也就是这一模样，彻底颠覆了他对狄姜的认知。狄姜不仅仅是一个玄门中人，她的身份或许是自己没有办法想象的。当晚，狄姜离开皇城后便不知去向，音讯全无，就连见素医馆也消失无踪。棺材铺的对面成了空荡荡的一堵墙，墙角长着一棵参天的榕树。狄姜和她的医馆一夕之间消失，仿若过去八年只是黄粱一梦，皆化虚无。

一百八十天前，狄姜离开已近两月。

武瑞安在这两个月里，疯了似的寻找狄姜，可连她的一星半点的消息都寻不见。他大受打击，开始闭门谢客，不见任何人，终日在府中饮酒买醉，不问国事。辰嫚怒不可遏，连下数道诏书宣召其入宫，他全都当作没看见。直到年三十这日，武瑞安被侍卫强行带入宫中参加家宴，这是狄姜离开后他第一次出现在世人面前。

他瘦了很多。

宴席上，武瑞安一句话都不说，只是一个劲地喝酒，面对武瑞安这一变化，辰嫚看在眼里、痛在心头。为一个女人寻死觅活，这种事情居然发生在她的亲儿子身上，还被满朝文武知晓，简直是滑天下之大稽。

481

武瑞安再一次惹怒了辰嫯，她对他的耐心几乎耗尽。

太子武煜自告奋勇，请奏辰嫯，愿将武瑞安接入府中，好生照顾，说自己必能将他带出阴霾，重获新生。辰嫯准了，而这，成了她下半生所做过的最错误的决定。

当夜，太子武煜及其侧妃刘令月带着烂醉如泥的武瑞安回府。

第二日晨，武煜、刘令月、武佑一家三口的尸体被下人发现。他们身中数剑，倒在血泊中。尸身下的血液已经干涸，显然已经死去多时。武瑞安安稳睡在一旁的床上，手中握的一柄长剑，剑锋所能造成的伤痕，与三人脖颈上的伤口相一致。因证据确凿，武瑞安身陷囹圄。

武瑞安杀害太子一家的消息一经传出，从此身败名裂，被世人唾骂。等待他的，是刑部定案后，于秋后处决。

所有人都离开了武瑞安，就连他自己都放弃了自己。他不知道武煜是怎么死的，他也并不关心。他只觉得，如果这个世界没有了狄姜，他活着也没有多大意思。

可这样的想法，也仅仅持续了三个月。

暖饱思淫欲，饥寒起盗心。爱情，是只有在物质条件不缺乏的时候才会有的浪漫产物，是一种精神享受。但当一个人连最基本的生存都成了艰难，在那样孤独无助的岁月里，没有人还会记得一个不曾对自己动过真心的女人。

辰嫯对他几近深恶痛绝，她不相信武瑞安会杀死武煜，但也厌憎能将自己沦落颓丧的武瑞安。她如消失的狄姜一般，对他不闻不问。

没了辰嫯的青睐，武瑞安被关在地牢里，受尽刑罚。在与日俱增的痛苦煎熬中，武瑞安渐渐忘记了狄姜的眉目，也不记得她曾经许下的诺言。

他只记得她每日淡淡的目光里，看着的那个人，绝不是自己。

他突然开始后悔了。后悔自己放弃荣华富贵，放弃荣耀加身，放弃权力地位，换来的只是她连告别都懒得给予。哪怕是只言片语。

这真是太可笑了。

九十天前。

暗无天日的地牢里终于出现了一抹不一样的色彩，长孙玉茗拖着重病的身子，穿着一袭粉色衣裳走进牢房。武瑞安终于吃上了入狱三个月以来的第一口热菜。

刑部对武瑞安看管上的放松让长孙玉茗可以每日前往探望，但有心的歹人亦有机可乘。公孙渺的旧部，一些没有来得及处理的公孙家"肱股之臣"，联手在天牢的底部为武瑞安改造了一座水牢。每日，他们都会将武瑞安带去水牢关上两个时辰，寒冷和脏污让武瑞安再无半点从前的潇洒风姿，沦为了一个连乞丐见了都会绕道走的人。长孙玉茗每日探望，将此事奏禀辰嫛，辰嫛却没有反对。她甚至当着朝臣之面宣召："武王瑞安，骄纵顽劣，今日务必让他开口，道出残杀太子真相。"

武瑞安那夜喝醉了酒，根本什么都不记得，又有什么可以招供的？

他甚至不知道武煜究竟是不是自己杀的。他没有杀害三皇兄的理由，但是醉酒之后，自己会不会控制不住……他亦拿捏不准。

辰嫛的默许让下人更加放肆。每日进水牢的时间从两个时辰变为了六个时辰，往后，他们索性整日都将他关在里头。从一开始的泡在水中，变成倒吊在水里，眼耳口鼻都沾满了污水，却又在每次濒死之际将他吊起来。整整数月，求生不得，求死不能。

五十天前。

已经习惯了水牢的武瑞安再也没有喊过一声，就连每日见到探监的长孙玉茗时，都能够说笑话逗她。长孙玉茗红肿着眼睛，一边流着泪，一边带着笑，笑得却比哭还难看。

"别哭了。我没事。"武瑞安端着饭碗，擦了擦长孙玉茗的眼泪，"以后你不要来了，这里戾气重，对你的身子不好。"武瑞安虽然嘴上这样说，但心里却希望她不要抛下自己。她是所有物是人非的景色里始终不离不弃的那一个，他再是冷血，也放不下这个每天为自己流干眼泪的女人。

可惜，他的一生就快要结束了。

可惜，他还需要一个答案。

可惜，他还没有完全放下那个人。

那个人，还欠自己一个答案，一句道别。

辛丑年六月，距离武瑞安被处决只有两个月的时间。这两个月里，如果没有别的证据证明他的清白，他将被赐予鸩酒、白绫或匕首，在牢中结束他的一生。

长孙玉茗每天都会来给他送饭，饭菜都是她亲手做的，几乎每天都不重样。可是她越来越瘦了。她如弱柳扶风，纤若无骨，脸色也愈渐苍白。武瑞安甚至能单手握住她双手的手腕。从来不涂脂粉的她，近两个月来每日涂着厚厚的铅粉和胭脂，竭力想让自己看上去气色好些，但武瑞安知道，她或许都不会比自己活得长。她或许已经油尽灯枯，大限将至了。

武瑞安没有再将她往外赶，而是一边吃饭，一边细心、安静地听她说话。说着外面的人事，说着今天又写了什么词、绣了什么花。

武瑞安的双腿因长期泡在污水中，已经肿胀发青，失去了一个人的双腿该有的模样。每日只有长孙玉茗来看他的时候，他可以不必泡在水中。他坐在桌边吃完整碗饭后，长孙玉茗拿出手帕，替他擦了擦嘴。

那是一块素白干净的帕子，帕子一角绣着一株雪白的曼陀罗花。

武瑞安拿着帕子看了看，问道："这是什么花？模样挺稀奇。"

"曼陀罗花。"长孙玉茗沉默了片刻，红着眼眶说，"相传它开在三途河边，花叶永不相见。它代表了回忆、思念，以及永远无法相会的悲伤。"

"这样啊……说法也很稀奇。"武瑞安满不在乎地笑了笑，从前他对这些是全然不屑一顾的，现在却觉得，这些事情其实也挺有意思。

永远无法相会的悲伤？

这正是他经营了半生的爱情的模样。

"你喜欢这种花？"

"嗯。"

"若本王能出去，一定寻了这花的种子来，种满全城，让你高兴。"

长孙玉茗头一次听到武瑞安说这种话，虽然知道那一天很可能不会到来，但仍然高兴地点了点头："一言为定，我等王爷在全城为玉茗种满曼陀罗花的那一日。"

这时，门外响起一阵铁链的声音，"吱啦"一声，狱卒推门走了进来。他的身后跟着两个看不清颜面的侍卫，并不是这些日子以来见过的任何一个人。看他的穿着打扮，更像是守卫皇城的御林军。他们抬着一只一尺见宽的铁盒，路过武瑞安和长孙玉茗时，他们分明看见铁盆里游弋着密密麻麻的黑棕色虫子。

长孙玉茗尖叫起来，慌忙缩进武瑞安的怀里，武瑞安拍着她的肩，让她不要害怕。

"武王爷，新鲜玩意儿，好好享受，您会喜欢的。"二人将铁盒扔进水牢，随后立即退了出去。如此阴暗潮湿的环境里，他们片刻都不想多待。

长孙玉茗挣扎着站起来，走到水牢边，只见漆黑的水里有细密的水珠翻滚浮起，四周的墙壁上，更有许多黑色的虫子在蠕动。

"那……那是什么东西？"长孙玉茗几欲昏厥，狱卒见了连忙想去扶她，却被她躲开了。她单手撑着墙壁，左手捂着胸口，喘息不止。

武瑞安走过来，看了水牢一眼，神色淡淡："那是水蛭。"

"水蛭？"长孙玉茗陡然睁大双目，不太明白他的意思，但光听这名字，就知道不是什么好东西。

狱卒站在一旁，冷漠地接下话头："水蛭，俗称蚂蟥，靠吸食人鲜血为生。"

长孙玉茗"啊"了一声，双腿再撑不住，软软地向前倒去。武瑞安手疾眼快，将她拥在怀中，才避免她晕在潮湿的、即将布满水蛭的地面上。水蛭从水池里爬出，狱卒看了两眼，立即退了出去，边走边道："玉茗小姐，您还是快走吧，这是针对武王爷的，不是针对您。"

长孙玉茗如何肯离开？

她尖叫着冲着牢门哭喊："你们不能这样做！武王爷是皇子，是陛下的嫡子！你们不能这样对他！"

空空荡荡的牢房里回响着她凄厉的哭喊，回答她的是门外小声的、细细的、如看戏般的嗤笑。这里守牢之人皆是公孙渺的旧部所指派，他们恨不得吃武瑞安的肉、喝他的血，只要不弄死他，就可以随意折磨。水蛭就是其中一种杀人于无形、连伤口都难以辨别的刑罚。

"武王爷，您是想自己进去，还是属下押您进去？"门外再次传来狱卒们阴森而兴奋的声音，武瑞安身形一滞，僵了片刻，便往前迈了一步。尊严是他在这里仅剩的东西，他誓死也会捍卫它。

"不要！你不能去！我不要你去！"长孙玉茗死死抱住武瑞安的腰。

武瑞安附上她的手背，轻轻摇头："他们不就是想看本王的笑话？本王宁愿死也不会低头。"与其被他们羁押扔进去，还不如自己进去。

"你要进去是吗？好，我陪你！只要我受伤，他们不会不管我！陛下再心狠，只要看见我身上的伤，她就一定会相信我！她一定不会再让您继续受苦的！"长孙玉茗趁着武瑞安身子僵硬的片刻，不顾一切跳下水池，将自己也浸在了布满水蛭的池子里。

寒意袭来，长孙玉茗紧咬着牙关，不喊一句疼，不道一句冷。只有苍白的血色昭示着她已经到了忍耐的极限。武瑞安跟着跳了下去，他双眼赤红，将她的身子紧紧拥入怀中，举在胸前，尽量不让蚂蟥和污水碰到她的身体。

渐渐地，他感受到脚上、膝盖、大腿乃至腰部、背部都有滑腻的东西在蠕动。双腿很疼，双臂很酸，但在昏暗冰冷的池水里，温暖他的是长孙玉茗的不离不弃，是一颗与从前自己对狄姜一样的赤诚而无所畏惧的心。他突然意识到，这样的日子或许自己永远也无法逃离。曾经伸手可及的自由，在被全世界抛弃之后，是那般难得和珍贵。

是他不懂珍惜，浪费了宝贵的、得来不易的半生光阴，也赔上了自己与长孙玉茗原本该有的幸福。

是他痴心妄想。

是他咎由自取。

可如今他最后悔的是临死前还连累了长孙玉茗；他多希望这个时候自己还有能力，至少能让长孙玉茗不必陪着自己受苦。

只可惜……

只可惜。

第二十四章

重逢

武瑞安落难半年以来，武王府里已是一片断壁残垣。府中下人被尽数遣散，只余下一个半疯的老管家。数月以来，刘长庆每天夜里都会在武瑞安的房间里点一盏灯，似乎只要有那盏灯在，就代表王爷还在。

长孙玉茗险些葬身水牢。辰璺见过长孙玉茗的伤口后，武瑞安被辰璺特赦，令他回王府休养，直至秋后行刑。武瑞安回王府的前一晚，刘长庆在点燃最后一根烛火后永远地闭上了眼睛。他颓然倒下的身子打翻了烛台，让武王府大半付之一炬。刘长庆葬身火海，后被侍卫挫骨扬灰。

翌日一早，武瑞安被侍卫从水牢带回武王府，软禁在后院的楼东小榭里，由宫中派来的人伺候。虽然武王府与水牢比起来只是一个大一点的牢笼，虽然武王府里一个熟悉的面孔都没有了，但于武瑞安而言，他总算又活得像个人了，长孙玉茗也不必日日去水牢陪着他受苦，还是值得开心的。

辛丑年六月末，狄姜回到了太平府。距离她上次离开，已有八个月的时间。

太平府南大街的尽头，长生数月如一日地扎纸人、擦棺木，哪怕他知道钟旭已经死去，他仍将师父生前的嘱托继续做了下去。见素医馆里，一个与狄姜一模一样的女人正靠在柜台后懒懒地翻着一个画本子。

狄姜见了她，微有些诧异，问药也觉得很神奇。

"掌柜的，她……她是谁呀？"问药目瞪口呆，急忙上前围着那个女人四下打量。

狄姜抬手，那女人便化作一缕青烟，消散不见。

狄姜很奇怪。

自己离开的这些日子，是不是发生了什么事情？为什么"她"还在见素医馆里？按照女皇的旨意，"她"应当已经与武瑞安完婚，现在该住在武王府里才是。

可是"她"没有。

显然"她"一直待在见素医馆。

狄姜走进医馆，找来书香，细问了几句，才知道武瑞安这八个月来从未到过见素医馆，甚至他能见到的只是一堵墙壁。他已身陷囹圄多日，即将被处决。书香低着头，狄姜看了他两眼，突然抬手，结结实实地给了他一巴掌："你做的好事！为什么不通知我？你好大的胆子！"

书香低着头，捂着脸，不说话。

问药在一旁愣愣地看着。她从未见过狄姜动怒，更何况被处罚的对象还是从不犯错的书香。要知道，她从未对书香动怒。

书香这是做了多大的错事，才会招来如此对待？

问药没有得到答案，狄姜没有多耽搁，眨眼之间便消失在店铺中。对面棺材铺里的长生愣愣地看着，就像白日看见了仙人，满脸惊讶。

问药看着书香，书香没有理她，看都不看她一眼，转身进了里屋。

他对问药也是从未有好脸色的。

狄姜打听到武瑞安已经回武王府邸后，便直接来到了楼东小榭前。傍晚，楼东小榭的二楼亮着微弱的烛火，两个侍卫一动不动地驻守在楼梯口，守卫看似松懈，但院子外头有大量的驻军——那都是为了防止武瑞安越狱而设。

狄姜隐了身形，缓步上楼。

二楼的房间外头守着两名宫女，狄姜拂了拂袖子，宫女们便软软地靠在墙边倒了下去。狄姜推开门，走了进去。

屋内，武瑞安穿着单薄的寝衣坐在桌边，面上布满胡楂，正对着桌上的一柄卷轴发呆。狄姜进屋之后，他头都没有抬，有气无力地说："玉茗，你身子还没好透，不要再……"

武瑞安说着，眼角出现了一抹绿罗裙，大朵大朵的合欢花是那人最喜欢的花样。他倏地抬头，看见的是狄姜十年如一日、半分未老去的艳丽容颜。

"狄……姜？"武瑞安瞠目结舌，许久才吐出从前念过千千万万遍的名字。

最熟悉又最陌生的名字。

武瑞安瘦了，老了，往昔容颜不复存在，甚至连行走都成了奢望。

狄姜眼眶发红，吸了吸鼻子，上前一把将他抱在怀中。怀中人瘦成了皮包骨，上身几乎看不见几两肉，而下身却因长期泡在水里，皮肤肿胀发白，已经无法恢复到从前的模样。

"我回来了，王爷……我回来了。"狄姜声音嘶哑，身形颤抖。

武瑞安感觉到一些温热的液体流进脖颈，他全身一僵，却很快又恢复如常。

"回来……你还回来做什么呢？"武瑞安一声叹息，让狄姜呼吸困难。他的语气里再没有了从前那分迷恋和包容，有的只是千帆过境后的沉寂，如古井无波。

武瑞安推开她，盯着她眸子，一字一顿道："本王落难之时，你在哪里？"

狄姜没有很快回答，他继而接着问："你在为钟旭的死哀悼，你忙着为他超度，忙着送他最后一程……是不是？"

狄姜不说话，她无法反驳。

事实虽然比这复杂，但简单来说，的确可以这样解释。

"你为钟旭费尽心思，心里哪里有丝毫本王的位置？狄姜，你现在回来，是真觉得本王非你不可吗？以为不论过多久，只要你招招手，本王就还会站在原处，如从前一样爱你？"

狄姜微张着嘴，目瞪口呆，全然说不出话来。

武瑞安见了她这副模样，又是内心一紧，哑着声音说："还是说，本王又自作多情了？你只是来看我笑话的？"

"不，不是。"狄姜终于缓过神，不停摇头，"事情不是这样的……"

"不是怎样？不论中间出了什么差错，或者有什么万不得已的理由，事实确实是，你没有留下只言片语便消失了八个月。为什么……为什么所有人都离本王而去，让本王在那暗无天日的牢房里受尽折磨？"武瑞安嘴角结着血痂，这一番痛诉下，嘴角又撕裂开来，鲜血顺着嘴角往下淌着，仿佛有说不尽的哀凉。

狄姜红着眼眶，眼中一片模糊，却半个解释的字眼都说不出来。

武瑞安看了她半晌，妄图从她模糊的眼睛里读出些许除了内疚之外的情绪。

可是他失败了。

她只是在可怜他。

她还是没有爱过他。

一丁点都没有。

"罢了，无所谓。"武瑞安长叹一声，"只是，本王很想知道，如果钟旭没有死，我们会依照原来的计划完婚，那时，你打算如何待本王？"

狄姜看着武瑞安，吸了吸鼻子。她很想说些什么，但武瑞安并没有想听的意思。

他只想知道真相。

到了这个时候，她似乎也无法再隐瞒她从头到尾都没有爱过武瑞安的事实。

狄姜叹了口气，缓缓伸出右手，食指和中指凭空拈来一片纸片，那纸片翩然飞出，落在地上时便是与狄姜一般无二的人，细致到鬓边落下的一缕头发都一模一样。

看着屋内陡然出现的女子，武瑞安瞪大了眼睛，满眼荒唐："你就打算用这么个傀儡敷衍本王？"

"她不是傀儡，她是我的凡身。"狄姜面不改色，缓缓道出，"她会哭，会笑，会为你感到骄傲，会因你所做的事情而感到幸福。她对你不会有一丝怨恨和不满，你们甚至不会争吵。在未来的日子里，你们之间只有幸福和美满，伉俪情深，不会有一丝一毫的痛苦。这是我能为你做的最好的安排。"

"呵……呵呵……竟还有这种事……好好好，狄大夫考虑得还真是周全……真好啊……真好！"武瑞安说着，突然猛地起身，拂落了满桌瓷器。

武瑞安怒吼："本王从来满身骄傲，但在你的面前，本王所有自认骄傲的一切都变得一文不值！"武瑞安突如其来的暴怒让狄姜整个人僵在原地，无法回应。

武瑞安面色凄惶，又是一声冷笑，道："过去的几年，本王丢弃了自己所有的自尊！本王不喝花酒，不去青楼，不参加世交应酬，甚至不要皇位！只要你！本王为了你，去慈幼局陪小孩子，去康平坊赠医施药，去学着喂养流浪猫……这些都是本王过去极不屑的事情，可是为了你，本王愿意去做这些事情。本王想走进你的生活，更靠近你的内心！

"本王用自认为最好的一切去感动你、照顾你、护佑你，以为自己有钱、有权、有脸面，便可以给足你世间一切美好，你不可能不爱本王。哪怕当初不爱，只要有足够的时间，本王总能打动你，可是直到在太极殿前本王看见你于千妖百鬼前屹立不倒，举手投足间千妖百鬼莫敢不从，本王才终于明白，任凭本王如何爱慕你、追逐你的脚步，本王都永远达不到你的高度。

"后来在大牢里本王才想明白，从头到尾，你都没有说过爱本王，是本王一厢情愿，觉得你对我和颜悦色、答应成为我的妻子，便是爱本王。但如今想来，那只是怜悯。你也不可能爱我，不是因为我配不上你，而是你我根本不在一个世界里。

"你不是凡人，本王却妄想用凡间的事物感动你，是本王天真。"

武瑞安一口气说完积压在心中数月的话，颓然跌坐在地，任满地残渣割裂他的身体。任血流如注，亦浑不在意。武瑞安双手抱头，泪眼模糊，他声音哽咽，几乎是从鼻腔里发出了最后几个音节：

"狄姜，是本王错了。"

七年时间，他终于承认自己错了。

大错特错。

他与她，从一开始便注定永无可能。

而他再也没在狄姜面前自称"我"，而是字字句句不离"本王"。

渐渐地，她也不知道该如何宽慰他了。

狄姜离开武王府的时候已近午夜，武瑞安躺在床上，呼吸均匀，已然熟睡。整个晚上，武瑞安没有再跟她说过一句话，不论狄姜说什么，他都没有任何回应。

太平府的大街上空荡荡的，只有风声在各个街道里回响。狄姜没有使用法术，一步步走回了医馆。

见素医馆里灯火通明，门口还挂着两盏红灯笼。这两盏灯笼已经八个月不曾亮起，街坊邻里都看不见这个药铺。烛火熄灭的时候，就代表药铺主人闭门谢客，此时就连开在对面的棺材铺里的长生都无法准确指出药铺的位置，包括此前有过的记忆，也都随着灯笼的熄灭而一并消失。武瑞安曾经找不到见素医馆，正是因为书香熄灭了门前的红灯笼。

"掌柜的，喝茶。"问药捧着一杯茶，缓缓递到狄姜身前。狄姜坐在铺子里，表情阴郁得可怕。书香跪在地上，面色从容坦然，丝毫也不觉得自己的所作所为有任何错处。

"掌柜的，您就别罚书香了，谁知道咱们竟会耽误这么长时间？我还以为就过了那么几日呢！说到底啊，不是书香的错。"许是从未见狄姜如此责罚过书香，问药一反常态，竭力为书香说话。以前她欺负书香，主要是因为狄姜总是对自己疾言厉色，对书香却从没有过一句重话。此番他竟结结实实地挨了狄姜一巴掌，简直比从前她挨过的骂加起来还要可怜。她瞬间就改变了阵营，与书香站在了一处。

但没有用。

狄姜没有理会问药的絮叨，只冷冷地看着书香："你什么时候跟太霄一样了？竟然想插手我的事？"

"我从来不像帝君。"书香摇了摇头，"如果一定要说我们之间有共同点，那就是我们都为您考虑。我们的所作所为都是为了您。"

"为了我？"狄姜冷笑，"所以，你就单方面替我做了决定，擅自改变我的意志，与武瑞安断了联系？"

书香："如果您真的有那么在乎王爷，我又怎能替您做决定？您将凡身留在人间，自以为对得起王爷，也骗得了自己。可是，那真的行得通吗？这是你怜悯世人的方式，可或许王爷并不需要呢？你与武王爷本就是两个世界的人，何必牵扯？"

狄姜冷冷道："武瑞安需不需要不是你说了算，我自有考虑。如果没有你多事，武瑞安不会这样痛苦。"

"痛苦之所以是痛苦，是因为记得。如果您觉得我的做法有错，您大可抹去王爷近半年的记忆，甚至可以抹去这太平府中所有人的记忆。到那时，武王爷还会是从前那个武王爷。您之所以没有这样做，便是知道，这没有意义。您将怒火发泄在我的身上，不过是掩饰自己的心虚。"

"你……"狄姜一时语塞。

书香眸子坚毅，语调铿锵，掷地有声，丝毫不像在开玩笑。问药在一旁听着他们火药味十足的对话，生怕掌柜的又给他一巴掌或者踹上一脚……但庆幸的是，狄姜没有那样做。

她沉默了。

书香说得不错，之所以痛苦，是因为记得。但就算抹去了他的记忆，他又真的会开心吗？他的人生已然改变，她已经骗了他一次，妄图用凡身回报他的爱。他得知真相后，没有接受。

抹去记忆固然容易，可失去人生半年记忆的武瑞安，还是当初的武瑞安吗？

他会同意自己这样做吗？

他不会的。

如果自己强行为之，那么武瑞安这一生也太悲哀了。

这次近八个月的分离，由书香造成的一个误会开始，却揭露了二人长久以来不可磨灭的根本矛盾——他们不是一个世界的人。武瑞安心心念念的女人根本不是真实的自己，真正的狄姜，是一个没心没肺没有感情的人。

她逃避，她窝囊，她充满了悔恨和不甘……

书香："一个十夜已经让您痛苦了这么多年，您不能再陷进去了。他不过是一个没有轮回的凡人，没有十夜鬼王那般，与你拥有四万八千载的纠葛，您何必自寻烦扰呢？世事有各自的秩序，世人也有各自的因果，事情既然已经发展到这一步，便该有他顺应自然的未来，您可以罚我，但您不能惩罚您自己。"

书香说完，狄姜彻底瘫坐在竹椅上。

他们二人的对话，问药听得似懂非懂，只一个细节让她内心突然一紧。

十……夜？

是那本书上曾记载过的恶灵道的鬼王，秽母梵天最强大的鬼子？

问药听到这里，只觉得内心有一股强烈的撕扯感呼之欲出。或许是因为狄姜，她对十夜非常感兴趣，也终于能够理解为什么那天在明镜塔里狄姜会烧掉那本古籍。

原来那里面记载的，是狄姜纠葛了四万八千年的故人。

好像亦是她真心倾慕之人。

第二日一早，一个疯疯癫癫、穿着古怪的和尚敲响了京兆尹衙门前的鸣冤鼓，声称自己知道武王杀害太子一案的真相。辰婴亲自接见了那个和尚，并且从他的面相和打扮得知，他就是曾经在太极殿前与钟旭斗法的东瀛国师释禅的大弟子，惠藤。

惠藤跪在殿外，一个劲地磕头道："太子殿下寿元早枯，根本活不过二十，是公孙大人请了师父为其借命。为了控制太子殿下，师父每次做法替他借命的时间都不超过半年。师父死后，太子殿下一早便知道自己大限将至，所以有意嫁祸陷害武王爷，至于他为什么要这样做，贫僧不知。"

惠藤的话让所有人都吃了一惊，辰婴更是疑惑："就算煜儿活不过半年，但他为什么连妻儿都要一并杀害？"

"因为……"惠藤冷汗淋漓，看得出他其实不想说，但是不知道为什么，似乎有人在背后拿刀逼着他，让他不得不和盘托出。惠藤皱着眉头，浑身颤抖，几次张口，却又闭上了嘴，似是极力不愿意开口。但最后，他仍是咬牙说道，"因为太子殿下没有生育能力，武佑是刘令月和侍卫生的孩子，只是为了武煜能顺利登上太子之位。"

"什么！"辰婴震怒，拂落了身前的茶杯，"你……你信口雌黄！"

惠藤吓得鼻涕眼泪淌了满脸，想要喊冤，却一个字都喊不出来，只跪在原处，瑟瑟发抖。

其实他真的很冤。

释禅死后，他跟随东瀛侍臣回到东瀛继承了大阴阳师的位子。本以为从此以后，等待他的将是手握重权，高床软枕，可谁知好日子还不过几个月，今日早晨起床一睁开眼，自己就已身在太平府，自己的手还不受控制地击响了鸣冤鼓。

这实在是匪夷所思，不可思议！

这一桩关于太子的陈年秘闻被他抖了出来，为了皇室名誉，辰曌不可能让惠藤活下去。右手一挥，便让人将他拖了下去。她道："惠藤居心叵测，妄议皇嗣，将他拖出午门，斩！"

当天，惠藤便被辰曌腰斩，将尸体挂上了城楼。辰曌下诏书宣告世人，释禅心怀诡谲，屡次暗害皇族，其大弟子惠藤为引起皇室内乱，杀害武煜，嫁祸武瑞安，实在难以饶恕，即日起将发兵征战东瀛。但战争最终并没有打响，东瀛主动赔款十数万银两才换来两国修好的国书。

武瑞安平反后，重新获封武王，并得到云梦泽以南数千里封地及数座城池。整整半年的牢狱之灾，数百日的不眠不休，他看清了身边所有人。

他看淡了爱人，看轻了亲人，也没有了朋友。

他茕茕孑立，孤身一人。

不过这样也好，从此以后，他不会再心慈手软。

那些曾经在他最落魄时落井下石的人，他一个都不会放过。

第二十五章

大婚

武王府新建成的那日，狄姜携问药前去祝贺。

狄姜的突然出现让满朝官员皆是一愣。武瑞安为她茶饭不思的那两个月，所有人都有目共睹。如果说她贪慕权贵，那怎么解释她在他最风光的时候离开？如果说她没有别的用心，又为什么在他脱困之后又突然出现？真相扑朔迷离，就连位高如左相都好奇不已，却又没办法从当事人嘴里知道一星半点的真相。唯一可以肯定的是，武王爷不再迷恋这个民间女子，他们之间不要说有交流，就连一个眼神交会都不曾有过。

狄姜放下贺礼便离开了，倒是心中坦荡。不明白他们之间发生了什么的问药跑过去，嬉笑着对武瑞安道了句问候的话语："王爷，新修的王府好漂亮呀！恭喜您了！"

武瑞安看着懵懂无知的问药，一时间竟不知如何答她。

问药见武瑞安不说话，又上前一步，道："听说您有封地了，足有上千里呢！您什么时候带我和掌柜的去看看呀？"

封地……有再多的封地又如何？

新翻修过的武王府比从前再大再精致，那又有什么用？

刘长庆葬身火海，骆非白为镇妖塔而亡，他身边所有人都不在了，有什么值得恭喜的？

武瑞安向后退了一步，给了她一个不咸不淡的微笑，便转身去招呼旁的客人，再没给过她近身的机会。

"王爷这是怎么了？"问药一头雾水，看了武瑞安一眼，再看了看狄姜的背影，只觉这二人曾亲密无间的气氛荡然无存，陡然间就变得好像两个陌生人。

"问药，走了。"狄姜驻足，回头喊了一句。

问药"哦"了一声，极不情愿地向狄姜跑去。她一步三回头，看到的却始终是武瑞安的背影——一个纤细瘦弱而孤独的背影，腿还有些一瘸一拐，再不负往昔英伟荣华。

狄姜离开之后，武瑞安突然就撑不住了，与众人告退后便回了内堂，匆匆倒在榻上。

他的额头布了一层细密的冷汗，那是长时间站立所带来的痛苦。他的双腿行走困难，根本不可能长时间久站，他在世人面前强颜欢笑小半个时辰已经是极限。何况那些前来道贺的官员里，他们面上带着和善亲密的微笑，但暗地里使尽一切手段暗害自己的人，也在他们之中。

他不会再在他们面前露出任何的软弱。

当晚，所有宾客散去后，武瑞安便嘱咐新来的管家将狄姜的贺礼拿来。贺礼是一只细小的盒子，压在众多礼物之下，管家寻觅良久才找到这只浅碧色的礼盒。

武瑞安打开来，便见盒子里躺着一颗墨色药丸，药丸不大，不过指甲盖大小。他见了药丸，嘴角浮起一丝"我就知道"的笑意，立刻就着桌上的温水服下。很快，从前麻痹的双腿，渐渐起了一丝变化——那凸出的青筋渐渐平缓，那萎缩的肌肉重新长出，甚至被水蛭咬过的疤痕都消失不见。

她果然会救自己。

只一个药丸，就能抹去他过去半年所受的所有伤害。

她呀，还真是无所不能。

"呵呵呵……哈哈哈……"武瑞安坐在榻上，笑得满面红光，就像洞悉了这世上最大的秘密。

问药和狄姜隐了身形站在窗外，从缝隙里看到笑得近乎痴狂的武瑞安，问药满脸疑惑："掌柜的，王爷他怎么了？"

狄姜不说话，脸色阴郁得能滴出墨来。

她知道，武瑞安真的不爱她了。

他在利用她。

而她只能心甘情愿地被他利用。

因为……这是她欠他的。

半月后，武瑞安请旨赐婚，于下月初与右相之女长孙玉茗完婚。辰曌和长孙齐皆不同意，原因很简单，长孙玉茗已经卧床多日，已近弥留。不要说完婚，此刻她就连睁眼都是奢望。

武瑞安执意要娶，一连三日带着丰厚聘礼跪在相府门前，右相仍是没有答应。

武瑞安在相府前跪了三日，女皇闻悉后，将附近戒严，不许民众围观。

第三日午夜，狄姜从巷子里走出，来到武瑞安面前。午夜里，四周黑暗，天幕上连一丝星子也无。相府前亮着的一排红灯笼，将武瑞安举世无双的面容衬得灿若骄阳。

狄姜逆着光，俯身对他说："哪怕是她殁了，你也要结，对吗？"

"对。"武瑞安斩钉截铁，回答得没有丝毫迟疑。

"可你根本不爱她。"狄姜一字一顿，话里带着笃定和确信，让人无可否认。

武瑞安却笑了。

"狄姜，你什么都不知道，请你不要再自以为是。本王爱玉茗，就像她爱本王一样。"他顿了顿，接着说，"本王已经放弃你了，请你以后不要再来打扰本王。从今往后，本王只想与玉茗过平凡的日子。"

狄姜沉默半晌，缓缓道："你想过平凡的生活，却要娶长孙玉茗？世人谁不知道，长孙玉茗是太子妃，是宣武国未来的皇后，你的心思昭然若揭。"

"昭然若揭？呵，揭什么？"武瑞安站起身，冷笑道，"本王这半年经历了什么你知道吗？本王尝尽人生百态世间冷暖，身边只有玉茗一人！本王不能为她做什么，只能满足她最大的心愿。哪怕她即将魂归紫府，本王也要她成为本王的妻子，让她的名字与本王一道永永远远记在皇族族谱之上！"

"你撒谎。"狄姜刚想继续说下去，却见武瑞安快速地摆了摆手，打断她道，"不是每个人都贪恋权贵的。"

武瑞安嘴角带着嘲笑，冷哼一声："狄姜，本王身陷囹圄，玉茗费尽心思都不能为本王翻案，而你呢？处理这种事情多简单啊。那和尚是你找来的吧？让惠藤说出真相对你来说不过举手之劳，可能眨眨眼睛都比这难。如果本王真的想要权势，本王一定紧紧抓住你的手，绝不会放开你，又怎会将你往外推？"

狄姜："那是因为你知道，我不会让你为所欲为。"

"呵，为所欲为？本王究竟做什么了？竟让你这样以为？"武瑞安定定地看着狄姜，"过去本王待你，便是一无所图，只图你一人。只不过现在不爱了，想娶另一个真心爱自己的女人，这难道不应该吗？狄姜，本王为了你耽误了多少年光阴？你现在还要来质疑本王？"

"可你爱的人根本不是长孙玉茗！"狄姜提高音调，第一次在武瑞安面前有些失态。

"不是玉茗？"武瑞安冷哼，"你凭什么这样说？"

因为你爱的是我。

可现在的她说不出口。

狄姜沉默了，一动不动地盯着他。

武瑞安扬起嘴角，微笑了出来："你想说本王爱的人是你，对不对？"

狄姜依旧沉默，不再回答，但眸子里的肯定让武瑞安戏谑不已。

"狄姜啊，你太自大了。"武瑞安失笑，而后是满目怨愤，"不错，本王承认你很特别，过去十年本王对你格外迷恋。但现在，本王爱的人只有玉茗。

"过去的近两百个日夜，玉茗为本王流尽眼泪，求遍所有人。虽然你动动手指头就能做到她永远也做不到的事情，但这份情意是你永远也比不上的。

"本王之于你，是微不足道的蝼蚁，可本王却是玉茗的唯一。而她亦是这段时日以来唯一让本王感觉到温暖的人。你告诉本王，如果是你，你会怎么选？"

不等狄姜回答，武瑞安已然给出答案："本王此生非长孙玉茗不娶。"

当晚，狄姜没有回见素医馆，而是去了水牢。

水牢里关着的都是大奸大恶之徒，能受到如此极刑的人并不多。无人的地牢里，水池里的水已经干涸，四周墙面斑驳，挂满了刑具，角落里长满了垂死的青苔和已经干瘪的水蛭。死气沉沉的牢房里，散发着挥之不去的阴霾，压抑到令人窒息。武瑞安便是在这里度过了许多个无望的日夜。

狄姜抬手，便见空气中升起武瑞安的身影。黑暗中，武瑞安的双目的眼白部分通红，在幽暗的牢房里，显得格外猩红，格外可怖。他的双手被绑在墙上，下半身日日浸泡在漆黑的水里，冻得全身颤抖，疼得几乎麻木。

诚如武瑞安所言，在这样的绝境里，只有长孙玉茗能来看他。在满布水蛭的水池里，她明明惊惶难耐，亦能奋不顾身，跳入水池，拥着武瑞安的双肩，与他同甘共苦。

或许，真的是自己误会他了。

武瑞安娶长孙玉茗，不是因为权力地位。

他这样做，真的只是因为爱情。

她能因武瑞安舍身入青溪龙砚、以身侍剑而感动，甚至答应武瑞安的求婚，那么武瑞安亦有可能会因为长孙玉茗的全心爱恋而移情别恋。

他们才是一样为爱奋不顾身的人。

他们才是同类。

她该相信他、成全他们的。

狄姜回到见素医馆，想了一整夜，最终翻开"玉茗花神"的那一页，将长孙玉茗的名字写了上去。

不爱是一生的遗憾，爱是一生的磨难。

若有一天，你成为别人的新郎，我会绝口不提当年的疯狂。

我把长孙玉茗的名字写上《花神录》，就是送给你最后的礼物。

三日后，长孙玉茗的身体一日日好转，逐渐康复。右相极为高兴，欢喜地收下武王爷的聘礼，并上奏辰曌下旨赐婚。

婚礼定在下月初一，这是个诸事皆宜的好日子。

大婚的那日，武瑞安穿着红灿灿的礼服，骑着白马，领着威风赫赫的仪仗队，风风光光地将长孙玉茗迎进了武王府。

狄姜躲在转角处，看到他漫不经心投来的一眼，那一刻，就连呼吸都要停止。

世人眼里，他从来都是那么英俊、那么耀眼，但他的目光再也不会在自己身上停留。

她甚至都不该来。

狄姜回去的时候，在武王府的墙外发现一篓旧衣，那衣裳让人很是眼熟。

这些衣物都是狄姜曾穿过的几身常服，被武瑞安细心存放，才免于被大火焚毁。但今日，它们却像垃圾一样被人扔了出来。

篓子的最底部是一件火红的嫁衣，嫁衣里面还放有一卷卷轴，那是一张绢面红缎的聘书。

聘书上书："夫有太平府荣康坊王府一座，仆三百，地七千亩，身家财产约赤金三十万两，今上交库房门匙及账簿，将全数身家备作聘礼交与妻统管。谨以白头之约，良缘永结。愿与狄姜结发为夫妻，恩爱两不疑，生当复来归，死亦长相思。"

落款是武瑞安的名讳，缎底画着合欢花，看得出一笔一画皆由他亲手所书。内容简洁滥俗到让人发笑，可狄姜却笑不出来。

她突然想起很久很久以前，武瑞安被软禁在刑部时，他终日咬着笔头，坐在桌前冥思苦想写信的模样。原来那时候他就在想聘书了……

狄姜握着婚书的手颤抖不已，双肩亦是止不住地抖动。多少年来，她从未有过这样的失态。

从刚开始太平府内不经意的一眼，她只见他衣饰华贵、谈吐不俗，受万人追捧。直到他从云端走下，来到她身边，她才看见，他的身上远不止绝美的容貌、良好的出身、滔天的权势以及无边的财富。他还爱她、敬她，一颗心只有她。

这样完美无瑕、独爱她一人的武瑞安，她愿意给他他想要的一切。可到头来，自己终究还是负了他。

他想要的赤诚唯一的热爱，她永远也给不了。

她亲眼望着曾经那般爱慕自己的人转身娶了旁人，今夕隔世百年，姹紫嫣红看遍，才知心已动、人已远。

人非物非事事非。

往日不可追。

第二十六章

决裂

武瑞安婚后着实过了一段风光无限的日子。

武瑞安表面上与长孙玉茗琴瑟和鸣，伉俪情深，私下则广派人手，将罪臣公孙渺的一干旧部全数找出，其中涉及高官重臣达两百七十余位。武瑞安将名单拟好，束在书房之中，未曾对任何人提起。

八月末，辰曌年事已高，近日有再立太子的意思。武瑞安是辰曌嫡子，军功赫赫，又是长孙玉茗的夫君，他被立为储君的希望最大。就连师文昌也悄悄对他透露过："辰曌已经拟好诏书，不日即将宣布。"

武瑞安以为自己胜券在握，在京中大设宴席，广交朋友。然而十月初，辰曌当朝宣布，即日起，立武隆之子武修文为储君，并准长孙玉茗两年前请辞太子妃一奏，命武王于月中前往封地，如无宣召，永生不得回京。

诏令宣布时，武瑞安面上的笑容定格，一直到下朝，他仍保持着那样空洞而虚假的笑意。他内心所最期待的一切全部落空。门庭若市的武王府再次回归清冷，陪伴他的又只剩下长孙玉茗。

这时候，武瑞安回顾自己的一生，突然发现，竟没有一件事情是他为自己做的。从前他因身负生死劫，对权力一无所恋，直到遇到狄姜，他告诉她："在其位，谋其政，生活有权柄，便要过更有意义、为人民谋福祉的生活。"于是他西出大漠，镇守边关，成一品神佑大将军。

而后归朝，为了狄姜放弃他本该拥有的一切。最后大梦到头一场空，他发现，只有握在自己手里的才是真实的。他头一次真真正正想为自己做的是要回地位，要回兵权，要那些阴暗的人付出该有的代价。这些本来就是他唾手可得的东西。但是现在，所有的所有都落空了。

他为他过去错误的选择付出了应有的代价。

"我什么都没有了。"武瑞安坐在厅中，屏退了所有下人，望着偌大的王府喃喃不已。

长孙玉茗走过来，在他身边蹲下，轻声道："王爷，您还有我，我会永远陪着您。不论是在太平府还是在云梦泽，不管是天上人间，还是碧落黄泉，我都会永永远远地陪着您。以后我们还会有孩子，我们都会是您的支柱，您绝不会是孤身一人。"

听了长孙玉茗的话，武瑞安面上总算恢复了些许容光，但那绝不是认命和妥协。她反倒坚定了他想争夺的决心——她本该是母仪天下的皇后，没理由跟着自己成了一方贫瘠之地的王妃。

他要给她原本就该属于她的生活。

当晚，武瑞安去了见素医馆。武瑞安到达见素医馆的时候，狄姜和书香都不在，只有问药守在铺子里。

问药见武瑞安走进，面上喜不自禁，立即将他拉到身前，亲密地缠着他的手臂，说道："王爷，您为什么要娶长孙玉茗？您不要我和掌柜的了吗？"

问药像是少根筋的，对于武瑞安和狄姜之间发生的怨愤纠葛，她全然不懂。她只知道武瑞安娶了旁人。但那没有关系，娶了也可以休了，反正掌柜的不会在乎，只要王爷还喜欢掌柜的，他们总有办法在一起。

不等武瑞安回答，问药又自顾自问道："王爷，您是不是吃钟旭的醋了？"

"吃醋？"武瑞安蹙眉。

问药大力点头："掌柜的说，是因为钟旭而让你们有了矛盾，但是我可以发誓，掌柜的跟钟旭没有私情！您一定要相信我！"

武瑞安沉着脸，冷冷道，"他们有没有私情都与本王没有干系，本王不关心。"

问药沉着脸，欲哭无泪："您怎么能不关心呢！掌柜的这些日子看上去没事，但我知道她心里一定很难过！您知道她有多伤心吗？"

武瑞安本想答她一句"她难过与否与我无关"，但见她这副模样，知道自己解释也是多余。

她根本是个不谙世事的孩子，哪里会懂情爱？

"狄姜在吗？"武瑞安淡淡出声。

问药摇头："掌柜的跟钟旭去了镇妖塔，一会儿就回来！您等她一会儿吧？在这里陪我说说话也好呀！我们这么久不见，我也很难过……"

武瑞安蹙眉，神色复杂："钟旭还活着？"

"他……"问药一时语塞，不知该如何回答。

也就是这沉默的一瞬间，武瑞安想明白了。他知道狄姜历来神秘，有什么事情是她办不到的？怪不得钟旭死的时候她一点也不难过，如果她不希望钟旭死，那么他还活着，真算不得一件稀奇事。武瑞安摆了摆手，不再去想钟旭的问题，话锋一转："你知不知道狄姜把虎符放在哪里了？"

许卫州曾托人带给武瑞安一块青铜符牌——那是太宗皇帝亲授给天策上将的虎符，可以调动许卫州曾经的旧部。当时魏紫来武王府抄家时，除了辰嬰赐予的虎符，想要的还有这一对。但好在他一直将虎符放在狄姜这里，才让它没有落入贼人之手。而现在，他想要回这块虎符。

"虎符？"问药蹙眉。

武瑞安轻轻颔首："那是一对青铜制造的虎符，约莫这么大……"武瑞安摊开手掌，而后又握成拳。

"啊！那个呀！就在掌柜的枕头下面！这些日子，她时不时就会拿出来看看，不仅是虎符，您送的各种东西，她都……"

武瑞安不想听她说废话，径直打断她："你能不能把虎符拿给本王？"

问药一愣，旋即一拍手，点头道："我这就去给你拿！"

问药刚要上楼，却听门外响起钟旭的声音——

"镇妖塔已经修缮完毕，塔中逃脱的魔物不多，相较而言，青云山剑冢的事更为麻烦。"

问药陡然停下步子，飞快地在武瑞安身上布下了结界，并附在他耳畔，悄声道："虎符我一会儿再给您取，现在您先不要出声，我会证明给你看，掌柜的和钟旭之间是清清白白的！"问药将武瑞安带到柜台底下，自己则挡在他的身前，做出一副正在捣药的模样。

问药直到现在仍认为武瑞安和狄姜不再来往是因为钟旭。她以为他们只是有误会，只是情侣之间的吵架，而不是决裂，更加不能老死不相往来。

率先走进医馆的是书香。书香向身后躬身颔首，十分有礼："鬼君、帝君，请进。"

紧接着，一身穿玄衣的孩子迈进大门。孩子满脸都是不符合他那个年纪该有的沉稳和镇定，来人正是小鬼君。他的身后跟着一袭白袍的太霄帝君，最后进来的才是狄姜。

太霄缓缓道："青云山剑冢里的东西，是十方世界的魔物，而镇妖塔不过是地脉中的一扇窗户。窗户堵上容易，青云山的阵法若被破解，修补起来就比较麻烦了。"

问药见三人全然没有搭理自己，松了一口气，但很快又因他们的对话而揪起了心。

十方世界的魔物，听上去就像是什么不得了的大事，为什么他们讨论的事情如此高深？被凡人武王爷听了去，是不是又要加深隔阂了？

鬼君又凝眉道："剑冢出了什么问题？"

太霄帝君："作为阵眼的太霄剑鞘被人拿走了。"

"哦？"小鬼君吃了一惊，笑道，"竟还有人能闯入你的阵法，偷走阵眼？"

太霄帝君没有回答小鬼君，倒是不怎么说话的狄姜接了话茬："那人也是无心之失。"

鬼君一愣："怎么，此事竟还与您有关不成？"

狄姜轻轻颔首："那人是为了救我，才在离开的时候不小心带走了阵眼，我会把它拿回来的。"

"那人是凡人？"

狄姜颔首。

鬼君又是一惊："凡人竟能在剑冢里全身而退，真是稀奇。"

狄姜摇了摇头，说："他在剑冢里耗光了自己的来生，变成了没有轮回的死灵，这是他付出的代价。"

"呵，还真是有趣。"小鬼君嗤笑了一声，旋即又道，"照本君看来，真正可怕的东西不是镇妖塔，也不是剑冢，而是你身边的那一个。"

狄姜一愣，低声道："你指袭臣？"

小鬼君点了点头："近来五蕴神有蠢蠢欲动的趋势，如果……"

狄姜吐了一口气，打断他："袭臣的戾气渐小，教化她是早晚的事情，你大可放心。"

"是吗？"小鬼君眯起双眼，露出一脸高深莫测的微笑，目光有意无意地瞟了眼问药。

太霄帝君沉吟片刻，亦郑重地说："鬼君的担心不无道理，袭臣状态并不稳定，一旦她冲破封印，必然会惊动外界。届时，不仅她活不了，你也会受到牵连。"太霄说着，语气愈加郑重。就在这时，他突然一侧头，向着问药的方向喝道，"有外人。"

与此同时，太霄一道掌风袭去，柜台便裂成了两半。柜台后，武瑞安跌坐在问药脚下，眉头紧蹙，眼中充满了疑惑。

问药的法术低微，在三君不注意的情况下，最多也就能坚持片刻工夫，能让武瑞安坚持听到这样几句话已属奇迹。问药惊讶地看着太霄，眸子里写满了惊讶。

钟旭……他的法术什么时候变得这么厉害了？

狄姜和太霄亦是一愣，此时武瑞安眸子里的怒火几乎要溢出来，狄姜根本不知道该怎么跟他解释。

武瑞安看着狄姜，再看看钟旭。钟旭和小孩穿的衣物一看就绝非凡品，气质、气场甚至比凡间的帝王还要高几个档次，那是武瑞安从未见过的瑰丽服饰。

狄姜穿着凡间的锦衣华服，与小鬼君和钟旭站在一处，就显得实在是太普通了。然而就是这样普通的衣饰，她与二人站在一起，气势上还不输几分，这让狄姜的身份更添神秘。

武瑞安不知道这小孩子是谁，但他一眼便认出钟旭来。钟旭的眉心多了一点朱红，缀在白皙的面上，不仅没有女子的娇羞，更多了一分气定神闲和出尘脱俗。武瑞安明白，钟旭应当已是一个真正的仙人。

武瑞安呆呆地看着他们，再看自己——从前他是王爷，钟旭是落魄道士；如今钟旭是仙人，而自己成了有名无实的落魄王爷。都说风水轮流转，却没想转了十年，结局竟会变成这般模样。他们嘴里的那个在剑冢里耗尽来生，从生灵变成死灵，又拿走了太霄帝君剑鞘的人，就是自己吧？

他没有轮回，没有来世。

他只此一生，只此一世。

他在他们眼里，就是个任人摆布、随意哄骗的小娃娃。

武瑞安半跪在地上，目光惊骇，从前的自信半点也没有了。

狄姜狠狠瞪了问药一眼，立即上前扶起武瑞安，柔声道："王爷，您怎么来了？"

武瑞安一双眼睛原本紧紧盯着钟旭，听了狄姜的话，随即收回目光，冷冷一笑："所以，你会回来找本王，其实是为了剑鞘？"

小鬼君和太霄闻言，皆不由自主地抱起双手，侧头看她。狄姜神色复杂，眼中充满了疼惜。她想要说的话因这满屋的人而突然变得难以说出口。

狄姜牵着武瑞安走出医馆大门，不再理会太霄和看戏的小鬼君。

"他……"小鬼君蹙眉，看着武瑞安的背影欲言又止。

太霄长舒了一口气："他就是在剑冢里耗尽灵气，从生灵变成死灵的武瑞安。"

小鬼君"嗯"了一声，点了点头："怪不得。"

太霄疑惑："怪不得什么？"

小鬼君面不改色道："怪不得生死簿上没有他的名字。"

见素医馆外，狄姜将武瑞安带至墙角，着急地解释道："你听我说，不是这样的。我是想要剑鞘，但是……"

"狄姜，"武瑞安冷冷地打断她，"本王是个没有轮回的死灵，这一点你一早就知道，是不是？"

"我……"

"是，还是不是？"

"是……"

"本王从剑冢出来的那一刻，你就已经知道了？"

狄姜看了他半晌，终是点了点头。

武瑞安闻言，身形一颤，几欲昏厥。

狄姜连忙扶住他，他却立即拂开了她的手。武瑞安深吸一口气，长叹道："所以这么多年来，你表现出来的所谓的'爱'，全部都是怜悯，是不是？"

"我……"

"是，还是不是？"

"是，但也不全是……"

狄姜的回答其实并不那么重要，她所表现出来的便是事实。武瑞安没有理会她的解释，他陡然抬头，放声笑了两声，又接着说："原来是这样，怪不得你一直陪在本王身边，给本王一切关爱和善待，本王却丝毫也感觉不到你的爱，原来……原来这一切都是因为你对本王只有愧疚，只因为本王是一个没有来生的人！"

武瑞安笑容苦涩，让狄姜也不禁红了眼眶。

曾经在爱情里有过拥有的幻象，而后又察觉到自己不被爱的现实，往往比从未获得爱这件事给人的打击更深重。求不得、爱别离、意难平，种种情绪在胸中酝酿、发酵，武瑞安觉得自己是个彻头彻尾的傻子，活得窝囊又离谱。

武瑞安收起笑意，沉声问："钟旭又是怎么一回事？他为什么还活着？"

狄姜沉默了片刻，道："钟旭只是回到了他原本的位置，他原就不是凡人。"

"竟是这样……"武瑞安头疼欲裂，他抱着头，捂住双眼，带着呜咽吸了吸鼻子，"过去本王天真地以为你喜欢钟旭是因为他是道士，你若喜欢道士，本王大可以为你扮作道士。但现在本王才知道，钟旭哪里是个道士，他是仙人啊！一人之下，万万人之上，世人穷尽气力也无法沾染其裙摆毫厘，本王拿什么跟他比？"

狄姜一个劲地摇头，急道："你不需要跟他比，你是你，独一无二的你！"

511

"独一无二？"武瑞安一愣，自嘲一笑，"独有一世的死灵吗？"

狄姜愣住了，不知道该如何安慰他。

他的人生只剩下短短数十载，他的快乐已然无法被寻回。

武瑞安深吸一口气："本王曾经以为自己只是爱错了人，现在看来，本王根本就是个笑话！狄姜啊，本王为了你变成一个没有轮回的死灵，你欠了本王一生！"武瑞安说完，眯起双眼，不等狄姜开口，继而缓缓道，"狄姜，你说，你该如何补偿本王？"

"你想要什么？我会尽力补偿你。"狄姜声音嘶哑，再不复从前的淡定从容。

"虎符。"武瑞安一字一句道，"本王要虎符。"

狄姜微微睁大眼睛，惊讶一闪而过，很快又恢复如常："这就是你今天来医馆的目的，对吗？"

武瑞安毫不回避地直视她："是，就像你回太平府是为了太霄剑鞘一样。"

"我不能给你。"

"你凭什么不给本王？"武瑞安恨恨地沉下脸，"那本就是本王的东西！"

"你要虎符有何用？你想造反？"

武瑞安没有回答，算是默认。

狄姜如坠冰窟，带着哀求的口吻祈求他："一旦有战事，会有多少无辜百姓遭殃？你知不知道？"

"知道。"武瑞安冷漠地回答，"可历史是由血写成的，江山亦是白骨堆成的，牺牲一小部分人，又能如何？"

"你的心中没有子民，你不适合当皇帝！"狄姜见他丝毫不像在开玩笑，语气变得焦急，"辰曌没有将皇位传给你，正是因为看透了这一点！你不能错下去！杀业……"

"呵，杀业？"武瑞安打断她，冷笑道，"你们宣扬的所谓的轮回果报，杀生造业，对本王来说没有任何说服力。本王既没有来生，又怕造什么孽什么业？狄大夫，你用这来劝说本王，是不是用错方法了？再者，本王没有当过皇帝，你又怎知本王当不好皇帝？本王相信，只要本王愿意，本王能做好这世上任何事情。"

狄姜沉默了片刻，终是忍不住大喝道："你还不明白吗？你根本没有九五至尊登极之命！我在你身上看不到王气！你就算杀尽天下人，你也当不了皇帝！"

"那又如何？"武瑞安一脸淡然，冷冷道，"本王出生时就被国师断言活不过十七，可是本王不是也坚持下来了吗？没有王气，本王便自己去创造王气。没有九五之尊登极之命，本王便自己创造自己的命！"

"你真是疯了！"

"本王不是疯了！本王是清醒了！"武瑞安陡然转身，一拳打在墙上。

狄姜从未见过这样失态的武瑞安，被他吓了一跳，愣在当场，无法成言。

武瑞安字字铿锵："过去本王没想过要王位，可是后来本王才发现，这世上什么情啊爱啊都不过如此，只有手握权力，站在权力的巅峰，才是对一个男人来说最重要的事！本王已经为你浪费了十年光阴，现在你又让本王放弃皇位，狄姜啊，你告诉本王，本王怎能甘心？"

是啊，任谁都不会甘心。

哪怕是换成心如止水、不起波澜的狄姜，她也没有办法保证，自己不会做出过激的言行。

但冲动解决不了问题。

狄姜竭力劝慰道："我承认，我想让你放弃皇位，可我这样做，却是为了让你下半生能平平安安地走下去！我只是想让你快乐。"

"……让本王快乐？"武瑞安哑然失笑道，"现在能让本王快乐的，只有王位。你帮本王复仇，助本王夺取皇位，可好？"

"不好。"狄姜斩钉截铁地摇头。

"那我们就没什么好说的了。"武瑞安露出一脸"我就知道"的笑意，"你可以不给本王虎符，本王总会有别的办法。但是，你也休想得到剑鞘了。"

"你拿剑鞘威胁我？"

"你可以这样理解。"

狄姜苦笑："我有一万种方法可以拿回剑鞘，但你永远也别想得到虎符。"

"是吗？那我们可以比比看。"武瑞安说完，最后看了狄姜一眼，便转身离去。

"武瑞安，"狄姜叫住他，"你真的想好了？"

武瑞安没有停下步子，亦没有回头。

"我们还会见面吗？"狄姜单手撑着墙壁，半弓着身子，再次叫住他。

武瑞安停顿了半晌，缓缓道："不会了。若一定有，我希望下次见面，能当作从未相识过。"武瑞安说完便大步离开了。

然而狄姜没有就此放弃，她一直跟着武瑞安，一路从南大街跟到了武王府。武瑞安始终一脸刚毅，哪怕他知道狄姜一直不远不近地跟着自己，也丝毫没有想要回头的打算。

以后的事情对他们来说已然没有意义。如果她阻止自己，他们就会成为仇人。如果她不阻碍自己，他们就是没有交集的陌生人。

他们不是一个世界的人。

他们早就已经结束了。

不，不对。

或许……他们从来都没有开始过。他甚至希望，他能激怒狄姜，让她为了天下苍生，现在就了结他这悲哀而毫无意义的一生，这样，他就能解脱了。

可是狄姜不会。

她始终像个矜悯世人的菩萨，普度众生，淡漠从容。无悲无喜，又无哀无惧。

第二十七章

罪王

　　月末，武瑞安离开太平府的时候，车驾简单，只有为数不多的仆从和行李，马车上也没有武王府的标识。他似乎根本不想让人知道那是武王府的车驾，只想低调地落荒而逃。

　　狄姜坐在城门的最高处，手中握着一枝开得明艳的秋海棠。

　　海棠花别名断肠花、思乡草，代表了离愁别绪、呵护、苦恋。武瑞安的前半生就像一树秋海棠，平生不借春光力，几度开来斗晚风。他固执地与不属于他的长情争命数。

　　"就这么让他走了？"身后传来太霄的声音，狄姜眼角很快便瞥见他从天而降的雪白衣袍。

　　狄姜没有回头，只轻轻颔首："嗯。"

　　"剑鞘不要了？"

　　"总会有别的办法。"

　　太霄没有再说什么，应了一句，便无声站着。

　　武王府的马车一路从武王府行到了城门，很快，她便见到他的车驾从自己眼皮子底下缓缓驶出。她素手一掷，那束海棠便落在了武瑞安的马车顶上。

　　我们曾经朝夕相伴，我们曾经亲密无间。

　　我们曾经执手相依，诉说永不分离的誓言。

　　我们也曾在展望无尽美好未来时，戛然而止。如一枕黄粱梦醒，醒来各奔东西。

如今你好不容易游到了对岸，再爱也未必想回头。

今与君别离，望前路漫漫，以后千万行路易。

……

当天，狄姜和太霄回到见素医馆，便见桌上赫然放着一块石头，正是太霄剑的剑鞘。

"它怎么会在这里？"狄姜蹙眉，看向太霄。太霄上前，握住石笋，一阵寒芒飘散而出，那石笋便化作一片晶莹。太霄凭空祭出太霄剑，剑与剑鞘便无一丝缝隙地合在一处，剑穗无风而舞。

太霄对狄姜微一颔首："是真的。"

狄姜心中起疑，突然心头一紧，闪身回房。她掀开枕头，枕下的虎符已不见踪影。

"出什么事了？"太霄跟了进来，蹙眉问她。

"是问药。"狄姜长叹一声，"她拿走了虎符，把它交给了武瑞安，所以武瑞安把剑鞘还给我了。"

太霄点了点头："算不得什么大事。"

"嗯。"狄姜点头，不再说话。

太霄见她情绪低落，看了她一会儿，终是没有忍住，劝道："回去吧，去哪里都可以，只是不要待在凡间了。"狄姜这副模样，实在令他心烦意乱。

这样落寞的表情不该出现在她的脸上。

"你也太小看我了。"这时，沉寂的狄姜抬起头，嫣然一笑，"你觉得我会为一个凡人肝肠寸断，会为他一而再再而三地改写命数？"

太霄负起双手，不说话。

狄姜过去也曾做过许多荒唐事，他劝不住，当然会担心。

狄姜笑道："我不是当初的我了。凡人有凡人的法则，我不会插手。武瑞安的结局已定，未来的路有人陪他走下去，如果他冥顽不化，终会自取灭亡。但无论如何，那已经与我无关。"

"你真这样想？"

"嗯。"

"那你为什么要留在凡间？"

"凡人才有生老病死，凡间才有悲欢离合，我身在局中，看戏却不入戏，倒也别有一番意趣。"

"你当真没有入戏？"

"当然。"狄姜笃定地点头，"何况，现在对我而言最重要的人，是问药。"

太霄神色一紧："问药怎么了？"

狄姜叹息，踯躅片刻才说："虽然我跟鬼君说无碍，但我知道问药已经愈加无法控制了。她从前不会对我说谎，如今却会为了武瑞安偷盗虎符。她不再心灵纯净，她有了自己的意志和行动，而不纯净的她就像一座随时会喷发的火山。"

太霄沉默须臾，叹道："你自己把握好，必要时候，我不会再由着你乱来。"

狄姜点了点头："我知道了。"

第二天，狄姜带着书香、竹柴收拾医馆。问药看着他们忙活，不解道："掌柜的，你要去哪儿？医馆不开了？"

"嗯，不开了。"

"为什么？"

因为钟旭已经归位，她这一世的因缘纠葛已经画下了完美的句点，但这并不为问药所知。

狄姜："一个地方待久了便烦了，我带你们换个地方住。"

"哦……"问药见狄姜一脸淡然，丝毫没有要惩罚自己偷盗虎符一事，微微放下了心，但也不敢多问，生怕勾起她不愉快的回忆。

当天傍晚，夕阳西下，最后一抹余晖洒在院里的大榕树树梢上，惹来一片旖旎。狄姜一直都很喜欢这棵树。临到要走了，也恨不得把这棵树一块儿带走。但也就是在这个夕阳灿烂的瞬间，她突然明白，它是属于太平府的，就算自己强行把它带走，它也未必会快乐，反而会失去让它发光发亮的景色。

树叶在风中哗哗作响，她仿佛看见武瑞安还坐在树下，倚在吊椅旁，对着自己微笑。他招手对自己说："再过十年、二十年，我希望还能坐在这里。杯中有酒，碗中有肉，怀里有你。"

那时候的他真大胆，放眼三界，怕也只有他敢这样对自己说话。但是以后的以后，他再也不是那个站在阳光里，可以肆无忌惮地对自己大笑着说"你不爱我没关系，反正我有一生可以浪费"的武瑞安了。

他要权力，要复仇，要所有伤害过他的人付出代价。

他的人生里再没有她了。

其实狄姜是替他开心的。

他终于找到除了爱她以外的目标了，怕她知道，他永远也不会得到那本该属于他的皇位。

狄姜想着想着，一抹脸颊，便是一手湿润。她吸了吸鼻子，收起了桌上一盒棋子，将它们放进了包袱里，随后走出院子，关上了见素医馆的大门。

她应该再也不会回来了。

人间一趟，匆匆十载，这枚棋盘便是她唯一能带走的关于他的回忆……

年初，镇妖塔重建完毕后，狄姜便时常带着问药和书香搬进塔中聆听梵音，避世静心。

凡尘俗事，皆作了了。

与她人生中不相干的人和事，她不想再过问了。

后来，狄姜便没有再见过武瑞安，只有零星的消息传到她的耳朵里。

宣武国，女帝辰嫛二十二年，武瑞安在邺城起兵。

二十三年，武瑞安连夺凉州、锦州、肃州。

二十七年，武瑞安大军过黄河，直逼太平府。

二十八年，龙茗带兵守城，武瑞安久攻不下。

三十年，辰嫛发布罪己诏，坦承己身累累错处，并退居深宫，将帝位传给武隆之子-——武修文。

昭元元年，武瑞安生平第一次战败。

元年底，武瑞安连输十城，于驻地云梦泽被俘。

昭元二年春，武瑞安被押解回太平府，太上皇辰曌亲自拟旨，赐其死罪，于午门车裂示众。

什么是车裂？五匹马车各自拉着他的头颅、双手、双腿，五马分尸。

武瑞安从不受宠的皇子，到天赐一品的神佑大将军，到最接近太子位的皇子，再到造反的罪王，最后被处午门车裂的刑罚，一生之跌宕起伏，令人咋舌。市井无一人不谈论这位传奇的皇子。

他的人生，灿烂比之辰曌也不输几毫，只不过辰曌一生目标清晰明确，始终站在最高位，将所有人踩在地底，将所有权力握在掌心。而他……终究是失败了。

失败者，结局总是格外惨淡。

狄姜听到这个消息的时候，正和问药从镇妖塔中走出来透透气。

时间一晃而过，十几年过去了。这么多年来，问药心中的戾气已经消散了大半，再也没有无故露出真身来。回太平府的路上，所有人都在谈论"罪王"。而多年的避世也让问药不会将"罪王"和武瑞安联系起来，所以听过也就罢了，但这个消息在狄姜心里却造成了不小的震荡。

武瑞安前途未卜，卦象渺茫，但这个"罪王"称号，却让她第一时间想起了武瑞安来。

当晚，狄姜没有忍住，再次来到天牢。狄姜突然出现的时候，天牢里的牢役尽数酣睡，没有人会发现她的存在。她陡然出现在牢房里，见到了阔别十年的武瑞安。

十数载过去，武瑞安蓄了胡子，遮住了脸颊上曾被匕首划过而留下的伤疤。他满身脏污，没有了过往一星半点的气势。他整个人缩在角落的枯草堆上，不知是此处阴冷潮湿还是因为一身陈年旧疾，他浑身发抖，瑟瑟难安。

察觉到空气里有异样的视线一直盯着自己，武瑞安自枯草中抬头，见到了一身华服的狄姜。

狄姜依旧是那一身明艳的鹅黄裙，浅绿的丝带系在胸前，清新宜人，与天牢的昏暗阴郁形成鲜明对比。她就像一轮初升太阳，耀眼得刺目。

意外在眼底一闪而过，但很快，他又恢复了镇定和从容。他坐起身子，整理了衣冠发饰，摸了摸面上的泥土，哪怕全身依然腥臭肮脏，但在狄姜面前，他的背脊仍然挺直。

他宁愿高傲地等死，也不愿在狄姜面前露出一星半点的软弱。

"跟我走。"狄姜向武瑞安伸出手，五指在他眼前展开。

"跟你走？"武瑞安诧异，看了她半晌，便是一声冷笑，耸肩道，"跟你走去哪儿？去修仙吗？"

狄姜怔住，摇了摇头："你已化虚无，法身没有根基，修不了仙。"

武瑞安再次失笑："那你要本王随你去何处？"

狄姜："我可以塑一个假身代你受车裂之刑，我可以带走你和玉茗，护佑你们夫妻二人一生平安。"

"本王不需要你护佑，于本王而言，哪怕是死了也比这样活着要好。玉茗也不需要你怜悯，我们夫妻生会同寝，死亦同穴。"

"你确定？"狄姜蹙眉。

武瑞安沉默了，他没有很快回答狄姜。他只是盯着狄姜，看了许久。

狄姜的脸上，依然没有什么情绪。

武瑞安久久地叹息一声，缓缓道："狄姜，你总是自以为是，你根本就没有了解过我。"

从武瑞安嘴里听见"我"字，已经是十几年前的事情了。从二人决裂开始，武瑞安便再也没有在狄姜面前自称过"我"。如今他依然是王爷，虽然世人都称他为罪王，可也依然是"王"。这一刻，他却没有自称"本王"。狄姜有一瞬间的模糊，仿佛眼前这个蓄满胡须的武瑞安就是当年执着地牵着自己的手一口一个"娘子""夫人"的绝色少年。

狄姜沉着脸淡淡道："我承认我或许不够了解你，或许我的所作所为让你感受到难堪和不悦，但生命短暂，余下的时光我们已经没有时间去争吵，我只希望你过得好。"

"谢谢，只要你不再来打扰本王，本王不论是生、是死，都会过得无比开怀。"

狄姜站在原地，万没想到他死到临头，仍对她无动于衷，这一刻，她窘迫得连双手都不知该往哪里放。她沉默良久，久到窗外的日头东升西落，她才向后退了一步，嘶哑着嗓音说："是我多管闲事，抱歉。"

武瑞安没有回答她，他低着头，闭着眼睛，但狄姜知道，他一定没有睡着。

他只是不打算再理会自己。

"我走了，你好好休息。"狄姜说完，武瑞安仍然没有什么表示，她也觉得自己全身失去了力气，连走出牢房的力量都没有。她以平生从未有过的缓慢步子，扶着牢房的栏杆往外走，就在她以为武瑞安永远不会再跟自己说话，而她也永远不会再见到武瑞安之时，他却突然叫住了她："狄姜。"

狄姜欣喜地回头，便见武瑞安还如之前那样躺着，双目始终紧闭。

他不想看到她。

她知道的。

他闭着眼睛，缓缓张开双唇，问她："你有真正爱过一个人吗？"

狄姜深吸一口气，轻轻摇头："没有。"

武瑞安淡笑，一副"我就知道"的模样，正要开口，狄姜又紧接着说："我没有爱'过'，是一直还爱着。"

"是吗。"武瑞安浑身一颤，忍不住别过头去，抹了一把眼角。狄姜知道他哭了，但是他固执地不希望自己看见。

武瑞安幽幽地开口："原来冷漠如你，也有真心爱着的人，且他在你心里从未离散。也难怪，留不下我一星半点的位置。"

武瑞安背对着狄姜，再次开口问她："你心爱之人是钟旭吗？"

"什么？"狄姜不解。

"你曾说过，你嫁过人，你的亡夫就是钟旭，你来太平府也是为了他，是不是？"

"不是。"狄姜斩钉截铁地摇头，"我来太平府的确是为了钟旭，但是我的爱人，我的亡夫，他不是钟旭。他的名字叫'十夜'。"

武瑞安一愣，但很快又是更加苦涩地一笑："是吗？竟是另一个人……罢了，听这名字也不似凡人，都不是我等凡人能企及之人。

"狄大夫，就此别过，此生……便再不相见了。"

狄姜知道伴君千日，终有一别。也知道这一声"再见"，就是如他所言那般再也不见。狄姜的泪水在眼眶里打转，但好在武瑞安已经转身，他看不见自己的失态。

狄姜拖着沉重的身子离开天牢后，才终于闭上眼，任泪水打湿脸颊。

天色渐暗，大雨淅淅沥沥地落下，打落了一池繁华。树叶在道旁落了满地，滂沱的大雨为他这一世画上了永恒的句点。

狄姜在心里哑哑地开口：

"永别了，武瑞安。"

狄姜离开天牢之后，便在墙下发现了一脸忪忪的问药。

"你怎么会在这里？"狄姜蹙眉，语气严厉，似乎对问药的尾随极为不满。

问药没有回答她的话，反而抬起头，定定地看着狄姜。她一字一顿地问："掌柜的，王爷……怎么会在天牢里？"

"这个不用你管。"狄姜说完，径直上前抓住问药的手，将她强行带回了镇妖塔。问药坐在塔正中的蒲团之上，眼中是四面墙壁所发出的金光闪闪的佛光，耳边是松音源源不断的梵音，但是她的心里只系着一个人的名字——武瑞安。

"掌柜的，您为什么不救王爷？那是王爷啊！他要被车裂了！五马分尸，那该多疼啊！"问药丝毫梵音都听不进去，一个劲地质问狄姜。

狄姜实在被她烦得不行了，才说："武瑞安活不了多久了。"

"正因为他快死了，你才更应该救他啊！除了您，这世上没有人能救他了！"

"《花神录》已经写满了，我不会再出手。"

"花神明明只有十一个，最后还有一个空位！叫什么花来着……"问药蹙眉，不确定地问，"凌波？"

狄姜断然摇头，冷冷道："凌波花神的位置是留给最重要的人的。"何况，武瑞安如今想要的或许正是一个解脱。自己一而再再而三地进入他的生命实在是不应该。

问药看着狄姜，不解地问她："还有谁竟比王爷更重要？"

狄姜垂下眼帘，没有回答。

"您说话啊！"问药用力抓住狄姜的领口，怒吼道，"不插手凡尘的规矩是你定的，你就不能改改吗！"

"不能。"狄姜语气坚定，神色冷漠，不给人丝毫商量的余地，问药的心更加沉重。

"你根本就是嫉妒！"突然，问药似发疯地大喊。

"我嫉妒什么？"狄姜不解。

问药："你根本就是嫉妒王爷娶了长孙姑娘！所以才对他见死不救！！"

狄姜无奈："随便你怎么说，我问心无愧。"

"好好好……好一个问心无愧……你不救是吗？我去救！"问药转头就走，可还没走出两步，便见从天而降一道闪电劈在了她的身前，数道金光将她笼罩，她一步也迈不出去。

"你哪里都不能去！这是他武瑞安的命数，我已经改过一次，不可能再改变第二次！他是一个没有轮回的死灵，他活不了了！"

"我不相信！"问药哭花了脸，大声哭喊道，"我不相信！"问药用力捶打着金印，但那金印纹丝不动，法力低微如她根本不是狄姜的对手。狄姜只需要动动手指头，就能让她困在井里，不得升天。

狄姜明白她的难过。她自己也很难过。

可问药这副模样，让她连难过的时间都没有。

她知道武瑞安对问药来说很特别，却不知道他对她的影响竟然比十几年的梵音还要深远得多……

离武瑞安被车裂的日子只有短短三日了。这一日，狄姜的《花神录》突然着了火，记着长孙玉茗名字的那一页被烧掉了大半。

狄姜掐指一算，才知道长孙玉茗多日茶饭不思、水米不进，已经在今晨去世。

在《花神录》上，长孙玉茗被狄姜改了命格，该是长命百岁、无病无灾地陪着武瑞安，但是她决绝地选择了放弃自己的生命，连带着《花神录》都被她的决绝所焚毁大半。

长孙玉茗逝世的消息传到武瑞安耳朵里的时候，狄姜悄悄隐去了身形，去天牢见了他。

狄姜没有现身，没有打扰他，只是不动声色地靠墙坐下。她看着不惑之年的武瑞安双手抱膝，将脸埋在膝盖里，哭得像一个无助的孩子……

十数载的相伴，武瑞安应当也如长孙玉茗爱他一般，爱惨了她吧？

翌日清晨，狄姜离开之后，天牢里迎来了第二位访客。

问药趁狄姜不在，用积蓄数日的力量冲破了金印，直接到了天牢。她穿墙而来，目瞪口呆地蹲在武瑞安身前，疑惑道："王爷，您……您怎么变成这副模样？"

武瑞安看着眼前的问药，只觉得光阴在她身上没有留下任何痕迹。问药不太能察觉凡尘时间流逝，她还跟十几年前一样，是一个扎着两个弯月髻的小姑娘，但武瑞安已经皱纹爬上脸颊，满脸络腮胡须，到了不惑之年。

狄姜不是凡人，她身边的人自然也不是凡人。

武瑞安没有多奇怪，反倒是问药充满了疑惑，她看着武瑞安，不解地呢喃："为什么……为什么我感觉自己一觉醒来，天就变了呢？"

问药想去抚摸武瑞安的脸颊，但刚伸出手，武瑞安便握住了她的手腕。他带着近乎哀求的语气问她："问药，你能不能帮本王一个忙？"

问药郑重点头："王爷尽管吩咐，我一定会为你做到！"

"……多谢。"武瑞安轻轻颔首，随即告诉问药，在皇城之中，有一个叫洗心阁的地方，那里面摆满了酒坛，酒坛里盛满了世上最美味的佳酿。他离开太平府，十几年没尝过那个味道，很想再尝一尝。

这么简单的要求问药当然会答应，她即刻离开了天牢，去了皇宫，在太医院的最深处找到了那个叫洗心阁的地方，搬了三大坛子酒去天牢。

"王爷，您看看这些够吗，不够的话我再去拿！"问药抱着酒坛坐在武瑞安身边，向他递去一只酒杯。

武瑞安摇了摇头，径直抱着酒坛，揭开封印，仰头喝了一口。

只是小小的一口。

随即他便放下酒坛，整个人用了一个最舒服的姿势躺下，双手交叠放在小腹上，继而缓缓闭上了自己的眼睛。

问药疑惑道："王爷，您就不喝了？"

"不喝了。"

武瑞安摇了摇头，闭着眼睛说道："本王这一生喝了那么多酒，早就喝够了。"

"可……可您今日只喝了一口呀！我拿了三大坛子呢！"问药目瞪口呆，突然有一种很不好的念头涌上心头。

武瑞安接着叹息道："有时候千杯都解决不了的愁，只需要一杯鸩酒，就能化解一切。"

他很庆幸，还有问药记着自己。

毕竟鸩酒比起午门车裂实在要有颜面得多了。

武瑞安说着，眼角滑落一道晶莹，嘴角也溢出了一丝鲜血，问药瞠目结舌，慌忙上前推了推他因药力而颤抖的身体。

问药用力推搡他的身子，见他半睁的眼眸里，眼瞳开始涣散，不多时便已是灰白一片。

"王爷！王爷您怎么了？王爷！"问药抱住武瑞安瑟瑟发抖的身体，泪珠从她的眼角滴落，一颗一颗连成了线。她声声泣血，然而她的话他是再也听不到了。

他的身体逐渐冰冷，从颤抖到无声，不过小半个时辰。

"王爷！"问药声音嘶哑，哭肿了眼睛，哭哑了嗓子。但是无论她如何呼唤，她怀里的武瑞安毫无声息，双手无力地垂落。

从此以后，天上人间，黄泉碧落，再也没有武瑞安。

……

第二十八章

梦境

狄姜很快便发现问药已不在镇妖塔内，问药的气息波动之剧烈，是她平生仅见。她慌忙寻了问药的气息而来，便见她跌坐在天牢里，抱着武瑞安早已冷冰冰的尸体。

问药双目血红，泪水流尽，可嘴里还一直在念叨着："王爷，我会陪着您等，等掌柜的找到我们，她就会救您了……您一定不会死的……一定不会的……"

狄姜闪身来到问药面前，用力将她拉起来，但她始终固执地抱着武瑞安，不愿意起身。

问药抬起头，看着狄姜，苦苦哀求："掌柜的，您救救王爷吧！他在等你呀！"

"他已经死了。"武瑞安的尸身已冷，神魂俱灭，已经不复存在。

"没有！王爷没有死！"问药大吼着，眸子里迸发出的寒芒让狄姜通身一震。问药急道："掌柜的，你不是号称救苦救难、无所不能吗？我求求你，你救一救王爷吧！您说过，他只此一生呀！你再不救他，以后……以后就再也见不到他了！"

"他死了！"狄姜冷冷地打断她，"他已经不复存在了！你不要想他了！"

"不可能！"问药接受不了这个现实，双瞳爆发出异样的光芒。

狄姜最担心的事情发生了。

问药的力量本就源于秽母，是这世上恶、欲、妄之源，一旦她不受控制，那么冲破封印只是迟早的事。她只是没想到，问药对武瑞安有这么深的感情，更亲手错杀了武瑞安。

问药魔化已是迫在眉睫之事。

电光石火之间，狄姜灵光一闪，想起如果武瑞安是解开她封印的钥匙，那么阻止她魔化也很简单。

武瑞安既然能打开那扇门，也能关上那扇门。

狄姜突然伸出右手，在问药眼前拂过，一道金光闪进她的眸子，她的眼瞳变得一片混沌……

狄姜给了问药一个完美的梦境。

梦里，所有的一切，都是问药最希望看见的完美景象——

武瑞安还是初相遇的模样。英姿勃发的清俊少年郎，气宇轩昂，走在市井，什么都不需要做，便能吸引所有人的目光。

他身穿一袭紫衣，怀中抱着一个婴儿，左手牵着一个女孩。狄姜站在他身边，手里也牵着一个女孩。

两个女孩穿着打扮，年纪外貌都一般模样。那是一对双胞胎。

狄姜手里的女孩停下步子，望着狄姜，嘟嘴道："娘亲，月儿走不动了，月儿要抱抱。"

狄姜无法，只能蹲下身，将女孩抱起来。

武瑞安牵着的女孩看了眼狄姜，又看了看武瑞安，"哇"的一声就哭出来了："娘喜欢妹妹，爹喜欢弟弟，只有欢儿没人要，欢儿不干！"

狄姜有些头疼，武笛欢和武江月都满四岁了，她哪里还有手能抱她？

武瑞安笑着摇头，左手抱着儿子，右手一把揽过江月的腰，将她稳稳抱住。

武笛欢，武江月。

狄姜，欢悦。

他们住在见素医馆里，一家五口，其乐融融。

问药的房间让给了三个孩子，她则搬到了后院毗邻书香的房间。她每日和书香依然斗嘴，吵闹不休，丝毫也没有长辈分的样子。

不对，确切来说，是问药一直在找书香的麻烦，而书香总是隐忍谦让，任她胡说。

梦里一切都向着最美好的方向行着，问药躺在狄姜的怀里，笑得口水淌了一路……

狄姜没有送问药回镇妖塔，而是推开了尘封已久的见素医馆的大门。她将问药放在自己的床上，又在医馆附近设下结界，确保外界不会打搅到她的美梦，衣不解带地在床边陪了她三天。

第四日，是罪王武瑞安下葬之日，她见问药这三日睡得极为安稳，终还是没有忍住，换了一袭白衣赶去了城郊。

这一日，武瑞安正式被皇室除名。新帝宣布，史书及文献均不得留下他只言片语。他的墓被安在了太平府城西，与皇陵遥遥相对，与皇族众人相悖。

太上皇辰曼更为其亲手撰写墓碑铭文，以示羞辱。武王墓前，碑文上刻着八行金色小字：

> 戎马一生四十年，是非非是万千千。
> 一己私欲千家怨，半世骂名百世衍。
> 紫绶金章今已矣，半丈披帛把尸掩。
> 梦里不知蓬莱路，云在青山月在天。

下葬之时，武王棺木与长孙玉茗的灵柩一道被抬进墓门。观礼的人本就不多，谁都不认识谁，狄姜站在队伍末尾静静地看着。看着爱了她一生的男人下场凄惨，临了连送葬的人都没有几个。

傍晚，随着墓门的落下，所有人都陆续离开了，山脚便只剩下狄姜一人。

天空飘着雨雾，朦朦胧胧。狄姜呆呆地看着那扇门，突然就无力地跌在了地上。她捂着脸，双肩微微颤抖。一开始只是喉咙里断断续续地发出哽咽声，紧接着，她整个人就像放下了长久以来的包袱，哭声渐大，而后呼吸都变得困难。

她从来都不擅长表达自己的感情，也从来没有这样失态过。

她从那一日在天牢里看见他的尸体时就一直在隐忍自己的悲伤。直到他沉眠在地底，身边葬着他这一世最亲密的爱人，她终于忍不住，哭得完全失了控。

虽然她知道自己不爱他，可是他对她的爱和好，她都实打实地看在眼里并且接受。

他爱了一个永不可能回报他爱的人，她悲恸，为他的一生不值。哪怕害惨了他的人是自己，她也依然为他感到不值。

他在这凡尘中该是一生灿若星辰、华光盖地之人，可他为她，卑微得几乎要陷进泥地里。

雨势渐大，她眼前模糊一片。她的双手抠在泥土里，素白的衣衫满是泥泞，她就这样一直坐在他的碑前。夜幕降临，然后东方渐白，时间一刻不停，从未为任何人停下。

头顶日出日落、云卷云舒，她这才终于如约陪他看了日头东升西落的变迁。

可惜一个在外面，一个在里面。

……

第二十九章

菩提心

　　狄姜回见素医馆的时候，问药已经醒了。她站在柜台后捣药，见了狄姜，立即堆起满脸笑意，问她："掌柜的，今天笛欢和江月都不在，是不是王爷带她……"问药说到这里，面上的笑意戛然而止。她盯着狄姜的衣裳，不解道，"掌柜的，你……为什么穿白衣？"

　　笑容在问药的面上定格，只那么一瞬间，她的眼中突然覆上了一片血红——那是袭臣在魔化之时才会有的瞳色。

　　"不对，王爷……王爷已经死了！我亲眼看着他在我的怀里去世，他的身体一点一点地变凉，是我……是我盗取的鸩酒！是我害死的王爷！"

　　不等狄姜回答她，问药突然通身发出红光，震天嘶吼之后，她的身影消失不见。

　　狄姜大急，飞身跟去，才知问药顺着武瑞安的气味去了城郊的坟冢。巨大的龙身冒着大雨在云巅之上翻飞，身影迅捷，快到让狄姜总是差她一步。

　　狄姜到达坟冢之时，问药已经恢复人身。问药将坟墓从中劈开，露出其中的两副铜质棺木。棺木的盖子被她一掌掀开，露出武瑞安灰白的面容，毫无血色，俨然已经死去多时。长孙玉茗躺在他的身边，神色安详而幸福——在爱人面前，哪怕是死，亦是开心从容。

　　"问药，别看了，我们走吧。"狄姜哑哑地开口，走上前想要去牵问药的手。

问药却一把甩开她，再反手一巴掌落在她的脸上："你就这样冷血吗！你看到王爷的尸体都不会心痛吗？"大雨倾盆落下，将二人打湿。问药想起坟墓里毫无遮掩的王爷，连忙转身，跳下坟冢，想要将棺盖合上。

棺盖厚重，问药全然忘了用法术。狄姜走过去，拂袖之间将问药带了上来，随即整个皇陵便恢复如初，仿若从未有人惊扰墓中之人。那一派从容冷静的模样，让问药更加生气。

问药站在墓外，一抹眼泪，愤怒地吼道："从前我就知道你铁石心肠，却不想竟到了这般地步！狄姜，你简直毫无心肝！"

狄姜浑身颤抖，眸子里写满惊惧。

让狄姜惊惧的并不是问药鄙夷的话语，而是她的瞳孔、她的微笑、她飞扬的长发和她的气场。

她，已经不是问药了。

她的眼眸瞬间被红莲业火般的赤红取代，她的瞳孔紧缩成一条细密的长线，她愤怒无比，咆哮张狂。

袭臣道："般若，十夜的仇、王爷的恨，今日，我便一同与你算！"

火焰在大雨里升腾，来自紫府的红莲业火在袭臣手里升起，染红了她的双手，遮住了她的双眸。她的眸子里只剩下嗜杀，恨不得能杀尽世间所有人。

袭臣咧开嘴角，露出尖利的獠牙，她张开五指，向狄姜的面门挥舞而去。鲜血在狄姜脸上绽开，像烈焰一样灼烧了狄姜的眼眸。

而身体的痛远不及心中的痛。

她的心似乎被人从中撕开来，裂成了一块又一块。

如果问药再不停下来，如果她袭臣的龙身再不恢复平静，等待她的便只有被灭杀的未来。

那么她这么多年的努力，就全都白费了。

鲜血染红了世界。袭臣燃起的红莲业火灼烧着狄姜的法身，那是会让狄姜跟着燃烧的痛苦。狄姜在脑海里飞速思考，她知道自己不该放任袭臣，她该立刻将她打得魂飞魄散，可是她就是下不去手。

她有凡身、金身、法身，代表了肉体、信仰和灵魂。

上一次封印袭臣，狄姜废去了她的金身。此次若想再次封印她，她只能用自己的法身。到那时，她便会变成一个普通人，一个跟武瑞安一样，只此一生、只此一世的没有来生的凡人。

狄姜没有时间考虑了。

她别无选择。

她一定要救袭臣，保住恶灵道最后一丝血脉，保住她与十夜之间仅存的牵连。

狄姜手掐法诀，额心祭出金印。金光在大雨和鲜血中愈发强盛，参破了红莲业火，照亮了十方世界。就在狄姜凡身一寸寸成为金色之时，书香突然拦在了狄姜身前。

他寻到城外有不同寻常的巨大法力波动，追寻许久才终于找到她们。

虽然来得有些晚，但是他庆幸，自己赶上了。

"菩萨，鬼域不能没有您，您不能为袭臣再牺牲自己了！她不值得！"

"你让开！"狄姜怒吼一声，一掌落在他面颊。

"菩萨，你不要再执着了！鬼域不能没有您，我也不能没有您！"书香捂着脸，泪流满面。他苦苦哀求，但狄姜丝毫不为所动。

书香知道狄姜认定的事情，怕是如何劝说也无可更改。

何况这人还是狄姜已经护佑了千百年的人。

"如果一定要牺牲，那就牺牲我吧！"书香见着狄姜眉目中的去意已决，终于鼓起勇气，大声说道，"袭臣从婴孩开始，您便将她交与我带大。我日日看着她成长，看着她的一切作为皆为恶。她本性为恶，不值得救。但是我知道，如果不救她，您会难过，而我不希望您难过。"书香一字一句，令袭臣的神色越发复杂，可迷茫和凶恶交织，最终还是凶恶为胜。

"吼——"震耳欲聋的嘶吼充斥所有人的耳膜，仿佛惊雷在耳边炸响。袭臣的双瞳被血红充斥，取代了它原本的琥珀色，眼见怒火充斥，她张开血盆大口，想要将眼前人一口吞下。

书香再次看向袭臣，神色复杂，有怨气，有失望，有不甘，但更多的是不舍。

书香闭上双眼，深吸一口气，随后转身，向袭臣张开了双手。他的身体似是被风托起，衣袂在疾风中快速地翻飞。紧接着，他的身上有点点萤火透出，从额心到双手手心，一点一滴从几颗到几十颗，到最后似乎全身都变成了萤火，让他整个人灿烂夺目，绚若星河。

书香："我以己身为引，引你生生世世，永永远远，永不得再为恶。"

书香双唇张合，很快便有口不能言，有眼不能辨，有耳不能听。他的身体犹如破碎的雪花，在一瞬之间裂开，但很快又聚拢在一起，凝聚成一块六瓣的冰晶。冰晶在漆黑的夜空里划出一道银光，没入问药的身体，停留在她的心中，将她跳动的心脏包裹，终与冰晶同化为一体。

一瞬间，袭臣眸子中的怒火平息，瞳孔重又恢复成琥珀色，眼神平静而迷茫，然后便是愤怒和不甘。

等太霄帝君察觉不对，赶到狄姜身边之时，袭臣已经从龙身回到了从前的模样。她眸子里依然充斥了千千万万的恨，可任她再是悲恨愤怒，也没办法再伸出手做出任何对狄姜不利的事情。

不仅是狄姜，从今往后，这世上任何一个人她都不可以再伤害。

太霄帝君扬了扬手，他的身后，便突然出现了成千上万的战士，密密麻麻地在雨中伫立。十将站在大军之前，冷冷地看着，只等太霄帝君一声令下，就能让袭臣碎尸万段。

袭臣大怒："般若！我永永远远都不会原谅你！总有一天，我一定会解开书香的咒语，我会让你付出最惨痛的代价！"袭臣站在大军之前，毫无恐惧，她狂吼一声，便化作龙身消失在云雾之中。

太霄帝君微一抬手，十将便要上前，狄姜却摇了摇头，颓然地说："不必追了。"

大军没有出动，太霄点了点头，那些人便又化作一阵青烟，消失无踪，好似从未出现过。

"书香的原身是圣人的一颗舍利所化，是这世上最具有善念和智慧的人。从今以后，袭臣心中纵有千般恶念也不能行恶之实。这是书香化作菩提心，给她最后的咒。一个令她无法逃脱的最痛苦的咒，却是世上许多人求之不得的福报。"

哪怕她厌恶这样的福报，她也不得不承受。

瓢泼大雨落下，太霄蹲下身抱起狄姜，将她带回了见素医馆。当天晚上，狄姜坐在空空荡荡的见素医馆里，翻开了《花神录》，在最后一卷最上边寸寸轻抚。问药，也就是袭臣的名字一直存在在那里，从无动摇。

她是恶灵道仅剩的人，是狄姜一早就决定，无论用什么方法、付出什么样的代价都一定要救的人。

可她万万没想到，救下了问药，却赔上了书香。

狄姜想了想，在凌波花神问药的名字下，加上了书香的名字。虽然书香永远不会再回来，但从此以后，袭臣就是书香，书香就是袭臣，他有在这世间继续存在的模样。

他的名字，亦是狄姜永不会忘记的名字。

……

又到一年春节之日，这一年，武瑞安死了，书香没了，问药不在了。

见素医馆彻底安静了。

狄姜拿来剪刀，独自剪春花。

往事历历在目，问药和书香的争吵似乎犹在耳畔回响。但是她知道，他们永永远远、生生世世都不会再回来了。

狄姜将剪好的春花贴在见素医馆的窗户上，又将另外几只悄无声息地放在了长生的床头。她正准备离开时，却见长生站在门口。

长生长高了，壮了，也老了。

他一生孤独，未曾娶妻，一个人孤零零地守着间棺材铺。他有时候回想起来，真羡慕书香，他说书香任劳任怨并不是贬义和瞧不起，他只是羡慕书香有人劳役、有人驱使。而自己这么多年下来，根本不知道守在这里是为什么。

或许只是因为这间棺材铺是师父留下的吧。

"狄掌柜，您神通广大，假如有一天，您见到了师父，能帮我带一句话给师父吗？"

长生用低沉的嗓音，缓缓说："我想告诉他，我宁愿作为剑童死在剑冢里，也比现在这样一生守着回忆，不知道为什么而活要好太多、太多了……"

—《花神录》正文完—

番外一

鬼王

（一）守陵

君埋泉下泥销骨，我寄人间雪满头。

今日，是武瑞安离开的第十年。十年时间不算长，也不算短。虽然不足以让沧海变桑田，但也无法让心中在意的人离开，不足以抚平大半故人离去的伤痛。

十夜消失之后，狄姜为他哀悼上千年。武瑞安死后，狄姜搬去了城西，在他的陵墓边搭了一间小木屋，一住就是十年。会住多久她不知道，只不过在钟旭回到太霄帝君位、问药变成袭臣之后，她突然就没有任何人生目标了。她像陀螺一样旋转而忐忑的人生终于得到休息，困扰内心多年的忧虑也消失无踪，如今她身边只剩下一根烧火棍——竹柴。

竹柴是根闷棍，一巴掌下去也打不出一句话来。

狄姜耳边清净不少，却经常怀念有问药和书香斗嘴的日子。只可惜……那样的日子再也不会有了。

狄姜放下一切之后，突然有了一个伟大的宏愿——自己五音不全这个毛病，多少年来没能改变，不如趁在这山清水秀还荒无人烟的地方，好好吊一吊自己的嗓子。

"为救李郎离家园，谁料皇榜中状元！"狄姜哼哼唧唧。竹柴听了，撒盐的手一抖，倒了半罐子进去。竹柴大惊失色，慌忙将盐巴捞起，但仍有一半已经融入汤里，只怕今晚吃的是西红柿盐汤了……

竹柴绿着一张脸，生不如死，强忍着吐意，将一锅汤盛了出来，自己匆匆忙忙化成烧火棍，躲在了柴堆的最深处。从此以后，只要狄姜开始唱歌，他就缩起来，说什么都不肯出去。

狄姜懒得管他，自顾自地唱了三年，但见皇陵四周花开花谢、万物不生之后，她终于放弃了，开始改练琴。

狄姜练琴的第二年，袭臣回来过一次。从前皇陵四周树木葱郁，繁花似锦，但短短五年过去，别说是飞鸟走兽了，方圆数里，只有狄姜这一个会呼吸的——都是被她的歌声吓走的。

袭臣捂着耳朵，冷眼看着狄姜，啧啧称奇："如果王爷还活着，也会被你的歌声恶心死。"袭臣毒舌完毕，没待两刻，在武瑞安坟上放了一朵花就走了。

狄姜觉得自己的歌声既然能把袭臣都唱回来了，那一定得继续唱下去！

狄姜开始一边练琴一边唱，唱到太平府中流传了一个传说：传说罪王武瑞安死不瞑目，她的夫人因怨恨不肯轮回，始终徘徊在坟冢四周，日日夜夜啼哭悲泣，誓言要用自己的歌声唱死全世界的人！

狄姜没有离开过，不知道世上流传着这样的传说，就算知道了，她还是会我行我素继续唱下去。

因为……除此之外，她无事可做。

从袭臣回来过的那一年起，狄姜的木屋里访客渐渐多了起来。

天君来过几次，鬼君来过几次，这让狄姜着实惊讶。

这二人平时日理万机，怎会隔三岔五地跑来自己这里？

莫不是又有事情要她帮忙了？

狄姜问过太霄几次，他只说："你只需过你想过的生活，别的事情不需要你管。"

狄姜当然听太霄的。

太霄帝君原本每月初一都会来看她，与她一同用膳，他成了这万物凋零的山里唯一不同的色彩。

狄姜心里还是感到温暖的。

第十年，在狄姜经历了琴、筝、琵琶、二胡、笛子之后，她终于练回了老本行——敲木鱼。这是她唯一能熟练使用的击打乐器，配合经声，节奏感很强。

竹柴做饭的手艺终于恢复了。狄姜又吃上了美味的一日三餐，她觉得生活质量得到了显著提高。竹柴也觉得这个世界重新变得有意思了。

一日，狄姜用了早饭之后，照例坐在皇陵边上敲木鱼。朗朗经声传出，在荒原中回荡。不过三月，小兔子小猫小鸟什么的都陆陆续续搬回来了，荒原中有了些许生气。就是在这样一个风和日丽的早晨，狄姜又见到了问药，也就是袭臣。

袭臣巨大的龙爪踩在地上，"轰隆"两声巨响，吓退了围观狄姜念经的小动物。她化身成人，站在狄姜身前，唇边勾起一抹戏谑嘲讽的笑，居高临下地说道："活着的时候我珍惜过，我能坦然正视己心，而你呢？死了才来假慈悲，做给谁看？王爷吗？可惜他永远都不会回来了。如果我是他，连恨你都觉得多余，你怎么还有脸继续待在这里？"

狄姜不解："那我该去哪里？"

袭臣："哪里都好，哪里都无所谓，只是不要来碍王爷和王妃的眼！"袭臣满目鄙夷，放下一束花后，再次化身为龙，消失在天际。

狄姜看着天边远远的一颗黑点，心中除了再见问药的惊喜，更多了一分惊疑。

如果说问药对武瑞安有强烈的感情，她能理解。但问药已经想起了身为袭臣时的一切，没有道理一而再再而三地回来看武瑞安。是什么让她对武瑞安的执念这么深沉，竟会一次次回到皇陵，只为送一束祭花？

狄姜总觉得是自己阴暗，虽然疑惑一直萦绕，但也没太放在心上。

初一这日，太霄帝君照例来陪她用膳，狄姜将袭臣的再次出现和盘托出。太霄帝君沉默了良久，道："有件事，我瞒了你许久，今日便说与你听。"

"嗯。"狄姜眨了眨眼，等着他继续往下说。

须臾，太霄才接道："小鬼君在见过武瑞安后，对我说过一句话。"

"什么？"

"生死簿上没有武瑞安的名字。"

"嗯。"狄姜应了一声,"他早就死在剑冢了。"

"不,比那要早。"太霄摇头,"当年阮青梅代武瑞安下地府,因他生前所作所为被判入一狱无法轮回。但小鬼君却说,除了阮青梅以外,地府里还曾有过一个生灵,口口声声称自己是武瑞安,只不过他的五官被人夺去,没有脸面,又加上武瑞安已经定下,所以那人做了十方鬼域将士中的一个,如今怕是寻不回来了。"

狄姜沉下脸,面色十分凝重:"你想说什么?"

太霄舒了一口气,叹道:"我想说的你明白,你只是不愿承认罢了。"

狄姜一脸怔,不知道如何接话。

因为……她真的不明白啊!

太霄帝君接道:"这十年来,四方天柱之中的三根天柱接连被毁,在新柱铸造完毕之前,天君借用了成天印撑起三十三天。成天印,有着毁天灭地的能力,便是从前掌控梵天净土、撑起十方世界的上古法器。"

狄姜点了点头,表示自己知道。

此种印鉴统共有四块,其上分别雕刻青龙、朱雀、白虎、玄武,每一块都有自己的名字,颜色更对应了青红白玄四色,是自帝释天划分三十三天之前,与混沌世界里先人所铸的法器,用来撑起四方天地的天柱。后来天帝划分了三十三天,此后这四枚成天印便没有确切的作用,只被各路神仙拿去做了收藏品,但它的法力仍是不能小觑。

"成天印?"狄姜闻言,脑海里突然似是断了弦,明白了天君为何会几次三番来寻她。

因为,四块成天印里,朱雀那一块在自己手里。

"然后呢?"狄姜道。

"然后两块成天印被盗,下落不明。而得到四方天印的人,如果有野心有能力,甚至可以开辟另一个跟三十三天相抗衡的世界,成为一方天主。"

狄姜沉默了,蹙眉问他:"这是什么时候发生的事?"

"就这几年。"

"为什么我全不知情?"

"这些事情与你无关,我不希望你担心。但现在我觉得,不能不告诉你了。"太霄帝君说完，顿了顿，接道，"你有没有觉得自从问药认识了武瑞安，便一日日狂躁，就连化龙最后的导火索也是他。"

狄姜目瞪口呆，傻傻地看着他。

太霄帝君面不改色，接道："如果武瑞安不是普通人，而是恶灵道中人，他带着重建恶灵道的目的而来，那么一切就解释得通了。

"狄姜，你要小心，如果第三块成天印被盗，那么你这里的，就是最后一块了。"

得了太霄的提醒，狄姜明白了，袭臣三番四次来此，怕就是为了它。

第二年春，天柱已经督造完毕，成天印便不是那般重要了。第三块成天印被重兵把守，藏在三十三天的顶重离恨天阁楼之上，却仍是没有逃过被盗的命运。

成天印被盗的当晚，狄姜见到了一个死去已久的人。

月落乌啼，人声沉寂。皇陵外，狄姜收起木鱼，正准备回屋睡觉，却听身后沉重的石门升起。皇陵大门从里打开，一人踏碎一室黑暗而出。

狄姜惊异回头，刚想看看是谁这般大的胆子，敢在她不成空明王菩萨的眼皮子底下盗墓？却不想，见到了故人。

一个根本不可能再见的人。

墓室大门外，他步步逼近。他拢起黑发，露出眼角边的印记：左边是金色的流云，右边是血红的莲花。与此对应的狭长的双眼里，瞳孔亦是一只金色，一只血红。他的脚下开遍了血红的红莲，一步一莲盘，似是踏着地狱业火而来。

"般若，该说你对本王有情好呢，还是无情呢？你让本王如何评断呢？"男子嘴角带着一抹笑，眸子里是狄姜最为熟悉的戏谑。

"你是……"狄姜瞠目结舌，看着眼前人，狠狠地掐了自己一把。

很疼。

不是做梦。

狄姜摇了摇头，闭上眼睛，而后再睁开，发现眼前人依然没有消失。

"你是……十夜？"

狄姜泪如泉涌，哽咽许久才吐出这几个字。

那是他的名字。

她亡夫的名字。

亦是恶灵道的鬼王，一个不可能还活在这世上的人。

他有一张酷似武瑞安的脸，但他面上的印记却是属于十夜的。狄姜认了许久，才终于能确认，或许这个以凡身相伴自己多年的武瑞安，根本就是十夜假扮的。

他的那一只眼睛里，瞳孔鲜红欲滴，仿佛是千万人的血液凝练而成的红宝石，妖冶魅惑。额头另一边的流云却又清雅高华，两种截然不同的气质出现在同一张脸上。一半温文尔雅，一半阴狠毒辣，越发衬得他神秘莫测，妖丽无边。

他的周身环绕着强大的戾气，笼罩了四周的空气。他的力量已经强大到如果不是有意表露她根本察觉不出的地步。恶灵道从前所有的怨气都将成为他的利剑，为他所用。

狄姜愣愣地，双手有些不知该往哪里放，只是呆呆地看着他，无法成言。

许久，还是十夜先开了口。

他道："般若，本王带着记忆与你纠缠数年，本王已经不恨你了。"十夜说完，在狄姜欣喜的眼神里，接着说出的一句让她的心情瞬间再次沉到谷底，"从此以后，你我之间所有的爱恨都烟消云散，一笔勾销。"

"从此以后，我们将是敌人。我们之间不谈感情，没有私仇，只有恶灵道千千万万条生命的怨恨。

"我会用我的方式让三界所有人知道，卑劣的神灵无论费多大的心思，最终还是会被我们踩在脚下。

"黑暗，才是这个世上最原本的颜色。"

狄姜的笑容僵在脸上，看着他的眼睛里充满了震惊。

临走前，十夜又回头看了她一眼，眉头微蹙，欲言又止。最终，他还是说出了想说许久的话："还有，以后你不要再唱歌了。那实在是太难听了。"

（二）备战

十夜走后，狄姜跌跌撞撞回到鬼域，手舞足蹈、泪流满面、激动不已地将十夜回归一事原原本本告知了太霄帝君。

"十夜还活着！"狄姜整个人就似一阵风，从人间回到鬼域，整个人扑在太霄帝君的桌前，弯腰直勾勾地盯着他，再次强调，"十、夜、还、活、着！"

狄姜风风火火地闯进来，让正在处理公务的太霄帝君手一抖，公文上便滴了一滴丹砂。太霄微微蹙眉，便挥手让桌上的公文尽数消失，而后抬头看着狄姜。

"我知道了。"太霄一脸淡漠，面色波澜无惊。侍候在旁的习风见状，便带着屋中所有婢女退出去，而后关上了门。

"就一个'知道了'？"等他们走后，狄姜才疑惑道，"你一点都不惊讶吗？"

太霄帝君听完狄姜的描述，做出一副"我就知道"的模样，似乎已经猜到了大半。他道："我有过惊讶，但，我更能接受现实。"

狄姜愣愣点头："你比我冷静。"

"我并非比你冷静，只不过，你在十夜的事情上总是格外慌张。这不好。"

狄姜没说话，太霄帝君又道："其实我一直怀疑武瑞安的身份，却没想到他就是十夜。"

太霄："过去你一叶障目，面对与十夜有七成相似的武瑞安毫无反应，但是我却无法忘记他的容颜。武瑞安与十夜截然不同，可也有相似之处。"

"比如说？"

"比如说棋艺。十夜喜欢下棋，却从不与人下棋，他只与自己对弈。没有人知道他的棋艺，或许他的棋艺早已登峰造极，未有败绩，所以，他只与自己对弈。这一点，武瑞安在太平府，永远胜书香半子既可得知。书香活了几万年，有百科全书之称，连他都无法测出武瑞安的棋力。就连我，在棋力上怕也不是他的对手。不过……"他没有对十夜的挑衅做出回应，反而轻描淡写接了一句，"如果有一天，我与十夜在战场上对立，我必不会输。"

"为什么？"狄姜疑惑。

太霄笑了笑："我甚至不需要派兵，只需将你的歌声传于四海八荒。那么，他就一定不会赢。"

狄姜无语："都什么时候了，你还有心情开玩笑？"她的歌声真有那么难听？

"开个玩笑。"太霄微微一笑，"你太紧张了，其实有时候不必这样紧张。"

"为什么？十夜的回归，难道不值得我紧张吗？"

"值得，但，真正让我惊讶的是你。"

狄姜一怔："我怎么了？"

"我发现，这些年来你变了许多。你变得……越来越像一个菩萨了。你知道，菩萨的身份于你而言从来都只是一个名号，你不该是不近人情、没有喜怒的人。从前我很担心你，但是现在我放心了。"太霄摊手，微一叹息，"我承认，我不希望你的情绪因为十夜而起伏，但是当我见到你的眼神中重又恢复神采，我突然很庆幸，十夜还活着。"

狄姜有些听不懂，立在桌前，静静听他说。

太霄道："曾经我也在你的眼里看见过类似的光。或许连你自己都没有意识到，你在看武瑞安的时候，也曾经是神采飞扬的。我原本担心武瑞安的死会对你造成很大的打击，但你并没有因为他做出过激的事情，这让我很意外。同时我也知道，十夜在你心里没有人可以撼动。武瑞安只是一个过客，只有十夜，才会在你心中真正掀起波澜。"

狄姜默然站着，说不出一句反驳的话来。

太霄站起身，走到狄姜身前，上下打量她。狄姜额头微有汗，看得出一路风急火燎，她双手微颤，显然还没有从惊讶中回过神来。

"我已经好多年没有见过这般失态的你了。"太霄的眼睛里有些无奈，"我承认，当我知道武瑞安就是十夜，我嫉妒得发疯。可是那又如何？般若，我宁愿与活人竞争，也不想跟一个死人较劲，你明白吗？"

狄姜看着他，呆呆地点了点头，又飞快地摇头："不明白！"

"不明白也没有关系，我们的时间还很多，我会让你慢慢明白。"太霄眯起眼，微扬起嘴角，"现在，你可以走了。"

"我为什么要走？"

"我有正事要处理。"

"有什么事情比十夜还重要？"

"十夜对你而言很重要，对鬼域乃至三界也很重要。"太霄说完，打开门，朗声对门外的习风道，"传令下去，全军备战。"

"等等。"狄姜叫住习风，转头问太霄，"备战？与谁备战？十夜？"

"是。"太霄颔首。

"是不是太早了？"狄姜不解，"他什么都没做！"

"一点也不早。如果换作旁人我可以松懈，但他是十夜。哪怕他身边只有一个不能杀生的袭臣，他也有能力在三界引起一场浩劫。"太霄帝君沉吟片刻，看向狄姜，"如果你是他，你现在最想做什么？"

狄姜想了想，有些泄气："杀了我。"

太霄摇了摇头，微笑："他现在不想杀你。"

狄姜四指轻敲桌面，缓了片刻，又道："他想要我生不如死。"

太霄帝君亦是摇头："让你痛苦的方法太简单了，只要对你不闻不问，你就比什么都难受。可你在他心里未必有多重要。他想做的是重建王舍城，让恶灵道重现人间。这也是恶灵道众生的遗愿。"

"这怎么可能？"狄姜拍案而起，"恶灵道已经空了！"

"只要人间有恶，恶灵道就不会空。虽说秽母已死，但这世上每一个人心中的恶都是酝酿黑暗的温床。"太霄帝君正色道，"现在不仅仅是你一个人的事，此事系关乎三界众生生死的大事，我不会由着你胡来。"

"我什么时候胡来过？"狄姜睁大了眼睛，满脸的不可置信。

"面对十夜的时候，你从来都看不清方向。"太霄帝君说完，扬了扬手，习风便躬身退下，带着他的军令传到了三界。

后来的事情便由十将掌管，狄姜想要过问，但是都让太霄帝君给挡了回来。她去问过鬼君，但鬼君似乎乐于见到太霄和狄姜反目，只说了句"不知道"便将她赶了回来。

狄姜趴在自己的床上，想着自己这两天被鬼域所有人拒绝，反思自己是不是太软弱了？

是不是十夜一回来，自己就变得没有威信了？

简直是欺负人！

第二天，狄姜身披紫金锦斓衣，左手托宝珠，右手执杖，气势恢宏地杀去了鬼君的宫殿。但是很可惜，本该人来人往的大殿上，除了赏善罚恶的判官外，高位之人一个都不在。狄姜憋了一肚子的话都说不出来了。狄姜从旁人嘴里得知，今晨太霄帝君已经带着飞马和玉夫去了凡间，具体做什么没有人知道。就在狄姜准备回凡间之时，小鬼君突然拦住了她的去路，一脸嬉笑地问："你想不想见武瑞安？"

"武瑞安？"狄姜蹙眉，先是一愣，但见到小鬼君手里把玩的两颗定魂珠后很快便反应过来。

"真正的辰曌第六子，因生死劫而死的武王爷？"

小鬼君大方点头："正是。"

狄姜想了想，收起权杖和宝珠，向后退了一步，朗声道："带路。"

再次见到武瑞安的时候，狄姜看着这张脸，只觉得自己当初可真是一叶障目。

自十夜死后，她看众生如白骨，若不仔细打量，多加分辨，根本不会去关注他人的容貌。而眼前的武瑞安，假如他的眼角左边有金色的流云花纹，右边有血红的莲花的话，假如与此对应的双眼里，瞳孔是一只金色，一只血红的话，那几乎就是与十夜一般模样了。

可她连多看他两眼的兴趣都没有。

她每日里，只是对着一个骷髅头，看他对自己百般讨好。

狄姜很懊恼，觉得这样不妥，陷入沉思之际，竟连武瑞安的连声呼唤都没听见。

"你怎么了？"小鬼君推了狄姜一把，狄姜才缓过神来。

"没什么，有些睹人思人……"狄姜看着眼前略有些畏缩的人，实在没办法将他与十夜或者武瑞安联系起来。

十夜永远都是高高在上不可一世的。而武瑞安，他从一开始的玩世不恭，到后来突然的转变，其实一切都是因为十夜。眼前这个瑟缩的武瑞安永远无法成为像十夜那样，成为身披铁甲的神勇将军。

狄姜看不出十夜在演戏，只因为十夜够有自信。他足够了解狄姜，更加了解自己。

他啊，无所不能。

狄姜的神思又飞走了，小鬼君一脸不满，武瑞安满目茫然。

"你打算怎么处置他？"小鬼君拽了拽狄姜的袖子，坐在一旁的凳子上，一连戏谑地把玩着定魂珠，"如果你不要他，我就把他扔回修罗道去。"

"等等。"狄姜想了想，说，"这个情，我承了。书香已去，我正好也缺一个管事。"

小鬼君很满意的挥了挥手，笑道："他终究只是一个魂魄，你需要为他做一个肉身。"

"这个不必你告诉我，我知道该怎么做。"狄姜说完，看也没看武瑞安一眼，抬手将他收入自己的广袖之中。

是夜，狄姜回到住所，将武瑞安的魂魄放出来。从修罗道出来的魂魄很少有不残缺的，小鬼君将他安然无恙地带出来，自然费了一番功夫。她领了小鬼君的情，倒不是因为留恋武瑞安，仅仅是为了睹人思人。

恶灵道中暗无天日，四周一片漆黑，狄姜举着宝珠，照亮了武瑞安，盯着他看了三天。

三天后，她才想通，自己为什么没认出十夜来。

对一个人的记忆，首先是感觉，其次是味道，最后才是面貌。狄姜始终记得，十夜嘴角带着一抹戏谑和不屑的微笑，仿佛嘲弄和看不起这世间万物。

只有她，是他人生里唯一的一个意外。

而他死后，她从不曾将任何人当作他，不是因为忘记，而是因为太在乎。

在知道十夜已死的情况下，她不可能将任何人错认……

（三）武瑞安

狄姜恢复了武瑞安的意识，但是他没有五识。他只能听见、看见还有说话。当然，他有记忆，也可以思考，但是他不会感觉到痛。现在的他是没有肉体凡身的人，从某种意义上来说，他和狄姜是一样的。但他也很清楚地知道，狄姜的地位与自己不同。

她手指抚过之处会有荧光，她双脚走过的地方会有莲盘显现。

她是这暗无天日的境地里唯一的亮光。

她还是太平府那个药铺掌柜的模样，但是在世界的尽头，在无边无际的黑暗中，每日都有人来向狄姜请安。他们低头行礼，带来礼物，但她看都不看，只点头微笑说："谢谢。"

她对每一个人都如此，久而久之，就跟没有表情是一样的。

若放在从前，武瑞安早就疯了，但现在，他能长久安静地站在她身边，似乎也不觉得时间难熬。她的身上仿佛有一种特殊的气息，能让这世间一切浮躁喧嚣沉淀。她美好安静得根本不像一个"人"。

武瑞安研究了她很久，她不说话，他也不主动开口。二人各怀心思，不知道在地底待了多久，直到有一日，习风躬身进来，道："他们都到了。"

狄姜毫无表情的脸终于起了变化，带着一丝期待离开了恶灵道。

三途河边，众多容貌艳丽的女子站成一排，似在等待着谁。她们之中，容貌最为出众的要数身材最高挑的那一位。她美得气定神闲，英气十足，正是年轻时的女帝辰曌。流芳郡主亦在人群中。狄姜特地吩咐过，把在太平府与自己有过交集的女子都搜罗起来，由她亲自接引过河。

狄姜向摆渡人借了一艘船和一盏灯，笑着说了"谢谢"，而后亲自摇桨，拉着她们的手，一个一个地接引她们上船。其间，众人都多少有些疑惑，尤其是众星捧月的辰曌和流芳郡主，对突如其来的身份变化十分不解。为什么在这旁人大气都不敢出的地方，狄姜能行走如风，言笑晏晏，受众人敬仰？

她究竟是谁？

狄姜微笑："你们不需要知道我是谁，只需要知道，人生一世，皆是缘分，你们既与我结缘，便由我来送你们一程。"她的声音和煦，让人如沐春风，但在场之人却没有人能笑出来。生前她们多少都得罪过她，诋毁和嘲笑更是数不胜数，却不知，她早已在她们不知道的地方长成了大树。

不对，她原本就是一棵盘根错节无人可以撼动的树。

她在人前表现出的杂草模样，只是她想展现给旁人看的。

从前她们总认为武王瑞安被蒙蔽了眼睛，看上一个市井女子。殊不知，武瑞安或许才是她们之中最有眼光的那一个。她们也总认为狄姜没有福气，不论他们历经多少磨难，一同经历多少故事，最终陪伴武王的都不是她。殊不知，狄姜根本不需要那样的福气。

狄姜在殿外等候，她并不打算插手判官的事情。她们的人生自有公正定论，自己来此只是来送她们最后一程。

她们一个接一个地离开，有人哭有人笑，但没有人觉得不平。

狄姜看着她们一个一个地消失，从此以后就真的是再也不见了。

最后一个出来的是辰曌，但是她不仅不会消失，还被赐予了新的名字。

"因其功绩，封为恒武王，位列八大明王之后。"阎摩宣布了她的新名字。

恒武王得到在场之人恭贺，就连狄姜也不例外。

"恭喜殿下，再不必受轮回之苦。"狄姜躬身行礼，如在太平府时候一样。

恒武王面无表情，盯着狄姜看了许久，才踟蹰道："狄姜？"

"是。"狄姜微笑颔首。

凭恒武王的眼力看得出来，狄姜在此处的身份地位之高。

她是狄姜，却不是太平府的那个狄姜了。

恒武王收起一身孤傲，也学旁人叫狄姜那样虚心求教："不知姑姑可否见过一个人？"

"谁？"

"江琼林。"

狄姜的笑意更深了，她没有很快回答她，而是带她去了一个地方。

在第一狱的无极池中，四周一片雪白，唯独此处有一方碧泉，可以映出前尘往事。狄姜抬手，一段小小的场景便浮现出来——

那是女帝辰曌八年，江琼林被赐死，面对鬼君之时，小鬼君问他："可还

549

有心愿未了？"

"不曾有。"江琼林摇了摇头，直言自己不愿意入轮回，只愿一直等候。

判官们讨论了一番，最终没有定论，便将他送往了一狱，在苦寒绝境之地终日等待。这里没有昼夜更替，有的只是无边无际的冰雪世界。他也不知自己在这里待了几日，也不知世上今夕何夕，直到满目皑皑白雪的天地间突然走来一名绿衣女子。

女子行走如风，娉婷妖娆，可他却如何也看不清她的脸。女子问他："你入了我的《花神录》，我可满足你一个心愿，无论前世今生还是来世，我都可以送你过去。"

江琼林大喜，眉目中复又恢复光亮，直道："我只愿能做她御座前，宫灯中的一缕灯芯，日夜相伴，焚烧不绝。"

"只是想要陪伴？"女子诧异。

"是。"江琼林颔首，"能静静地伴她左右，余愿足矣。"

女子浅浅一笑："若我能让你看得见她，摸得着她，日夜守候呢？"

"当真？"江琼林蹙眉，显得不可置信。

"不过这需要付出一点代价。"女子又道。

"我愿意！我愿用我三世福禄因缘，去陪她一世长安。"

女子想了想，便缓缓点了点头："好，我满足你的心愿。"

影像消失，恒武王一脸不解。

狄姜娓娓道来："三月后，在凡间太平府的通济坊中，有一老妪因家中贫困，会将她的第九个孙子送入宫中净身房净身。他本会在净身之后死去，但是江琼林与他换了命，便能平安渡过一劫。而后一日，他会在御花园中替掌事太监挨一顿板子，遂被掌事太监带在身边日日调教。又三年，掌事太监年老，无疾而终，他便成了辰嫛身边最受宠的宦官，一直陪她终老。"

他记得她。

她不识他。

但是这有什么关系呢？

陪伴是最长情的告白，如此已是最好。

恒武王一脸震骇，想起师文昌那一双寂落消沉的眸子，只有在看见自己的时候会发出点点星光。

原来，他一直陪在自己身边。

"时间规律，因果循环，缘起缘灭，聚合离散，都是缘分。陛下，节哀。"狄姜一字一句，每一个字都像有千斤重，提醒着恒武王她再也见不到他了。

"我能不能求你一件事？"许久，恒武王再次开口。

狄姜微笑："您请说。"

"我不想当恒武王，我想陪伴琼林，在他落难的三生三世，不离不弃。"

"你确定？"

"我确定。"恒武王语气斩钉截铁，"他能为我放弃三生福禄因缘，我也能为他放弃一世长安。"

狄姜半张开嘴，看似惊讶，但似乎又在她意料之中："好，我答应你。"

恒武王离开的时候，迟疑了一下，问了狄姜一句话："你……见过安儿吗？"

"见过。"狄姜面色沉静，没有任何变化。

"安儿是因为你才变成那样？"

狄姜微笑，不回答。

她不知道该怎么回答，武瑞安的问题太复杂，她无法解释。良久，她才哑着声音道："我只能说，我足够清醒，我不配拥有爱。"

恒武王深深地看了她一眼，头也不回地离开了，她最后一句话是：

"你，真的清醒吗？"

狄姜想当作没有听到，但是她不仅听到了，还听进去了。

回首这些日子，她好像是有点不清醒……

（四）红藤

狄姜回到地底，又只剩下武瑞安陪伴她。多日过去，狄姜仍旧没有给武瑞安塑造肉身。

"我真的比不上他吗？"武瑞安第一次开口，问狄姜，"因为我比不上他，所以你正眼都不看我一眼？"

狄姜知道，这些她不在的日子里，他已经了解了一些前尘过往。

狄姜轻轻摇头："你们是不同的人，没有比较的必要。"也没有比较的可能性。

十夜从小在战斗中长大，在旁人还在母体中的时候，他就已经开始了争斗。他不论是意志还是力量都远超常人。

他的人生不可复制，更不要说被超越。

武瑞安不再说话，而是去找一切可能认识十夜的人，拜托他给自己讲十夜的故事。

武瑞安仔仔细细地研究了"自己"的后半生，发现自己跟十夜真是太不一样了。他永远不会为一个女子折腰，也不会想着披上战甲上阵杀敌，更不会将唾手可得的王位拱手让人。而十夜，他看似结局很糟，但这一生途中，只要是他想要得到的东西，从来都志在必得，就连狄姜都被他感动了。

武瑞安知道，就算自己有着跟他一样的脸，自己都永远都不能代替他。

又过了几日，狄姜想好了武瑞安的去处，对他说："为了补偿你，我会洗去你的所有记忆。你将被赐予完整健康的生命，重新投生皇室，再活一次。"

武瑞安摇头："我不想离开。"

狄姜轻笑："这里不属于你。无论留在这里多久，于你而言都不会有任何不同。"

这里没有风，没有雨，没有阳光，没有未来，有的只是一日日不受任何人打扰的沉寂和安宁。武瑞安不该跟她一样，什么都没有享受过，便拥有了无边无际的孤独。

狄姜带着武瑞安走到轮回石前，带着不容人置疑的笃定。

武瑞安临走前问狄姜："我还能再见到你吗？"

"或许。"

"我不要或许。"武瑞安摇头，"我还想再见到你。"

狄姜想了想，笑着点头："我答应你，我会去看你。"她没说出口的是：但是到了那时，我认识你，你却不会再记得我。

狄姜心中有小小的难过，但难过转瞬即逝。

人生短暂，此一别很快还会再见，有什么好难过的？

何况眼前人是武瑞安，又不是武瑞安。他只是她的朋友，却不是她的恋人。

武瑞安闻言十分开心，欢快地点头："我等你！我相信到那时候，我一定会认出你！"

武瑞安说完，没有任何心理包袱地进了轮回。

狄姜轻笑，站在轮回石旁，一直等他的影子再也看不见了才离开。

回去的路上，狄姜路过三生石，看见石头底部缠绕着的红藤，心中突然像是被什么东西牵住了一般。她抬起手，心念一动，金丝玉镯伴着血色红藤便显现出来。

不知道从什么时候开始，它们就似有了生命一样，成了她身体的一部分。

血肉相连，密不可分。

她发现，只要自己一想起"他"，她就会变得非常非常像一个"人"。

一个有血有肉、有情有义的"凡人"。

不知道为什么，她竟然完全不讨厌这样的自己。

她甚至觉得，能够像普通人那样去生活，真的是一件非常非常、非常幸福的事……

番外二

十夜的独白

宣武国，女帝五年，太平府。

再次见到般若的时候，十夜几乎都认不出她来。

般若站在见素医馆的二楼窗台边，笑盈盈地看着楼下。她的眼神不再悲天悯人，眉目也愈加寡淡，嘴角虽然带着笑，却好似始终郁郁寡欢。丝毫没有初见时的活泼、开朗和热情，甚至……连笑容都变得虚假。但或许，她本来就是寡淡虚伪的女人，三百年前的种种，才是她的伪装。

……

恶灵道烬灭后，十夜沉眠数年，醒来之后多方打听，才知不成空明王菩萨出走凡尘，寻找羽化的太霄帝君转世，已经多年杳无音讯。十夜亦在人间辗转，因缘际会来到太平府。一日，他在太平府的烟花柳巷里，见到了一个与自己长得有七分相似的男人。

"命里有时终须有，命里无时莫强求。活着的时候过得开怀，死了也不算冤。"男子搂着数名侍妾上下其手地揩油。他话语激昂，面上带着十夜从不曾有过的笑容。看着与自己相似的人脸上带着毫无阴霾的笑意，十夜略有些好奇和羡慕，后来他才知道，那人是辰曌第六子，武王爷武瑞安。一个生来就命途多舛，注定无法活到成年的人。

起初十夜只是觉得他与自己长得相似，想看一看他为数不多的生命里究竟能有多开怀。但是当十夜见到般若之后，便彻底改变了主意。武王府里，般若身穿白衣，身边还跟着一脸懵懂、孩童模样的袭臣。

般若和袭臣给武瑞安诊病续命，却并不是因为武瑞安的长相。般若来太平府，是为了钟旭，也就是太霄帝君。她是为了让钟旭尝尽人间疾苦，从而唤回他的慈悲和大义，让他重回帝君之位。

她们根本没有觉得武瑞安像十夜。

她们或许已经忘记了十夜。

没关系，他会让她想起来，总有一天，他会将自己所受过的、锥心蚀骨的疼全部还给她。

生死劫之后，十夜没有再见过般若，这段日子他需要处理武王爷。武瑞安的开怀与否对他来说已经毫不重要。于是十夜赶武瑞安下地府，毁了他的容颜，然后占用他的身子，化作他的模样，悄无声息地进入了凡间的般若和袭臣的生活。

从此，世上再没有武瑞安，只有带着怨恨和毁天灭地的力量而来的十夜……

般若和太霄从状元乡回来的时候，十夜已在酒肆等候多时。她见了十夜，眼里仍旧没有丝毫熟悉的感情，甚至连看都不看他一眼，这彻底激怒了十夜。

武瑞安的脸虽然只有七分像他，却也算得上是人间绝色了，可她竟浑不在意，真是是可忍孰不可忍。

于是，十夜想给她一些小教训。

书香原是一颗舍利，他没有伤人的力量，但自保和警觉性却是世所罕见。然而只要十夜想隐藏自己的力量，那么世上也无人可以察觉。他在九渡河边绑走了书香和竹柴，引般若去了阳春府。

小鬼君是上任鬼君的私生子，与其父关系不算好，般若虽然扶他坐上鬼君之位，但是想来这二人的关系也不会太好。毕竟般若脾气不好，更何况她亲手杀了他的父亲。于是十夜化作上任鬼君的模样，给小鬼君托了一个梦，送了他一块成天印。他果然没有让十夜失望，般若在毫无预警的情况下被他禁了法力。她成为一个彻底的凡人，感受着凡人才有的痛苦。

十夜甚是开怀，寻思等折磨够了，便该化作英雄重新出现在她眼前，将她救出苦海。她会对他感激涕零吧？

然而并没有。

她仍然一心只想着太霄。

十夜解开禁锢她的翻天咒，给了她一块假的成天印，好让他在夺取另外三块的时候，让满天下人都知道，不成空明王菩萨手里握着最后一块，那是他们最后牢不可破的防线。

然而他们不知道的却是，她手里的这一块，其实早就已经被他拿走了。

离开太平府的那三年，十夜的凡身在大漠戈壁中看黄沙漫天，看马革裹尸，法身则去了青云山。太霄帝君将修为散尽铸了这么一方剑冢，镇住天下十方妖魔，将五蕴神压在山下永不得再出入。他的才华让十夜惊讶和敬佩，但十夜仍是讨厌他。

十夜无法阻止般若去找太霄，但是他可以用更惨烈的方式让他们所求落空。

般若希望太霄归位，那么他便让太霄永永远远都不要回来。太霄想要镇住天下妖魔，那么他便让这些魔物重出人间，哪怕人间沦为尸山血海、无边炼狱，那也无所谓。

十夜在南下云梦泽时犯了一个错误，他饮了忘川水，却仍对般若大献殷勤，这让她对他起了疑心。于是十夜自愿入剑冢，洗去了自己一身嫌疑的同时，也让她对他产生了满满的愧疚。

他赌赢了。当他出了剑冢，不管是因为内疚还是因为别的，她终于真真正正地接纳了他，相信了他。

从剑冢出来之后，十夜带走了剑冢的阵眼。

从此剑冢成了一个摆设，成了一个没有上锁的宝库。一旦有人发现它，攻击它，那么它就会沦为一堆废墟，成为天下魔物的大本营。它成了十夜手里最锋利的一把剑，她们都不知道。

除此以外，更让十夜惊喜的是，袭臣虽然失去了记忆，但仍能化为龙身，他只要继续激怒她，有朝一日，她会想起从前的一切……

回到太平府后，般若的笑容越来越让十夜觉得熟悉，也越来越让人难以割舍。

流乐坊的荷塘边挤满了善男信女，人人托着一只河灯，盛着相思之语的纸条，放置在灯中燃尽，然后再将河灯放在河里，让它越漂越远。似乎这样就能将她们美好的心愿带到天边，让神灵看见。

十夜买了一只河灯，递给般若："你也写一个吧。"

般若"嗯"了一声，沉吟半晌，却是没有接过河灯，她摇头笑道："我没有什么心愿。"

"没有心愿？"十夜蹙眉问道，"难道你不想跟我在一起吗？"

"想啊。"般若大方点头，又道，"只要你也想跟我在一起，那我们就能在一起，不是吗？"般若就那么站着，嘴角带着微笑，一动不动地凝视他。她的眸子里，映着水中千盏万盏的河灯，星星点点，灿若银河。

这一次，她的笑不再风轻云淡，不再若有似无，而是带着千点万点的妩媚，真真切切，如夜里盛放的烟花，璀璨绚烂。

十夜也承认，在那么一瞬间，他想过要放弃。

如果能这样跟她过一生，或许还不错。

宣武国，女帝辰嫚十一年，七月。

武王府里，十个绣娘日夜赶工，花了三个月的时间，做了一套凤冠霞帔。大领对襟的虹裳霞帔，蹙金绣云霞翟纹，除了王妃服秩有的九翟四凤纹绣外，还配上了大朵的合欢花。凤冠步摇，钿璎累累，上饰以二珠翠凤，皆口衔珠玉。更有合欢花、蕊头、翠叶、珠翠禳花鬘。胸前璎珞垂旒，玉带蟒袍，下面绣花裯裙，垂有金或玉石的坠子。就连大红绣鞋上亦是织金云霞龙纹，一针一线无不透露着奢华。

这是十夜打算送给狄姜生辰的礼物。

但，他总觉得少了什么。

嫁衣是大婚必备之物，不能将生辰礼物和嫁衣混为一谈。

十夜叫来骆非白和管家刘长庆，问他们："你们说，女子生辰都喜欢些什么？"

"奴才哪儿知道啊？"刘长庆捂着小腹干笑着，"奴才一辈子没碰过女人，更别提了解她们的心了，王爷还是别难为奴才了！"

十夜觉得他说得有理，让他退下。

"你来说。"十夜看着骆非白。

骆非白沉默一瞬，严肃地问："王爷是想送礼物给狄姑娘？"

"除了她还能是谁？"十夜冷哼一声，"废话少说，快想！"

骆非白抓耳挠腮，想了许久才道："王爷，属下虽然是个完整的男人，但也没谈过恋爱！要不然……您去问问旁人？钟国师与狄姑娘关系不错，他或许会知道呢？"

十夜一巴掌拍在骆非白脑门上："他一个和尚懂个屁啊！"想起钟旭他就火大，怎么可能去找他帮忙想办法讨好自己的女人？

十夜强忍杀气，翻了个白眼。这让骆非白情不自禁咽了口口水，硬着头皮道："回王爷的话，钟国师他、他是道士，不是和尚，有些道观是允许成家的，或许……"

"够了，你们走吧，本王自己想。"十夜揉了揉额头，觉得身边这一干人都派不上用场，到头来还是只能靠自己。

太平府，东市。十夜漫无目的地在街上闲逛。街道两旁卖什么的都有，但不外乎是些零嘴吃食、珠串绸扇，都很无聊。买回去既没有档次，还显得自己没有心意。

十夜很惆怅，十夜很无奈。

"瞧一瞧看一看嘞！

"千里姻缘一线牵，三生红绳定三生！

"祖传秘宝，三生红绳。主招姻缘，稳爱情，安家宅，防外室！"

……

就在这时，身后传来几声吆喝吸引了十夜的注意力。十夜抬头，才发现自己已经不知不觉走到了月老庙。他停住脚步，凝神听着摊贩与客人的对话

"大姐，我这摊子在这摆了好多年了，卖出去的红绳没有一千也有八百，可没有一个人说不好的，您来一根试试？"

"这玩意儿真的有用？"一位看上去比狄姜略大几岁的女子站在摊贩前，手上拿着一根红绳。红绳用金刚结编织而成，款式简单，却十分醒目。

"当然有用了！用过的都说好！"老伯十分骄傲。

"多少钱一根？"

老伯举起三根手指，道："我这绳一年只卖三根，每根售价三十两银子。"

"什么！三十两？这也太贵了！我不要我不要……"女子放下绳子就要走，摊贩连忙拉住她。

"看您的年纪不小了吧？还没婆家吧？"

女子面色一红，甩开他的手："关你什么事！"

老伯意识到自己有些唐突，不敢再逾越，立刻赔礼道歉："您先别着急，在这儿等等。临近七夕，一会儿准有买过红绳的姑娘现身说法，灵不灵让她们告诉你。啊不对，不该叫姑娘，买过绳子的姑娘现如今怕都是孩儿他娘了，最不济也已经嫁人了！"摊贩信心十足，言笑晏晏，竟真的让女子停下了步子，安安静静地等在一旁。

十夜好奇，也走到一边的树下静静地等待。很快，真的有妇女过来跟卖红绳的打招呼："谢谢你啊，自从跟三生红绳结缘，我不仅找到了夫君，如今又如愿生了男孩，真是太感谢了。"说话的妇女手上牵着个男孩，肚子里还怀着一个，她推了推小男孩："快，谢谢这位老伯，没有他就没有你。"

"哪里哪里，客气客气，好走好走。"老伯笑着将妇女送走了。

女子看得目瞪口呆，就连十夜也是瞠目不已。

老伯继而又道："知道月老的红绳是用什么做的吗？"

"用什么？"女子问出了十夜想问的话。

"传说中，在三生石畔，五百年才会长出一根红藤，月老牵红线的绳子就是用此物做成。而我的红绳，则是等上一千五百年，取三根红藤结成一股，再穿过相思豆和血菩提制成。佩戴之人就可以生生世世、永永远远地和送绳之人在一起。"摊贩言辞笃定，说得跟真的一样，女子不由分说，取了三十两银子来，买了一根红绳回家。

十夜却若有所思，灵机一动，走上前，扔给摊主一张百两银票："教我编绳子。"

摊贩看都不看银票，直接拒绝："祖传绝技，概不外传。"

十夜又掏出两张银票："我只学编法，不要你的绳子。"

"呵，不要说学编绳，你就算想买绳我也不卖。我的绳只卖有缘人。"摊贩觉得这华服公子很是奇怪，傲慢又无礼，便说什么都不肯教他。

十夜软硬兼施，威逼利诱，可临到收摊了，那卖红绳的老伯也还是不理他。

"你到底怎么样才肯教我？"

"很简单，让我看到你的真心。"老伯笑了笑，推着车离开了。

不知道那阵子十夜抽了什么风，还真就风雨无阻地陪那老伯出摊。这一陪就是十日。十日过去，老伯卖完三根红绳，七夕也过了。临走前，老伯终于动了恻隐之心，告诉他："我马上就要走了，看在你诚心诚意求教的份上，我便教你编绳之法。不过，在那之前你要告诉我，为什么你只学编绳之法，却不要红绳？"

"因为我想自己做。"十夜笃定地笑道，"传说中，在三生石畔，五百年才会长出一根红藤，等上一千五百年，取三根红藤结成一股，再穿过相思豆和血菩提，制成一根红绳，佩戴之人就可以生生世世、永永远远的和送绳之人在一起。"

老伯点头，很是惊讶，不想这公子竟然将自己骗人的说辞一字不漏地记了下来。老伯道："确实如此，所以呢？"

十夜："所以我会去三生石边，取到红藤，亲手编成红绳，戴在我心爱女子的手腕之上。"

老伯半张着嘴，十分满意地点了点头。他们都觉得对方满嘴荒唐言，但奇异的是，二人却在这一刻达成了某种共识。老伯教给十夜编绳之法，十夜给了老伯钱财。二人各取所需，宾主尽欢。

当夜，十夜便隐去身形，来到三生石旁，冒着被小鬼君发现的风险取走了三根藤。

七月三十是狄姜生辰，十夜起先将大红嫁衣送给狄姜，看见她满心欢喜，他的心也跟着柔软。

但，那还不够。

那不是他亲手做的礼物。

十夜又从怀里拿出一只锦袋，从中拿出一根红绳。他将红绳在狄姜眼前晃了晃，柔声道："传说中，在三生石畔，五百年才会长出一根红藤，等上一千五百年，取三根红藤结成一股，再穿过相思豆和血菩提，制成一根红绳，佩戴之人就可以生生世世、永永远远的和送绳之人在一起。

"三生绳，寓意缘定三生。"

而后，二人度过了一段着实甜蜜的日子。但十夜曾经所做的一件事，却让他不得不按照原计划行事。

三年前江琼林死的时候，十夜曾布下一个局。在一个偶然的机会，他见到了一个极有慧根的苦行僧——释禅。释禅来自东瀛，曾来参见过国师悟真，但悟真国师心高气傲，根本不愿接见他，还将他打了一顿扔下山去。于是释禅下定决心要让悟真对自己刮目相看。多方打听之下，释禅发现辰罂宠爱的江琼林下葬不久，于是将他的尸体挖出，剥了他的皮，给他重塑了一个莲藕身。

三年后，素云被罚去为江琼林守墓，释禅为了验证自己所做的莲藕人究竟有几分相似，便在那几日里，让魏紫时时出现在素云身边。魏紫常常在坟前一闪而过，又或者坐在坟冢之上弹琴吟诗，梳他那一头及腰长发。素云的表现让释禅很满意，他知道，自己成功了。

十夜在乐坊里见过魏紫一次，当即他便觉得，造出魏紫的和尚极有慧根，他在凡人里，可说是唯一能与钟旭相抗衡的人。后来，十夜设计让他发现了几本书，关于太霄剑冢，关于九层镇妖塔。他如获至宝，整个人都陷了进去。此时悟真已死三年，他没有机会再向悟真报复，心思便全都转移到了钟旭，乃至整个宣武国之上。

而后，镇妖塔倒塌，钟旭死了，般若消失了，见素医馆也对凡人武瑞安关闭了。

哪怕十夜能看见结界里的书香和柜台前与狄姜一模一样的傀儡，他也不想进去。

她的心思都在钟旭那里。

她只是在敷衍他。

十夜从来不忌惮太霄回到帝位，因为无论他存在与否都不能阻止自己的计划。他也不喜欢与废人较量，相反，阻力越大他会觉得越有趣。所以，他从不阻拦般若助太霄归位。

太霄与他总该有一战，这一场战役过去没有，未来也一定会有。他只是不爽般若为了太霄竟可以全然忘了自己，十年相识，日日诉说情谊，她还是与从前一样，不留丝毫情面。

她救苦救难，她悲悯众生，但她给我所谓的爱不过是施舍。

她唯一真心对待、不同于任何人的，只有太霄帝君。

也就是在这时，太子武煜骗他去了王府，当着他的面将妻儿杀死，然后自尽。那一刀用尽了全力，临死前，武煜死死盯着十夜的眼睛，一字一顿道："为什么你可以肆意妄为地生活，为什么我一生下来就要承受那么多，就算我活不了，你也别想当皇帝！"

十夜根本不想当皇帝。

凡人帝王？

呵，于他而言毫无吸引力。

十夜放任肉身在牢中受苦，反正这点痛苦对他来说如隔靴搔痒，没有丝毫作用。他只是很惊喜，长孙玉茗原来跟自己一样，是一个可以为爱付出一切的人。

她单纯到……他都不忍心伤害她了。

而十夜拿走剑冢的阵眼还有一个目的，太霄剑戾气深重，只有太霄剑鞘可以镇住它。只要剑鞘在他这里，般若就一定会回来。

十夜等了般若近一年，她终于回来了。她又带着那一副悲天悯人的模样站在云端之上说："我会让你半生快乐。"

谁要她怜悯？

谁要她给予的施舍？

他只是想让她痛苦。

如果武瑞安一生悲剧，那么她的所作所为就都成了镜花水月一场空。他喜欢让她失望，让她的希望落空，就像她曾经对他做过的一样。

可是，十夜却没想到，他一直以为的她所谓的"亡夫"根本不是钟旭。

那个人的名字叫十夜。

而十夜，是他的名字。

十夜原谅般若了。

过去她对他所有的欺骗、所有的过错，他都原谅了。

只是，他不想再继续跟她纠缠下去。

她是高高在上、普度众生的不成空明王菩萨，而他只是生活在黑暗中的鬼王。一个失去了所有族人、亲人，孑然一身的鬼王。

如今他想做的只是重建恶灵道。他说：

"从此以后，你我之间所有的爱恨都烟消云散，一笔勾销。

"从此以后，我们将是敌人。

"我们之间不谈感情，没有私仇，只有恶灵道千千万万条生命的怨恨。

"我会用我的方式让三界所有人知道，卑劣的神灵无论费尽多大的心思，最终还是会被我们踩在脚下。

"黑暗，才是这个世界唯一的颜色。"

番外三
与君初逢

很久很久以前，那时候的往生六道在三界之中，还被称为恶灵道。是被所有人嫌弃和鄙视的存在。而那时还有另一人，以一人之力，挑战了整个恶灵道。她一人比整个恶灵道还要令人恐惧，谈及之人无不闻风色变。她的名字无人知晓，大家都叫她"荆棘山食天鬼"。她不仅吃人，她还要翻天。而她的名字，也叫般若。

自般若有记忆开始，她就是一个在泥泞中长大的孩子。

般若出生之时就得了很严重的疾病，几乎每日都需要吃药。婴孩时期，是母亲将药和乳汁混合，一点点哺给她续命。稍微长大一点儿，她就开始自己喝药。她的身体过于脆弱，如果断了一日药，很可能就会见不到第二天的太阳。那些药物又贵又苦，母亲为了让她好受一些，只能走很远的路，冒着被蜜蜂蜇伤的风险，去偷蜜来给她吃。从小到大，旁的孩子有衣服穿、有东西吃，天冷了有被子，天热了有蒲扇。他们有父亲、有家，而她没有。她只有母亲。她的整个童年里只有草药、一方脏污的帕子和一只圆圆的小背篓。

母亲每日都把她装在背篓里放在床底下，逼仄的床底只有不平的泥地，一下雨就满是积水的小水洼，导致背篓里也都是泥水。她缩在里面，天热了闷，天冷了冻，身上永远盖着那方破布。破布早已看不清原本的颜色，但是至今她都记得，那块布上绣着一朵白色的小花。

床底下只能看见晨起时的第一缕朝阳。霞光洒入时，小花显得格外干净。

然后，她就会看到有陌生人走进屋。他拥有一双双很大的脚，比母亲的大很多。他会同母亲站在一处，然后就关上门，不一会儿，她就会听到床板上传来吱吱呀呀的声音。年幼的她不知道那是什么，只知道听到那个声音时她不能哭，否则母亲会挨打，她也会挨打。而后那一整天，太阳都不会再照进来。只有到深夜时分，母亲才能把她从床底下放出来，然后给她喂食物和汤药。

说是食物，但还没有汤药来得浓稠。那是一种用米熬制出来的水，很稀，淡得几乎与井水相似。但般若至今都觉得，那就是世上最好吃的东西。她每天只能期待这一顿饭，不仅因为它能填饱肚子，更因为那是她为数不多的能与母亲相处的时光。母亲会把她抱在怀里，给她念书，教她识字。不过因为穷，母亲念的都是和尚、姑子赠送的佛经，她识的字也仅限于经文。在别的孩子都在读四书五经、春秋大义时，她已经熟记十八部经书，可以自制三十六轮转经筒。母亲告诉她："这个世界很美好，要当一个好人。那些欺负他们的人，那些看不起他们的人，那些抢她们东西吃的人，都有着各自的苦衷。这个世界一片祥和，没有一个人是真心坏的。她们母女受的苦，只是上辈子欠了谁的，这辈子该受苦来偿还。那都是命，人啊，要认命。"

般若其实是不认命的，但母亲那样说，她就只能这样信。同时母亲也会告诉她："吃苦是了苦，等她们吃尽了苦，就会得到好运。"

般若接受了这样的教育，并且为之深信不疑。渐渐的，她已经可以做到每天自动屏蔽床上的声音，安安静静地待在床底下，趴在背篓里，借着微弱的光专心致志地抄佛经。佛经可以送去大户人家，供他们祈福做法，以换取一些布施，改善她与母亲的生活。但是这样的好日子没有持续很久，有一天，母亲不再能用经书换来粮食，母亲愁苦的眼神落在般若眼里，就像火种一样，烧得她满心生疼。

"娘，是不是我抄的不好？"般若不解地问。

母亲摇摇头，安慰她说："你抄的经书最完整、最工整也最干净，比世上任何人抄的都好。他们不要，我要。"般若安了心，还是继续抄经、练字。而母亲再苦再难，也会给她弄来笔纸，供她在床底消遣。

这样的生活一直持续到她十二岁那年。那一年，她的病更重了一分，整个冬天里，她清醒的时间只有三天。但是母亲就是不愿意放弃她，想尽方法地将她留在人间。母亲听了游方术士的话，切掉了自己的小手指，用骨头给她熬药喝。可她还是没有好转。后来，家中又来了一个老游医。老游医说是她上辈子造的孽太多，需用母亲的心头血来喂养。不得已，母亲又在自己的胸前开了口，拿一个竹制的管子插在胸口，每日取一小碗心头血来喂养她。

不知道真的是心头血有用，还是般若不愿意见母亲受苦，在强大的求生欲的催使下，她又生生把自己从鬼门关拖了回来。从此，母亲更加觉得自己要多做善事，洗刷女儿一身孽债。

般若不知道自己究竟做了什么坏事，要受这么多苦，也连累母亲跟着自己一起受苦。般若只能努力地活着，再想死也不能死。她是母亲的希望，她要好好活着。后来母亲去庙里还愿，从此再也没有回来。般若在床底下等了两天，看着太阳升起又落下，最终在太阳第三次升起时，第一次自主爬出了床底。

她带着她抄写的佛经去了那座寺庙，却被拦在了外面。那些人穿着袈裟，头顶结疤，却捂着鼻子，满眼鄙夷地看着自己。他们说她好丑、好臭。

般若虽然生在泥泞中，但一直受到母亲的悉心养育，母亲可以不打理自己，但对般若一定是呵护有加。她一点儿也不臭，相反，她的身上一直都有着母亲身上的那种香味。那是她每夜抱着自己时，蹭到自己身上的。母亲身上的香味很好闻，她不明白，到底哪里臭了？他们不让般若进去，般若就爬树、钻狗洞，最后终于进了寺里。可她除了在大堂看到一摊血迹以外，并没有发现母亲。

她被他们发现，然后乱棍打了出去。

她的血和地上那一摊不知道是谁的血混合在一起，她突然有一种血脉相融的感觉，竟让她觉得无比平静。乱棍之中，她甚至有一种回家了的错觉。

般若被扔在寺门之外，奄奄一息。寺门之侧，"慈悲"两字用金漆书写，格外刺眼，般若擦了一把鼻腔和嘴角流下的血，拖着被打断的双腿，向山下爬去。

般若开始在镇子里找母亲，但每一个见到她的人，都眼带异样的眼神：那是一种深深的厌恶和鄙夷，仿佛匍匐在地上的她是这世界上最脏的东西。

他们一听说她母亲的名字，眼中的鄙夷和厌恶就加深一分。她和她的母亲就像是瘟疫一样，让人避之不及。

般若找了一年、两年、三年……去了方圆几百里的村寨城镇，但仍然找不到母亲。

她身上的衣服被磨破、被腐蚀，她的双腿残疾，难以走远。最后，她不得已，只能回到那座寺庙前。她在寺门前静坐，她要他们给她一个说法。她的执念让旁人都不敢靠近，就算靠近了，她也会歇斯底里，将他们统统赶走。渐渐的，他们都说她的身上长满了贪嗔痴妄怨，她已经不是人。他们说，她是魔。

般若不明白，她只是一个孤儿，在寻找自己的母亲而已，怎么就成魔了？

时光荏苒，光阴如梭，寺庙换了几届主持，寺门的牌匾一换再换，唯一不变的，是寺门前那一尊少女的石像。

那一天，般若睡着了，等再醒来的时候，就发现她被人扔在了海边。这么多年来，她一刻都不敢闭眼，唯一睡了这么一次就被人钻了空子，扔在了海里。

般若那叫一个悔，一个恨。

她刚想回去，却在海边发现了一截骸骨。那是一个断裂的手掌，小拇指的位置缺失，与当年母亲断指喂养自己的形状相似。

般若疯狂了，海浪随她的意志而翻涌，云层都为之愤怒。她吹翻了海上不少船只，引来满天神佛的围观和讨伐。他们说，她的母亲自断手掌，跳海自尽，是她自己放弃了你，与旁人没有干系。

但般若不信。她坚定地认为，母亲从小到大没有一刻放弃过自己，没有道理在自己身体大好之后，毫无理由、没有告别地决然而去。他们一定在撒谎。

满天神佛都对般若露出了同情的目光，叹息着对她关上了门。他们在她身上绑上荆棘，让她一个人好好冷静一下。然后她就被绑在海里，冷静了好多好多年。

期间人们来来去去，路过时对她尽是欺辱嘲笑，胆子大的还会凑上前伤害她，她越来越冷静不了了。

汹涌的波涛随着她的心情愈加起伏，不知道从什么时候开始，她就真真正正、彻彻底底地成了一个魔。等满天神佛回过神来的时候，连他们都变得无可奈何，只能将那一片海域划为禁地，阻止旁人入内。般若变得愈加孤独，愈加怨恨，愈加想不通……

她终究没有等回母亲，等来的只有无尽的羞辱、谩骂和恶心。

那一片海，毗邻恶灵道的辖区范围。

恶灵道与诸天神佛为敌，以三界六道为食，般若就是他们手中一个最能够带来灾难、引起人间浩劫的工具。他们为了让般若在那一带的海域激起千层浪、万层波，以便卷入更多的业障，就变着法儿地激怒她。

她除了被满天神佛抛弃，被人间众生害怕，还要被恶灵道的众生欺辱。

荆棘山上的少女因为怨恨而积攒了强大的力量，在即将成为下一个秽母之时，她遇见了一个少年，那个少年让她发现，这个世界上还是有好人的存在。

都说恶灵道鬼子出生就带着罪恶，全都是十恶不赦之徒。而十夜鬼王，就是整个恶灵道中最出名的那一个。就连被困在荆棘山上的般若也听过他的名讳，知道他是秽母最看重的鬼子，恶灵道的希望都在他一人之上。

她在荆棘山上第一次见十夜的时候，他却破天荒的没有穿黑衣，而是一身白衣。他的两袖处各镶嵌了一圈墨色的宝石，宝石上散发着金色的光芒，即使身处狂暴的黑海之上，也依然十分明亮。

众鬼子之中，十夜是最尊贵的那一个。秽母三年未育，众鬼子厮杀三年，最终只余下十六人，十夜诞生之日，便位列十七王子。虽然他的位份只排十七，但一应吃穿用度、宫殿楼宇都几乎与秽母同级。人人都说他是秽母的接班人，往生六道、王舍王城，都将由他来继承。

他是秽母的骄傲和希望。

十夜两百岁那年即将成年，按照惯例，在完成成年礼后，便可以在凡间自由行走。

成年礼这天是他第一次到凡间。十夜被哥哥姐姐们带去了凡界与王舍城交汇的一处海边。一望无际的黑暗海面上看不到一点儿星光，在死一般的沉寂中，他看到海水中间有一处岩山。

断壁残垣之上，生长着数条荆棘。荆棘丛中有一女子，她没有衣裳蔽体，披散的长发遮不住她雪白的身体，她就这样赤条条地靠在岩山荆棘之中。她的手心里长出荆棘，荆棘缠绕着她的身躯，一直延伸到小腿，然后从脚踝骨中穿过，直至脚掌心穿出。她被荆棘定在岩山之上，以屈辱的姿势，供世人瞻仰。

"只要能引她发怒，就能顺利通过考验，得到秽母的赐福。"

这算是成年礼的第一个环节。

"她如何算发怒？"十夜望着荆棘山上的女子，她双目低垂，平静地望着远方，一双眼睛里毫无色彩，就像一个死人一样。

彼时的秽母十王子，眼中带着不怀好意的笑，望着荆棘山上的女人："天降大雨、岩石跌落、引发海啸等等，都是她发怒的征兆，很简单的，随便去个谁都能通过考验。"

十夜原本不明白他的意思，但是当几个哥哥一起飞身落在女子身边，然后轮番对她做出伤害她的行为之后，他明白了他们的意思。轰隆隆地雷声渐起，四周海面开始翻起巨浪，滔天海浪变得更加浑浊，击打在荆棘丛中的女人身上，一边洗刷着她一身污秽，一边让她的身体沾染上更多的污秽。海水中的污秽包含了她这些年所受过的所有屈辱和日复一日的肮脏。

她仰头长啸，却发不出一点儿声音。她的嗓子干枯喑哑，嘴里只有血和伤。

他终于明白这里的海水为什么比往生六道还要黑了。她的眼中充满了仇恨，望着眼前的人。她一言不发，眼中的火焰让人觉得不寒而栗。她的眼睛从十夜身上瞟过，对视的一瞬，十夜的心为之一颤。只一眼，他的注意力就全部被她吸引了去。那是一双血红色的眼瞳，眼中有鲜血、仇恨、不甘和屈辱，以及比任何人都要强烈的杀心，比他在王舍城中见过的任何一个鬼都要来得强烈。

他不敢相信，一个普通的凡人女孩眼里竟可以带着这样毁天灭地的仇恨。那样的眼神，他只见过一次，上一次是在秽母生下自己的那一瞬，也是他此生唯一见到母亲真容的时候。

母亲眼中的仇恨与荆棘丛中的女人如出一辙。十夜没来得及细看，般若的眼睛已经从他身上挪过，没作丝毫停留。她冷漠地认定了他与他们一样。

"喂，到你了。"十六王子让到一边。他站在飓风中，指着身边满身血污的女人，对十夜挑了挑下巴。

十夜僵硬在那里，没有挪步。荆棘丛中的女孩，不过十五六岁的年纪，肮脏的头发遮住了她的五官，低垂的双目让人无法与她交流。污秽丛生里，他只能看见她胸口开出的一朵荆棘花。雪白雪白的，比她的皮肤还要醒目。

"愣着干什么，上啊！"十夜被人从后面推了一把，他甚至都没来得及看是谁推了自己，他整个人已经扑在了女孩身上。他的双手向着她的身体而去，但他手疾眼快，掌心迅速向两侧划过，最终落在了她身后的荆棘之中。荆棘刺破了他的手掌，可他丝毫不觉得疼。与终年生活在荆棘山上的她相比，这点伤根本不值一提。他没有碰到她的身体不是因为嫌她脏，而是因为他不想轻薄她。他忍着掌心的剧痛，苦苦支撑着身子。般若这才抬起眼皮，拿正眼看了他。

"你想帮我？"般若问。

因为一切发展得太快，电光石火之间，连十夜自己都不知道自己当时在想什么，但是般若见过太多的人，她被太多的人欺辱过。神仙、鬼怪，就连凡人亦是。但她从没有在谁的眼睛里看到过十夜那样的表情。

那个叫"同情"，还是"怜悯"？

无所谓，什么都好，十夜不是唯一一个对她有过迟疑的人，他最后一定会跟其他人一样，对自己做出不堪的举动。

她现在一点儿也不奢望有人会对她善良。

一丁点也不。

十夜看着这样的她，不知为何，心中钝痛无比。就好像心脏被捶了一下，然后四分五裂。

十夜的哥哥姐姐们觉得十夜年少，不知如何下手，于是上前强行推他。十夜抵死不从的同时，右手神力凝聚，一把尖利的匕首出现在他的掌中。

哥哥姐姐们更加觉得有趣。

十夜诞生两百年，他们还从未见过他对谁动过手。他们正想去夺他手中的匕首，却不料十夜压根没想伤害他们，而是一剑捅进了女孩的心窝。

女子霎时间睁大了眼睛。

一瞬间，天地变换。海浪泛起红云，挟着飓风、卷起熔岩，岩浆拍岸，溅起数丈花火。空中海面入目皆是赤红，沸腾的海水滚滚而来。

"不好！天要塌了！"人群中，不知道是谁大喊了一句，一众鬼子狼狈地躲避着山石岩浆，作鸟兽散去。

只有十夜还停留在原地。他不惧风雨、不畏岩浆，用自己的身躯护在女子身前，将她挡在身下，让那些事物一丁点都没伤到她。

般若虽然掌握着足以撼天动地的力量，可是在那一刻的十夜看来，她只是自己怀中一个需要保护的女孩。然后，他给了她一件衣裳，对她说："愿世间人人都吃得饱饭，穿得暖衣，天下太平长安，母子永不分离。"

这一句话，直接要了般若的命。

那时的她因为执念凝聚而成魔，世上早已没有任何武器可以伤害到她。只要她自己没有求死，她就不可能消失。真正杀死她的，便是十夜的这件衣裳。

这些年她没有衣服穿，失去了廉耻，所有女子最珍视的一切都不属于她。直到十夜解下自己的外衣，披在了她的身上。那一刻，她的人生从此变得不一样了。

她第一次明白了男女之防、性别之分，也是第一次觉得被人尊重。

他是唯一为自己穿上衣服的那一个人，他的名字，就叫十夜。

从此之后，她不再沉湎过去，她放下了执着。

然后她把自己的心剖了出来，送给了他。跳动的心沾染着漆黑的液体，但在它离开她身体的那一刻，渐渐变得干净、透明，绽放着璀璨的光华，如初升的太阳。

十夜把心化作流云，印在了鬓边。

般若舍弃了执迷心，脱离了肉身束缚，证入涅槃。终在大梵天境内获得了一席之地，法号不成空明王菩萨。

而到了大梵天后，她才始知，大梵天内无神佛。

她既是神、是佛，也可以是魔。

但归根结底对她来说，"我"只是"我"，要成为什么样的"我"，全凭她自己。

从此满天神佛，皆她不如。

荆棘女王在荆棘丛中消失，而般若和十夜的故事，在这时候，才刚刚开始……

——《花神录》全文完——

图书在版编目(CIP)数据

花神录.终章:全2册/柏夏著.— 南京:江苏
凤凰文艺出版社,2024.4
ISBN 978-7-5594-8294-5

Ⅰ.①花… Ⅱ.①柏… Ⅲ.①长篇小说 – 中国 – 当代
Ⅳ.① I247.5

中国国家版本馆 CIP 数据核字(2024)第 009296 号

花神录·终章:全 2 册

柏夏 著

责任编辑 项雷达
特约编辑 周子琦　张开远　张禾伊
装帧设计 安柒然
责任印制 杨　丹
出版发行 江苏凤凰文艺出版社
　　　　　南京市中央路 165 号,邮编:210009
网　　址 http://www.jswenyi.com
印　　刷 天津旭丰源印刷有限公司
开　　本 680 毫米 ×970 毫米　1/16
印　　张 36.5
字　　数 530 千字
版　　次 2024 年 4 月第 1 版
印　　次 2024 年 4 月第 1 次印刷
书　　号 ISBN 978-7-5594-8294-5
定　　价 69.80 元(全 2 册)